*Liebe Leser\*innen,*
*dieses Buch enthält potenziell triggernde Inhalte.*
*Deshalb befindet sich am Ende des Buches eine Content Note.*
*Achtung: Diese enthält Spoiler!*
*Wir wünschen euch das bestmögliche Leseerlebnis.*
*Euer Carlsen Verlag*

Rechtlicher Hinweis § 44b UrhG:
Wir behalten uns eine Nutzung der von uns veröffentlichten Werke für Text und
Data Mining im Sinne von § 44b UrhG ausdrücklich vor.

**Wir produzieren nachhaltig**
• Klimaneutrales Produkt
• Papiere aus nachhaltigen und kontrollierten Quellen
• Hergestellt in Deutschland

© der Originalausgabe by CARLSEN Verlag GmbH,
Völckersstraße 14–20, Hamburg 2024
Text © Kate Corell, 2024
Lektorat: Larissa Bendl
Umschlaggestaltung: Zero Werbeagentur
Umschlagbilder: shutterstock.com / © sergey pozhoga / © letovsegda
Innenklappen-Illustration: Antonia Sanker
Zitat: Im Kapitel »Ray of Hope«, S. 296: angelehnt an die Originalzitate
aus Emily Brontë, *Die Sturmhöhe*, übersetzt v. Grete Rambach, Insel Verlag,
Frankfurt a. Main 1975, S. 110 und S. 232.
Satz: Pinkuin Satz- und Datentechnik, Berlin
Produktionsmanagement: Gunta Lauck
Litho: Margit Dittes Media, Hamburg
ISBN 978-3-551-58559-2

MIX
Papier | Fördert
gute Waldnutzung
FSC
www.fsc.org
FSC® C014496

KATE CORELL

# THE Lies WE Hide

CARLSEN

*Vor mir liegt ein Buch voller Erinnerungen.*

*Ein Märchen, in dem die Guten bestraft und die Bösen belohnt werden – erzählt von einem Narren …*

# MEMORIES

*Dark Chocolate, Milk, Cocoa,
Salt, Caramel, Cream*

........................

***Bloemdaalen, Niederlande***

**LEENARD**, FÜNF JAHRE ALT

»Kinder, seid so lieb und schenkt mir für einen winzigen Moment eure Aufmerksamkeit«, sagt die Erzieherin und ich sehe mich nach ihr um.

Vivi steht mit zwei gleich aussehenden Mädchen in der Tür. Es sind Zwillinge, so wie Finn und Lukas. Alle anderen schauen zu ihnen, außer Paul, der stapelt Bauklötze aufeinander, bis der Turm umkippt und Krach macht. Gemma schimpft. Das macht sie immer. Gestern hat sie mich angeschrien, weil ich mein Gesicht mit einem blauen Filzstift angemalt habe. Schlümpfe sind blau. Die Farbe ließ sich nicht abwaschen, deshalb hat Gemma noch mehr geschimpft und behauptet, ich bin ein furchtbarer Junge. Mama hat gelächelt und gesagt, ich sehe toll aus. Papa hat gemeckert, weil auf meinem neuen T-Shirt auch Schlumpfblau war, und gesagt, ich bin ein Dummkopf. Malen ist was für Mädchen so wie Mama. Nicht für Jungs.

»Das sind Noa und Nika. Die beiden sind neu hergezogen. Heißt sie doch bitte herzlich willkommen.« Vivi ist nett. Sie schimpft nie mit mir.

Die anderen sagen Nika und Noa Hallo. Ich nicht. Das Mädchen in dem rosa Kleid lächelt, das andere sieht traurig aus. Mir gefällt es nicht, dass es traurig ist. Meine Mama ist oft traurig und dann bin ich es auch.

»Na los, ihr beiden, lernt die anderen Kinder kennen.« Clara, Fiona und Finn gehen zu dem Mädchen im rosa Kleid. Das traurige Mädchen versteckt sich im Spielzelt. Ich sage zu Vivi, dass ich aufs Klo muss, und schleiche zu meinem Rucksack. Dann gehe ich zu dem Mädchen, krabble ins Zelt und setze mich neben sie.

»Wie heißt du?«

»Nika.«

»Ich bin Leenard Brouwer und wohne auf Bloem. Das ist ein Schloss.« Papa sagt, es ist wichtig, dass die Menschen wissen, wer ich bin, dann mögen sie mich.

»Bist du ein Prinz?«

»Nein. Magst du Prinzen?« Alle Mädchen mögen Prinzen.

»Nein, ich mag Fußball, und du?«

»Ja, Fußball ist toll.« Ist es nicht, aber Mama erlaubt es zu flunkern, wenn man damit jemandem eine Freude macht.

Nika lächelt, also habe ich es richtig gemacht.

»Bist du noch traurig?«

»Ja.«

»Warum?«

»Ich will zu meinen Freunden.«

»Ich kann dein Freund sein.« Ich öffne meine Faust und zeige ihr das in Folie eingepackte Stück Schokolade.

Nika sieht mich an. »Warum willst du mein Freund sein?« Sie nimmt die Schokolade, packt sie aus und steckt sie sich in den Mund.

»Weil ich nicht mag, wenn du traurig bist.«

**NIKA**, NEUN JAHRE ALT

Ich öffne den Schulranzen und suche nach meiner Brotdose, auch wenn ich weiß, dass ich keine dabeihabe. Mama ist mit Noa zum

Fotosmachen in Rotterdam. In der Schule muss ich sagen, meine Schwester sei krank, damit niemand mitbekommt, dass ich alleine zu Hause bin. Niemand außer Leen weiß davon. Das ist unser Geheimnis.

Gerade sitzt er neben mir und packt ein Sandwich aus.

»Hier, ich habe Mama gesagt, ich habe heute viel Hunger, weil ich groß und stark werden will.« Leen holt ein weiteres aus seinem Ranzen.

»Wenn du klein bleibst, ist das dann meine Schuld?«, frage ich Leen, weil er oft sein Pausenbrot mit mir teilt.

»Nein, guck, wie groß ich schon bin«, antwortet er, springt von der Bank auf und stellt sich gerade hin. Leen ist der Größte in der Klasse, aber er ist nicht so groß wie die älteren Kinder.

»Deine Mama macht die besten Sandwiches«, sage ich, nachdem ich aufgegessen habe.

Als es zum Ende der Pause klingelt, gehen wir gemeinsam auf den Eingang zu. Finn schubst mich von hinten und sagt, ich sei hässlich. Dann rennt er ins Schulgebäude.

Im Klassenraum stößt Leen Finn von seinem Stuhl und bekommt dafür von Frau Sommer einen Eintrag ins Hausaufgabenheft.

»Warum hast du Finn geschubst?«, will ich von Leen wissen, als wir mit den Fahrrädern zu ihm nach Hause fahren. Auf Bloem ist es schön. Es gibt einen großen Garten mit bunten Blumen und man kann super Verstecken spielen.

»Weil er gesagt hat, du bist hässlich.«

»Noa meint, Finn ist nur gemein, weil er mich mag.«

»Wenn man jemanden mag, soll man nette Dinge sagen, damit sich der andere freut und nicht damit er traurig ist«, antwortet Leen.

Leen sagt nie gemeine Sachen zu mir oder schubst mich.

## LEENARD, ZWÖLF JAHRE ALT

»Deine Pässe sind scheiße!«, brüllt Nika mich an.

»Triff einfach das Tor!«, schreie ich über den Platz zurück.

»Dann spiel einen vernünftigen Pass!«

In gemächlichem Tempo laufe ich zurück auf meine Position. Nika hat recht, ich habe schon besser gespielt.

»Kopf hoch, Leen«, höre ich meinen großen Bruder Bastiaan vom Spielfeldrand aus sagen, als ich an ihm vorbeirenne.

Ich wollte nie Fußball spielen. Es war Papas Idee, um aus mir einen richtigen Jungen zu machen. Macht es mich zu einem richtigen Jungen, weil ich Dinge tue, die Jungs mögen? Ist Nika dann jetzt ein falsches Mädchen, weil sie Jungskram mag? Im Gegensatz zu mir hat Nika Spaß an der Sache. Ich würde lieber mit Mama in ihrem Atelier auf eine Leinwand Blumen malen. Baas meint, ich soll tun, was mir Freude bringt. Papa meint, ich muss tun, was er sagt.

Ich spiele den Ball zu Finn, der geschickt seinen Gegenspieler aussticht und geradewegs auf das Tor zurennt. Kurz vor dem Strafraum passt er zu Nika, die den Ball in die obere rechte Ecke versenkt. Jubel bricht aus, weil wir jetzt in Führung liegen. Finn läuft zu Nika und klatscht mit ihr ab. Ich kann ihn nicht leiden, weil er auch Nikas Freund sein will.

»Hast du das gesehen?«, ruft Nika und kommt auf mich zugerannt. Ich breite die Arme aus und schließe sie um Nika, als sie sich hineinwirft.

Mit Nika fühle ich mich nicht seltsam.

### NIKA, VIERZEHN JAHRE ALT

Es ist Freitagabend, ich sitze am Schreibtisch und mache meine Hausaufgaben für nächste Woche, als ein leises Rumpeln meine Aufmerksamkeit erregt.

»Musst du immer durch das Fenster klettern?«, maule ich Leen an, weil er mich damit jedes Mal beinahe zu Tode erschreckt.

»Ja, weil deine Mutter mich so spät nicht zu dir lässt«, antwortet er, als er sich durch die Öffnung quetscht. Dabei weiß er genau, dass meine Mutter und Noa heute Nachmittag zu einer Misswahl nach Amsterdam gefahren sind und erst Sonntag zurückkommen.

Er hätte also auch einfach anrufen können und ich hätte ihn durch die Haustür reingelassen.

»Nein, sie lässt dich nicht zu mir, weil sie glaubt, wir machen rum«, erwidere ich genervt. Wie sie darauf kommt, ist mir ein Rätsel. Leen und ich sind Freunde.

»Dann sag ihr, du machst mit Paul rum«, zieht er mich auf. Das macht er, seitdem Paul van den Berg mir im Biologieunterricht einen Zettel zugesteckt hat, dass er mich mag und mit mir gehen will. Dabei weiß Leen genau, Paul fragt jede Woche ein anderes Mädchen, ob es seine Freundin sein möchte. Zuvor ist er bei Noa abgeblitzt. Und nach mir hat er Fiona gefragt.

»Ich mache mit niemanden rum«, zische ich Leen an.

Leen streckt sich auf meinem Bett aus und sieht zur Decke. »Du sollst es ja nur behaupten, damit deine Mutter mich nicht mehr ansieht, als würde ich dich auffressen wollen.«

Ich stehe von dem Drehstuhl auf und setze mich neben ihn. »Du guckst aber nun mal so, als würdest du mich fressen wollen«, stichle ich. In Wahrheit ist es eher so, dass Leen oft Löcher in die Luft starrt, so wie in diesem Moment. Jedes Mal frage ich mich, was gerade in seinem Kopf vor sich geht. Bevor ich die Frage laut aussprechen kann, schlingt er die Arme um mich und wirbelt mich so herum, dass ich plötzlich unter ihm liege. Sein Gesicht schwebt über meinem und für nicht länger als eine Sekunde landet sein Blick auf meinen Lippen. Und genauso lange frage ich mich, ob jetzt der Moment meines ersten Kusses gekommen ist. Vielleicht, aber was würde mit unserer Freundschaft geschehen, wenn der Kuss zwischen uns komisch wäre?

»Vielleicht habe ich dich ja zum Fressen gern«, sagt er und grinst breit.

»Lass den Quatsch«, sage ich und schiebe ihn von mir. Lachend lässt er sich auf den Rücken fallen.

»Kann ich hier pennen?«, will er wissen.

»Was ist es diesmal?«, frage ich, weil Leens nächtliche Besuche immer häufiger werden. Aus der Truhe neben meinem Kleiderschrank hole ich das weitere Bettzeug heraus, das ich dort für ihn deponiert habe.

»Meine Eltern streiten darüber, wie seltsam ich tatsächlich bin«, antwortet er und gibt ein Seufzen von sich.

»Du bist nicht seltsam«, widerspreche ich.

»Sag das meinem Vater. Seiner Ansicht nach stimmt mit mir so einiges nicht.«

## LEENARD, FÜNFZEHN JAHRE ALT

Etwas zu lange verharrt mein Blick auf Nika, während sie Aufwärmübungen für das bevorstehende Fußballtraining macht. Sie bemerkt es und hebt mit einem frechen Grinsen die linke Augenbraue. Ich schüttle den Kopf und drehe ihr den Rücken zu, dabei entgeht mir nicht, wie Finn sich neben ihr auf dem Rasen platziert.

Ich hasse diesen Kerl. Das habe ich schon immer, aber seit ein paar Wochen noch mehr als zuvor. Ich habe keine Ahnung, was mit mir los ist, aber er braucht sich Nika nur zu nähern und ich will ihn dem Erdboden gleichmachen. Dabei war mir durchaus bewusst, dass der Tag kommen würde, an dem sich Jungs für meine beste Freundin interessieren werden. Womit ich nicht gerechnet habe, ist, dass es mir derart gegen den Strich gehen würde. Genauso wenig habe ich erwartet, Nika könnte sich in meine Träume schleichen und darin Dinge mit mir tun, die unangemessen sind. Es gibt Tage, da verwirrt mich ihre pure Anwesenheit, und dann sind da diese winzigen Momente, in denen ich mit dem Gedanken spiele, ihr davon zu erzählen. Aber ich kneife jedes Mal, weil ich Angst habe, sie könnte mich auslachen und unsere Freundschaft wäre anschließend nicht mehr dieselbe.

»Irgendwann werde ich dahinterkommen, in welcher Wolke dein Kopf ständig feststeckt«, sagt Nika amüsiert, gleichzeitig stößt sie ihren Ellenbogen gegen meinen. Gerade hoffe ich sehr, sie wird es nie erfahren. Denn die Antwort dürfte ihr nicht gefallen. Immerhin betont sie stets, wie wertvoll unsere Freundschaft ist.

»Was macht Baas hier?«, fragt Nika verwundert.

Als ich meinen Bruder am Spielfeldrand entdecke, stutze ich. Er holt mich nie vom Training ab, das macht meine Mutter.

»Keine Ahnung«, sage ich, vermute aber, dass meine Mutter eine ihrer weniger guten Phasen hat. In den vergangenen Monaten sind ihre Stimmungsschwankungen schlimmer geworden. In der einen Minute ist sie happy und in der nächsten verkriecht sie sich entweder in ihrem Atelier oder verlässt tagelang nicht das Bett. Nika habe ich davon nie etwas erzählt, weil es meine Schuld ist. Meinetwegen streiten meine Eltern sich ständig.

Bastiaan winkt mich mit ernster Miene zu sich heran.

»Hol deine Sachen, wir fahren«, sagt er und geht ohne eine Erklärung zu seinem Wagen, den er nur wenige Meter entfernt auf dem Schotterplatz abgestellt hat. Mein Puls schnellt bei seinen Worten in die Höhe. Ein ungutes Gefühl macht sich in mir breit, als ich zu den Umkleiden gehe, um meine Sporttasche zu holen.

»Verrätst du mir, was los ist?«, will ich von ihm wissen, sobald ich auf dem Beifahrersitz Platz genommen habe.

Baas saugt tief und langsam die Luft ein, während seine Finger das Lenkrad fest umklammern. »Es ist etwas passiert«, sagt er völlig ruhig und doch zittert seine Stimme.

Vier Worte, die in dieser Sekunde die Welt um mich herum zum Einstürzen bringen.

**NIKA**, SECHZEHN JAHRE ALT

Wenige Zentimeter trennen mich von Leen, aber es fühlt sich an, als wäre er kilometerweit entfernt. Es ist jetzt neun Monate her, dass seine Mutter Agnes gestorben ist, aber in Momenten wie diesen fühlt es sich wie gestern an.

Mit Leen befreundet zu sein ist zum Drahtseilakt geworden. Wir balancieren zwischen Hochgefühlen und tiefen Abgründen. Und ich habe keine Ahnung, wie ich ihm helfen soll. Was hauptsächlich daran liegt, dass er mich nicht lässt. Das tut weh. Auf so vielen Ebenen. So sehr, dass ich mich bei dem Gedanken ertappe, ob all das den Schmerz, den er verursacht, wert ist. Man kann niemanden retten, der nicht gerettet werden will. Ich glaube, bei Leen ist das der Fall. Aber was wäre ich für eine Freundin, würde ich ihn alleine auf dem Boden des Schulflurs sitzen lassen, während er auf seine blutigen Fingerknöchel starrt?

»Verschwinde, Nika«, sagt er, als ich mich neben ihn auf den kühlen Linoleumboden setze.

»Ich gehe nirgendwohin«, sage ich und hole aus meiner Schultasche eine Packung Taschentücher.

»Ich ertrage deine Nähe gerade nicht«, presst er hervor.

»Wirst du aber müssen.« So einfach lasse ich ihn nicht gewinnen. Das habe ich in den vergangenen Monaten zu oft getan. Wann immer er wollte, dass ich gehe, bin ich gegangen. Ich hatte gehofft, er bräuchte nur etwas Freiraum und würde von ganz allein den Weg zurückfinden. Inzwischen befürchte ich, er schafft es nicht ohne Hilfe.

Leen lässt den Kopf gegen die Schulspinde hinter uns sinken. »Hört das irgendwann auf?«, fragt er leise und ein Seufzen entweicht ihm.

»Was genau?«, hake ich nach, weil ich unsicher bin, ob er seine unkontrollierten Wutausbrüche oder die Trauer meint.

»Wehzutun.«

Ich nehme seine linke Hand, tupfe mit dem Taschentuch über seine blutigen Fingerknöchel. »Ich denke, man muss durch den Schmerz gehen, um zu heilen«, antworte ich und wiederhole die Prozedur mit seiner anderen Hand. Er zieht sie zurück und wischt seinen Handrücken an dem weißen Shirt ab, dann sieht er mich an. Lange. Intensiv. Verloren.

»Und wenn ich keinen einzigen Schritt weitergehen will, was ist dann, Nika?« Ein deutlicher Hauch Verzweiflung schwingt in seiner Stimme mit.

Ich schiebe meine Finger zwischen seine. »Dann gehen wir das letzte Stück gemeinsam, dafür sind Freunde da.«

Er steht so ruckartig auf, dass ich ihn loslasse und überrascht zu ihm aufsehe.

»Wir sind schon lange keine Freunde mehr. Du und ich, wir haben uns verändert.«

»Hör auf damit, Leen.«

»Was? Sag nicht, du spürst nicht, dass da plötzlich eine Mauer zwischen uns ist, die immer höher wird.«

»Das ist nicht wahr!«, sage ich schroff und komme ebenfalls auf die Füße.

»Was ist dann wahr, Nika? Dass es okay ist, dass ich zu viel fühle und zu wenig davon verstehe, mich selbst im Gleichgewicht zu halten, und deswegen auf alles und jeden einschlage, sobald man mich aus der Balance wirft?«

Klaas hat ihn provoziert und Leen hat darauf reagiert. Zugegeben, auf die falsche Art und Weise. Ich wünschte, ich könnte sagen, es wäre eine einmalige Sache, aber so ist es nicht. Vielmehr ist es, als würde Leen nur auf eine Gelegenheit warten, sich mit den Fäusten zu wehren.

»Nein, ist es nicht, aber –«

»Ich bin der Junge, der seine Mutter verloren hat und deswegen in einer schwierigen Phase steckt, in der man ihm jeden Mist durchgehen lässt«, unterbricht er mich. So wollte ich es nicht sagen, aber ja, im Kern trifft es das.

»Leen«, sage ich, ohne genau zu wissen, worauf ich hinauswill.

Er macht einen Schritt auf mich zu. Dann noch einen. Instinktiv weiche ich zurück. »Hast du dich schon gefragt, was passieren muss, dass ich bei dir die Kontrolle verliere?«, sagt er und kommt noch näher.

»Nein«, antworte ich, bringe aber unbewusst Abstand zwischen uns.

Ein verletzter Ausdruck huscht über Leens Gesicht, bevor er mich mit starrer Miene ansieht. Er legt die Hände auf meine Schultern. Plötzlich spüre ich kaltes Metall durch den Stoff meines Tops, als ich von ihm gegen den Spind gedrückt werde.

Ich halte Leens Blick stand und stelle schlagartig das Atmen ein, als er sich zu mir herabbeugt und mir ins Ohr flüstert: »Warum kann ich dann die Angst in deinen Augen sehen?« Dann tritt er zurück und schüttelt leicht den Kopf. Der Ausdruck in seinen Augen ist leer, als hätte er jegliches Gefühl verloren.

»Leen, mach das nicht, zerstör uns nicht«, sage ich, weil er gerade dabei ist, einen endlos tiefen Graben um die Mauer zu ziehen, von der er zuvor gesprochen hat.

Er wendet sich ab. »Ich kann dich nicht mehr in meinem Leben haben«, sagt er und verschwindet den Schulflur entlang.

Hat er bewusst »kann« statt »will« gesagt? Besteht für ihn darin ein Unterschied? Ich weiß es nicht. Aber in einem bin ich mir sicher: Das ist keine Phase. Leen hat gerade unsere Freundschaft beendet, und das, ohne mit der Wimper zu zucken.

## LEENARD, SIEBZEHN JAHRE ALT

Warum hat mein Vater dieser dämlichen Party zugestimmt?

Vermutlich, weil er der Prinzessin nichts abschlagen kann und es ihr letztes Jahr an der Stedelijk ist, bevor sie zum Studieren nach Rotterdam geht.

Ich beneide meine Schwester um ihre nahende Freiheit. Ich kann es kaum erwarten, meine Sachen zu packen und von hier zu verschwinden. Bloem, ich hasse diesen Ort. Alles innerhalb dieser Mauern fühlt sich kalt und erdrückend an. Der einzige Ort, an den ich je gehört habe, war Nika. Seitdem ich nachts nicht mehr durch ihr Fenster klettern und bei ihr übernachten kann, fühlt es sich an, als würde ich schlafwandeln. Oder zumindest orientierungslos umherirren.

Vermisse ich sie? Ja. Auch wenn mir das nicht zusteht. Ich habe sie aus meiner Nähe verbannt, nicht weil ich sie da nicht wollte, sondern weil ich es nicht länger ertrug. Weil das, was ich für sie empfinde, zu viel ist, genau wie die Angst, es könnte der Tag kommen, an dem ich auch sie verliere. Das Paradoxe an der Sache ist: Ich habe genau das heraufbeschworen, wovor ich versucht habe mich selbst zu schützen. Und zwar in der Sekunde, als ich Nika von mir gestoßen habe. Der Tod meiner Mutter hat mir den

Boden unter den Füßen weggerissen. Nika zu verlassen hat mich geradewegs in den Abgrund stürzen lassen.

»Wenn du dich hier verkriechst, mache ich mir den ganzen Abend Gedanken um dich«, sagt Demy, die in einem Prinzessinnenkostüm in meinem Zimmer steht. Wie passend.

»Ich hab keinen Bock auf deine bescheuerte Party«, antworte ich und widme mich wieder meinem Handy. Desinteressiert scrolle ich durch Snapchat, bis ich an einem Foto hängen bleibe, das Nika vor zehn Minuten gepostet hat. Sie trägt ein Hexenkostüm und grinst mit ihrer Schwester Noa in die Kamera. Darunter steht: *Halloweenparty auf Bloem.*

Mein Herz zieht sich zusammen. Nika ist auf dem Weg hierher. Nicht meinetwegen, sondern weil Demy die Schulflure mit Flyern gepflastert hat, die verkünden, dass hier eine riesige Fete steigt. Ich lese die wenigen Kommentare unter dem Bild. War klar, dass Finn schreibt, wie heiß Nika aussieht und dass er sich nur zu gerne von ihr verhexen lässt. Der Typ löst mit seinem Geschleime regelmäßig meinen Würgereflex aus. Es ist kein Geheimnis, dass er ein Auge auf Nika geworfen hat und nichts unversucht lässt, seit ich von der Bildfläche verschwunden bin. Nika hat auf seinen Kommentar mit einem grinsenden Emoji geantwortet. Es macht mich rasend, obwohl es mir egal sein muss. Weil Leen und Nika nicht mehr existieren.

»Ich habe dir das hier besorgt«, teilt mir Demy mit. Erst jetzt entdecke ich den Kleidersack in ihrer Hand.

»Vergiss es!« Nicht einmal im Traum werde ich an dem Blödsinn teilnehmen.

»Komm schon, Leen, mir zuliebe!« Sie setzt ihren Hundewelpenblick auf.

Erneut betrachte ich das Foto von Nika. Fuck!

Ich stehe vom Bett auf und gehe auf meine Schwester zu. »Okay, eine Stunde, wenn du mir nicht länger auf die Nerven gehst«, biete ich ihr als Kompromiss an.

»Deal«, sagt sie und drückt mir den Kleidersack in die Hand.

Widerwillig ziehe ich den Reißverschluss auf und werfe einen Blick hinein. »Dein Ernst?«

»Du bist der Gin-Prinz«, erwidert sie und grinst, während ich nur den Kopf schüttle. Dennoch ziehe ich mich um und stehe eine halbe Stunde später mit einem Bier in der Hand im Salon, in dem die Party bereits in vollem Gange ist. Mein Blick schweift über die Menge, bis er Nika einfängt. Finn neben ihr. Sie lacht. Er lächelt sie an wie ein Volltrottel.

»Hey, wir spielen jetzt Flaschendrehen, machst du mit?« Mein Kopf schnellt nach rechts und damit geradewegs zu Noa. Für einen Augenblick bin ich wie erstarrt, weil sie exakt das gleiche Kostüm wie Nika trägt. Ihre Ähnlichkeit bringt mich aus dem Konzept. Sie sind Zwillinge. Es ist also wenig überraschend, dass die beiden sich kaum auseinanderhalten lassen. Dennoch war es mir noch nie so bewusst wie in diesem Augenblick. Ich habe immer nur Nika gesehen. Das Mädchen, das bei unserer ersten Begegnung so unendlich traurig aussah, dass ich es mir zur Mission gemacht habe, sie zum Strahlen zu bringen. Jetzt ist es ihre Schwester, die mich anlächelt, als würde sie sich freuen, mich zu sehen.

»No way, bei dem Blödsinn mache ich nicht mit«, antworte ich und führe den Flaschenhals an meine Lippen. Noas Blick heftet sich auf meinen Mund und verharrt dort, lange nachdem ich die Flasche wieder abgesetzt habe.

Ich sehe wieder zu Nika, die sich in diesem Moment mit einer kleinen Gruppe kreisförmig auf dem Boden niederlässt.

»Sicher? Finn hat es heute auf Nika abgesehen«, sagt Noa herausfordernd.

»Mir doch egal«, gebe ich unbeeindruckt zurück.

»Na dann.« Sie durchquert den Raum, um sich zu den anderen zu setzen.

Für die nächsten Minuten beobachte ich das Treiben, während ich das Bier austrinke. Mit jeder Runde, in der sich die Flasche dreht, steigt mein Puls. Man muss kein Genie sein, um zu erkennen, worauf dieses Spiel abzielt. Denn Lukas küsst gerade Fiona, nachdem Paul zuvor mit der Schulpetze rumgemacht hat. Als Noa an der Reihe ist, sieht sie kurz in meine Richtung und grinst schelmisch. Gerade hasse ich sie, weil ich ihren Köder schlucke.

Ich setze mich in Bewegung und finde mich plötzlich neben Nika wieder. Irritiert sieht sie mich an. Die Flasche in der Mitte dreht sich. Schnell, bis sie schließlich langsamer wird. Was tue ich, wenn sie auf mich zeigt? Ich sehe wieder zu Nika. Würde ich sie küssen? Und dann? Würde ich ihr sagen, dass ich unsere Freundschaft absichtlich gegen die Wand gefahren habe, weil ich verliebt in sie war, es aber nicht mehr sein wollte? Dass ich längst verstanden habe, ich werde es immer sein, und ihre Nähe genau aus dem Grund nicht ertrage? Vermutlich ergibt das nur in meinem Kopf irgendeine Form von Sinn.

Der Flaschenhals zeigt auf Finn. Ganz automatisch spannt sich mein Körper an. Und dann sagt Noa genau das, was ich erwartet habe. Sie sagt ihm, dass er das Mädchen links von sich küssen muss. Nika.

Ihr Blick landet auf mir, ich schlucke, balle die Hände zu Fäusten. Mein Herz überschlägt sich in meiner Brust, als sie sich Finn zuwendet und er sich zu ihr beugt. Und ich lasse zu, dass es auseinanderbricht, indem ich dabei zusehe, wie er seine Lippen auf Nikas presst.

**NIKA**, ACHTZEHN JAHRE ALT

Ich streiche den Stoff des blassrosa Kleides glatt, das auf einem Bügel am Kleiderschrank hängt. Heute ist der Abschlussball. Damit endet meine Zeit in Bloemdaalen und ich schlage ein neues Kapitel auf. Eins, in dem Leen kein Teil meines Lebens mehr sein wird, weil uns ein Ozean voneinander trennt.

In meiner Vorstellung waren er und ich immer endlos. Doch menschliche Beziehungen bewegen sich nicht in einer derartigen Schleife, in der es weder Anfang noch Ende gibt. Jede Geschichte beginnt mit einer Begegnung und endet mit dem Loslassen. Ich zwinge mich, Leen loszulassen, so wie er es längst getan hat. Dennoch fühlt es sich seltsam an, den heutigen Abend ohne ihn an meiner Seite zu verbringen. Weil es nicht so sein sollte. Es war immer Nika und Leen. Nicht Nika und Finn. Dabei ist Finn seit sechs Monaten mein Freund und ich mag ihn sehr.

Ein Rascheln hinter mir lässt mich erschrocken herumfahren. Blinzelnd sehe ich Leen an. Als hätte ich ihn herbeigerufen, steht er wie eine längst verblasste Erinnerung vor mir. In einer schnellen Bewegung wischt er sich die inzwischen viel zu langen blonden Haare aus der Stirn. Wir haben nach unserer Unterhaltung auf dem Schulflur kaum mehr als ein paar Worte miteinander gewechselt. Er hat unsere Freundschaft weggeworfen, als wäre sie nichts wert, und jetzt taucht er hier auf, als wäre es okay, dass er ungebeten durch mein Fenster klettert.

»Was willst du hier?«, presse ich hervor.

»Willst du wirklich mit Finn auf den Abschlussball gehen?«, fragt er und vergräbt die Hände in den Hosentaschen seiner Jeans.

»Wie bitte?«

»Komm schon, Nika, so schwer ist die Frage nicht«, erwidert er und sieht mich abwartend an.

»Ich wüsste nicht, warum ich dir eine Antwort schuldig wäre«, zische ich ihn an. Denn er hat auf der Halloweenparty keine meiner Fragen beantwortet. Mich hat nämlich unter anderem brennend interessiert, warum er sich mit Finn geprügelt hat. Dass er zur Krönung des Abends meine Schwester geküsst hat, war wie ein Schlag ins Gesicht. Auf der einen Seite fühlt es sich so an, als hätte er mich gegen sie ausgetauscht, und auf der anderen Seite, als hätte Noa mir etwas weggenommen, was nur mir gehört hat. Was nicht stimmt. Ich habe keinerlei Anspruch auf Leen. Aber Noa bekommt alles, was sie will. Und er wusste das ganz genau. Leen war das Einzige, was ich nie mit meiner Schwester teilen musste.

»Fühlt sich das für dich falsch an?«, fragt er um einiges sanfter.

»Ich habe keine Ahnung, was du meinst.« Das weiß ich sehr wohl, nur zugeben werde ich es nicht.

»Doch, Nika, das weißt du«, enttarnt er meine Lüge.

»Was willst du von mir hören, Leen?«, frage ich ihn, weil ich wirklich nicht verstehe, warum er hier ist.

Er überbrückt die Distanz zwischen uns. »Sag, dass ich mit dir zum Abschlussball gehen soll, und ich werde es tun.«

Ich lache, dann verstumme ich abrupt. »Du meinst das ernst.«

»Mir gefällt der Gedanke nicht, dass er dich abholt, deine Hand hält, mit dir tanzt und dich mitten in der Nacht nach Hause bringt. Das sollte meine Aufgabe sein.«

»Verflucht, Leen, ich bin doch keine To-do-Liste, die man abarbeitet«, platze ich heraus.

Mit den Fingerknöcheln streicht er über meine Wange. Die Berührung trifft mich so unerwartet, dass ich ihn gewähren lasse. »Und wenn du meine Prioritätenliste bist?« Ich blinzle hektisch, als er eine Haarsträhne hinter mein Ohr schiebt und noch näher an mich herantritt. »Wenn du es schon immer warst?« Als er meinen Blick sucht und ihn gefangen hält, muss ich schlucken. »Wenn genau das mein Problem ist, Nika? Was ist dann?« Mit beiden Händen umfasst er mein Gesicht. »Wenn ich ohne dich nicht ich selbst bin und mit dir noch viel weniger?« Er lässt von mir ab und tritt einen winzigen Schritt zurück. »Weil wir alles und nichts sind.«

»Du hast die Entscheidung getroffen, dass wir keine Freunde mehr sind, das war nicht ich«, sage ich.

»Weil sich unsere Freundschaft falsch angefühlt hat.« Er vergrößert den Abstand zwischen uns.

»Für mich hat sie sich immer richtig angefühlt.«

»Verstehe«, erwidert er und lächelt schwach.

»Nein, Leen, du verstehst nicht. Ich vermisse den Jungen, der sein Pausenbrot mit mir teilt. Den Jungen, der mich beim Fußball nicht gewinnen lässt, nur weil ich ein Mädchen bin. Ich vermisse den Jungen, der durch mein Fenster klettert, weil ihm zu Hause die Decke auf den Kopf fällt und ich seine Zuflucht bin. Den Jungen, mit dem ich über alles reden, lachen und schweigen kann. Den Jungen, der alles ein bisschen besser macht, solange wir einander haben. Ich vermisse verflucht noch mal meinen besten Freund. Und ich habe geglaubt, ich wäre für dich genau das, was du für mich bist. Aber das bin ich nicht, richtig? Denn wäre …« Ich halte inne, weil er mich ansieht, als hätte ich ihm eine Ohrfeige verpasst.

»Nein, das bist du nicht«, flüstert er und verschwindet in der nächsten Sekunde durch das offene Fenster.

Ich halte die Tränen zurück, die sich an die Oberfläche kämpfen. Leen hat mich mehr als einmal verletzt und von sich gestoßen, während ich ihm immer wieder meine Hand entgegenhielt, um ihm aufzuhelfen. Er hat sie nicht gewollt. Also was fällt ihm jetzt ein, hier aufzutauchen und all die Wunden wieder aufzureißen?

# RAINY DAYS

*Dry Gin, Lime, Orange, Cassis*

........................................

## LEENARD
**Royal Borough of Kingston upon Thames, London**

»Was zur Hölle«, entfährt es mir, als ich die Wohnungstür aufschließe und mir stickige Luft entgegenschlägt.

Der alte Dielenboden knarrt unter meinen Füßen, während ich durch den Flur in Richtung Schlafzimmer gehe. Gleichzeitig weiche ich Pappbechern aus und steige über einen Kerl, der auf dem Boden pennt. Im Vorbeigehen werfe ich einen flüchtigen Blick ins Wohnzimmer und erspähe zwei Personen schlafend auf dem Sofa, umgeben von einem Saustall. Chipskrümel und Popcorn zieren den hellen Teppich, genau wie Flecken in Farbnuancen, die von Rotwein bis hin zu Pfefferminzschnaps reichen dürften. Jedenfalls weisen die leeren Flaschen auf dem Couchtisch darauf hin. Auf dem Fernseher laufen die Elf-Uhr-Nachrichten, während aus den Boxen *What a Feeling* von Irene Cara dröhnt.

Schön brav weiteratmen.

Bloß nicht durchdrehen.

Meine Finger schließen sich um die Türklinke zum Schlafzimmer. Für einen Moment zögere ich, den Raum zu betreten, weil mich eine Ahnung beschleicht, was mich hinter der Tür erwarten wird. Mein Bauchgefühl behält recht. Um mich nicht bemerkbar zu machen, stelle ich den Rucksack neben der Tür ab und schließe sie anschließend leise. Mein nächstes Ziel ist die Küche.

»Guten Morgen.«

»Fick dich, Ezra!«, presse ich hervor.

Mein Mitbewohner und bester Freund lacht. Wobei ich allmählich darüber nachdenken sollte, ihm letzteren Status zu entziehen und ihn auf die Straße zu befördern.

»Beschissene Nacht gehabt?«

Ich ignoriere die Frage genau wie das sich stapelnde dreckige Geschirr in der Spüle und nehme ein sauberes Glas aus dem Hängeschrank. »Was zum Teufel macht Heather in meinem Bett?«, frage ich ihn.

»Chelsea hat sie mitgebracht.«

»Und?«, hake ich nach, weil es nicht ansatzweise erklärt, was die Schwester seiner aktuellen Flamme dort zu suchen hat.

»Du warst nicht da«, erklärt er schulterzuckend.

»Und?«, wiederhole ich, weil auch das keine Rechtfertigung ist. Ich habe nicht viele Regeln für unser Zusammenleben aufgestellt. Eine davon lautet, dass mein Zimmer tabu ist, wenn er in meiner Abwesenheit eine seiner Partys schmeißt.

»Was hätte ich tun sollen, sie vor die Tür setzen?«

»Ja«, antworte ich knapp. Wir haben uns vor vier Jahren auf einer Erstsemesterparty der Kingston University kennengelernt. Wir hatten nicht viel gemeinsam. Primär verband uns der Umstand, dass unsere Familien millionenschwer sind und unsere Väter Patriarchen, in deren Wertesystem wir nicht hineinpassen. Daraus hat sich eine Freundschaft entwickelt, die Ezra regelmäßig mit unüberlegten Aktionen auf die Probe stellt.

Vergangenen Sommer ist er von der Uni geflogen und vorübergehend bei mir eingezogen, weil er das Wohnheimzimmer unverzüglich räumen musste. Aus der Notlösung ist inzwischen die Dauerlösung geworden. Mit der ich mal mehr, mal weniger zurechtkomme. Im Augenblick versucht er sich einen Namen in der Eventbranche zu machen und organisiert exklusive Partys für die reichen Kids der Kingston University. Er hat also sein Hobby zum Beruf gemacht, denn Ezra liebt es, Partys zu veranstalten. Weswegen auch regelmäßig meine Wohnung dafür herhalten muss. Er hat gerne Menschen um sich herum, ich habe gerne meine Ruhe. Wir könnten in so vielen Punkten nicht unterschiedlicher sein und doch funktioniert das mit uns im Normalfall erstaunlich gut.

Ezra tritt neben mich, lehnt sich gegen den Kühlschrank und beobachtet, wie ich das Glas mit Apfelsaft fülle. Für den Bruchteil einer Sekunde verzieht er reumütig das Gesicht.

»Wo warst du überhaupt?«, will er wissen.

»Ich brauchte etwas Zeit für mich«, antworte ich.

»Ein Wort und ich zieh aus, wenn ich dir zu viel bin«, erwidert er beleidigt.

»Sei nicht albern, du bist mir nicht zu viel, du gehst mir auf die Nerven.«

»Ist dasselbe, oder?«

»Nein, ist es nicht«, versichere ich ihm.

Mit wenigen Schritten durchquere ich die Küche und öffne die Balkontür, damit der Gestank der letzten Nacht nicht länger die Wohnung verpestet. Dann sehe ich auf die Uhr. »Du hast eine Stunde, um die Leute loszuwerden und hier aufzuräumen«, teile ich ihm mit, trinke den Saft aus und stelle das Glas neben die Spüle. »Wir treffen uns zum Lunch im *Woody's*«, sage ich, um meine vorherigen Worte etwas abzumildern.

»Geht klar.«

Ich bin schon beinahe zur Tür hinaus, als ich innehalte und ein unmissverständliches »Allein.« hinzufüge, weil ich Ezra zutraue, Chelsea und Heather mitzubringen, um ein Doppeldate zu veranstalten. Denn genau das hat er letzte Woche eingefädelt, als er mich zu einem Kinobesuch überredet hat. Heather ist okay, nur bin ich so gar nicht an ihr interessiert. Ezra hingegen findet, sie würde perfekt zu mir passen. Was ihn zu der Annahme bringt? Ich vermute, er will sie mir aufs Auge drücken, damit sie nicht ständig wie eine Klette an Chelsea klebt und ihre Zweisamkeit stört.

Erneut weiche ich dem Chaos aus und steige über den schlafenden Kerl im Flur, der sich exakt in dieser Sekunde stöhnend auf den Rücken dreht und die Augen aufschlägt.

»Ist die Party schon vorbei?«, nuschelt er.

Genervt schüttle ich den Kopf und gebe ihm zu verstehen, dass er sich aus meiner Wohnung verdrücken soll.

Lauter als beabsichtigt schließe ich die Wohnungstür hinter mir und atme erleichtert auf, sobald die Stille mich einhüllt und mir der Geruch von Bohnerwachs in die Nase steigt. Ein Seufzen verlässt meine Lippen, als die alten Holzstufen unter meinen Füßen leicht nachgeben und Geräusche fabrizieren, die nur eine hundert Jahre alte Treppe hervorruft. In diesem Wohnhaus zu leben ist wie eine längst eingestaubte Erinnerung an Kindertage. Es versetzt mich in eine Zeit zurück, die sich unbeschwert anfühlte. Eine, in der ich nicht ständig das Gefühl hatte, zu viel zu fühlen und trotzdem bei Weitem nicht genug. Vermutlich bin ich nur deswegen nach London gekommen, um mir das zurückzuholen, von dem ich glaubte, es hier wiederzufinden. Fakt ist allerdings: Die Leichtigkeit kehrt nicht zurück, egal wie lange ich hier ausharre. Nicht Ezra ist mir zu viel, sondern ich selbst.

Das Handy in meiner Hosentasche vibriert in dem Augenblick, als ich ins Freie trete – Demy. Mir steht gerade nicht der Sinn danach, mit meiner älteren Schwester zu telefonieren. Denn unser letztes Gespräch drehte sich darum, dass ich nach Hause kommen solle und warum es unbedingt die Kingston University sein musste. Außerdem hat auch sie mir nahegelegt, meinen bevorstehenden Master in Amsterdam zu absolvieren, damit ich näher bei der Familie bin. Es endete damit, dass ich sagte: *Ruf erst wieder an, wenn du mich mein Leben leben lässt.*

Ich wollte sie nicht so anfahren. Demy hat nur einen wirklich schlechten Zeitpunkt erwischt, dieses Thema anzusprechen. Zehn Minuten zuvor hatte ich nämlich die Absage der Kingston University aus dem Briefkasten gefischt. Ich war mir so sicher gewesen einen der wenigen Plätze zu bekommen. Der Professor hatte mir den Masterstudiengang indirekt schon zugesichert, weswegen ich mir keine Gedanken über einen Plan B gemacht habe.

Meine Schwester hat die volle Ladung Frust für etwas abbekommen, was ich mir selbst zuzuschreiben habe. Dafür sollte ich mich entschuldigen, das hieße allerdings auch, mich erklären zu müssen – was sich nach einem Eingeständnis des Scheiterns anfühlt.

Die Frühlingssonne scheint mir ins Gesicht, während das Handy verstummt und ich es wieder in der Hosentasche verstaue. Für die nächsten Augenblicke lege ich den Kopf in den Nacken und lasse mir von den Strahlen das Gesicht wärmen, bis sich eine Wolke davorschiebt. Ihr folgen weitere und der Himmel wird zunehmend grauer. Etwas, woran ich mich wohl nie gewöhnen werde: das Londoner Wetter. Statistisch gesehen regnet es hier 149 Tage im Jahr. Das entspricht 41 Prozent. Die Jahreszeit ist dafür völlig irrelevant. Nicht, dass es in den Niederlanden weniger regnen würde, doch der Regen ist anders. Irgendwie milder.

Mein erster Impuls ist mir ein Taxi zu schnappen, um trocken im *Woody's* anzukommen. Letztendlich entscheide ich mich aber dafür, mein Glück herauszufordern, also schlage ich den Weg nach rechts ein und laufe die High Street runter. Nach zweihundert Metern biege ich nach links ab und nehme das schmale Gässchen, das mich direkt auf die Queen's Promenade führt. Das gute Wetter hat überwiegend Touristen aus ihren Hotelzimmern gelockt, denn die nächsten Minuten weiche ich Menschen aus, die sich auf dem Weg entlang der Themse befinden und Fotos knipsen. Normalerweise schaffe ich es zu Fuß in acht Minuten zu unserem Stammlokal, heute brauche ich doppelt so lange.

Kaum schließt sich die Tür hinter mir, vibriert erneut mein Handy. Ich ignoriere es, weil Mildred auf mich zukommt.

»Hallo, bist du heute allein?«, fragt sie und sieht sich unverzüglich nach einem freien Tisch um.

»Ezra kommt später dazu«, antworte ich.

Sie nickt. »Okay, einen Fenstertisch?«

»Wenn du noch einen frei hast.« Suchend sehe ich mich in dem halb vollen Raum um. Besonders groß ist das *Woody's* nicht. Ein Grund, warum ich es mag. Denn ich bin kein Fan von großen Lokalen oder Touristenhotspots.

»Für dich immer.« Das Lächeln auf Mildreds Lippen wird breiter und ich folge ihr durch den Gastraum. Mildred jobbt neben dem Studium im Restaurant ihrer Mutter, weil ständig akuter Personalmangel herrscht.

Bevor ich mich setze, sehe ich Millie an. Überlege, was an ihr anders ist, dann greife ich nach einer der dunklen Locken, die ihr am Freitag noch bis über die Schultern gereicht haben und jetzt auf Kinnhöhe enden. »Ich mag deine neue Frisur«, sage ich und erwidere zum ersten Mal ihr Lächeln.

Mit zusammengezogenen Augenbrauen mustert sie mich argwöhnisch. »Flirtest du etwa mit mir, Leenard Brouwer?«, fragt sie in strengem, aber vor allem missbilligendem Ton.

Lachend ziehe ich die Hand zurück. »Würde mir nie in den Sinn kommen.«

»Gut, Ezra reißt dir sonst die Eier ab.«

Daran habe ich keinerlei Zweifel.

»Was darf ich dir bringen?«

»Gerne einen Cheeze Burger und dazu einen Bourbon Sour.«

»Geht klar.«

Ich sehe ihr nach, wie sie in Richtung Küche verschwindet. Die Schwingtür schließt sich hinter ihr. Nach wenigen Sekunden taucht sie wieder in meinem Blickfeld auf und tritt hinter die Bar. Ed Sheeran hallt in angenehmer Lautstärke durch das Lokal, während ich meinen Blick über die Gäste schweifen lasse. Das *Woody's* ist ein beliebter Treffpunkt der Studierenden der Kingston University, weil es sich in unmittelbarer Nähe der Wirtschafts- und sozialwissenschaftlichen Fakultät befindet. Einige Gesichter sagen mir etwas. Dennoch kenne ich die meisten, die mit mir in den Kursen sitzen, nur flüchtig. Ich bin der Typ, den man zu Partys einlädt, weil sich der Name gut auf der Gästeliste macht und Leute anlockt. Aber ich bin auch der Typ, um den man einen Bogen macht, um ihn aus der Ferne zu betrachten. Der Name Brouwer ist wie ein Fluch, von dem ich dachte, er würde mich nicht bis nach London verfolgen.

Da habe ich mich geirrt.

Millie stellt ein Glas vor mir ab, öffnet den Mund, um etwas zu sagen, als ein Gast zwei Tische weiter nach ihr verlangt. Ein entschuldigender Ausdruck erscheint auf ihrem Gesicht.

Ein, zwei Sekunden lang betrachte ich die goldgelbe Flüssigkeit, die mit einer Zitronenscheibe und einer Cocktailkirsche garniert optisch mehr hermachen soll. Ich nehme eine Papierserviette aus dem Halter, der mitten auf dem Tisch steht, fische die überflüssige Garnitur aus dem Getränk und lege sie darauf ab.

»Ist es nicht ein bisschen zu früh dafür?«, ertönt Ezras Stimme, zeitgleich zieht er den Stuhl mir gegenüber zurück und nimmt darauf Platz. Bevor ich ihn davon abhalten kann, greift er nach dem Glas und genehmigt sich einen Schluck. »Ehrlich, ich check es nicht, deine Familie produziert einen der besten Gins der Welt und du ziehst dir billigen Bourbon rein.«

»Wie du weißt, bevorzuge ich den holzigen, würzigen Geschmack des Whiskeys anstelle von bitterem Wacholder.« Das ist die offizielle Version, warum ich das Familienprodukt verschmähe. Die Wahrheit ist, mit fünfzehn habe ich eine Flasche aus dem Lager mitgehen lassen, um meinen Kummer zu ertränken. Baas musste mich mitten in der Nacht vom Polizeirevier abholen, nachdem mich zwei Beamte betrunken an einer Bushaltestelle eingesammelt hatten. Seither habe ich keinen Gin mehr angefasst. Dabei bin ich mir nicht sicher, ob es am Gin selbst oder an der Ansage meines Bruders liegt, dass ich kein weiteres Mal in Versuchung geraten bin.

Ich nehme ihm das Glas aus der Hand und stelle es wieder vor mir ab. »Du bist zu früh«, sage ich nach einem Blick auf die Uhr. In der kurzen Zeit hat er unmöglich das Chaos beseitigt.

»Ich habe das Aufräumen auf *nach dem Lunch* vertagt«, bestätigt er meinen Verdacht.

»Hi, Trottel.« Millie stellt den Cheeze Burger vor mir ab, während sie Ezra auf ihre ihm gegenüber typisch charmante Art begrüßt.

Ezra grinst schief und wendet sich Millie zu. In der nächsten Sekunde reißt er entsetzt die Augen auf. »Fuck, was ist mit deinen Haaren passiert?«, presst er hervor und ich unterdrücke ein Lachen, weil sein Gesichtsausdruck zum Brüllen komisch ist.

»War Zeit für etwas Neues.«

»Das ist mehr als gewöhnungsbedürftig.«

»Leenard findet, ich sehe hübsch aus«, erwidert sie patzig.

»Findet er das?« Ezra fixiert mich mit seinem Blick.

Beschwichtigend hebe ich die Hände. »Haltet mich da raus.« Millie provoziert ihren Stiefbruder absichtlich. Das ist eins ihrer liebsten Hobbys. Ezra würde es zwar nie zugeben, aber er verfügt über einen völlig überzogenen Beschützerinstinkt. Für unsere Freundschaft gibt es genau eine feste Regel: Mildred Josephine McAllister ist tabu. In dem Punkt stimme ich Ezra zu, ich würde ihn auch nicht in die Nähe von Demy lassen. Allein schon, weil er es mit keiner länger als ein paar Wochen aushält.

Als würde eine Erinnerung aufploppen, vibriert mein Handy ein weiteres Mal. Ich ziehe es aus der Hosentasche und es ist tatsächlich meine Schwester. Das ist bereits der dritte Anruf innerhalb von einer Stunde. Was mehr als eigenartig ist, weil sie für gewöhnlich dazu übergeht, mir eine Nachricht mit *Du gehst schon wieder nicht ran* zu schicken.

»Bringst du mir Fish 'n' Chips?« Aus Ezras Mund klingt es weniger nach einer Bitte, sondern mehr nach einer Aufforderung.

»Was hältst du davon, deine Bestellung zur Abwechslung mal selbst in der Küche aufzugeben? Bei der Gelegenheit kannst du Mum gleich Guten Tag sagen.«

Ezra lehnt sich auf dem Stuhl zurück und verschränkt die Arme hinter dem Kopf. »Es gibt einen Grund, warum ich bei der Scheidung meinem Arschlochvater zugesprochen wurde, während Miss Perfect bei ihrer Mummy bleiben musste.«

»Und trotzdem kommst du ständig hierher«, schießt Millie zurück.

»Entschuldigt mich kurz«, sage ich und stehe auf. Zum einen, um die beiden zu unterbrechen, bevor die Sache wieder einmal aus dem Ruder läuft, und zum anderen, um meine Schwester zurückzurufen.

Gerade als ich Demys Nummer wählen will, erscheint die Mitteilung auf dem Display, dass eine Nachricht auf der Mailbox hinterlassen wurde. Also rufe ich die zuerst ab.

»Leen«, höre ich Demy mit zittriger Stimme sagen, dann herrscht Stille, die von einem leisen Schluchzen unterbrochen wird. Mir läuft es eiskalt den Rücken hinunter. Meine Schwester hat das letzte Mal geweint, als unsere Mutter gestorben ist. »Es ist etwas passiert.«

In dieser Sekunde fühlt es sich an, als hätte jemand die Zeit zurückgespult. Ich bin wieder fünfzehn, sehe meinen großen Bruder mit starrer Miene neben mir im Wagen sitzen, wie er genau diese Worte zu mir sagt. *Leen, es ist etwas passiert.* Immer und immer wieder hallt der Satz in meinen Ohren wider. Sorgt dafür, dass die Welt um mich herum wie in Zeitlupe ein weiteres Mal auseinanderbricht, während mein Herz viel zu schnell schlägt.

»Du musst nach Hause kommen«, spricht Demy aus, was ich tief in meinem Inneren längst befürchtet habe. Ich richte meinen Blick auf die Themse, während der Regen federleicht auf mich niederrieselt. Für die nächsten Sekunden lausche ich der Stille am anderen Ende der Leitung, warte darauf, dass mein Gefühl mich Lügen straft und meine Schwester eine banale Erklärung hinterherschiebt, die darauf hinweist, dass sie überdramatisch ist. Stattdessen ertönt eine mechanische Stimme: *Ende der Nachricht.*

Mein Herz schlägt mir inzwischen bis zum Hals, als ich Demys Nummer wähle. Es klingelt eine halbe Ewigkeit, bevor ich auf die Mailbox weitergeleitet werden. Als Nächstes versuche ich es bei Baas mit demselben Ergebnis. In meinen Gliedern beginnt es unangenehm zu kribbeln und das Atmen fühlt sich plötzlich unmöglich an. Ganz automatisch setzen sich meine Beine in Bewegung. Ein Fuß vor den anderen. Weg vom *Woody's*. Erneut wähle ich Demys Nummer, dann wieder die von Baas, ohne Erfolg.

Genau wie vorhin weiche ich Passanten aus, nur dass ich sie diesmal nur unterschwellig wahrnehme. In meinem Kopf überschlagen sich die Gedanken, von denen ich hoffe, dass keiner davon real wird. Mein Schritt beschleunigt sich.

Nach kurzem Zögern rufe ich meinen Vater an.

Nichts.

# SPRING KISS

*Vanilla Gin, Rhubarb, Tonic, Apple*

## NIKA

**Albert Cuypmarkt, De Pijp, Amsterdam**

Ich liebe es, über den Markt in meinem Viertel zu schlendern, weil es eine beruhigende Wirkung auf mich hat. Auf dem Wochenmarkt herrscht eine ganz eigene Atmosphäre, die sich mit allen Sinnen erfassen lässt.

»Guten Morgen, Freya.«

»Hallo, Nika, so früh schon auf den Beinen?«, zieht sie mich auf, weil es bereits Mittag ist.

»Ich war erst um fünf im Bett«, sage ich zu meiner Verteidigung, obwohl ich ihr gegenüber keinerlei Rechenschaft ablegen muss.

»Du arbeitest zu viel.«

»Immer das Ziel vor Augen«, erwidere ich.

Freya lacht kurz, dann sieht sie mich mit sanftem Blick an. Die Fältchen um ihre Augen sind deutlicher geworden und lassen vermuten, wie alt sie tatsächlich ist. Ihre pastellrosafarbenen Haare und der etwas eigenwillige Kleidungsstil lassen sie deutlich jünger erscheinen. Ich habe sie nie nach ihrem Alter gefragt, obwohl wir uns seit drei Jahren kennen. Im Grunde ist es auch egal, ob Freya fünfzig, sechzig oder noch älter ist. Sie ist mit Abstand der netteste Mensch, der mir je begegnet ist. Immerhin lässt sie mich für eine winzige Miete bei sich wohnen. Also nicht bei sich direkt, sondern in dem Mehrfamilienhaus, das ihr gehört. Den Marktstand betreibt ihre Familie seit Jahrzehnten. Während ihr Bruder für den Anbau von Obst und Gemüse zuständig ist, kümmert sich Freya um den Verkauf.

Mein Blick schweift über die saisonale Auswahl. Der Frühling ist meine liebste Jahreszeit, weil alles aus dem Winterschlaf aufzuwachen scheint. Die ersten Sonnenstrahlen beleben jedes Jahr aufs Neue das Viertel. Die Menschen zieht es nach draußen in die Cafés oder in den Sarphatipark, der unweit des Marktes liegt.

»Was darf es heute sein?«, fragt Freya.

»Zwei davon bitte«, sage ich und deute auf die Äpfel. »Und hiervon eine Stange«, füge ich hinzu, als ich den Rhabarber entdecke.

»Hast du noch einen Wunsch?«

»Einen Bund Minze, wenn du hast«, antworte ich, weil ich sie nicht auf Anhieb zwischen all den frischen Kräutern ausmachen kann.

Während sie alles in eine Papiertüte packt, krame ich mein Portemonnaie aus dem Rucksack. Freya hebt abwehrend die Hand, als ich ihr zehn Euro reichen will.

»Geht aufs Haus.«

Verhalten lächle ich sie an. Freya weiß, dass ich immer irgendwie knapp bei Kasse bin, weil mein Job im *Sole Mio* nicht viel abwirft und mein Hobby eine Menge Geld verschlingt. Daher lässt sie mich selten die Dinge bezahlen, die ich bei ihr einkaufe. Aber ich habe eine gute Methode gefunden, mich für ihre Großherzigkeit zu revanchieren.

»Nur, wenn du später meine neuste Kreation probierst«, sage ich und bringe damit ihr Gesicht zum Strahlen. Es gibt zwei Dinge, die Freya liebt: gutes Essen und Gin. Aber vor allem genießt Freya es, Gesellschaft zu haben. Sie ist alleinstehend und hat keine Kinder. Die Hausgemeinschaft ist ihre Familie. Und für mich ebenfalls. Um nichts auf der Welt möchte ich unsere kleine Gemeinschaft missen.

»Gerne, Liebes. Als hätte ich es gewusst, habe ich nämlich gestern Abend die Füllung für Bitterballen vorbereitet. Die bringe ich später mit.«

Irgendwann werde ich Freya beichten müssen, dass ich kein Fan dieser Spezialität bin.

»Unbedingt«, sage ich wie gewöhnlich, denn für sie gehören Gin und Bitterballen zusammen. Wenn man etwas über die kulinarische Geschichte unseres Landes wissen will, dann ist Freya die richtige Anlaufstelle. Dank ihr weiß ich, dass diese frittierte Delikatesse, die in der Regel Fleischragout enthält, nicht bitter schmeckt, sondern traditionell mit Bitterstoffen serviert wird, zum Beispiel Genever, dem Vorboten des allseits bekannten Gins. Beim Thema Gin hingegen harmonieren Freya und ich ganz ausgezeichnet. Denn der Wacholderschnaps ist der Treibstoff meines Hobbys, des Kreierens von Cocktails. Gin-Cocktails, um genau zu sein.

»Ist dir um sieben recht?«, will sie wissen.

»Passt perfekt.«

Wir verabschieden uns voneinander und ich setze meinen Weg über den Markt fort, lege einen Zwischenstopp bei Arjen am Käsestand und bei Benthe ein, um jeweils Gouda und einen Strauß bunte Tulpen für Freya mitzunehmen. Das Schöne in diesem Viertel: Hier kennt nahezu jeder jeden. Und zu Hause ist hier jede Kultur und Gesellschaftsschicht, genauso wie Kreative und Workaholics. Hier hilft man sich untereinander. Alles geht Hand in Hand und das Geld bleibt zu großen Teilen im Viertel.

Kurz darauf biege ich auf die Eerste van der Helststraat und folge ihr in Richtung Sarphatipark. Im Vorbeigehen winke ich Izabell und Joris zu, die in der Wohnung unter mir wohnen, und suche mit dem Blick den Spielplatz nach Amilia ab. Sie hat mich längst erspäht und kommt auf mich zugerannt.

»Niha«, ruft sie laut und einige Passanten drehen sich nach ihr um. Ich gehe in die Knie, um mit der Dreijährigen auf Augenhöhe zu sein.

»Hallo, Amilia, hast du Spaß?«

Eifrig nickt sie und bewundert die Tulpen in meiner Hand. Ich ziehe eine pinke aus dem Strauß und halte sie ihr entgegen. »Hier, eine Blume für dich.« Ich reiche ihr noch eine gelbe, weil es Izas Lieblingsfarbe ist. »Und die ist für deine Mama.«

Ohne ein weiteres Wort dreht Amilia sich um und eilt zu ihren Eltern. Für den Moment beobachte ich sie dabei, bis mich jemand anrempelt und sich rasch entschuldigend weitereilt. Auch ich setze meinen Weg in die Pastelstraat fort. Der Wochenmarkt liegt nur zehn Gehminuten von meiner Wohnung entfernt. Wenn es schnell gehen muss, nehme ich das Fahrrad. Ein Auto könnte ich mir ohnehin nicht leisten und Parkplätze sind obendrein ein Luxus in der Gegend.

Ich schließe die Haustür auf, werfe einen Blick in den Briefkasten und sortiere die Rechnungen zwischen der Reklame heraus. Es gibt keinen Fahrstuhl und überhaupt hätte das Haus einige Modernisierungen nötig. Die Heizung fällt regelmäßig aus, genau wie das Warmwasser, und es zieht durch die Fenster. Dennoch habe ich bisher nie darüber nachgedacht, mir etwas anderes zu suchen. Ich lebe gerne hier und nehme die kleinen Macken des in die Jahre gekommenen Gemäuers schmunzelnd in Kauf. Ja, ich würde sogar behaupten, die Pastelstraat 8 mit ihren Bewohnern ist inspirierend und absolut einzigartig.

Im Erdgeschoss befindet sich Freyas Reich. In der ersten Etage wohnen Akito, Hannah und Pablo. Eine Dreier-WG, die immer für eine Party zu haben ist. Die Wohnung über ihnen gehört Peter und Gerda Müller, einem Paar, das seinen Ruhestand statt in Berlin in Amsterdam genießt. Dann kommen Iza, Joris und Amilia van der Linden. Ich bilde das Schlusslicht im Dachgeschoss.

Die sechsundachtzig Stufen sind mein tägliches Sportprogramm und dennoch bin ich jedes Mal außer Atem, sobald ich die oberste Etage erreiche. Den Einkauf stelle ich in der Küche auf dem kleinen Tisch unter dem Fenster ab und hole eine Vase aus dem Schrank, um die Tulpen für Freya hineinzustellen. Im Wohnzimmer herrscht das übliche Chaos, weil es nahezu unmöglich ist, in diesem beengten Zimmer alles Notwendige zu verstauen und gleichzeitig Ordnung zu halten.

Bevor ich mich meiner Tagesaufgabe widme, füttere ich Gijsbert, der munter in einem Glas auf der Kommode schwimmt. Der Goldfisch war ein Geschenk von Freya, damit ich Gesellschaft habe. Ich bin sehr froh, dass mein Mitbewohner pflegeleicht ist, keine Partys schmeißt und eher zu der schweigsamen Sorte gehört.

»Lass es dir schmecken, kleiner Freund.« Sofort stürzt Gijsbert sich auf die winzigen Flocken, die im Wasser langsam zu Boden sinken.

Im Vergleich zum Rest der Wohnung ist die Küche der größte Raum, weshalb sich hier auch mein Arbeitsbereich befindet. In der Ecke steht ein weiterer Tisch mit dem nötigen Equipment. Okay, Equipment ist übertrieben, es handelt sich lediglich um ein Stativ für mein Handy, ein Ringlicht und einen selbst gebastelten schwarzen Kasten, der als eine Art Fotobox fungiert. Direkt daneben steht ein alter Holzschrank, in dem sich alle Utensilien befinden, die ich für meine Cocktails brauche.

Ich öffne den Schrank und begutachte meinen Bestand.

»Okay, welcher passt am besten zu meiner Idee?«, murmle ich leise, nehme eine kleine Auswahl an Flaschen heraus und stelle sie auf dem Tisch ab.

Das Klingeln an der Tür lässt mich zusammenzucken. Ich werfe einen Blick auf die Uhr. Schon so spät? Dann höre ich, wie der Schlüssel ins Schloss gesteckt wird. Die Wohnungstür quietscht leise.

»Nika, bist du da?«, ruft Selma.

»In der Küche.«

Ihre High Heels klackern auf dem alten Dielenboden. »Ah, du bist schon bei den Vorbereitungen«, merkt sie an, als sie in den Raum tritt.

»Ich wollte gerade loslegen.«

»Können wir vorher kurz über die Anfragen in deinem Postfach reden?«

»Nein.«

»Warum nicht?«

»Weil ich keine Kooperationen annehme, deswegen.«

Selma seufzt. »Nika, ich sag es wirklich ungern, aber du bist so unfassbar dumm.«

Ich wende mich ihr zu und ziehe die linke Augenbraue hoch. »Nur, weil ich den Leuten nicht vorschreibe, was sie kaufen sollen?«

»Es ist eine Empfehlung, du zwingst niemanden, das Produkt zu kaufen, für das du wirbst.«

Bei diesem Thema werden wir wohl nie auf einen gemeinsamen Nenner kommen. »Wenn ich heute«, ich greife wahllos nach einer Flasche und halte sie hoch, »diesen Gin präsentiere und morgen einen Rabattcode hinterherschiebe, dann um meine Community um ein paar Euro zu erleichtern und den Produzenten zu bereichern.«

»Deine Logik hinkt, das weißt du hoffentlich, denn die Einzige, die aktuell keinen Mehrwert von ihrer Bekanntheit zu verzeichnen hat, bist du.«

»Ich bleibe werbefrei.«

»Was ist mit deinem Ziel, eine eigene Bar zu eröffnen?«

»Das werde ich, es dauert nur noch etwas.«

»Es würde deutlich schneller gehen, würdest du über deinen Schatten springen.«

Niemals hätte ich ihr die Macht über meinen Social-Media-Account geben dürfen. Aber neben meinem Job als Barkeeperin und dem Produzieren von Content sowie dem Schreiben von Blogeinträgen fehlt mir schlichtweg die Zeit, allem gleichermaßen gerecht zu werden. Über mein mangelndes Privatleben will ich gar nicht erst nachdenken. Deswegen hat Selma vor drei Monaten das Beantworten von Anfragen und die Interaktion mit Followern für mich übernommen.

»Und du wärst eine großartige beste Freundin, wenn du nicht immer wieder mit dieser Influencerinnenkarriere-Nummer um die Ecke kommen würdest.«

»Memo an dich, Miss Cocktailery, du bist längst eine, nur leider keine, die Millionen damit verdient, weil sie ihren Input gratis an die Leute verteilt.«

In dem Punkt hat Selma recht, Miss Cocktailery ist längst zu mehr als nur einem Hobby geworden. Nur die miese Bezahlung ist gleich geblieben. Meine Einnahmen belaufen sich nach wie vor auf ein paar Euro durch Affiliate-Links auf meinem Blog, die ich wiederum in die Kreation von neuen Cocktails investiere. Rechnen tut sich die Sache keinesfalls. Im Gegenteil, meistens zahle ich obendrauf. Dennoch liebe ich es. Gerade weil ich niemandem zu etwas verpflichtet bin. Würde ich mich dafür bezahlen lassen, wäre ich in meinem Tun weniger frei.

»Du hast schon einen mies bezahlten Job, da kannst du dir keinen unbezahlten zweiten leisten«, setzt Selma nach.

»Lernst du in deinem Businessmanagementseminar, wie man Menschen vor den Kopf stößt?« Ich trete neben sie. Aus dem Hängeschrank nehme ich mehrere Longdrinkgläser sowie einen kleinen Teller und stelle alles vor mir ab. Anschließend gebe ich eine anständige Menge des braunen Rohrzuckers auf den Teller.

»Nein, das steht im Beste-Freundinnen-Handbuch«, erwidert sie frech und grinst mich an.

»Wirklich?«

Selma reicht mir eine Limette aus der Obstschale. Ich viertle sie und reibe den oberen Rand der Gläser damit ein. »Ja, Paragraf 4: Wenn deine Freundin ihre Chancen nicht nutzt, hau ihr die Wahrheit um die Ohren.«

»Gibt es auch einen Paragrafen, in dem steht, dass man immer hinter den Entscheidungen der besten Freundin steht?«

Ein Glas nach dem anderen tauche ich in den braunen Zucker, bis er daran haften bleibt.

»Möglich«, antwortet sie herzallerliebst und wirft einen Blick in die Papiertüte, die noch unausgepackt auf dem Küchentisch steht.

»Rhabarber?«, fragt sie ungläubig.

»Saisonal, schon vergessen?« Ich nehme ihr den Rhabarber aus der Hand und säubere ihn unter fließendem Wasser. Anschließend schneide ich ihn mit dem Sparschäler in hauchdünne lange Streifen.

»Na, wenn du meinst. Was brauchst du sonst noch?«

»Die Äpfel, Rhabarbersaft und Tonic.«

»Welches Tonic?«, will sie wissen, während sie die Zutaten zusammenträgt.

»Mmh, wir versuchen ein mildes und ein herbes.«

»Was ist mit der Minze?«, fragt sie und nimmt sie aus der Tüte.

»Ja, die auch.«

Selma verteilt die Eiswürfel gleichmäßig auf die Gläser. In das erste gebe ich vier Zentiliter Gin mit der Note rosa Pfeffer und Lavendel, was ihm einen zart roséfarbenen Ton verleiht, und fülle das Ganze zur Hälfte mit dem herben Tonic und Rhabarbersaft auf. Dann reiche ich das Glas an Selma.

Sie rümpft die Nase, weil sie der Geschmacksrichtung nicht traut, dennoch nippt sie daran und macht ein schmatzendes Geräusch, um ihre Geschmacksknospen zu aktivieren.

»Und?«, frage ich sie.

»Könnte sanfter sein. Das Tonic haut ganz schön rein.«

Um mir selbst ein Urteil zu bilden, nehme ich einen Schluck. »Ja, probieren wir die milde Variante und einen Gin mit Vanillenote, um dem Ganzen etwas mehr Substanz zu verleihen und die Säure zu reduzieren.«

Die nächsten Stunden verbringen wir damit, das richtige Verhältnis der Zutaten für den Spring Kiss zu finden. Wir sind so vertieft in die Sache, dass wir das Klingeln an der Tür zuerst überhören, bis es ein weiteres Mal schellt.

»Ich geh schon, zaubere du eine ansprechende Garnitur, damit wir Fotos machen können.«

»Es ist Izabell«, ruft Selma aus dem Flur. »Sie hat Kuchen dabei«, fügt sie hinzu.

»Dann lass sie rein«, erwidere ich laut.

»Freya hat dir einen Tipp gegeben, stimmt's?«, frage ich Iza, als sie in die Küche tritt.

»Ich dachte, du könntest vielleicht eine Testperson gebrauchen, aber wie ich sehe, hast du schon tatkräftige Unterstützung.«

»Immer, Selmas Geschmacksnerven beschränken sich auf süß und fruchtig«, sage ich und bereite ihr unsere finale Version des Spring Kiss zu, während Selma Teller für den Kuchen aus dem Schrank nimmt.

»Optisch schon mal vielversprechend«, merkt Iza an.

Als Garnitur habe ich hauchdünne Apfelspalten geschnitten und mithilfe eines Spießes zu einem Fächer geformt. Einen Streifen des Rhabarbers habe ich in Schlaufen gelegt und ebenfalls mit dem Spieß fixiert. Ein kleiner Stängel Minze dazu und fertig ist das Kunstwerk.

»Halt«, entfährt es Selma, als Iza den fruchtigen Cocktail an ihre Lippen führen will. »Wir machen erst die Fotos.« Sie nimmt ihr das Glas aus der Hand und geht damit zu dem Tisch, auf dem die provisorische schwarze Fotobox steht. Ich hole die Kamera.

Zehn Minuten später habe ich ungefähr fünfundzwanzig Bilder geschossen und hoffe, es ist etwas Verwertbares dabei.

Ein weiteres Mal klingelt es an der Tür, diesmal gehe ich selbst hin. Es hat sich offensichtlich herumgesprochen, dass heute ein Tasting stattfindet, denn die WG aus der ersten Etage steht vor der Tür.

»Wir haben Nachschub dabei«, sagt Pablo und drückt mir eine Flasche Gin in die Hand. »Mein Vater schwört, das ist der Beste«, sagt er und quetscht sich an mir vorbei. Ich werfe einen Blick auf das Etikett und seufze. *Brouwen.* Natürlich.

»Kommt doch rein«, sage ich und trete einen Schritt beiseite, um Hannah und Akito in die Wohnung zu lassen.

»Ich habe eine Snackplatte vorbereitet. Auf die Schnelle hat der

Kühlschrank nicht viel hergegeben«, sagt Hannah und macht ein entschuldigendes Gesicht.

»Das ist lieb.« Auf eine spontane Party bin ich so gar nicht vorbereitet. Mit etwas Glück habe ich noch eine Tüte Chips und eine Dose gesalzene Erdnüsse im Vorratsschrank. »Was wollt ihr trinken?«, frage ich überflüssigerweise. Freya hat ihnen mit Sicherheit erzählt, dass ich heute etwas Neues ausprobiere und immer gerne verschiedene Meinungen dazu höre.

Anfänglich habe ich geheim gehalten, was ich in meiner Freizeit treibe, aber dann brauchte ich Ersatz für den Geschmackstest, als Selma an einer Mandelentzündung litt, und habe Freya gefragt. Die Sache hat im Haus schneller die Runde gemacht, als ich Freya bitten konnte, niemandem davon zu erzählen. Dabei ist es mir nicht unangenehm, es ist eher so, dass sich bisher niemand für meine Hobbys interessiert hat.

Außer Selma, sie hat mich vor drei Jahren auf die Idee gebracht, einen Cocktailblog zu eröffnen, als wir uns im *Sole Mio* kennengelernt haben. Ihr Date hatte sie versetzt und sie saß niedergeschlagen an der Bar. Auf meine Frage, ob ich sie irgendwie aufmuntern könne, hat sie geantwortet: *Nur wenn du etwas Glitzer auf diesen beschissenen Abend streust.*

Daraufhin habe ich ihr einen Glowing Aurora zubereitet, der zwar nicht glitzert, aber im Schwarzlicht leuchtet. Der Cocktail stand nicht auf der Karte, ich hatte kurz zuvor im Internet gelesen, dass dieser Trend gerade die Barszene erobere. Michael, der Inhaber des *Sole Mio*, in dem ich arbeite, hält eher an den Klassikern fest und lässt mir wenig Spielraum zur kreativen Entfaltung. So kam eins zum anderen und heute präsentiere ich meine Kreationen als Miss Cocktailery. Allerdings weiß niemand außerhalb der Pastelstraat 8, dass sich hinter dem Namen Nika de Jong versteckt.

Etwas, das dieses Wohnhaus auszeichnet: Alle sind loyal, verstehen sich prächtig und wir verbringen viel Zeit miteinander. Die WG lädt regelmäßig zum Grillen im Innenhof ein. Iza backt zweimal die Woche und Freya kocht jeden Sonntag für alle. Die Müllers kümmern sich um den Garten, weil niemand sonst über einen grünen Daumen verfügt.

Wie aufs Stichwort kündigt ein erneutes Klingeln an der Tür die noch fehlenden Hausbewohner an.

»Sind wir zu spät?«, fragt Freya und macht einen langen Hals, als sie das Stimmengewirr aus der Küche wahrnimmt. Sie drückt mir die dampfende Schüssel, die bis obenhin mit Bitterballen gefüllt ist, in die Hand. Gerda hat eine Servierplatte mit frisch aufgeschnittenem Obst dabei.

Ein breites Lächeln schleicht sich auf meine Lippen, weil nun all meine liebsten Menschen beisammen sind. »Nein, ihr kommt genau richtig.«

# BITTERSWEET HOMECOMING

*Blueberry Gin, Rosemary, Vanilla*

## LEENARD

**Luchthaven Schiphol, Haarlemmermeer, nahe Amsterdam**

»Sir, Sie müssen aussteigen.«

Ich drehe den Kopf leicht nach rechts und sehe zu der Flugbegleiterin auf, anschließend werfe ich einen Blick auf die umliegenden Sitzreihen. Leer.

»Entschuldigen Sie, mir ist offensichtlich entgangen, dass wir bereits gelandet sind.« Nein, ist es nicht, ich wollte lediglich den Moment des Ankommens hinauszögern.

Bevor ich mich von meinem Platz erhebe, atme ich einmal tief durch, dann hole ich das Handgepäck aus dem Fach über mir. Mit jedem Schritt, den ich mich dem Ausgang der Boeing nähere, fühlen sich meine Beine schwerer an. Sie werden auch nicht leichter, als ich durch den Tunnel gehe, der zum Gate führt und dafür sorgt, dass ich in wenigen Augenblicken heimischen Boden unter den Füßen haben werde.

Da die anderen Passagiere lange vor mir ausgestiegen sind, ist es ein stiller, aber vor allem einsamer Weg bis zur Schleuse. In dem Augenblick, als ich sie durchquere, erschlägt mich die plötzlich eintretende Geräuschkulisse nahezu. Instinktiv bleibe ich stehen und blicke über meine Schulter. *Als gäbe es einen Weg zurück*, verspotte ich den Fluchtgedanken, dem ich für eine Nanosekunde nachgeben wollte. Fakt ist, ich bin hier und daran lässt sich rein gar nichts ändern. Selbst wenn ich in den nächsten Flieger steige, der mich fortbringt, wäre ich dennoch hier gewesen. Lange genug, um das nagende Gefühl, das mich niederzuringen droht, im Gepäck zu haben. Wohl wissend es nicht loszuwerden, sobald ich in London lande. Es wäre noch immer da, schlimmer als in diesem Augenblick. Und ich hasse es. Jedes verdammte Mal aufs Neue. Es gibt keinen Weg zurück. Niemals.

Für die nächsten zwei Minuten lasse ich den Trubel in der Ankunftshalle auf mich wirken. Es gibt zwei Kategorien von Ankömmlingen: jene, die erwartet werden, und jene, die das Gebäude allein verlassen müssen. Ich gehöre zu Letzteren. Niemand weiß, dass mein Flieger vor zweiunddreißig Minuten pünktlich gelandet ist. Weil ich niemanden über mein Erscheinen informiert habe. Stattdessen habe ich Wechselkleidung eingepackt und den erstmöglichen Flug nach Amsterdam gebucht. Es ist kurz nach sechs. Vor fünf Stunden habe ich noch vergnügt im *Woody's* gesessen und wollte mir einen Cheeze Burger zum Lunch gönnen. Jetzt stehe ich in der Ankunftshalle des Flughafens und mein Bauchgefühl sagt mir, dass ich London so schnell nicht wiedersehe.

Um mir ein Taxi zu rufen, hole ich das Handy aus dem Rucksack. Der Akku ist leer. Großartig. Mit etwas Glück erwische ich eins, das vor dem Ausgang auf Fahrgäste wartet. Fünfzehn Minuten später sitze ich in einem Wagen, der mich für ein kleines Vermögen in das dreißig Minuten entfernte Hoheitsgebiet der Brouwers bringt.

»Sie haben nicht zufällig ein iPhone-Ladekabel?«, frage ich den Fahrer, nachdem ich vergebens meinen Rucksack nach einem durchwühlt habe. Höchstwahrscheinlich steckt es noch in der Steckdose neben dem Nachtschrank. Wie immer.

»Nein, leider nicht«, erwidert er und klingt, als würde er sich dafür entschuldigen. Immer wieder wirft er einen Blick in den Rückspiegel und ich frage mich, ob er weiß, wen er hier chauffiert.

Ich wende den Blick ab und sehe für die nächsten Minuten aus dem Fenster. In der Sekunde, in der wir die Autobahn verlassen, spüre ich die Enge in meiner Brust.

»Besuchen Sie die Familie?«, richtet der Fahrer das Wort an mich. Mein Auslandsstudium ist kein Geheimnis. Genauso wenig ist es eins, wie selten ich hierher zurückkomme. Zuletzt war ich über Weihnachten zu Hause. Silvester habe ich mit Ezra verbracht, um sicherzustellen, dass er bei seiner Party meine Wohnung nicht abfackelt. Jedenfalls war das meine Ausrede, warum ich bereits vor dem Jahreswechsel und nicht wie vereinbart in der Woche darauf abgereist bin. Die Wahrheit ist, ich halte es nie länger als drei Tage auf Bloem aus. Es erdrückt mich.

Und dieses Gefühl kündigt sich exakt in dem Augenblick an, als das Taxi auf die schier endlos erscheinende Straße einbiegt, die geradewegs zum Anwesen führt. Umgeben von Feldern, so weit das Auge reicht. Im Frühling sind sie in die Farben des Regenbogens getaucht. Meine Mutter liebte das Meer aus Tulpen und den Duft, der im Frühjahr in der Luft liegt. Heute sorgt diese perfekte Idylle dafür, dass ich nicht atmen kann, sobald ich ein Teil von ihr bin.

Die Enge in meiner Brust nimmt zu. Verwandelt sich in einen Schmerz, der mir nur allzu vertraut ist.

Die Sekunden verstreichen, während die Welt um mich herum in Slow Motion schaltet und die Fahrt zu einer Ewigkeit wird. Eine, in der sich Vergangenheit, Gegenwart und die Zukunft vermischen. Auf keine angenehme Art.

»Sie können mich hier rauslassen«, teile ich dem Taxifahrer mit, weil ich es nicht ertrage, weiterhin in dem Wagen festzusitzen.

»Sind Sie sicher? Es sind noch knapp zwei Kilometer.« Ungläubig sieht er mich durch den Rückspiegel an.

»Ja, fahren Sie einfach rechts ran.«

»Wie Sie meinen.« Er setzt den Blinker, während ich mein Portemonnaie aus dem Rucksack hole.

»Falls Sie mal wieder ein Taxi brauchen«, sagt er und reicht mir eine Visitenkarte, »rufen Sie an.«

*Rob Jansen* und eine Telefonnummer, mehr befindet sich nicht auf dem steifen cremeweißen Papier.

»Danke«, erwidere ich und stecke die Karte ein, dann steige ich aus. Ich beobachte, wie er den Wagen auf der schmalen Straße wendet und in die entgegengesetzte Richtung davonfährt. Für einen Moment sehe ich dem Mercedes nach, wie er sich immer weiter von mir entfernt, bis er schließlich hinter der Linkskurve verschwindet. Erst dann setze ich meinen Weg fort. Vorbei an den Blumenfeldern im Schein der Frühlingssonne, nicht ahnend, was genau mich in wenigen Minuten an meinem Ziel erwarten wird.

Mit jedem Meter breitet sich die Anspannung in meinem Körper weiter aus. Sie ist allgegenwärtig, seit ich das Flugticket gebucht habe. Ohne es zu beabsichtigen, verlangsame ich meinen Schritt, bis ich zum Stehen komme. Vor mir thront in seiner vollen Ehrfurcht gebietenden Pracht Bloem Kasteel.

Als würde es mich erwarten, steht das Eisentor weit offen und gibt den Blick auf einen von perfekt gestutzten Hecken gesäumten sandfarbenen Kiesweg frei. Ein weiteres Mal zögere ich meine Ankunft hinaus. Warte darauf, dass sich das Tor vor meiner Nase schließt. Mir mitteilt, dass ich nicht willkommen bin. Mit aller Macht unterdrücke ich den Impuls, auf dem Absatz kehrtzumachen. Stattdessen betrete ich das Gelände, weil ich ohnehin nicht aufhalten kann, was in wenigen Augenblick über mich hereinbrechen wird.

Mein Elternhaus wird größer, je näher ich ihm komme, während ich mich immer kleiner fühle. Ungefähr ein Dutzend Fahrzeuge parken vor dem Hauptgebäude. Die Aufschrift *Politie* jagt mir einen Schauer über den Rücken und lässt das Blut in meinen Adern gefrieren. Sofort beschleunige ich mein Tempo.

Vor der Tür stellt sich mir ein Beamter in den Weg. »Sie können da jetzt nicht rein«, sagt er ruhig, aber bestimmt.

»Lassen Sie mich durch!«, herrsche ich ihn an und versuche mich an ihm vorbeizuschieben.

»Ich sagte, Sie können im Augenblick nicht ins Haus«, wiederholt er und verwehrt mir noch immer den Zutritt.

»Was zum Teufel ist hier los?«, will ich wissen.

»Das darf ich Ihnen nicht sagen.«

»Was soll der Bullshit? Lassen Sie mich gefälligst ins Haus.«

Für einen Moment starren wir einander an. Belauern einander wie zwei Boxer in einem Ring. Warten darauf, dass einer von uns zuckt oder einen Fehler macht, der sich zum eigenen Vorteil nutzen lässt.

»Schon okay, Vincent. Er gehört zur Familie.«

Mein Kopf schnellt in dem Moment nach rechts, als jemand von hinten neben mich tritt.

»Hallo, Leenard«, spricht mich die Polizistin, deren Gesicht mir vage bekannt vorkommt, direkt an und streckt mir ihre Hand entgegen. Instinktiv ergreife ich sie, während mein Verstand auf Hochtouren arbeitet, um herauszufinden, wer hier vor mir steht.

»Elena«, übernimmt sie die Auflösung selbst, weil es mehr als offensichtlich ist, wie planlos ich bin. »Diamantis«, fügt sie hinzu. »Ich war auf der Stedelijk im Jahrgang über dir.«

Es dauert ein paar Sekunden, bis mein Gehirn die Informationen verknüpft. Zuordnen lässt sie sich trotzdem nicht.

»Kannst du mir sagen, was hier los ist?«, frage ich, weil ich nicht die Absicht hege, einen fröhlichen Wiedersehensplausch zu halten.

»Lass uns reingehen, dann erkläre ich dir alles.«

Ihr aufgesetzt freundlicher Ton lässt bei mir sämtliche Alarmglocken schrillen, dennoch folge ich Elena ins Haus.

»In den frühen Morgenstunden kam es zu einem Vorfall, bei dem Piet Brouwer verletzt wurde.«

»Wie geht es ihm?«

»Er befindet sich im Sint Lucas«, erklärt sie.

Zum ersten Mal seit Stunden atme ich erleichtert auf.

Niemand ist tot. Meine schlimmste Befürchtung ist nicht eingetreten. Allerdings verstehe ich nicht, warum ein derartig großes Polizeiaufgebot vor Ort ist. Im Eingangsbereich wimmelt es von Menschen in Uniform. Zwei andere stecken in weißen Ganzkörperanzügen hinter einem abgesperrten Bereich.

Abrupt bleibe ich stehen. »Was machen sie da?«, frage ich, obwohl es nicht misszuverstehen ist, was genau ihr Job ist.

»Sie sichern Spuren, da wir zum jetzigen Zeitpunkt ein Gewaltverbrechen nicht ausschließen können.«

Irritiert sehe ich zu Elena. »Warum fragt ihr nicht einfach meinen Vater?«

»Er ist im Augenblick nicht ansprechbar.«

»Was genau ist überhaupt passiert?«, frage ich nach, weil Elena das bisher mit keinem Wort erwähnt hat und aus ihrem Mund ohnehin alles irgendwie kryptisch klingt. Demy hatte auch nicht mehr gesagt als: *Du musst nach Hause kommen.* Details zum Geschehen wären für mein allgemeines Verständnis mehr als hilfreich. Je schneller sich das hier aufklärt, desto früher kann ich einen Flug zurück nach London buchen, um von hier zu verschwinden.

»Demeter hat euren Vater in den frühen Morgenstunden bewusstlos am Fuß der Treppe aufgefunden.«

»Also ist er die Treppe runtergefallen. Was bringt euch zu der Annahme, dass es kein Unfall war?« Es wäre nicht das erste Mal, dass er, nachdem er zu tief ins Glas geschaut hat, eine der Stufen verfehlt. Wozu also der ganze Aufwand?

»Nach Angaben deiner Schwester stand die Eingangstür weit offen, des Weiteren haben wir im Büro Spuren gefunden, die auf eine Auseinandersetzung schließen lassen.«

»Wo ist Demy? Ich kann sie nicht erreichen.«

»Sie ist in Amsterdam und gibt auf dem Präsidium ihre Aussage zu Protokoll.«

»Was ist mit Baas, wird er auch von euch ausgequetscht?« Mein Bruder würde die Horde niemals unbeaufsichtigt im Haus herumschnüffeln lassen.

»Ich hatte gehofft, das könntest du uns sagen.«

»Keine Ahnung, um die Zeit sollte er hier sein«, antworte ich und ein ungutes Gefühl macht sich in mir breit.

»Wann hast du zuletzt mit ihm gesprochen?«

»Vor ein paar Tagen.«

Ihre Augen werden schmal, als versuche sie aus meinen Worten die Wahrheit herauszufiltern. »Worum ging es in dem Gespräch?«

»Weiß ich nicht mehr«, lüge ich offensichtlich.

»Leenard, es ist wichtig, dass du uns alles sagst, was du weißt, damit wir die Sache aufklären können.«

Wie kommt sie darauf, ich könnte irgendetwas von Belang wissen? Mein Leben findet schon lange nicht mehr auf Bloem, sondern in London statt. Von dreihundertfünfundsechzig Tagen im Jahr bin ich höchstens zehn hier. Wenn also jemand rein gar nichts davon mitbekommt, was auf Bloem vor sich geht, dann bin ich das. Alles, was ich weiß, beruht auf Telefonaten mit meinen Geschwistern, die sich selten um Piet Brouwer drehen.

Mit ernster Miene mustert mich Elena. Sie glaubt mir nicht. Natürlich nicht. Ich habe mir auch nicht die Mühe gemacht, meine Antwort überzeugend klingen zu lassen. Dennoch, was erwartet sie? Dass ich fröhlich über meinen Bruder aus dem Nähkästchen plaudere, ohne zu wissen, was genau hier eigentlich los ist?

Bevor ich ihr antworte, atme ich tief durch. »Ich sag dir, wie es abgelaufen ist. Der alte Brouwer hat gestern Abend seinen Frust im Gin ertränkt, hat im Rausch sein Büro verwüstet und ist sturzbesoffen die Treppe runtergekracht.«

Der Ausdruck auf ihrem Gesicht wird skeptisch. »Wie kommst du darauf?«

»Weil es nicht das erste Mal ist, dass jemand von uns ihn so vorfindet«, erwidere ich ehrlich, was mir einen mitleidigen Blick einbringt, der mir mehr als unangenehm ist. Wer den Namen Brouwer trägt, wird mit Ehrfurcht betrachtet, nicht mit Mitleid bedacht. Nicht einmal dann, als unsere Mutter sich dazu entschieden hat, nicht länger Teil dieser Welt sein zu wollen. Schwäche zeigen liegt uns nicht. Uns wurde beigebracht, sie nicht zuzulassen. Genau deswegen wende ich mich von Elena ab, wobei ich Jeffrey am anderen Ende der Eingangshalle entdecke. Der Butler unterhält sich mit einem Beamten. Als hätte er meinen Blick bemerkt, sieht er zu mir und nickt kurz. Ich ringe mich zu einem halbherzigen Lächeln durch.

»Und die offene Eingangstür?«, lenkt Elena meine Aufmerksamkeit wieder auf sich.

»Hat höchstwahrscheinlich Wessel offen stehen lassen, als er heute Morgen los ist.«

»Wer ist Wessel?«

»Der Koch. Montagfrüh fährt er nach Amsterdam und erledigt den Wocheneinkauf.« Warum hat Demy das nicht erwähnt? Sie kennt die Abläufe auf Bloem bestens. Alles läuft hier in streng geregelten Bahnen ab.

»Hätte dann nicht er statt Demeter euren Vater finden müssen?«

»Nicht zwingend, der Windfang dient gleichzeitig als Personalzugang und führt direkt zu den Wirtschaftsräumen«, erkläre ich.

»Wir werden das überprüfen.«

»Ich würde jetzt gerne mit meiner Schwester sprechen.«

»Natürlich, Vincent wird dich aufs Revier begleiten.«

»Danke, aber den Weg finde ich selbst.«

Elena greift in die Innentasche ihres dunkelblauen Blazers. »Falls dir noch etwas einfällt, ruf mich an.«

»Klar«, erwidere ich und stecke die Visitenkarte ein.

Ich kann ihren Blick auf mir spüren, als ich auf das Gemälde neben der Eingangstür zugehe. Es ist nicht größer als ein A4-Blatt und zeigt Bloem im Jahre 1654. Dahinter befindet sich eine Wandvertiefung, die als eine Art Schlüsselkasten dient.

»Was machst du da?«, ertönt Elenas Stimme hinter mir, als ich das Bild wie eine Schranktür öffne.

»Ich kann schlecht nach Amsterdam laufen«, sage ich und sehe sie über die Schulter hinweg an. »Oder dient der Familienfuhrpark der Beweisführung? Dann rufe ich mir ein Taxi.«

»Nein, du darfst frei über die Fahrzeuge verfügen«, gesteht sie mir zu. »Aber halt dich bitte für weitere Fragen bereit.«

»Natürlich«, antworte ich genervt. In meinen Augen ist das alles hier völlig absurd und überzogen.

Ich greife in den Kasten und stutze, als ich Baas' Audi-Schlüssel entdecke. Unauffällig nehme ich ihn an mich, anschließend wende ich mich wieder Elena zu. »Sorg dafür, dass deine Leute die Tür hinter sich zuziehen, sobald sie hier fertig sind«, sage ich und verlasse das Gebäude.

In schnellen Schritten umrunde ich das Haupthaus und gehe auf die Scheune zu, die als überdimensional große Garage dient. Ich tippe den sechsstelligen Code in das Touchpad, das in das alte Mauerwerk eingelassen ist. Das massive Tor gleitet auf und gibt den Blick auf den hauseigenen Fuhrpark frei. Ich lasse den Blick schweifen, um auszumachen, ob Baas einfach einen anderen Wagen genommen hat. Nein. Neben den zwölf Oldtimern meines Vaters zähle ich vier Sportwagen und einen knallroten Mini Cooper, der meiner Schwester gehört.

*Wo zur Hölle bist du, Baas?*

Sobald ich in dem schwarzen Audi sitze, den mein Bruder im Alltag nutzt, werfe ich einen Blick in das Handschuhfach. Serviceheft, jede Menge Tankquittungen, eine Packung Taschentücher sowie drei Kugelschreiber. Ladekabel. Bingo. Aus dem Rucksack hole ich mein Handy und verbinde es mit dem Kabel, anschließend starte ich den Motor. Das Ladesymbol erscheint auf dem Handydisplay. Anhand des Navis überprüfe ich Baas' letzte Ziele. Was auch immer ich gehofft habe zu finden, ist nicht da, denn die Liste ist leer.

Das Tor schließt sich hinter mir. Wenige Augenblicke später sehe ich Bloem Kasteel nur noch im Rückspiegel. Sobald es die Akkuleistung hergibt, schalte ich das Handy ein und wähle die Nummer meines Bruders. Mailbox.

»Verdammt, Baas, wo steckst du? Ruf mich an!«, spreche ich aufs Band. Die dritte Voicemail seit heute Mittag. Demy hingegen hat mir ein Dutzend verzweifelt klingende Textnachrichten geschickt. Während ich an einer roten Ampel halte, antworte ich ihr knapp, dass ich auf dem Weg zum Revier bin und sie dort auf mich warten soll. Als Nächstes gebe ich Ezra Bescheid, dass ich mich bei ihm melde, sobald ich mir einen Überblick verschafft habe. Anschließend rufe ich Ludwig Wolters an, den Familienanwalt.

»Leen, was kann ich für dich tun?«, fragt er wenig überrascht, als hätte er meinen Anruf bereits erwartet.

»Hast du gehört, was passiert ist?«

»Ja, ich habe Demy für ihre Aussage aufs Revier begleitet und vor zehn Minuten beim Krankenhaus abgesetzt. Ich bin jetzt auf dem Weg nach Bloem. Bist du vor Ort?«

»Nicht mehr, es wimmelt dort nur so von Beamten. Stimmt es, dass es kein Unfall war?«

»Das nimmt die Polizei zumindest an, ja.«

»Aber du glaubst das nicht«, schlussfolgere ich, weil aus seinen Worten die Zweifel deutlich herauszuhören sind.

»Aus Erfahrung kann ich dir sagen, es ist völlig egal, was jemand glaubt. Relevant ist nur, was man beweisen kann. Wir werden die Ermittlungen abwarten müssen.«

»Gut, kannst du dafür sorgen, dass die Polizei aus dem Haus verschwindet?«

»Ich befürchte nicht. Sie machen nur ihren Job, Leen.«

»Dann tue mir bitte den Gefallen und behalt sie im Auge, damit sie nicht überall herumschnüffeln.«

»Natürlich.«

»Weißt du, wo Baas ist?«, frage ich Wolters.

»Nein.«

»Hat er sich bei dir gemeldet?«

»Demy hat mich informiert«, antwortet er nach kurzem Zögern. Verschweigt er mir etwas? Bevor ich nachhaken kann, spricht er weiter. »Leen, wenn ihr Hilfe braucht, ihr könnt mich jederzeit anrufen«, sagt er und klingt nicht mehr wie ein Anwalt, sondern wie ein Freund. Was nicht verwunderlich ist. Ludwig kennt meinen Vater seit seiner Jugend und uns seit dem Tag unserer Geburt.

»Danke«, sage ich, beende das Gespräch und fahre auf direktem Weg zum Krankenhaus.

Fünf Minuten später stecke ich mitten im Feierabendverkehr und komme nur schleppend voran. Ungeduldig trommle ich auf dem Lenkrad herum und sehe immer wieder auf die Uhr. Inzwischen ist es kurz vor acht. Eine halbe Stunde später betrete ich das Sint Lucas. Sobald ich in Erfahrung gebracht habe, wo sich mein Vater befindet, haste ich durch die Gänge. Je näher ich der Notaufnahme komme, desto beklemmender wird das Gefühl in meiner Brust.

Demy springt in dem Moment von ihrem Stuhl auf, in dem ich um die Ecke biege, und eilt auf mich zu.

»Leen, endlich. Ich dachte schon, du kommst nicht«, sagt sie schniefend und wirft sich mir in die Arme.

»Ich bin hier«, sage ich und streiche ihr beruhigend über den Rücken. »Wie schlimm ist es?«, frage ich sie und gebe sie frei, damit ich sie ansehen kann. Ihre Augen sind vom Weinen verquollen, die Wimperntusche verschmiert. Sie sieht erschöpft aus, was nach den Ereignissen des Tages nicht verwunderlich ist.

»Sie sagen mir nichts. Ich weiß nur, dass er operiert wird.«

Erneut beginnt sie zu weinen. Ich hasse es, sie so zu sehen, weil unser Vater ihre Tränen nicht verdient.

Mit beiden Händen umfasse ich ihr Gesicht und wische mit den Daumen unter ihren Augen entlang, um die dunklen Schatten zu entfernen. Der hoffnungsvolle Ausdruck, der plötzlich auf ihrem Gesicht liegt, lässt mich zurückweichen. Weil sie mich ansieht, als wäre ich es, der ihre Welt wieder in Ordnung bringen könnte. Aber ich bin der Letzte, der das kann.

»Du musst dich beruhigen, Demy«, sage ich, weil die Worte, die meine Schwester von mir hören will, mir einfach nicht über Lippen kommen. Weil nichts wieder gut wird. Mit fünfzehn habe ich Baas geglaubt. Dieses falsche Versprechen hat mein Bruder mir gegeben, als alles um uns herum ohne Vorwarnung zusammengekracht ist. Bis heute klettere ich über die Trümmer, die sich weder zu etwas Neuem aufbauen noch wegräumen lassen.

Ich habe Baas immer dafür bewundert, wie er einfach weitermachen konnte, während ich völlig verloren herumgeirrt bin, bis ich mit dem Umzug nach London einen Neustart gewagt habe. Inzwischen habe ich eingesehen, dass man sich nichts Neues aufbauen kann, wenn man hinter sich nicht aufgeräumt hat. Man errichtet etwas, das auf einem verdammt wackligen Fundament steht und bei der geringsten Erschütterung nachzugeben droht. So wie in diesem Augenblick, wenn ich den Gedanken zulasse, der sich an die Oberfläche kämpft. *Was, wenn mein Vater es nicht schafft?*

Mein Blick wandert durch den Raum und fängt die Menschen ein, die in unsere Richtung sehen. Sofort schießt mir die Frage durch den Kopf, wie lange es dauert, bis Piet Brouwers Aufenthalt im Sint Lucas die Titelseiten ziert.

Ich greife nach Demys Oberarm und ziehe sie hinter mir her, weg von den neugierigen Blicken.

»Was ist passiert und wo ist Baas?«, frage ich sie und fühle mich allmählich wie eine gesprungene Schallplatte, weil ich immer wieder dieselben Fragen stelle.

»Ich weiß es nicht. Ich habe ihn heute Morgen gefunden. Da war so viel Blut, Leen, und Bastiaans Handy ist aus.«

»Wann hast du Baas zuletzt gesprochen?«

»Gestern Nachmittag.«

»Hat er gesagt, ob er irgendwo hinwollte?«

»Nein.«

Es sieht ihm überhaupt nicht ähnlich unterzutauchen. Ich bin derjenige, der sich regelmäßig rarmacht und tagelang von der Bildfläche verschwindet. Mein Bruder ist derjenige, der alles zusammenhält. Baas sollte verdammt noch mal an meiner Stelle hier sein. Weil ich keine Ahnung habe, was genau ich jetzt tun soll. Ich kann Demy nicht auffangen, solange ich mich selbst im freien Fall befinde.

»Brouwer?«, ruft jemand und Demy zuckt sichtlich zusammen.

Ein Kerl in grüner OP-Kleidung kommt auf uns zu, nachdem er sich suchend umgesehen hat. »Guten Abend, ich bin Doktor Josera. Die OP ist gut verlaufen, wir konnten die Hirnblutung stoppen, dennoch ist sein Zustand kritisch. Wir haben ihn gerade auf die Intensivstation verlegt. Morgen wissen wir mehr.«

»Aber er wird es schaffen?«, hakt Demy nach, während ich den Arzt mustere, der kaum älter sein dürfte als wir und so müde aussieht, wie ich mich schlagartig fühle, als die Anspannung aus meinem Körper weicht.

»Zum jetzigen Zeitpunkt kann ich Ihnen nicht mehr sagen, als dass wir unser Bestes tun, damit Ihr Vater die Nacht übersteht.«

Demys Hand schiebt sich in meine und ich unterdrücke den Impuls, sie ihr zu entziehen. Stattdessen straffe ich die Schultern und bemühe mich, mir nicht anmerken zu lassen, wie wenig ich hier sein will. »Können wir zu ihm?«, frage ich.

»Natürlich, aber nur ganz kurz. Er braucht Ruhe.«

Ich nicke, obwohl ich gehofft hatte, er würde Nein sagen und der Moment ließe sich hinauszögern. Wie alles seit Demys Anruf, und doch rollt die Lawine unaufhaltsam auf mich zu.

»Folgen Sie mir bitte.«

Der Griff um meine Finger wird fester, während wir durch die Automatiktür treten und sich vor uns ein endlos scheinender grell beleuchteter Gang auftut. Unsere Schritte hallen quietschend vom Linoleumboden wider. Ich versuche so flach wie möglich zu atmen, weil der Geruch von Desinfektionsmittel Übelkeit in mir hervorruft.

Vor einer Glasscheibe bleibt der Arzt stehen. Meine Schwester lässt mich los, schnappt entsetzt nach Luft und schlägt die Hände vors Gesicht.

Mir ist klar, der Anblick meines Vaters, wie er dort liegt, angeschlossen an Apparaten und Schläuchen, sollte etwas in mir auslösen, aber da ist rein gar nichts. Zum ersten Mal habe ich Angst vor der Leere in mir, die sich noch nie so greifbar angefühlt hat wie in dieser Sekunde.

»Leen?«

»Mmh?« Ich wende mich Demy zu.

»Du musst das hier überziehen«, sagt meine Schwester und deutet auf die Kleidung, die sich neben der Tür auf einer Art Servierwagen befindet.

Mit steigendem Puls sehe ich mehrfach zwischen meiner Schwester und dem, was mich hinter der Glasscheibe erwartet, hin und her. Sekunden fühlen sich plötzlich nach einer Ewigkeit an. Und dann passiert genau das, was ich befürchtet habe: Die Leere verschluckt mich erbarmungslos. Kurz entschlossen greife ich in meine Hosentasche und ziehe den Autoschlüssel hervor. »Ich kann das nicht«, sage ich und drücke ihn meiner Schwester in die Hand, damit sie später mit dem Audi nach Hause fahren kann, sollte sie nicht die Nacht im Krankenhaus verbringen wollen.

»Was?« Verwirrt sieht Demy mich an.

»Sorry, ich brauche frische Luft. Nimm den Wagen. Ich organisiere mir später ein Taxi.«

»Wo willst du denn hin?«, ruft sie mir nach.

Ich habe nicht die leiseste Ahnung, dennoch verschwinde ich in die Richtung, aus der wir vor wenigen Augenblicken gekommen sind.

# BEAUTIFUL DISASTER

*Dry Gin, Lemon, Sugar*

...........................

## NIKA

**Sole Mio, Rosse Buurt, Amsterdam**

»Das macht zwölf Euro«, sage ich zu dem Kerl und stelle zwei Flaschen Bier vor ihm auf der Theke ab.

Drei Fünfeuroscheine wechseln den Besitzer. »Stimmt so«, sagt er und geht davon, ohne ein »Danke« von mir abzuwarten.

»Habe ich mich schon dafür bedankt, dass du so spontan eingesprungen bist?« Lore klopft mir im Vorbeigehen auf die Schulter.

»Ja, viermal.« Die spontane Hausgemeinschaftsparty hat sich schneller aufgelöst, als wir Freyas Bitterballen essen konnten. Kurz nach acht klingelte mein Handy und mein freier Abend war Geschichte. Wenigstens sitzt das Trinkgeld für einen Montag locker.

»Ohne dich wären wir heute Abend völlig aufgeschmissen, die Bar platzt aus allen Nähten.« Auch das hat meine Kollegin bereits mehrfach erwähnt.

Seit drei Stunden mixe ich Cocktails und reiche Softdrinks über die Theke.

»Zwei Long Island Iced Tea und ein White Russian«, brüllt mir Michael entgegen und stellt ein Tablett mit dreckigen Gläsern hinter mir ab. Sein Ton ist oft rau, aber als Chef ist er der Beste. Wenn man von seinen eingestaubten Ansichten in Bezug auf die Cocktailkarte absieht. In dem Punkt ist er einfach nicht umzustimmen.

»Geht klar«, erwidere ich und bin mir sicher, dass er mich nicht gehört hat, weil jemand in diesem Augenblick die Musik aufdreht.

Der Boden unter meinen Schuhen klebt. Seit Lore vorhin eine Piña colada hat fallen lassen, hängt mir ununterbrochen der Geruch von Ananas und Kokos in der Nase. Beides zählt nicht zu meinen Favoriten.

Eine ausgestreckte Hand verhindert, dass ich ans andere Ende der Bar gehen kann, um die Sahne für den White Russian aus dem Kühlschrank zu holen. Ich sehe zu dem Kerl, der in diesem Augenblick nach meinem Oberarm greift, um sich meine Aufmerksamkeit zu sichern.

»Kann ich bei dir was bestellen?«, fragt er und lässt von mir ab. Anschließend schenkt er mir ein breites Lächeln.

»Was darf's denn sein?«, frage ich bemüht höflich.

»Ein Gin Tonic und deine Telefonnummer.«

Hätte ich in den vergangenen drei Jahren jedes Mal einen Zehner für einen dummen Anmachspruch bekommen, hätte ich bereits meine eigene Bar. Am Anfang habe ich mir noch die Mühe gemacht, höflich abzulehnen, inzwischen ignoriere ich es. Bei den ganz hartnäckigen Typen ziehe ich die Sorry-bin-vergeben-Karte. Wenn das nicht hilft, regelt Michael die Sache, indem er denjenigen vor die Tür setzt.

»Ein Gin Tonic, geht klar«, antworte ich.

Mein Blick wandert den Tresen entlang, erfasst die Leute, die entweder darauf warten, bedient zu werden, oder in Gespräche vertieft ihre Drinks genießen. Der Typ am Ende der Bar lässt mich für einen Moment innehalten. Nachdenklich schiebt er den Tumbler mit der goldgelben Flüssigkeit von rechts nach links. Die blonden Haare fallen ihm tief in die Stirn. Auch wenn er den Kopf gesenkt hält, weiß ich, wer er ist.

Er führt das Glas an seine Lippen und trinkt es in einem Zug aus. Für den Bruchteil einer Sekunde treffen sich unsere Blicke, als er dabei aufsieht. Sofort setzt ein vertrautes Gefühl ein, das im nächsten Augenblick der Enttäuschung weicht.

Hastig wende ich ihm den Rücken zu.

»Alles okay?«, fragt Lore, als ich sie beinahe über den Haufen renne.

»Klar«, antworte ich knapp.

»Du siehst aus, als hättest du einen Geist gesehen.«

»So ähnlich. Können wir die Seiten tauschen?«

»Okay, welcher ist es?«, will sie wissen, lehnt sich nach rechts und sieht an meiner Schulter vorbei.

»Ist das wichtig?«

»Na ja, ich würde ungern deinen Ex anbaggern«, erwidert sie mit einem Augenzwinkern.

»Er ist nicht mein Ex!«, sage ich etwas zu schroff.

»Sondern?«

»Wir kennen uns von früher.«

»Lass mich raten, es ist der gut aussehende Blonde im weißen Hemd.«

Unauffällig sehe ich zu ihm, aber er scheint mich nicht erkannt zu haben, denn er starrt in das leere Glas vor sich.

»Ich unterbreche euch ungern, aber könnt ihr euer Kaffeekränzchen auf den Feierabend verlegen?« Michael schiebt sich an uns vorbei. »Nika, wo bleiben die Cocktails?«

»Kommen sofort.« Ich sehe zu Lore. »Könntest du mir die Sahne aus dem Kühlschrank holen?«, frage ich sie flehend.

Sie lacht kurz. »Jetzt bin ich wirklich neugierig, was es mit dem Typen auf sich hat«, erwidert sie, geht zum anderen Ende der Bar und reicht mir wenige Sekunden später den Tetra Pak.

Sobald ich die beiden Cocktails abgearbeitet habe, bereite ich dem Kerl von eben den bestellten Gin Tonic zu und kassiere ihn ab, ohne ihm meine Telefonnummer zu geben.

Die nächste halbe Stunde verbringe ich damit, Getränke im Akkord an das Personal zu reichen, das für die Tische zuständig ist, dabei huscht mein Blick immer wieder zu der Gestalt, die zusammengesunken auf einem der Barhocker sitzt.

»Wow, das ist sein drittes Glas Bourbon …«, Lore sieht auf ihre Armbanduhr, »innerhalb von dreißig Minuten. Der Hübsche hat entweder einen richtig miesen Tag oder ein Alkoholproblem.«

»Solange er sich benimmt, kann er trinken, so viel er will«, sage ich und wende den Blick ab. Dennoch frage ich mich für eine Nanosekunde, was ihn hierher verschlagen hat. Von unzähligen Bars in Amsterdam sitzt er ausgerechnet in der, in der ich arbeite. Dass es Absicht ist, bezweifle ich. Wir haben seit Jahren kein Wort miteinander gesprochen.

Gegen ein Uhr morgens beginnt sich die Bar langsam zu leeren und es bleibt Zeit zum Durchatmen.

»Kommst du kurz ohne mich aus?«

Lore nickt und wendet sich dann wieder dem dunkelhaarigen Typen im Anzug zu, der sie den ganzen Abend nicht aus den Augen gelassen hat. Vielleicht sollte ich ihm sagen, dass er keine Chance bei ihr hat und Lore nur mit ihm flirtet, um die Trinkgeldkasse aufzupolieren. Allerdings würde das bedeuten, selbst darauf zu verzichten, denn der Pot wird unter dem Personal des Abends aufgeteilt.

Ich verschwinde in den privaten Bereich und geradewegs zu den Toiletten. Als ich zehn Minuten später den Gastraum wieder betrete, hat sich eine Menschentraube am Ende der Bar gebildet. Und zwar exakt dort, wo der Schatten meiner Vergangenheit sich niedergelassen hat. Stimmengewirr dringt zu mir herüber.

»Was ist da los?«, frage ich Lore, die lediglich mit den Schultern zuckt. Rasch sehe ich mich nach Michael um. Glas klirrt und ich setze mich augenblicklich in Bewegung.

»Darf ich mal?!«, sage ich und schiebe mich zwischen den Leuten durch, die das Treiben neugierig beobachten. Einige haben ihre Handys gezückt, um den Aufruhr festzuhalten, und das aus einem einzigen Grund: Der Kerl, der seelenruhig auf dem Barhocker sitzt, ist niemand Geringeres als Leenard Brouwer. Jüngster

Sohn einer der bekanntesten Gin-Dynastien der Welt und mein ehemals bester Freund. Großartig.

»Verpiss dich einfach«, sagt er mit schwerer Zunge.

»Erst wenn du dich entschuldigst!«, wettert der breitschultrige Kerl, der sich ein weiteres Stück auf Leen zubewegt.

»Das werde ich nicht und jetzt verzieh dich.« Er gibt Lore ein Zeichen, dass sie ihm ein neues Glas bringen soll.

»Du hast meine Schwester angegrabscht!«

Leenards Lachen hallt durch die Bar und verschafft ihm damit endgültig die Aufmerksamkeit aller noch anwesenden Gäste.

»Pass auf, du Möchtegerngorilla, nimm deine Schwester und geh mir nicht auf die Nerven«, wiederholt er. Diesmal energischer.

Der Kerl packt Leenard am Oberarm. »Was hast du gesagt?«

»Ich schwöre, du möchtest nicht, dass ich von diesem Barhocker aufstehe, um dir begreiflich zu machen, dass ich in Ruhe meinen verdammten Bourbon trinken will«, entfährt es Leenard ebenso genervt wie provozierend.

Ein unangenehmer Schauer erfasst mich, weil die Situation jeden Augenblick aus dem Ruder laufen könnte. Ich mache einen Schritt auf die beiden Streithähne zu. Im selben Moment landet Leenards Blick auf mir. Schlagartig bilde ich den Fokus seiner Aufmerksamkeit. Mein Herz fühlt sich wie aus dem Nichts bleischwer in meiner Brust an, weil es sich an ihn erinnert, obwohl mein Verstand das nicht will.

Mein Auftauchen nutzt der Kerl und verpasst Leenard einen Stoß, sodass er samt Barhocker nach hinten kippt.

»Gut, Jungs, das reicht«, brülle ich und gehe dazwischen.

»Du gehst jetzt besser, bevor ich die Polizei rufe«, sage ich zu dem Kerl, der mir bei genauerer Betrachtung ziemlich bekannt vorkommt, da er einer unserer Stammgäste ist und nicht zum ersten Mal für Krawall sorgt.

»Alles okay?«, frage ich Leen und strecke ihm eine Hand entgegen, um ihm aufzuhelfen.

Er ignoriert sie und kommt von allein auf die Füße.

»Was willst du hier?« Es ist deutlich herauszuhören, wie sehr es ihm missfällt, mich zu sehen. Mir geht es da ganz ähnlich. Weil mit einem Mal alles wieder da ist, was ich abgehakt hatte. So als hätte Leen einen Schalter in meinem Innersten umgelegt und uns um Jahre zurückgeworfen.

»Das wollte ich dich auch gerade fragen«, sage ich patzig, was ihn die Brauen zusammenziehen lässt.

»Was ist denn hier los?«, ertönt plötzlich Michaels Stimme hinter uns.

»Ich habe alles unter Kontrolle. Er wollte gerade gehen«, sage ich, packe Leen am Ellenbogen und ziehe ihn hinter mir her.

»Was wird das, Nika?« Mein Name aus seinem Mund klingt wie eine längst vergessene Erinnerung und gleichzeitig nach einer Warnung, die ich keinesfalls ignorieren sollte.

»Ich sorge dafür, dass der Typ dich nicht vor der Tür abfängt und dein Gesicht morgen die Schlagzeilen ziert, weil du nach einer Schlägerei verhaftet wurdest.«

»Und wenn ich genau das will?«, zischt er mich an und reißt sich los.

Ich verschränke die Arme vor der Brust. »Dann bist du verdammt dumm!«

Er sieht mich einfach nur an. Sekundenlang. Als würde er auf meine Erlaubnis warten, sich mit dem Kerl in einer der Seitenstraßen prügeln zu dürfen. Leenard Brouwer ist wahrlich nicht mein Problem. Das war er nie und irgendwie war er es immer.

Er öffnet den Mund, um etwas zu erwidern, verkneift es sich allerdings und schüttelt stattdessen leicht den Kopf.

»Da geht's raus!«, sage ich und deute zur Tür, auf der *Privat* steht. Ohne zu protestieren, setzt er sich in Bewegung und betritt den Pausenraum. Zwei Minuten später schiebe ich ihn kommentarlos zur Hintertür hinaus und atme anschließend ein paarmal tief durch. Die Begegnung mit Leen kam unerwartet, das Ende hingegen nicht.

»Dein Hübscher hat die Zeche geprellt«, sagt Lore, als ich wieder hinter die Bar trete.

»Ich übernehme seine Rechnung«, antworte ich, genervt, weil er sicher nicht den billigsten Bourbon von der Karte geordert hat.

»Gut, dann kannst du mit dem hier anfangen«, erwidert sie mit einem Grinsen und drückt mir ein Glas in die Hand. Fragend sehe ich sie an. »Er war weg, bevor ich ihm den Drink servieren konnte. Der geht quasi aufs Haus.«

»Nein, tut er nicht, wenn ich Leens Rechnung bezahle«, erkläre ich ihr, dennoch trinke ich den Whiskey in einem Zug aus. Das Ganze geht so schnell, dass ich nicht einmal sagen kann, welche Sorte sich ihren Weg entlang meiner Kehle brennt. Pure Geldverschwendung, aber das habe ich jetzt gebraucht, um das Flattern in meiner Brust zu beruhigen.

»Leen also, ja?« Den vielsagenden Ton kann sie sich sparen. Dieses Kapitel wurde bereits vor Jahren geschlossen und ich habe nicht vor, es erneut aufzuschlagen, nur weil sich unsere Wege heute gekreuzt haben.

»Nika, zwei Mai Tai und ein Virgin Sunrise«, rettet mich Kim, eine der Kellnerinnen, aus der Unterhaltung mit Lore.

In den nächsten zwei Stunden spüre ich permanent Lores Blick auf mir, vermutlich weil es ihr unter den Nägeln brennt, herauszufinden, was ausgerechnet mich mit Leenard Brouwer verbindet. Lore ist okay und wir kommen gut miteinander aus, dennoch gehört sie nicht zu den Leuten, denen ich meine Geheimnisse offenbaren würde. Was hauptsächlich daran liegt, dass sie eine schreckliche Plaudertasche ist. Dabei bin ich mir sicher, dass die Dinge ihr nicht absichtlich über die Lippen kommen, sie rutschen ihr eher unbedacht heraus.

Es ist kurz vor drei, als Michael das Servicepersonal nach Hause schickt und hinter ihnen abschließt. In der Regel sind es Lore und ich, die ihm dabei helfen, das Chaos des Abends zu beseitigen. Gerade wischen wir die Theke ab und stellen die Barhocker hoch, damit später der Boden gewischt werden kann.

»Den Rest schaffe ich allein«, sagt Michael und beginnt die frisch gereinigten Gläser zu polieren.

»Sicher?«, frage ich, während Lore mich bereits in Richtung Aufenthaltsraum schiebt.

»Gute Nacht, Ladys.«

»Was für ein Abend«, stößt Lore aus und lässt sich auf einen der Stühle sinken.

Ich öffne meinen Spind und nehme Jacke und Handtasche heraus. »Bleibst du noch?«, frage ich sie, als sie keine Anstalten macht zu gehen.

Kurz sieht sie zur Tür, durch die wir gerade gekommen sind, dann seufzt sie leise. »Nein, ich komme mit.«

»Wann sagst du Michael endlich, dass du auf ihn stehst?«

»Und meinen Job riskieren? Auf keinen Fall. Sobald man Arbeit und Privates vermischt, endet es damit, dass einer sich etwas Neues suchen muss. Ich, um es präzise auszudrücken, weil ihm der Laden gehört«, antwortet sie und erhebt sich von dem Stuhl.

Sobald auch sie ihre Sachen aus dem Spind geholt hat, öffne ich die Hintertür und trete hinaus.

»Es ist aber nicht zu übersehen, dass …« Mitten im Satz verstumme ich, weil ich beinahe über die Gestalt falle, die an die Wand gelehnt auf der Treppe sitzt und augenscheinlich schläft.

»Ich würde sagen, dein Abend ist noch nicht zu Ende«, merkt Lore hinter mir amüsiert an.

Mit genügend Abstand gehe ich an Leen vorbei und nehme die wenigen Stufen nach unten. Es kostet mich einiges an Überwindung, ihn dabei nicht anzusehen. Würde ich es tun, würde ich einknicken und ihn fragen, was mit ihm los ist. Was sinnlos wäre, weil Leen vor langer Zeit aufgehört hat, mit mir zu reden. Egal wie oft ich ihn gefragt habe, er blieb mir eine Antwort schuldig. Und mit jedem Mal, das ich ihm meine Hilfe anbot, entfernte er sich etwas mehr von mir, bis er schließlich völlig verschwunden war. Der Mann auf den Stufen des *Sole Mio* ist nicht der Junge, den ich einst kannte und der mir die Welt bedeutete.

»Nika, wir können ihn nicht hier sitzen lassen«, sagt Lore besorgt.

»Ich bin mir sicher, er sitzt nicht unseretwegen dort«, antworte ich, begehe aber den Fehler, mich zu den beiden umzudrehen.

*Verdammt, Leen, was machst du hier?!*

Ich trete an ihn heran, stupse mit der Schuhspitze gegen seinen Unterschenkel. »Hey!«, sage ich laut. Keine Regung. »Leen!«, rufe ich und lege die Hand auf seine Schulter, um ihn wach zu rütteln.

Aus schweren Lidern sieht er zu mir auf. »Lass mich in Ruhe«, blafft er mich in der nächsten Sekunde an.

»Nein!«, antworte ich schroff.

»Warum nicht?«

Ich bilde mir ein, einen Funken Hoffnung herauszuhören. Zugegeben, es irritiert mich etwas. »Weil es mitten in der Nacht ist und du nicht betrunken hinter einer Bar schlafen kannst.«

»Ich bin nicht betrunken.«

Ja, vielleicht stimmt das sogar, es ändert aber nichts daran, dass Michael die Polizei ruft, wenn er Leen hier vorfindet und annimmt, er schläft seinen Rausch aus.

»Ich rufe dir ein Taxi«, sage ich und ziehe das Handy aus der Jackentasche.

»Und wo bringt mich dein Taxi dann hin?«, fragt er spöttisch.

»Nach Hause.«

»Da wartet niemand auf mich, also was soll ich da, Nika?«

Für einen Wimpernschlag halte ich seinen Blick fest und bereue es sofort. Weil mir dieser leere Ausdruck in seinen haselnussbraunen Augen vertraut ist. So unendlich vertraut.

»Ich denke, ihr beiden bekommt das ohne mich hin. Wir sehen uns morgen«, verabschiedet sich Lore und eilt davon.

Toll! Erst macht sie ihn zu unserem Problem und dann lässt sie mich damit allein.

Leen sollte mir egal sein. Aber das war er nie und wird es auch nie sein. Das ist das Tragische an unserer Geschichte. Er hat mich so weit von sich gestoßen, wie es nur irgendwie möglich war, und ich wollte ihn nie wiedersehen. Jetzt sitzt er vor mir und sieht mich an, als würde er sich daran erinnern, wer wir beide einmal waren. Und als wäre es genau das, wonach er in dieser Sekunde sucht. Es ärgert mich, dass ich einknicke und mich auf die Begegnung mit ihm einlasse. Aber am meisten könnte ich mich selbst ohrfeigen, weil es sich anfühlt, als hätte ich gar keine andere Wahl. Leen zwingt mich dazu, mich mit ihm auseinanderzusetzen, und das mit einem einzigen Blick, der sagt: *Wir waren mal mehr als all die ungesagten Worte zwischen uns. Weißt du noch, wie es war, Leen und Nika zu sein? Es war alles.*

Als könnte ich das je vergessen.

»Hier kannst du nicht bleiben, Leen.« Ich bemühe mich um einen sanfteren Ton, weil ich genau weiß, dass er dichtmacht, sollte ich ihn in die Enge treiben.

»Weil ich nirgends hingehöre, richtig?«, erwidert er amüsiert, dennoch rappelt er sich auf.

Ich stecke das Handy weg, weil ich ihn nicht in ein Taxi steigen lasse, wenn er so drauf ist. Leen würde nicht weiter als bis zur nächsten Straßenecke kommen, aussteigen und nach Ärger suchen.

Instinktiv legen sich meine Hände auf seine Brust, als er leicht schwankt und ich befürchte, er könnte auf mich stürzen. Kaum dass ich ihn berühre, weicht er einen Schritt zurück.

»Kannst du irgendwo anders hin, wenn du nicht nach Hause willst?« Früher war ich dieser Ort. Und gerade hasse ich den Gedanken, der die Frage formt, ob es inzwischen jemand anderes ist.

»Ich suche mir ein Hotel«, erwidert er kühl. Einigermaßen sicher geht er die Treppe hinunter.

»Wir wissen beide, dass du das nicht tun wirst.« Ich habe ihn längst durchschaut.

»Ich komme klar. Geh nach Hause, Nika.« In jedem seiner Worte schwingt die Lüge mit und er weiß genau, ich höre sie heraus. Das habe ich immer.

*Was mache ich jetzt mit dir, Leenard Brouwer? Kann ich es*

*wirklich mit meinem Gewissen vereinbaren, dich dir selbst zu überlassen?*

Verdammt!

»Du kannst meine Couch haben«, sage ich resigniert und hoffe, ich werde es nicht bereuen, ihm meine Hilfe angeboten zu haben.

Über die Schulter hinweg sieht er zu mir. »Wir sind keine Freunde mehr, schon vergessen?«, sagt er und doch entdecke ich auf seinen Lippen den Anflug eines Lächelns.

»Und daran ändert eine Nacht auf meiner Couch auch nichts«, versichere ich ihm.

»Gut, ich will dich nämlich nicht in meinem Leben haben.«

»Dann sind wir uns in dem Punkt immerhin einig«, sage ich und schließe zu ihm auf. »Es sind nur ein paar Minuten zu Fuß. Bekommst du das hin, Mr Bourbon?«

»Nimmst du mich huckepack, wenn ich Nein sage?«, scherzt er und klingt dabei wie früher. Aber es fühlt sich nicht danach an. Weil wir nicht mehr wir sind, sondern in den vergangenen Jahren jeder für sich existiert haben.

»Halt die Klappe und komm einfach mit.« Ich gebe mein Bestes, mir nicht anmerken zu lassen, wie sehr mich das hier alles verwirrt. Weil ich keine Ahnung habe, wie ich damit umgehen soll, dass Leen wie aus dem Nichts auf der Bildfläche aufgetaucht ist und in meinem Innersten für Chaos sorgt.

Schweigend laufen wir nebeneinanderher. Fünf Jahre und wir haben uns rein gar nichts zu sagen. Dabei gäbe es da sicher ein paar Dinge, die sich für zwanglosen Small Talk nutzen ließen. Der Grund, warum ich schweige, ist, dass ich nicht wissen will, wie sein Leben in London ist. Genauso wenig will ich wissen, was er in Amsterdam macht. Oder was ihn so aus der Bahn wirft, dass er sich in einer Bar betrinkt. Denn wüsste ich all das, wäre es so viel schwerer, das Kapitel Leenard Brouwer zugeklappt zu lassen. Da ihm ebenfalls kein einziges Wort über die Lippen kommt, sieht er es höchstwahrscheinlich ähnlich. Mein Angebot hat er nur angenommen, weil er genau weiß, wie die Nacht sonst für ihn enden würde. Mit einem blauen Auge, geprellten Rippen und blutigen Fingerknöcheln, weil er diese Art von emotionalem Ventil nach wie vor nicht abgelegt hat. Warum sonst hat er sich in der Bar von dem Typen provozieren lassen? Es wäre jedenfalls nicht das erste Mal.

Die Nacht ist still und milder, als es im April üblich ist. Entlang des Amstelkanaals weht eine leichte Brise. Das Mondlicht lässt das Wasser funkeln und verleiht ihm damit etwas Mystisches. Bei Nacht ist Amsterdam am schönsten. Nach einem hektischen Abend im *Sole Mio* sind es die wenigen Minuten entlang der Grachten, die mich erden. Nicht selten setze ich mich noch auf eine der Bänke und lasse die friedliche Stille für eine Weile auf mich wirken, bevor ich meinen Heimweg fortsetze.

Aus dem Augenwinkel sehe ich zu Leen, der mit nachdenklicher Miene neben mir herläuft. Es kostet mich eine Menge Überwindung, ihm nicht doch all die Fragen zu stellen, die mir bei seinem Anblick durch den Kopf schießen.

»Solltest du nicht in Los Angeles sein?«, durchbricht er die Stille, ohne mich dabei anzusehen.

»Solltest du nicht in London sein?«, stelle ich die Gegenfrage. Wir sollten beide nicht in Amsterdam sein. Aber die Dinge laufen nicht immer nach Plan. In meiner Vorstellung hat mir ein Auslandsstudium unendliche Möglichkeiten eröffnet. Ziemlich schnell musste ich einsehen, dass das nicht der Fall ist. Jedenfalls nicht für mich. Und bei ihm?

»Familienangelegenheit«, antwortet er knapp, als wüsste er, welche Frage ich mir soeben gestellt habe.

Deswegen ist er also hier.

»Los Angeles hat sich als Fehlentscheidung entpuppt«, gestehe ich, weil ich das Gefühl habe, Leen eine Antwort schuldig zu sein.

»Wie lange arbeitest du schon in der Bar?«

»Etwas über drei Jahre.«

»Gefällt dir der Job?«

»Wenn nicht gerade jemand versucht den Laden aufzumischen.«

Er wirft mir einen missbilligenden Blick zu und ich ergänze mit einem zaghaften Lächeln: »Die meiste Zeit schon, ja.«

Erneut tritt Stille zwischen uns ein.

»Wir müssen nach rechts«, weise ich an und er geht augenblicklich auf die Überführung zu, die uns auf die Jozef Israëlskade bringt.

Je näher wir der Pastelstraat kommen, desto mehr macht sich Unbehagen in mir breit. Ein weiteres Mal rechts, anschließend links, dann stehen wir vor dem sonnengelben Wohnhaus. In der ersten Etage brennt noch Licht. Hannah lernt für die Uni am liebsten nachts. Manchmal trinken wir nach meiner Schicht noch einen Absacker. Sie hat ein Gespür dafür, wann immer ich zu später Stunde die Treppe hochschleiche.

Leen nimmt das alte Gebäude in Augenschein, indem er an der schwach beleuchteten Fassade nach oben schaut.

»Hier wohnst du?«, fragt er und klingt überrascht. Vermutlich hat er etwas mehr erwartet als ein in die Jahre gekommenes Mehrfamilienhaus.

»Ja«, antworte ich und krame in meiner Tasche nach dem Schlüssel. Als ich ihn zu fassen bekomme, nehme ich ihn etwas zu hastig heraus und er rutscht mir aus den Händen.

Leen geht vor mir in die Knie und hebt ihn auf. Einen Moment lang verharrt sein Blick auf dem Anhänger, den er mir zum fünfzehnten Geburtstag geschenkt hat.

»Vielleicht gehe ich doch besser«, sagt er sanft, reicht mir den Schlüsselbund und tritt den Rückzug an, indem er den Abstand zwischen uns vergrößert.

»Leen, bleib stehen«, sage ich nicht zu laut, aber bestimmt.

»Ich hätte nicht in der Bar auftauchen sollen«, flüstert er beinahe, dann sieht er mich an. Sicher waren seine Worte nicht für mich bestimmt, gehört habe ich sie dennoch. Und sie verraten mir, er ist nicht zufällig im *Sole Mio* gelandet. Leen wusste, er würde mich dort finden. Woher?

»Aber ich musste heute einfach ein Gesicht sehen, das in die

Vergangenheit gehört, weil sich die Gegenwart seit Stunden nach zu viel anfühlt«, antwortet er, als wüsste er, was in meinem Kopf vor sich geht.

»Was ist passiert, Leen?« Damit stelle ich ihm die Frage, die ich ihm nie stellen wollte, und klappe das Buch Leenard Brouwer erneut auf, da wir offensichtlich noch nicht beim letzten Kapitel angelangt sind.

# HEARTBREAKER

*Red Gin, Tonic, Elderflower, Pomegranate*

## LEENARD
**Pastelstraat, De Pijp, Amsterdam**

Das Problem war nie, nicht zu wissen, wo ich Nika finden würde. Das wusste ich immer. Das Problem war, mich von ihr fernzuhalten. Weil eine Freundschaft wehtut, wenn sie auf unerwiderter Liebe basiert.

Ich habe es wirklich versucht und bin gescheitert. Nicht erst heute, bereits vor Monaten. Im vergangenen Sommer habe ich sie bei einem Streifzug durch das Amsterdamer Rotlichtviertel im *Sole Mio* entdeckt. Sie stand hinter der Theke, während ich an einem der Tische in der hintersten Ecke saß. Und irgendwie dachte ich, es sollte so sein, dass sich unsere Wege erneut kreuzen. Es war so herrlich einfach, sich einzureden, das Universum hätte mich mit einem Plan in diese Bar geschickt. Nur hatte ich absolut keine Ahnung, wie der im Detail aussah. Statt das Lokal zu verlassen, zog ich mir also die Basecap tiefer ins Gesicht, damit sie mich nicht bemerkte.

Seitdem habe ich, wann immer es mich in Nikas Nähe zog, einen Abstecher nach Amsterdam gemacht. Manchmal ging ich in die Bar, manchmal beobachtete ich sie für wenige Minuten durch eins der Fenster und setzte dann meinen Weg fort. Nika de Jong war schon immer meine ganz persönliche Obsession, und das von der ersten Sekunde an. Daran wird sich auch nie etwas ändern. Genau deswegen sollte ich jetzt nicht hier vor ihr stehen und die Vergangenheit auf ein Neues heraufbeschwören. Und doch habe ich mich heute bewusst an den Tresen gesetzt und es dem Schicksal überlassen, von Nika wahrgenommen zu werden. Ich wollte mich daran erinnern, wie ich mich in ihrer Nähe stets gefühlt habe. Mindestens so sehr, wie ich den heutigen Tag vergessen wollte.

Beides hat nicht funktioniert. Weil Nika und ich uns anders anfühlen und Bourbon rein gar nichts besser macht. Bist du am Boden, zieht er dich noch tiefer. Das ist Fakt.

*Was ist passiert, Leen?*, hallt Nikas Frage in meinem Kopf nach. Wo genau soll ich da anfangen?

Als sie in der Bar vor mir stand, war ihr deutlich anzumerken, wie unerwünscht ich bin. Und ich gebe zu, für unser Aufeinandertreffen hätte ich mir einen anderen Rahmen gewünscht, als Gefahr zu laufen, in einer Schlägerei zu enden. Noch weniger, dass Nika mich davor bewahrt. Wieder einmal. Die Enttäuschung, dass ich nichts dazugelernt habe, stand ihr deutlich ins Gesicht geschrieben. Der Grund, warum ich nicht einfach gegangen bin, nachdem sie mich zur Hintertür hinausgeschoben hat, ist, dass es keinen Ort gibt, an dem ich sein will. Den gab es nie. Für eine ganze Weile glaubte ich, Nika wäre es, wo ich hingehöre, bis mich wenige Sätze in eine Art freien Fall befördert haben. Wir waren füreinander nicht dasselbe. Sie war mein Alles. Ich war ihr Nichts. So hat es sich in der Sekunde angefühlt, als sie mich zurückwies, ohne es tatsächlich auszusprechen.

Vielleicht sollte ich es nicht, aber ich suche ihren Blick.

»Leen?«, sagt sie leise.

Ich schulde ihr eine Antwort. Nein, ich schulde ihr eine Menge Antworten. Keine kommt mir über die Lippen.

»Ich bin seit vierundzwanzig Stunden auf den Beinen.« Das stimmt nicht ganz. Denn die paar Stunden im Flieger fallen nicht wirklich ins Gewicht. Richtig geschlafen habe ich nicht mehr seit dem Morgen, als ich die Wohnung verlassen habe, um Ezra eine Weile zu entkommen. »Ich brauche einen Schlafplatz, kein Gespräch, Nika«, sage ich, damit sie weiß, worauf das Ganze hinausläuft, wenn sie mich hereinbittet. Sie verdient mehr als das, aber ich habe nicht gelogen, als ich sagte, ich wolle sie nicht in meinem Leben haben.

»Okay«, sagt sie und schließt die Eingangstür auf.

Einen Moment zögere ich, bevor ich den Hausflur betrete. Ich will sie vielleicht nicht in meinem Leben haben, aber ich platze gerade in ihres. Das ist alles andere als fair. Dennoch gewinnt der Egoist in mir, der für diese eine Nacht an die Stelle zurückspulen will, an der ich mich vollständig fühlte. An den Punkt, bevor die Welt um mich herum auseinanderbrach und ich nicht imstande war, sie wieder zusammenzusetzen. Etwas, woran ich auch heute noch jeden Tag aufs Neue scheitere. Es scheint unmöglich, dieses Puzzle zu einem funktionierenden Ganzen zusammenzufügen.

Stufe um Stufe folge ich Nika die Treppe hinauf, bis wir das Dachgeschoss erreichen. Sie streift ihre Sneaker von den Füßen, ich tue es ihr gleich.

»Ignorier das Chaos, okay?«, sagt sie und wirkt plötzlich verlegen, als sie die Tür zu ihrer Wohnung öffnet. Statt zu antworten, nicke ich.

Der Flur ist schmal und eng. An den Wänden befindet sich Blümchentapete, von der ich mir sicher bin, dass sie nicht Nikas Geschmack trifft und bereits vor ihrem Einzug da gewesen sein muss. Im Vorbeigehen werfe ich einen Blick in den Spiegel, der über einem weißen Schuhschrank hängt. Ich sah definitiv schon besser aus. Mit den Fingern fahre ich mir durch die Haare, damit sie mir nicht länger wirr in die Stirn fallen.

»Da hätten wir das Sofa«, durchbricht Nika die Stille.

»Danke.«

»Ich hole dir eine Decke und ein Kissen.«

»Nicht nötig«, sage ich, aber sie ist bereits zurück in den Flur verschwunden.

Die Zeit nutze ich, um mich im Wohnzimmer umzusehen. Es ist winzig. Unter dem Couchtisch befinden sich zwei Stapel mit je drei Büchern. Darauf stehen zwei leere Gläser. Ich sollte mir nicht die Frage stellen, ob es da jemanden gibt, und doch tue ich es. Dann ist es wieder da, dieses Gefühl, das überhaupt erst dafür gesorgt hat, dass Nika und ich der Vergangenheit angehören. Dieses Reißen in meiner Brust, das sich nicht kontrollieren lässt und mit jedem Atemzug schlimmer wird, bis der Schmerz verhindert, dass Sauerstoff in meine Lungen strömt. Mit zwei Schritten stehe ich am Fenster und öffne es. So tief wie nur irgendwie möglich sauge ich die Luft in mich auf. Kämpfe gegen das Gefühl an und versuche, die Oberhand zu behalten.

»Hier«, ertönt Nikas Stimme hinter mir.

Für eine Sekunde schließe ich die Augen, sammle mich, dann drehe ich mich zu ihr um. »Danke«, presse ich hervor, als sie das Bettzeug auf dem Sofa ablegt.

»Brauchst du sonst noch etwas?«, fragt sie und sieht mich abwartend an.

»Nein«, antworte ich.

»Das Bad befindet sich hinter der Schiebetür im Flur, direkt neben der Garderobe.«

»Okay.«

»Gute Nacht.«

»Gute Nacht«, erwidere ich und bewege mich auf die Couch zu. Nika geht und kurz darauf erlischt das Flurlicht.

Ich hole das Handy aus meiner Hosentasche, um mir den Wecker auf halb acht zu stellen. Daraus wird allerdings nichts, weil der Akku schon wieder leer ist, nachdem ich ihn im Auto auf dem Weg zum Krankenhaus nur kurz geladen habe. Mein Blick wandert in die Richtung, in die Nika verschwunden ist. Kurz denke ich darüber nach, sie nach einem Ladekabel zu fragen, aber ich kann mich nicht dazu überwinden, an ihre Schlafzimmertür zu klopfen.

Also lege ich das Handy auf dem Couchtisch ab und beginne mein Hemd aufzuknöpfen, damit ich morgen früh nicht mit zerknitterten Klamotten im Sint Lucas auftauche. Nicht, dass es meinen Vater stören würde, aber Demy würde mich zusammenstauchen, wenn ich nicht vorzeigbar bin. Weil es so verdammt wichtig ist, den Namen Brouwer angemessen zu repräsentieren. Mir ist das herzlich egal, aber ich würde mir gerne die Diskussion darüber ersparen, welche Verantwortung mit dem Namen einhergeht.

Nachdem ich das Hemd ausgezogen habe, lege ich es ordentlich zusammen und sehe mich anschließend nach einer Ablagemöglichkeit um. Meine Aufmerksamkeit bleibt an dem Goldfischglas hängen, das auf der Kommode neben einer verschlossenen Tür steht. Der kleine Goldfisch schwimmt munter im Wasser und für einen Moment glaube ich, er mustert mich neugierig. Mit dem Zeigefinger tippe ich vorsichtig gegen das Glas.

»Das ist Gijsbert.« Beim Klang von Nikas Stimme zucke ich zusammen. »Entschuldige, ich wollte dich nicht erschrecken.«

»Niedlicher Kerl«, sage ich und wende mich Nika zu, die sofort den Blick abwendet.

»Er war ein Geschenk.« Wieder blitzt die Frage auf, ob da jemand ist. Jemand, der ihr einen Goldfisch statt einem kitschigen Schlüsselanhänger in Form eines Fußballs zum Geburtstag schenkt. Die Tatsache, dass sie ihn noch immer besitzt, hat mich überrascht. Dass es ein vertrautes Gefühl auslöst, hingegen weniger. Nika ist Vergangenheit, das Bekannte, eine Konstante, die sich nicht verändert, egal wie sehr man an der Zukunft schraubt.

»Ich wollte mir nur schnell noch eine Flasche Wasser holen«, erklärt sie und kommt auf mich zu. Mit jedem Schritt, den sie sich mir nähert, erhöht sich mein Pulsschlag. Plötzlich fühlt es sich wie früher an, als ich meine Nächte bei ihr statt zu Hause verbracht habe. Nächte, in denen sie bunte Schlafanzüge trug und sich das lange dunkle Haar zu Zöpfen flocht. Und doch fühlt es sich anders an, weil sie nicht mehr das Mädchen im Pyjama, sondern inzwischen eine Frau ist, die nicht mehr als ein viel zu großes T-Shirt trägt. Eins, das ihr bis zur Mitte der Oberschenkel reicht und mit Sicherheit nicht ihr gehört.

Ihr scheint ebenfalls nicht zu entgehen, dass ich kein Teenager mehr bin, denn ihr Blick heftet sich in dieser Sekunde auf meinen nackten Oberkörper und gleitet langsam zu meinem Gesicht hinauf. Ich lasse zu, dass sie mich auf diese Weise in Augenschein nimmt und ebenfalls in einem völlig neuen Licht sieht. Weil mir das Gefühl ihres Blickes, der sich in meine Haut brennt, gefällt. Viel zu sehr. Müsste ich raten, was sie gerade denkt, wäre es, dass sie mich attraktiver findet, als ihr recht sein dürfte.

Wortlos geht sie an mir vorbei und öffnet die Tür links von mir. Mein Blick folgt ihr, als sie die Küche betritt. Wenige Sekunden später kommt sie mit einer Flasche Wasser zurück.

»Ich lasse dich jetzt schlafen.«

Ich umfasse ihr Handgelenk, um sie am Gehen zu hindern. Verwirrt sieht sie mich an. Der Schritt, den ich auf sie zumache, ist winzig und dennoch groß genug, dass wir einander viel zu nah sind. Diesmal lässt sie zu, dass sich unsere Blicke treffen. Keiner von uns weicht vor dem anderen zurück. Ich ziehe sie noch etwas näher zu mir heran. Meine Brust hebt und senkt sich im Takt mit ihrer. Viel zu schnell. In den nächsten Sekunden hüllt uns die Stille wie ein Kokon ein. Nicht auf die Weise, wie ich es in Erinnerung habe. Das hier fühlt sich weniger nach Geborgenheit an, sondern nach verdrängten Gefühlen, die noch immer da sind und ihr Existenzrecht einfordern.

»Muss ich befürchten, dass morgen früh jemand mit Brötchen vor der Tür steht?«, frage ich sie, obwohl mir die Frage nicht zusteht. Gleichzeitig verringere ich den Abstand zwischen uns noch ein bisschen mehr.

»Nein«, antwortet sie.

Das erleichterte Aufatmen lässt sich nicht unterdrücken. Genauso wenig, wie ich ignorieren kann, dass ihre Nähe etwas in mir auslöst. Etwas, das intensiv ist und sich zur völlig falschen Zeit zurück an die Oberfläche kämpft. Nika ist nicht mehr Teil meines Lebens und ich gehöre nicht in ihres. Aber jetzt gerade, in dieser Sekunde, ist es so verdammt leicht, diesen Umstand zu ignorieren.

Mein Gesicht nähert sich ihrem. Lippen, die sich aufeinander zubewegen.

»Leen«, flüstert Nika. Ich halte inne, weil mein Name aus ihrem Mund wie eine Ermahnung an mich selbst klingt. »Was wird das hier?«, fügt sie lauter hinzu und bestätigt damit meine Vermutung, die falsche Richtung gewählt zu haben.

Abrupt gebe ich ihr Handgelenk frei, bevor ich so viel Abstand wie möglich zwischen uns bringe. Ich kann ihren Blick auf mir spüren, als ich aus der Jeans steige, sie unachtsam auf den Boden fallen lasse und auf dem Sofa unter die Decke krieche. »Machst du bitte das Licht aus, wenn du gehst?«, sage ich, um einen abweisenden Ton bemüht, während es mich innerlich zerreißt.

»Natürlich«, antwortet sie und ich höre, wie sie sich entfernt. Alles daran fühlt sich falsch an. Dann wird es dunkel um mich herum. Nika ist fort und mit ihr dieses Gefühl zu wissen, wohin ich gehöre.

In den nächsten Stunden mache ich kein Auge zu, weil in meinem Kopf einfach zu viel los ist. Zu viel Ungewissheit, worauf genau ich zusteuere. Zu viel Familiendrama. Zu viel Nika. Zu viel ich.

.............

Es ist kurz vor acht, als ich aus der Wohnung schleiche.

Im Erdgeschoss öffnet sich die Tür und eine ältere Frau tritt heraus. Mitten auf der Treppe bleibe ich stehen, aber es ist zu spät, sie hat mich längst entdeckt.

»Guten Morgen«, sage ich.

Sie legt den Kopf schief und mustert mich eingehend. »Guten Morgen, junger Mann. Sie habe ich hier noch nie gesehen.«

*Werden Sie auch nicht mehr, weil es eine einmalige Sache war,* antworte ich ihr gedanklich.

»Entschuldigen Sie, ich habe es eilig«, sage ich und zwänge mich an ihr vorbei. Dann fällt mir ein, dass ich hier nicht so einfach wegkomme. »Dürfte ich vielleicht kurz Ihr Telefon benutzen, um mir ein Taxi zu rufen?«, frage ich sie, greife in meine hintere Hosentasche und hole die Visitenkarte des Taxifahrers von gestern heraus. »Mein Handyakku ist leer«, schiebe ich als Erklärung hinterher.

Sie nimmt mich genauer in Augenschein und schlagartig macht sich Unbehagen in mir breit. In der Regel dauert es nur wenige Sekunden, bis mein Gegenüber realisiert, mein Gesicht zu kennen. Es folgen weitere Sekunden, in denen eine Verbindung hergestellt wird. Anschließend gibt es zwei Optionen.

Erstens: Ich werde direkt darauf angesprochen.

Zweitens: Es heißt, ich erinnere die Person an jemanden, und es wird erwartet, dass ich mich selbst zu erkennen gebe.

»Wie heißen Sie?«, will sie wissen.

»Wie bitte?«, antworte ich, weil mich die Frage überrascht.

»Glauben Sie, ich lasse Sie in meine Wohnung, ohne Ihren Namen zu kennen?«

»Ich will wirklich nur kurz telefonieren«, versichere ich ihr, keine anderweitigen Absichten zu hegen.

»Und ich bin eine ältere Dame, die nicht auf den Kopf gefallen ist. Also?«

Genervt stoße ich die Luft aus. »Leen«, teile ich ihr mit. Mein erster Impuls war es, einen falschen Namen zu nennen, aber dafür würde ich in der Hölle landen. Man lügt niemanden an, der so freundlich lächelt.

»Leen und wie weiter?«

Ihr Ernst?

»Brouwer.« Abschätzig versuche ich auszumachen, ob sie mit dem Namen etwas anfangen kann. Hundertprozentig sicher bin ich mir nicht. Aber im Grunde ist es auch egal, solange sie mich ihr Telefon benutzen lässt.

»Können Sie das beweisen?« Sie greift nach der violetten Brille, die an einer goldenen Kette um ihren Hals hängt, und platziert sie auf ihrer Nasenspitze.

Mit einem Kopfschütteln hole ich meine Geldbörse aus der hinteren Hosentasche, um ihr meinen Ausweis zu zeigen.

»Dann kommen Sie mal mit, Leenard«, sagt sie und schiebt die Tür weiter auf.

Der Flur ist noch schmaler als der in Nikas Wohnung, was aber daran liegen dürfte, dass er mit dunklen Möbeln vollgestellt ist.

»Kann ich Ihnen etwas anbieten? Kaffee oder Tee?«, sagt sie und biegt am Ende des Ganges nach links.

»Nein, ich habe es wirklich eilig.«

»Eile schadet der Seele«, höre ich sie entfernt sagen.

Im Türrahmen der Küche bleibe ich stehen.

»Irgendwo hier muss ich es hingelegt haben«, murmelt sie und wirft einen Blick unter die Tageszeitung. In dem Moment, als sie sie anhebt, erhasche ich einen Blick auf die Titelseite.

Das Gesicht meines Vaters starrt mir entgegen. Direkt daneben das Foto eines Krankenwagens. Das ging schnell.

»Ah! Hier ist es«, entfährt es ihr und kommt mit dem Telefon auf mich zu.

»Danke«, sage ich und wähle die Nummer von der Visitenkarte.

»Jansen«, erklingt eine träge, tiefe Stimme und ich frage mich, ob ich ihn womöglich geweckt habe. Wäre mein Akku nicht leer, hätte ich das erstbeste Taxiunternehmen angerufen, das Google ausgespuckt hätte. So war er die einfachste und vor allem die schnellste Option.

»Ähm, hi …« Ich gerate ins Stocken, zögere, ihm meinen Namen zu nennen. »Sie erinnern sich möglicherweise, Sie haben mich gestern vom Flughafen –«

»Ah, das Ladekabel«, unterbricht er mich.

So hat mich auch noch niemand genannt. Damit entlockt er mir tatsächlich ein Schmunzeln.

»Was kann ich für Sie tun?«

»Ich könnte ein Taxi von der …« Erneut verstumme ich und sehe zu der älteren Dame, die sich bemüht nicht zu offensichtlich der Unterhaltung zu lauschen. »Entschuldigen Sie, wie lautet die Adresse?«

»Pastelstraat 8«, antwortet sie.

Ich gebe die Adresse an den Fahrer durch.

»Ah, da sind Sie ganz in meiner Nähe. Zehn Minuten.«

»Danke«, sage ich, beende das Gespräch und lege das Telefon auf dem Küchentisch ab. Etwas zu lange fixiere ich die Tageszeitung.

»Wenn Sie wollen, ich habe sie schon gelesen«, bietet sie mir an, weil ihr meine Neugier nicht entgangen ist.

»Nein, nicht nötig. Den Quatsch zu lesen, habe ich mir abgewöhnt«, erwidere ich.

»Ich hoffe, mit Ihrem Vater kommt alles wieder in Ordnung«, sagt sie, sehr wohl wissend, wer hier vor ihr steht.

»Er ist zäh. Das wird schon«, antworte ich, weil ich das Gefühl habe, darauf antworten zu müssen.

»Haben Sie Freunde hier im Haus?«, fragt sie. Was sie eigentlich wissen will, dürfte sein, aus wessen Wohnung ich gekommen bin.

»Nein.«

»Was haben Sie dann im Hausflur gemacht?«, hakt sie nach und fixiert mich mit ihren stechend grünen Augen.

»Ich habe jemanden in einer Bar getroffen und bin dann hier gestrandet«, erwidere ich und merke erst jetzt, wie das für sie klingen mag. Aber es ist mir herzlich egal, was sie von mir hält. Allerdings weiß ich nicht, ob es Nika recht ist, dass ihre Nachbarin von unserer Verbindung zueinander weiß. Auch wenn die Jahre zurückliegt. Der Name Brouwer verschafft einem nicht überall Sympathiepunkte.

Gerade als ich überlege, wie ich mich elegant aus der Unterhaltung verabschieden kann, sieht die ältere Dame auf die Uhr an ihrem Handgelenk. »Ach herrje, ich will Sie wirklich nicht rauswerfen, jetzt da wir gerade so nett plaudern, aber ich muss meinen Marktstand öffnen.«

»Bin schon weg«, sage ich und komme sofort in Bewegung. Sie folgt mir in den Flur und schließlich aus der Wohnung.

»Also dann, einen glücklichen Tag, Leenard«, verabschiedet sie sich.

Ich ringe mich zu einem Lächeln durch, weil ich mich nicht erinnern kann, wann ich zuletzt glücklich gewesen bin. Für den Moment sehe ich ihr nach, bis sie um die Ecke biegt und somit aus meinem Blickfeld verschwindet. Dann warte ich auf das Taxi.

Wenig später biegt der alte Benz in die Straße ein und kommt in zweiter Reihe zum Stehen.

»Guten Morgen, Kaffee?« Zwischen den Sitzen erscheint ein Pappbecher, als ich einsteige. Ein weiterer steht in der Halterung der Mittelkonsole.

Abwartend sieht Rob mich an und ich nehme ihm den Becher mit einem schlichten »Danke« ab. Zum einen, weil es unhöflich wäre, abzulehnen, und zum anderen, weil ich definitiv einen vertragen kann.

»Milch, Zucker?«

»Nein, schwarz ist perfekt.«

»Ladekabel?« In der nächsten Sekunde hält er mir eins entgegen. Verwundert sehe ich ihn an. »Diesmal bin ich vorbereitet«, sagt er stolz und grinst breit.

»Woher –«

»Sie haben von Freyas Hausanschluss angerufen«, unterbricht er mich ein weiteres Mal, als würde es alles erklären. Freya – ich habe sie nicht mal nach ihrem Namen gefragt. »Schauen Sie mal, irgendwo da …«, er deutet in den hinteren Fußraum, »muss ein Adapter für den Zigarettenanzünder liegen.«

Ich stecke das Handy an, sobald ich fündig werde, dann lasse ich mich tiefer in den kühlen Ledersitz sinken. Für einen winzigen Moment schließe ich sie Augen und atme durch.

»Wohin?«, fragt Rob.

»Sint Lucas«, antworte ich knapp und der Wagen kommt in Bewegung.

Ich nippe an dem Kaffee, der deutlich besser schmeckt als angenommen.

»Und, gut?«, will er wissen und sieht über den Rückspiegel zu mir.

»Ja.«

»Meine Frau macht den besten Kaffee von ganz De Pijp. Ihr gehört die *Little Sweet Bakery*. Gleich hier um die Ecke. Waren Sie schon mal dort?«

»Nein, ich bin nicht oft in diesem Viertel.«

»Verstehe.«

So ganz sicher bin ich mir nicht, wie ich dieses »verstehe« werten soll. Sollte er wissen, wer ich bin, glaubt er möglicherweise, die Gegend wäre nicht chic genug für jemanden wie mich. Mit der Annahme könnte er nicht falscher liegen.

Ich sehe aus dem Fenster. Versuche zu realisieren, was in den vergangenen vierundzwanzig Stunden geschehen ist. Aber ich würde lügen, würde ich behaupten, irgendwas zu greifen zu bekommen. Vielmehr habe ich das Gefühl, mir gleitet auch noch das letzte bisschen Kontrolle aus den Fingern. All das, was ich in den vergangenen Jahren mühselig errichtet hatte, zittert plötzlich wie Espenlaub im Wind. Und ich bin mir in einer Sache zu hundert Prozent sicher: Wird die Brise stärker, war's das.

»Oder mögen Sie lieber Pop?«, reißt Rob mich aus meinen Gedanken. Es dauert einen Augenblick, bis ich begreife, dass er die Musik meint, die leise aus dem Radio durch das Wageninnere hallt.

»Nein, hören Sie ruhig, was Ihnen beliebt«, sage ich und nehme einen weiteren Schluck Kaffee.

»Nennen Sie mich Rob. Mit dem Sie kann ich nichts anfangen.«

»Leen«, stelle ich mich vor, weil ich mich seltsamerweise dazu verpflichtet fühle, ihm entgegenzukommen. Schließlich hat er mir einen Kaffee sowie ein Ladekabel mitgebracht. Beides hätte er nicht tun müssen.

»Freut mich, dich kennenzulernen, Leen.«

Wieder einmal frage ich mich, ob er weiß, wer hier in seinem Taxi sitzt, und sich lediglich ahnungslos gibt.

Die nächsten Minuten herrscht Schweigen, das von leiser Musik untermalt wird. Keine Ahnung, was genau da im Radio läuft. Musik ist nicht wirklich mein Fachgebiet. Ich selbst höre nie welche. Ich kann nicht mal sagen, welche Richtung mir gefällt. Ezras Gedudel, das nahezu täglich aus den Boxen schallt, jedenfalls nicht. Musik gehört zu den Dingen, die ich nur am Rande wahrnehme. In Supermärkten, in Bars, in Clubs oder auf der Straße. Ich höre also ausschließlich Musik, die andere mögen. In Nikas Kinderzimmer lief immer irgendeine britische Boyband, One irgendwas. Mag sie die noch immer?

Sofort schiebe ich den Gedanken an sie so weit weg, wie es mein Verstand zulässt. Ich hätte sie nicht nach Hause begleiten dürfen. Ich hätte in meiner mentalen Verfassung keinen Fuß in die Bar setzen dürfen. Aber wo sonst geht man hin, wenn man nicht nach Hause will, nicht allein sein möchte und irgendwie doch? Man wählt das Vertraute. Einen Ort, an dem man Gesichter um sich hat, die sich nicht fremd anfühlen, weil man sie schon einmal gesehen hat. Das *Sole Mio* ist solch ein Ort. Ich war so oft dort, ohne tatsächlich ein Teil davon zu sein. Habe Nikas Nähe gesucht, ohne ihr nahe zu sein. Und irgendwie hat das ausgereicht, um mich im Gleichgewicht zu halten.

Aber gestern habe ich die Balance auf dem ohnehin schon schmalen Grat zwischen dem, was mich zusammenhält, und dem, was mich bricht, verloren. Die letzten Monate befand ich mich in einer Art Schwebezustand, der es mir ermöglichte, mich gleichzeitig in der Vergangenheit und in der Gegenwart zu bewegen. Letzte Nacht bin ich in die Realität gekracht, als diese beiden Welten miteinander kollidierten, indem ich zuließ, dass Nika mich in ihrer entdeckt.

»Ich denke, es ist besser, wenn ich dich an einem der Seiteneingänge absetze«, sagt Rob wenige Minuten später und beantwortet damit endgültig die Frage, ob ihm meine Identität bekannt ist. Am Haupteingang des Sint Lucas wimmelt es von Journalisten, die ganz offensichtlich auf jemanden warten. Nach der Titelseite heute Morgen dürfte ich dieser Jemand sein.

»Danke.«

Er fährt einmal um das Gebäude herum. Ein weiteres Mal parkt er in zweiter Reihe. Um den Verkehr nicht unnötig aufzuhalten, ziehe ich einen Fünfziger aus dem Portemonnaie und reiche ihn Rob, während ich aus dem Taxi steige. »Danke, stimmt so«, sage ich und schließe die Wagentür.

»Das ist viel zu viel«, höre ich ihn mir hinterherrufen, aber ich bin bereits zwischen den parkenden Autos verschwunden und eile zum Eingang.

Mit gesenktem Kopf, um möglichst nicht aufzufallen, begebe ich mich zur Intensivstation und werde von einer Schwester abgefangen.

»Stopp, wo wollen Sie hin?«, hindert sie mich am Weitergehen, als ich mich wortlos an ihr vorbeischieben will. Ich sehe zu ihr auf. Sie ist ungefähr in meinem Alter und ein wissender Ausdruck erscheint auf ihrem Gesicht.

»Ich würde gerne zu Piet Brouwer«, sage ich und verzichte darauf, mich vorzustellen. Es ist ohnehin überflüssig.

»Natürlich, ich bringe Sie zu ihm.«

Derselbe Gang, derselbe Geruch, dasselbe beklemmende Gefühl. Diesmal schlucke ich es herunter.

»Er ist noch nicht aufgewacht, aber stabil«, sagt die Schwester, als ich genau wie gestern durch die Glasscheibe blicke, obwohl ich sie nicht nach dem Zustand meines Vaters gefragt habe.

»Kann ich zu ihm rein?«

»Natürlich. Ziehen Sie das über«, erwidert sie und drückt mir Schutzkleidung in die Hand.

»Danke.«

»Wenn irgendwas sein sollte, Sie finden mich den Gang runter, letzte Tür rechts.«

Ich steige in den Overall und zögere.

»Leen«, ertönt Demys Stimme hinter mir. Schwach lächle ich meine Schwester an, weil mich das schlechte Gewissen überkommt, sie gestern mit allem alleine hier zurückgelassen zu haben. Sie trägt noch immer die karierte Bluse und die dunkelblaue Jeans.

»Warst du die ganze Nacht hier?«, frage ich sie, auch wenn es nicht zu übersehen ist. Die dunklen Ringe unter ihren Augen sprechen Bände. Aber ich dürfte nicht besser aussehen. Ich könnte nicht nur eine Dusche, sondern auch eine Mütze Schlaf vertagen. Die letzten Tage stecken mir in den Knochen und fordern allmählich ihren Tribut.

»Ja, ich wollte hier sein, wenn er aufwacht.« Sie zieht ebenfalls einen der Schutzanzüge über und öffnet anschließend die Tür, als würde es sie keinerlei Überwindung kosten, das Zimmer zu betreten.

Das unterscheidet mich von Demy – sie ist so viel stärker als ich und im Gegensatz zu mir liegt ihr eine Menge an unserem Vater. Er und ich standen uns nie sonderlich nahe. Er hat sich nie die Mühe gemacht, zu verstecken, dass ich seinen Ansprüchen nicht genüge. Baas ist der Goldjunge. Sein ganzer Stolz. Das Privileg des Erstgeborenen. Die Zukunft der Brouwen Destillerie. Es ist nicht so, als würde ich meinen Bruder um dieses Erbe beneiden, gewiss nicht, aber ich wünschte, mir wäre nur die Hälfte seiner Wertschätzung entgegengebracht worden.

Bei Demy sah es wieder anders aus. Sie hat er in einen goldenen Käfig gesteckt, indem er sie mit seiner Liebe überschüttet und sie im selben Atemzug kleinhält, damit seiner Prinzessin keine Flügel wachsen. Ihr selbst dürfte nicht einmal bewusst sein, dass sie so viel mehr sein könnte als das, was er aus ihr gemacht hat. Genau das war das Problem zwischen mir und meinem Vater, ich wollte nie das sein, was er für mich vorherbestimmt hat. Das Back-up für Bastiaan. So hat er mich einmal bei einem Streit mit meiner Mutter bezeichnet, den ich mit acht belauscht habe. Der Ersatzmann, sollte meinem älteren Bruder etwas zustoßen und er das Unternehmen nicht führen können.

»Leen?«, fragt Demy zögerlich.

Genau an diesem Punkt befanden wir uns gestern schon einmal, aber heute werde ich nicht weglaufen, sondern mich dem stellen, was hinter der Tür auf mich lauert. »Nach dir«, sage ich und lasse meiner Schwester den Vortritt.

»Hast du etwas von Baas gehört?«, frage ich sie, als ich die Tür hinter uns schließe.

»Nein, nix. Langsam mache ich mir Sorgen.«

»Der taucht schon wieder auf.« *Hoffentlich*, füge ich in Gedanken hinzu.

Das monotone Piepen sorgt schlagartig dafür, dass mein Puls in die Höhe schießt und in dem sonst stillen Raum zunehmend lauter wird. Und ich ertappe mich bei den Gedanken, wie friedlich es wäre, würde es einfach verstummen.

»Was sagt der Arzt?«, will ich wissen und bleibe am Fußende des Bettes stehen, vermeide es aber, meinen Vater anzusehen. Weil ich befürchte, ich könnte bei seinem Anblick so etwas wie Genugtuung empfinden.

»Nicht viel, nur dass er stabil ist und wir abwarten müssen. Er könnte innerhalb der nächsten Stunden oder erst in den nächsten Tagen aufwachen.«

Das ist nur die halbe Wahrheit. Demy war schon immer eine miese Lügnerin. Sie fummelt unkontrolliert an ihrem rechten Ohrläppchen herum, wenn sie flunkert. Genau das macht sie in dieser Sekunde.

»Oder er wacht gar nicht auf«, spreche ich die Option aus, die sie unterschlagen wollte.

»So weit denken wir nicht, Leen«, herrscht sie mich eine Spur zu laut an.

»Sollten wir aber, denn wir müssen alle Szenarien in Betracht ziehen, ob sie uns nun gefallen oder nicht.«

# HANGOVER

*Gin, Carrot, Pineapple, Cream Cheese,*
*Vanilla, Walnuts, Cinnamon*

........................................

## NIKA

Auf Zehenspitzen schleiche ich aus dem Schlafzimmer, weil ich dringend zur Toilette muss, Leen aber keinesfalls wecken will. Ich erinnere mich nämlich noch sehr gut daran, wie grumpy er ist, wenn man ihn aus dem Schlaf reißt.

Vom Flur aus werfe ich einen Blick zur Couch. Das Bettzeug liegt ordentlich zusammengelegt darauf. Es ist noch nicht mal neun. Leise klopfe ich an die Badezimmertür, um nicht einfach reinzuplatzen, sollte er sich darin befinden.

Keine Antwort.

»Leen?«, frage ich laut.

Nichts.

Vorsichtig schiebe ich die Tür auf und finde ein leeres Badezimmer vor. Auch wenn ich ahne, dass er sich ohne ein Wort davongeschlichen hat, sehe ich in der Küche nach. »Großartig!«, entweicht es mir. Erst taucht er wie aus dem Nichts auf und dann verschwindet er auf dieselbe Weise. Um ehrlich zu sein, habe ich insgeheim darauf gehofft, er würde sich diesmal verabschieden. Vergangenheits-Nika hingegen hat sich gewünscht, er würde bleiben, weil sie die Geschichte um Leenard Brouwer erneut aufgeschlagen hat.

Aber wenn ich eins um vier Uhr morgens vor Augen hatte, dann dass Leen nicht mehr der Junge ist, mit dem ich die meiste Zeit meines Lebens verbracht habe, sondern ein Mann, der halb nackt in meinem Wohnzimmer steht und sich mit einem Goldfisch unterhält. Und für einen viel zu langen Moment fühlte ich mich zu ihm hingezogen. Was mich allerdings total verwirrt, ist, dass ich glaube, er wollte mich küssen.

Das Klingeln an der Haustür katapultiert mich schlagartig zurück ins Hier und Jetzt. Vor allem erinnert es mich daran, dass ich dringend aufs Klo muss. Ein Schlüssel wird ins Schloss gesteckt. Bevor Selma aufschließen kann, öffne ich ihr.

»Komm rein«, sage ich, lasse sie in der nächsten Sekunde im Flur stehen und schließe die Badezimmertür hinter mir.

Als ich wenig später das Wohnzimmer betrete, hantiert meine Freundin in der Küche. Geschirr klappert, lautstark schließt sich eine Schranktür. Ich schnappe mir das Bettzeug, um es zurück ins Schlafzimmer zu bringen. Das Parfüm, das mir dabei in die Nase steigt, setzt einen ganzen Schwall an Erinnerungen frei, doch mein einziger Gedanke ist: *Er riecht noch immer nach Leen.*

»Okay, wer hat die Nacht auf dem Sofa verbracht?«

»Niemand«, antworte ich hastig.

»Warum steckt deine Nase dann so tief im Kissen?«, erwidert Selma und grinst.

»Ich habe überprüft, ob ich die Bettwäsche wechseln muss.« Eine wirklich miese Erklärung, auf die Schnelle fällt mir jedoch nichts ein, was plausibel klingt.

»Und?«, fragt sie ernst.

»Definitiv«, antworte ich und fummle an der Knopfleiste des Kissens herum.

Selma lacht. »War wohl nur eine Acht«, sagt sie auf dem Weg in die Küche.

»Wie bitte?«, erwidere ich laut genug, damit sie mich hört.

»Wäre er eine Zehn gewesen, hätte er es in dein Bett geschafft«, gibt sie sachlich zurück.

»Ich habe lediglich einem Freund einen Schlafplatz angeboten, nachdem er im *Sole Mio* zu tief ins Glas geschaut hat«, kläre ich sie auf.

»Wem?«

»Einem Freund«, wiederhole ich.

»Du hast keine Freunde«, ruft Selma aus der Küche.

»Na, vielen Dank auch.«

Sie kommt mit zwei Tassen Tee auf mich zu. »Ich meine, du hast keine männlichen Freunde«, verbessert sie ihre Aussage.

»Habe ich sehr wohl.«

»Die Kerle innerhalb der Hausgemeinschaft zählen nicht.«

Ich lasse den Kissenbezug zu Boden fallen, als sie mir eine der Tassen reicht.

Selma schiebt die Decke etwas beiseite und setzt sich auf das Sofa.

»Es ist ein Freund von früher, der zufällig in der Stadt ist«, ergänze ich und nehme neben ihr Platz.

Einen Moment lang mustert sie mich misstrauisch, dann beugt sie sich vor und greift nach dem Kissenbezug. Bevor ich es verhindern kann, hält sie ihn sich unter die Nase.

»Ganz klar eine Zehn«, schlussfolgert sie, während ich ihr den Stoff wegnehme und in Richtung Flur werfe. »Kein Kerl benutzt Versace und ist dann nur Durchschnitt«, schiebt sie als Erklärung hinterher.

»Er ist maximal eine Sieben und sein Parfüm stammt aus der Drogerie«, lüge ich. Auf der Attraktivitätsskala ist Leen inzwischen ganz klar eine Zehn plus.

»Mein feines Näschen sagt etwas anderes«, hält sie dagegen. Selma arbeitet neben ihrem Studium in einer Parfümerie. Sie kennt also durchaus den Unterschied zwischen exklusiven Düften und günstiger Massenware.

»Können wir das Thema wechseln?«

»Erst wenn du mir ein Foto von ihm zeigst.«

»Vergiss es!«

»Einen Versuch war es wert«, sagt sie schulterzuckend.

Skeptisch sehe ich sie an, weil es ihr nicht ähnlichsieht, aufzugeben, bevor sie mir sämtliche Details entlockt hat. »Was machst du überhaupt hier?«, will ich wissen, weil ich mich nicht erinnern kann, mit ihr verabredet zu sein.

»Ich war zufällig in der Nähe und dachte, ich sage kurz Hallo.«

»Wo warst du denn?«

Selma wohnt im Zentrum und für gewöhnlich bewegt sie sich in einem Radius von höchstens zehn Minuten Fußmarsch. Der einzige Grund, warum sie sich in dieses Viertel verirrt, bin ich.

»In der ersten Etage«, erwidert sie mit einem frechen Grinsen.

Statt zu antworten, sehe ich sie fragend an.

»Nachdem du uns gestern Abend aus deiner Wohnung geworfen hast, haben wir in der WG weitergefeiert.«

»Sag nicht, du bist erneut mit Pablo im Bett gelandet?«

»Was soll ich sagen, der Kerl ist mein Kryptonit und gleichzeitig meine Wolke sieben.«

Das letzte Mal, als die beiden sich gedatet haben, endete damit, dass sie Pablo mit einer anderen knutschend im Club erwischt hat. Für den Bruchteil einer Sekunde blitzt ein längst vergangenes Bild vor meinem geistigen Auge auf. Lippen, die sich auf Lippen drücken. Lippen, die zu Leen und Noa gehören. Nur, dass das Gefühl, das sich jetzt in mir ausbreitet, gänzlich anders als das ist, welches ich in jenem Augenblick empfunden habe. Damals war ich wütend, heute … eifersüchtig. Und ich habe nicht die leiseste Ahnung, wo das so plötzlich herkommt.

Selma schnippt mit den Fingern vor meinem Gesicht herum, um meine Aufmerksamkeit zu bekommen.

»Mmh?«

»Wo bist du denn mit deinen Gedanken?«

Da, wo ich keinesfalls sein sollte. In der Vergangenheit. Bei Leen und der Frage, warum weder er noch ich um das gekämpft haben, was wir miteinander hatten, und ob wir noch viel mehr hätten sein können. Was völlig absurd ist, weil ich schwören würde, damals hat keinerlei Anziehung zwischen uns geherrscht, die über Freundschaft hinausging. Doch jetzt ist Leen zurück und mit ihm etwas Neues, das mein Herz bei dem Gedanken an ihn schneller schlagen lässt.

»Erde an Nika!«, zieht Selma mich auf und lacht.

»Entschuldige.«

»Wer auch immer der Kerl auf deiner Couch war, er sorgt dafür, dass du etwas durch den Wind bist.«

Das kann ich nicht abstreiten.

»Was hältst du davon, wenn wir frühstücken gehen?«, lenke ich unsere Unterhaltung um.

»Davon halte ich sehr viel, ich sterbe vor Hunger.«

»Gib mir zwanzig Minuten, um mich fertig zu machen.«

»Klar, ich ruhe in der Zeit meine Augen aus«, sagt sie und stellt die halb volle Teetasse auf dem Couchtisch ab, bevor sie sich tiefer in die Polster sinken lässt.

Als ich wenig später zurück ins Wohnzimmer komme, hängt Selma an ihrem Handy und sieht sich Katzenvideos an.

Von hinten schleiche ich mich an sie heran, beuge mich vor und frage laut: »Können wir los?«

Vor Schreck lässt sie das Handy fallen und ich kann mir ein Lachen nicht verkneifen.

»Kennst du das Video von dem Kater und dem Einrad?«, will sie wissen.

»Nein, aber ich befürchte, du wirst es mir jeden Augenblick zeigen.«

»So was von. Guck hier!« Sie hält mir ihr Display entgegen.

»Frühstück oder Katzenvideos?«, frage ich meine Freundin, denn aus Erfahrung weiß ich, auf ein Video folgen unzählige weitere.

Mit einem tiefen Seufzen steckt sie das Handy weg und steht von der Couch auf. »Du bist vermutlich der einzige Mensch auf diesem Planeten, der keine niedlichen Katzenvideos mag.« Sie folgt mir in den Flur.

»Vor allem gehöre ich zu der Sorte Mensch, die unausstehlich wird, wenn sie Hunger hat«, sage ich und schiebe sie aus der Wohnung, sobald sie in ihre High Heels geschlüpft ist.

Ein leichter Wind schlägt mir entgegen, als ich durch die Haustür ins Freie trete. Ich sehe zum Himmel. Graue Wolken, so weit das Auge reicht. Vermutlich fängt es gleich an zu regnen. Innerhalb weniger Minuten erreichen wir die *Little Sweet Bakery*. Das Glöckchen über der Tür schellt und ein paar der Gäste sehen sich nach uns um, als wir den Laden betreten. Die meisten Gesichter sind bekannt, weil ich sie regelmäßig hier oder im Viertel antreffe.

»Na, ihr zwei«, begrüßt uns die Inhaberin, die sich gerade die Hände an der blassgelben Rüschenschürze abwischt.

»Guten Morgen, Tara«, sage ich und lächle sie an.

»Ihr beiden seht aus, als könntet ihr ein anständiges Frühstück vertragen.«

»Du kennst uns einfach zu gut«, erwidert Selma.

»Setzt euch, ich erledige den Rest.«

Ich salutiere. »Wird gemacht.«

»Such du schon mal einen Platz. Ich muss aufs Klo.«

»Warum bist du nicht bei mir gegangen?«

»Da musste ich noch nicht.«

Ich lache und schüttle gleichzeitig den Kopf. Es sind keine drei Minuten von meiner Wohnung bis zum Café.

Auf der Suche nach einem freien Tisch lasse ich meinen Blick schweifen. Kurz hebe ich die Hand, als ich Daan entdecke, der im Haus gegenüber wohnt und gerade von der Tageszeitung aufsieht. Meine Aufmerksamkeit bleibt an der Titelseite hängen. Mit zwei Schritten stehe ich an Daans Tisch, der mich verwundert mustert.

»Darf ich mal kurz?«, frage ich und deute auf die Zeitung.

»Klar.« Er reicht sie mir.

*Sorge um Piet Brouwer*, lautet die Schlagzeile, direkt darunter ein Foto von ihm und ein weiteres, das einen Krankenwagen zeigt, der das Anwesen der Brouwers verlässt. Ich überfliege den Artikel. Wenn stimmt, was hier steht, dann hat man ihn gestern in den frühen Morgenstunden mit einer Kopfverletzung bewusstlos im Haus vorgefunden und er wurde umgehend ins Sint Lucas gebracht, wo er operiert wurde. Zum aktuellen Gesundheitszustand des erfolgreichen Gin-Produzenten liegen keine Informationen vor, nur dass er kritisch sei.

Deswegen ist Leen also in der Stadt. Schlagartig habe ich ein schlechtes Gewissen, ihn so mies behandelt zu haben. Weil ich jetzt weiß, was er mit *Familienangelegenheiten* gemeint hat. Das erklärt auch, warum er sich mehr als einen Drink genehmigt hat und nicht nach Hause wollte. Warum Leen so verloren wirkte. Mein Herz klopft viel zu heftig in meiner Brust, weil es sich daran erinnert, wie tief Leen nach dem Tod seiner Mutter gefallen ist. Hat er mich deswegen in der Bar aufgesucht, weil er gehofft hat, ich würde ihn auffangen?

»Alles okay?«, fragt Daan besorgt, vermutlich da mir gerade sämtliche Farbe aus dem Gesicht gewichen sein dürfte.

»Ja, danke«, sage ich hölzern, gebe ihm die Zeitung zurück und setze mich an einen der kleinen runden Tische.

»Für ein paar Poffertjes töte ich jeden«, nehme ich Selmas Stimme hinter mir wahr, bevor sie sich mir gegenübersetzt. »Alles okay? Du bist ganz blass.«

»Mein Zuckerspiegel schreit nach einer Extraportion Schokosoße«, lüge ich und ringe mich zu einem Lächeln durch.

Keine zwei Minuten später bringt Tara eine bunt gemixte Frühstücksplatte und eine große Schüssel der kleinen Eierkuchen, über die sich Selma sogleich hermacht, während ich zu Daan und der Tageszeitung in seiner Hand sehe. Ich sollte nicht so viel über Leen nachdenken. Nur leider lässt sich der Verstand nicht ein- und ausschalten, wie es einem in den Kram passt. Vom Herzen mal ganz abgesehen. Denn das versucht sich zusätzlich zu dem Gedankenchaos Gehör zu verschaffen. Und es wird mit jedem Schlag lauter. Was verrückt ist, weil ich mir sicher war, längst meinen Frieden mit Leen gemacht zu haben. Also wie kann es sein, dass er meine Gefühlswelt völlig auf den Kopf stellt?

Die einzige Erklärung lautet, ich habe ihn nie wahrhaftig losgelassen. Weil man niemanden gänzlich verbannt, indem man ein paar Zahlen aus dem Handy löscht. Dieses Gefühl des Triumphs über das eigene Herz hält nur so lange an, bis man der Person wieder gegenübersteht, die man so dringend vergessen wollte. Dann reißt einen die Erkenntnis zu Boden, dass es ein bisschen mehr braucht, um die Vergangenheit auszulöschen. Völlig egal, ob es sich dabei um schöne oder schlechte Erinnerungen handelt.

Ich sehe von meinem Teller auf. »Was hast du gesagt?«, frage ich Selma, die daraufhin die Augen verdreht.

»Ich habe gesagt, dass ich kaum hinterherkomme, auf die Nachrichten zum Spring Kiss zu antworten. Das Ding hat richtig eingeschlagen. Allerdings finde ich, du solltest deine Community mehr an deinem Alltag teilhaben lassen. Alle großen Content-Creator machen das. Das erzeugt Nähe und Authentizität.«

Selmas Businesstipps hingegen werden früher oder später zu einer mittelschweren Katastrophe führen, sollte sie mich zwingen, sie umzusetzen. Ich bin einfach nicht gut darin, mich derartig zu vermarkten.

»Und wie genau soll das aussehen? In meinem Leben passiert absolut nichts Spannendes, das einer Meldung bedarf«, antworte ich. Es ist nicht so, als hätte ich nicht schon mal darüber nachgedacht, alles etwas persönlicher zu gestalten. Der Punkt, an dem ich immer wieder scheitere, ist die Frage: Interessiert es andere wirklich, welche Schuhe ich trage oder dass ich gemeinsam mit einem Goldfisch in einem winzigen Apartment im puren Chaos lebe?

»So zum Beispiel.« Sie hält das Handy über die Poffertjes mit bunten Früchten und einem fetten Klecks Schlagsahne.

»Wow, du willst, dass die Welt sieht, wie ich ungesundes Zeug esse«, sage ich und lache leise. »Ich sehe schon die Ernährungstipps in meinen DMs.«

Als sie auf dem Display herumtippt, werfe ich einen Blick darauf. »Bist du übergeschnappt?«, entfährt es mir. In derselben Sekunde entreiße ich ihr das Handy und lösche die Erwähnung des Standorts in der Story.

»Okay, wo ist das Problem?«

»Wenn du das hochlädst, weiß jeder, wo ich mich in diesem Augenblick aufhalte.«

»Ja, und das ist schlimm, weil?«, hakt sie mit verwirrter Miene nach.

»Weil niemand wissen soll, wer sich hinter Miss Cocktailery versteckt.«

»Also wenn du denkst, du bist nicht hübsch genug für Social Media, kann ich dich beruhigen. Da gibt's ganz –«

»Boah, Selma, darum geht es doch gar nicht. Ich will nur nicht, dass mich irgendjemand darauf anspricht.«

»Du meinst so, wie ich dich bei unserer ersten Begegnung gefragt habe, ob du mit Noa Kroon verwandt bist«, sagt sie grinsend.

»Ja, genau so«, antworte ich.

»Es gibt Schlimmeres, als die Zwillingsschwester eines Reality-sternchens zu sein. Du könntest das für dich nutzen.«

»Genau das ist, was ich nicht will. Mein ganzes Leben wurde ich mit Noa verglichen. Ausnahmsweise würde ich gerne einmal nicht ihr Schatten sein.« Denn genau das war ich immer für unsere Mutter. Ich wollte die Niederlande nie verlassen, aber noch weniger wollte ich alleine zurückbleiben. Ich hatte Leen schon verloren, ich wollte nicht auch noch meine Familie verlieren. Also habe ich mich auf ein Stipendium für ein College in Kalifornien beworben, während Noa eine renommierte Schauspielschule besuchte. Allerdings hat sich sehr schnell herauskristallisiert, dass weder das College noch das Leben in Los Angeles etwas für mich sind. Nach zwei Jahren habe ich meine Koffer gepackt und beschlossen, mein Leben nach niemandem außer mir selbst auszurichten. Die Entscheidung habe ich kein einziges Mal bereut. Auch wenn ich die beiden vermisse, kommen wir doch besser ohneeinander klar.

»Ich will ja nicht wieder die Klugscheißerin spielen, aber wenn du dich versteckst, wirst du ihren Schatten nie los.«

»Oder ich stoße die Leute erst recht darauf und man sagt mir den Celebrity-Sister-Bonus nach«, antworte ich, auch wenn das sehr weit hergeholt ist.

Zum Glück hat Noa mit zunehmender Bekanntheit an ihrem Aussehen geschraubt, sodass ich längst nicht mehr für sie gehalten werde. Aber hin und wieder kam es vor, dass ich auf die Ähnlichkeit angesprochen werde. In der Regel streite ich jegliche Verbindung zu ihr ab. Was nicht daran liegt, dass ich mit meiner Schwester nicht auskomme. Im Gegenteil. Ich liebe Noa. Wann immer es sich einrichten lässt, telefonieren wir, nur gesehen haben wir uns seit meiner Abreise nicht, weil ihr Terminkalender keine größeren Lücken beinhaltet.

Es war mir schlichtweg unangenehm, wenn Leute über mich versuchten an sie heranzukommen. Ich bin grundsätzlich kein unhöflicher Mensch und es fällt mir schwer, dem Ganzen einen Riegel vorzuschieben. Deswegen habe ich mir angewöhnt, so zu tun, als wüsste ich nicht, vom wem sie reden. Dass meine Zwillingsschwester in den Staaten lebt und sich für einen Künstlerinnennamen entschieden hat, ist durchaus von Vorteil. Noa de Jong klingt weniger glamourös. Jedenfalls war das ihre Begründung für die Änderung des Nachnamens. Ich glaube, sie wollte sich nicht ausschließlich optisch von mir abgrenzen. Sie hat nie ein Geheimnis daraus gemacht, dass es sie stört, dass es uns im Doppelpack gibt.

»Bekommt ihr beiden noch etwas?«, fragt Tara.

»Ich nehme noch eine heiße Schokolade«, sage ich.

»Mit Sahne?«

»Musst du wirklich fragen?«, erwidere ich schelmisch.

Tara lacht und sieht zu Selma.

»Für mich einen Kräutertee.«

»Kommt sofort.«

Die Tür schwingt hinter uns auf und die kleine Glocke schellt. »Liebes, machst du mir einen Kaffee to go?«, höre ich Rob sagen und drehe mich zu ihm um.

Grüßend hebt er die Hand. »Hallo, Ladys.«

Vormittags ist es selten voll im Café, aber ich mag diese Ruhe. Die Bar ist jeden Abend überfüllt, aber vor allem laut und hektisch. Taras *Little Sweet Bakery* bietet den perfekten Ausgleich in gemütlichem Ambiente.

»Wohin bist du heute Morgen verschwunden? Du wolltest mir bei den Vorbereitungen helfen«, fragt Tara ihren Mann und gibt ihm einen flüchtigen Kuss, bevor sie hinter dem Tresen verschwindet.

»Erinnerst du dich an den reichen Kerl, den ich vom Flughafen abgeholt habe?«

»Der, wegen dem du extra ein Ladekabel gekauft hast, um auf alles vorbereitet zu sein, was ein Fahrgast verlangt?«, hakt Tara amüsiert nach.

»Genau, er hat mich heute früh angerufen. Du errätst nie, wo ich ihn eingesammelt habe.«

»Muss ich raten oder rückst du von allein damit heraus?«

»Bei Freya«, antwortet er und erlangt damit nicht nur meine volle Aufmerksamkeit.

»Jung und gut aussehend, nehme ich an«, witzelt Tara.

»Er ist nicht, was du denkst«, sagt er etwas leiser, dennoch laut genug, dass ich ihn verstehe. In einer überfüllten Bar mit ohrenbetäubendem Lärm perfektioniert man vor allem zwei Dinge: selektives Hören und das Vermeiden von unfreiwilliger Nähe.

»Ich kenne meine Cousine und ihre Schwäche für Toyboys, du musst Freya nicht in Schutz nehmen«, erwidert Tara und lacht.

»Du bist unmöglich«, entgegnet Rob.

Die Rädchen in meinem Kopf drehen sich. Redet er etwa von Leen? Vielleicht. Denkbar wäre es, dass er heute Morgen Freya in die Arme gelaufen ist. Er könnte sich ein Taxi gerufen haben. Herrje, wie hoch ist die Wahrscheinlichkeit, dass er ausgerechnet Rob erwischt?

»Nika?«

»Mmh?«, wende ich mich Selma zu.

»Du bist schon wieder abgelenkt«, merkt sie an.

»Ich schlafe nur gleich im Sitzen ein«, lüge ich mittelmäßig, obwohl es durchaus stimmt. Mit dem Wissen, dass Leen auf meiner Couch liegt, habe ich kaum ein Auge zugemacht und mich mit jeder Menge unbeantworteter Fragen von einer Bettseite zur anderen gewälzt.

»Langweile ich dich so sehr?«, fragt sie scherzhaft.

»Nur, wenn du meine Karriere ankurbeln willst«, erwidere ich neckend.

»Ich finde einfach, du lässt Möglichkeiten verstreichen, für die andere im Übrigen töten würden. Allein diese Woche habe ich drei Kooperationsanfragen abgelehnt. Damit sind es allein in diesem Monat sieben, davon zwei bezahlte. Nika! Hast du eine Ahnung, wie viel Geld dir durch die Lappen geht?«

»Nein, aber ich vermute, du wirst es mir gleich sagen«, antworte ich spöttisch.

Selma rollt mit den Augen. Das macht sie nur, um zum Ausdruck zu bringen, dass ich es mir unnötig schwer mache. Da widerspreche ich ihr auch gar nicht. Es liegt mir nur einfach fern, Dinge zu empfehlen, für die ich bezahlt werde. Ich würde mich unwohl dabei fühlen, etwas zu promoten, für das mein Herz nicht schlägt, nur weil es Geld in meine Haushaltskasse spült.

»So, hier«, unterbricht Tara unsere never ending Debatte zu dem Thema.

»Du könntest dir die Anfragen zukünftig wenigstens ansehen und nicht von vornherein schon Nein sagen. Ich sage ja nicht, du sollst Zahnseide promoten, obwohl du keine nutzt.«

»Ich nutze sehr wohl welche«, werfe ich ein.

»Dann hätte ich die Gratisproben wohl besser nicht abgelehnt«, erwidert sie todernst, bevor sie laut lacht.

Jetzt bin ich diejenige, die mit den Augen rollt.

Mein Handy auf dem Tisch vibriert in derselben Sekunde wie das von Selma. Gruppenchat der Hausgemeinschaft.

Da ich gerade meine heiße Schokolade genieße, ignoriere ich es und überlasse es meiner Freundin nachzusehen. Freya hat sie dem Chat hinzugefügt, weil Selma ohnehin ständig in der Pastalstraat abhängt.

»Freya hat für heute Abend eine Sitzung einberufen.«

Ich stelle meine Tasse ab. »Eine Sitzung?«, frage ich ungläubig.

»Ja, steht hier so«, bestätigt Selma und hält mir das Display unter die Nase.

»Ich muss später ins *Sole Mio*.«

»Hast du heute nicht deinen freien Tag?«

»Justus liegt seit gestern Abend mit einer Erkältung flach und Kim kann aus familiären Gründen nicht für sie einspringen.«

»Du bist viel zu nett und solltest lernen, Nein zu sagen.«

»Kann ich. Bei Dingen, die mir nicht wichtig sind. Kooperationen zum Beispiel.« Den kleinen Seitenhieb kann ich mir nicht verkneifen.

»Jaja, ich habe es verstanden. Trotzdem, du springst immer ein und erhältst dafür keinen Zuschuss.«

»Wenn Michael aufgrund von Personalmangel schließen muss, bin ich bald arbeitslos.«

»Damit wären wir wieder bei dem zweiten Standbein, um deinen Lebensunterhalt zu sichern.«

»Du gibst wohl nie auf.«

»Nope, aufgeben steht mir nicht.«

Ich kann gar nicht anders, als ihr freches Grinsen zu erwidern. Selma ist mit Abstand das Beste, was in den vergangenen Jahren meinen Weg gekreuzt hat. Auch wenn sie mich regelmäßig in den Wahnsinn treibt, möchte ich sie nicht missen. Mit ihr befreundet zu sein ist so anders, als es mit Leen war. Dennoch, in gewisser Weise erinnert sie mich an ihn, nur dass sie kein Blatt vor den Mund nimmt, während er seine Worte stets mit Bedacht wählt und man trotzdem nie schlau aus ihm wird. Bedingungen hat Leen allerdings nie an unsere Freundschaft gestellt. Selma hingegen fordert Dinge von mir ein.

»Was soll ich jetzt Freya antworten?«, fragt Selma und verhindert damit, dass meine Gedanken in die Vergangenheit abdriften. So wie die letzten Stunden, in denen sie sich abwechselnd um zwei Aspekte gedreht haben.

Erstens: Vielleicht hätten wir beide nur noch etwas länger aneinander festhalten müssen, dann stünden wir heute nicht vor dem Scherbenhaufen unserer Freundschaft.

Zweitens: Vielleicht musste es genau so sein, damit wir auf andere Weise zueinanderfinden.

Denn ich kann dieses Flattern noch immer spüren, das Leen in mir ausgelöst hat, als er mich näher zu sich zog. Genau wie mich die Tatsache nicht kaltließ, dass bei seiner Frage, ob er befürchten müsse, es könnte jemand mit Brötchen auftauchen, eine Spur Missfallen in seiner Stimme mitschwang. Im Gegenteil. Für einen winzigen Augenblick habe ich mich gefragt: Was, wenn er die Lücke zwischen uns schließt? Seine Lippen auf meine treffen? Würde ich zurückweichen oder es geschehen lassen?

Ich würde es gerne darauf schieben, dass ich mich nicht daran erinnern kann, wann zuletzt ein halb nackter Mann in meinem Wohnzimmer stand. Dass es nicht an Leens Attraktivität lag, sondern dem sexuellen Notstand geschuldet ist, der seit Monaten in meinem Leben herrscht. Aber es wäre gelogen.

Auf der Stedelijk standen eine Menge Leute auf Leen. Er erfüllte aber auch nahezu jedes Klischee, das es braucht, um ganz oben auf jemandes Crush-Liste zu stehen. Süß, charmant, Kapitän des Fußballteams – wobei das eher auf den von den Brouwers gesponserten Kunstrasenplatz und weniger auf sein Talent zurückzuführen sein dürfte. Obendrein war seine Familie stinkreich und er wohnte in einem verdammten Schloss, was ihm einige zusätzliche Sympathiepunkte einbrachte. Seine Beliebtheit war anstrengend, weil ich mir oft völlig überflüssig in seinem Leben vorkam. Ich war bei Weitem nicht so beliebt wie er oder meine Schwester, aber aus irgendeinem Grund hat das mit Leen und mir funktioniert. Ich habe in seine Welt gepasst, während ihm alle anderen zu viel zu sein schienen. Möglicherweise, weil ich nie einen Vorteil aus unserer

Freundschaft ziehen wollte, den der Name Brouwer durchaus mit sich brachte, oder der Vorstellung nachgejagt bin, ob sich aus uns mehr entwickeln könnte. In erster Linie war Leen derjenige, der zur Stelle war, wenn ich einen Freund brauchte.

Nur andersrum funktionierte es nicht. Leen wollte niemanden brauchen. Nicht beim Nachsitzen. Nicht, wenn er seine Hausaufgaben vergessen hatte. Nicht, wenn seine Eltern sich stritten. Nicht nach einer Prügelei. Und schon gar nicht, nachdem seine Mutter gestorben war. Dabei bin ich mir sicher, er hätte jemanden gebraucht. Und ich glaube, er braucht auch jetzt jemanden, der nicht in seine Welt gehört und irgendwie doch.

Ein Schnipsen, gefolgt von einem »Huhu, Erde an Nika« reißt mich aus den omnipräsenten Gedanken. So, als hätte Leen mit seinem Auftauchen einen Mechanismus in Gang gesetzt, der sich nicht steuern lässt.

»Du solltest wirklich ein paar Stunden schlafen, du siehst völlig fertig aus.«

»Das ist genau das, was man von seiner besten Freundin hören will«, antworte ich und trinke meine inzwischen kalte Schokolade aus.

»Du hast drei Stunden, dann treffen wir uns mit Freya und du schaffst es pünktlich zu deiner Sonderschicht«, weist sie an und steht von ihrem Stuhl auf.

»Was?«, frage ich, weil ich ihr nicht ganz folgen kann.

»Freya hat das Treffen vorverlegt, scheint wichtig zu sein.«

»Okay«, sage ich und folge ihr an den Verkaufstresen.

Nachdem wir unsere Rechnung bezahlt haben, machen wir uns auf den Heimweg.

..............

Zehn Personen befinden sich in Freyas winzigem Wohnzimmer, davon sind neun Augenpaare auf sie gerichtet. Der Ausdruck auf ihrem Gesicht ist ernst. Ein ungutes Gefühl macht sich in mir breit. Selma sitzt neben mir auf dem in die Jahre gekommenen Teppich, die Müllers, Iza und Joris auf dem Sofa. Der Rest hat sich auf die Fensterbänke und Stühle aus der Küche verteilt.

»So«, sagt Freya und klatscht dabei einmal in die Hände. »Schön, dass ihr alle gekommen seid. Ich würde gerne mit euch über eine Sache reden, die sich nicht länger aufschieben lässt und mir auf dem Herzen liegt.« Eine gedankenschwere Pause setzt ein, während ihr Blick über die Anwesenden schweift. »Die Pastelstraat ist seit vielen Jahren unser aller Zuhause. Wir sind nicht nur eine Hausgemeinschaft, wir sind eine Familie. Umso schwerer fällt es mir, euch darüber in Kenntnis zu setzen, dass uns große Veränderungen bevorstehen.«

Ich stoße Selma, die genauso ratlos aussieht, wie ich mich fühle, mit dem Ellenbogen an. Veränderungen? Welcher Art? Zieht jemand aus? Etwa Freya? Allein bei der Vorstellung krampft sich mein Herz schmerzhaft zusammen.

»Wie ihr wisst, hat das Haus einige Modernisierungsmaßnahmen nötig und dazu fehlt mir das Geld. Obendrein hat die Stadtverwaltung vergangene Woche die Forderung gestellt, die Hausfassade instand zu setzen und sie dem Straßenbild entsprechend aufzuhübschen. Aber das ist nur der Tropfen auf dem heißen Stein. Vor ein paar Jahren musste ich eine Hypothek auf das Haus aufnehmen, als die Zuleitungen erneuert wurden und ich mich an den Kosten für einen neuen Gehweg beteiligen musste. In den letzten Monaten hat der Marktstand nicht genügend abgeworfen, um die Raten zu begleichen. Die Bank hat mich angewiesen, die offenen Zahlungen binnen der nächsten vier Wochen auszugleichen, andernfalls werde das Haus zwangsversteigert.«

Ein Raunen geht durch das Wohnzimmer. Köpfe drehen sich einander zu. Fassungslosigkeit in den Gesichtern aller.

»Was genau bedeutet das?«, will Pablo wissen.

»Ich kann die Summe nicht aufbringen. Eine weitere Hypothek würde den Wert der Immobilie übersteigen. Wir werden uns also darauf einstellen müssen, dass der Eigentümer wechseln wird.«

»Und dann saniert er hier alles und wir müssen raus, weil wir uns die Miete nicht mehr leisten können«, schlussfolgert Joris.

»Jetzt mal doch nicht gleich den Teufel an die Wand«, ermahnt ihn Iza.

»Über welche Summe reden wir denn? Wir haben ein bisschen was angespart, das könnten wir dir leihen«, bietet Gerda Müller an.

»Das ist lieb, aber das kann ich unmöglich annehmen. Außerdem ist die Summe wirklich hoch. Der Kostenvoranschlag für die Fassade beträgt knapp zwanzigtausend, die offene Hypothek ist noch höher.«

»Uff«, entfährt es Hannah hinter mir.

»Im Klartext heißt das, wir suchen uns alle eine neue Bleibe, weil irgendwer topmoderne Apartments hieraus machen wird?«, fasst Akito zusammen.

»Also so einfach geben wir doch nicht auf, oder? Wir sind die Pastelstraat 8. Wir können einen Flohmarkt organisieren oder so eine Geldsammelaktion, wie heißt das noch gleich … Selma, hilf mir mal auf die Sprünge«, fordere ich meine Freundin auf. Die sieht mich mit großen Augen an.

»Ähm, du meinst eine Crowdfunding-Aktion?«

»Ja, genau. Wir sammeln Geld für den Erhalt der Pastelstraat, weil die Luxusbauten dem Charakter unseres geliebten Viertels schaden. Solche Aktionen gibt es doch ständig.«

In den nächsten Minuten bricht eine hitzige Diskussion darüber aus, wie genau so etwas vonstattengeht und ob da tatsächlich genügend Geld zusammenkäme, um Freya zu helfen.

»Ich finde die Idee gut«, sagt Peter Müller.

»Also ich könnte das übernehmen und du könntest das Ganze über Social Media promoten.«

Und damit wären wir an dem Punkt, den ich nicht bedacht habe. Wenn ich das tue, muss ich auch erklären, warum ich die Aktion unterstütze. Ich müsste erzählen, dass es mein Viertel ist, über das ich rede. Was wiederum bedeuten würde, einen Teil meiner Privatsphäre aufzugeben. Aus meiner Komfortzone herauszutreten. Um ehrlich zu sein, weiß ich nicht, ob ich mich dazu überwinden kann.

Dann sehe ich zu Freya, die mich hoffnungsvoll anblickt.

# PAPARAZZO

*Indigo Gin, Maraschino Liqueur,*
*White Crème de Cacao, Spruce,*
*Peychaud's Bitters*

## LEENARD
### Politie, Oude Centrum, Amsterdam

Wann war ich schon mal derart genervt? Das dürfte bei Ezras Abhandlung zum Thema *Leenard, die Spaßbremse* gewesen sein.

Ein weiteres Mal fixiert mich Elenas Blick, während ihr Kollege ungeduldig mit dem Kugelschreiber auf der Tischplatte herumklopft. Zählt so etwas eigentlich als Foltermethode? Ähnlich wie ein tropfender Wasserhahn? Denn das Geräusch macht mich wahnsinnig. Genau wie dieser winzige Raum mit seinen grauen Wänden und der viel zu grellen Deckenbeleuchtung. Die monoton flackert. Fehlt nur noch ein kippelnder Stuhl unter meinem Hintern und ich stecke in der perfekten Verhörszene einer Crime-Serie.

Mit zwei Beamten im Schlepptau hat Elena mich auf dem Parkplatz des Krankenhauses abgefangen, als ich mit Demy nach Bloem aufbrechen wollte, damit sie endlich zur Ruhe kommt. Jetzt wartet meine Schwester auf einem der billigen Plastikstühle im Eingangsbereich des Polizeipräsidiums auf mich und trinkt Automatenkaffee für fünfzig Cent.

Das ist lächerlich. Wir alle könnten unsere Zeit anderweitig nutzen, statt uns seit einer Stunde im Kreis zu drehen. Was einzig und allein daran liegt, dass ich Elena keine Hilfe bin und sie mir nicht verrät, was sie in der Hand hat. Ob sie überhaupt etwas hat oder lediglich einer wilden Theorie nachjagt.

Hatte mein Vater Feinde? Definitiv. Ich würde mir eher Gedanken machen, hätte er keine. Würde ihn jemand die Treppe runterschubsen? Eher nicht.

»Du hast angegeben, dass der Koch vermutlich am Montagmorgen beim Verlassen des Hauses die Tür offen hat stehen lassen. Wir sind der Sache nachgegangen. Wessel van Dahlen arbeitet bereits seit Anfang des Jahres nicht mehr für deine Familie.«

Verwundert sehe ich Elena an. »Ist das so?«, entgegne ich dann gedehnt, weil ich allmählich genug von der Fragerunde habe, bei der ich der Einzige bin, der keinerlei Antworten erhält.

»Das wusstest du nicht?«, hakt sie skeptisch nach.

»Was glaubst du, dass ich euch damit auf eine falsche Fährte locken wollte?« Ich kann mir ein kurzes Auflachen nicht verkneifen. Das hier ist an Abstrusität nicht mehr zu übertreffen.

Elena zieht die linke Augenbraue hoch.

»Wie du sicher weißt, lebe ich inzwischen in London. Ich bin also nicht unbedingt mit den personellen Änderungen auf Bloem vertraut.«

»Gab es denn in letzter Zeit Probleme?«

»Welcher Art?«

»Innerhalb der Familie«, spezifiziert sie ihre Frage.

»Nenn mir eine Familie, die keine hat«, entgegne ich spöttisch.

Elena seufzt, weil auch sie weiß, dass wir so nicht weiterkommen. »Wann hast du zuletzt mit deinem Vater gesprochen?«

»Keine Ahnung. Das dürfte so um Weihnachten gewesen sein.«

»Gibt es einen Grund, dass ihr so lange nicht miteinander geredet habt?«

Ja, gibt es den? »Du meinst außer der Tatsache, dass wir uns schlicht nicht viel zu sagen haben?«, antworte ich und halte Elenas Blick stand.

Ich wusste, dass sie mich befragen würde. Was ich nicht verstehe, ist, welchem Zweck das Ganze dient. Sie kann nicht wirklich davon ausgehen, dass mehr als ein Unfall dahintersteckt.

»Was ist mit deinem Bruder?«

»Was soll mit ihm sein?« Ist Baas etwa Teil ihrer bizarren Theorie? Das ist absurd. Er würde dem Alten nie schaden und damit seinen Anspruch auf die Destillerie in Gefahr bringen.

»Hast du seit dem Vorfall mit ihm gesprochen?«

»Nein.«

»Weißt du, wo er ist?«

»Nein«, wiederhole ich und ziehe das Wort absichtlich unnötig in die Länge.

»Leenard«, sagt sie ermahnend.

»Ich habe weder mit ihm gesprochen noch eine Ahnung, wo er sich aufhält. Wenn du so dringend wissen willst, wo sich Baas aufhält, dann lass sein Handy orten.«

»Sein Handy ist aus.«

Das heißt dann wohl, das hat die Polizei bereits versucht.

Während ich mich im Stuhl zurücklehne, nehme ich Elena genauer in Augenschein. Warum ist sie so verbissen, etwas aufzudecken, wo es aller Wahrscheinlichkeit nach nichts zu finden gibt? Vermutlich, weil sie es ohnehin schon schwer hat, sich zwischen all den breitschultrigen Testosteronmännchen, die hier herumrennen, durchzusetzen. Ein weiterer Grund dürfte der Name auf der Akte vor ihr auf dem Tisch sein – der verspricht durchaus Publicity, sollte sie tatsächlich etwas ausgraben.

»Darf ich dich etwas fragen?«

Abschätzig sieht sie mich an. »Natürlich.«

»Würde es sich nicht um Piet Brouwer handeln, würdest du dann auch in der Scheiße wühlen, um einen Fall daraus zu machen, der die Statistik aufpoliert, sobald du ihn löst?« Ich warte ihre Antwort gar nicht erst ab und stehe auf. »Wir sind hier fertig. Solltest du weitere Fragen haben, wende dich an unseren Anwalt Ludwig Wolters«, sage ich und verlasse das Verhörzimmer.

Demy kommt auf mich zu, als sie mich entdeckt.

»Alles in Ordnung?«, will sie wissen und sieht mich besorgt an.

»Lass uns einfach von hier verschwinden«, antworte ich, lege einen Arm um ihre Schultern und schiebe sie auf den Ausgang der Polizeiwache zu.

»Was haben sie dich gefragt?«

Bevor ich antworten kann, schirme ich mein Gesicht vor dem Blitzlichtgewitter ab, das in der Sekunde einsetzt, in der wir das Gebäude verlassen.

»Leenard, wie geht es Ihrem Vater?«, brüllt jemand von rechts.

»Kein Kommentar«, antworte ich.

»Herr Brouwer, war es kein Unfall?«, fragt eine schrille Stimme direkt vor mir.

»Kein Kommentar«, wiederhole ich, diesmal lauter.

»Leen?« Ich ziehe Demy näher an mich, während ich mich zwischen den Presseleuten hindurchzwänge, um zum Audi zu gelangen.

»Ist Ihr Vater inzwischen bei Bewusstsein?«

Immer weiter schiebe ich mich durch die Menge, ohne Demy loszulassen. Gleichzeitig taste ich in meiner Hosentasche nach dem Autoschlüssel. Sobald ich ihn habe, öffne ich den Wagen per Fernbedienung.

»Warum ist Ihr Bruder nicht bei Ihnen?«

Ich reiße die Beifahrertür auf. »Steig ein«, weise ich Demy an.

»Stimmt es, dass –«

»Was verstehen Sie an ›kein Kommentar‹ nicht?«, schneide ich dem Reporter das Wort ab.

»Nur zwei Fragen, Leenard«, versucht er es weiter und versperrt mir den Weg zur Fahrerseite.

»Muss ich Ihnen buchstabieren, dass Sie sich verpissen sollen?« Grob schiebe ich den Journalisten zur Seite.

Keine Minute später starte ich den Motor und fahre vom Parkplatz.

»Was zur Hölle war das?«, fragt Demy in dem Augenblick mit

zittriger Stimme, als ich »Fuck!« ausstoße und mit der Faust auf das Lenkrad schlage. »Sorry«, schiebe ich hinterher, weil ich Demy unnötig erschreckt habe. Ich kann mich nicht erinnern, dass meine Schwester je einer Meute Sensationsgeier in die Arme gerannt ist. Das ist mein Ding, nicht ihres. Meine Schwester verbringt die meiste Zeit in ihrem Käfig aus Sorglosigkeit. Bloem ist ihr Zufluchtsort, fernab der Realität, die um sie herum pulsiert. Bei mir ist das komplette Gegenteil der Fall. Wann immer sich mir nach dem Tod meiner Mutter die Chance bot, habe ich mich davongeschlichen. Und nicht selten endete es mit einer netten Schlagzeile. In der Zeit ist eine Menge Geld geflossen, damit nicht mehr als ein paar Zeilen in der Presse daraus wurden. Ich weiß, dass Baas es war, der mir immer wieder den Arsch gerettet hat, weil mein Vater keinen Finger krumm gemacht hätte, um mich rauszuboxen. Am Anfang habe ich angenommen, er hielte sich raus, damit ich aus meinem dummen Verhalten etwas lerne, inzwischen weiß ich, es war ihm egal.

Ich muss Wolters anrufen, damit er die Presse in den Griff bekommt. »Verdammt«, fluche ich, als ich feststelle, dass mein Handy fehlt. In dem Gedränge muss es mir abhandengekommen sein. Kurz denke ich darüber nach, umzudrehen, verwerfe den Gedanken allerdings direkt wieder, weil ich kein weiteres Mal in einen Tumult geraten will.

»Hast du die Telefonnummer von Elena Diamantis?«, frage ich Demy.

»Ja«, antwortet sie kleinlaut.

»Ruf sie an und sag ihr, ich habe mein Handy auf dem Parkpl...« Mitten im Satz breche ich ab. »Vergiss es.« Ich traue der Kommissarin und ihrem überzogenen Ehrgeiz im Fall Brouwer zu, mein Handy zu durchforsten, sollte sie es in die Finger bekommen.

»Ich kann dir nicht ganz folgen.«

»Wähl die Nummer von Wolters, der soll sich darum kümmern.«

»Und worum genau?«, fragt sie nach.

»Um die Presse und die Polizei.«

»Glaubst du, was sie sagen?«, will sie wissen. Der vorsichtige Ton in ihrer Stimme macht mich stutzig.

»Nein, wir wissen beide, wie es abgelaufen ist. Er hat sich ein paar Drinks gegönnt und ist dann die Treppe runtergefallen.«

»Er hatte keinen Alkohol im Blut.«

Überrascht sehe ich zu ihr. »Nicht?«

»Nein. Im Krankenhaus haben sie das überprüft.«

Geht die Polizei deswegen nicht von einem Unfall aus? »Weiß Elena davon?«

»Ich denke schon. Das Krankenhaus wird sie auf dem Laufenden halten«, erklärt sie.

»Was glaubst du, was passiert ist?«, frage ich meine Schwester, denn meine Theorie hat sich gerade in Luft aufgelöst.

»Ich weiß es nicht.«

»Du warst doch da, du musst doch irgendwas mitbekommen haben«, entfährt es mir viel zu schroff.

»Denkst du, dass ich Papa 24/7 überwache, während du in London dein Studentenleben genießt?«, schießt sie zurück.

»Entschuldige, dass ich gerne ein eigenständiges Leben führen will und wenig Interesse daran habe, es meinen Geschwistern gleichzutun und ins Familienimperium einzusteigen.«

»Nein, du genießt nur die finanziellen Mittel, die es dir bietet.«

»Du hast absolut keine Ahnung von meinem Leben!«, zische ich sie an.

»Woher auch, du redest ja nie mit mir darüber. Entweder setzt du dich in den nächsten Flieger oder du legst auf, sobald ich das Thema anspreche.« Zum Ende hin bricht ihre Stimme.

Meine Brust zieht sich augenblicklich zusammen, weil Demy meinetwegen jeden Moment anfangen könnte zu weinen. Etwas, womit ich nicht umgehen kann. »Okay, so kommen wir nicht weiter. Es hilft niemandem, wenn wir uns anschreien«, sage ich, wobei ich einen deutlich versöhnlicheren Ton anschlagen sollte.

»Nein, ich hasse es, mit dir zu streiten.«

Ich strecke die Hand nach ihrer aus, verschränke meine Finger mit ihren. »Ich weiß. Es ist nur, dass ich mit alldem gerade nicht Schritt halten kann, aber das Gefühl habe, es wird von mir erwartet«, gebe ich zu, platziere einen sanften Kuss auf ihren Fingerknöcheln und gebe sie wieder frei.

»Wie kommst du denn darauf?«

»Weil die Augen aller auf mich gerichtet sind.«

»Das stimmt nicht«, versucht sie mich zu besänftigen. Wir wissen beide, dass es genau so ist. Alle Fragen waren direkt an mich adressiert, keiner der Reporter hat Demy angesprochen.

»Komm schon, Demy, du bist die strahlende Prinzessin und Baas der edle Ritter. Ich bin der Hofnarr, der das Volk unterhält.«

»Warum bist du eigentlich immer so streng mit dir selbst?«

Weil es sonst niemand ist und ich nur so den Teil kontrollieren kann, der für Chaos in meiner Welt sorgt. Davon hat meine Schwester allerdings keine Ahnung.

»Wir müssen Baas finden«, lenke ich das Thema von mir weg.

»Glaubst du, er hat etwas mit Papas Unfall zu tun?«, fragt sie.

Ich kann nicht glauben, dass sie darüber überhaupt nachdenkt. »Nein«, antworte ich aus voller Überzeugung.

»Vielleicht ist er in der Waldhütte«, sagt sie plötzlich.

»Hat er die nicht letztes Jahr verkauft?« Ich bin mir ziemlich sicher, dass er das bei einem meiner Besuche erwähnt hat.

»Ja, das hatte ich auch angenommen. Rosie ist am Morgen des Unfalls mal wieder ausgebüxt und zum Bach gerannt, um zu baden. Als ich nach ihr gesucht habe, stand sein Wagen vor der Hütte.« Das Minischwein meiner Schwester verfügt über einen ausgeprägten Freiheitsdrang. Und ich kann die Sau verstehen, Bloem ruft auch in mir den Fluchtinstinkt auf den Plan.

»Was wollte er dort?«

Sie zuckt mit den Schultern. »Ich bin nicht dazu gekommen, Baas danach zu fragen, weil er seitdem verschwunden ist.«

»Ich fahr später zur Hütte raus und sehe nach, ob er dort ist«, sage ich und biege auf die endlos scheinende Straße, die zum Anwesen führt.

Demy entspannt sich sichtlich, je näher wir Bloem kommen, während sich in mir unweigerlich das Gefühl breitmacht, direkt wieder verschwinden zu wollen.

Die Fahrzeuge, die gestern in der Einfahrt standen, sind verschwunden. Alles wirkt so friedlich wie eh und je, aber der Schein trügt.

Jeffrey öffnet in der Sekunde die Eingangstür, als ich den Motor abstelle. Er eilt die wenigen Stufen herab und öffnet die Beifahrertür, um Demy aus dem Wagen zu helfen.

»Guten Abend«, begrüßt er uns in seiner übertrieben höflichen britischen Art.

»Hallo, Jeff«, erwidert Demy.

Sein Blick trifft auf meinen und er bedenkt mich mit einem knappen Nicken. Der Butler war noch nie ein großer Fan von mir. Er bevorzugt es geradlinig und ich bin in seinen Augen nicht mehr als ein Störenfried, der sich nicht zu benehmen weiß.

Ich hole meinen Rucksack von der Rückbank und folge den beiden ins Haus. *Putzmittel*, ist mein erster Gedanke, als ich den Eingangsbereich betrete. Ganz automatisch sehe ich zur alten Holztreppe. Die Absperrung ist verschwunden, genau wie die Blutlache. Jeffrey hat die letzten Stunden offenbar damit verbracht, hier für Ordnung zu sorgen. Alles steht wieder an seinem Platz und ich bin mir sicher, es findet sich nicht ein einziger Staubkrümel auf den Oberflächen der dunklen Möbel.

Schlagartig fühle ich mich wieder wie der kleine Junge, der sich eine Rüge von ihm abholt, weil er Dreck ins Haus geschleppt hat.

»Ich sehe noch schnell nach Rosie«, sagt Demy und schnappt sich den mit Küchenabfällen gefüllten Futtereimer, der rechts von mir neben dem Schirmständer steht.

Jeffrey mustert mich missbilligend von Kopf bis Fuß. Der Blick zu meinen Schuhen, um nachzusehen, ob sich Erde darunter befindet, ist ein Reflex, den ich nicht kontrollieren kann.

»Ich brauche eine Dusche«, sage ich hastig und setze mich in Bewegung.

»In dreißig Minuten gibt es Abendessen«, informiert er mich, als ich an ihm vorbei die Treppe hocheile. Ich unterdrücke den Impuls, mir die abgenutzten Stufen genauer anzusehen und die Hoffnung zu hegen, sie könnten mir die Erleuchtung bringen, was zu Hölle hier geschehen ist.

Mein Zimmer befindet sich neben sechs weiteren in der ersten Etage am Ende des Flurs. Der Gästekorridor. Mit meinem Auszug habe ich den Anspruch auf einen separaten Bereich auf Bloem verwirkt. Denn die Großzügigkeit von Piet Brouwer ist stets an Bedingungen geknüpft, die mir, gelinde ausgedrückt, am Arsch vorbeigehen. Die Konsequenz: Kürzung der Privilegien. Entgegen der Annahme meiner Schwester ruhe ich mich nicht auf den unbegrenzten Geldmitteln meiner Familie aus. Denn die finanzielle Unterstützung meines Vaters hat ein Limit. Jedenfalls für mich. Bei meinen Geschwistern sieht das anders aus. Demy bewohnt den Ostflügel und Baas vereinnahmt das komplette Dachgeschoss.

Stickige Luft schlägt mir entgegen, als ich den Raum betrete. Ich werfe den Rucksack aufs Bett und reiße das Fenster auf, um für ausreichend Frischluft zu sorgen. Für ein paar Sekunden lasse ich meinen Blick über das Gelände wandern. Bunte Felder, die sich bis zum Horizont erstrecken. Die stillgelegte Mühle in der Ferne mittendrin. Nika und ich haben immer gesagt, irgendwann setzen wir sie wieder in Gang, weil es schade ist, dass sie zerfällt. Aus irgendwann dürfte inzwischen niemals geworden sein und der Zerfall das Sinnbild unserer Freundschaft.

Rechts von mir treffen Sonnenstrahlen auf die Oberfläche des kleinen Sees, an dem ich mit Nika in den Sommermonaten gezeltet habe. Die wenigen schönen Erinnerungen auf Bloem verbinde ich mit ihr. Aber gerade fühlen sie sich erdrückend an. Weil sie eben nicht mehr als das sind – Erinnerungen an längst vergangene Tage, als alles ein bisschen leichter war.

In der Ferne entdecke ich Demy, die den schmalen Pfad zum Gestüt entlanggeht. Früher haben wir Pferde besessen. Sie waren das Erste, was mein Vater verkauft hat, nachdem Großvater gestorben war. Er empfand sie als wertlos, wenn sie keinerlei Nutzen haben, außer auf einer Koppel zu stehen und beritten zu werden. Meine Mutter hat sie geliebt, ihm war das egal. Heute hält Demy in dem Teil Bloems ihren ganz persönlichen Tierpark. Neben Roswitha, dem Minischwein, leben dort ein Dutzend Hasen, zwei Alpakas, ein Rabenpärchen und ein Chinchilla. Alles Tiere, die man aussortiert hat, weil sie zu alt oder krank sind.

Ich wechsle die Blickrichtung, als sie in den Stallungen verschwindet. Der Garten könnte etwas Zuwendung vertragen, dennoch ist er der schönste Ort auf Bloem. Ich habe Stunden damit verbracht, meiner Mutter bei der Pflege zu helfen. Genauso oft habe ich die Verwüstung beseitigt, die sie hinterlassen hat, wenn die dunklen Tage sie im Griff hatten. Das Leben mit ihr auf Bloem war in vielerlei Hinsicht anders als die gemeinsamen Sommer in London. Hauptsächlich, weil mein Vater Familienurlaube als überflüssig betrachtet hat und stattdessen die Arbeit vorzog. In London hat meine Mutter viel gelacht, hier so gut wie nie. Sie war glücklich und ich war es, weil sie es war. Hin und wieder ertappe ich mich bei der Frage, ob meine Wahl deswegen auf die Kingston University gefallen ist. Ob all das nicht mehr als ein Versuch ist, einem Gefühl nachzujagen, das längst nicht mehr existiert.

Mit geschlossenen Augen beschwöre ich die Erinnerung an meine Mutter beim Pflanzen von Margariten herauf. Je mehr Zeit vergeht, desto blasser wird das Bild. Die Vorstellung, sie könnte irgendwann aus meiner Erinnerung verschwinden, löst jedes Mal Angst in mir aus. Ich will nicht vergessen, wie sie aussah, wenn sie gelächelt hat, oder wie ihr Lachen klang. Ich will nicht nach einem Foto greifen müssen, um sie zu fühlen.

Ein Klopfen lässt mich zusammenzucken.

»Ja?«, sage ich und wende mich der Tür zu.

»Herr Brouwer, am Tor wartet jemand für Sie«, teilt Jeffrey mir mit.

»Wer denn?«

»Ein gewisser Jansen.«

»Ich kenne keinen Jan… oh.« Die Erkenntnis trifft mich wie ein Faustschlag. Taxi. Ladekabel. Handy.

»Soll ich ihn bitten zu gehen?«, will der Butler wissen.

»Nein, ich komme in zehn Minuten runter. Er soll im Clubzimmer auf mich warten und biete ihm etwas zu trinken an«, sage ich, bevor ich ins angrenzende Bad verschwinde, um mein Vorhaben einer Dusche in die Tat umzusetzen.

Als ich die Treppe nach unten gehe, kommt Demy gerade zurück. Sie steigt aus den Gummistiefeln und stellt sie neben der Eingangstür ab.

»Wir müssen den Zaun reparieren, Rosie hat schon wieder einen Spaziergang durch das Kräuterbeet gemacht und alles platt getrampelt«, sagt sie genervt und hängt ihre Jacke an die Garderobe.

»Oder du erklärst der Sau endlich, wie sie sich zu benehmen hat. Versuchst du bei mir ja auch ständig«, erwidere ich sarkastisch.

»Und ich versage regelmäßig, weil du stur wie ein Bock bist«, schießt sie mit neckendem Unterton zurück.

»Das Essen wäre so weit«, ertönt Jeffreys Stimme.

»Hast du Pfannkuchen mit Apfel-Rosinen-Kompott und dazu Vanillesoße gemacht?«, fragt Demy und er lächelt, bevor er nickt.

Dann sieht er zu mir. Kein Lächeln. Nicht mal ein Zucken der Mundwinkel. »Ihr Besuch erwartet Sie im Salon.«

»Danke.«

Wieder nickt er kaum merklich und verschwindet den Flur entlang, der zum Esszimmer führt.

Ich wende mich an meine Schwester. »Was ist mit Wessel?«

»Papa hat ihn entlassen. Er wollte etwas kulinarische Abwechslung ins Haus bringen.«

»Und deswegen kocht jetzt der Butler?«, frage ich ungläubig.

»Nur, bis wir einen geeigneten Ersatz gefunden haben.«

»Innerhalb von vier Monaten ließ sich niemand auftreiben, um den Kochlöffel zu schwingen?«

»Papas Ansprüche sind hoch«, antwortet sie schulterzuckend und folgt Jeffrey.

Mein Weg führt mich in die entgegengesetzte Richtung in den Südflügel, in dem sich die Räumlichkeiten befinden, die dem Familienbusiness dienen. Der Aufstieg der Brouwers hängt hübsch aneinandergereiht in Form von Bildern an den Wänden. Wie ein Zeitstrahl reichen sie von alten Gemälden bis hin zu modernen Fotografien. Fast zweihundert Jahre Geschichte erstrecken sich über fünf Generationen. Und doch gibt es nur noch uns vier, weil mein Vater es geschafft hat, jeden zu vergraulen, der Anspruch anmelden könnte.

Die Tür zum Arbeitszimmer meines Vaters ist geschlossen. Ein Siegel der Polizei verhindert den Zutritt. Kurz bleibe ich stehen und überlege, es einfach zu entfernen und einen Blick hineinzuwerfen. Elena hat gesagt, es habe Spuren eines Kampfes gegeben. Nur zu gerne würde ich mich selbst davon überzeugen. Aber ich schätze, meine Aktion würde wenig Anklang finden. Also gehe ich weiter, vorbei an Baas' Büro, dem Konferenzraum sowie dem Archiv, in dem sich Kartons mit den Unterlagen der letzten Jahrzehnte stapeln.

Bevor ich den Salon betrete, atme ich einmal tief durch. Der Taxifahrer steht mit dem Rücken zu mir. Ich räuspere mich, um seine Aufmerksamkeit von dem Gin-Regal auf mich zu lenken.

»Ich hoffe, ich komme nicht ungelegen, aber ich dachte, du möchtest das hier zurück?«, sagt er, greift in seine Hosentasche und holt mein Handy heraus.

Ich gehe auf ihn zu und nehme es entgegen. »Danke, dass Sie es vorbeigebracht haben«, sage ich und entsperre es, um einen kurzen Blick auf die Benachrichtigungen zu werfen. Ezra hat viermal angerufen. Keine Nachricht von Baas. Dann sehe ich Jansen wieder an.

»Kann ich Ihnen einen Drink anbieten, Herr Jansen?«

»Einfach nur Rob«, erinnert er mich. Ich bevorzuge es allerdings, beim Sie zu bleiben, um keine unangemessene Nähe zu signalisieren.

»Also, Rob, was darf ich Ihnen einschenken?« Ich deute auf die Bar links von ihm, auf der eine Gin-Auswahl der Marke Brouwen steht.

»Ich bin mit dem Auto da«, antwortet er.

Die plötzlich einsetzende Stille macht mich nervös, weil ich keine Ahnung habe, ob ich ihn nun bitte zu gehen oder eine Runde höflichen Small Talk betreiben muss, um meine Dankbarkeit zum Ausdruck zu bringen. Ich gehe auf den Schrank neben der Bar zu, öffne ihn, schiebe ein paar Flaschen beiseite, bis ich den Bourbon finde, den mein Bruder dort für mich deponiert hat. Das hier ist Baas' liebster Raum im Haus. Ich kann dem Alter-Herrenclub-Flair nichts abgewinnen. Tagsüber fällt durch die bunten Bleiglasfenster nur schwaches Licht herein, das vom dunklen Holz, das hier drin vorherrscht, geschluckt wird. Und auch jetzt sorgt nur eine indirekte Beleuchtung dafür, dass der Raum nicht in Dunkelheit versinkt. Auf mich wirkt die Atmosphäre beklemmend, Baas findet sie inspirierend.

»Ich wäre ja schon eher vorbeigekommen, aber heute war die Hölle los«, beginnt Jansen eine Unterhaltung, wobei ich mir nicht sicher bin, ob er sich gerade dafür rechtfertigt, dass er mein Handy den ganzen Tag spazieren gefahren hat.

»Möchten Sie sich setzen?«, frage ich etwas unbeholfen. Es ist nicht so, dass ich generell eine Niete im Umgang mit anderen bin, es liegt vielmehr an der Umgebung. Sie vermittelt mir das Gefühl, mich gewählter auszudrücken, mich anmutiger bewegen und mit einer gehörigen Portion Arroganz jonglieren zu müssen, um meinem Namen gerecht zu werden. Mein Vater und Baas genießen ihre Macht, erhaben über alles und jeden zu sein, während ich in der Menge untertauche.

Ich nehme einen Tumbler aus dem Regal neben der Bar und schenke mir Whiskey ein.

Rob lacht lauthals los, als ich das Glas an die Lippen führe.

Fragend hebe ich eine Augenbraue, weil ich offensichtlich den Joke verpasst habe.

»Das hätte ich nicht erwartet. Ehrlicher Bourbon im Hause eines Gin-Produzenten.«

»Verraten Sie mich nicht, aber ich kann Gin nicht ausstehen«, antworte ich, trinke den Whiskey in einem Zug aus und fülle das Glas erneut.

»Wir Taxifahrer bekommen einiges auf die Ohren und wir können Schweigen wie ein Grab, wenn das Trinkgeld passt«, sagt er und macht eine Geste, als würde er seine Lippen versiegeln.

»Natürlich«, entfährt es mir und ich taste nach meiner Geldbörse, die sich allerdings noch auf der Ablage im Badezimmer befinden dürfte. Denn genau da habe ich sie hingelegt, bevor ich die schnellste Dusche aller Zeiten genommen hatte, um Rob nicht unnötig warten zu lassen.

»Junge, du hast vorhin mehr als genug Bonus rübergeschoben«, lehnt er ab.

»Ich würde mich aber gerne dafür erkenntlich zeigen, dass Sie den Weg hier raus auf sich genommen haben, um mir mein Handy zu bringen.« Das sehe ich nicht als selbstverständlich an.

»Ruf einfach Rob an, wenn du ein Taxi brauchst, und nicht die Konkurrenz, dann bin ich zufrieden.«

Mit seiner Antwort entlockt er mir unerklärlicherweise ein Lächeln. »Danke.«

»Nicht dafür.« Einen Moment lang sieht er mich eindringlich an, während ich mein Glas ein weiteres Mal leere. Was denkt er gerade? Dass ich meinen Frust in Bourbon ertränke? Ja, ich schätze, genau das ist es, was ich gerade tue. Ich stelle das leere Glas auf der Bar ab und verstaue die Flasche wieder im Schrank. Dann sehe ich ihn an.

Er räuspert sich leise, bevor er spricht. »Ich fahr dann mal. Angenehmen Abend noch«, verabschiedet er sich und wendet sich zum Gehen.

Mit jedem Schritt, den er sich entfernt, wird der Raum erdrückender, also begleite ich ihn nach draußen.

»Nett habt ihr es hier«, sagt er irgendwie aufgesetzt, während ich neben ihm herlaufe und er sich umsieht.

»Finden Sie?«, hake ich nach, weil ich mir beim besten Willen nicht vorstellen kann, dass ihm der Stil zusagt. Ich meine, er trägt eine grüne Cordhose und ein hellgelbes Hemd unter einem braunen Jackett mit karierten Flicken an den Ellenbogen. Alles an ihm wirkt freundlich und steht damit im absoluten Gegensatz zu Bloem.

»Nein, bisschen düster für meinen Geschmack. Man spürt regelrecht, wie einen die alten Gemäuer aufsaugen«, antwortet er ehrlich.

Besser hätte er nicht ausdrücken können, was dieser Ort für einen Spirit hat.

Sein Wagen steht neben dem Audi in der Einfahrt.

»Also dann, Leen.« Er geht zur Fahrerseite und ich muss gestehen, ich beneide ihn darum, dass er jede Sekunde in den alten Benz steigt und diesen Ort hinter sich lässt.

# LIKE A VIRGIN

*Juniper, Rose, Elderberry, Lavender, Orange,*
*Black Carrot, Rosemary*

## LEENARD

**Bloem Kasteel, Bloemdaalen**

Als ich die Bibliothek betrete, ist sie leer, obwohl Demy beim Frühstück gesagt hat, sie wolle sich am Nachmittag hier mit mir treffen. Notgedrungen begebe ich mich auf die Suche nach meiner Schwester. Es gibt nicht viele Orte, an denen sie sich aufhalten könnte. Entweder fängt sie Rosie auf dem weitläufigen Gelände ein oder sie hält sich innerhalb der alten Gemäuer auf. Zuerst sehe ich in der Küche nach, da ist sie nicht. Danach werfe ich einen Blick ins Wohnzimmer, werde aber auch dort nicht fündig. Ich gehe am Esszimmer, dem Zigarrenzimmer und dem Atelier meiner Mutter vorbei.

Ein Poltern, gefolgt von einem Fluchen erregt meine Aufmerksamkeit. Es dauert einen Augenblick, bis ich ausmachen kann, aus welchem der umliegenden Zimmer die Geräusche kommen. Das Atelier. Ich gehe zwei Schritte rückwärts. Wie auf Knopfdruck beginnt mein Herz zu stolpern, gleichzeitig breitet sich das beklemmende Gefühl in meiner Brust aus, das immer genau dann einsetzt, wenn ich aus dem Takt gerate. Sekundenlang starre ich auf die geschlossene Tür vor mir. Dunkles Eichenholz, farbige

Blumenornamente. Messinggriff. Die Hand danach ausgestreckt, ohne die Tür zu öffnen. Für einen winzigen Moment schließe ich die Augen und atme tief durch, dann legen sich meine Finger um die kühle Türklinke und drücken sie nach unten.

Sofort schlägt mir ein beißender Geruch entgegen. Ich ziehe den Kragen meines Shirts schützend über Mund und Nase.

»Was machst du hier?«, frage ich Demy, die gerade ein Fenster nach dem anderen aufreißt, damit der Gestank entweicht.

»Wonach sieht es denn aus?«, blafft sie mich an.

Ich sehe mich in dem Atelier um, das kaum noch Ähnlichkeit mit dem hat, was mir vertraut ist. Das Chaos ist verschwunden. Keine Staffeleien mit halb fertigen Bildern. Keine Gläser, in denen Pinsel stehen. Keine Mischpaletten mit eingetrockneten Farbresten. Keine Agnes Brouwer, die im Nachthemd den Sonnenaufgang einfängt. Stattdessen lehnen die Ölbilder mit Leinentüchern abgedeckt an den Wänden, als hätte man sie einfach beiseitegeschoben. Demy brauchte offensichtlich Platz für ihre persönliche Destille. Denn die steht auf dem alten Tisch, dessen Holzplatte früher bunte Farbspritzer zierten. Meine Schwester hat alles beseitigt, was dieses Zimmer zu einer Erinnerung an unsere Mutter gemacht hat. Das Gefühl, das dieser Anblick in mir auslöst, lässt mich erstarren. Falsch. Alles hieran fühlt sich falsch an.

Ich trete einen Schritt zurück. Noch einen. Und noch einen. Dann zwinge ich mich zum Stehenbleiben. *Es ist nur ein Zimmer. Ein Raum in einem verdammten Schloss. Nicht mehr und nicht weniger. Meine Erinnerungen sind losgelöst davon. Niemand kann sie mir nehmen.*

»Leen, alles okay?«, dringt Demys Stimme zu mir durch.

»Geht schon wieder. Auf das hier war ich nicht vorbereitet«, antworte ich und gehe auf meine Schwester zu. Im Vorbeigehen nehme ich das Leinentuch vom Schaukelstuhl, ohne ihm Beachtung zu schenken. Denn würde ich es tun, würde ich dort meine Mutter mit mir auf dem Schoß sitzen sehen.

»Was treibst du hier drinnen?«, frage ich erneut, gehe neben dem Tisch in die Knie und wische die Sauerei auf, deren Gestank nur langsam verfliegt.

»Ich experimentiere«, äußert sie vage.

»Das ist nicht zu übersehen. Und wozu?«

»Sortimentserweiterung.«

»Ist das nicht Donalds Arbeitsbereich?«, frage ich. Die Mac-Intyres arbeiten bereits in der dritten Generation als Destillateure für meine Familie und überwachen die Herstellungsprozesse. Mein Vater ist der Kopf, Donald das Herz der Brouwen Destillerie.

»Donald ist ein alter, sturer Mann, genau wie unser Vater.«

»Ja, da kann ich dir nicht widersprechen, das erklärt aber nicht, warum du dir im Atelier eine eigene Destille aufgebaut hast.«

»Weil alle meine Idee, einen alkoholfreien Gin auf den Markt zu bringen, schwachsinnig finden. Wenn etwas aussieht wie Gin und schmeckt wie Gin, muss es auch Gin sein. Genau wie bei Fleischersatzprodukten hält Papa es für eine Modeerscheinung, die sich von selbst auflösen wird.«

»Und deswegen tüftelst du allein im stillen Kämmerchen herum?«

»Genau, für Menschen wie mich, die aus Überzeugung keinen Alkohol trinken, aber dennoch in den Genuss des Geschmacks kommen wollen.«

»Ich bin mir nicht sicher, ob es denselben Genuss vermittelt, wenn der Alkoholgehalt fehlt«, erwidere ich und grinse sie schief an.

»Du nimmst mich nicht ernst«, zischt sie und verschränkt die Arme vor der Brust.

»Natürlich nehme ich dich ernst, Demy. Ich glaube nur nicht, dass der Name Brouwer mit Innovation einhergeht. Wir sind kein hippes Start-up, sondern ein Familienunternehmen, das bisher ausschließlich von konservativen Arschlöchern geführt wurde.«

»Leen!«

»Stimmt doch, sonst müsstest du nicht versuchen deine Idee im Alleingang umzusetzen. Was hält Baas davon?«

»Ich soll das Business den ›großen Jungs‹ überlassen.« Mit den Fingern setzt sie *große Jungs* in Anführungszeichen.

In dem Punkt ähnelt unser Bruder unserem Vater. Ihre Meinung ist Gesetz, kein Verhandlungsspielraum. Wobei ich Baas ein Mindestmaß an Empathie zugestehen muss. Ich nehme an, er will Demy das Gefühl des Scheiterns ersparen, sollte ihre Idee nicht von Erfolg gekrönt sein. Dennoch sollte er ihr eine helfende Hand reichen.

»Ich glaube, du hast recht«, sagt sie völlig zusammenhangslos.

»Womit?«

»Dass es ein Unfall war.«

»Ach ja, wie kommst du jetzt darauf?« Fragend sehe ich sie an.

»Ich habe vorhin Benzodiazepine in der Waschküche gefunden. Papas Name stand auf dem Etikett. Er muss sie verloren haben und sie sind unter den Putzmittelschrank gerollt. Vielleicht ist er die Treppe runtergefallen, nachdem er sie genommen hat. Ich habe gelesen, dass sie Benommenheit auslösen können, wenn man zu viele davon nimmt.«

»Warum sollte unser Vater Beruhigungsmittel schlucken?«

»Er war in den letzten Wochen sehr angespannt.«

»Und das verwüstete Büro?«, frage ich, um auch noch den Rest ihrer Theorie zum Hergang zu hören.

»Er hat sich am Nachmittag mit Baas gestritten und mit einem Tacker nach ihm geworfen. Vielleicht war er es einfach selbst. Du kennst ihn und seine aufbrausende Art.«

Ihre Theorie gefällt mir eindeutig besser als die der Polizei, jemand hätte ihn absichtlich die Treppe runtergestoßen. Dennoch, irgendwas übersehe ich. Baas macht sich doch nicht aus dem Staub, nur weil er mit unserem Vater aneinandergeraten ist. Und noch etwas macht mich stutzig: Hat Demy nicht gesagt, Baas sei seit dem Morgen des Unfalltags verschwunden und sie habe ihn seitdem nicht mehr gesehen? Und hätte man nicht die Benzodiazepine in seinem Blut finden müssen, hätte er tatsächlich welche genommen? Gerade als ich sie danach fragen will, vibriert das

Handy in meiner Hosentasche. Ezra. Verflucht. Ich hatte versprochen ihn zurückzurufen, sobald ich mir einen Überblick über die Lage verschafft habe.

Ezra hat mir seinen Standort geschickt, zusammen mit der Info, dass ich ihn abholen soll. Was zur Hölle macht der Kerl am Amsterdamer Flughafen? Kurz denke ich darüber nach, ihm zu sagen, er soll sich ein Taxi rufen, aber ich muss dringend mal hier raus. Ich hänge seit Tagen auf Bloem fest, weil Elena mir zu verstehen gegeben hat, dass ich mich nicht nach London absetzen soll, falls sie weitere Fragen hat. Ein Abstecher nach Amsterdam würde meiner momentanen Gefühlslage guttun, denn die ist kurz vorm Durchdrehen, weil dieser Ort mich zunehmend erstickt.

»Alles okay?«, fragt Demy, vermutlich da ich nach wie vor auf mein Handy starre.

»Ja, ich muss schnell was erledigen. Wir reden später weiter, okay?«

»Klar. Wo willst du denn hin?«

»Ezra will, dass ich ihn vom Flughafen abhole«, antworte ich und stecke das Handy weg.

»Ezra?«, fragt sie verwirrt.

In dieser Sekunde fällt mir ein, dass ich ihn bisher mit keiner Silbe erwähnt habe. Demy hat recht, ich erzähle ihr nie Dinge über mich oder mein Leben in London. Und gerade erscheint es mir unfair, meine Geschwister ausgeschlossen zu haben. Denn sie haben das nie getan, und Baas war zwar von Natur aus schon immer sparsam mit Informationen, trotzdem hat mein Bruder mich jeden Donnerstag punkt acht angerufen, um wenigstens belanglosen Small Talk zu betreiben. Und Demy hat kurze Nachrichten geschickt, wenn ich mal wieder nicht ans Telefon ging. Ich kann mich nicht erinnern, wann ich zuletzt die Initiative ergriffen habe.

»Mein Mitbewohner in London ... und bester Freund«, antworte ich nach kurzem Zögern.

»Du hast einen Mitbewohner? Seit wann?«

»Letztem Sommer.«

Demys Augen weiten sich, während auf ihrem Gesicht abzulesen ist, dass sie Fragen hat.

»Ich muss jetzt wirklich los, Ezra wartet«, beende ich unsere Unterhaltung und lasse sie ohne die dazugehörigen Antworten im Atelier zurück.

Vierzig Minuten später stecke ich in der Rushhour fest. Es ist halb fünf, als ich den Flughafen erreiche. Nach weiteren zehn Minuten entdecke ich Ezra mit einer Zeitung in der Hand auf seinem Koffer sitzend. Ich stoppe den Wagen auf seiner Höhe, beuge mich rüber und öffne die Beifahrertür.

»Einsteigen«, sage ich.

Ezra hebt den Kopf, schiebt die Sonnenbrille Richtung Nasenspitze und grinst.

»Dachte schon, ich muss zu deinem Schloss trampen«, erwidert er und kommt in Bewegung. Im nächsten Augenblick landet sein Gepäck auf der Rückbank. Mit einem Ächzen lässt er sich auf den Beifahrersitz sinken und platziert den Rucksack zwischen seinen Beinen im Fußraum.

»Was machst du hier?«

»Du gehst seit Tagen nicht ans Telefon«, erwidert er gedehnt.

»Und deswegen kommst du einfach her?«, frage ich ungläubig. Wegen ein paar ignorierter Anrufe würde ich keinesfalls in den Flieger steigen und Ezra noch viel weniger. Also warum ist er tatsächlich hier?

»Ja, ein bisschen Urlaub und meinem besten Freund auf die Nerven gehen, bevor er mich gänzlich vergisst, klang verlockend«, antwortet er.

»Sorry, war viel los in den letzten Tagen«, rechtfertige ich, keinen seiner Anrufe entgegengenommen zu haben. Was nicht ganz der Wahrheit entspricht, denn ich hätte ihn durchaus zurückrufen können. Ich habe es in Erwägung gezogen. Wirklich. Aber Ezra hat diese positive Art, die ich in manchen Situationen nicht ertragen kann. Sein übertriebener Optimismus und die Überzeugung, dass die Dinge sich immer zum Guten wenden, aber manchmal einfach Zeit brauchen, wirken in Kombination, als hätte man einen Mental-Health-Podcast in Dauerschleife auf dem Ohr. So funktioniere ich aber nicht. Ich will Dinge scheiße finden, mich in Hilflosigkeit verlieren, um zu erkennen, dass mich diese Herangehensweise nicht weiterbringt, und mich selbst aus dem dunklen Loch ziehen.

»Ja, das lässt sich erstklassig in der Presse verfolgen«, erwidert er spitz und wedelt mit dem *Telegraaf* vor meiner Nase herum.

»Seit wann kannst du Niederländisch?«, frage ich, nehme ihm im selben Atemzug die Tageszeitung aus der Hand und werfe sie zu seinem Koffer auf die Rückbank.

»Laut Übersetzer bist du ein böser Junge, der Reporter anpöbelt«, zieht er mich auf. »Mir wäre es allerdings lieber, ich würde die Infos, was in deinem Leben abgeht, aus erster Hand bekommen, statt sie aus dem Bullshit, den man über dich schreibt, herausfiltern zu müssen.«

»Was willst du denn hören?«, frage ich und fädle mich in den Verkehr ein.

»Ob du okay bist.« Er klingt besorgt.

Deswegen ist er also hier, er macht sich Sorgen, ich könnte in alte Muster verfallen. Mein Start in London war holprig. Ich habe mich zu leicht provozieren lassen und als Konsequenz mehr als einmal ein blaues Auge kassiert. Erst als Ezra zu einer Konstanten in meinem Leben wurde, habe ich gelernt meine Impulse zu kontrollieren und Ärger aus dem Weg zu gehen. Dafür hat es allerdings einige Standpauken seinerseits und unangenehme Schlagzeilen im *Daily Express* gebraucht.

»Im Augenblick habe ich wenig Gelegenheit, mir darüber Gedanken zu machen«, antworte ich monoton. Denn ich habe absolut keine Ahnung, ob ich okay bin. Was ich weiß, ist, ich funktioniere. Irgendwie jedenfalls.

»Wie geht es deinem alten Herrn?«, fragt er, weil er genau weiß, dass ich nicht über mich reden will.

»Unverändert. Er liegt im Koma und niemand weiß, wann und ob er überhaupt wieder aufwacht«, antworte ich und fahre Richtung Bloem.

»Das tut mir leid. Kommst du klar?«

»Wie läuft es in London? Hast du die Wohnung schon abgefackelt und bist deswegen hier?«, lenke ich das Thema um und lasse seine Frage unbeantwortet. Offenbarungen liegen mir einfach nicht. Genau das hat Nika und mir letztlich das Genick gebrochen. Sie wollte über die Probleme in meinem Leben reden, ich sie einfach nur vergessen. Dass eine Freundschaft so nicht funktioniert, wurde mir mit jeder Sekunde, die ich sie weiter von mir stieß, bewusster.

Aber es war, wie es war. Ein paar Gespräche zur Selbstheilung hätten daran nichts geändert. Sie hätten mir meine Mutter nicht zurückgebracht und das war das Einzige, was ich wollte. Ich wollte nicht an einem Grab stehen und ihr von meinem Tag erzählen und mich an der Vorstellung festklammern, sie wäre nun an einem Ort, der sie glücklich macht. Weil es sich so verdammt unfair anfühlte, es selbst nicht zu sein, und sie ihren Teil dazu beigetragen hatte.

»Nicht viel. Die Klausurenphase steht an, was bedeutet, die Partyszene schläft und ich bin mehr oder weniger arbeitslos«, antwortet er knapp.

Fuck! An die Uni habe ich seit meiner Ankunft kein einziges Mal gedacht. Ich muss mich dringend darum kümmern, mein Studium nicht in den Sand zu setzen, nur weil ich hier festsitze.

»Dann solltest du vielleicht dein Angebot erweitern und nicht nur Studierendenpartys mit Beerpong als Highlight veranstalten, um Erstsemesterinnen abzuschleppen«, ziehe ich Ezra auf.

»Nur kein Neid.«

»Ich gebe es ungern zu, aber ich bin froh, ein Gesicht zu sehen, das nicht hierhergehört, auch wenn es deine hässliche Visage ist«, schieße ich zurück und verkneife mir ein Schmunzeln, als er beleidigt mit der Zunge schnalzt. Ich greife in das Fach unter der

Mittelarmlehne. »Kannst du für mich herausfinden, was sich auf dem Stick befindet?«

»Wem gehört das Teil?«, fragt er und holt seinen Laptop aus dem Rucksack.

»Meinem Bruder.«

Eigentlich hatte ich vor, mich an einen Computerfachmann zu wenden, damit er sich den Datenträger ansieht. Doch dann habe ich mich gefragt, was wohl passiert, wenn sich darauf Dinge befinden, die nicht in die falschen Hände gelangen sollten. Baas hat den Stick sicher nicht grundlos in seiner Sockenschublade aufbewahrt. Ich bin zufällig darüber gestolpert, weil mir die Strümpfe ausgegangen sind, da ich auf einen deutlich kürzeren Aufenthalt eingestellt war. Inzwischen hänge ich hier seit Tagen fest.

»Passwort?«

»Keine Ahnung, deswegen brauch ich ja dich Genie«, sage ich und grinse ihn herausfordernd an.

»Endlich hat dieses abgebrochene IT-Studium einen Sinn«, sagt er und nimmt den Stick an sich.

»Sie haben dich rausgeworfen«, erinnere ich ihn.

»Ist dasselbe, oder?« Er grinst schelmisch und ich schüttle den Kopf.

»Ich nehme an, du hast kein Hotel gebucht?«

»Natürlich nicht. Mein bester Freund lebt in einem Schloss, in das ich, wie ich erwähnen möchte, noch nie eingeladen wurde.«

Ja, das habe ich in all den Jahren, die wir uns kennen, nicht ein einziges Mal in Erwägung gezogen. Weil ich verhindern wollte, dass meine beiden Leben miteinander kollidieren und alles um mich herum zum Einsturz bringen. Aber ich befürchte, dafür ist es inzwischen zu spät.

»Wenn du das Passwort knackst, kannst du im Gästezimmer pennen«, schlage ich ihm als Deal vor.

»Besorg mir eine Ration Fast Food und kipp anschließend mit mir ein paar Drinks in einer geilen Bar, dann knack ich dir das Ding innerhalb der nächsten zehn Minuten.«

# NEONKICK

*Black Gin, Blood Orange, Lime*

## NIKA

**John Doe, Oude Centrum, Amsterdam**

Mein erster freier Abend seit Wochen und wo verbringe ich ihn? In einer Bar. Okay, es ist ein Club, der, wenn ich richtig gezählt habe, vier Theken besitzt. An einer davon sitzen wir seit einer geschlagenen Stunde und sehen einem halb nackten Kerl dabei zu, wie er immer wieder den Cocktail-Shaker durch die Luft wirbelt und Eiswürfel mit Longdrinkgläsern auffängt. Es ist laut, voll und stickig. Wir hätten ins Kino gehen oder Bowling spielen können. Nein, Selma wollte unbedingt diesem ultraangesagten Nachtclub einen Besuch abstatten.

»Er leuchtet im Schwarzlicht«, sagt Selma bereits zum dritten Mal und legt den Kopf schief, während sie den Barkeeper beobachtet.

»Irgendjemand sollte ihm ein T-Shirt geben«, sage ich, wohl wissend, dass die fehlende Kleidung Teil seiner Show ist.

»Was, glaubst du, verdient der Hottie hier pro Stunde?«

»Ich schätze, sein Trinkgeld ist doppelt so hoch wie mein Stundenlohn.« Der Typ ist nicht nur überdurchschnittlich attraktiv, sondern scheint auch noch seine helle Freude daran zu haben, dass überwiegend Frauen an der Theke sitzen und ihn so offensichtlich anschmachten. Und wäre mein Kopf nicht voll tausend anderer Dinge, wäre ich eine von ihnen. Denn in dem Punkt muss ich meiner Freundin zustimmen, er ist wirklich ein Hottie. Nur drehen sich meine Gedanken in puncto Männer permanent um Leen. Darum, ob er okay ist. Darum, wie es seinem Vater geht. Aber vor allem darum, warum mir das Bild von ihm, wie er halb nackt in meiner Wohnung steht, nicht aus dem Kopf geht. Was meinen Verstand allerdings so richtig auf Hochtouren arbeiten lässt, ist, ob er mich wirklich küssen wollte. Ich wünschte, er hätte es getan. Dann wüsste ich zumindest, wie es wäre, und müsste nicht in Dauerschleife darüber spekulieren. Argh, es macht mich wahnsinnig!

»Oh, er hat uns entdeckt«, sagt Selma und rutscht tatsächlich ungeduldig auf dem Barhocker herum, als der Barkeeper auf uns zukommt.

»Hey, was bekommt ihr?« Sein Blick fixiert mich.

»Eine Cola«, antworte ich.

Er zieht eine seiner dunklen Augenbrauen hoch, während ein Schmunzeln auf seinen Lippen erscheint. Alles daran wirkt einstudiert. Ob nun fürs Trinkgeld oder für die Show nach Feierabend, ist mir herzlich egal. »Komm schon, fordere mich heraus.«

»Eine Cola mit Eis«, erwidere ich, was ihn zum Lachen bringt.

»Ich nehme eine Piña colada mit extra viel Rum«, macht Selma sich bemerkbar.

»Kommt sofort.«

»Hast du gesehen, wie die Brustmuskeln im Takt seines Lachens getanzt haben?«, sagt sie, sobald er uns den Rücken zugewandt hat.

»Wie läuft es eigentlich mit Pablo?«, frage ich sie, weil sie ihn heute noch gar nicht erwähnt und offensichtlich ein Auge auf den Barkeeper geworfen hat.

»Frag nicht«, erwidert sie und seufzt hörbar.

»So schlimm?«

»Der Kerl ist eine wandelnde Red Flag.«

»Gut, das ist jetzt nichts Neues.« Den Kommentar kann ich mir nicht verkneifen. Wobei ich glaube, der Typ, der gerade ihren Cocktail mixt, ist eine weitaus größere.

»Auf einer Skala von eins bis zehn, wie verkorkst bin ich, dass mich genau das zu ihm hinzieht?«, fragt sie übertrieben theatralisch.

»Puh, ich weiß nicht, so eine Viereinhalb, vielleicht.«

»Du hältst mich also nicht für einen hoffnungslosen Fall?«

»Nicht grundsätzlich, nein.«

»Hey!«, entfährt es ihr, gleichzeitig stößt sie mit ihrem Ellenbogen gegen meinen.

»Was?«

»Die richtige Antwort wäre gewesen: ›Selma, natürlich halte ich dich nicht für einen hoffnungslosen Fall, du befindest dich aktuell nur auf dem Irrweg. Der toxische Männergeschmack legt sich mit zunehmender Enttäuschung.‹«

»Ist das so?«, ziehe ich sie auf.

»Ja«, sagt sie entschlossen.

»Gut, dann besteht noch Hoffnung auf den Richtigen.«

»Für dich auch.«

»Für mich?«, frage ich irritiert. Was habe ich denn jetzt mit ihrem komplizierten Liebesleben gemeinsam? Ich habe nicht mal eins.

»Ich verstehe immer noch nicht, warum du Chris den Laufpass gegeben hast. Der Kerl war nahezu perfekt.«

Genau das war das Problem. Der Funke wollte einfach nicht überspringen. Irgendwas hat zwischen uns gefehlt. Wir haben so gut harmoniert, dass es langweilig war. Ergibt das Sinn?

»Eine Piña colada und eine Cola mit Eis.« Der Barkeeper stellt die Gläser vor uns ab, Selma drückt ihm mit einem Zwinkern einen Zwanziger in die Hand.

»Was ist das unter deinem Glas?«, fragt sie.

»Keine Ahnung«, antworte ich, als ich das Stück Papier hervorziehe. Ich reiche es an Selma weiter.

»Findest du, er sieht wie ein Joel aus?«

»Er sieht wie ein Kerl ohne T-Shirt aus«, erwidere ich und grinse meine Freundin an.

Sie gibt mir das Kärtchen zurück. »Hier, du hast den Jackpot geknackt.«

»Wer lässt bitte seine Telefonnummer auf Visitenkarten drucken, um jemanden abzuschleppen?«, frage ich perplex. Denn es steht lediglich ein Name plus Handynummer darauf.

»Jemand, der Akkordarbeit im Bett leistet.«

Selma und ich sehen einander an, dann lachen wir.

»Du kannst die Nummer haben«, biete ich ihr an.

»Nope, ich bin nur zum Gucken, nicht zum Mitnehmen da.«

Sie holt ihr Handy heraus und drückt es mir in die Hand. »Mach mal ein Foto von mir, aber so, dass der Hottie mit drauf ist.«

»Dein Ernst?«

»Ist nur für meine Instagram-Story.« Mit den Fingern fährt sie sich durch die dunklen Haare, um sie in Form zu bringen. Anschließend öffnet sie ihre Clutch und holte einen kleinen Schminkspiegel und Lippenstift heraus.

»Auch für deine Instagram-Story?«, frage ich grinsend, weil ich so eine Ahnung habe.

»Pablo soll sehen, wie gut es mir ohne ihn geht.«

»Du willst ihn eifersüchtig machen.«

»Natürlich. Nur deswegen sind wir hier. Wenn ich einen Drink brauche, bekomme ich den in deiner Küche«, sagt sie und winkt den Barkeeper heran, als er in unsere Richtung sieht.

Kopfschüttelnd rutsche ich vom Barhocker, um sie besser einfangen zu können. Ich trete einen weiteren Schritt zurück. Damit Selma eine kleine Auswahl hat, mache ich mehrere Bilder.

Ein lautes Räuspern lässt mich zusammenzucken. Ich wende mich der Person zu, der ich im Weg stehe, und mache gleichzeitig einen Schritt beiseite. Sekundenlang sieht Leen mich mindestens so erschrocken an wie ich ihn. Er öffnet den Mund, als wolle er etwas sagen, schließt ihn wieder und geht mit starrer Miene an mir vorbei. Mein Herz krampft sich schmerzhaft zusammen, weil er so tut, als würden wir einander nicht kennen. Ich sehe ihm nach, wie er an einem der Tische Platz nimmt, an dem bereits jemand mit dem Rücken zu mir sitzt. Als Leen in meine Richtung sieht, wende ich den Blick ab.

»Und?«

»Hier«, sage ich und gebe Selma ihr Smartphone zurück.

Sie deutet auf eines des Bilder. »Das hier ist nett, oder?«

»Ja, das ist hübsch«, murmele ich abwesend, weil ich es nicht lassen kann, Leen und seine Begleitung zu beobachten.

Selma folgt meinem Blick. »Wo guckst du denn hin?«

»Ich dachte, ich hätte jemanden gesehen.«

»Ach ja, wen denn?«

»Habe mich geirrt.«

»Das ging schnell«, sagt sie und dreht das Display ihres Handys in meine Richtung. Pablo ruft an.

»Willst du nicht rangehen?«, frage ich.

»Was? Nein, dann hält er mich für verzweifelt.«

»Also vielleicht solltet ihr einfach mal ein aufrichtiges Gespräch führen, anstatt Spielchen zu spielen«, merke ich an. Der Weg wäre deutlich gesünder für die Beziehung der beiden.

»Nichts ist besser als Sex, nachdem man den anderen zuvor erwürgen wollte.«

»Habe ich gesagt, du bist eine Viereinhalb? Das nehme ich zurück, du bist ein hoffnungsloser Fall.«

Darauf erwidert Selma nichts, weil in diesem Augenblick erneut ihr Handy klingelt und Pablos Namen anzeigt. Es dauert einige Sekunden, bis sie den Anruf entgegennimmt. Für einen Moment lausche ich ihren Worten, mit denen sie wenig überzeugend versucht Pablo abblitzen zu lassen.

Um ihre Aufmerksamkeit zu erlangen, tippe ich sie an. »Kommst du alleine klar?«

Fragend sieht sie mich an, das Handy am Ohr.

»Ich geh mich eine halbe Stunde bei den Damentoiletten anstellen, um die Zeit totzuschlagen«, erkläre ich, da ich gerade ohnehin überflüssig bin. Die Schlange war schon beachtlich, als wir gekommen sind, und da war der Club bei Weitem noch nicht so gefüllt wie jetzt.

»Ja, geh ruhig, ich warte hier.«

Ein letztes Mal sehe ich zu Leen, der mich schon wieder oder immer noch ansieht. Kurz denke ich darüber nach, zu seinem Tisch rüberzugehen. Nur habe ich keine Ahnung, was genau ich ihm sagen will. Da ich plötzlich das Gefühl habe, in dem stickigen Club nicht frei atmen zu können, schlage ich die entgegengesetzte Richtung ein, vorbei an den Toiletten und raus an die frische Luft.

Minutenlang sehe ich in den Sternenhimmel und frage mich, warum das Schicksal beschlossen hat, dass Leenard Brouwer und ich uns neuerdings ständig am selben Ort befinden. Ob das ein schlechter Scherz oder eine Art Geduldsprobe ist. Wenn ja, wozu?

Ein Lachen, das mir nur allzu vertraut ist, erregt meine Aufmerksamkeit. Ich sehe in die Richtung, aus der es gekommen ist. Leen und ein dunkelhaariger Kerl laufen auf den Parkplatz zu. Und dann packt mich die Wut, weil er im Gegensatz zu mir anscheinend den Abend seines Lebens hatte, während mich unsere Begegnung verwirrt zurücklässt.

Obwohl es das Letzte ist, was ich tun sollte, folge ich den beiden.

»Läuft das jetzt so, Leen?«, frage ich laut genug, damit er mich hört.

Abrupt bleibt er stehen, ohne sich zu mir umzudrehen. Seine Begleitung hingegen mustert mich neugierig, als ich mich ihnen nähere.

»Wir tun so, als würden wir einander nicht kennen?«

»Geh schon mal vor, ich komme gleich nach«, höre ich Leen leise sagen. Der Dunkelhaarige zögert einen Moment, bevor er sich in Bewegung setzt und uns alleine lässt.

Leen dreht sich zu mir um. »Wie sollte es deiner Meinung nach denn laufen, Nika?«, fragt er seelenruhig und macht dabei einen Schritt auf mich zu. Und ich weiß nicht warum, aber es überrascht mich. Keine Ahnung, was ich erwartet habe. Vielleicht, dass er sich einen weiteren Schritt von mir entfernt, weil ihm der Abstand zwischen uns nicht groß genug sein kann.

»Nicht so!«, schleudere ich ihm entgegen und er zieht für einen winzigen Augenblick irritiert die Augenbrauen zusammen.

»Was hätte vorhin passieren müssen? Hätten wir eine Runde nett plaudern sollen? Der alten Zeiten wegen?«

»Ja, vielleicht oder wir hätten darüber reden können, warum du dich aus meiner Wohnung schleichst, nachdem ich dir die Couch zur Verfügung gestellt habe.«

»Ich wollte dich nicht wecken.«

Wir wissen beide, dass er gerade lügt. »Bullshit!«

»Okay, Nika, sag mir, was hätte ich tun sollen?«

»Ein Danke wäre angebracht gewesen, findest du nicht?«

»Ich bin mir ziemlich sicher, mich vorab bei dir bedankt zu haben.«

»War es so schwer, einen Zettel mit deiner Telefon-«

»Und dann, hättest du angerufen und nachgefragt, wie es mir geht? Anschließend hätten wir uns auf einen Kaffee verabredet und darüber geredet?«, unterbricht er mich.

»Ja, verdammt!«, bricht es aus mir heraus, weil seine Worte eine Mischung aus Gleichgültigkeit und Arroganz sind. Dieser Ton ist mir vertraut, aber er hat früher nie mir gegolten. Und es verletzt mich heftiger, als es sollte.

»Warum? Wir sind keine Freunde mehr, schon vergessen?«

»Ich habe das mit deinem Vater in –«

»Ich will dein Mitleid nicht«, unterbricht er mich erneut.

»Gut, ich habe auch keins für dich übrig«, platze ich unüberlegt heraus. Augenblicklich will ich den Satz zurücknehmen.

Leens Gesichtszüge werden hart. »Das hier führt zu nichts, Nika.«

Für die nächsten Sekunden sehen wir einander wortlos an.

Wann genau hat es eigentlich angefangen, dass jede unserer Unterhaltungen diese Richtung einschlägt? Gab es dafür einen Tag X oder war es eher ein schleichender Prozess? Ich kann mich nicht erinnern, aber ich weiß, wie anstrengend diese Phase mit ihm war. Er hat recht, das hier führt zu nichts. Wir atmen dieselbe Luft ein und ersticken an der Nähe zueinander.

»Ich geh jetzt«, sagt er und dreht mir den Rücken zu.

»Das kannst du ja am besten.«

Er hält kurz in der Bewegung inne. Und für einen Wimpernschlag glaube ich, er überlegt es sich anders. Doch dann lässt er mich ohne ein weiteres Wort stehen.

»Verpiss dich für immer aus meinem Leben, Leenard Brouwer!«, rufe ich ihm hinterher, mache auf dem Absatz kehrt und gehe zurück in den Club.

»Ich wollte dich schon ausrufen lassen«, sagt Selma, als ich auf dem Barhocker neben ihr Platz nehme.

Der Barkeeper grinst mich an. Ich gebe ihm ein Zeichen, dass ich etwas bestellen möchte. »Einen doppelten Tequila.«

Selma schaut mich belustigt an. »Wow, was war denn auf der Damentoilette los?«

»Hier, geht aufs Haus.« Der Barkeeper setzt einen mitleidigen Blick auf.

»Danke«, sage ich und leere das Glas in einem Zug. »Noch einen!«

»Alles okay?«, fragt Selma besorgt.

»Wir sind hier, um Spaß zu haben, also lass uns Spaß haben«, erwidere ich und ringe mich zu einem Lächeln durch, damit sie keine weiteren Fragen stellt. Gerade möchte ich nämlich keine beantworten, sondern Leen aus meinem Bewusstsein löschen. Und Tequila eignet sich hervorragend zum Vergessen, wenn man nur genügend davon trinkt.

...............

»Autsch«, stöhne ich, als ich mich aufsetze. Ich wusste, ich würde es spätestens jetzt bereuen, meinen Frust in Alkohol ertränkt zu haben. Ich lasse mich wieder in die Kissen sinken. Der Geruch von Kaffee dringt ins Schlafzimmer. Schlagartig bin ich hellwach und versuche den Abend zu rekonstruieren, nachdem ich Leen zum Teufel gejagt habe. Fuck!

Ich schlage die Decke zurück und quäle mich aus dem Bett. In der Küche läuft Musik. Vorsichtig werfe ich einen Blick um die Ecke und genau in der Sekunde dreht sich Selma zu mir um und schreit auf.

»Hilfe, musst du dich so anschleichen?«

»Ich war mir nicht sicher, wen ich in meiner Küche antreffe«, gestehe ich. Es war zwar meine Absicht, dass mein Gedächtnis Lücken aufweist, nur hat der Tequila sein Ziel verfehlt, denn Leen sitzt nach wie vor in meinem Verstand.

Statt zu antworten, lacht Selma und reicht mir eine Tasse.

»Wie spät ist es?«

»Gleich zwölf«, sagt sie nach einem kurzen Blick auf ihre Uhr.

»Musst du nicht in die Uni?«

»Nope, der Prof ist krank«, erklärt sie und stellt eine Schüssel Rührei auf den Tisch.

»Erwartest du Besuch?«, frage ich, was seltsam klingt, weil wir uns in meiner Wohnung befinden.

»Ich dachte, ich mache uns beiden ein großartiges Frühstück.«

Skeptisch mustere ich sie. »Okay, was ist los?«

»Nichts«, schwindelt sie miserabel. »O-Saft?«

»Komm schon, du warst extra einkaufen«, sage ich, weil ich mir ziemlich sicher bin, keinen Orangensaft oder Eier im Kühlschrank gehabt zu haben. Die Brötchen stammen auch eindeutig aus Taras Bäckerei und nicht aus meinem Tiefkühlfach.

»Vielleicht trinkst du erst mal deinen Kaffee und isst etwas und dann unterhalten wir uns über die Lösung, die sich heute Morgen ergeben hat.«

»Die Lösung für welches Problem genau?«

»Deine drohende Obdachlosigkeit.«

»Nur zu, ich bin verzweifelt genug mir deinen Vorschlag anzuhören«, sage ich und nippe an dem heißen Kaffee.

»Sag nicht sofort Nein, versprich, dass du wenigstens darüber nachdenkst.«

»Wow, ich verspüre bereits den Impuls Nein zu sagen«, erwidere ich und lache. Was eine furchtbare Idee ist, wenn man Kopfschmerzen hat.

Selma setzt sich mir gegenüber und tippt auf dem Handy herum, bevor sie es mir reicht.

»Was ist das?«, frage ich, nachdem ich einen flüchtigen Blick auf den Absender der Mail geworfen habe. *HappyMomentEvents*. Noch nie gehört.

»Eine wirklich gut bezahlte Kooperationsanfrage.«

»Und wie soll die mein Problem lösen?«

»Na ja, du wirst wohl kaum eine neue Wohnung zu so einem Spottpreis finden, wie Freya ihn dir macht. Das Geld könntest du also sehr gut gebrauchen, um deine zukünftige Miete zu bezahlen.«

»Ich habe aber nicht vor umzuziehen«, merke ich an.

»Ja, dann schenk Freya halt die Kohle aus der Kooperation, damit sie die offenen Raten begleicht.«

»Ich bin mir ziemlich sicher, dass mir dafür niemand auch nur annähernd genug bezahlen würde.«

»Also in der Mail steht ›überdurchschnittliche Bezahlung‹.«

»Was ist denn die durchschnittliche Bezahlung für Influencerinnen?«, frage ich gespielt interessiert.

»Keine Ahnung, aber ich schätze, mehr als das, was dir Michael bezahlt.«

»Okay, worum geht es genau?«

»Wobei?«, gibt Selma irritiert zurück.

»Bei der Kooperation. Ich habe versprochen, es mir wenigstens anzuhören.«

»Ein Live-Event zum hundertjährigen Jubiläum von Smit-Gin.«

»Ein Live-Event?«

»Du musst nicht mehr tun als Cocktails mixen, nett lächeln und den Gästen eine Show bieten.«

»Ja, wir sollten mir ein Outfit besorgen, das unter Schwarzlicht leuchtet, oder wir machen es wie der Kerl gestern und schmieren mich mit fluoreszierender Farbe ein.«

»Knicklichter«, sagt Selma ernst.

»Was?«

»Du bist eher der Typ für Knicklichter in Brillenform.«

»Sehr witzig.«

»Also machst du es?«, fragt sie hoffnungsvoll.

»Natürlich nicht.«

# BLOODY MARY

*Dry Gin, Apple, Celery, Tomato, Agave,*
*Tabasco, Salt & Pepper*

...........................

## LEENARD

**Büro Advocaat Wolters, Grachtengordel, Amsterdam**

»Wie verfahren wir, sollte mein Vater nicht in absehbarer Zeit das Bewusstsein wiedererlangen?«, frage ich Wolters.

»Laut Unternehmungsregelung übernimmt in dem Fall Bastiaan stellvertretend die Geschäftsführung.«

»Der glänzt ebenfalls mit Abwesenheit«, erwidere ich genervt. Ja, es kotzt mich an, dass mein Bruder uns dermaßen hängen lässt und es nicht einmal für nötig hält, zum Telefon zu greifen. Heute um zwei Uhr morgens hat er mir eine Textnachricht geschickt, in der er mitteilte, er sei für eine Weile abgetaucht und komme bald zurück. Er müsse dringend ein paar Dinge klären. So lange solle ich mich um Demy kümmern und auf Bloem die Stellung halten. Es ist ein denkbar ungünstiger Zeitpunkt, um von der Bildfläche zu verschwinden. Meine Anrufe landen nach wie vor auf der Mailbox und meine Nachrichten laufen ins Leere.

»Habt ihr noch nichts von ihm gehört?«

Kurz denke ich darüber nach, Wolters von Baas' Nachricht zu erzählen, aber ein Gefühl, das ich nicht ganz zu greifen bekomme, hält mich davon ab. Vielleicht liegt es an dem Klang seiner Frage, der mich stutzig macht und mich daran zweifeln lässt, ob ihm zu vertrauen ist. Oder an der Tatsache, dass er der engste Vertraute meines Vaters ist und Baas' Nachricht meinen Bruder durchaus zu einem Verdächtigen macht. Aber selbst wenn er den Alten nach einem Streit die Treppe runtergestoßen hätte, wovon ich nach wie vor nicht ausgehe, was könnte im schlimmsten Fall passieren? Mehr als schwere Körperverletzung ist es nicht, solange Piet noch atmet.

»Säße ich sonst alleine hier, um mit dir über Dinge zu reden, von denen ich keine Ahnung habe?«, antworte ich patzig. »Entschuldige, ich wollte dich nicht so anfahren. Aber ich gebe zu, mich überfordert all das. Seit einer Woche belagert uns die Presse. Der Zustand meines Vaters zeigt keinerlei Veränderung und die Polizei sitzt mir ständig im Nacken.«

»Ich verstehe dich, Leen, wirklich, aber du musst die Polizei ihre Arbeit machen lassen.«

»Er ist die Treppe runtergestürzt und nicht auf offener Straße angeschossen worden. Ich sag dir, sie verrennen sich. Das ist eine Sackgasse.«

»Baas' Verschwinden ist in der Angelegenheit nicht optimal. Das lässt Raum für Spekulationen«, sagt er vorsichtig.

»Das meinst du doch nicht ernst!«, erwidere ich schroff.

»Ich sage nur, dass es die Situation beruhigen würde, wäre er hier.«

Ja, da hat er recht. Die Medien haben die Abwesenheit meines Bruders bereits mehrfach thematisiert. Aber ich kann Baas halt auch nicht aus dem Hut zaubern. Ich wünschte, das wäre möglich. Denn ich könnte seinen klaren Kopf durchaus gebrauchen, um nicht gänzlich durchzudrehen.

Wolters schiebt eine Visitenkarte über den Tisch. Flüchtig werfe ich einen Blick darauf.

»Ein Privatdetektiv?«

»Ich habe schon ein paarmal mit ihm zusammengearbeitet, er ist diskret.«

»Diskret? Worüber reden wir hier?«

»Er könnte herausfinden, warum Baas abgetaucht ist, oder ihn ausfindig machen. Die Polizei muss nichts davon erfahren, sollten wir deinen Bruder vor ihnen finden.«

Hört er sich eigentlich selbst zu? Das klingt, als würde er es in Erwägung ziehen, Baas könnte etwas mit der Sache zu tun haben. Das ist absurd.

»Ich werde meinem Bruder keinen Privatdetektiv auf den Hals hetzen, um irgendwas über ihn auszugraben oder ihn zu zwingen nach Hause zu kommen.« Das würde mir niemals in den Sinn kommen. Weil ich genau weiß, wie es sich anfühlt, an einem Ort sein zu müssen, an den man nicht gehört. Ich bin mir sicher, Baas hat Bloem nicht grundlos verlassen. Und ja, es ist nicht unwahrscheinlich, dass mein Vater seinen Teil dazu beigetragen hat. Doch für meinen Bruder würde ich meine Hand ins Feuer legen. Er ist nicht in der Lage, jemandem Schaden zuzufügen. Dafür ist er zu korrekt. Aber vor allem habe ich ihn noch nie impulsiv handeln sehen. Der Kerl ist die Ruhe selbst und alles, was er tut, ist bis ins kleinste Detail durchdacht.

Das Handy in meiner Hosentasche vibriert. Rob. Ich hatte versprochen, noch bei Demy im Krankenhaus vorbeizuschauen, bevor ich mich mit Ezra zum Lunch treffe. Wir waren gemeinsam auf dem Weg dorthin, als Wolters anrief und mich bat, bei ihm im Büro vorbeizukommen. Es wäre gelogen, würde ich sagen, es kam mir ungelegen. Also habe ich mich von Rob hier absetzen lassen und er hat meine Schwester zum Sint Lucas gefahren. Es hat sich als hilfreich erwiesen, nicht das eigene Auto auf einem öffentlichen Parkplatz abzustellen, weil immer jemand davon Wind bekommt und man beim Verlassen des Gebäudes von der Presse in Empfang genommen wird. Ich war schon kurz davor, dem Reporter eine reinzuhauen, der mit den immer gleichen Fragen meinen Geduldsfaden strapaziert, obwohl ich ihm inzwischen mehrfach gesagt habe, dass ich sie nicht beantworten werde.

Demy verbringt jede freie Minute am Bett unseres Vaters, während ich es selten länger als wenige Minuten in dem Raum aushalte. Dass Ezra nicht direkt wieder abgereist ist, nachdem er sich davon überzeugt hatte, dass ich okay bin, bietet mir die perfekte Ausrede für meine Schwester, mich immer wieder aus der Verantwortung zu ziehen, den mitfühlenden Sohn zu spielen, der stundenlang die Hand seines Vaters hält.

»Ich muss los, Demy erwartet mich im Krankenhaus«, sage ich und erhebe mich aus dem Cocktailsessel. Das Büro von Wolters erinnert an das meines Vaters. Antikes Holz. Schweres Leder. Düstere Atmosphäre. Erhabener Geruch. Es ist einer jener Räume, in denen man nach Betreten sofort spürt, wie die Machtverhältnisse verteilt sind. Räume, in denen Männer in maßgeschneiderten Anzügen Notizen auf mit Initialen geprägtes Papier niederschreiben. Räume, in denen schlechte Witze auf Kosten anderer gemacht werden. Räume, in denen Entscheidungen getroffen werden, die die Welt maßgeblich verändern.

Wolters ist Piet Brouwers ältester Freund und vermutlich auch sein einziger. Ich schätze, es liegt daran, wie ähnlich sich die beiden sind. Wobei ich den Anwalt als minimal herzlicher bezeichnen würde. Mein Vater verfügt über die Machthaberpräsenz, die der generationsübergreifende Erfolg mit sich bringt. Es ist nahezu unmöglich, sich dem zu entziehen, wenn man hineingeboren wird. In dem Punkt ähnelt Baas ihm.

Eine ganze Weile habe ich angenommen, ich müsste ebenso sein. Einfach weil ich ein Brouwer bin. Dass Demy nicht über diese Art von Autorität verfügt, habe ich früher darauf geschoben, dass Mädchen sanfter sind. Und dann habe ich mich eine noch längere Zeit gefragt, was mit mir nicht stimmt. Weil ich nichts davon sein wollte, was mein Vater und Baas verkörpern. Weil ich schon immer zu viel gefühlt habe, um unterkühlt zu sein. Und jetzt stehe ich hier und weiß, dass ich genau das sein muss, damit ich das Chaos durchstehe. Denn Baas hat mit seiner Nachricht die Verantwortung für Demy und Bloem an mich abgegeben. Er hat mir so oft den Arsch gerettet, ich bin es ihm schuldig, mich bis zu seiner Rückkehr um die Familienangelegenheiten zu kümmern.

Wolters erhebt sich ebenfalls, geht um den Mahagoniholzschreibtisch herum und begleitet mich zur Tür. Dort lächelt er mich aufmunternd an. »Ich werde mich umgehend um die Veröffentlichung der Pressemitteilung kümmern. Danke, dass du dafür extra hergekommen bist.«

Das war der eigentliche Grund für meinen Besuch. Er hat uns nahegelegt, im Namen der Familie ein Statement abzugeben, um die Gemüter zu beruhigen, die sich in wilde Spekulationen hineinsteigern, bestand aber darauf, es gegenzulesen, bevor es an die Presse rausgeht.

Wobei die Bezeichnung »Pressemitteilung« übertrieben ist. Im Grunde besteht sie gerade einmal aus dreizehn Zeilen, die ich vor wenigen Minuten auf einem Schmierzettel selbst verfasst habe, weil das Unternehmen keine gottverdammte Pressestelle hat, die so etwas normalerweise übernehmen würde. Das kommt dabei raus, wenn der eigene Vater nicht nur ein Workaholic, sondern obendrein ein Diktator ist, der nahezu jeden Schritt kontrolliert oder direkt selbst erledigt.

»Ich war ohnehin auf dem Weg in die Stadt.«

»Ruf an, wenn du was von deinem Bruder hörst oder ich sonst irgendwas für euch tun kann.«

Statt zu antworten, nicke ich lediglich.

»Solltest du es dir anders überlegen«, sagt er und hält mir die Visitenkarte des Privatdetektivs entgegen.

Nach kurzem Zögern stecke ich sie ein. Nicht, weil ich vorhabe meine Meinung zu ändern, sondern nur für den Fall, wir könnten anderweitig einen diskreten Ermittler benötigen.

»Hier«, sagt Rob, als ich in das Taxi steige.

»Danke.« Dass er mir einen Kaffee aus dem Laden seiner Frau mitbringt, ist schon zu einer Gewohnheit geworden. Genau wie die Unterhaltungen mit ihm, die sich hauptsächlich um sein Leben oder völlig banale Dinge drehen. Nie um mich oder den Mist, der gerade um mich herum geschieht. Erstaunlich, da er sicher einen Haufen Fragen hat, die er aus erster Hand beantwortet haben könnte, würde er sie mir stellen. Stattdessen fährt er mich, wohin ich will, und lenkt mich mit seinem Gerede über die Leute in seinem Viertel ab. Das alltägliche Leben mir völlig fremder Menschen hat eine eigenartig wohltuende Wirkung auf die Schwere in meinem Verstand.

Rob setzt Demy und mich immer abwechselnd an einem der Seiteneingänge des Krankenhauses ab und holt uns für gewöhnlich zwei Stunden später an einem anderen wieder ab. Diese Vorgehensweise hat sich bisher bewährt, um einigermaßen unter dem Radar zu bleiben.

»Ich könnte euch auch mal eine kleine Leckerei von Tara mitbringen. Sie macht einen fantastischen Pflaumenkuchen mit Butterstreuseln.«

»Nur, wenn er ohne Zucker und aus Vollkorn ist«, erwidere ich, ohne zu erklären warum. Demy hängt ihren Diabetes ungern an die große Glocke. In ihren Augen ist es ein Makel, der ihr nur unnötige Fragen einbringt.

»Ich glaube nicht, aber ich werde Tara sagen, sie soll einen für euch backen. Das bekommt sie sicher hin«, erklärt er.

»Schon okay, sie muss sich keine Umstände machen.«

»Tara macht das gern, sie probiert ständig neue Dinge aus, um ihr Angebot zu erweitern.«

Aus irgendeinem Grund denke ich dabei an meine Schwester und ihren alkoholfreien Gin, der niemals eine Chance bekommen wird, weil mein Vater es für eine Schnapsidee hält. Aber ich frage mich gerade, ob es einzig und allein daran liegt, dass die Idee von Demy und nicht von Baas stammt. Weil Frauen im Familienbusiness noch nie etwas zu sagen hatten und man sie lieber an der Seite von Männern mit aufgeblasenen Egos kleinhält. Mein Urgroßvater war ein Tyrann, mein Großvater ein Narzisst und mein Vater ist eine gefährliche Mischung aus beidem.

Rob hingegen scheint aufrichtig stolz auf seine Frau und ihr

Café zu sein. Keine Ahnung, aber ich habe das Gefühl, ich würde ihn kränken, würde ich ablehnen. »Wenn das so ist, dann gerne.« Kurz sieht er über die Schulter zu mir und grinst zufrieden.

»Ich bezahle natürlich dafür«, füge ich hinzu, daraufhin verrutscht sein Lächeln etwas, was mich verunsichert.

Die Stille, die sich plötzlich über uns legt, ist erdrückend. Und sie ist meine Schuld. Ich habe ihn vor den Kopf gestoßen.

»Entschuldige, ich bin es nicht gewohnt, dass es Menschen gibt, die einfach nett sind, ohne in der nächsten Sekunde eine Forderung zu stellen.«

»Du bist ein netter Kerl, warum sollten Leute nicht auch nett zu dir sein?«

»Weil oft eine Erwartungshaltung damit einhergeht?« Ich lasse es absichtlich wie eine Frage klingen, weil ich alles andere als ein netter Kerl bin. Im Normalfall bin ich distanziert und nicht gerade das, was man gesprächig nennt. Höflicher Small Talk, um Sympathiepunkte einzusammeln, ist keine meiner Stärken.

Unsere Blicke treffen sich im Rückspiegel. Für den Bruchteil einer Sekunde wirkt er nachdenklich.

»Ich verstehe, was du meinst. In meinem früheren Leben wusste ich auch nie, wer aufrichtig ist oder sich von mir einen Nutzen erhofft«, sagt Rob schließlich und hält wie üblich in zweiter Reihe. Damit wir nicht unnötig den Verkehr aufhalten, beeile ich mich mit dem Aussteigen, schließe die Tür aber nicht sofort, sondern stecke den Kopf noch einmal ins Wageninnere.

»Was warst du in deinem früheren Leben?«, will ich wissen. Dass Rob nicht schon immer Taxi gefahren ist, habe ich mir schon gedacht. Er hat hin und wieder Andeutungen in die Richtung gemacht. Bisher habe ich es allerdings vermieden, ihn danach zu fragen. Wer von anderen Antworten möchte, muss auch mit Gegenfragen umgehen können. Und die sind eher weniger mein Ding.

»Insolvenzverwalter«, erwidert er und lacht kurz auf.

»Interessant«, antworte ich, weil mir nichts Besseres einfällt und ich im Leben nicht darauf gekommen wäre. »Bis später«, füge ich hinzu und schließe die Tür, als unweit des Wagens jemand ungeduldig die Hupe betätigt.

»Vergiss nicht, ich habe heute Abend ein Kino-Date mit meiner Frau«, ruft Rob durch das offene Beifahrerfenster.

»Habe ich auf dem Schirm. Letzte Option für deine Dienste ist halb sieben«, erwidere ich, um zu verdeutlichen, dass ich ihm vorhin zugehört habe, obwohl ich starr aus dem Fenster gesehen habe. Zum Abschied hebe ich kurz die Hand. Dann eile ich davon und verschwinde nur wenige Augenblicke später unbemerkt im Inneren des Krankenhauses.

Schlagartig macht sich Unbehagen in mir breit. Wie jedes Mal, wenn ich das Gebäude betrete. Hört das jemals auf? Vermutlich nicht, nein. Einige vom Personal nicken oder lächeln mir verhalten zu, als ich an ihnen vorbeigehe. Die unterschwellige Ruhe, die heute auf den Gängen herrscht, macht mich nervös. Sie ist die Vorbotin des Lärms, der in dieser Sekunde um mich herum ausbricht.

Laute, schnelle Schritte. Gebrüllte Anweisungen. Ein Piepen, das nach einem Alarm klingt.

Unsanft werde ich beiseitegeschoben, bevor eine Ärztin und ein Pfleger an mir vorbeirennen, gefolgt von zwei Schwestern. Einen Moment lang sehe ich ihnen nach, bis sie durch die Tür zur Intensivstation verschwinden, die auch mein Ziel ist.

»Sie können da jetzt nicht rein«, sagt jemand, bevor mir der Weg versperrt wird.

»Warum nicht?« Ich spüre Panik in mir aufkeimen, ohne genau zu wissen, worin sie ihren Ursprung hat. Eine Ahnung. Mehr nicht. Aber sie wird in dieser Sekunde übermächtig. »Ich will zu meinem Vater«, presse ich hervor.

»Das geht im Augenblick nicht«, bekomme ich zur Antwort.

»Lassen Sie mich vorbei!«, herrsche ich den Typen vor mir an.

»Sie müssen hier warten.«

»Einen Scheiß muss ich«, blaffe ich, bewege mich aber nicht von der Stelle.

»Was ist denn hier los?«, ertönt Demys Stimme hinter mir.

Über die Schulter sehe ich zu ihr. »Das wüsste ich auch gerne.«

»Es gibt einen Notfall. Sie müssen sich gedulden und hier warten.«

»Was denn für einen Notfall?«, fragt Demy, während ich den Kerl abwartend ansehe.

»Dazu kann ich Ihnen nichts sagen. Warten Sie bitte einfach hier«, weist er in forschem Ton an, bevor er ebenfalls durch die Tür verschwindet und uns ohne eine weitere Erklärung zurücklässt.

»Glaubst du, Papa ist der Notfall?«, will Demy wissen.

»Ich weiß es nicht«, antworte ich, auch wenn mein Gefühl mir etwas anderes sagt.

»Und was machen wir jetzt?« Ein Hauch Verzweiflung schwingt in ihrer Stimme mit.

»Wir warten. Eine andere Option haben wir nicht.«

Ich lege einen Arm um ihre Schultern und führe sie zum Wartebereich links von uns. »Wo kommst du überhaupt her? Ich dachte, du bist bei ihm?«, frage ich, sobald wir Platz genommen haben.

»War ich auch. Ich brauchte frische Luft, also war ich im Park spazieren.«

Mein Versuch eines aufmunternden Lächelns schlägt fehl, genau wie mein Vorhaben, etwas zu sagen, das nach »Alles wird gut« klingt. Weil ich genau daran nicht glaube. Und das seit dem Moment, als ich aus dem Flieger gestiegen bin. »Wir bekommen das alles irgendwie hin«, sage ich stattdessen, ohne zu wissen, was genau uns am Ende erwarten wird.

»Du denkst wirklich, Papa schafft es nicht, oder?«, zischt Demy mich an.

»Ich sage nur, wir müssen in alle Richtungen denken.« Immer wenn ich das Thema anspreche, reagiert meine Schwester mit Gegenwehr.

»Dir käme es ganz gelegen, wenn er stirbt!«, sagt sie giftig. »Du würdest dein Erbe nehmen und nach London abhauen.«

»Du wirst unfair«, erwidere ich kühl. Sie meint es nicht so.

Demy schlägt gerne um sich, sobald sie verzweifelt ist. Und dass das der Fall ist, steht ihr deutlich ins Gesicht geschrieben.

»Ich habe Angst«, flüstert sie.

Erneut lege ich einen Arm um ihre Schultern und ziehe sie an mich, bis ihr Kopf an meiner Schulter ruht. »Ich weiß«, sage ich und streiche beruhigend über ihren Oberarm. »Ich gehe nirgendwohin.«

»Versprochen?«, hakt sie nach, als befürchte sie ernsthaft, ich könnte mich jede Sekunde in Luft auflösen.

»Versprochen«, kommt es mir über die Lippen. Das Gewicht auf meinen Schultern fühlt sich augenblicklich bleischwer an, weil ich dieses Versprechen nicht mal eben zurücknehmen kann, sollte mir alles über den Kopf wachsen.

Die nächsten Minuten fühlen sich wie eine Ewigkeit an. Mir gegenüber sitzt ein älterer Herr, der gedankenverloren in einer Zeitschrift blättert. Rechts neben ihm ein circa zwölfjähriges Mädchen, das auf einem Smartphone herumtippt. Zwei Plätze weiter ein Kerl ungefähr in meinem Alter mit einem Kleinkind auf dem Schoß, das weint. Ich beobachte ihn, wie er versucht es zu beruhigen, bis er schließlich aufsteht und den Wartebereich verlässt. Ich kann mich nicht erinnern, je auf dem Schoß meines Vaters gesessen zu haben. Genauso wenig daran, dass er mich getröstet hätte. Im Gegenteil, das Einzige, was er in solchen Situationen zu mir sagte, war, ich solle mich nicht so anstellen und mich wie der Mann benehmen, der ich einmal werden wolle. Bis heute frage ich mich, wie diese Version von mir wohl aussehen würde.

Die Tür schwingt auf und die Ärztin, die vorhin an mir vorbeigerannt ist, sieht sich suchend um. Dann trifft ihr Blick auf meinen. Einen Moment lang zögert sie, bevor sie einen Schritt in unsere Richtung macht.

Mein Puls schießt in die Höhe.

»Demy«, flüstere ich und sie steht sofort von dem Stuhl auf, ich ebenfalls. Ihre Finger schließen sich um meine, als wir auf die Ärztin zugehen.

»Es tut mir leid, wir haben alles versucht.« Ein Satz, dessen Folgen meine Welt aus den Angeln heben werden.

»Was?« Demys Griff wird fester.

»Das Herz Ihres Vaters hat aufgehört zu schlagen. Die Reanimation blieb erfolglos. Wir mussten ihn gehen lassen.«

Demy sackt neben mir zusammen. Ich kann sie gerade noch auffangen. Dann beginnt sie zu schreien. Bei dem schmerzerfüllten Klang läuft es mir eiskalt den Rücken herunter, während sich in mir eine Leere ausbreitet, die jegliches Gefühl verschluckt.

Meine Schwester beginnt um sich zu schlagen. Ihr Ellenbogen trifft meinen Kiefer, während sie versucht, sich von mir loszureißen. Ich schmecke Blut, als meine Unterlippe aufplatzt. »Das ist nicht wahr!« Ich schlinge beide Arme fest um sie. »Er war stabil, wie kann da sein Herz einfach aufhören zu schlagen?«, brüllt sie der Ärztin entgegen. »Lassen Sie mich zu ihm!«

»Demy, du musst dich beruhigen.«

»Sie lügt, Leen! Es ging ihm besser!« Wieder will sie sich von mir losreißen, aber ich gebe sie nicht frei. Ich drücke ihren bebenden Körper an meinen. Halte sie fest, weil ich im Augenblick nicht mehr für sie tun kann. So aufgelöst habe ich meine Schwester noch nie erlebt. Und es tut weh, mitansehen zu müssen, wie sie in meinen Armen zerbricht. Weil ich genau weiß, wie sie sich fühlt. Mit fünfzehn war ich es, der um sich schlug und schließlich in den Armen meines Bruders den Boden unter den Füßen verlor. Und gerade bin ich froh darum, dass ich kein zweites Mal durch diese Hölle muss, weil mein Vater mir dafür nicht wichtig genug ist.

»Er ist nicht tot! Es ging ihm gut«, wiederholt Demy immer wieder.

Ich schaue die Ärztin an, die meinem Blick ausweicht. Dann sehe ich über meine Schulter und geradewegs in den Wartebereich, dessen Aufmerksamkeit ausschließlich uns gehört.

»Demy«, sage ich mit fester Stimme, aber sie reagiert nicht auf mich. »Reiß dich zusammen«, herrsche ich sie an, lockere den

Klammergriff und bereue es sofort, denn sie verliert vollends die Nerven.

»Bist du jetzt zufrieden?!«, brüllt sie und schlägt mit den Fäusten auf mich ein. Das habe ich nicht kommen sehen. Mein Jochbein genauso wenig. Das gibt ein nettes Veilchen. »Gib zu, dass du wolltest, dass er stirbt!«, schreit sie mich an. »Du hast ihn gehasst!«

Viel zu lange lasse ich zu, dass sie sich an mir abreagiert, ohne dass es den gewünschten Erfolg bringt. Denn sie steigert sich immer weiter hinein, in dem Versuch, einen Schuldigen für das zu finden, was sie nicht begreifen kann. Und gerade bin ich das.

»Jetzt kannst du zurück nach London, in dein ach so tolles Leben!«

Ich umfasse ihre Handgelenke, bevor ihre Fäuste erneut auf meinen Brustkorb treffen. »Hör sofort damit auf«, sage ich ruhig. »Sieh mich an, Demy«, füge ich so sanft wie nur irgendwie möglich hinzu.

Ein, zwei Sekunden starrt sie mit wirrem Blick in mein Gesicht.

»Ich bin noch immer hier«, sage ich und sie beginnt augenblicklich zu weinen. Bitterlich. »Ich gehe nirgendwohin. Ich habe es versprochen.« Ich ziehe sie zu mir heran. Dann bricht sie in meinen Armen zusammen.

Während ich tatsächlich so etwas wie Erleichterung darüber verspüre, dass dieses Kapitel ein unwiderrufliches Ende gefunden hat, wird meiner Schwester der Boden unter den Füßen weggerissen.

# SPICY SPIRIT

*Indigo Gin, Pomegranate Juice,*
*Pink Peppercorn, Pear, Tonic Water*

## NIKA

**Pastelstraat, De Pijp, Amsterdam**

»Gute Nacht und danke für den schönen Abend«, sage ich zu Hannah und nehme die Treppe nach oben. Stufe um Stufe, die mich meinem Bett näher bringt. Ich bin völlig erledigt. Es war nicht die beste Idee, nach meiner Schicht im *Sole Mio* noch auf einen Absacker in der WG vorbeizuschauen.

»Hey.«

Erschrocken sehe ich auf und bleibe abrupt stehen. »Verflucht, musst du mich so erschrecken?«, entfährt es mir, als ich Leen auf dem Treppenabsatz vor meiner Wohnungstür entdecke.

Ein zaghaftes Lächeln erscheint auf seinen Lippen. Auf seiner aufgeplatzten Lippe, um genau zu sein. »Was willst du hier?«, frage ich ihn schroff und spare mir die Frage, was mit seinem Gesicht passiert ist. Die Antwort liegt auf der Hand.

»Ich habe keine Ahnung«, antwortet er und sucht meinen Blick. Etwas zu lange halte ich ihm stand. Nach unserer letzten Begegnung habe ich nicht erwartet, ihn jemals wiederzusehen. Und gerade will ich das auch gar nicht. Er kann nicht einfach hier auftauchen, wenn er sich zuvor geprügelt hat. Er weiß genau, was ich davon halte, wenn er seine Probleme auf diese Weise versucht zu lösen. Denn genau das ist es, was Leen macht. Wann immer sein Leben aus den Fugen gerät, zieht er los, provoziert, bis jemand zum Schlag ausholt. Seinem Gesicht und den Flecken auf seinem weißen Hemd nach zu urteilen, hatte er Erfolg.

»Du gehst jetzt besser«, erwidere ich patzig.

»Ja, du hast recht, ich sollte verschwinden«, sagt er resigniert und steht auf. Plötzlich überragt er mich, sodass ich den Kopf in den Nacken legen muss, um ihn ansehen zu können, weil uns zwei Stufen voneinander trennen.

Mein Puls beschleunigt sich, als er auf mich zukommt. Ich trete beiseite, um ihm den Weg nach unten frei zu machen. Als er auf meiner Stufe ankommt, hält er inne.

»Mein Vater ist heute gestorben«, sagt er leise, ohne mich dabei anzusehen. Ich schlucke den Kloß herunter, der sich in meinem Hals gebildet hat. Denn gerade komme ich mir wie ein herzloses Miststück vor, weil ich ihn fortschicke. Dabei habe ich geahnt, dass etwas geschehen ist, das ihn aus der Bahn geworfen hat. Und es war mir egal. »Macht es mich zu einem schlechten Menschen, dass ich froh darüber bin?«, fährt er fort und nimmt die nächste Stufe. »Ja, ich denke, so ist es.« Noch eine. Der Abstand zwischen uns vergrößert sich. Und es fühlt sich falsch an, ihn gehen zu lassen.

Ohne zu wissen, was ich mir davon erhoffe, folge ich ihm. »Denn wäre ich ein besserer Mensch …« Leens Worte geraten ins Stocken. Er hat mehr als einmal deutlich gemacht, dass er mich nicht in seinem Leben haben will. Also warum ist er hier und lässt mich daran teilhaben? »… hätte ich vor Jahren nicht das Wichtigste aus meinem Leben verbannt«, beendet er den Satz.

Meint er mich damit? Vielleicht. Würde es etwas ändern, wenn es ihm leidtäte, uns aufgegeben zu haben? Ich denke schon.

»Leen«, sage ich, strecke die Hand nach ihm aus und bekomme ihn am Oberarm zu packen.

Er dreht sich zu mir um. Sieht mich nachdenklich und doch

irgendwie verträumt an. »Ja, ich sollte gehen, aber was, wenn ich das nicht kann? Weil ich nicht allein sein will und es doch genau das ist, was ich will? Weil allein sein nur mit dir funktioniert?«

Für jeden anderen mögen seine Worte keinen Sinn ergeben, für mich sind sie ein Sinnbild für Leen. Es erinnert mich an die unzähligen Nächte, in denen er es zu Hause nicht ertrug und durch mein Fenster kletterte, das ich genau für diese Momente einen Spaltbreit offen ließ. An die vielen Male, als er nicht darüber reden wollte, was ihn beschäftigt, und mich einfach nur ansah, als würde allein meine Anwesenheit seine Welt besser machen. Seine Art des Alleinseins bedeutet auch endlose Stunden, die er auf meinem Bett lag und schweigend die Decke anstarrte, während ich neben ihm saß und *Gilmore Girls* anschaute. Also ja, ich weiß sehr wohl, was er meint, wenn er allein sein will und eben auch nicht.

Einen endlosen Augenblick lang verhaken sich unsere Blicke miteinander. Und dann vermisse ich uns. Das, was wir einmal waren. Eventuell ist es ein Fehler mich an den Strohhalm zu klammern, dass unsere Geschichte womöglich doch noch nicht zu Ende erzählt ist. Möglicherweise war unsere Entzweiung nicht mehr als ein fieser Cliffhanger, auf den nun eine Fortsetzung folgt. Ich weiß es nicht, aber bei was ich mir zu hundert Prozent sicher bin: Ich kann ihm nicht die Tür vor der Nase zuschlagen, sollte er mich bitten, sie für ihn zu öffnen. Dazu wäre ich niemals in der Lage.

»Was dann, Nika?« Das Flehen in Leens Stimme lässt sich nicht verleugnen.

»Dann würde ich sagen, bleib«, flüstere ich entgegen der Vernunft und gebe uns eine Chance, es diesmal besser zu machen. Vielleicht auch anders. Denn mein Herz überschlägt sich, sobald ich die Hand nach seiner ausstrecke und er sie, ohne zu zögern, ergreift. Seine Finger verschränken sich mit meinen, als er die Stufen zu mir heraufkommt. Was als auffordernde Geste gedacht war, lässt meinen Puls in ungeahnte Höhen schießen.

Früher hat Leen oft meine Hand gehalten, aber nie hat es sich so angefühlt wie in diesem Augenblick. Damals waren wir Kinder. Unsere Freundschaft lag noch vor uns. Jetzt liegt sie hinter uns. Das hier ist neu. Und ich gebe zu, es verwirrt mich, dass seine Nähe etwas Derartiges in mir auslöst, was nichts mit unserer Freundschaft von damals gemeinsam hat. Denn wäre es so, wäre dieses Flattern in meiner Magengegend mehr als unangebracht. Genau wie die Tatsache, dass ich es mag, wie sich seine Hand in meiner anfühlt, und ich ihn fragen möchte, ob er es auch spürt. Dieses Kribbeln. Diese Neugier. Das Verlangen nach Nähe.

Leen lässt mich auch dann nicht los, als ich die Wohnungstür aufschließe. Beinahe so, als würde er sich an mir festhalten oder sich selbst daran hindern, davonzulaufen. Denn ich kann seine Anspannung förmlich in meinem eigenen Körper spüren, als er nach mir den Flur betritt und die Tür hinter uns ins Schloss fällt.

Dunkelheit hüllt uns ein. Meine Finger lösen sich von Leens und ich taste nach dem Lichtschalter.

»Sorry«, sage ich hastig, als ich ihn anrempele, um an den Schalter ranzukommen.

In der nächsten Sekunde leuchtet die Deckenlampe auf und ich schlucke, als ich bemerke, wie nah wir einander sind. Ich kann seinen warmen Atem auf meinen Lippen spüren. Leens Brust hebt und senkt sich viel zu schnell, während sein Blick mein Gesicht fixiert.

Bevor ich dem nagenden Gefühl nachgebe, herauszufinden, wie sich seine Lippen auf meinen anfühlen, ob es richtig oder falsch ist, Leen zu küssen, trete ich einen Schritt zurück. Er atmet sichtlich erleichtert auf, was dafür sorgt, dass meine Brust sich krampfhaft zusammenzieht. Seine Reaktion kommt einer Zurückweisung gleich, was absurd ist. Ich habe Abstand zwischen uns geschaffen. Leen hingegen hat sich keinen Zentimeter bewegt, als würde er mir die Entscheidung überlassen, wie es weitergeht. Möglicherweise interpretiere ich aber auch zu viel hinein. Früher habe ich jeden Blick, jede Bewegung, das, was er sagte, und das, was er nicht sagte, verstanden. Heute habe ich keine Ahnung, wer Leen ist. Wie viel Altes Neuem gewichen ist.

Einen Moment lang beobachte ich ihn dabei, wie er die Schuhe auszieht, und frage mich, was genau ich jetzt mit ihm anfangen soll. Was ich sagen oder tun soll. Es besteht die reelle Gefahr, dass er zur Tür hinausstürmt, sollte ich in meinem Handeln zu forsch sein.

»Das mit deinem Vater tut mir leid«, sage ich, weil ich mich bisher nicht dazu geäußert habe. Ich sollte so viel mehr sagen als das, aber ich weiß beim besten Willen nicht was. Und ich bezweifle, dass Leen hier ist, um Anekdoten über seinen Vater zum Besten zu geben, damit er sich besser fühlt. Die beiden standen sich nicht sonderlich nah, was sein Kommentar, er sei froh über sein Ableben, nur zusätzlich unterstrichen hat.

Ihr Verhältnis war immer kompliziert. Fordernd. Anstrengend. Aber vor allem distanziert. Ich bin Piet Brouwer nur ein paarmal begegnet. Leider kann ich nicht sagen, er habe sich mir gegenüber herzlicher präsentiert. Er mochte mich nicht, das war offensichtlich. Ich schätze, ich war nicht privilegiert genug, um mit seinem Sohn Umgang zu pflegen. Vielleicht gab er aber auch mir die Schuld dafür, dass Leen war, wie er eben war. Nicht angepasst, immer den Kopf in den Wolken, mit den falschen Hobbys und Interessen. Es gab nichts, was sein Vater nicht an ihm kritisierte. Die Art, wie Leen sprach, wie er sich bewegte, wie er sich kleidete, aber vor allem, was er fühlte. Also ja, ich kann verstehen, dass Leen ihm keine Träne nachweint.

Statt zu antworten, nickt Leen lediglich. »Kann ich kurz dein Bad benutzen?«, will er wissen, nachdem er einen Blick in den Spiegel im Flur geworfen hat.

»Natürlich.« Ich deute auf die Schiebetür direkt neben ihm.

»Danke.«

»Kann ich dir etwas zu trinken anbieten?«, frage ich laut, weil ich bereits auf dem Weg ins Wohnzimmer bin. Ich brauche jedenfalls einen Drink, um meine Nerven zu beruhigen. Denn dass er hier ist, fühlt sich auf so vielen Ebenen surreal an. Und ich habe keinen blassen Schimmer, auf was es letztlich hinauslaufen wird.

»Was Starkes, wenn du hast«, ruft er aus dem Badezimmer.

Ich öffne den Schrank, nehme die Flasche Gin, die Pablo kürzlich mitgebracht hat, gieße mir davon in ein Glas, pur und ohne Eis, und trinke es in einem Zug aus. Dann fülle ich es erneut. Als er nach fünf Minuten nicht im Wohnzimmer auftaucht, gehe ich nachsehen, ob er sich möglicherweise doch davongeschlichen hat. Die Schiebetür steht offen. Mit beiden Händen auf dem Waschbeckenrand aufgestützt, den Kopf gesenkt, steht er in meinem winzigen Bad. Hin- und hergerissen, was ich tun oder besser lassen sollte, verharre ich im Türrahmen. Früher hätte er die Tür hinter sich geschlossen, weil er nicht wollte, dass ich ihn in schwachen Moment sehe, heute steht sie wie eine Einladung offen. Aber ich bin unschlüssig, ob es tatsächlich als eine zu betrachten ist oder ob ich nur wünschte, es wäre so. Weil es bedeuten würde, dass wir nicht exakt an dem Punkt ansetzen, wo er meine Nähe nicht mehr ertrug und mich aus seinem Leben warf. Möglicherweise ist es naiv, in dieser Sekunde den Raum zu betreten und zu ihm zu gehen, da die Wahrscheinlichkeit, dass sich absolut nichts verändert hat, verdammt groß ist. Möglicherweise enden wir genauso wie damals. Aber was, wenn nicht?

Leen hebt den Kopf und sieht kurz über seine Schulter, bevor er sich zu mir umdreht. Er hat sich das Hemd aus der Hose gezogen, die Knöpfe stehen offen. Die Blutflecken darauf sind nicht mehr tiefrot, dafür rosa und um einiges größer.

»Alles okay?«, frage ich vorsichtig, bleibe aber nicht stehen, sondern gehe auf ihn zu.

»Ich dachte, ich bekomme die Flecken raus.« Er zupft an dem nassen Stoff, entblößt damit eine Reihe fester Bauchmuskeln, auf die ich bereits neulich einen Blick werfen konnte und die ihre Wirkung nicht verfehlen. Da mir ein bisschen zu sehr gefällt, was ich sehe, zwinge ich mich dazu, ihm wieder ins Gesicht zu sehen.

»Kaltes Wasser und Backpulver«, sage ich, als wir uns gegenüberstehen.

»So hast du das also immer gemacht.« Der sanfte Ausdruck in seinen haselnussbraunen Augen setzt unfreiwillig Erinnerungen frei. Bilder wie diese. Leen mit aufgeplatzter Lippe, Blutflecken auf dem Shirt und die Hände zu Fäusten geballt, während ich ihm eine Standpauke halte. In dieser Sekunde fühlt es sich an, als wären wir wieder Teenager. Beste Freunde. Und irgendwie auch nicht. Denn damals hatte ich nicht das Bedürfnis, die Hand nach ihm auszustrecken und sie an seine Wange zu legen. Genau das bin ich im Begriff zu tun. In letzter Sekunde greife ich an ihm vorbei und nehme ein Wattepad aus dem Spender, der auf einem Regalbrett neben dem Spiegelschrank steht. Anschließend tunke ich es in den Gin, bevor ich es auf Leens Unterlippe drücke.

Er zieht scharf die Luft ein und plötzlich liegen seine Hände an meinen Hüften, als wolle er mich wegstoßen. Stattdessen zieht er mich näher zu sich. Für nicht länger als einen Wimpernschlag landet sein Blick auf meinem Mund, bevor er mir in die Augen sieht. Dennoch ist es lange genug, dass mein Puls weiter in die Höhe schießt und mein Herzschlag sich verdoppelt.

Damit er nicht bemerkt, wie sehr mich seine Nähe aus dem Konzept bringt, tupfe ich vorsichtig mit dem Wattepad über den Cut in seiner Lippe. Länger als nötig. So lange, bis er die Finger um mein Handgelenk schließt und es zurückzieht.

»Es ist nicht das, wonach es aussieht«, sagt er entschuldigend, als ich ein weiteres Pad in den Gin tauche.

»Du bist mir keine Erklärung schuldig«, antworte ich. Das ist er wirklich nicht.

Mit der Zungenspitze fährt er über die feuchte Stelle. »Ich hasse das Zeug«, sagt er und grinst mich breit an.

Mein Herz setzt ein, zwei Schläge aus, weil das mein Leen ist. Große Klappe und ein frecher Zug um die Lippen.

»Nicht unbedingt das beste Verkaufsargument für Ihr Produkt, Herr Brouwer«, ziehe ich ihn auf.

Er lehnt sich gegen das Waschbecken hinter ihm und vergrößert damit den Abstand zwischen uns geringfügig. Auch wenn es unangebracht ist, kann ich nicht verhindern, dass meine Aufmerksamkeit für eine verdammt lange Nanosekunde den Sommersprossen gilt, die sein Brustbein zieren.

Er räuspert sich leise und ich blicke ihm wieder ins Gesicht. Wie so oft sieht er mich einfach bloß an. Und ich wüsste nur allzu gern, was er in diesem Moment denkt. Ob seine Gedanken in dieselbe Richtung gehen wie meine. Denn mir flüstern sie zu, dass sie Leens Hände wieder an meinen Hüften spüren wollen. Dass er mich erneut zu sich heranziehen soll. Noch näher als zuvor. Und noch leiser sehnen sie sich danach, den Gin von seinen Lippen zu küssen. Solche Sehnsüchte sind jetzt wirklich fehl am Platz. Er hat gerade seinen Vater verloren hat. Dennoch halte ich seinem Blick stand, in dem etwas aufflackert, das mich schlucken lässt. Seine Augen weiten sich, weil mich diese Reaktion verrät, aber ihn ebenso. Denn das, was da so ungefiltert auflodert, ist Verlangen.

»Dir scheint der Gin auch nicht sonderlich zu schmecken, wenn du ihn als Desinfektionsmittel benutzt«, entgegnet er, nimmt mir das Glas aus der Hand und stellt es neben den Wattepadspender. Dann schließen sich seine Finger erneut um mein Handgelenk. In der nächsten Sekunde zieht er mich tatsächlich näher zu sich heran und setzt damit eine ganze Reihe an Empfindungen in Gang, die keinesfalls platonischen Ursprungs sind. Denn jede einzelne läuft darauf hinaus, die Atmosphäre in dem winzigen Raum aufzuheizen und vergessen zu wollen, dass Leen und ich uns entzweit haben. Es ist, als würden wir uns aufeinander zubewegen, um wieder eins zu werden. Anders als zuvor. Intensiver. Auf körperlicher Anziehung basierend statt auf freundschaftlicher Bindung.

»Ich habe gelogen.« Sein Blick ruht auf mir. »Ich weiß sehr wohl, warum ich ausgerechnet vor deiner Tür gelandet bin.« Er lässt mich los, nur um seine Hände an meine Hüften zu legen. »Weil ich eine Portion Nika wollte, die diese Leere füllt, die mich zunehmend verschluckt. So wie früher. Verstehst du?«

Ich nicke und schlucke den Anflug von Enttäuschung hinunter. Weil dieses »wie früher« nicht das ist, was ich in diesem Augenblick will. Denn dieses Ziehen in meiner Brust sagt mehr als deutlich, dass ich nicht an den Punkt zurückkann, der mich zu Leens bester Freundin macht, die dabei zusieht, wie er eine andere küsst. Weil ich diejenige sein will, die er küsst. War das schon immer so? Das würde nämlich erklären, wo dieses Bedürfnis so plötzlich herkommt.

Als ich zurückweichen will, wird sein Griff fester und hält mich an Ort und Stelle.

»Aber das ist nicht, was ich will. Ich kann nicht zu dem zurück, was wir waren. Weil das nicht funktioniert. Nicht mehr. Und schon gar nicht, wenn du mich so ansiehst«, sagt er und richtet sich auf. Verringert den Abstand zwischen uns damit auf ein Minimum.

Ich öffne den Mund, um Leen zu widersprechen, schließe ihn aber wieder. Weil er recht hat. Die Anziehung zwischen uns ist förmlich greifbar. Sie zu leugnen ist schier unmöglich.

Leen legt eine Hand an meine Wange, mit dem Daumen streicht er sanft über meine Haut. »Wenn du mich so ansiehst ...«, er streift meine Lippen, »will ich diesen Mund küssen, damit er mich alles vergessen lässt, was heute geschehen ist.«

Vergessen. Das will er also. Deswegen ist er hier.

Federleicht lässt er seinen Daumen über meine Unterlippe gleiten, die unter seiner Berührung zu kribbeln beginnt. Will ich diese Rolle für ihn einnehmen? Ihm helfen, für eine Weile zu vergessen? Mit dem Wissen, dass es Leen nicht um mehr als das geht? Was ich mit Sicherheit sagen kann, ist, dass ich nicht will, dass er loszieht und die Leere mit einer anderen füllt.

Um Leen zu ermutigen, lege ich meine Hände an seine Taille und schließe die winzige Lücke zwischen uns endgültig. Seine Finger schieben sich in meinen Nacken. Er sucht meinen Blick, nähert sich meinem Mund. »Bitte, Nika, lass mich dich küssen. Nur dieses eine Mal.«

»Tue es, küss mich, Leen.«

Hauchzart legen sich seine Lippen auf meine. Verharren dort, als müsste er sich erst an das Gefühl gewöhnen. Schließlich bin ich es, die Bewegung in die Sache bringt. Leen überlässt mir die Führung, teilt seine Lippen, als ich ihn dazu auffordere, den Kuss zu vertiefen. Allerdings ändert sich das, sobald unsere Zungen aufeinandertreffen. Schlagartig hält er sich nicht mehr zurück. Küsst mich so voller Verlangen, als hätte er nur darauf gewartet, es endlich tun zu dürfen. Nicht um des Vergessens willen. Und ich wünschte, er würde nie wieder damit aufhören, seine Lippen mit meinen in Einklang zu bringen. Mit jeder Sekunde, die wir uns tiefer in den Kuss fallen lassen, breitet sich das Verlangen unaufhaltsamer zwischen uns aus. Alles an Leen fühlt sich vertraut und gleichzeitig völlig neu an. Aber vor allem richtig. Er und ich. Als wären wir füreinander bestimmt.

Weil ich seine Haut unter meinen Fingern spüren will, schiebe ich sie unter den Stoff seines Hemdes und lasse sie zu seiner Brust wandern. Leen hält inne, während sein Herz heftig unter meiner Handfläche pulsiert. Er umfasst meine Handgelenke und rückt von mir ab. Nur so viel, dass er mich ansehen kann. Sein Blick wird so unendlich sanft, bevor er sich verdunkelt und unbändige Begierde offenbart.

»Wenn du mich anfasst, will ich Dinge mit dir anstellen, die übers Küssen hinausgehen.« Er lässt die Hände sinken und sieht mich abwartend an. Damit überlässt er mir die Entscheidung, ob es bei diesem einen Kuss bleibt oder wir einen Schritt weitergehen.

Vernünftig wäre es, es genau an dieser Stelle zu beenden. Sich auf Leen einzulassen, ist wie Russisch Roulette spielen. Man weiß nie, ob sich eine Kugel im Lauf befindet, wenn man den Abzug drückt. Das habe ich oft genug mitbekommen. Viel zu häufig drehten sich Gespräche in der Mädchenumkleide um gebrochene Herzen, die er verursacht hat. Nachdem ich nicht mehr Bestandteil seines Lebens war. Gerade frage ich mich, ob ich der Grund dafür war.

Wäre ich in Leen verliebt, würde ich mein Herz nicht für eine Nacht mit ihm riskieren, in der er alles vergessen will. Doch das bin ich nicht. Da ist nicht mehr als die Anziehung, die er als Mann auf mich ausübt, die er als Teenager nicht besessen hat. Weil er da einfach nur Leen war. Jetzt ist er der Kerl, der mich geküsst hat und dessen Angebot auf Sex ich nur zu gerne annehme. Das wäre eine völlig rationale Herangehensweise, die Situation zu bewerten. Aber ich befürchte, ganz so einfach ist es nicht. Weil Leen nun einmal Leen ist und ich Nika, die schon immer alles für ihn getan hätte, hätte er es zugelassen.

Ich lege meine Hände wieder auf seine Brust und lasse sie etwas höher wandern. »Gut, denn wenn ich dich anfasse, kannst du davon ausgehen, dass ich vorhabe dich auszuziehen«, sage ich und schiebe den Stoff von seinen Schultern.

Seine Lippen verziehen sich zu einem Schmunzeln, gleichzeitig nimmt sein Blick mich gefangen. Dann knöpft er die Manschetten seines Hemdes auf. »Tue es, zieh mich aus, Nika«, ahmt er meine Worte nach. Nur dass es bei ihm wie eine Einladung klingt und nicht nach bloßer Zustimmung.

Noch während das weiße Hemd zu Boden fällt, liegen seine Lippen wieder auf meinen und er greift unter meinen Po. Automatisch schlingen sich meine Beine um seine Taille, als er mich hochhebt. In der nächsten Sekunde sitze ich auf der Waschmaschine. Leen schiebt mit den Händen meine Oberschenkel weiter auseinander und damit meinen Jeansrock höher. Er verteilt eine Spur Küsse auf meinem Hals, während meine Finger seinen nackten Oberkörper Millimeter für Millimeter erkunden. Ich streiche über seine festen Bauchmuskeln, die sich unter meiner Berührung anspannen. Ein leises Stöhnen entfährt mir, als sich seine Erektion gegen meine Mitte drängt und damit mein Verlangen weiter entfacht.

Als Nächstes spüre ich seine Hände unter meinem Shirt. Instinktiv hebe ich die Arme über den Kopf, damit er es mir ausziehen kann. Augenblicklich kommt er meiner unausgesprochenen Aufforderung nach und ich bin sehr dankbar dafür, mich heute

Morgen nicht für einen bequemen Sport-BH, sondern für etwas mehr Sexyness entschieden zu haben. Mit der Zungenspitze fährt er die Kontur meines Schlüsselbeins nach und platziert schließlich einen Kuss auf meiner Schulter.

»Küss mich, Leen«, flüstere ich, als er zu mir aufsieht.

Wieder umspielt dieser freche Zug seine Lippen. Genau wie früher treibt er mich damit in den Wahnsinn. Nur auf völlig andere Art und Weise. Damals hätte ich ihn jedes Mal dafür schütteln können, weil es bedeutete, er heckt etwas aus, um mich auf die Palme zu bringen. Heute bedeutet es, er hat vor mich um den Verstand zu bringen, indem er unter meinen Rock greift und die Finger in die Seiten meines Slips hakt.

»Wie viel hast du getrunken?«, will er wissen.

»Was?«, erwidere ich verdutzt.

»Ich kann den Gin schmecken. Also, wie viel hast du davon getrunken?«

»Nicht genug, um ihn als Ausrede nutzen zu können.«

»Nika!«, ermahnt er mich.

»Nur ein Glas, eben in der Küche«, lüge ich, denn es waren über den Abend verteilt mindestens drei. Dennoch bin ich mir vollends dessen bewusst, was wir hier tun. Ich stütze mich auf der Waschmaschine ab und hebe den Po an. Er tritt einen Schritt zurück, während er das Stückchen Stoff über meine Oberschenkel zu den Knien zieht, dann hält er inne.

»Ich will das hier«, sage ich, lege die Arme um seinen Nacken und ziehe ihn ein winziges Stück zu mir heran. »Ich will dich, Leen«, füge ich hinzu.

Ohne etwas darauf zu erwidern, sinkt er vor mir auf die Knie und spreizt meine Beine so weit, dass er dazwischen Platz findet. Viel zu sanft landen seine Lippen auf der Innenseite meines Schenkels und suchen sich einen Weg zu meiner Mitte. Er sieht zu mir auf, als ich nach Luft schnappe, weil all meine Nervenenden augenblicklich auf seine feuchte Zungenspitze reagieren, die behutsam auf Tuchfühlung mit meinem Körper geht.

Meine Finger vergraben sich in seinen blonden Haaren und halten ihn davon ab zurückzuweichen. Doch das hat er gar nicht vor. Im Gegenteil, er hat sichtlich Vergnügen daran, sein Können unter Beweis zu stellen. Es ist so verdammt gut. Gleichzeitig kommt es mir wie Folter vor, weil es zu viel und dennoch nicht genug ist. Ich will Leen in mir spüren. Will wissen, wie es sich anfühlt, diese Verbindung mit ihm einzugehen.

»Gib mir ein bisschen mehr«, fordere ich ihn keuchend dazu auf, das Ganze nicht quälend in die Länge zu ziehen.

Ich lasse den Kopf in den Nacken sinken, als er mit der Zungenspitze meinen Kitzler reizt und schließlich sanft daran saugt. Dadurch katapultiert er mich in ganz andere Sphären. Mein Stöhnen hallt von den Wänden des Badezimmers wider.

Ohne Vorwarnung ist sein Mund verschwunden und ich gebe einen protestierenden Laut von mir. Leen schiebt eine Hand in meinen Nacken, dann liegen seine Lippen auf meinen. Ich kann mich selbst auf seiner Zunge schmecken, was irgendwie verrucht ist und mein Verlangen nur noch stärker werden lässt.

Ich taste nach seinem Gürtel. Mit einem leisen Klicken springt die Schnalle auf. Anschließend öffne ich den Knopf seiner Jeans. Bevor ich einen Schritt weitergehen kann, umfassen Leens Finger meine Handgelenke und ziehen sie zurück. Sofort lasse ich von ihm ab. Er platziert meine Hände neben meinen Schenkeln auf der Waschmaschine und hält sie dort gefangen. Dabei will ich nichts sehnlicher, als ihn zu berühren. Ich befürchte nur, er könnte jede Sekunde sagen, das hier sei falsch. Aber wir sind kein Fehler. Dafür fühlt es sich mit ihm zu richtig an.

Ich suche seinen Blick und bin mir nicht sicher, was genau sich in seinen Augen neben Erregung noch ablesen lässt. Schuld. Verwirrung. Angst. Leere.

Es bringt mich jedenfalls auf den Boden der Tatsachen zurück und ruft mir den Grund ins Gedächtnis, warum wir das hier tun. Weil er vergessen will, was ihn vor wenigen Stunden in die Leere gestürzt hat. Und es macht mir überdeutlich bewusst, dass es der einzige Weg ist, den Leen kennt. Ein Gefühl durch ein anderes ersetzen. Früher genauso wie heute. Dennoch ändert es nichts daran, dass ich mich kopflos in eine Nacht mit ihm stürzen will. Weil da plötzlich der Hoffnungsschimmer ist, ich könnte ihm diesmal genug sein. Ich könnte das Gefühl sein, an dem er festhält.

Leen greift in seine Hosentasche, holt ein Folienpäckchen heraus und legt es demonstrativ auf meinem Oberschenkel ab. Das Lächeln, das er mir schenkt, ist eine Mischung aus Zuneigung und Provokation. Welcher Part überwiegt, wird sich gleich offenbaren. Denn ich greife nach dem Päckchen und reiße es auf, dann sehe ich Leen herausfordernd an.

Ohne zu zögern, zieht er den Reißverschluss seiner Jeans nach unten und in der nächsten Sekunde schiebt er sie samt Boxershorts über seine Hüften. Leen nackt zu sehen verursacht ein sehnsüchtiges Ziehen zwischen meinen Beinen. Mein Blick heftet sich auf seine Körpermitte, wandert höher über seine Bauchmuskeln zu seiner Brust und schließlich zu seinem Gesicht.

Er sieht mich voller Verlangen an, als er mir das Kondom aus den Fingern nimmt und entlang seiner Erektion abrollt.

»Das hier ist okay, oder?«, fragt er und schiebt meine Knie weiter auseinander. Ich lege die Arme um seinen Nacken und vergrabe die Finger in seinen Haaren, ziehe ihn näher zu mir heran. »Weil wir keine Freunde mehr sind, richtig?«, fügt er hinzu.

Statt zu antworten, nicke ich.

Seine Härte drängt sich gegen meine Mitte, als er die Lücke zwischen uns schließt. »Weil wir nichts zerstören können, was bereits kaputt ist, Nika«, fährt er fort.

Seine Worte fühlen sich nach einer Warnung an, verlieren sich aber in dem Augenblick, als er sich langsam in mich schiebt und unsere Körper dadurch vollständig miteinander vereint. Zentimeter für Zentimeter füllt er mein Innerstes aus, ohne den Blickkontakt zu mir abzubrechen. Plötzlich bestehe ich nur noch aus dem Verlangen nach ihm. Ich will Leen mit allen Sinnen in mich aufnehmen. Ich will ihn ansehen, während er in mir ist. Ich will seine überhitzte Haut unter meinen Fingern fühlen, bis sich Schweißperlen auf ihr bilden. Ich will ihn schmecken. Hören, wie er meinen Namen stöhnt. Die Mischung aus seinem Parfüm und Sex riechen. Und es an seinen Augen ablesen, dass ich mit meinen Wünschen nicht allein bin.

Für einen winzigen Moment hält er inne, gibt uns Zeit, uns an das Gefühl voneinander zu gewöhnen. Seine Hände wandern zu meinen Hüften, dann gleitet er tiefer in mich. Immer wieder, bis er einen Rhythmus findet, der uns beide aufstöhnen lässt.

Leen vergräbt sein Gesicht in meiner Halsbeuge, während er in mich stößt. Ich schlinge die Beine fester um seine Taille, klammere mich an ihn, als seine Stöße kräftiger werden. Leen hält mich zusätzlich an den Hüften fest.

Mein Keuchen vermischt sich mit seinem Stöhnen. Das Ziehen zwischen meinen Schenkeln wird heftiger, verlangt zunehmend nach Erlösung. Gerade als ich eine Hand zwischen uns schiebe, um mich selbst dem Höhepunkt näher zu bringen, zieht er sich aus mir zurück, hebt mich von der Waschmaschine und stellt mich auf die Füße. Für einen winzigen Moment geben meine Beine nach und Leen fängt mich mit einem Lächeln auf den Lippen auf. Als ich ihn küssen will, dreht er mich in seinen Armen um. So, dass ich die Wand vor Augen habe und Leens Körper hinter mir spüre.

Sanft, aber bestimmt drückt er meinen Oberkörper nach unten, bis ich kühles Plastik unter meinen Brüsten spüre. Dann dringt er wieder in mich ein. Augenblicklich ziehen sich meine Muskeln um seine Erektion zusammen, weil die Position intensiver ist als die vorherige. Genau wie die Art, auf die er sich in mir bewegt. Er treibt mich immer höher und trotzdem nicht hoch genug. Der Orgasmus ist in greifbarer Nähe, aber ich bekomme ihn nicht zu fassen.

»Leen«, presse ich seinen Namen flehend hervor.

Er löst eine Hand von meiner Hüfte, legt sie auf meinen Bauch und schiebt sie dann tiefer. Seine Finger treffen auf die Stelle, die sofort unter seiner Berührung zu pulsieren beginnt. Das ist das Bisschen mehr, das ich brauche.

Leen stöhnt meinen Namen, während ich in Wellen davongetragen werde und die Welt um mich herum für die nächsten Sekunden verschwimmt.

Leens Bewegungen werden unkontrollierter, verlieren ihren Rhythmus. Sein Griff hingegen wird fester.

»Ah, Nika«, presst er zwischen zwei Stößen hervor. »Fuck!«, entfährt es ihm, dann hält er inne, nur um noch fester in mich zu stoßen.

Leens Erektion schwillt weiter an, bevor er in mir zum Höhepunkt kommt. Er schlingt die Arme um meinen Körper, presst mich fest an sich. Ich kann seinen rasenden Herzschlag an meiner Schulter und seinen warmen Atem auf meiner Haut spüren, während es sich anfühlt, als würde alles in mir pulsieren. Bittersüßes Nachhallen.

Ich schlucke das Gefühl, das sich an die Oberfläche kämpft, herunter, weil Leen und ich nicht unendlich sind. Auch wenn es in dieser Sekunde möglich scheint, weiß ich doch sehr wohl, was genau das hier zwischen uns ist.

Ein ungeahnter Schmerz breitet sich in meiner Brust aus. Und er wird übermächtig. Ich kann das Stechen in jeder Faser spüren, als Leen tatsächlich die Verbindung zwischen uns kappt. Mich ins Nichts stößt.

# AFTER END

*Black Gin, Grape,*
*Champagne, Blue Curaçao*

# LEENARD

Verdammt! Was zur Hölle habe ich getan? Warum ausgerechnet Nika? Das hätte niemals passieren dürfen. Nicht mit ihr. Nicht so. Fuck, ich bin so ein Idiot.

Ich streife das Kondom ab, knote es zu und befördere es in den Mülleimer, der nur eine Armlänge von mir entfernt neben der Toilette steht. Anschließend trete ich von Nika zurück, ziehe die Hose hoch und hebe das Hemd vom Boden auf.

Nika dreht sich zu mir um und ich wende den Blick ab, weil ich ihr nicht in die Augen sehen kann. Ich habe sie benutzt, um irgendwas zu fühlen statt dieser Leere in mir. Und sie hat es zugelassen. Aber ich fühle mich nun keinesfalls besser. Im Gegenteil, ich fühle mich um etwas betrogen und habe nicht die leiseste Ahnung, um was genau. Warum verflucht noch mal hat sie mich nicht zum Teufel gejagt, so wie an dem Abend auf dem Parkplatz? Sie hat mir hinterhergeschrien, dass sie mich nie wiedersehen will, und ich habe ihren Wunsch ignoriert, indem ich vor ihrer Tür aufgetaucht bin.

»Ich gehe jetzt besser«, sage ich und bin bereits dabei, das Hemd wieder anzuziehen.

»Musst du nicht«, erwidert sie sanft und beschert mir damit ein noch größeres schlechtes Gewissen, als ich es ohnehin schon habe.

»Es wäre ein Fehler zu bleiben.« Würde ich es tun, würde ich sie zwangsläufig in den Mist hineinziehen. Denn das Chaos wartet auf mich, sobald ich zur Tür hinaus bin. Mein Vater ist tot. Die Medien werden sich auf die Neuigkeiten stürzen. Baas ist abgetaucht, weil er möglicherweise doch nicht so unschuldig ist, wie ich angenommen habe. Demy hatte einen Nervenzusammenbruch. Jemand wird sich um alles kümmern müssen. Und ich befürchte, dass ich dieser jemand sein werde. Weil ich nicht länger einfach davonlaufen kann.

»Du vögelst mich und gehst?«, fragt sie zynisch.

Ja, und das macht mich zu einem echten Arschloch. Noch nie war mir das bewusster als in diesem Augenblick. Weil es verdammt noch mal Nika ist. Nika, mit der ich eine Vergangenheit habe, und keine der Frauen, die ich für einen One-Night-Stand in einer Bar aufgerissen habe. Nika, die mehr von mir weiß als irgendjemand sonst. Nika, die mir noch immer die Welt bedeutet. Und doch tue ich es nur für sie, damit ihr Leben so unbescholten wie bisher weitergeht.

Vielleicht hat es damit begonnen, etwas vergessen zu wollen, aber in dem Moment, als ich Nika geküsst habe, war alles, was ich wollte, mich zu erinnern. Daran, wie Nika lacht, wenn ich einen schlechten Witz gerissen habe. Wie sie neben mir liegt und sich eine Serie ansieht, während ich meinen losen Gedankenfäden nachhänge. Weil mit Nika allein sein nie einsam war. Aber noch viel mehr wollte ich uns spüren. Mit jeder Faser. Und ich wollte, dass es niemals endet. Doch es fühlt sich egoistisch an, dieses neue Uns einzufordern. Denn gerade steht ihr die Enttäuschung überdeutlich ins Gesicht geschrieben. Dabei habe ich nie etwas anderes gewollt, als Nika glücklich zu machen, bis ich es war, der sie unglücklich gemacht hat. Sollten wir an diesem Punkt weitermachen, hätte ich absolut nichts dazugelernt.

»Nichts hat sich verändert.« Das fühlt sich nach der größten

Lüge an, die je meine Lippen verlassen hat. Denn das, was sich gerade in meinem Innersten abspielt, ist so viel mehr als nichts. Aber mindestens so real fühlt sich die Enge in meiner Brust an, die sich immer dann bemerkbar macht, sobald ich den Gedanken zulasse, was geschieht, wenn ich Nika zu viel werde.

»Ja, das ist nicht zu übersehen«, erwidert sie schroff, bückt sich nach ihrem Top und streift es über.

Einen Moment lang sehe ich sie an. »Es tut mir leid«, sage ich. Das tut es wirklich. Ich wünschte, mein Leben wäre weniger kompliziert und mein Kopf nicht so voll mit den Dingen, die mir bevorstehen. Ich wende mich von ihr ab.

»Gut, dann verschwinde!«, sagt sie, als ich durch die Tür trete.

Ich schlüpfe in meine Schuhe und zögere. Nicht, dass ich froh über den Tod meines Vaters bin, macht mich zu einem schlechten Menschen, sondern dass ich Nika erneut von mir stoße. Weil ich einfach nicht anders kann. Weil ich diesen einen Schalter in meinem Verstand, nach dem ich so verzweifelt suche, noch immer nicht gefunden habe.

»Geh und tauch nie wieder vor meiner Tür auf!«, brüllt sie mir aus dem Badezimmer entgegen.

Genau das ist es, was ich tue. Ich gehe. Verlasse Nika.

Mit jeder Stufe, die mich von ihrer Wohnung trennt, löst sich die Enge in meiner Brust auf und macht der Wut auf mich selbst Platz. Damit kann ich so viel besser umgehen.

Ich biege nach links und laufe die Straße entlang. Da es fünf Uhr morgens ist, bin ich nahezu allein unterwegs. Vereinzelt fahren Autos an mir vorbei. Ziellos laufe ich umher, bis ich irgendwann mein Handy aus der Hosentasche hole und es einschalte. Eine Flut an Nachrichten und verpassten Anrufen wird auf dem Display angezeigt. Alle von Ezra. Keine von meinem Bruder.

Ich öffne Ezras Kontakt. Mein Finger schwebt über dem Anrufen-Button. Keine Ahnung, was genau ich ihm sagen will. Er wird mich fragen, ob ich okay bin. Etwas, das ich nicht aus voller Überzeugung mit Ja beantworten kann. Nachdem unsere Verabredung zum Lunch geplatzt war und die Ärztin Demy etwas zur Beruhigung verabreicht hatte, habe ich ihm in einer kurzen Nachricht mittgeteilt, was geschehen ist, und dann das Telefon ausgeschaltet. Bis zum Ende der Besuchszeit habe ich am Bett meiner Schwester gesessen und bin anschließend wie betäubt durch die Stadt gelaufen und schließlich in der Pastelstraat gestrandet. Wie genau ich letztlich auf ihrer Treppe gelandet bin, ist eine schemenhafte Erinnerung. Als hätte mein Herz mich zu ihr geführt, weil mein Verstand nicht in der Lage war, es zu verhindern.

Ich stecke das Handy wieder weg.

Die Bars im Viertel haben längst geschlossen, die Läden noch nicht geöffnet. Es ist jene Zeit, in der alles zum Erliegen kommt. Alles, außer die Menschen, die keinen Schlaf finden. Deren Gedanken zu laut sind. Orientierungslose Seelen, die umherirren. Menschen wie ich, die nicht wissen, wo sie hingehören. Einzig die Straßenlaternen sorgen dafür, dass die Stadt nicht in völliger Dunkelheit versinkt.

Nach einem einstündigen Fußmarsch erreiche ich das Krankenhaus und setze mich auf eine der Bänke, dann warte ich. Sehe dabei zu, wie mit dem Sonnenaufgang langsam Bewegung in den neuen Tag kommt. Menschen betreten das Gebäude, andere verlassen es. Einige werfen mir Blicke zu, aber die meisten nehmen keinerlei Notiz von mir. Nach dem Medienrummel der vergangenen Tage ist es eine echte Wohltat, uninteressant zu sein.

Eine weitere halbe Stunde vergeht, bis ich mich dazu aufraffe hineinzugehen, um nach Demy zu sehen. Als Bruder habe ich völlig versagt. Nicht nur, weil ich meine Schwester nicht trösten konnte, sondern weil ich erleichtert war, dass andere sich ihrer angenommen haben. Dabei wäre es meine Aufgabe gewesen, ihr zur Seite zu stehen. Doch wie hätte ich das tun sollen, wenn der Verlust unseres Vaters eine gänzlich andere Empfindung in mir auslöst als bei ihr? Es gibt nichts, was ich hätte sagen können, das aufrichtig gewesen wäre. Ich habe es versucht, wirklich. Demy hatte mich angeschrien. Mir die Schuld an allem gegeben und mir immer wieder unterstellt, dass es genau das sei, was ich wollte. Nichts davon ist wahr. Nicht ich habe ihn die Treppe runtergestoßen, vermutlich war es niemand. Ich habe meinem Vater auch nicht den Tod gewünscht. Dafür hätte er mir etwas bedeuten müssen. Denn ein derartiger Wunsch setzt Hass voraus.

Ich weiß nicht, was schlimmer ist – dass mein Vater mir gleichgültig ist oder dass meine Schwester mich deswegen für ein gefühlloses Monster hält.

Ich betätige den Knopf für den Fahrstuhl, um in die vierte Etage zu gelangen, wo Demy untergebracht wurde. Es dauert eine halbe Ewigkeit, bis die Türen sich öffnen. Eine fünfköpfige Gruppe tritt heraus und unterhält sich lautstark über die Neuzugänge in der Nachtschicht. Unter ihnen ist die Ärztin, der die Aufgabe zuteilwurde, uns die Nachricht vom Ableben unseres Vaters zu übermitteln. Ich senke den Kopf, damit sie mich nicht bemerkt.

»Herr Brouwer?«

Verdammt!

»Guten Morgen«, sage ich und hebe den Blick.

»Sie wollen sicher zu Ihrer Schwester.«

Wo sollte ich sonst hinwollen? »Genau.«

»Ich begleite Sie«, sagt sie eine Spur zu hastig.

»Nicht nötig. Ich finde den Weg allein.«

»Ich wollte ohnehin noch mit Ihnen sprechen.«

Bevor ich protestieren kann, betritt sie gemeinsam mit mir den Fahrstuhl. Die Türen schließen sich und sie beugt sich mir entgegen, um auf den Knopf für das obere Stockwerk zu drücken, was mir unangenehm ist. Ich hätte dringend eine Dusche nötig und kann den Sex mit Nika noch förmlich an mir riechen. Ich blicke in den Spiegel mir gegenüber. Mein optischer Zustand ist eine Mischung aus Zombie und Prügelknabe.

»Die Nacht ist ruhig verlaufen. Ihre Schwester hat geschlafen wie ein Baby.«

Mir entfährt ein halb belustigtes, halb neidisches Schnauben.

»Da kommt keine leichte Zeit auf Ihre Familie zu. Ich werde –«

»Mmh?«, unterbreche ich sie. Statt ihr zuzuhören, habe ich die Anzeige fixiert, die von Stockwerk eins hochzählt.

»Ich werde Ihrer Schwester ein Beruhigungsmittel verschreiben, das sie bei Bedarf nehmen kann.«

»Klar.« *Zwei. Drei.*

»Herr Brouwer, es ist wichtig, dass Sie Ihre Schwester im Auge behalten. Der plötzliche Tod Ihres Vaters hat sie ziemlich mitgenommen. Wir haben hier vor Ort einen ausgezeichneten psychologischen Dienst, der Sie unterstützen kann, sollte Demeter professionelle Hilfe brauchen.«

Ich fahre zu ihr herum. »Deuten Sie gerade an, ich sei nicht dazu imstande, auf Demy aufzupassen?«, erwidere ich schroff.

Einen Moment lang wirkt sie nachdenklich, dann seufzt sie leise. Nein, sie glaubt nicht, dass ich mit alldem fertigwerde.

»Ich möchte Ihnen nur aufzeigen, dass Sie nicht allein sind und sich jederzeit an das fachkundige Personal innerhalb unseres Hauses wenden können.«

Wow, das klingt wie eine einstudierte Floskel, untermalt von einem aufmunternden Lächeln. »Das Angebot gilt auch für Sie selbst, Leenard«, fügt sie nach einer viel zu intensiven Musterung hinzu. Dass sie mich jetzt beim Vornamen nennt, soll ein Vertrauensverhältnis signalisieren. Ein simpler Trick, der durchaus funktioniert. Nur eben nicht bei mir. Genau aus dem Grund habe ich neben Wirtschaftsstudium drei Semester lang den Psychologiekurs besucht. Ich dachte, er wäre dem Vorhaben dienlich, mich selbst besser zu verstehen. Ich arbeite noch immer daran. Aber ich bin mir ziemlich sicher, dass ein anderer es noch viel weniger schafft, wenn ich mich schon selbst nicht zu greifen bekomme.

*Vier.* Die Türen öffnen sich und geben den Blick auf einen pastellgrünen Flur frei, der von grellem Licht erhellt wird. Fürs Wohlfühlambiente sollen Landschaftsfotografien an den Wänden und Grünpflanzen in Porzellanübertöpfen sorgen. Statt der Plastikstühle setzt man hier auf gepolsterte Designerstücke.

Demys Zimmer befindet sich am Ende des Flurs. Die Präsidentensuite des örtlichen Krankenhauses, wie mir gestern stolz mitgeteilt wurde. Ein Einzelzimmer mit Luxushotelcharakter, eigenem Personal und ausgezeichnetem Service, den wir einzig und allein dem Namen Brouwer verdanken. So als hätten all die Menschen in den unteren Etagen diese Art von Fürsorge nicht verdient, weil sie sie sich nicht leisten können.

»Ich werde es Sie wissen lassen, wenn ich beim Babysitten versage.« Provokant grinse ich sie an. »Ist sonst noch etwas oder kann ich jetzt zu meiner Schwester?« Die Zweiklassengesellschaft, die hier herrscht, ist nicht die Schuld der Ärztin. Sie macht nur ihren Job, trotzdem führe ich mich wie ein bockiges Kind auf und lasse meinen Unmut an ihr aus.

»Natürlich«, erwidert sie etwas patzig. Ihre Reaktion kann ich durchaus nachvollziehen. Wir Brouwers sind nicht sonderlich gut darin, Hilfe anzunehmen, und noch schlechter darin, sie höflich abzulehnen.

Bevor ich die Tür öffne, klopfe ich leise an, auch wenn ich keine Antwort erwarte, weil Demy sicher noch schläft. Doch für den Fall, dass ich mich irre, will ich nicht unangemeldet reinplatzen.

Die Vorhänge sind nicht ganz zugezogen, sodass spärliches Tageslicht in das Zimmer fällt. Ich trete ans Bett und sehe auf meine Schwester hinab. Für ein paar Sekunden stehe ich einfach nur da und denke darüber nach, was in den nächsten Tagen alles auf uns zukommt. Eine Beerdigung organisieren. Firmenangelegenheiten klären. Leute informieren. Eine weitere Pressemitteilung. Alles Dinge, von denen ich gehofft hatte, sie nie in Angriff nehmen zu müssen. Dinge, die ich gerne an Baas weiterreichen würde, weil er all das im Handumdrehen meistern würde.

Ich habe ihn immer für seinen klaren Verstand bewundert. Egal, was ich verzapft habe, Baas wusste, mit welchen Leuten er sprechen musste, um die Dinge geradezubiegen. Er war neunzehn, als unsere Mutter gestorben ist und mein Vater begann seine Trauer im Alkohol zu ertränken. Es war Baas, der sich fortan um alles gekümmert hat. Die Beerdigung. Die Trauerfeier. Die Destillerie.

Er hat Demy und mich morgens in die Schule gefahren und nachmittags wieder abgeholt. Er war es, der mich zum Fußballtraining brachte und an Spieltagen zusah. Er sprach mit den Lehrern, wenn ich Klassenarbeiten in den Sand setzte und Hausaufgaben vergaß. Baas hat Demy zu ihrem Abschlussball begleitet, als ihr Date sie versetzt hat. Er hat Demy den Rücken freigehalten, damit sie sich auf ihr Agrarwissenschaftsstudium konzentrieren konnte, und mich dazu ermutigt, Bloem hinter mir zu lassen.

Mein Bruder hat selbst auf so vieles verzichten müssen und sich nie beschwert, im Gegensatz zu mir. Und ich war davon überzeugt, ich hätte jedes Recht dazu, auf alles und jeden wütend zu sein, weil man mir den einzigen Menschen genommen hat, der mich geliebt und akzeptiert hat. Was ich bei all meiner Wut stets übersehen habe, dass auch meine Geschwister ihre Mutter verloren haben. Sie waren nur so viel besser darin, ihre Trauer zu verstecken.

Erneut hole ich mein Handy aus der Hosentasche und schicke Baas eine Nachricht, dass er mich anrufen soll. Hoffnung, dass er tatsächlich zum Hörer greift, habe ich nicht. Seit seinem Verschwinden ist mir einmal mehr klar geworden, wie wenig ich eigentlich über meinen Bruder weiß. Ich weiß nicht, wer seine Freunde sind. Ob er überhaupt welche hat. Genauso wenig weiß ich, ob es jemanden gibt, mit dem er zusammen ist. Oder was er treibt, wenn er nicht arbeitet.

Ich habe so viel Energie darauf verschwendet, mich von Bloem zu lösen, dass meine Geschwister zu Kollateralschäden meiner eigenen Befindlichkeiten wurden. Vielleicht ist es an der Zeit, meiner Familie die nötige Priorität einzuräumen. Jetzt, da es nur noch uns drei gibt.

Ich beuge mich zu Demy runter und küsse sie auf die Stirn. Sie dreht sich auf die Seite und seufzt.

»Du stinkst nach billigem Parfüm. Geh duschen, Leen«, mault sie mich schläfrig an.

Ein leises Lachen entfährt mir. Dennoch gehe ich ins angrenzende Bad, um mich frisch zu machen. Mein Blick fällt auf die Dusche. Einen Moment zögere ich, dann entledige ich mich meiner Klamotten und stelle das Wasser an. Ich halte mich nicht länger als unbedingt nötig damit auf, mir die letzten vierundzwanzig Stunden und damit auch Nika vom Leib zu waschen. Wobei das sowieso nur rein oberflächlich funktioniert. Die Nacht mit ihr werde ich nicht mehr los, egal wie viel Wasser über meinen Körper läuft. Weil sie unter meiner Haut sitzt und ich sie in jeder Faser meines Körpers spüren kann. Ich hätte mich ihr stellen müssen, statt zu gehen. Wir hätten darüber reden müssen, was mit uns geschehen ist. Nicht nur im Jetzt, vor allem im Davor.

Ich ziehe Hose und Boxershorts wieder an. Das blutverschmierte Hemd kann vermutlich in die Mülltonne. Als ich aus dem Badezimmer trete, schicke ich Rob eine Nachricht mit der Bitte, mir schnellstmöglich ein sauberes Hemd zu organisieren und es im Krankenhaus vorbeizubringen. Er ist der Einzige, den ich um einen derartigen Gefallen bitten kann, ohne dass er Fragen stellt.

Das leise Klopfen an der Tür lässt mich von meinem Handy aufsehen. In der nächsten Sekunde öffnet sich die Tür und die Ärztin aus dem Fahrstuhl betritt den Raum.

»Oh!«, entfährt es ihr und sie wendet den Blick ab.

Es dauert einen Moment, bis mir klar wird, was ihr den Laut entlockt hat.

»Ich komme später wieder«, sagt sie.

Hastig ziehe ich mir das Hemd über, um sie nicht weiter in Verlegenheit zu bringen. »Nein, alles gut, bleiben Sie«, bitte ich, während ich an der Knopfleiste herumfummle. »Entschuldigen Sie, normalerweise stehe ich nicht halb nackt in Krankenzimmern herum«, füge ich hinzu und schüttle über meine dämliche Antwort kaum merklich den Kopf.

»Guten Morgen«, höre ich meine Schwester sagen und wende mich ihr zu. Mit einem amüsierten Grinsen sieht sie zwischen mir und der jungen Ärztin hin und her, bis ihre Züge ernst werden. »Was ist mit deinem Gesicht passiert?«, fragt sie. Offenbar ist ihr entfallen, dass mein lädierter Zustand auf ihre Kappe geht.

»Bin mit einer Tür kollidiert«, lüge ich, weil ich sie nicht an den gestrigen Tag erinnern will.

»Ich dachte, du hast dein Türproblem inzwischen im Griff«, erwidert sie spitz.

»Möglicherweise gelten in England andere Normen für die Maße von Türrahmen«, antworte ich sarkastisch.

Demy gibt ein missbilligendes Schnauben von sich. Gerade ist es mir lieber, sie glaubt, ich wäre losgezogen, um mir Ärger einzuhandeln, als ihr ein schlechtes Gewissen zu verpassen, weil sie mich verletzt hat, als sie wild um sich schlug.

Ein leises Räuspern hallt durch das Zimmer.

Demy sieht genau wie ich zur Ärztin. »Guten Morgen, Frau Brouwer, mein Name ist Doktor de la Cour. Erinnern Sie sich an mich?«

Demy schüttelt den Kopf.

»Ich bin die behandelnde Ärztin. Sie haben gestern eine akute Belastungsreaktion durchlebt, als ich Sie über den Verlust Ihres Vaters informierte. Ich musste Ihnen ein Beruhigungsmittel spritzen und Sie über Nacht hierbehalten. Erinnern Sie sich daran?«

Zögerlich nickt meine Schwester und die Ärztin ebenfalls.

»Wie fühlen Sie sich?«

»Besser. Kann ich nach Hause?«

»Wenn Sie sich gut fühlen, natürlich. Ich werde Ihnen ein Beruhigungsmittel aufschreiben, das Sie bei Bedarf nehmen können, sollten Sie sich innerlich unruhig fühlen«, sagt sie und tritt neben meine Schwester. Was sie eigentlich sagt: Wenn Demy erneut die Nerven verliert, soll sie die Pillen schlucken, damit sie ruhiggestellt ist.

»Zusätzlich würde ich gerne ein Gespräch mit unserer Psychologin für Sie vereinbaren.«

»Psychologin, wozu?«, hakt Demy nach.

»Sie denkt, du drehst durch, wenn du nicht mit geschultem Personal über den Verlust von Daddy sprichst«, nehme ich der Ärztin die Erklärung vorweg.

»Oft hilft es, mit jemandem zu sprechen, der nicht persönlich involviert ist.«

Ich gehe zu Demy und nehme ihr das Rezept aus der Hand, um einen Blick darauf zu werfen. Ihr Ernst? Sie verschreibt meiner Schwester das Zeug, das höchstwahrscheinlich unser Vater geschluckt hat, bevor er die Treppe runtergestürzt ist? Ich verkneife mir einen spöttischen Kommentar, falte stattdessen das Papier zusammen und stecke es in die Hosentasche. »Was sie meint, ist, sie traut mir nicht zu, mich um dich zu kümmern.«

»Leen!«, ermahnt mich Demy, dann wendet sie sich an die Ärztin. »Danke für das Angebot, Doktor de la Cour, aber ich komme klar.«

»Dann mache ich die Entlassungspapiere fertig, damit Sie nach Hause können. Sollten Sie es sich anders überlegen, wir sind hier.« Zum Abschied lächelt sie Demy an und wirft mir einen bösen Blick zu.

»Musste das sein?«, zischt Demy, sobald die Ärztin das Zimmer verlassen hat.

»Sorry, ich kann das Krankenhaus und das Gerede von Menschen in weißen Kitteln einfach nicht mehr ertragen.«

»Deswegen musst du deinen Frust nicht an der Ärztin auslassen!« Demy schlägt die Decke zurück und klettert aus dem Bett.

»Ich weiß. Bei Gelegenheit werde ich mich bei ihr entschuldigen.«

»Verflucht!«, entfährt es ihr. »Kannst du mal?«, fragt sie, während sie an der Schleife in ihrem Nacken herumfummelt. Als Schlafanzug-Ersatz trägt sie ein OP-Hemd. Es ist hinten offen und erlaubt freie Sicht auf den Hintern meiner Schwester, der in einem pinken Stringtanga steckt, falls man das überhaupt so nennen kann. Das Teil bedeckt kaum etwas.

»Also ich finde, du machst eine gute Figur in dem Kleidchen. Du solltest es anlassen«, ziehe ich sie auf.

»Sehr witzig, Leen. Hilf mir lieber, statt dich über mich lustig zu machen.«

»Mit dem Hintern schaffst du es auf das Cover des Playboys«, stichle ich weiter, trete aber an sie heran.

»Die Pressepräsenz überlasse ich dir, deine aufgeplatzte Lippe sorgt für mehr Aufsehen!«, schießt sie zurück und entlockt mir damit ein Lachen. »Verrätst du mir, wie der Türrahmen diesmal hieß?«

Weil sie auf mich stabil wirkt, entscheide ich mich dazu, ihr nun doch die Wahrheit zu sagen. Möglicherweise hallt die Wirkung der Medikamente noch nach. »Demeter Brouwer«, antworte ich knapp, während ich den Knoten öffne.

Sie fährt zu mir herum und sieht mich entsetzt an. »Ich war das?«

»Du hast mir gestern erst einen Kinnhaken und anschließend ein Veilchen verpasst, als ich versucht habe, dich zu beruhigen«, erwidere ich.

Einen Moment denkt sie darüber nach, ob es sich tatsächlich so zugetragen hat. Der Ausdruck auf ihrem Gesicht wird sanft, als sie sich erinnert. »O Gott, das tut mir so leid, Leen«, sagt sie reumütig und schält sich aus dem OP-Hemd.

Statt zu antworten, zucke ich mit den Schultern und drehe ihr den Rücken zu, damit sie sich umziehen kann.

Im selben Moment klopft es leise an der Tür. »Moment«, sage ich, damit die Person nicht einfach hereinplatzt.

»Okay, fertig«, sagt Demy kurz darauf.

Ich gehe zur Tür, öffne sie und sehe geradewegs in Robs besorgtes Gesicht. Die Neuigkeiten sind also schon durchgesickert.

»Mein Beileid, Junge«, sagt er und sieht anschließend zu Demy. »Dir auch mein Beileid zum Verlust eures Vaters.«

»Danke«, erwidert Demy, während ich schweige.

»War gar nicht so einfach, hier raufzukommen. Ich musste der Oberschwester schwören, dass ich kein Reporter bin, und habe sie mit dem Pflaumenkuchen bestochen, den Tara für euch gebacken hat.«

Das bedeutet dann wohl, dass vor dem Eingang des Krankenhauses ein ganzes Aufgebot von Journalisten auf uns wartet. Damit wir nicht zu viel Aufsehen erregen, ziehe ich Rob in das Zimmer und schließe die Tür hinter ihm.

»Hier«, sagt er und reicht mir eine Papiertüte mit der Aufschrift *Little Sweet Bakery*.

Fragend hebe ich die Augenbraue.

»Um die Uhrzeit ließ sich nichts anderes auftreiben«, sagt er entschuldigend.

Flüchtig sehe ich in die Tüte, dann wieder zu Rob.

»Tara meint, das trägt man in deinem Alter am ehesten.«

Ich greife in die Papiertüte und ziehe das senfgelbe Hemd mit Paisleymuster heraus. What the fuck.

Demy prustet los. »Genau dein Stil.«

Mein Kleiderschrank gibt exakt zwei Farben her: Schwarz und Weiß. Nichts dazwischen. Kein Grau, kein Beige und erst recht kein Senfgelb. Ich würde behaupten, in puncto Mode kein bisschen Sinn für Stil zu besitzen und stets auf Altbewährtes zu setzen. Etwas, das mir regelmäßig spitze Kommentare von Ezra einbringt, weil der sich selbst als modischen Trendsetter bezeichnet. Aber das Teil würde selbst er niemals anziehen.

»Danke, Rob.« Ich tausche das blutverschmierte weiße Hemd gegen den Hingucker. Die Titelseite wegen eines Modefehltritts zu füllen ist besser, als es nach einer Straßenschlägerei zu tun. Vermutlich sahne ich dennoch beide Schlagzeilen ab, weil mein Gesicht dank Demy genau darauf schließen lässt. Gerade bin ich also ein schlecht angezogener Typ mit ramponierter Visage. Großartig.

»Komm mal her«, weist meine Schwester mich an, während sie in ihrer Handtasche herumkramt. »Ah, perfekt«, entfährt es ihr, als sie einen Stift zutage fördert. Sie zieht die Kappe ab und bewegt sich mit der Spitze auf mein Gesicht zu.

Ich weiche zurück. »Was wird das?«

»Halt still und entdecke den Zauber eines Concealers.«

Skeptisch ziehe ich die Brauen zusammen. »Er deckt wenigstens dein Veilchen etwas ab«, erklärt sie.

Mit einem tiefen Seufzen drehe ich ihr das Gesicht zu, damit sie Schadensbegrenzung betreiben kann.

Ein weiteres Mal klopft es. »Gott, was ist das hier, eine Bahnstation?«, motzt Demy, weil sie mir vor Schreck beinahe den Stift ins Auge rammt.

»Soll ich?«, fragt Rob und deutet auf die Tür.

»Bitte«, sage ich und er öffnet sie einen Spaltbreit.

»Ist grad schlecht, die Herrschaften sind beschäftigt«, teilt er der Person auf der anderen Seite steif mit.

»Würden Sie das bitte Frau Brouwer geben?«, höre ich eine tiefe Stimme sagen.

»Klaro. Schönen Tag noch.« Damit schließt er die Tür und wendet sich uns zu. In der Hand hält er einen Briefumschlag. Wahrscheinlich Demys angekündigte Entlassungspapiere. Sie landen in der Handtasche meiner Schwester, ohne dass diese einen Blick darauf wirft.

»Okay, Kinder, dann schauen wir mal, wie wir euch ohne großes Tamtam aus dem Gebäude schaffen.«

..............

Resigniert lasse ich den Kopf gegen die Wand in meinem Rücken sinken und meinen Blick durch das Atelier schweifen. Seit wir aus dem Krankenhaus zurück sind, sitze ich hier. Demy hat sich hingelegt, angeblich weil sie erschöpft sei. Wahrscheinlicher ist, sie will genau wie ich allein sein. Ich habe die Leinentücher von den Bildern genommen, in der Hoffnung, es würde etwas in mir auslösen, sie mir anzusehen. Aber da ist nichts. Sie wirken so leblos, wie ich mich fühle. Als hätte mich jemand auf Autopilot geschaltet und ich könne gar nicht anders, als zu funktionieren.

Jemand klopft leise gegen die offene Tür. Ezra.

»Will ich wissen, was mit deinem Gesicht passiert ist?«

»Demy hat einen ziemlich fiesen rechten Haken«, antworte ich und grinse ihn an, als er irritiert eine Augenbraue hochzieht. »Sie hat mir eine verpasst, als sie hysterisch um sich geschlagen hat und ich sie beruhigen wollte.«

Mit zwei Gläsern in der Hand kommt er auf mich zu und setzt sich zu mir auf den alten Dielenboden. »Ich nehme an, meine Beileidsbekundungen kann ich mir sparen?«

»Wenn du kein geheucheltes Danke hören willst«, erwidere ich. Ezra weiß, wie ich zu meinem Vater stehe, auch wenn wir nie im Detail darüber gesprochen haben.

»Hier, du siehst aus, als könntest du einen vertragen«, sagt er und hält mir eins der Gläser entgegen.

Dankend nehme ich es entgegen.

»Was ist das hier?«, will er wissen.

»Früher war es das Atelier meiner Mutter, heute ist es die Hexenküche meiner Schwester.«

»Deine Mutter war Künstlerin?«, fragt er sichtlich überrascht.

»Nein, es war eher ein Hobby.«

»Sie hatte Talent. Warum hat sie sie ihre Kunst nicht verkauft?« Er klingt aufrichtig interessiert.

»Ihre Aufgabe bestand darin, uns Kinder zu erziehen und repräsentativ an der Seite meines Vaters zu sein«, antworte ich und kann mir den verbitterten Ton nicht verkneifen.

Ezra nimmt einen Schluck aus seinem Glas. »Gar nicht übel das Zeug, wenn man es nicht mit irgendwas zusammenkippt.«

Ich rieche am Inhalt des Tumblers. Wacholder, leichte Zitrusnote. Pur auf Eis. »Du hast dich an der Hausbar bedient«, sage ich und muss schmunzeln. Was nicht daran liegt, was Ezra getan hat, sondern daran, dass der Geruch des Gins Erinnerungen freisetzt. Nika, wie sie damit erst meine aufgeplatzte Lippe desinfiziert hat, bevor ihre Küsse danach schmeckten.

»Hat mir einen bösen Blick von Jeffrey eingebracht«, erwidert er grinsend.

»Nimm es nicht persönlich, er kann dich schon allein deswegen nicht ausstehen, weil du mit mir befreundet bist. Wir passen beide nicht in sein Bild eines privilegierten Erben.«

Er lacht kurz auf. »Dann würde mein Vater ihn mögen.«

»Ja, meiner kam auch ausgezeichnet mit dem Butler aus, weil er mich ständig gemaßregelt und mir erklärt hat, wie ich mich zu benehmen habe.«

»Was genau ist eigentlich zwischen dir und deinem Vater schiefgelaufen?« Ein weiteres Mal nimmt er einen Schluck aus seinem Glas, während ich meines unangetastet lasse. »Du musst nicht antworten, aber ich würde gerne verstehen, warum dir sein Tod dermaßen egal zu sein scheint.«

Jetzt nehme ich doch einen Schluck, um das Gefühl zu intensivieren, das der Geruch in mir hervorgerufen hat. Als könnte ich damit Nikas Nähe herbeizaubern. Es funktioniert nicht und ich verziehe das Gesicht. Ich schmecke nicht Nikas Küsse, sondern Wachholder, der viel zu dominant ist. Also stelle ich das Glas beiseite.

Dann sehe ich kurz zu Ezra. Er hätte längst abreisen können, dennoch sitzt er hier neben mir. Unsere Freundschaft hat vor vier Jahren holprig begonnen und ist seitdem ein ständiges Auf und Ab. Ezra ist nervtötend, wenn er meine Aufmerksamkeit einfordert. Er ist laut, wenn er glücklich ist, und noch viel lauter, wenn er es nicht ist. Vieles nimmt er zu persönlich. Vor allem in Bezug auf meine Verhaltensweisen. Zum Beispiel, wenn ich ihm tagelang grundlos aus dem Weg gehe, obwohl wir unter einem Dach leben. Oder wenn ich mich in Schweigen hülle, anstatt ihm zu erzählen, was mir durch den Kopf geht. Dabei schließe ich ihn nicht bewusst aus. Es ist ein Mechanismus, der ganz automatisch einsetzt. Aber eins hat Ezra nie getan: mich hängen lassen. Und das würde er auch nie, deswegen ist er noch immer hier. Ich gebe mir einen Ruck, um ihn wenigstens etwas an meinem Gedankenkarussell teilhaben zu lassen.

»Ich glaube, das Problem war immer seine Vorstellung davon, wie man zu sein hat, um den Namen Brouwer tragen zu dürfen, und dass ich es nie geschafft habe, ihr gerecht zu werden. Je mehr ich es versucht habe, desto weniger habe ich mich wie ich selbst gefühlt. Vermutlich läuft es darauf hinaus, wenn man Teil dieser Familie sein will. Man ist nur richtig, wenn man alles von sich versteckt, was man nicht in Perfektion beherrscht.

Egal wie ich war, es war entweder zu viel oder nicht genug. Mein Vater hatte selten mehr als drei Worte für mich übrig. Ignoranz als Erziehungsmethode. Denn seine Aufmerksamkeit galt nur jenen, die ihm mit Gehorsam folgten. Ich hingegen war stur, impulsiv und ebenso gedankenschwer wie überschwänglich. Mit acht habe ich einen Streit meiner Eltern belauscht, in dem mein Vater ihr sehr deutlich mitteilte, er habe einem weiteren Kind nur zuge- stimmt, um den Erhalt der Destillerie zu sichern, sollte Bastiaan je etwas zustoßen, da Demy dafür nicht infrage komme. Für ihn war ich nicht mehr als ein Back-up für meinen älteren Bruder, das sich als nutzlos erwiesen hat.

Also habe ich versucht es ihm recht zu machen und gleichzeitig eben nicht. Es hat sich immer angefühlt, als gäbe es zwei Versio- nen von mir, und keine bekam ich auf der Suche nach Akzeptanz wirklich zu greifen. Ich sollte sein wie mein Vater, war aber mehr wie meine Mutter. Aber mein eigentlicher Fehler war es, mich für die Dinge zu interessieren, die sie glücklich machten, und weniger für die, die eine Dynastie am Leben erhalten. Bis mein Vater ihr all die Dinge weggenommen hat. Meinetwegen.

Es war ein Machtspiel. Half ich meiner Mutter im Garten, statt mich mit der Theorie des Destillierens vertraut zu machen, stellte er einen Gärtner ein. Verbrachte ich zu viel Zeit bei ihr in der Kü- che, hatten wir plötzlich Küchenpersonal. Als ich vierzehn war, hat er meine Zeichenmappe gefunden. Am nächsten Tag war das Ate- lier meiner Mutter abgeschlossen. Für mich genauso wie für sie.

Ich wollte Kunst studieren. Verrückt, oder? Jetzt sitze ich in tro- ckenen Wirtschaftskursen. Weil ich ihn gewinnen lassen musste. Mit fünfzehn hat mein Bruder unsere Mutter mit aufgeschnittenen Pulsadern in der Badewanne gefunden. Das Einzige, was mein Va- ter auf ihrer Beerdigung zu mir gesagt hat, war: ›Sieh genau hin, das ist deine Schuld. Du bist ihr zu viel geworden.‹«

Erneut schaue ich zu Ezra, um zu prüfen, ob er meinen Worten folgt. Er wirkt nachdenklich. Vielleicht, weil sich ihm jetzt das ein oder andere erklärt. Zum Beispiel, warum ich immer empfindlich reagiere, wenn er sagt, dass er auszieht, sobald er mir zu viel wird, oder warum ich zwanghaft versuche über mich selbst die Kontrolle zu behalten, damit ich anderen nicht zu viel werde.

»Es ging nie darum, dass du mir zu viel werden könntest. Es war immer andersrum, Ezra«, sage ich und grinse ihn an, damit er weiß, dass ich okay bin und nicht jeden Augenblick zusammenbreche.

Er trinkt den Rest seines Glases aus. »Du weißt, dass das nicht deine Schuld war, oder?«, fragt er vorsichtig und doch irgendwie mit Überzeugung.

»Mit fünfzehn habe ich meinem Vater geglaubt. Mein Fall war tief und selbstzerstörerisch. Es war ein Abstieg in die dunklen Tiefen meiner Seele und die anschließende Suche nach dem Weg aus der Leere, die mein Leben bestimmt hat. Mehr als einmal bin ich wieder in dieses Nichts gestürzt. Immer dann, wenn ich meinem Vater gegenüberstand und er diesen selbstgefälligen Ausdruck im Gesicht hatte. Er war stolz darauf, mich gebrochen zu haben. Inzwischen weiß ich, dass er ein Narzisst war, der sich daran ergötzt hat, alle wie Marionetten tanzen zu lassen. Irgendwann bin ich in seine Falle getappt und ich weiß bis heute nicht, wann genau das passiert ist.«

»Und jetzt?«, fragt er. Ich weiß, dass er eigentlich wissen will, ob der Abgrund sich erneut geöffnet hat und ich jeden Augenblick hineinstürzen könnte.

»Das Monster ist tot. Was glaubst du, wie es mir damit geht?«

Ezra nickt. »Und deine Schwester?«

»Hält sich tapfer, so wie man es ihr beigebracht hat.«

Für die nächsten zwei Minuten herrscht absolute Stille. Dann steht er auf und geht zu dem Tisch, auf der die Destille steht. Er nimmt eine der Flaschen in die Hand und betrachtet die blassrosa Flüssigkeit. »Was ist hier drin?«

»Demys Versuch eines alkoholfreien Gins.«

»Cool«, sagt er und schraubt die Flasche auf.

»Findest du?«

»Wir leben in einer Zeit, in der es zu allem eine Alternative gibt. Wursthersteller bieten Varianten mit und ohne Fleisch an. Käsereien haben laktosefreie oder sogar vegane Ersatzprodukte im Angebot. Also ja, warum nicht auch alkoholfreien Gin von einem der traditionsreichsten Produzenten? Es gibt bereits einige Destillerien, die sich damit auf den Markt gewagt haben.«

»Aber der Kosten-Nutzen-Faktor dürfte nicht im Verhältnis stehen«, merke ich an.

»Darum geht es auch gar nicht, Leen. Es geht darum, den Lifestyle einer Generation einzufangen und für sich zu nutzen. Natürlich wird ein alkoholfreier Gin nicht die Gewinne eines alkoholischen Produktes einfahren, aber der Ruf nach gesunden Optionen wird lauter. Die Idee ist also durchaus interessant.« Ezra nimmt einen Schluck aus der Flasche, bevor ich ihn davon abhalten kann, und verzieht anschließend das Gesicht. »Aber definitiv ausbaufähig.«

# NIGHTMARE

*Indigo Gin, Bergamot, Maraschino,*
*Blueberry, Lavender, Soda*

..................................

## NIKA

**Pastelstraat, De Pijp, Amsterdam**

»Was meinst du, sollte ich mal etwas mit Grapefruit probieren oder doch lieber Passionsfrucht?«, frage ich Selma und sehe unschlüssig auf meine Einkaufsliste. »Selma«, sage ich lauter, als sie nicht reagiert, weil ihre Aufmerksamkeit ausschließlich dem Smartphone gilt.

Sie sieht zu mir auf. »Mmh?«

»Grapefruit oder Passionsfrucht?«

»Wofür?«

»Den Daydream-Cocktail.«

»Nenn ihn lieber Nightmare und hau reichlich Lavendel zur Entspannung rein.«

»Wow, du bist ja gut gelaunt«, merke ich an und setze mich zu ihr an den Küchentisch.

»Es fasst die aktuelle Situation einer Menge Leute zusammen.«

»Was?«

»Na ja, Freya verliert das Haus. Du sowie alle anderen, die hier leben, eure Wohnungen. Weil, sind wir ehrlich, der neue Eigentümer Luxusapartments in attraktiver Lage hieraus machen wird, die sich nur die Oberschicht leisten kann.« Sie macht eine ausladende Armbewegung, um den Umstand zu verdeutlichen, dass meine Tage in der Pastelstraat 8 gezählt sind. »Und mit dem regionalen Gin geht's auch bergab. Die Brouwers dürften aktuell ebenfalls eher zu einem Nightmare als einem Daydream greifen.«

»Wie kommst du darauf?«, frage ich und verdränge die Bilder meiner gemeinsamen Nacht mit Leen. Wir hätten keinesfalls so auseinandergehen dürfen. Wir haben beide nichts aus der Vergangenheit gelernt.

»Deswegen.«

Ich erstarre, als Selma mir das Handydisplay unter die Nase hält, auf dem ein Video von Leen abgespielt wird. Es ist kein aktuelles, es zeigt eine jüngere Version von ihm. Eine, an die ich mich gut erinnere. Genau wie an den Tag, als es entstanden ist. Es ging wenige Tage nachdem der Tod seiner Mutter für Schlagzeilen gesorgt hatte, durch die Medien. Der Reporter hat Leen vor dem Schulgebäude abgefangen, ihn mit Fragen bedrängt und Leen hat die Nerven verloren. Wie erstarrt stand ich wenige Meter daneben. So hatte ich ihn noch nie erlebt. Aber es war der Beginn einer ganzen Reihe solcher Momente, in denen ich mich hilflos fühlte.

»Seit der alte Brouwer den Löffel abgegeben hat, ernten sie nicht unbedingt die beste Publicity.«

»Du bist unsensibel, Selma«, erwidere ich mahnend.

»Was? Der Kerl war nicht gerade für seine herzallerliebste Art bekannt.«

Wo sie recht hat, hat sie recht.

»Wobei das auch auf seinen Sohn zutreffen dürfte. Der hat es offenbar auch faustdicke hinter den Ohren, wenn stimmt, was im Netz so über ihn kursiert.«

»Ich glaube nicht, dass ein altes Video einen erheblichen Imageschaden für das Unternehmen nach sich zieht«, sage ich und stehe von meinem Stuhl auf, um nicht länger dabei zusehen zu müssen, wie Leen sich mit dem Reporter vor laufender Kamera ein Handgemenge leistet.

»Das Internet ist voll von Leenard Brouwer.«

»Was meinst du damit?«, hake ich nach.

»Auf TikTok kursiert ein Haufen Videos von ihm. Alte Zeitungsartikel werden ausgegraben und der Gossip neu aufgerollt. Solche Dinge eben. Es ist, als wüsste plötzlich jeder, wer dieser Leenard ist.«

Der eine Vorsatz, an den ich mich in all den Jahren, nachdem unsere Wege sich getrennt haben, gehalten habe, war, Leen in keiner Weise zu stalken. Einfach weil ich wusste, ich würde nicht von ihm loskommen, gäbe es keinen radikalen Cut. Gut, inzwischen bin ich schlauer und weiß, ich habe lediglich eine Pause eingelegt. Eine, in der sich eine Menge aufgestaut hat und plötzlich ungeahnte Gefühle zutage gefördert wurden. Kaum taucht Leen wieder in meinem Leben auf, verliere ich die Kontrolle darüber. Denn in dieser Sekunde würde ich meiner Freundin nur zu gerne das Handy entreißen und jegliche Informationen über ihn aufsaugen.

»Ist das nicht immer so, ein Fehltritt und die Medien stehen kopf?« Noa hat zum Beispiel einen Shitstorm dafür geerntet, dass sie sich öffentlich gegen Tierversuche in der Kosmetikbranche ausgesprochen hat. Grundsätzlich eine lobenswerte Einstellung, wäre da nicht drei Jahre zuvor eine Werbekampagne gewesen, in der sie für einen Lippenstift warb, dessen Hersteller das nicht beherzigt. Doppelmoral, Geldgier, Heuchlerin waren nur ein paar der Dinge, die man ihr unterstellt hat. Weil es augenscheinlich völlig inakzeptabel ist, im Laufe des Erwachsenwerdens eine Entwicklung durchzumachen, die mit einer neuen Meinung einhergeht. Ich frage mich, ob all die Menschen, die regelmäßig neunmalklug daherreden, nie auch nur eine falsche Entscheidung getroffen, geschweige denn eine Meinung vertreten haben, über die sie hinausgewachsen sind, weil sie inzwischen einen anderen Blickwinkel haben.

Ich persönlich hätte eine lange Liste im Angebot. Zum Beispiel wollte ich als Teenagerin so sein wie meine Schwester. Ich habe nicht verstanden, was sie im Vergleich zu mir besonders macht. Das Aussehen war es jedenfalls nicht, denn nur wer genau hinsah, konnte uns auseinanderhalten. Sie sang nicht besser als ich. Sie tanzte auch nicht besser. Sie ergatterte nicht die Hauptrollen im Schultheater. Im Gegenteil, sie war oft schnippisch, herablassend und gemein. Und doch war Noa die Beliebtere.

Heute möchte ich nicht mehr mit meiner Schwester tauschen, weil das Leben in der Öffentlichkeit seine Tücken hat. Alles an ihr wird thematisiert. Drei Kilo zu viel genauso wie drei zu wenig. Was sie trägt oder eben nicht. Was sie sagt, was sie verschweigt. Mit wem sie sich trifft oder nicht mehr trifft. Jetzt bin ich dankbar, dass nicht ich es war, die Schönheitspreise bei Mini-Misswahlen gewann, und dass meine Mutter nie versucht hat uns als Zwillinge gewinnbringend zu vermarkten. Ich passte nicht in das Bild, das sich vor zwanzig Jahren hervorragend verkaufte. Denn das Einzige, was Noa bereits im Kindergarten von mir unterschied: Sie besitzt die Anmut einer Prinzessin und wollte auch immer eine sein. Ich hingegen mochte Fußball, Pommes und hasste Kleider. Daran hat sich bis heute nicht viel geändert.

»Hörst du mir überhaupt zu?«

»Natürlich«, antworte ich Selma und fülle ein Glas mit Leitungswasser.

»Was habe ich denn gesagt?«, fragt sie ungläubig.

»Dass das Video von Leenard Brouwer auf TikTok mehr Aufrufe hat als der Busenblitzer meiner Schwester in der Today-Show.«

»Aber süß ist der schon«, schwärmt sie plötzlich und ich verschlucke mich am Wasser, das sich gerade meine Kehle entlangbahnt.

»Alles okay?«, fragt Selma besorgt, als ich einen Hustenanfall erleide.

»Ja, alles bestens. Können wir dann wieder zu wesentlich wichtigeren Themen kommen? Nicht, dass der Gossip in den sozialen Medien nicht ultraspannend ist, aber ich muss in einer Stunde in der Bar sein.«

»Da du es gerade ansprichst: Das Live-Event der Smits würde dir zweitausend einbringen.«

»Ernsthaft? Das ist ganz schön viel Geld fürs Cocktail-Mixen.«

»Nika, die Leute kommen doch nicht, um Cocktails zu trinken. Die bekommen sie überall. Sie wollen *dich* live sehen.«

»Will ich wissen, woher du weißt, wie viel der Veranstalter springen lässt?«

»Weißt du, es gibt da so einen Antwortbutton, der sich für Nachfragen nutzen lässt«, erwidert sie schelmisch. »Außerdem war ich neugierig, was man als Influencerin so verdient.«

»Ich bin keine Influ–«

»Könntest du aber sein und die Hütte hier kaufen oder endlich deine eigene Bar eröffnen. Vielleicht könntest du sogar beides schaffen, wenn du es richtig anstellst. Denn halt dich fest: In der Mail stand, *HappyMomentEvents* arbeite bereits an einer Live-Event-Reihe, die noch topsecret ist und bei der sie dich gerne dabeihätten. Dieses Jubiläumsdings ist also nur eine Art Test, ob du dich rentierst. Was du natürlich tust, daran habe ich keinerlei Zweifel. Aber stell dir mal vor, man könnte Miss Cocktailery offiziell buchen. Zum Beispiel für Gin-Tastings, Cocktail-Schulungen oder als eine Art Showact!«

Eins muss ich Selma lassen, ihre Argumentation ist gut. Denn gerade klingt sie, als würden wir uns in einem professionellen Meeting befinden, indem sie mir als Managerin ihre neuste Idee pitcht.

»Ich meine, wie viele Gin-Produzenten gibt es? Hunderte. Du könntest dein Angebot auch auf Wodka oder Whiskey ausweiten«, ergänzt sie, nachdem sie kurz Luft geholt hat.

»Mag ich beides nicht«, antworte ich knapp.

»Boah, Nika, es geht nicht darum, was du magst, sondern darum, was dir Geld einbringt. Glaubst du wirklich, alle Werbegesichter stehen zu hundert Prozent hinter dem, was sie versuchen dir schmackhaft zu machen?«

»Natürlich nicht, aber es wäre wenigstens ehrlich, würden sie es nicht mit so viel Überzeugung behaupten.«

Tatsächlich habe ich in den vergangenen Tagen immer wieder darüber nachgedacht, meinen Status zu nutzen, um Freya zu helfen. Denn bisher habe ich nicht mehr getan, als den Link zur Crowdfunding-Aktion auf meinen Blog zu stellen. Das ist mehr als nichts, aber deutlich weniger als genug. Ich würde Freya für all ihre Unterstützung in den letzten drei Jahren so gerne etwas mehr zurückgeben. Dass Selma mit allem, was sie sagt, recht hat, weiß ich. Aber es sind jene Momente wie in den Videos von Leen oder Noa, die mich davon abhalten, aus dem Schatten zu treten. Weil man plötzlich um einiges angreifbarer ist. Irgendwie ausgeliefert. Auch jetzt gibt es immer mal wieder blöde Kommentare unter meinen Posts, damit kann ich umgehen. Aber ich weiß nicht, wie es wäre, wenn mir jemand das alles ins Gesicht sagt, weil Miss Cocktailery plötzlich eins hat, das sich auf offener Straße erkennen lässt.

»Du muss ja nicht zu allem Ja und Amen sagen. Du könntest nach wie vor nur Produkte supporten, die du auch tatsächlich nutzt. Nur könntest du dich eben zur Abwechslung dafür bezahlen lassen.«

»Es ist nicht so, dass ich grundsätzlich gegen deine Ideen bin, Selma. Wirklich nicht. Ich habe selbst schon darüber nachgedacht. Nur kann ich mir nicht vorstellen, dass sich damit in so kurzer Zeit so viel Geld verdienen lässt, um mein Zuhause zu retten. Immerhin reden wir hier insgesamt über fünfzigtausend Euro, die Freya benötigt. Selbst wenn wir alle zusammenlegen und weiterhin Spenden sammeln, scheint mir das unrealistisch. Es geht um ein privates Wohnhaus und nicht um einen Tierschutzverein. Da sitzt das Geld bei den Menschen nicht so locker.«

»Aber es gar nicht erst zu versuchen wäre viel schlimmer. Weil es bedeutet, man gibt kampflos auf. Und so bist du nicht.«

»Viellicht. Trotzdem stelle ich mir die Frage, ob ich alldem gewachsen bin. Ich mag meine Anonymität.«

»Ich will dir kein schlechtes Gewissen machen, aber Pablo hat seine geliebte Vespa verkauft. Iza hat im Kindergarten von Amilia einen Kuchenbasar organisiert und die Müllers haben einen Teil ihrer Altersvorsorge geopfert, damit Freya einen Aufschub von weiteren vier Wochen erhält. Ja, das ist ein Tropfen auf dem heißen Stein im Vergleich zu dem, was du vermutlich in kürzester Zeit beisteuern könntest, aber sie sehen nicht einfach nur zu.«

Alles, was sie sagt, stimmt. Während die anderen einen aktiven Beitrag zur Rettung unserer Hausgemeinschaft geleistet haben, hatte ich mich damit herausgeredet, nichts zu besitzen, was Geld brächte, würde ich es verkaufen. Dabei müsste ich nur über meinen Schatten springen.

»Zweitausend für einen einzigen Abend«, sage ich eher zu mir als zu Selma.

»Also machst du es?«, fragt sie euphorisch.

»Das habe ich nicht gesagt.«

»Aber du denkst endlich darüber nach?«

»Wie viel Bedenkzeit bleibt mir noch?«

»Möglicherweise habe ich dein Interesse bereits bekundet?«

»Selma!«, entfährt es mir.

»Was? Der Job wäre sonst längst an jemand anderen gegangen. Zum Beispiel an jemanden wie den Neon-Boy aus dem *John Doe*«, antwortet sie schulterzuckend.

»Und wenn ich Nein gesagt hätte?«

»Dann hätte ich mich als Miss Cocktailery ausgegeben und ein bisschen was zusammengekippt. Ist ja kein Hexenwerk.«

Fassungslos sehe ich sie an.

»Das war ein Scherz, Nika. Ich hätte dich mit Bedauern krankgemeldet. Magen-Darm. Ganz üble Geschichte.«

Mein lautes Lachen hallt durch die Küche, weil ich keinerlei Zweifel daran habe, dass sie Option eins ebenfalls in Betracht gezogen hat. Und doch hat sie mich damit auf eine Idee gebracht.

»Was, wenn ich nicht als Nika auftrete?«

»Streng genommen tust du das nicht, sondern als Miss Cocktailery, weil niemand außer mir und den Leuten aus diesem Haus weiß, was du in deiner Freizeit treibst.«

»Ich meine, was, wenn man mein Gesicht nicht erkennt?«

»Du willst dir eine Skimaske überziehen?«, scherzt sie.

»Vielleicht etwas mit mehr Stil«, spinne ich meinen Gedanken weiter.

»Kennst du die Dinger, mit denen der Kopf zu einer gigantischen Bierflasche wird?«, fragt Selma und lacht.

Ich hole mein Handy aus dem Wohnzimmer und gebe ins Google-Suchfeld *venezianische Maske* ein. »Ich dachte eher an so was hier«, sage ich und zeige Selma die Ergebnisse.

»Schade«, antwortet sie enttäuscht und legt die Stirn nachdenklich in Falten. »Verstehe, du willst Miss Cocktailery zu einer Figur machen.«

»Ja, eine Art Phantom, um meine Privatsphäre zu sichern.« Falls das überhaupt möglich ist. Aber es wäre ein Kompromiss, mich zu verkaufen, wenn ich trotzdem meine Anonymität wahren könnte.

»Klingt gar nicht so dumm. Das würde dich zu einem Mysterium machen. So wie Batman. Alle würden spekulieren, wer sich hinter der Maske verbirgt. Das bringt sicher eine Menge Klicks«, sagt sie nachdenklich.

»Du glaubst also, das könnte funktionieren?«

»Auf jeden Fall.«

»Und der Auftritt bringt sicher so viel Geld?«, hake ich nach.

»Ja, stand so in der Mail.«

»Mmh.«

»Das ist eine riesige Chance, Nika. Denk wenigstens darüber nach. Gin ist in den vergangenen fünf Jahren zu einem richtigen Trend geworden. Du brauchst die Kohle nur einsammeln.«

»Was habe ich schon zu verlieren?«, sage ich mehr zu mir selbst als zu Selma, um mich zu ermutigen, das Angebot tatsächlich in Betracht zu ziehen.

»Du meinst, außer deiner Wohnung?«, erwidert sie und grinst breit.

»Okay, lass es uns versuchen. Machen wir dieses Event und sehen, was schlussendlich dabei rumkommt. Aber ich brauche das hier«, sage ich und deute auf das Display.

Selma springt kreischend von ihrem Stuhl auf. »Dein Ernst, du willst das wirklich machen?«

»Ich hoffe, ich werde es nicht bereuen«, antworte ich und seufze leise.

»Wirst du nicht. Das wird großartig.« Sie fällt mir um den Hals. Möglicherweise bin ich gerade dabei, einen Pakt mit dem Teufel einzugehen.

»Ich muss mich jetzt für die Arbeit fertig machen.«

»Bin schon weg.« Zum Abschied drückt sie mir einen Kuss auf die Wange, dann nimmt sie ihre Handtasche vom Stuhl und rauscht davon.

Für die nächsten Sekunden stehe ich einfach nur da und starre vor mich hin. Ich kann nicht glauben, dass ich das wirklich durchziehen will, und noch weniger, dass sich jetzt, da die Entscheidung gefallen ist, Vorfreude in mir breitmacht. Mit dem Geld könnte ich tatsächlich Freya helfen, einen Teil der offenen Raten zu begleichen, sollten sich daraus weitere Buchungen ergeben.

Meine Gedanken wandern zu Leen und meine Freude erleidet einen massiven Dämpfer. Und dann begehe ich den Fehler und gebe seinen Namen in die Suchmaschine ein. Sehe mir Fotos und Videos von ihm an und lese Artikel und Pressemitteilungen. Statements, die Leen verfasst hat. Ein bisschen wirr, nachdenklich und verloren, aber mit viel Gefühl, ohne seine Emotionen offenzulegen. Das hat mich früher in den Wahnsinn getrieben. Ich wusste nie, was ihm gerade durch den Kopf ging, wenn er mich nicht an seinen Gedanken teilhaben ließ. Seine Gefühlswelt zu analysieren war, wie in ein Glas voller Lose zu greifen. Mit etwas Glück zog man den Hauptgewinn, andernfalls blieb nur der Trostpreis. Mit dem Tod seiner Mutter hat er mir den Zugang zu seinen Gedanken vollständig verwehrt. Es war anstrengend mit ihm. In vielerlei Hinsicht. Aber jetzt, gerade in diesem Moment, vermisse ich uns. Weil er der Erste wäre, dem ich von meinem Vorhaben erzählen würde. Ich kann sein verschmitztes Grinsen vor mir sehen und die spitze Bemerkung regelrecht hören, die seine Lippen verlassen würde. Genau wie ich sie in diesem Augenblick auf meinen spüren kann. Ein Leen, der mich in meinen Gedanken immer wieder küsst, berührt oder ganz andere Dinge mit mir anstellt, ist das Letzte, wonach ich mich sehnen sollte.

Leen hatte nie vor in das Familienbusiness einzusteigen. Was er stattdessen mit seinem Leben anfangen wollte, hat er nie verraten. Ich glaube, er wusste es selbst nicht. Das Wirtschaftsstudium dürfte nicht seine Idee gewesen sein. Einzig der Umzug nach London klingt nach Leen. Denn ich hatte immer das Gefühl, er zählt die Tage, bis er Bloem den Rücken kehren kann.

Mit Daumen und Zeigefinger ziehe ich das Foto größer, das Leen dabei zeigt, wie er mit seiner Schwester das Krankenhaus verlässt. Dem Datum zufolge ist es an dem Tag entstanden, nachdem er die Nacht auf meinem Sofa verbracht hatte. Da hat sein Vater noch gelebt.

Das Klingeln meines Handys lässt mich zusammenzucken und in der nächsten Sekunde hektisch die Küche verlassen, während ich das Gespräch annehme.

»Bin schon auf dem Weg«, sage ich, renne in den Flur und schlüpfe in meine Sneaker.

»Alles okay?«, fragt Lore.

»Ja, ich hab die Zeit vergessen, gib mir zehn Minuten.« Die Tür fällt hinter mir ins Schloss. »Fuck!«, entfährt es mir.

»Nika?«

»Ich hab mich gerade ausgesperrt, verflucht«, schimpfe ich, haste aber dennoch die Treppe nach unten.

Lore lacht leise. »Soll ich Michael nach einem Brecheisen fragen, damit du dir das Geld für den Schlüsseldienst sparst?«

»Haha. Ich rufe Selma an, damit sie mir den Ersatzschlüssel in der Bar vorbeibringt.«

»Okay, bis gleich.«

»Bis gleich«, erwidere ich und lege auf.

Noch auf dem Weg ins *Sole Mio* schicke ich Selma eine Nachricht. Sie antwortet augenblicklich, dass sie ohnehin später mit Iza vorbeikommt, da heute Abend Livemusik läuft.

Als ich die Bar betrete, herrscht bereits reges Treiben, obwohl das *Sole Mio* erst in zwanzig Minuten öffnet.

»Hey, Nika, das Chaos ist ausgebrochen«, sagt Michael im Vorbeigehen.

»Nicht zu übersehen«, antworte ich, als ein Kerl mit einem Keyboard unter dem Arm mich mit einem kurzen »Sorry« beiseiteschiebt.

»Verdammt!«, flucht Lore laut und übertönt damit das Klirren von Glas. Ich eile zu ihr.

»Wow, du hast alle abgeräumt«, rutscht es mir heraus, als ich die zerbrochenen Flaschen auf dem Fußboden sehe.

»Heute ist der Wurm drin.« Sie atmet sichtlich tief durch und beginnt die Scherben aufzusammeln.

Um ihr behilflich zu sein, hole ich Kehrblech und Handfeger sowie Eimer und Wischmopp. Gemeinsam schaffen wir es, das Chaos zu beseitigen, bevor die ersten Gäste kommen.

»Der Sänger steht im Stau«, erklärt Michael und schüttelt leicht den Kopf, als er hinter die Bar tritt.

»Und jetzt?«, frage ich.

»Warten wir und hoffen, dass er innerhalb der nächsten Stunde auftaucht.«

»Und wenn nicht?«

»Dann werden wir wohl eine Karaoke-Party starten. Du fängst an«, erwidert er scherzhaft und fixiert Lore mit seinem Blick.

»Auf keinen Fall«, entfährt es ihr.

»Dabei singst du so schön«, neckt er sie.

»Ich habe ein einziges Mal Karaoke gesungen und da hatte ich zu viel getrunken«, gibt sie patzig zurück und das Lächeln in seinem Gesicht verblasst.

Ich sehe zwischen den beiden hin und her. Michael gießt sich ein Glas Wasser ein und geht ohne ein Wort davon.

»Okay, was habe ich verpasst?«, frage ich, sobald er außer Hörweite ist.

»Nichts«, antwortet sie etwas zu schnell.

»Das sieht nicht nach nichts aus. Ich nehme Schwingungen zwischen euch beiden war.«

»Dann schwingt es bei dir falsch«, antwortet sie gereizt. »Entschuldige, ich wollte dich nicht so anfahren. Ich bin nur etwas genervt.«

»Soll ich nachfragen oder meine Neugier stecken lassen?«

»Er hat mich gestern nach Feierabend geküsst.«

»Ahhh, endlich!«

»Psst, nicht so laut«, ermahnt sie mich.

»Sorry, aber das ist doch toll! Warum ziehst du so ein Gesicht? Du magst Michael doch«, sage ich, weil ich mich darüber eindeutig mehr zu freuen scheine als sie.

»Weil damit die Probleme anfangen werden. Wir arbeiten zusammen. In einer Bar. Da ist Eifersucht auf beiden Seiten vorprogrammiert.«

»Vielleicht solltest du nicht direkt den Teufel an die Wand malen und der Sache zwischen euch eine Chance geben.«

»Ja, vielleicht hast du recht und ich bin dramatisch, obwohl es überhaupt keinen Grund dazu gibt. Es war nur ein Kuss nach zwei Drinks.«

»Er ist schon süß«, sage ich und grinse Lore an.

»Wer ist süß?«

Wir fahren beide herum und entdecken Selma, die gerade auf einen der Barhocker klettert.

»Niemand«, antworten Lore und ich wie aus einem Mund.

»Ihr grenzt mich also aus?«, fragt sie empört.

»Du kannst nie etwas für dich behalten«, erwidere ich entschuldigend.

»Also kenn ich ihn.«

»Nein«, antworten wir erneut synchron und könnten damit nicht verdächtiger rüberkommen.

Selma zieht skeptisch die Augenbrauen zusammen. »Er ist hier«, schlussfolgert sie und sieht sich mit einem Blick über die Schulter in der Bar um. »Okay, welcher könnte es sein? Der Typ mit der Gitarre oder der im roten Shirt? Der ist süß, aber blond.« Sie wendet sich wieder uns zu. »Findet ihr eigentlich auch, dass blonde Jungs weniger Sex-Appeal als dunkelhaarige haben, weil ihnen diese düstere Aura fehlt, egal wie groß der Bad-Boy-Einschlag ist?«

»Was?«, frage ich perplex, weil sie so schnell die Richtung geändert hat, dass ich den Faden verloren habe.

»Nimm zum Beispiel diesen Leenard Brouwer, der ist blond. Der prügelt sich vor laufender Kamera und versprüht dennoch die Aura eines Hundewelpen, den man knuddeln will. Stell dir vor, es wäre stattdessen sein Bruder Bastiaan gewesen. Der Typ ist ein dunkler Lord, mit dem man sich lieber nicht anlegt, weil er einen mit einem einzigen Blick töten würde.«

Das Letzte, was ich mit Leen assoziieren würde, ist ein Golden Retriever, aber bei Baas stimme ich Selma allumfänglich zu. Er hat etwas Unnahbares, Kaltes an sich.

»Da ist was dran. In Büchern und Serien sind die Prinzen fast ausnahmslos blond. Die Bösen hingegen sind zu neunundneunzig Prozent dunkelhaarig mit düsterer Aura, die sie durch schwarze Kleidung unterstreichen, und in der Regel sind sie so empathisch wie ein Eiswürfel, den dir jemand hinten ins T-Shirt steckt«, ergänzt Lore.

»Ist das so?«, frage ich erstaunt. Damit habe ich mich noch nie beschäftigt.

»Ja, und aus dem Grund habe ich dir gerade das hier besorgt«, sagt Selma und stellt eine Papiertüte auf den Tresen.

»Will ich wissen, was sich darin befindet?«

Das Grinsen, das in dieser Sekunde auf ihren Lippen erscheint, gleicht einer Warnung. Ich ahne es bereits, der Inhalt wird mich schockieren.

»Hey, bekomme ich ein Bier?«, werden wir in unserer Unterhaltung unterbrochen.

»Ich mach schon«, sagt Lore, als ich mich in Bewegung setzen will.

»Na los, sieh schon in die Tüte«, fordert Sema ungeduldig.

Ich werfe einen vorsichtigen Blick hinein. Schwarz. Latex und eine Maske.

»Das ist ein Scherz«, entfährt es mir entsetzt.

»Ich habe Miss Cocktailery ein Superheldinnenkostüm besorgt.«

»Nein, du hast mir ein Outfit besorgt, das mir eine Menge dummer Anmachsprüche einbringt.«

»Also erstens solltest du ein Outfit niemals mit dem Gedanken verschmähen, jemand könnte es als Freifahrtschein werten, dich anzubaggern. Zweitens: Du wärst eine tolle Catwoman und ich wollte schon immer der Sidekick einer Heldin sein.«

»Catwoman ist keine Heldin, sondern eine Diebin.«

Selma beugt sich verschwörerisch zu mir über den Tresen. »Du beraubst die Leute mit deinen süchtig machenden Cocktails ihres Geldes und rettest damit die Bewohner der Pastelstraat.« Sie setzt sich wieder richtig hin. »Es kommt immer darauf an, aus welchem Blickwinkel man die Dinge betrachtet«, fügt sie hinzu.

»Du wirst dich also als Pinguin verkleiden, um mir beizustehen?«, frage ich scherzhaft.

»Natürlich«, erwidert sie todernst und entlockt mir damit ein Lachen.

»Wo hast du Iza gelassen?«, frage ich, weil sie geschrieben hat, sie würden gemeinsam vorbeikommen.

»Sie kommt nach, sobald Amilia eingeschlafen ist. Sie will sich gerade wohl nicht von Joris ins Bett bringen lassen, weil der keine guten Geschichten mit Feen auf Lager hat.«

Wortlos legt Michael einen Zettel mit der Bestellung für Tisch vierzehn vor mir auf dem Tresen ab. Ich sehe ihm nach.

»Ja, der ist süß, hätte aber nicht erwartet, dass er dein Typ ist.«

»Was? Michael ist mein Chef«, sage ich schockiert. Wie kommt sie überhaupt darauf, ich könnte auf ihn stehen?

Selma versiegelt mit Daumen und Zeigefinger ihre Lippen. Sie glaubt mir nicht. »Von mir erfährt niemand etwas, wenn du mir einen Cocktail à la Catwoman machst.«

»Bekomme ich hin.«

# VIRGIN DREAMS

*Water, Cane Sugar, Juniper,*
*Cardamom, Coriander, Cinnamon,*
*Lemon, Orange, Cucumber*

## LEENARD

**Bloem Kasteel, Bloemdaalen**

Seit Stunden kämpfe ich mich durch die Post der letzten zehn Tage. Rechnungen. Mahnungen. Noch mehr Rechnungen. Dazwischen Genesungswünsche von Lieferanten, die im selben Schreiben an die offene Forderung erinnern, was dem Ganzen etwas Heuchlerisches verleiht. Beileidsbekundungen von Menschen, deren Namen mir nicht das Geringste sagen. Ich verstehe nicht viel von dem Business, aber es ist nicht zu übersehen, dass die Höhe an offenen Beträgen im oberen sechsstelligen Bereich liegt. Und das ist nur, was ich direkt vor Augen habe. Was sich unter der Spitze des Eisbergs verbirgt, vermag ich nur zu erahnen.

Ein leises Klopfen lässt mich aufsehen. Ezra steht in der Tür zum Arbeitszimmer meines Vaters, das die Polizei inzwischen freigegeben hat. »Ich dachte, ich bringe dir eine kleine Stärkung.«

Ich lehne mich im Stuhl zurück. »Ich hatte keine Ahnung, wie es um die Destillerie steht«, sage ich mehr zu mir selbst als zu ihm.

»Wie schlimm ist es denn?«

»Auf den ersten Blick eine knappe Million?«

Er verzieht das Gesicht. »Autsch, aber für so ein Unternehmen nicht ungewöhnlich.«

Ich tippe auf den Papierstapel mit den offenen Rechnungen. »Das ist nur die Summe aus der Post seit meiner Ankunft hier. Ich schätze, sie ist nach oben ausbaufähig.«

»Ein Kredit der Bank?«

Ich ziehe einen Brief heraus und halte ihn Ezra entgegen. »Danke«, sage ich, als er einen Teller mit einem Sandwich und ein Glas Wasser auf dem Schreibtisch abstellt. Dann nimmt er mir das Schreiben aus der Hand, in dem steht, dass der Kreditantrag aufgrund von Liquiditätsproblemen abgelehnt wurde. Dem Text ist höflich zu entnehmen, die Destillerie verfüge weder über genügend bewegliches Kapital noch eigne sich Bloem als Sicherheit für die Clifford Bank. Wo ist all die Kohle abgeblieben, die meine Familie über Generationen gescheffelt hat?

»Okay, das ist übel.«

Ezra setzt sich auf das Ledersofa neben einem Regal voller Aktenordner, auf denen lediglich Zahlenkombinationen stehen. Ich habe noch nicht hineingesehen, aber ich schätze, darin dürften sich noch mehr unbezahlte Rechnungen befinden.

»Deswegen also die Promotiontour, um den Absatz anzukurbeln«, sagt Ezra nachdenklich.

Auf dem Stick, den ich bei meinem Bruder gefunden habe, befand sich nicht mehr als ein Marketingkonzept. Ich habe es nur überflogen, weil ich es für bedeutungslos hielt. Wie der Datenträger in seiner Sockenschublade gelandet ist, würde ich dennoch gerne wissen.

»Ich schätze schon«, antworte ich schulterzuckend.

»Das Konzept ist gut, aber ihm fehlt der nötige Spirit für den Push eines bereits etablierten Produktes.«

»Was meinst du damit?«

»Dass es auf eine Markteinführung ausgelegt ist.«

»Ich wüsste nicht, dass … Warte, Demys Gin. Würde es darauf passen?«, frage ich Ezra. Wenn ja, dann muss Baas das hinter dem Rücken unseres Vaters geplant haben. Ich kann mir nämlich beim besten Willen nicht vorstellen, dass er Baas' Vorhaben unterstützt hat. Piet Brouwer lässt sich nicht unbedingt als innovativ bezeichnen. Er zählt in die Kategorie: Haben wir schon immer so gemacht, machen wir auch weiterhin so.

»Ja, aber ich würde dafür ein paar Punkte ausbauen und den Entwicklungsprozess mit einbinden. Die Zielgruppe will sehen, wie entsteht, für was sie am Ende ihr Geld ausgeben.«

»Heißt im Detail?« Ich kenne Ezra gut genug, um zu wissen, dass er sich dazu bereits Gedanken gemacht hat.

»Das Produkt deiner Schwester ist noch nicht ausgereift, was insofern gut ist, als dass man die Konsumenten in die Entwicklung mit einbinden kann. Ich würde ihr eine Ginfluencerin an die Seite stellen und deren Input einfließen lassen. Damit wäre die Reichweite zur Vermarktung gegeben. Eine Kooperation, von der beide Seiten profitieren. Content-Creator wissen, was aktuell gefragt ist und was gesucht wird. Ein Produkt von der Community für die Community, quasi.«

»Die Brouwen Destillerie ist kein hippes Start-up«, weise ich ihn auf das Offensichtliche hin.

»Nein, ihr seid ein eingestaubtes Familienunternehmen.«

»Ich denke, die Staubschicht ist so dick, die lässt sich nicht mal eben wegpusten.«

»Ja, aber ihr steht jetzt an einem Scheideweg. Das könntet ihr nutzen, um euch neu aufzustellen. Die Ära deines Vaters ist vorbei, jetzt seid ihr dran. Ich wüsste keinen besseren Zeitpunkt dafür.«

Nachdenklich sehe ich zur Stuckdecke, von deren Mitte ein Kronleuchter baumelt. Grundsätzlich würde ich Ezra zustimmen, allerdings frage ich mich, wie wir ein derartiges Projekt ohne die benötigten finanziellen Mittel stemmen sollen. Hatte mein Bruder dafür auch einen Plan? Vermutlich nicht, sonst wüsste Demy davon. Und ihrer Aussage nach war Baas kein Fan ihrer Idee. Ich glaube inzwischen, er war es doch und hat im Hintergrund nach einer Möglichkeit für die Umsetzung gesucht. Er wird sie nicht eingeweiht haben, um ihr die Enttäuschung zu ersparen, wäre sein Plan nicht aufgegangen. Denn in der Angelegenheit dürfte mein Vater das letzte Wort gehabt haben. Aber jetzt … Ezra hat recht, sein Tod eröffnet uns neue Wege.

»Und du glaubst, diese Influencer-Community-Sache würde funktionieren?«

»Definitiv. Ich habe ein bisschen recherchiert. Es gibt da diese Miss Cocktailery, die sich auf die Kreation von Gin-Cocktails spezialisiert hat. Sie dürfte nicht nur die nötige Reichweite, sondern auch das gewisse Know-how mitbringen, um mit ihrem Geschmackssinn dem alkoholfreien Gin den letzten Schliff zu geben. Und sie ist tatsächlich Niederländerin. Ein regionales Produkt mit regionalem Support. So was lieben die Leute. Tradition trifft auf Innovation. Definitiv interessant. Das Ganze getarnt als Community-Mitmachaktion. Gekauft.«

Ich wünschte, ich würde so für die Idee brennen wie Ezra in diesem Augenblick. Ich bleibe nach wie vor skeptisch, was den Erfolg betrifft.

»Angenommen, wir haben am Ende ein markttaugliches Produkt, was dann?«

»Hier greift dann das Konzept deines Bruders in Form einer Promotiontour. Auf einem exklusiven Event, zu dem wir Promis, Händler und Social-Media-Sternchen einladen, launchen wir den Gin und machen ihn zuerst in den Bars der Masse zugänglich, bevor wir ihn tatsächlich in den Handel bringen.«

»Wir?«

»Nichts gegen deinen Bruder, aber du wirst einen Profi für die Planung der Events brauchen. Das ist meine Spielwiese.«

»Meinst du nicht, das ist eine Nummer zu groß für uns?«

»Warum sollte es?«

»Weil du Studierendenpartys für versnobte, reiche Kids organisierst und ich nicht die leiseste Ahnung vom Gin-Geschäft habe.«

»Man wächst an seinen Aufgaben.«

Skeptisch sehe ich ihn an.

»Ich sag es ungern, aber deine Schwester braucht etwas, in dem sie aufgehen kann, denn im Gegensatz zu dir nimmt sie der Tod eures Vaters mit. Die Ablenkung dürfte ihr guttun. Der alkoholfreie Gin ist ihr Baby, hilf ihr, dass es laufen lernt, statt ihr im Weg zu stehen.«

Gerade hasse ich ihn dafür, dass er ausspricht, worüber ich selbst schon nachgedacht habe. Denn Demy hat in den letzten Tagen kaum ihr Zimmer verlassen und wenn doch, dann hat sie abwesend gewirkt. Ich würde es ihr nur zu gerne ersparen, in dasselbe Loch zu stürzen, aus dem ich selbst nur mühsam herausgekrochen bin.

»Selbst wenn, ändert es nichts daran, dass die Destillerie nicht in Vorkasse gehen kann, weil ich keinen Zugriff auf die Firmenkonten habe. Solange mein Bruder also nicht hier auftaucht, um das Ruder zu übernehmen, sind mir für die Umsetzung die Hände gebunden.«

»Dann machen wir das eben auch zusammen.«

Ich lache und verstumme sofort wieder, da Ezra das offenbar ernst meint. »Wir?«, frage ich ungläubig und denke darüber nach, was er da gerade vorgeschlagen hat.

»Warum nicht? Ich habe keine Eventagentur gegründet, um Geburtstagspartys zu organisieren. Wir ziehen das Ganze als Startup auf. Koppeln es finanziell von der Brouwen Destillerie ab und machen unser eigenes Ding daraus. Mein Arschloch-Vater schiebt monatlich so viel Kohle auf mein Konto, um sein schlechtes Gewissen zu beruhigen, dass ich die Scheiße gar nicht so schnell ausgeben kann, und bei dir sieht es ähnlich aus, nehme ich an«, erwidert er schulterzuckend.

Nicht ganz, aber ich bin bereits am Überlegen, auf welche Summe sich mein aktuelles Vermögen beläuft. Die Wohnung in London dürfte auch einiges wert sein. Meine Mutter hat sie von ihren Eltern geerbt. Der einzige Gefallen, den mir mein Vater je getan hatte, war, sie mir zu überschreiben.

»Du willst ernsthaft in das Projekt einsteigen?«

»Für fünf Prozent Unternehmensbeteiligung.«

»Fünf Prozent sind lächerlich«, sage ich und grinse ihn an.

»Ehrlich, Leen. Wenn es mir an einem nicht fehlt, dann ist es Geld. Ich würde dir die Kohle auch leihen, um die Sache allein durchzuziehen, aber du bist viel zu stolz, um es anzunehmen. Also lass uns ein Geschäft daraus machen.«

Nachdenklich sehe ich Ezra an. Er hat recht, das Konzept ist vielversprechend und weitgehend unabhängig umsetzbar. Und Demy würde innerhalb der Familie endlich Wertschätzung für ihre Idee erhalten, anstatt belächelt zu werden.

»Zehn Prozent, aber ich muss vorher mit Wolters über die Möglichkeiten für eine Umsetzung in Bastiaans Abwesenheit sprechen. Denn wir werden eine Destillerie für die Herstellung brauchen. Demys Hexenküche dürfte für die Größenordnung, die du anstrebst, nicht ausreichen«, sage ich und strecke ihm die Hand entgegen.

»Deal«, sagt er und schlägt ein.

# JACKPOT

*Pink Gin, Bitter Bianco, Dry Vermouth*

## NIKA

**Pastelstraat, De Pijp, Amsterdam**

»Was machst du denn für ein Gesicht?«, fragt Freya und setzt sich zu mir auf die Bank. Die WG hat zum Grillen im Innenhof geladen. Die Stimmung ist getrübt und doch versuchen alle das Beste daraus zu machen.

»Was wird aus uns, wenn du das Haus verkaufen musst?«, frage ich und seufze, während ich das Treiben um mich herum beobachte.

Seit Freya die Bombe hat platzen lassen, dreht sich mein Leben zu großen Teilen um die Frage, wie ich ihr helfen kann. Aber wenn ich nicht aus heiterem Himmel ein Vermögen erbe, sieht es schlecht aus. Denn anders, als Selma angenommen hat, rennen mir die Firmen nicht die Bude ein, um mir bezahlte Kooperationen anzubieten. Vor wenigen Tagen habe ich meinen Stolz abgelegt und öffentlich mein Interesse an Kooperationen bekundet. Das meiste ist nach wie vor Kleinkram, den man mir auch zuvor angeboten hat. Der große Deal blieb bisher aus. Vielleicht habe ich mir einfach zu viel davon erhofft oder bin zu ungeduldig. Aber uns rennt auch schlichtweg die Zeit davon, wenn nicht bald ein Wunder geschieht.

In einem wirklich schwachen Moment habe ich es sogar in Betracht gezogen, Noa um das Geld zu bitten. Allerdings konnte ich mich nicht dazu überwinden, sie anzupumpen. Weil es sich wie Scheitern anfühlt, meine Schwester um Hilfe zu bitten. Dabei bin ich mir sicher, sie würde mir das Geld geben, da sie ohnehin genug davon hat. Ich glaube, genau das ist mein Problem.

Sie hat es geschafft, während ich auf der Stelle trete und jeden Cent zweimal umdrehe.

Akito albert mit Amilia herum. Die Kleine lacht laut und zaubert mir damit ein Lächeln ins Gesicht.

»Unsere Freundschaft ist doch nicht automatisch beendet, nur weil wir nicht mehr unter einem Dach leben.«

»Es fühlt sich aber so an. Jeder Tag, der vergeht, ist einer weniger, den wir noch gemeinsam verbringen.«

»Du willst das vielleicht nicht hören, aber das Ende von etwas kann auch immer ein Anfang sein.«

»Nein, das will ich im Augenblick wirklich nicht hören. Ein ›Wir bleiben alle zusammen‹ würde mir mehr zusagen«, erwidere ich trotzig.

Die Crowdfunding-Aktion hat bisher gerade einmal siebentausend eingebracht. Mehr, als ich erwartet habe, aber bei Weitem nicht genug. In einem Anflug von Mut habe ich gestern einige der größten Gin-Produzenten angeschrieben, mich und meine Arbeit vorgestellt und ihnen ein mögliches Social-Media-Content-Konzept gemailt. Die Brouwen Destillerie habe ich ausgelassen. Zum einen dürften die gerade ganz andere Sorgen haben und zum anderen … Leen.

»Mir auch, aber wir müssen der Tatsache ins Auge sehen, dass keine gute Fee kommt und die offenen Raten begleicht.«

»Hast du Freya schon die Neuigkeiten erzählt?« Selmas Stimme lässt mich zusammenzucken.

Wir rücken näher zusammen, damit Selma sich zu uns setzen kann, und Freya sieht mich verwundert an. »Sag bloß, das Rubbellos aus dem Kiosk war ein Volltreffer?« Der hoffnungsvolle Ton in ihrer Stimme bricht mir das Herz. Ich wünschte, ich könnte einfach Ja sagen.

»Nur wenn sich die Summe, die wir brauchen, auf zwei Euro beläuft.« Freya hat vor ein paar Tagen jedem Bewohner eins mit einer kurzen Nachricht in den Briefkasten geworfen. Das macht sie zu jedem Ersten des Monats. Seit meinem Einzug vor drei Jahren hat Joris mit zweihundert Euro den höchsten Gewinn abgesahnt.

»Ich meine, dass sie beschlossen hat, mit Miss Cocktailery die fette Kohle zu scheffeln. Sie hat für ein Live-Event der Smit Destillerie zugesagt«, antwortet sie stolz.

Meine anfängliche Euphorie ist inzwischen gekippt. Nicht, weil ich meine Meinung geändert habe, sondern weil wir bisher nichts vom Veranstalter gehört haben. Allmählich beschleicht mich der Verdacht, die Anfrage war entweder fake oder es wurde bereits adäquater Ersatz gefunden.

»Wirklich? Das klingt ganz großartig, Nika. Du wirst deine eigenen Kreationen präsentieren, nehme ich an?«, erwidert Freya.

»Bis jetzt ist doch noch gar nichts spruchreif«, bremse ich die Neuigkeiten aus. Momentan ist das Event nicht mehr als eine Illusion. Das bleibt es auch so lange, bis ich einen Vertrag unterschrieben habe.

»Sie haben dich angefragt und wir haben zugesagt. Wie spruchreif brauchst du es denn noch?«

»Schwarz auf weiß wäre ganz nett.«

»Für den Abend kassiert Nika fünftausend.«

»Fünf? Letzte Woche waren es noch zwei«, entfährt es mir erschrocken.

»Ich habe ihnen geschrieben, du machst es für fünf und Gästelistenpl-«

»Du hast was?!«

»Man nimmt niemals das erste Angebot an. Es ist nämlich so, dass die meisten Firmen ihr Angebot mindestens zwanzig Prozent unter dem Limit ansetzen, um Spielraum für Verhandlungen zu haben.«

»Wenn du dreitausend obendraufschlägst, sind das deutlich mehr als zwanzig Prozent«, merke ich an.

»Wir einigen uns am Ende auf dreitausend. Du bist happy, mehr herausgeschlagen zu haben, und sie, dass sie nicht an anderer Stelle das Budget kürzen müssen. Win-win für beide Seiten«, erklärt Selma sachlich.

Ich lache kurz auf. »Das lernst du also in deinen Seminaren.«

»Das nennt sich simple Wirtschaftspsychologie«, erwidert sie mit einem Schulterzucken.

»Ich gebe es ungern zu, aber ich bin beeindruckt.«

»Du kannst mich nach meinem Abschluss gerne als deine Managerin engagieren und ich führe dich zum Schotter.«

»Du zitierst *Jerry Maguire*, ernsthaft?«

Statt zu antworten, grinst sie mich breit an.

»Das ist eine Menge Geld«, sagt Freya ehrfürchtig.

»Das wir gut gebrauchen können«, erkläre ich.

Ihre Augen werden groß, als ihr die Bedeutung meiner Worte bewusst wird. »Nein, Nika, das ist dein Geld.«

»Und die Pastelstraat 8 ist mein Zuhause und der verrückte Haufen hier meine Familie.«

»Das werde ich nicht annehmen. Du könntest endlich die Bar eröffnen, von der du schon so lange träumst.« Dafür würden fünftausend ebenfalls nicht reichen. Eine eigene Bar liegt demnach in genauso weiter Ferne, wie das fehlende Geld für Freya aufzutreiben. Um ehrlich zu sein, bin ich mir gar nicht so sicher, ob ich in naher Zukunft eine eigene Bar möchte. Michael klagt ständig über unzuverlässiges Personal und sinkende Umsatzzahlen. Neulich hat er erzählt, dass er seit fünf Jahren nicht im Urlaub war. Vielleicht bleibe ich einfach noch für eine Weile in meiner Blase, schimpfe über miese Arbeitszeiten und die mickrige Bezahlung, bis ich tatsächlich im Lotto gewinne und eine Szenebar ein Luxus ist, den ich mir entspannt leisten kann.

»Was nützt mir eine Bar, wenn ich kein Dach über dem Kopf habe?«

»Ach, Nika, du stures Kind«, seufzt Freya und lächelt.

»Noch habe ich das Geld ja nicht. All das ist also nicht mehr als reine Spekulation. Sollte es zu diesem Deal kommen, schenke ich dir das Geld nicht, sondern du reduzierst die Miete um, sagen wir, fünfzig Euro? Klingt das fair?«

Freya lacht. »Nein, es klingt großzügig.«

»Freya, wo ist der Grillkäse?«, ruft Pablo zu uns herüber.

»Ich sorge mal dafür, dass nichts anbrennt und wir am Ende improvisieren müssen. Wir reden später weiter«, sagt Freya und steht von der Bank auf. Ich sehe ihr nach, wie sie sich unter die anderen Hausbewohner mischt. Amilia springt ihr in die Arme, Iza lacht und küsst anschließend Joris. Hannah steht etwas abseits und telefoniert. Als sie in meine Richtung sieht, winkt sie mir lächelnd zu. Gerda stellt einen Strauß aus Wildblumen in die Vase, die auf der langen Tafel steht, während Peter den Tisch mit Geschirr eindeckt. Es sind diese Momente, die ich liebe und nicht missen möchte. All das hier ist mein sicherer Hafen. Sollte Freya das Haus wirklich verkaufen müssen und hier entstünden Luxusapartments, würde es die kleine heile Welt zerstören, die wir uns in diesem Innenhof geschaffen haben. Das kann ich nicht zulassen. Wenn das mit dem Job nicht klappt, werde ich Noa um ein Darlehen bitten.

Ich will ich einfach, dass die Dinge so bleiben, wie sie sind. Außer die Sache mit Leen. Was verrückt ist, wenn ich mir vor Augen halte, wie unsere letzte Begegnung geendet ist. Ich kam die vergangenen Jahre sehr gut ohne ihn aus. Also warum habe ich jetzt das Gefühl, wir müssten das zwischen uns geradebiegen?

»Nika«, lenkt Selma meine Aufmerksamkeit erneut auf das Geschehen um uns herum.

»Mmh?«

»Du bist ständig abgelenkt.«

»Mir gehen nur ziemlich viele Dinge durch den Kopf.«

»Verheimlichst du mir irgendwas?« Aus schmalen Augen mustert sie mich. Das macht sie immer dann, wenn sie misstrauisch ist.

»Nein.«

»Komm schon, lüg mich nicht an.«

»Tue ich nicht.« Doch. Ich habe ihr nämlich nichts von Leen erzählt, der neuerdings meine Gefühlswelt auf den Kopf stellt, ohne dafür anwesend sein zu müssen. Stattdessen lasse ich sie in dem Glauben, ich würde auf meinen Chef stehen und er wäre der nach Versace riechende Kerl auf meinem Sofa gewesen. Das war ihre Theorie nach dem Abend im *Sole Mio* und ich habe es nicht geleugnet.

»Ahhh!« Selma springt plötzlich von der Bank hoch und beginnt auf und ab zu hüpfen.

»Alles okay?« Ich kann nicht anders, als sie verwundert anzusehen. Meine Freundin ist immer etwas überdreht, das bin ich gewohnt, aber in dieser Sekunde wirkt sie geradezu hysterisch. Ganz sicher bin ich mir nicht, ob im guten oder schlechten Sinne.

»Oh my fucking God«, presst sie hervor und starrt auf das Handy in ihrer Hand.

»Oh my fucking God was genau jetzt?«, wiederhole ich.

»Okay, setz dich hin.« Mit einer entsprechenden Handbewegung unterstreicht sie ihre Aufforderung.

»Ich sitze bereits.«

»Stimmt«, erwidert sie und beginnt zu kichern.

»Ich bin mir nicht sicher, ob ich dein Verhalten Selma-typisch oder besorgniserregend finde«, gestehe ich meine Verunsicherung.

Sie nimmt wieder neben mir Platz. »Sieh dir das an.« In derselben Sekunde hält sie mir ihr Smartphone unter die Nase. Viel zu dicht, als dass ich auf dem Display etwas erkennen könnte. Ich nehme ihr das Telefon aus der Hand und überfliege den Text einer Agentur namens *Bennet Entertainment*.

Dann sehe ich Selma an. »Das ist ein Fake, oder?«

Sie nimmt das Handy wieder an sich und tippt darauf herum. »Die Firma gibt es wirklich. Sie hat ihren Sitz in London.« Ihre Brauen ziehen sich zusammen. »Ezra C. Bennet, da klingelt was.«

»Bei mir klingelt da rein gar nichts.«

»Ha! Wusste ich es doch. Der Typ ist der Sohn von diesem Multimillionär, der sich ständig mit den britischen Royals ablichten lässt.« Vermutlich gibt es niemanden, der sich besser mit dem Klatsch und Tratsch über die royalen Familien auskennt als Selma.

»Also glaubst du, die Anfrage ist kein Scherz?«, hake ich nach.

»Warum sollten sie sich mit einer derartigen Anfrage einen Scherz erlauben?«

»Weil da steht, sie bieten mir einen eigenen Gin an.«

»Eigentlich steht da, du sollst für ein neues Produkt seines Auftraggebers deine Expertise einfließen lassen.«

»Was glaubst du, wie viel springt dafür raus?«

»Ezra Bennet ist stinkreich, der wird nicht mit kleinen Fischen zusammenarbeiten. Ich sag dir, da steckt was Großes dahinter. Das wird die Kasse anständig klingeln lassen.«

»Lass mich noch mal sehen.«

Selma reicht mir ihr Handy mit der geöffneten E-Mail erneut. »Hier steht, sie wollen mich exklusiv. Das bedeutet, ich müsste den Smits absagen und damit dürfte dann die Option auf weitere Events hinfällig sein«, gebe ich zu bedenken.

»Entschuldige bitte, aber hier bietet dir jemand an, etwas Eigenes zu erschaffen. Wie geil ist das bitte? *Inspired by Miss Cocktailery*. Gibt es einen krasseren Aufhänger für dich als Marke? Damit eröffnen sich dir weitaus mehr Möglichkeiten, als bei Events Cocktails zu mixen.«

Da ist was dran und um ehrlich zu sein, klingt das Projekt mehr als spannend. Mit etwas Glück ist es am Ende auch noch lukrativ. Die Idee dahinter ist nicht neu, es gibt viele Firmen, die in Zusammenarbeit mit bekannten Persönlichkeiten Produkte auf den Markt bringen. In der Modebranche ist das inzwischen gang und gäbe. Würde sich das Ganze nicht für beide Seiten lohnen, würde es niemand machen, oder?

»Na gut, ich werde diesem Bennet schreiben, dass ich grundsätzlich interessiert bin, aber weitere Informationen benötige, um eine finale Entscheidung zu treffen«, erkläre ich, während ich bereits eine Antwort tippe.

»Nika, Selma, kommt ihr essen?«, ruft Iza.

»Sind schon auf dem Weg«, antworten wir simultan.

# START-UP

*Dry Gin, Figs, Rosemary,*
*Mediterranean Tonic Water*

..................................

## LEENARD
**Bloem Kasteel, Bloemdaalen**

»Dein Rührei wird kalt.«

Ich sehe vom Tablet zu meiner Schwester auf. »Es gibt viel zu tun, wenn wir mit unserer Idee nicht baden gehen wollen.«

Demy war völlig aus dem Häuschen, als ich ihr erzählt habe, dass wir ihren alkoholfreien Gin auf den Markt bringen wollen. Ich habe noch am selben Abend mit Wolters telefoniert, um mich abzusichern, wie wir die Brouwen Destillerie weitestgehend aus dem Projekt heraushalten können. Jetzt bin ich tatsächlich stolzer Besitzer eines Start-up-Unternehmens, das für einen Obolus lediglich die Produktionsstrecke der Destillerie nutzt. Ich hatte gehofft, auch auf das Vertriebsnetzwerk zurückgreifen zu können, aber davon hat Wolters abgeraten, weil die Abgrenzung dann zu schwammig wäre. Wir fangen also tatsächlich ganz unten an.

Dennoch verspüre ich eine gewisse Euphorie, die Sache in Angriff zu nehmen. Ezras positive Vibes sind eindeutig auf mich übergegangen. Und auch Demy blüht regelrecht auf. Ich denke, sie ist mein größter Antrieb, alles daranzusetzen, nicht zu scheitern.

»Guten Morgen.« Mit einem lauten Gähnen lässt Ezra sich auf dem Stuhl rechts von mir nieder und sitzt somit meiner Schwester gegenüber.

»Du siehst müde aus«, merkt Demy an.

Ich sehe zu Ezra. »Müde ist mehr als charmant ausgedrückt. Fertig trifft es eher. Hast du überhaupt geschlafen?«, frage ich. Langsam mache ich mir ernsthaft Sorgen, er könnte sich übernehmen.

»Ich habe die halbe Nacht an der Planung für den Launch und die andere Hälfte hieran gesessen«, erklärt er und reicht sowohl Demy als auch mir eine Mappe.

»Was ist das?«, frage ich und schlage sie auf.

»Euer Social-Media-Plan.«

»Unser was?«

»Ich war so frei, das Konzept deines Bruders um einen Punkt zu erweitern. Ich werde euch zu einer Marke machen.«

Wortlos stellt Jeffrey Ezra einen Milchkaffee und French Toast hin.

»Vergiss es!«, sage ich und gebe ihm die Mappe zurück.

»Okay, dann übernimmt Demy die Aufgabe, freundlich in die Kamera zu lächeln, eben allein«, sagt er, nimmt mir die Mappe ab und legt sie neben sich auf den Tisch. Meine Schwester macht große Augen. »Sie ist auch viel hübscher als du«, schiebt Ezra hinterher und ihre Wangen färben sich tatsächlich rot.

»Gib her«, sage ich, nehme die Mappe an mich und schlage sie erneut auf. Ezra lacht. Ich sehe ihn finster an, was er mit einem Zwinkern kommentiert. Der Mistkerl hat mich ausgetrickst. Er wusste genau, ich würde nicht zulassen, dass er Demy als Galionsfigur in die Öffentlichkeit zerrt.

»Bei deinem grandiosen Marketingplan gibt es ein Problem: Ich habe keinen Social-Media-Account«, sage ich und grinse ihn an. Bei Demy weiß ich, dass sie auf der Plattform aktiv ist und die Welt an ihrem Leben auf Bloem teilhaben lässt. Mit dieser Art der Selbstvermarktung konnte ich noch nie viel anfangen.

»Und das, obwohl du auf TikTok so ein großes Thema bist«, erwidert er und grinst zurück.

»Wie meinst du das?«

Ezra nimmt das Tablet an sich und tippt darauf herum. »Hier, bitte!«

»Was … fuck!«, entfährt es mir, als ich realisiere, welche Art von Videos von mir im Internet kursieren.

»Es gibt sogar ein Meme von dir, wie du zu dem Reporter sagst: ›Soll ich dir kein Kommentar buchstabieren?‹«

»Was für eine Publicity für unser Vorhaben.«

»Es gibt keine schlechte PR«, sagt Ezra.

»Ach ja?«

»Und damit wir deine neu gewonnene Bekanntheit für uns nutzen können, habe ich das hier erstellt.«

»Ein Instagram-Profil?«

»Deine Chance, der Welt zu zeigen, dass du mehr als ein pöbelnder Millionenerbe bist.«

»Es ist mir scheißegal, was die Welt von mir denkt.«

»Ich finde die Idee gut«, wirft Demy ein.

Widerwillig sehe ich mir den Account genauer an. »Wow, ich habe dreißig Follower – nein, warte, jetzt sind es einunddreißig, eine *Selmasdiary437* ist gerade dazugekommen.«

»Wenn du dich an den Plan hältst«, er tippt auf die Mappe, »gehst du durch die Decke.«

»Das Foto ist furchtbar«, sage ich und lese den Text darunter. »Dein Ernst? Das liest sich wie ein Steckbrief auf einer Dating-App.«

»Zeig mal her«, sagt Demy und ich reiche ihr das Tablet.

Sie lacht. »Ein bisschen liest es sich schon, als wäre Leen auf Brautschau. In den Kommentaren steht, du sollst an *Dalia1702* eine DM schicken.«

»Vertrau mir, das wird.«

Seine Zuversicht hätte ich gerne.

»Ich werde keine Videos drehen, in denen ich in die Kamera

quatsche«, sage ich, als ich Punkt vier des Social-Media-Plans lese, der detaillierte Unterpunkte zu möglichen Themen enthält.

»Du bist das Gesicht hinter dem Start-up.«

»Ist es nicht Aufgabe der Social-Media-Sternchen, die Werbetrommel für uns zu rühren? Immerhin kosten die uns ein Vermögen.« Es ist erstaunlich, wie viel Geld wir in Kooperationen investieren, ohne den Erfolg tatsächlich abschätzen zu können.

»Fuck!«

»Fuck was?«

»Ich habe diese Cocktail-Fee vergessen.«

»Ist das eine von den Influencerinnen?«, fragt Demy nach. Sie kümmert sich um das Produkt, während Ezra sich der Marketingstrategieplanung annimmt und ich die Finanzen im Auge behalte und alle rechtlichen Fragen kläre. Ich habe lediglich Donald MacIntyre gebeten, uns bei Fragen zur Seite zu stehen, um die Qualität des Produktes sicherzustellen.

»Sie ist *die* Influencerin, wenn es um Gin geht«, sagt Ezra und tippt ein weiteres Mal auf dem Tablet herum.

»Ihr wollt Miss Cocktailery buchen?«, entfährt es meiner Schwester überrascht.

»Sag bloß, du kennst sie?«, frage ich Demy.

»Ähm, die Frage ist eher, wer kennt sie in unserer Branche nicht?«

»Hundertachtundzwanzigtausend Follower«, sage ich fast schon ein bisschen beeindruckt. Auch wenn mich dieses ganze Social-Media-Ding nicht interessiert, ist mir dennoch bewusst, wie viel Arbeit hinter solch einem Account steckt, um die Leute bei Laune zu halten.

»Die Kleine wäre ein echter Gewinn, allerdings sprengt sie unser Budget.«

»Dann suchen wir halt jemand anderen. Sie wird ja nicht die Einzige sein, die als Werbefigur taugt.« Ich scrolle durch die Fotos, um mir einen Eindruck von ihr zu verschaffen. Auf keinem ist ihr Gesicht zu erkennen.

Ezra räuspert sich. »Hast du mir zugehört?«

»Natürlich, sie ist das Gesicht der Ginfluencer-Szene. Witzig, dass sie scheinbar gar keins hat«, sage ich und lache leise. »Wir könnten eine x-beliebige Person anheuern und sie als Miss Cocktail-irgendwas ausgeben und niemand würde es bemerken.«

»Dein Ernst?«, entfährt es Ezra genervt.

»Natürlich nicht. Wie viel liegt sie denn über dem Budget?«

»Zehntausend.«

»Sie verlangt dreißigtausend, damit sie uns über ihren Account supportet?« Wow, ich sollte auch in dieses Social-Media-Business einsteigen.

»Dafür bekommen wir sie exklusiv als Werbepartnerin und sie unterstützt Demy bei der Geschmacksfindung des Gins«, sagt Ezra.

»Ich soll mit ihr zusammenarbeiten? Das wäre der Wahnsinn, Leen. Du musst Miss Cocktailery schon allein deswegen buchen, weil niemand weiß, wie sie aussieht. Ich wette, sie ist voll hübsch«, wirft Demy ein.

Ich sehe meine Schwester an. Mir fällt es wirklich schwer, ihr einen Wunsch abzuschlagen, wenn sie mich so breit anlächelt. »Meinetwegen. Lass uns schauen, an welcher Stelle wir etwas einsparen können. Allerdings will ich sie vorher kennenlernen und nicht die Katze im Sack kaufen.«

»Okay, ich kümmere mich um die neue Budgetplanung und schicke sie dir später.«

»Lass, ich mach das direkt nach dem Frühstück. Du haust dich derweil ein paar Stunden aufs Ohr, damit du nicht länger als Zombie durch die Gänge schleichst.«

Ezra reibt sich müde übers Gesicht. »Klingt nach einem großartigen Plan.«

Demy steht von ihrem Stuhl auf. »Ich werde mal nach Rosie und den anderen sehen, anschließend treffe ich mich mit Donald, um ihm über die Schulter zu schauen. Wir sehen uns dann zum Abendessen.«

»Ruf an, wenn irgendwas ist«, sage ich.

»Mach ich.«

Ezra sieht meiner Schwester nach, als sie das Arbeitszimmer verlässt. »Die Frau sieht aus wie ein Engel. Es ist wirklich eine Tragödie, dass sie deine Schwester ist.«

»Ein Versuch und ich befördere dich höchstpersönlich in die Hölle.«

»Keine Sorge, da lande ich früher oder später auch ganz ohne deine Hilfe.«

»Vermutlich, weil Millie mir zuvorkommt.« Ich kann mir ein kurzes Lachen nicht verkneifen, als er die Augen verdreht.

»Gut möglich.«

In dem Moment unterbricht Jeffrey unsere Unterhaltung. »Entschuldigen Sie, Kommissarin Diamantis steht vor der Tür.«

»Was will sie denn?«, frage ich.

»Das hat sie nicht gesagt.«

»Die Kommissarin soll im Salon auf mich warten.«

Damit lässt Jeffrey uns wieder alleine.

Jetzt ist auch Ezra neugierig. »Was will die Polizei denn von dir?«

Bisher habe ich ihn nicht darin eingeweiht, dass die Polizei im Todesfall meines Vaters ermittelt. Es erschien mir nicht relevant. Ich gehe noch immer davon aus, dass es sich bei seinem Sturz um Selbstverschulden gehandelt hat und es nur noch eine Frage der Zeit ist, bis die Ermittlungen eingestellt werden.

»Wahrscheinlich geben sie endlich den Leichnam frei, damit wir die Beerdigung organisieren können.« Etwas, das wir in den vergangenen Tagen vor uns hergeschoben haben, nachdem die Polizei uns mitgeteilt hatte, sie würden eine Obduktion durchführen. In meinen Augen reine Zeitverschwendung. Mein Vater ist tot, daran lässt sich nichts ändern. Genau wie an der Tatsache, dass Demy und ich uns mit allem allein rumschlagen müssen, weil Baas es nach wie vor nicht für nötig hält, zurückzukommen. Ich würde ihn dafür wirklich gerne hassen, aber ich kann zu gut nachempfinden, warum er nicht an diesem Ort sein will. Wände, die näher kommen, je länger man durch die Gänge des alten Schlosses schleicht. Das Knarzen der Dielen, das in der Stille zu ohrenbetäubendem Lärm wird. Licht, das durch Buntglasfenster scheint und dennoch nicht dazu in der Lage ist, die Schatten aus den Räumen zu vertreiben.

Ezra mustert mich eindringlich, als ich mich von dem Stuhl erhebe und schließlich das Esszimmer verlasse.

Ich beeile mich nicht, zum Salon zu gelangen, um eine gewisse Belanglosigkeit zu vermitteln. Baas meinte einmal, wenn du als Erster am Verhandlungstisch sitzt, verlässt du ihn als Verlierer. Ich bemühe mich lediglich, etwas mehr wie mein Bruder zu denken und nicht wie ich selbst. Was schwer ist, wenn der eigene Verstand ständig Gedankenfetzen ausspuckt, als hätte jemand den Speicher eines Druckers aktiviert, nachdem er eine Fehlermeldung angezeigt bekommt. In meinem Fall springen meine Gedanken im Sekundentakt zu all den Dingen, die um mich herum geschehen, allerdings mit erheblicher Zeitverzögerung. Denn gerade ploppt die Meldung auf, dass ich Rob noch um einen Gefallen bitten wollte.

Jeffrey nickt mir kurz zu, dann öffnet er die Tür, hinter der ich bereits erwartet werde.

Elena macht Anstalten sich zu erheben. Ihr Kollege hingegen sieht mich mit finsterer Miene an.

»Hallo, Leenard«, sagt sie und reicht mir die Hand.

»Was verschafft mir die Ehre?« Ich setze mich in einen der dunkelgrünen Cocktailsessel den beiden gegenüber.

»Wir hätten noch ein paar Fragen.«

Jeffrey schließt leise die Tür hinter sich.

»Wie du weißt, haben wir eine Obduktion des Leichnams veranlasst. Inzwischen liegen uns die Ergebnisse vor und wir können mit Gewissheit sagen, dass Piet Brouwer nicht an den Folgen des Sturzes verstorben ist.« Elena macht eine kurze Pause und versucht mir eine Reaktion zu entlocken.

»Was genau bringt euch zu der Annahme?«, frage ich betont kühl. Eine latente Übelkeit macht sich in meinem Inneren breit. Denn das Ableben meines Vaters kam doch recht überraschend, auch wenn ich bisher nicht in Betracht gezogen habe, jemand könnte nachgeholfen haben.

»Die Untersuchungen haben ergeben, dass dein Vater an den Folgen einer Überdosis Insulin verstorben ist. Dein Vater litt nicht an Diabetes. Ihm muss das Insulin über den Venenzugang verabreicht worden sein, um seinen Tod herbeizuführen.«

»Du willst also sagen, jemand ist am helllichten Tag in ein Krankenhauszimmer marschiert und hat ihm das Zeug gespritzt?«

»Ja.«

»Das ist absurd. Wer sollte so etwas tun?«

»Mit der Obduktion sind wir dem Hinweis einer Krankenschwester gefolgt, die zuvor eine ihr unbekannte Person aus dem Zimmer deines Vaters hat kommen sehen.«

»Und wen?«

»Deswegen sind wir hier.« Sie holt ein Tablet aus ihrer Tasche und spielt eine Videoaufnahme ab. »Bei unseren Ermittlungen sind wir über diese Person gestolpert. Kommt sie dir bekannt vor?«

»Nein«, sage ich, schließlich ist auf dem Video kein Gesicht zu erkennen.

»Sieh genau hin, Leenard.«

»Das klingt, als müsste ich wissen, wer auf diesem Video zu sehen ist«, erwidere ich, tue ihr aber den Gefallen, einen genaueren Blick auf die Aufnahme zu werfen, als sie das Video stoppt. Fuck!

»Wo ist dein Bruder?«, will sie wissen.

»Das ist nicht Bastiaan!«, sage ich und weiß in derselben Sekunde, dass ich damit ihre Vermutung bestätige.

Elena tippt auf dem Tablet herum und öffnet ein Foto. Es zeigt Baas auf dem Cover des *Platinum Business Magazine* aus dem letzten Jahr. Ich erinnere mich an den Artikel, in dem es um die Entwicklung von Gin zum Trendgetränk der Gen Z ging. Das Team hat ihn mehrere Tage bei seiner Arbeit begleitet und zusätzlich eine Reportage mit dem Aufhänger *Gin – und wie er den Spirituosenmarkt immer mehr für sich beansprucht* gedreht.

»Das ist also nicht der Mantel deines Bruders?«, will Elena wissen.

»Ich bin mir sicher, bei dem Kleidungsstück handelt es sich nicht um ein Unikat«, tue ich unbeeindruckt.

Eine weitere Aufnahme erscheint auf dem Display. Diesmal ein vergrößerter Bildausschnitt aus dem Überwachungsvideo. Es zeigt den Kragen des dunklen Mantels. »Das sind auch nicht die Initialen deines Bruders?«

Ich verspüre den Drang, Elena den Mittelfinger zu zeigen, weil sie die Antwort bereits kennt. Gerade würde ich Baas gerne für den Spleen, seinen Scheißnamen in Klamotten einsticken zu lassen, den Hals umdrehen.

Entschlossen schiebe ich das Tablet von mir. »Wie gesagt, ich kenne die Person auf dem Video nicht.«

»Wo war deine Schwester eigentlich zu der Zeit, als dein Vater verstorben ist?«, will Elena wissen.

»Das meinst du nicht ernst!«, entfährt es mir, während ich ein Lachen unterdrücke.

»Demy verlässt das Zimmer um halb acht, nur wenige Minuten später betritt es eine unbekannte Person. Wenn das auf der Aufnahme nicht Bastiaan ist, dann möglicherweise jemand, der Zugriff auf seine persönlichen Sachen hat.« Sie spult das Video so weit zurück, bis meine Schwester auf dem Gang zu entdecken ist. »Sie wirkt nervös, findest du nicht?«

Dazu werde ich mich nicht äußern.

»Demy leidet seit frühster Kindheit an Diabetes«, fährt sie fort.

»Was genau soll das werden, Elena?«, frage ich genervt.

»Einer der Angestellten hat ausgesagt, sie habe sich am Abend vor dem Treppensturz heftig mit eurem Vater gestritten.«

Jeffrey, der Mistkerl. Nachdem der Koch bereits im Januar gefeuert wurde, ist der Butler nun der Einzige unter den Angestellten, der auf dem Gelände wohnt und sich demnach abends hier aufhält.

»Wenn das ein Tatmotiv ist, ist die Liste der Verdächtigen länger, als du denkst. Piet Brouwer war nicht als der Barmherzige bekannt«, kläre ich sie auf.

»Und wie war er als Vater?«

»Ein Tyrann, der von jedem in seiner Gegenwart absolute Ergebenheit verlangt«, antworte ich ehrlich, auch wenn ich damit Benzin ins Feuer kippe, statt es zu ersticken.

»Hast du ein Alibi für die Tatzeit?«

Ich würde immer noch gern lachen, aber betrachtet man es im Detail, wäre ich als Einziger von uns Kindern dazu fähig. Mich auf die Liste der Tatverdächtigen zu setzen ist mehr als legitim. Die kürzlichen Schlagzeilen untermauern meine Impulsivität. Das Video, auf dem ich dem Reporter eine Abreibung verpasse, hat inzwischen zwei Millionen Klicks. Mit ein bisschen Recherche weiß man auch, dass das Verhältnis zu meinem Vater zerrüttet war. Bei der Lieblingskind-Auszeichnung stand ich gewiss nicht auf dem obersten Treppchen.

»Ist es nicht eure Aufgabe, genau das herauszufinden?«, sage ich und stehe vom Stuhl auf. »Weitere Fragen beantworte ich nur noch im Beisein unseres Anwalts.«

Eine Mordermittlung ist das Einzige, was mir in diesem verfickten Chaos noch gefehlt hat. Schlimmer kann es kaum werden. Gedanklich gehe ich bereits durch, wie ich Ezra die Neuigkeiten schonend beibringe. Denn sobald die Presse davon Wind bekommt, wird es auch einen Schatten auf unser Vorhaben werfen. Wie ich es Demy erkläre – keine Ahnung.

Ich gehe auf die Tür zu, öffne sie und blicke direkt in das Gesicht des Butlers, der mit Sicherheit gelauscht hat. »Jeffrey begleitet euch nach draußen.«

Er nickt, als ich an ihm vorbeigehe.

»Wenn Sie mir bitte folgen würden«, höre ich ihn hinter mir sagen.

# NEW BEGINNINGS

*Gin, Sugar, Lime, Blackberries,*
*Mint, Tonic Water*

..................

## NIKA

**Pastelstraat, De Pijp, Amsterdam**

Ich weiß nicht, wie lange ich schon auf die Nachricht in meinem Postfach starre. Fünf Minuten, vielleicht mehr. Immer wieder lese ich den Dreizeiler, während ich auf Selma warte.

In dieser Sekunde fällt die Tür ins Schloss. »Nika?«

»Küche«, rufe ich.

»Okay, du solltest ausrasten und nicht wie ein Trauerspiel am Tisch sitzen.«

»Ich weiß.« Als die finale Zusage über *Bennet Entertainment* kam, war ich drei Zeilen lang aus dem Häuschen.

»Und warum bist du dann so geknickt?«, will sie wissen und setzt sich mir gegenüber. Ich schiebe ihr das Tablet zu und deute auf den Namen, der in der Mail als Kooperationspartner aufgeführt wird.

*Leenard Brouwer.*

»Jetzt sag nicht, du bist nicht damit einverstanden, mit der Brouwen Destillerie zusammenzuarbeiten.«

»Ich glaube eher, sie werden nicht wollen, dass ich für sie arbeite«, sage ich und lehne mich im Stuhl zurück. Um ehrlich zu sein, habe ich mit einem britischen Gin-Produzenten gerechnet, weil die Anfrage über eine Londoner Agentur kam. Im Traum wäre ich nicht darauf gekommen, dass sich dahinter die Brouwers verstecken.

»Hä, sie haben dich doch extra angefragt.« Über Selmas Kopf schweben sichtlich einige Fragezeichen.

»Ja, weil sie nicht wissen, wer sich hinter Miss Cocktailery verbirgt.«

»Okay, ich befürchte, ich verstehe das Problem nicht ganz. Kennst du die Brouwers etwa?«

»Sozusagen«, äußere ich vage.

»Sozusagen heißt genau was?«, hakt Selma nach.

»Wir kennen uns von früher.«

»Details, Nika, ich brauche alle Infos.«

»Leenard und ich waren vor langer Zeit mal befreundet«, kläre ich sie auf.

»Umso besser, oder nicht?«

»Na ja, unsere letzte Begegnung war unschön«, gestehe ich, ohne mit der ganzen Wahrheit rauszurücken.

Selma mustert mich nachdenklich. Die Fragezeichen lösen sich im Sekundentakt auf, als sie eins und eins zusammenzählt. »Der Typ, der hier übernachtet hat, war gar nicht dein Chef, sondern Leenard Brouwer?«

Ich nicke.

»Gut, das erklärt, warum Michael nach Hugo Boss statt Versace riecht«, fügt sie hinzu und grinst zufrieden. Mich wundert es, dass Selma nicht schon viel früher darauf gekommen ist, dass ihre Theorie hinkt. »Und was genau ist zwischen euch vorgefallen?«

»Ich habe ihm gesagt, er soll sich verpissen.« Im Kern fasst es das Ende unserer kurzweiligen Badezimmerromanze vortrefflich zusammen, denke ich.

»Und warum genau hast du das getan?«

»Das mit Leen und mir ist kompliziert«, erwidere ich und ziehe das Tablet wieder zu mir heran. »Ich sage einfach ab.« Ich klicke auf den Antworten-Button.

Selma reißt das Tablet regelrecht an sich. »Stopp, niemand trifft hier voreilige Entscheidungen. Lass uns zuerst die Optionen abwägen.«

»Option eins: Ich sage ab und erspare mir die Peinlichkeit, dass man mich zum Teufel jagt, sobald herauskommt, dass ich Miss Cocktailery bin. Option zwei …« Ich mache eine Pause, um nachzudenken, welche Möglichkeiten ich sonst noch habe. »Mir fällt keine weitere ein.« Mit einem frustrierten Stöhnen lasse ich den Kopf auf die Tischplatte sinken. Die Kooperation wäre die Lösung gewesen. Freya hätte ihre Schulden begleichen können, niemand von uns müsste ausziehen und ich hätte meine Bekanntheit zusätzlich ausgebaut.

»Und wenn sie nicht wissen, dass du es bist?«, wirft Selma ein.

»Letzte Zeile: persönliches Gespräch«, erinnere ich sie.

»Ja, schon, aber du willst ohnehin maskiert bei Events auftreten. Wie wäre –«

»Ich geh nicht verkleidet zu einem Geschäftstermin«, unterbreche ich ihren Gedankengang sofort.

»Lass mich gefälligst ausreden«, erwidert sie genervt.

»Bin ganz Ohr.« Ich setze mich wieder aufrecht hin und sehe meine Freundin abwartend an.

»Ich gebe mich als Miss Cocktailery –«

Das Lachen verlässt meine Kehle, bevor sie ihren Satz beenden kann.

»Nimm mich ernst!«, zischt Selma.

»Mach ich, aber das funktioniert niemals.«

»Warum nicht?« Beleidigt verschränkt sie die Arme vor der Brust und sieht mich aus schmalen Augen an.

»Weil du nun mal nicht ich bist. Spätestens hinter der Bar gehst du als Miss Cocktailery baden.« Selma kennt zwar alle Rezepte auswendig, aber sie hat zwei linke Hände. Das Ganze würde in einem riesigen Desaster enden. Außerdem hat sie anscheinend vergessen, dass die Hauptaufgabe darin besteht, gemeinsam einen Gin zu entwickeln. Was glaubt sie, wie sich das umsetzen lässt, ohne im direkten Kontakt mit den Brouwers zu stehen?

»Nika, ich will doch nicht den Job für dich übernehmen, sondern nur zu dem Treffen gehen.«

»Und wie sieht dein Masterplan für die Mitarbeit an dem Gin aus?«, frage ich, weil mich wirklich interessiert, wie sie dieses Problem umgehen will.

»Ein berechtigter Einwand.«

»Leenard wird der Zusammenarbeit nicht zustimmen.«

»Die werden sicher ihre Leute dafür haben und nicht selbst an dem Gin herumtüfteln. Vielleicht müsst ihr gar nicht direkt zusammenarbeiten und er will wirklich nur Miss Cocktailery kennenlernen. Wenn er die Beste für den Job will, sollte er seine privaten Befindlichkeiten außen vor lassen. Sprich mit ihm und schafft eure Differenzen aus der Welt.«

Für die nächsten Sekunden denke ich über ihre Worte nach. Vielleicht hat sie recht und die Sache könnte trotzdem funktionieren. Leenard hat sich früher schon nicht für das Familienunternehmen interessiert. Auf der anderen Seite ist Bastiaan laut Presse abgetaucht. Irgendjemand wird also die Verantwortung für alles übernehmen, um den Erfolg sicherzustellen.

»Was kann im schlimmsten Fall passieren?«, fragt Selma.

»Dass der Deal platzt. Und nachdem ich den Smits bereits abgesagt habe, stehe ich dann wieder bei null.«

»Der Typ wäre ziemlich dumm, wenn er wegen eines angeknacksten Egos diesen Deal platzen lässt.«

Selma hat keine Ahnung, dass Leenards Problem nicht sein Ego ist. War es nie. Vielmehr, dass er vor langer Zeit beschlossen hat mich nicht mehr Teil seines Lebens sein zu lassen. Egal in welcher Form. In diesem Punkt hat er mich nie mitentscheiden lassen. Ich habe es widerwillig hingenommen. Habe aufgehört an etwas festzuhalten, das nur für mich von Bedeutung gewesen zu sein schien. Mein Herz vermisst Leen. Anders als früher. Nicht weniger schmerzhaft. Aber sehnsüchtiger. Auf eine völlig neue Art. Leen wird sich mit Händen und Füßen dagegen wehren, mit mir zusammenzuarbeiten. Dennoch fasse ich den Entschluss, alles auf eine Karte zu setzen.

»Okay, ich rede mit ihm«, sage ich und stehe vom Stuhl auf.

»Jetzt?«, fragt Selma etwas panisch.

»Ich bringe es besser direkt hinter mich, dann bleibt beiden Seiten Zeit für einen alternativen Plan.«

»Ich halte es für einen Fehler. Du solltest wenigstens eine Nacht drüber schlafen und dir überlegen, was genau du ihm sagen willst, um ihn von der Zusammenarbeit zu überzeugen.«

Ja, vielleicht sollte ich das, aber ich befürchte, bis morgen hat mich der Mut verlassen.

»Wünsch mir Glück«, sage ich und verlasse die Küche.

»Bleibt mir ja nichts anderes übrig«, ruft sie mir nach.

............

Was ich bei meiner Aktion nicht bedacht habe: dass es einiges an Aufwand bedeutet, Leen einen Besuch abzustatten. Jedenfalls, wenn man die öffentlichen Verkehrsmittel dafür nutzt. Die Bushaltestelle von Bloemdaalen befindet sich im Ortskern, gut zwei Kilometer von Bloem entfernt. Gerade als ich die letzten Meter zu Fuß zurücklege, brechen Sonnenstrahlen durch eine dicke Wolkenschicht. Sobald sich Bloem Kasteel vor mir auftürmt, ist mein erster Gedanke, dass ich es freundlicher in Erinnerung habe. Jetzt wirkt es wie ein altehrwürdiges Bauwerk, mächtig und erhaben über die Welt, die ihm zu Füßen liegt.

Plötzlich bin ich mir nicht mehr so sicher, ob mein spontaner Besuch eine gute Idee ist. Vielleicht hätte ich doch besser auf die E-Mail der Eventagentur geantwortet. Doch ich rechne mir insgeheim bessere Chancen bei einem persönlichen Gespräch aus. Es ist deutlich schwerer, Nein zu sagen, wenn man dafür einander ansehen muss. In meinem Fall ist das jedenfalls so.

»Also gut, jetzt oder nie«, ermutige ich mich selbst und betätige den Klingelknopf, der in einer Steinmauer neben dem Zufahrtstor eingelassen ist.

»Bitte?«, ertönt eine blecherne Stimme.

Ich räuspere mich, um den Kloß in meinem Hals loszuwerden. »Hallo, ich würde gerne mit Leenard sprechen«, sage ich bemüht freundlich.

»Haben Sie einen Termin mit Herrn Brouwer?«

»Nein, sagen Sie ihm, hier ist Nika de Jong und es ist wichtig.«

»Warten Sie bitte einen Augenblick, ich werde nachfragen, ob er Sie empfängt.«

»Danke.«

Die nächsten zehn Minuten geschieht absolut nichts und ich überlege gerade, einen erneuten Versuch zu wagen, als sich das schwere Eisentor öffnet und den Weg zum Schloss freigibt. Meine Beine fühlen sich mindestens so schwer an wie mein Herz, als ich das Grundstück betrete. Der gelbe Kies unter meinen Füßen knirscht noch genauso wie damals.

Früher bin ich die Strecke von zu Hause hierher mit dem Fahrrad gefahren. Leenard saß für gewöhnlich auf der Treppe, während er auf mich gewartet hat. Sobald ich in Sichtweite kam, tauchte ein Lächeln auf seinen Lippen auf.

Heute sitzt er nicht auf den Stufen, sondern steht in der offenen Tür und sieht mit ernster Miene zu mir herab.

»Was machst du hier?«, fragt er. An seinem Ton lässt sich nicht erkennen, was er von meinem Auftauchen hält.

»Wir müssen uns unterhalten«, äußere ich vage.

»Mir ist, als hättest du bei unserer letzten Begegnung alles gesagt«, erwidert er kühl.

»Es geht um den Job«, sage ich hastig, bevor ich es mir anders überlege und auf dem Absatz kehrtmache.

»Welcher Job?«, hakt er nach, ohne mich aus den Augen zu lassen, während ich die fünf Steinstufen zu ihm raufgehe, um nicht länger derartig von ihm überragt zu werden.

Ich halte seinem intensiven Blick stand. »Können wir das drinnen besprechen?«

Wortlos tritt er zur Seite und lässt mir somit den Vortritt ins Haus.

Es ist, als würde ich eine Reise in die Vergangenheit machen. Der Geruch von altem Holz gemischt mit Bohnerwachs und einer Spur Zitrone erinnert mich an die vielen Stunden, die wir hier verbracht haben. Als es leicht war, hier auf Bloem und mit Leen.

»Frauenbesuch, dass ich das noch erlebe«, sagt jemand auf Englisch.

Mein Kopf schnellt nach links, wo ich den Typen entdecke, mit dem Leen im *John Doe* war.

»Ezra, Nika, Nika, Ezra«, stellt Leen uns einander widerwillig vor.

Das dürfte der Brite sein, dem *Bennet Entertainment* gehört. Er kommt auf mich zu und streckt mir lächelnd die Hand entgegen. Ich ergreife sie und mustere sein Gesicht etwas zu lange, als dass es von ihm unbemerkt bliebe. Dunkle Brauen, noch dunklere Augen, schwarze Locken, die ihm unkontrolliert in die Stirn fallen.

»Den Zusatz ›bester Freund‹ vergisst Leen gerne mal«, sagt er und ein noch breiteres Lächeln erscheint auf seinen vollen Lippen. Eins, das vermuten lässt, er würde jeden Augenblick in den Flirtmodus wechseln, sollte er eine Chance wittern.

»Ex-beste-Freundin«, sage ich zynisch. Ich weiß, es sollte mich nicht verletzen, aber es fühlt sich so an, als hätte Leen mich einfach ausgetauscht. Gegen jemanden, der augenscheinlich mit seinem Chaos harmoniert und es nicht wie ich noch schlimmer macht. Denn genau das hat er damals auf der Halloweenparty zu mir gesagt.

»Autsch«, entfährt es Ezra und ein mitleidiger Ausdruck erscheint auf seinen nahezu symmetrischen Gesichtszügen. Hat Leen seinem neuen besten Freund von mir erzählt? Ich sehe über die Schulter zu ihm und kann die Antwort an seiner angespannten Körperhaltung ablesen. Dabei kann ich ihm das nicht mal zum

Vorwurf machen, Selma wusste bis vorhin auch nichts über meine Verbindung zu ihm. Trotzdem tut es weh.

»Er hat mich nie erwähnt, oder?«, frage ich an Ezra gewandt.

»Doch, er redet ständig über –«

»Ezra!«, ermahnt ihn Leen.

»Was?«

Ich beuge mich zu Ezra vor. »Du lügst miserabel«, flüstere ich ihm zu und trete dann einen Schritt zurück.

»Andere Dinge kann ich dafür umso besser«, sagt er und grinst selbstgefällig. Daran habe ich keinerlei Zweifel. Selma hätte an dem Kerl ihre helle Freude. Ezra schreit regelrecht nach Herzschmerz.

Wieder sehe ich zu Leen, der seinen Freund mit dem Blick fixiert, als würde er ihn jede Sekunde aus dem Haus werfen. Dann schaut er zu mir und für einen endlosen Moment sehen wir einander einfach nur an.

»Interessant«, murmelt Ezra hinter mir.

»Hast du nicht was zu erledigen?«, fragt Leen sichtlich angefressen, ohne ihn anzusehen, weil er sich nach wie vor auf mich konzentriert.

»Wir können tauschen, du übernimmst den Videocall und ich bespaße die Schönheit hier.«

»Ich bin seinetwegen gekommen«, mache ich deutlich, als Leen die Fäuste ballt.

»Schade, das hätte durchaus nett werden können.« Ich kann ihn leise lachen hören, als er in den Seitenflügel verschwindet, in dem sich die Geschäftsräume der Brouwers befinden.

»Entschuldige, das war unangenehm. Ezra ist …«, mitten im Satz verstummt er, weil der Butler im Eingangsbereich erscheint.

»Hallo, Jeffrey, lange nicht gesehen«, sage ich und setze ein freundliches Lächeln auf. In Wahrheit ist mir eher zum Weglaufen zumute. Weil mir mein Gefühl sagt, unsere Unterhaltung wird anders verlaufen als von mir erhofft. Leen ist viel zu sehr in seinen Gefühlsmustern gefangen, als dass er Privates und Berufliches voneinander trennen könnte.

»Schön, Sie wiederzusehen, Fräulein de Jong«, erwidert Jeffrey höflich.

»Vielleicht gehen wir besser nach oben. Da ist es ruhiger«, sagt Leen und bewegt sich auf die Treppe zu.

»Bleibt das Fräulein zum Abendessen?«

Leen sieht über seine Schulter zu mir.

»Nein«, komme ich ihm mit einer Antwort zuvor. »Ich bleibe nicht lange«, schiebe ich als Erklärung hinterher und folge Leen die Treppe hinauf. »Er ist alt geworden«, sage ich, sobald wir außer Hörweite sind.

»Mmh«, gibt Leen abwesend zurück.

Vermutlich, weil er gedanklich bereits zwei Schritte weiter ist. Es war schon immer so: Ich steckte noch an einem Punkt in unserer Unterhaltung fest, den er längst hinter sich gelassen hatte.

Statt in die zweite Etage, in der sich früher sein Zimmer befand, biegt er im ersten Stock nach rechts zu den Gästezimmern ab. Hin und wieder habe ich in einem davon übernachtet, wenn sein Vater geschäftlich verreist war und meine Mutter mal wieder mit Noa Schönheitspreise gewann oder Castings besuchte. Die Stille zwischen uns mischt sich mit dem Knarzen der Holzdielen unter unseren Füßen. Dass gedimmte Licht untermalt die beklemmende Atmosphäre zusätzlich. Mit jedem Schritt spüre ich den Herzschlag in meiner Brust deutlicher.

Leen bleibt am Ende des Flurs stehen. Ich kann sehen, wie er zögert.

»Wir hätten auch einfach unten im Salon reden können«, sage ich, weil der Besuch normalerweise dort empfangen wird. Früher war das jedenfalls so. Wenn Leen mich nicht bereits an der Tür abfing, führte Jeffrey mich in den Salon. Ich habe es immer scherzhaft Wartezimmer genannt.

»Nein, ich will dich da nicht haben«, presst er hervor und ich zucke bei dem schneidenden Ton zusammen. »Entschuldige«, sagt er und öffnet die Tür.

Nicht sicher, ob ich bleiben oder gehen soll, bewege ich mich nicht von der Stelle. Leen atmet sichtlich tief ein, als wüsste er nicht, was genau wir hier eigentlich machen. Um ehrlich zu sein, ich habe ebenfalls keine Ahnung. Ich weiß nur, alles zwischen uns fühlt sich verkrampft an.

»Die Wahrheit ist, mir ist es lieber, du bleibst Teil der Welt, die nichts mit dem Hier und Jetzt zu tun hat. Ergibt das für dich Sinn? Für mich nämlich nicht«, fügt er seiner vorangegangenen Entschuldung leise hinzu.

»Vielleicht«, flüstere ich und kann den Impuls, ihn anzulächeln, nicht unterdrücken, genauso wenig wie er es kontrollieren kann, es nicht zu erwidern. Dann nickt er, schiebt die Tür weiter auf und bedeutet mir voranzugehen.

Flüchtig sehe ich mich in dem Raum um. Er ist Leen und irgendwie auch nicht. Es herrscht die gewohnte ordentliche Unordnung, in der es wirkt, als müssten alle Dinge exakt an ihrem jetzigen Platz sein. Der Bücherstapel auf dem Fußboden. Zusammengeknülltes Papier neben dem Papierkorb. Beschriebene Karteikarten, die mit Reißzwecken an der hellblauen Wand befestigt sind. Ich unterdrücke die Neugier, nachzusehen, was auf den weißen Kärtchen steht. Das Bett ist nicht gemacht und auf dem Schreibtisch stapeln sich Akten.

Leen klappt den Laptop zu, als ich einen Blick auf den Bildschirm werfe.

»Du hast etwas von einem Job erzählt?«, sagt er, während ich noch überlege, wie ich das Gespräch eröffne, ohne ihn direkt mit meinem Anliegen zu konfrontieren.

»Es geht um euer Vorhaben, einen alkoholfreien Gin auf –«

»Woher weißt du davon?«, unterbricht er mich.

»Kannst du mich einfach ausreden lassen?«

»Natürlich.« Er schiebt einen Papierstapel beiseite und lehnt sich gegen den Schreibtisch. Sekundenlang sehen wir einander an, bis er den Kopf schieflegt und die Arme vor der Brust verschränkt. »Also, Nika, warum bist du hier?«

Beinahe rutscht mir *deinetwegen* heraus. *Weil ich uns vermisse.*

*Wohl wissend, dass wir nie wieder das zusammen sein können, was wir einmal gewesen sind.*

»Du hast mich engagiert.«

»Ganz bestimmt nicht. Du wärst die letzte Person, der ich einen Job anbieten würde.« Wieder dieser schneidende Ton.

»Hast du! Oder jedenfalls Ezra, der anscheinend für deine Familie arbeitet.«

Er nimmt einen Aktenordner in die Hand und blättert den Inhalt durch, bis er ungläubig zu mir aufsieht. »Du bist Miss Cocktailery?«

Statt zu antworten, nicke ich lediglich.

»Vergiss es!«, bricht es aus ihm heraus und er legt den Ordner etwas zu schwungvoll zurück auf den Schreibtisch. Einige lose Blätter rutschen heraus und fallen zu Boden. Leen hebt sie nicht auf, sondern starrt mich geschockt an. Die Überraschung ist mir gelungen, denn sein Gesicht hat reichlich an Farbe verloren.

»Ich brauche den Job«, sage ich kleinlaut.

»Nein, Nika, das geht auf keinen Fall. Nicht nach …« Der Rest des Satzes bleibt unausgesprochen. Er muss ihn auch nicht beenden. Ich weiß ohnehin, was er sagen wollte: *Nachdem es kompliziert zwischen uns geworden ist, weil wir zusammen im Bett, oder eher auf der Waschmaschine, gelandet sind.* Denn sein Blick wandert in dieser Sekunde etwas zu offensichtlich über mich, als würde er sich gerade die Details ins Gedächtnis rufen. Und ich habe die Bilder ebenfalls vor Augen. Eine verquere Gefühlswelt dürfte momentan allerdings unser geringstes Problem sein. Ich brauche das Geld und seine Familie gute Publicity.

»Lass uns Berufliches und Privates einfach trennen.«

»Als ob das funktionieren würde«, höhnt er. Dabei klingt es eher, als würde er die Worte an sich selbst richten.

»Okay, dann lass uns die Sache ein für alle Mal klären und eine Basis finden, die für uns beide funktioniert.«

»Wir müssen nichts klären, Nika.«

»Sehe ich anders!«

»Wenn wir uns beim ersten Punkt schon uneinig sind, wird's schwierig mit einer funktionierenden Basis für eine Zusammenarbeit. Findest du nicht auch?«

Gerade hasse ich ihn für die Art, wie er mit mir spricht. Weil das nicht der Leen ist, mit dem ich aufgewachsen bin. Das ist nicht der Junge, der mir Pflaster auf die Knie klebt, wenn ich mal wieder mit den Rollschuhen hingefallen bin, während er mit dem Fahrrad neben mir herfuhr. Das ist nicht der Junge, der mir immer das Gefühl gegeben hat, einen Platz in seiner Welt zu haben. Das ist nicht einmal der Junge, der mich aus seinem Leben verbannt hat. Es ist auch nicht der Mann, der verloren vor dem *Sole Mio* saß. Und schon gar nicht der, der mich um den Verstand geküsst hat.

»Was ist eigentlich dein Problem, Leen?«

»Die Frage ist, was in meinem Leben aktuell kein Problem darstellt«, sagt er verbittert. »Da kann ich dich nicht noch als Bonus obendrauf gebrauchen.«

Ich schlucke den Kommentar herunter, der mir auf der Zunge liegt. Denn gerade benimmt er sich einfach nur wie ein Arschloch und das würde ich ihm nur zu gern an den Kopf knallen. Nur würden meine Chancen auf die bezahlte Kooperation damit noch tiefer sinken als in den Keller.

»Lass mich einfach den Job machen. Zwischen uns muss sich nichts ändern. Wir gehen uns so gut wie möglich aus dem Weg. Wie fändest du das?«

»Nein«, beharrt er. »Ich finde jemand anderen für das Unterhaltungsprogramm.«

»Unterhaltungsprogramm? Als du mich gevögelt hast, war ich da auch nur das Unterhaltungsprogramm für dich?« Die Worte sind raus, bevor ich sie zurückhalten kann. Ich hatte es nicht ansprechen wollen. Die Atmosphäre im Raum ist so schon hitzig genug. Aber für die Aussage würde ich Leen wirklich gerne anspringen und ihm die Augen auskratzen, die mich schon wieder so eindringlich mustern. Statt mir eine Antwort zu geben, schweigt er.

»Verstehe«, sage ich, öffne die Tür, halte inne. Warum ich nicht einfach gehe, weiß ich selbst nicht genau.

»Warte«, sagt er kaum hörbar, als ich mich gerade dazu durchgerungen habe, einen Schritt nach draußen zu machen.

Ich wende mich ihm zu. »Worauf denn, Leen? Auf Antworten, die ich von dir niemals bekomme?« Die Verzweiflung in meiner Stimme höre ich überdeutlich heraus.

Es folgen Sekunden der Stille, in denen Leen nichts anderes macht, als mich anzusehen. Wieder einmal. Diese Unterhaltung führt zu nichts. Er wird nicht nachgeben. Um ehrlich zu sein, hätte ich auch nichts anderes von ihm erwarten sollen. Er hat damals nicht mit mir geredet, als wir uns noch nah waren, warum sollte er jetzt mit der Sprache herausrücken, wenn wir nicht weiter voneinander entfernt sein könnten?

»Ich muss den Bus zurück in die Stadt bekommen«, sage ich und lasse ihn stehen.

# SUNSET

*Rosé Gin, Peach, Lemon,*
*Honey, Ginger Beer*

......................

## LEENARD

Wie erstarrt blicke ich Nika hinterher, als sie aus dem Zimmer stürmt. So hätte es keinesfalls laufen sollen und doch war es unausweichlich. Eben weil unsere Unterhaltungen stets darin enden, auf den Gefühlen des anderen herumzutrampeln. Wären wir nicht Nika und Leen mit einem ganzen Haufen unausgesprochener Dinge zwischen uns, wäre eine Zusammenarbeit durchaus machbar. Das Problem bin ich, nicht Nika. Es war unfair, ihr zu vermitteln, sie sei eins.

Ich komme mir wie ein Arschloch vor, das nicht die Eier hat, über seinen Schatten zu springen. Mein halbes Leben habe ich mit diesem Mädchen verbracht. Was sind dann schon ein paar Wochen gemeinsame Projektarbeit? Ich müsste nicht einmal in ihrer Nähe sein, weil Demy sich um den Part kümmert. Das Marketing ist Ezras Baustelle. Es wäre so einfach, mich von ihr fernzuhalten. Nur bin ich mir nicht sicher, ob ich das könnte. Nicht nach dem, was in ihrem Badezimmer geschehen ist. Denn ich muss Nika nur ansehen, um sie überall auf meiner Haut zu spüren. Und ich kann dieses Verlangen nach einer Wiederholung nicht zurückdrängen.

Vielleicht schafft sie es, das Private zwischen uns auszuklammern. Ich kann es definitiv nicht.

Im Traum hätte ich nicht damit gerechnet, Nika könnte diese Gin-Expertin sein. Und doch wundert es mich nicht. Es fühlt sich ein bisschen so an, als würde es das Schicksal darauf anlegen, uns wiederzuvereinen. Was einen wirklich bittersüßen Beigeschmack hat.

Wir hatten Miss Cocktailery für den Job vorgesehen, um die Zielgruppe über Social Media zu erweitern und später in die Bars zu locken. Sie ist das Gesicht unserer Kampagne. Wenn die Sache platzt, dann nur wegen meiner Befindlichkeiten.

»Fuck«, stoße ich aus und haste ihr nach, die Treppe nach unten, aber Nika ist längst weg.

»Lief wohl nicht so.«

Ich sehe zu Ezra, der mit einer Tasse in der Hand lässig im Türrahmen zur Küche lehnt.

»Ich hab Mist gebaut!«

»War nicht zu übersehen, so wie die Kleine davongerauscht ist«, erwidert er und verkneift sich sichtlich ein Grinsen.

»*Die Kleine* ist Miss Cocktailery«, kläre ich ihn auf.

Damit entgleisen ihm kurzzeitig die Gesichtszüge. »Nicht wahr!«

»Doch!«

»Was stehst du hier noch rum? Hol sie zurück!«, fordert er, aber irgendwas hält mich davon ab. »Ich meine es ernst, Leen! In dem Projekt steckt nicht nur deine Kohle, also bieg das gerade!«

Damit rüttelt er mich wach und ich nehme den Autoschlüssel vom Konsolentisch in der Eingangshalle.

»War das gerade Nika, die an mir vorbeigerannt ist?«, fragt Demy, die in der Sekunde, in der ich mich an ihr vorbeidränge, mit schlammigen Gummistiefeln und dem Futtereimer in der Hand durch die Eingangstür tritt.

Ich springe die wenigen Stufen hinunter und sitze in der nächsten Sekunde hinter dem Steuer des Audis, der zum Glück noch immer in der Einfahrt statt in der Garage steht. Nika hat es inzwischen bis zur Hauptstraße geschafft, die nach Bloemdaalen führt, allerdings liegt die Bushaltestelle noch ein ganzes Stück entfernt. Im Schritttempo fahre ich neben ihr her und lasse das Beifahrerfenster herunter.

»Steigst du ein, wenn ich dich darum bitte?«

»Nein!«

»Es tut mir leid, okay?«

»Nichts ist okay!«

So wird das nie was. Ich beschleunige den Wagen und bremse wenige Meter vor ihr.

Nika sieht mich mit großen Augen an, als ich aus dem Auto steige und ihr entgegenkomme. »Was wird das?«

»Du willst den Job? Gut, dann lass uns darüber reden!«

»Danke, ich verzichte«, erwidert sie spitz.

Ich packe sie am Unterarm, damit sie nicht einfach an mir vorbeigeht. »Nika, können wir das bitte wie Erwachsene klären? Wir sind keine fünfzehn mehr.«

»Leen, du bist derjenige, der in der Vergangenheit feststeckt, nicht ich.«

»Das stimmt nicht«, sage ich und weiß, dass es gelogen ist.

»Doch, ich kann es in deinen Augen erkennen, wenn du mich ansiehst, dass ich dich an all das erinnere, was du vergessen willst. Und das tut verdammt noch mal weh«, bricht es aus ihr heraus und sie reißt sich von mir los. Auch wenn sie den Kopf hastig zur Seite dreht, kann ich die Tränen schimmern sehen. Alles hieran fühlt sich falsch an. Dieses Mädchen war einmal die Welt für mich. Das Letzte, was ich je wollte, ist, dass sie wegen mir weint.

Für ein, zwei hektische Atemzüge starre ich Nika hinterher, bevor ich ihr ein weiteres Mal nachlaufe.

»Du hast gesagt, du brauchst den Job. Warum? Du arbeitest doch in dieser Bar.«

»Ich brauche einfach das Geld«, antwortet sie nach kurzem Zögern.

»Ist das alles? Nachdem du mir unmissverständlich klargemacht hast, dass du mich nicht wiedersehen willst, hätte ich nicht erwartet, dass ausgerechnet Geld deine Meinung ändert.«

Welche Antwort erhoffe ich mir mit der Frage? Dass sie den Job meinetwegen annimmt? Weil Nika meine Nähe sucht, obwohl sie sie genauso wenig erträgt wie ich? Ja, vielleicht. Weil mir eine leise Stimme zuflüstert, dass ich noch immer zu Nika gehöre und es völlig irrelevant ist, ob sie das anders sieht. Dass es egal ist, dass sie nie dasselbe fühlen wird. Weil ohne sie sein zu müssen noch viel unerträglicher ist, als nicht von ihr geliebt zu werden. Ich hatte angenommen, es wäre andersherum. Ich habe mich geirrt. Denn im Moment will ich sie in die Arme nehmen und ihr sagen, wie sehr ich sie in den vergangenen Jahren vermisst habe.

»Ich brauche das Geld nicht für mich«, erklärt sie nach einer Ewigkeit der Stille.

»Sondern?« Im Grunde geht es mich nichts an, wozu Nika das Geld benötigt. Ich schinde lediglich Zeit, um eine finale Entscheidung zu treffen. Das werde ich, sobald ich gedanklich abgewägt habe, wie tief der Fall sein wird, wenn ich Nika mit dem Wissen, dass meine Gefühle nach wie vor eine Einbahnstraße sind, in mein Leben lasse. Ob ich das ein weiteres Mal durchstehe.

»Für Freya. Ihr gehört das Haus, in dem ich wohne. Wenn sie die offene Hypothek nicht bezahlt, droht uns die Zwangsversteigerung. Im Viertel werden aktuell viele Immobilien aufgekauft, um Luxusapartments daraus zu machen, die sich niemand von uns leisten kann. Mit dem Geld aus der Kooperation könnte ich das verhindern.«

»Verstehe.«

»Ich würde ungern mein Dach über dem Kopf verlieren, Leen«, sagt sie mit Nachdruck.

»Entschuldige die Frage, aber warum suchst du dir keine andere Wohnung? Das Haus ist eine Bruchbude.«

Dass die letzten Modernisierungen Jahrzehnte zurückliegen, ist selbst mir aufgefallen.

»Weil man nicht einfach weiterzieht, nur weil es gerade etwas schwierig ist, Leen, genau deswegen suche ich mir nicht einfach ein neues Zuhause.«

Autsch! Die verbale Ohrfeige habe ich mehr als verdient. Und sie hat recht. Ich bin wie ein Feigling davongelaufen, als unsere Freundschaft schwierig wurde. Ich habe so viel von dem Mist, der zwischen uns vorgefallen ist, absichtlich provoziert. Weil ich den einen Schmerz gegen einen anderen eingetauscht habe, in der Hoffnung, er wäre erträglicher. Er war es nicht. Im Gegenteil. Ich bekam ihn in doppelter Intensität zu spüren. Weil sich alter mit neuem gemischt hat. Das war es, was meiner Gefühlswelt schließlich den Rest gegeben hat und mich jegliche Kontrolle über sie verlieren ließ.

»Entschuldige, das war unfair«, sagt Nika und senkt den Blick.

Es ist nicht fair, sie mein Versagen ausbaden zu lassen. Dann denke ich an Demy, für die Bloem und die umliegenden Ländereien alles sind, und daran, wie sie aktuell die Produktion am Laufen hält, indem sie sich mit den Rohstoffhändlern und Spediteuren herumschlägt, um mir den Rücken für alles andere freizuhalten. Dann wäre da noch Ezra, der mir den Hals umdreht, sollte ich ohne Miss Cocktailery zurückkommen. Völlig unabhängig von dem Geld, das er zur Verfügung stellt, ist es für ihn die Chance, sich zu beweisen. Ich habe gar keine andere Wahl, als mich mit Nika zu arrangieren.

Erneut sehe ich sie an. In einem Punkt handeln wir gleich: Wir tun es in erster Linie nicht für uns selbst, sondern für die Menschen, die uns nahestehen. Ich wäre ein egoistisches Arschloch, würde ich ihr die Tür vor der Nase zuschlagen und sie in ihrer Not alleine dastehen lassen. Damals hätte ich schon alles für sie getan, aber heute noch viel mehr. Weil diese leise Stimme in meinem Kopf sich davon einen Neuanfang mit ihr erhofft. Fakt ist nämlich, ich werde sie nicht gehen und nach jemand anderem suchen lassen, der sie bei ihrem Vorhaben unterstützt.

»Okay«, gebe ich mich schließlich geschlagen.

Verwundert sieht sie mich an. »Okay, was?«

»Du brauchst den Job und ich brauche dich.«

Nikas Augen weiten sich überrascht.

»Für den Job«, schiebe ich hinterher, als mir bewusst wird, wie das klingt.

»Und du bist dir sicher, dass du das hinbekommst?«, hakt sie nach. Der vorsichtige Ton in ihrer Stimme fährt mir bis ins Mark. Ich weiß genau, was sie gerade denkt, und ich kann es ihr nicht verübeln. Immerhin saß ich bei ihr an der Bar und habe mich von einem Gast provozieren lassen. Wäre Nika nicht aufgetaucht, hätte mein Gesicht schon viel eher die Titelseiten gefüllt. Und dann wäre da noch mein erbärmlicher Auftritt, blutverschmiert und mit Blessuren im Gesicht. Dabei wäre es ein Leichtes, ihre Bedenken zu zerstreuen, ich müsste ihr nur erzählen, was an dem Tag tatsächlich geschehen ist. Aber ich behalte es für mich, um sie auf Distanz zu halten. Weil es diese Version von mir ist, die sie verabscheut. Die, die ihr zu viel ist. Sie hat es nie ausgesprochen, aber ich habe in jeder Faser meines Körpers gespürt, dass es so ist.

»Das ist nicht dein Problem, Nika«, sage ich tonlos.

»Wird es aber sein, wenn dir alles über den Kopf wächst. Immerhin steht mein Account durch die Kooperation in direkter Verbindung zur dir«, sagt sie, ohne dass es wie ein Vorwurf klingt.

»Ich habe alles im Griff«, versichere ich ihr.

Die Skepsis steht ihr so deutlich ins Gesicht geschrieben, dass ich befürchte, sie könnte den Job nun doch ablehnen. Als sie nickt, atme ich tatsächlich erleichtert auf. Dann sieht sie auf die Uhr. »Verdammt!«, flucht sie.

Fragend sehe ich sie an.

»Ich habe den Bus verpasst.«

»Ich fahr dich nach Hause.«

»Meine Schicht im *Sole Mio* beginnt in vierzig Minuten.«

»Das schaffen wir«, sage ich und muss lächeln, als Nika mit einem Seufzen zum Wagen sieht.

»Also gut, bei der Gelegenheit können wir gleich die Rahmenbedingungen für unsere Zusammenarbeit festlegen.«

»Natürlich«, erwidere ich.

In dem Moment, als sich die Wagentüren hinter uns schließen, ist es, als hätte sich der Sauerstoff im Inneren um die Hälfte reduziert. Ich bin mir Nikas Nähe viel zu bewusst und kann ihren Blick förmlich auf mir spüren.

»Alles bleibt rein geschäftlich.« Damit bringt sie die leise Stimme zum Schweigen, die sich etwas völlig anderes erhofft hat.

»Natürlich.«

»Die erste Hälfte bei Vertragsabschluss, die andere nach Launch des Gins.«

»Natürlich.« Ich sollte dringend etwas anderes antworten. Nur was? Nichts von dem, was mir gerade durch den Kopf geht, würde die von ihr geforderte geschäftliche Ebene respektieren.

»Ich werde mich nicht öffentlich zeigen.«

»Natürlich – warte, was?« Verwundert sehe ich sie an. »Wie stellst du dir das vor? Unser Konzept beinhaltet die physische Präsenz von Miss Cocktailery bei der Preview-Party und keinen ausschließlichen Social-Media-Auftritt.«

»Du hast dir meinen Account angesehen, oder?«

»Flüchtig, ja.« Ich ahne, worauf sie hinauswill.

»Wow, du schickst Anfragen raus, ohne dir ein genaues Bild zu machen?«

»Social-Media-Marketing ist Ezras Baustelle. Ich kümmere mich um das Finanzielle.«

»Ich würde gerne weiterhin anonym bleiben«, erklärt sie und ich kann heraushören, wie wichtig ihr dieses Detail ist. Ich kann sie verstehen, denn ich würde einiges dafür geben, jemand zu sein, dessen Gesicht eins unter vielen ist.

»Okay, und wie genau soll das funktionieren?« Es klingt, als hätte sie sich bereits im Vorfeld Gedanken dazu gemacht.

»Zur Not erscheine ich bei der Preview-Party maskiert.«

Ein Lachen entfährt mir. »Du willst dich verkleiden?«

»Nicht, wie du jetzt denkst.«

»Ach ja, was denke ich denn?«, frage ich und grinse sie herausfordernd an. Mittlerweile ist genügend Sauerstoff ins Wageninnere zurückgekehrt, dass er für uns beide reicht.

»Nicht als überdimensionale Ginflasche«, gibt sie grinsend zurück. In diesem Augenblick ist es leicht mit Nika. Und für einen endlosen Moment ertappe ich mich dabei, wie ich wünschte, es wäre wie früher. Es bräuchte nur einen Versuch …

»Ich dachte eher als Hexe«, ziehe ich sie auf.

»Da war ich sieben!«, antwortet sie patzig.

Ich erinnere mich besser an die Halloweenversion mit siebzehn, doch das behalte ich für mich. Denn damit fing ein Großteil meiner Probleme an. Unter anderem habe ich im Anschluss an diesen Abend eine Anzeige dafür kassiert, Ole Vingegaard für einen anzüglichen Kommentar ein blaues Auge verpasst zu haben, noch bevor ich mit Finn aneinandergeraten bin. Weil er Nika vor meinen Augen geküsst hat, nur um mir eins auszuwischen. Das hat er mir mit einem abfälligen Grinsen ins Gesicht gesagt. Warum er sie anschließend gedatet hat … Ich weiß es nicht. Aber ich schätze, er hat erkannt, wie großartig Nika ist.

Der zusätzliche Sauerstoff scheint schlagartig verbraucht und Nika bemerkt es ebenfalls, denn ihr Lächeln verblasst.

»Wir werden uns etwas einfallen lassen, das deine Privatsphäre schützt«, antworte ich, auch wenn ich keine Ahnung habe, wie genau das aussehen sollen. Denn die Enthüllung von Miss Cocktailery war Teil von Ezras Strategie und ich habe es zugelassen. Das war, bevor ich wusste, wer sich hinter diesem Namen versteckt.

»Danke«, erwidert sie.

»Du wirst mit Demy zusammen an dem Produkt arbeiten. Ist das okay für dich?« Meine Schwester und Nika kamen immer gut miteinander aus, dennoch …

In Nikas Augen spiegelt sich etwas, das ich nicht ganz zu fassen bekomme. Enttäuschung … Erleichterung … vielleicht ein bisschen von beidem.

»Okay«, sagt sie und wendet den Blick von mir ab.

Für die nächsten fünfundzwanzig Minuten legt sich Stille über uns. Immer wieder sehe ich aus dem Augenwinkel zu Nika, die nachdenklich aus dem Fenster starrt. Erst als ich auf den Parkplatz des *Sole Mio* einbiege, wendet sie sich mir wieder zu. »Schick mir den Vertrag per Mail«, sagt sie kühl und schnallt sich ab.

Ich antworte nicht weniger distanziert. »Mach ich.«

Als sie aus dem Wagen steigt, folgt mein Blick ihr, bis sie schließlich in der Bar verschwindet. Ich lasse den Kopf in den Nacken sinken und beobachte durch das Schiebedach den einsetzenden Sonnenuntergang. Bis die Sonne am Horizont verschwindet, schwanke ich zwischen dem Drang, Nika zu folgen, weil ich das Gefühl habe, rein gar nichts ins Lot gebracht zu haben, und dem Entschluss, mich von ihr fernzuhalten, um die Dinge nicht noch komplizierter zu machen.

Der Ton einer eingehenden Nachricht auf meinem Smartphone erspart mir die Entscheidung. Es ist Ezra, der wissen will, ob Miss Cocktailery an Bord ist oder mich zum Teufel gejagt hat. *Beides*, antworte ich ihm knapp. Dann starte ich den Motor und fahre zurück nach Bloem, um Ezra und Demy auf den neusten Stand zu bringen.

# NO GOODBYE

*Red Gin, Strawberries,*
*Honey, Pineapple, Lime*

..........................

## NIKA
**Sole Mio, Rosse Buurt, Amsterdam**

Sechsunddreißig Euro. Nicht gerade eine Ausbeute. Die letzten Abende war das Trinkgeld kaum der Rede wert. Dennoch sind sechsunddreißig Euro mehr als nichts.

Laut seufzend lasse ich mich neben Lore auf einen der Barhocker sinken, während Michael die zwei noch besetzten Tische abkassiert. Mit etwas Glück springen ein paar weitere Euro für mich heraus.

»Ich sollte die paar Kröten nehmen und in einen Lottoschein investieren.« Mit Rubbellosen räumt man keinen Jackpot ab, von Lotto-Millionären liest man hingegen immer wieder.

»Wäre einen Versuch wert.«

»Was glaubst du, wie hoch ist die Chance auf einen Gewinn?«

»Gute Frage. Eins zu zehn Millionen vielleicht«, schätzt Lore.

Ich hole mein Handy aus der Hosentasche, um nachzuschauen. »Es ist wahrscheinlicher, dass ich vom Blitz getroffen werde, als den Jackpot zu knacken.«

»Bei mir im Nachbarhaus wird eine Wohnung frei«, sagt Lore aufmunternd.

Resigniert lasse ich den Kopf auf den Tresen sinken. »Ich will nicht umziehen. Ich lebe gerne in der Pastelstraat«, jammere ich.

Auf den Vertrag für die Kooperation warte ich seit Tagen vergebens. Ich habe wirklich Sorge, Leen könnte sich doch nicht auf die Zusammenarbeit einlassen. Er hat zwar zugestimmt, aber mein Gefühl sagt, ich sollte nur verhalten optimistisch sein. Dass er mich möglicherweise an seine Schwester weiterreicht, tut besonders weh. Noch deutlicher könnte er nicht machen, dass er nichts mit mir zu tun haben will.

»So, Ladys, das war's für heute«, sagt Michael und nimmt neben mir Platz.

Es ist nach zwei Uhr morgens und ich bin völlig erledigt. Ich unterdrücke ein Gähnen.

»Trinken wir noch einen Absacker?«, fragt Michael und sieht erst zu mir und dann zu Lore.

»Ich bin raus. Ich will einfach nur noch ins Bett«, sage ich und stelle mein leeres Glas vor mir auf dem Tresen ab.

»Was ist mit dir?«

»Ähm …« Lore sucht meinen Blick und ich deute unauffällig auf Michael, der gerade über die Theke hinweg nach der Tequilaflasche greift. »Klar, einer geht«, sagt sie schließlich.

»Gute Nacht«, verabschiede ich mich und lasse die beiden allein an der Bar zurück.

Nachdem ich meine Sachen aus dem Spind geholt habe, verlasse ich die Bar durch den Hinterausgang und schlage den Heimweg ein. Die frische Nachtluft sorgt dafür, dass ich mich nicht mehr ganz so erschlagen fühle.

Als ich die Pastelstraat erreiche und sehe, dass in der WG noch Licht brennt, macht sich Wehmut in mir breit. Ich werde nicht aufgeben. Das hier ist mein Zuhause. Auf dem Weg nach oben hole ich mein Handy aus der Jackentasche und öffne die letzte E-Mail der Agentur. Mit wenigen Worten teile ich mit, dass ich nach wie vor auf den Vertrag warte und Leen sich unseren Deal in die Haare schmieren kann, wenn ich ihn bis zum Wochenende nicht vorliegen habe. Beim Abschicken zögere ich. Bevor ich es mir anders überlege, drücke ich den Senden-Button und stecke das Handy wieder weg.

Einen Moment denke ich darüber nach, bei der WG zu klingeln, dann fällt mir ein, dass Hannah vermutlich für ihre Prüfung lernt und ich sie nur davon abhalten würde. In meiner Wohnung angekommen, füttere ich Gijsbert und mache mir den Rest vom Mittag warm.

Es ist nach vier, als ich frisch geduscht unter die Decke krieche und mir wenig später die Augen zufallen.

............

Das Klingeln an der Tür reißt mich aus dem Schlaf und ich bin wirklich versucht es zu ignorieren, bestünde nicht die Möglichkeit, dass es der sehnlichst erwartete Paketdienst ist.

»Morgen«, sage ich beim Öffnen und verstecke ein Gähnen.

»Morgen«, erklingt die tiefe Stimme von Leen.

Schlagartig bin ich wach. »Was machst du hier?« Er ist definitiv die letzte Person, mit der ich gerechnet habe.

»Ich bin geschäftlich hier«, erklärt er kühl.

»Und deswegen hast du Kaffee dabei?«

»Dachte, du könntest einen vertragen, wenn du morgens um drei angepisste E-Mails verschickst.« Leen hält mir einen Becher entgegen.

»Ich habe eine sachliche E-Mail geschrieben«, stelle ich klar und nehme den Kaffee an mich.

»Mit freundlichen fick dich Grüßen?«, erwidert er und verkneift sich sichtlich ein Grinsen.

Oje, das ist nicht wahr. Ich erinnere mich, dass ich die Worte in meiner Wut getippt habe, allerdings hätte ich schwören können, sie vor dem Verschicken gelöscht zu haben.

»Da war ich wohl zu voreilig mit dem Senden-Button«, versuche ich möglichst unbeteiligt zu antworten.

»Kann ich vielleicht reinkommen?«

Ganz automatisch werfe ich einen Blick über meine Schulter, um das Chaos in der Wohnung abzuschätzen.

Ich trete beiseite. »Ähm … klar.«

Auf dem Weg ins Wohnzimmer sehe ich an mir herab. Ich trage nur ein Oversized-Schlafshirt. Nicht unbedingt businesslike. Leen hingegen sieht genau nach dem Grund seines Besuches aus – geschäftlich. Hastig stelle ich den Kaffeebecher auf dem Couchtisch ab, um die Jeans und den Pulli vom Sofa zu nehmen. »Ich sollte mir zuerst was anziehen.«

»Ja, solltest du«, erwidert er kratzig und weicht meinem Blick aus. Er will vielleicht nichts mit mir zu tun haben, eine Wirkung habe ich dennoch auf ihn.

»Eine Minute«, sage ich und verlasse das Wohnzimmer, drehe mich aber noch mal zu Leen um, bevor ich in den Flur trete. Und es wäre eine Lüge zu behaupten, diese Wirkung beruhe nicht auf Gegenseitigkeit.

»Na, Gijsbert«, sagt er, während er die Jacke auszieht und über die Sofalehne wirft. »So schnell sieht man sich wieder.« Mit dem Zeigefinger tippt er leicht gegen das Goldfischglas. »Damit haben wir beide nicht gerechnet, oder?«

Keine Ahnung warum, aber der Anblick von Leen in meinem Wohnzimmer, wie er sich mit einem Goldfisch unterhält, lässt mich wie verrückt grinsen. Vermutlich, weil mir die unbeschwerte Version so viel vertrauter ist. Gleichzeitig weckt sie den Wunsch, mehr von ihr zu bekommen. Ich befürchte jedoch, sie ist nicht für mich bestimmt. Wie viel seiner unnahbaren Version ist echt und wie viel reiner Selbstschutz?

Zuerst mache ich einen Abstecher ins Bad. Ein Blick in den Spiegel und mein Schlafdefizit springt mir in Form von dunklen Augenringen entgegen. Ich spritze mir Wasser ins Gesicht und trage eine getönte Tagescreme auf, um etwas frischer zu wirken. Während ich mir die Zähne putze, versuche ich das Wirrwarr auf meinem Kopf irgendwie zu bändigen. Erfolglos. In der Schublade wühle ich nach einem Haargummi, die bei mir wirklich Mangelware sind. Entweder verschwinden sie in den Tiefen meiner Handtasche oder Selma borgt sie sich und vergisst, sie zurückzugeben. Am Ende finde ich eins im Spiegelschrank neben den Augenpads, die ich nie verwende, obwohl ich sie dringend nötig hätte.

Ich schlüpfe in die Jeans, die ich vom Sofa gefischt habe, dann rieche ich an dem Pulli. Okay, eher nicht. Damit Leen nicht unnötig wartet, husche ich schnell ins Schlafzimmer, um mir ein sauberes Shirt, aber vor allem einen BH anzuziehen.

Als ich zurück ins Wohnzimmer komme, steht Leen am Fenster und sieht hinaus.

»Wem winkst du denn zu?«, frage ich, da er in dem Augenblick die Hand hebt.

»Da ist ein kleines Mädchen im Garten«, antwortet er, wendet sich ab und geht auf das Sofa zu.

»Das ist Amilia, sie ist drei«, erkläre ich, nachdem ich selbst einen Blick hinausgeworfen habe. Sie winkt mir zu, als sie mich entdeckt.

»Mmh«, macht Leen abwesend und ich frage mich, ob er sich gerade daran erinnert, dass wir kaum älter waren, als wir uns kennengelernt haben.

Im Vorbeigehen nehme ich den Kaffeebecher vom Couchtisch und setze mich im Schneidersitz auf den Boden davor, damit ich Leen gegenübersitze. Das erscheint mir irgendwie angemessener, als auf dem schmalen Sofa neben ihm zu sitzen.

»Ich habe den Vertrag dabei. Entschuldige, dass es so lange gedauert hat. Unser Anwalt hat es nicht früher geschafft, ihn aufzusetzen«, sagt er und holt eine Mappe aus seinem Rucksack. »Lies ihn dir in Ruhe durch. Du musst ihn nicht sofort unterschreiben.«

»Danke«, erwidere ich und nehme die Mappe entgegen, als er sie über den Tisch reicht. Ich stutze direkt bei der ersten Seite. »Was ist das?

»Eine Verschwiegenheitsvereinbarung.«

»Wozu?«, hake ich nach und überfliege die ersten Zeilen des Texts.

»Sie ist in beiderseitigem Interesse. Ich habe Wolters gebeten den Vertag darum zu erweitern.«

»Was glaubst du denn, was ich ausplaudern könnte?«, frage ich beleidigt. Dass er mir so wenig vertraut, dass er sich schriftlich absichert, verletzt mich. Denn hier steht schwarz auf weiß, sollte ich Familien-Interna der Brouwers in die Welt hinaustragen, droht mir eine Geldstrafe in Höhe von hundertfünfzigtausend Euro.

»Auf Absatz eins bis drei hat Wolters in Anbetracht der aktuellen Situation innerhalb meiner Familie bestanden, im Gegenzug habe ich Absatz vier und fünf in deinem Interesse gefordert.«

Ich blättere die Seite um und werde fündig. Zusammengefasst steht da, dass *Bennet Entertainment* sowie die Brouwers meine Privatsphäre sicherstellen und meine Identität geheim halten müssen. Sollte im Rahmen der Zusammenarbeit bekannt werden, wer sich hinter Miss Cocktailery verbirgt, wird eine Schadensersatzhöhe von zweihundertfünfzigtausend Euro fällig.

»Das unterschreibe ich nicht!«, entfährt es mir und ich klappe die Mappe zu.

»Ich hatte den Eindruck, der Punkt wäre dir wichtig.«

»Ja, aber noch wichtiger ist es mir, dass unsere Zusammenarbeit auf Vertrauen und nicht auf möglichen Geldstrafen basiert«, entgegne ich.

Für die nächsten Sekunden sehen wir einander an, abwartend, wer zuerst nachgibt. Leen nimmt einen Schluck aus dem Kaffeebecher mit der Aufschrift *Little Sweet Bakery*.

»Nika, meine Familie beherrscht gerade die Schlagzeilen. Das Projekt wird zusätzlich für Aufmerksamkeit sorgen. Was, glaubst du, wird passieren, sobald wir Miss Cocktailery als Kooperationspartnerin bekannt geben? Sie werden sich auf dich stürzen, um hinter deine Identität zu kommen. Niemand wird Rücksicht auf deine Privatsphäre nehmen. Ab dem Moment bist du Freiwild für jeden, der fünf Minuten Ruhm einfahren will. Glaub mir, ich weiß, wovon ich rede. Ich könnte gut und gerne darauf verzichten, mein Gesicht auf allen Kanälen bewundern zu dürfen. Im Anhang findest du das Sicherheitskonzept für die Preview-Party. Es ist gut durchdacht, aber eben keine Garantie. Ich habe es gemeinsam mit der Security-Firma ausgearbeitet. Es umfasst auch die im Anschluss geplante zehntägige Promotiontour mit dir als Showact.«

»Promotiontour, Showact? Davon höre ich gerade zum ersten Mal«, entfährt es mir überrascht.

»Ezras neuste Idee. Wir würden dir den zusätzlichen Aufwand selbstverständlich vergüten. Die Entscheidung dafür liegt aber ganz bei dir.«

Leen klingt nicht, als würde er die Idee seines Freundes gutheißen. Ich ebenfalls nicht, aber ich kann Ezras Motivation dahinter durchaus verstehen. Und ein finanzieller Puffer klingt verlockend. Ich öffne die Mappe ein zweites Mal und blättere, bis ich das Konzept finde, um es mir wenigstens anzusehen. Während ich die fünf Seiten lese, herrscht Stille im Wohnzimmer. Dann sehe ich Leen an.

»Das ist ein Scherz, oder? Ich soll für den Zeitraum der Tour auf Bloem wohnen?«

»Hier ist es nicht sicher. Jemand könnte dir nach einem der Abende folgen. Es reichen ein Blick auf die Namen am Briefkasten und ein minimaler Aufwand an Recherche, um hinter deine Identität zu kommen. Bloem ist von der Außenwelt abgeschirmt. Wir stellen dir einen Fahrer zur Verfügung, solltest du in der Zeit private Termine wahrnehmen müssen, die sich nicht aufschieben lassen.«

»Klingt, als würdest du mich einsperren wollen«, erwidere ich trotzig, weil ich es völlig überzogen finde. Niemand wird ein derartiges Interesse an meiner Identität haben. Leen übertreibt maßlos.

»Ich will dich schützen«, antwortet er mit fester Stimme, als wäre ich seine oberste Priorität.

»Ich weiß deine Bemühungen wirklich zu schätzen, aber ich werde mich nicht auf Bloem verstecken, sollte ich diese Tour tatsächlich in Erwägung ziehen.«

Leen setzt zu einer Antwort an, wird aber vom Klingeln seines Handys unterbrochen. »Entschuldige, ich muss da kurz rangehen.«

»Nur zu, ich lese derweil den Vertrag.«

»Was gibt's, Wolters?« Leens Brauen ziehen sich zusammen, während er der Person am anderen Ende zuhört. »Ist das sicher?« Dann sieht er zu mir und ertappt mich dabei, wie ich ihn beobachte. Er gibt mir ein Zeichen, dass er zum Telefonieren den Raum verlässt, und steht vom Sofa auf. Ich sehe ihm nach, wie er in den Flur verschwindet. Nur gedämpft dringt seine Stimme zu mir durch, bis sie ganz verstummt.

Um die Angelegenheit nicht unnötig hinauszuzögern, lese ich derweil den zehnseitigen Vertrag. Klauseln über Klauseln, von denen ich nur einen Bruchteil verstehe. Aber ich traue Leen nicht zu, dass er mich über den Tisch ziehen würde, nicht wenn er eigens für mich ein zusätzliches Sicherheitskonzept in Auftrag gegeben hat. Auch wenn ich es nicht will, ertappe ich mich bei dem Gedanken, dass er das getan hat, weil ich ihm noch immer wichtig bin. Und das sorgt dafür, dass mein Herz ein klein wenig schneller schlägt.

Die Eingangstür fällt mit einem lauten Scheppern ins Schloss. »Nika!«, ruft Selma. Ich zähle die Sekunden runter, bis sie Leen im Flur begegnet. Der panische Aufschrei bleibt aus. Stattdessen erscheint sie mit hochrotem Kopf im Wohnzimmer. Jetzt bin ich diejenige, die einen Anflug von Panik verspürt, weil sich mir die Frage stellt, wohin genau sich Leen zurückgezogen hat, um ungestört zu telefonieren.

»Er ghostet mich!«, entfährt es Selma.

Die Liste der möglichen Kandidaten ist begrenzt, trotzdem frage ich: »Wer?«

»Pablo!«, bestätigt sie meine Vermutung.

»Oder er hat einfach viel zu tun?«, gebe ich zu bedenken.

»Er arbeitet in einem Supermarkt. Wie viel kann er da schon zu tun haben, dass er auf keinen meiner Anrufe reagiert?«

»Soll ich später runter in die WG gehen und ihm mitteilen, dass deine Leiche gefunden wurde und er der Letzte ist, der dich lebend gesehen hat?«, frage ich scherzhaft.

»Würdest du?«, erwidert sie etwas zu euphorisch.

Ich werfe ihr einen schrägen Seitenblick zu. »Nein, weil er mir ohnehin nicht glauben würde, wenn du ihn alle zehn Minuten anrufst.«

Selma lässt sich mit einem lauten Seufzen auf das Sofa fallen. »Was ist das?«, fragt sie und deutet auf die Mappe in meiner Hand.

»Der Vertrag für die Kooperation.«

»Wow, damit haben sie sich aber Zeit gelassen.«

»Es mussten vorab wohl noch ein paar Dinge geklärt werden.«

»Was denn?«

»Die Brouwers planen nach dem Launch des Gins eine Promotiontour durch zehn Bars, bei der sie mich gerne dabeihätten. Was einen zusätzlichen Aufwand bedeutet, sollte ich anonym bleiben wollen.«

»Cool, eine Tour ist eine großartige Idee. Aber inwiefern bedeutet das mehr Aufwand?«

»Man befürchtet, die neugierige Masse könnte die Bars stürmen, um hinter meine Identität zu kommen. Daher bedarf es wohl erweiterter Sicherheitsvorkehrungen.«

»Klingt vernünftig«, sagt sie und holt ihr Handy aus der Handtasche.

»Du findest das nicht überzogen?«, frage ich überrascht. Ich hätte eher damit gerechnet, dass Selma in dem Punkt meiner Meinung ist.

»Hast du eine Ahnung, wie viele Nachrichten in dein Postfach flattern, die sich um genau die Frage drehen?«

»Ähm, nein.« Natürlich weiß ich das nicht, weil meine Freundin sich um die Beantwortung kümmert. Ich überfliege gelegentlich die Kommentare unter den Postings, mehr nicht.

»In etwa so viele wie von Leuten, die mitteilen müssen, wie scheiße sie dich finden, weil du Alkohol promotest«, antwortet sie trocken.

»Wie sensibel von dir, mir das ohne Vorwarnung um die Ohren zu hauen.« Aber ja, das gehört zum Business dazu. Je größer die Reichweite, desto mehr Menschen können dich zum Kotzen finden. Deutlich mehr jedoch finden das, was du machst, großartig und motivieren dich dazu, weiterzumachen, anstatt dich heulend in der Ecke zu verkriechen, weil *wilderhengst69* unter der Gürtellinie kommentiert.

»Sorry, ich befinde mich in der Phase, in der ich will, dass alle so leiden wie ich. Was genau haben die Brouwers denn vor, um dich vor den Verrückten zu schützen?«

Ich hefte den entsprechenden Teil aus. »Hier, lies selbst.«

»Wow, ein Gratisurlaub im Schloss.«

»Das ist kein Urlaub, das ist völlig over the top.«

Im Hintergrund höre ich, wie sich eine Tür leise schließt. War Leen etwa in meinem Schlafzimmer? Muss er gewesen sein, denn die Schiebetür vom Badezimmer macht ein quietschendes Geräusch.

»Also ich für meinen Teil würde nicht ablehnen, müsste ich 24/7 mit Leenard Brouwer verbringen. Der Typ ist heiß. Hast du dieses Slow-Motion-Video auf TikTok gesehen, auf dem er das Krankenhaus verlässt? Broken Face, lässiger Gang. Ein kurzer Blick in die Kamera und alle rasten aus. Der Typ hat echt verstanden, wie man Sexyness verkauft.«

Mein Blick huscht zum Flur, wo Leen grinsend im Türrahmen lehnt. Als er sich räuspert, dreht Selma sich erschrocken zu ihm um.

»Guten Tag.«

»Hey«, gibt sie perplex zurück.

»Ich muss los, mein Taxi wartet«, sagt Leen und kommt auf uns zu. »Leenard«, stellt er sich bei Selma mit einem Schmunzeln auf den Lippen vor, die ihn noch immer fassungslos anstarrt.

Nach kurzem Zögern ergreift sie seine ausgestreckte Hand. »Selma.«

Er schnappt sich seine Jacke und den Rucksack, der neben dem Sofa steht. »Hat mich gefreut.«

Wir sehen ihm beide hinterher, während er sich abwendet und sich in Bewegung setzt.

»Warte, ich bringe dich noch zur Tür«, sage ich und komme hastig auf die Füße.

Rasch nehme ich Selma das Papier aus der Hand und packe es zurück in die Mappe, während sie mir »Oh my fucking God« zuflüstert.

»Entschuldige, Selma hatte keine Ahnung, dass du hier bist.« Als wäre das eine Rechtfertigung für ihre Unterstellung, er würde bewusst mit den Medien spielen. Ich würde ihr für ihre ungehobelte Art gerade nur zu gerne den Kopf abreißen.

»Schon gut«, erwidert Leen mit einem schwachen Lächeln.

Ich lege den Vertrag auf der Kommode ab und nehme einen Kugelschreiber aus der Schublade. »Ich unterschreibe noch schnell«, sage ich und schlage die Mappe auf der letzten Seite auf.

Leen nimmt mir den Stift aus der Hand, dabei streifen seine Finger meine und verursachen einen kurzzeitigen Herzstillstand in meiner Brust. Im nächsten Moment klappt er die Mappe zu.

»Denk in Ruhe darüber nach. Alles, was hier drinsteht, ist nicht verhandelbar, Nika. Ruf an, wenn du dich entschieden hast.« Auf die Vorderseite schreibt er eine Handynummer.

»Okay«, antworte ich zögerlich.

Viel zu lange sehen wir einander an. Zu lange, als dass es bedeutungslos wäre. Zu lange, um keine Erinnerungen zu wecken. Genau so lange, dass sich Sehnsucht in meinem Inneren breitmacht.

»Bis bald, Nika«, flüstert er.

»Bis bald, Leen.«

Diesmal ist es kein endgültiger Abschied.

# DESTROYED MIRROR

*Dry Gin, Cointreau, Lillet Blanc,*
*Lemon, Absinthe, Cherry*

## LEENARD
**Magnolia Uitvaarten, Museum Quarter, Amsterdam**

»Wir haben ein ganz fantastisches Modell aus Eichenholz. Langlebig, zeitloses Design und hochwertige Polsterung.«

Verwundert sehe ich den Bestatter an. Ist das sein Ernst, Langlebigkeit und zeitloses Design als Verkaufsargumente anzubringen? Okay, was sollte er sonst sagen? *Ein Hingucker für Maden und Würmer, obendrein reduziert es den körperlichen Verfall um zehn Prozent im Vergleich zum Basic-Modell?* Nicht unbedingt das, was Angehörige hören wollen, wenn sie gerade einen geliebten Menschen verloren haben. Ich hingegen will die Angelegenheit einfach nur so schnell wie möglich hinter mich bringen. Dieser Showroom löst absolutes Unbehagen in mir aus. Und zwar in jedem Zentimeter meines Körpers.

Seit die Polizei vor zwei Tagen den Leichnam freigegeben hat, dreht sich alles darum, unseren alten Herren schnellstmöglich unter die Erde zu bekommen. Ich will die Sache einfach nur vom Tisch haben und meine Schwester braucht die Möglichkeit, sich zu verabschieden. Wir könnten, was unseren Vater betrifft, nicht unterschiedlicher empfinden. Statt so etwas wie Verlust zu fühlen, verspüre ich eine Art der Befreiung. Eine, die sich viel intensiver anfühlt als bei meinem Auszug. Jetzt ist das Monster unter meinem Bett endgültig tot und die Tatsache lässt mich nachts ruhiger schlafen.

»Der hier ist doch hübsch«, sagt Demy und deutet auf einen Sarg in Hochglanzweiß.

»Ich bin mir nicht sicher, ob Piets Seele so rein war, dass es für unschuldiges Weiß reicht«, antworte ich und kassiere dafür einen warnenden Blick

»Eine ausgezeichnete Wahl. Schlichte Eleganz und ein echter Hingucker.« Da ist es, das Hingucker-Argument. Ich verkneife mir ein bitteres Lachen.

Jemand sollte dem Kerl mal sagen, dass er ihr keine Luxusmöbel verkauft, auch wenn die Preise darauf schließen lassen würden.

»Leen, was meinst du?«

»Ehrlich, es ist mir völlig egal. Nimm, was dir gefällt.« Immerhin besser als das, was mir eigentlich auf der Zunge liegt: Eine einfache Holzkiste würde kein weiteres Loch in das schwindende Familienvermögen reißen und wäre exakt das, was mein Vater verdient.

Bisher kennen nur Demy und ich die Wahrheit zu den Umständen, wie unser Vater tatsächlich verstorben ist. Baas würde dasselbe tun, wenn er hier wäre. Aber ich schätze, es ist nur eine Frage der Zeit, bis mein Kartenhaus an unausgesprochenen Dingen einstürzt. Das Gewicht auf meinen Schultern wird mit jedem Tag schwerer und ich habe keine Ahnung, wie lange ich es noch tragen kann, bevor ich unter der Last zusammenbreche.

Das Handy vibriert in meiner Hosentasche. Wolters. »Ich muss da rangehen, kommst du kurz alleine klar?«, frage ich Demy, die nur nickt und im nächsten Atemzug mit dem Bestatter über Blumenbuketts spricht.

»Ja?«, sage ich, sobald ich das Gespräch angenommen habe.

»Leen, hast du einen Augenblick?«

»Ich bin ganz Ohr.«

»Das Gericht hat mich um die Aushändigung des Testaments gebeten und einen Termin für die Eröffnung festgelegt.«

»Gut, und wann?« Noch ein Punkt auf der Liste unangenehmer Angelegenheiten.

»In zehn Tagen.«

»Okay.«

»Ich rate zu einer Verschiebung des Termins.«

Die Art, wie er es sagt, macht mich stutzig. Ich werde einfach das Gefühl nicht los, dass er mir etwas verschweigt.

»Aus welchem Grund?«

»Ich würde das ungern am Telefon besprechen. Könntest du dafür zu mir ins Büro kommen?«

Übers Handy werfe ich einen Blick in meinen Terminkalender. »Passt dir Freitag gegen drei?«, frage ich, während sich Anspannung in mir breitmacht. Was auch immer er mir zu sagen hat, es wird mir nicht gefallen.

»Ja, Freitag drei Uhr ist perfekt.«

Bevor ich auflegen kann, sagt er eindringlich meinen Namen.

»Ja?«

»Komm bitte allein.«

Mir läuft es eiskalt den Rücken runter. »Natürlich«, erwidere ich nach kurzem Zögern. Wolters kennt aller Wahrscheinlichkeit nach mehr als genügend unangenehme Wahrheiten unserer Familiengeschichte und ich befürchte, ein paar davon wird er Freitag zutage fördern.

»Alles okay?«, fragt Demy mit besorgter Miene, als ich zurück in den Verkaufsraum des Bestattungsunternehmens trete.

»Ja, alles gut«, versichere ich ihr und lächle verhalten. »Sind wir dann hier durch?«

Der Bestatter sieht zwischen uns hin und her. »Wenn Sie sich beide für ein Modell entschieden haben, erledigen wir den Papierkram. Um alles Weitere kümmern wir uns.«

Demy lächelt mich zufrieden an und deutet auf den weißen Sarg.

»Okay, dann wir nehmen den.« Hauptsache, ich habe die Sache endlich hinter mir.

Zwanzig Minuten später habe ich meine Unterschrift unter einen Stapel lose Papiere gesetzt, während Demy gedanklich bereits beim auf die Beerdigung folgenden Empfang ist. Mein Vater hatte keine Freunde, also wen sollen wir zum Leichenschmaus einladen? Etwa die Geschäftspartner, denen wir ein Vermögen schulden und die ich allesamt vertröstet habe, wohl wissend, dass ich keine Ahnung habe, wo wir die Kohle herzaubern soll? Wie heuchlerisch ist es, eine überzogene Trauerfeier für einen Mann zu veranstalten, der das Unternehmen in den Ruin gewirtschaftet und Menschen um ihr Geld betrogen hat? Das ist die Erkenntnis, zu der ich nach Sichtung der Bilanzen der letzten fünf Jahre gekommen bin. Was ich noch nicht ganz durchschaut habe: wohin das ganze Geld verschwunden ist.

»Dann auf zum Caterer, oder?«, fragt Demy.

Das ist der letzte Punkt auf der Liste für heute. Glücklicherweise befindet der sich nur zwei Straßen von hier entfernt. Das Ganze dürfte sich also nicht mehr ewig hinziehen.

»Ich hoffe, der hat ein paar Kostproben«, sage ich, weil sich mein Magen genau in diesem Augenblick bemerkbar macht.

Vierzig Minuten später schwirrt mir der Kopf. Ich hatte keine Ahnung, wie viele Optionen es für ein Buffet gibt und wie wichtig die richtige Tischwäsche, Besteck und Gläser für eine derartige Veranstaltung sind. Ich versuche mir die Beerdigung meiner Mutter ins Gedächtnis zu rufen, aber mehr als verwaschene Farben und lose Erinnerungsfetzen bringt mein Verstand nicht hervor. Genau weiß ich nur noch, wie ich mich an dem Tag gefühlt habe – innerlich tot.

»Canapés, eine Käseplatte, vielleicht noch Obstspieße, was meinst du, Leen?«, fragt Demy.

»Klingt großartig«, antworte ich, obwohl ich der Unterhaltung zwischen ihr und der Angestellten des Cateringservices nur bedingt folge. Stattdessen sehe ich immer wieder auf die Uhr.

»Kleine Törtchen sind eine tolle Idee«, höre ich Demy sagen, während ich nachdenklich aus dem Schaufenster blicke. In der nächsten Sekunde erstarre ich. Nika.

Bevor ich es realisiere, habe ich mich in Bewegung gesetzt. Das Glöckchen über der Tür schellt, als ich den Laden verlasse und in die Fußgängerzone trete. Mein Blick folgt Nika. Als hätte sie es bemerkt, bleibt sie stehen und dreht sich zu mir um. Ein Lächeln erscheint auf dem Gesicht, das nicht zu Nika gehört. Ich habe mich geirrt. Ein Kerl eilt auf die Passantin zu, küsst sie kurz und legt einen Arm um ihre Schultern.

Ich blicke ihnen nach, bis die beiden vom Strom der Menge verschluckt werden, und empfinde dabei Neid. Nein, das ist nicht das richtige Wort, es ist vielmehr eine Sehnsucht nach der Leichtigkeit, die sie zu umgeben scheint, während ich zunehmend von der Schwere um mich herum erdrückt werde. Seit unserem Wiedersehen war ich mehr als einmal kurz davor, Nika zu sagen, dass ich sie in meinem Leben haben will. Und dann erinnere ich mich, wie mein Leben gerade aussieht und dass ich davonrennen würde, könnte ich es. Es wäre egoistisch, sie noch tiefer in alles hineinzuziehen. Dennoch ist da der irrsinnige Gedanke, dass es nicht mehr als Nikas Lächeln braucht, um mich in der Spur zu halten, und ihre Küsse, um die Welt um mich herum erträglich zu machen.

Der Istzustand zwischen uns macht mich verrückt. Dabei habe ich ihn selbst verursacht, indem ich zugestimmt habe, unseren Umgang rein geschäftlich zu halten. Mit jedem Gedanken an sie scheitere ich ein bisschen mehr daran. Immerhin weiß ich inzwischen, wie es sich anfühlt, mit Nika auf eine weitaus intimere Art zusammen zu sein als noch vor Jahren.

»Leen?«, höre ich Demy rufen.

Für einen Moment schließe ich die Augen, lasse den Menschenlärm an mir vorüberziehen. Atme tief in mich hinein. Einmal. Zweimal. Dann drehe ich mich zu meiner Schwester um.

»Ich brauchte frische Luft, der Raum war zu stickig«, sage ich, sobald ich bei ihr bin.

»Geht es dir gut?«, fragt sie besorgt.

Ich weiche ihrem Blick aus. »Lass uns die Bestellung für das Catering einfach hinter uns bringen, damit wir von hier verschwinden können.«

»Weißt du, Leen, du könntest zur Abwechslung auch einfach mit mir über die Dinge reden, die dich beschäftigen.«

»Was genau willst du denn hören?«

»Dich scheint das hier nicht sonderlich zu interessieren.«

»Was genau?«

»Die Beerdigung«, sagt sie sanft.

»Wenn es nach mir ginge, bräuchte es diesen ganzen Zirkus nicht. Ich würde den Alten lieber gestern als morgen unter die Erde bringen.«

»Verstehe«, sagt sie verständnisvoll. Aber ich bin mir nicht sicher, ob sie tatsächlich eine Ahnung hat, wie es in mir aussieht. Ich weiß, dass ich die Vergangenheit hinter mir lassen muss, weil es sonst immer für unterschwellige Spannungen zwischen mir und meinen Geschwistern sorgen wird. Aber es ist das eine, zu wissen, wie man fühlen sollte, und etwas völlig anderes, wie man tatsächlich fühlt.

»Du hast ihn geliebt, aber das trifft nicht automatisch auf jeden in unserer Familie zu. Ich mache das hier nur für dich«, versuche ich wenigstens, mich zu erklären.

»Und das ist völlig okay, Leen.«

»Ich habe ihn gehasst, Demy. Die meiste Zeit meines Lebens habe ich versucht, es ihm recht zu machen. Und als ich eingesehen habe, dass die Art von Anpassung, die er erwartet, nicht mir entspricht, habe ich mich von allem losgesagt. Ich bin nach London, um ein selbstbestimmtes Leben zu führen. Und weißt du, was mir die Rebellion gebracht hat? Rein gar nichts. Ich wollte nie wieder Teil dieses Ganzen sein und doch stecke ich nun mittendrin. Es fühlt sich verdammt noch mal so an, als hätte unser Vater selbst nach seinem Tod alle Fäden in der Hand, um mich wie eine Marionette tanzen zu lassen. Denn sobald ich in den Spiegel sehe, habe ich immer mehr das Gefühl, ihn statt mich selbst darin zu erkennen.«

»Niemand zwingt dich hier zu sein.«

»Ist das so?«, frage ich zynisch.

»Natürlich!«, blafft sie zurück.

»Wenn ich also in das nächste Taxi zum Flughafen springe, bin ich kein Arschloch, das euch hier mit allem allein lässt?«

Sie verzieht das Gesicht, weil ich recht habe. Es geht nicht darum, wie ich mich mit der Situation fühle, weil ich ihr ohnehin nicht entkommen kann. Es geht lediglich darum, alles irgendwie durchzustehen. Die Destillerie ist nicht mein Erbe, sondern das von Demy und Baas. Meinen Anteil am Unternehmen habe ich in der Sekunde ausgeschlagen, als ich meinem Vater den Rücken gekehrt habe. Wir hatten einen Deal. Einen, von dem meine Geschwister keine Ahnung haben. Für sie bin ich der kleine Bruder, der sich in der Welt da draußen die Hörner abstoßen muss, bevor er in den Schoß der Familie zurückkehrt. Aber genau darin bestand unsere Abmachung. Er hört auf sich in mein Leben einzumischen und ich verzichte auf seine Kohle und komme nicht zurück. Und doch bin ich jetzt hier und regele seinen Kram.

»Du musst aber auch nicht alles alleine hinbekommen, Leen. Es ist nichts verkehrt daran, sich helfen zu lassen. Dafür hat man Familie.« In ihrer Stimme schwingt die leichte Warnung mit, nicht dieselben Fehler wie damals zu machen.

»Entschuldige, ich bin etwas drüber«, sage ich und betrete erneut den Laden, um mich mit Canapés und Törtchen für die Trauerfeier auseinanderzusetzen.

Ich kann Demys Blick auf mir spüren und nehme ihre Anspannung wahr. Sie fragt sich, ob wir in unserer Bruder-Schwester-Beziehung gerade einen Schritt zurück gemacht haben. Die Frage kann ich nicht eindeutig mit Nein beantworten, aber eben auch nicht mit Ja.

»Ich habe alles notiert. Bis morgen Abend schicke ich Ihnen den Kostenvoranschlag.«

»Danke.«

Gemeinsam mit Demy verlasse ich das Geschäft und öffne ihr die Beifahrertür. Die unbequeme Stille zwischen uns macht mich nervös. Auf dem Weg zu meiner Verabredung mit Ezra setze ich sie bei MacIntyre ab, damit sie die finale Basisnote des neuen Gins bestimmen können. In meinem Kopf ging die Prozedur, einen Geschmack zu finden, deutlich simpler vonstatten. Wie sich allerdings herausgestellt hat, ist es weitaus komplexer und es bedarf eines erfahrenen Destillateurs mit dem nötigen Know-how, um ein marktfähiges Produkt zu erschaffen. Demys Ansatz war gut, aber ausbaufähig, da hatte Ezra recht. Damit wir die Preview-Party nicht nach hinten verschieben müssen, verbringt meine Schwester also jede freie Minute in der Produktionsstätte. Das Zeitfenster ist ohnehin schon knapp, denn die Kingston University hat mich bis zum Ende des Semesters aufgrund der familiären Umstände freigestellt. Wenn ich meinen Abschluss will, muss ich demnach spätestens bis zu den Klausuren in sechs Wochen zurück sein.

Daher sieht unser Plan folgendermaßen aus: Wir werden eine Art Testlauf starten, indem wir nur eine kleine Menge produzieren und sie vorerst als limitierte Edition ankündigen. Das spart Zeit in der Produktion und vor allem Geld. Bei der darauffolgenden Kneipentour werden wir evaluieren, wie der alkoholfreie Gin ankommt, und anschließend entscheiden, wie wir weiter verfahren. Nika steigt am Donnerstag ein. Um sie weitestgehend von allem fernzuhalten, was ihre Privatsphäre bedrohen könnte, bleibt sie bei der Produktentwicklung außen vor. Ezra hat meine Entscheidung diesbezüglich zähneknirschend akzeptiert. Ihre primäre Aufgabe wird es daher nun sein, die Community auf Social Media anzufixen. Ich werde notgedrungen die Öffentlichkeitsarbeit übernehmen.

..............

»Sag ›Cheese‹.«

»Was?« Ich drehe mich zu Ezra um, der mit dem Handy in der Hand auf mein Gesicht zielt. »Ich esse gerade«, sage ich genervt.

»Du bist wieder so fantastisch gelaunt.«

»Was wird das überhaupt?«, will ich von ihm wissen.

»Ich produziere positiven Content.«

»Indem du mich beim Essen in einem Restaurant fotografierst?«

»Genau, weil du dich gestern im *Hiding* von einem Typen dumm von der Seite hast anmachen lassen und damit mal wieder für Schlagzeilen sorgst.«

»Ich habe mich für den Anrempler entschuldigt. Der Kerl hatte es auf eine Auseinandersetzung angelegt. Sein Kumpel hat die Nummer gefilmt, damit sie es für ein paar Euro an die Presse verkaufen können.«

»Mag sein, aber du musst dich in dem Punkt echt zusammenreißen. Du kannst dich nicht auf jede Provokation einlassen. Das wirkt sich negativ auf unsere Pläne aus.«

»Glaubst du, das weiß ich nicht?«, motze ich.

»Wenn du Dampf ablassen musst, können wie uns gerne auf ein paar Runden im Boxring treffen. Dann triffst du endlich mal auf einen Gegner statt nur Opfer«, schießt er zurück.

Schnell lenke ich das Thema um. »Wie weit sind wir mit dem Opener?«

»Wir stehen in den Startlöchern. Morgen geht die Ankündigung über die Social-Media-Kanäle der teilnehmenden Bars raus. Die Influencer und Influencerinnen sind gebrieft. Miss Cocktailery hat einem Livestream am Donnerstagabend zugestimmt und dann schwappt die Welle im besten Falle über und wir sind in aller Munde. Ich bin immer noch dafür, das Versteckspiel sein zu lassen. Ich verstehe, dass du sie schützen willst, aber ...« Er verstummt, als ich ihm einem ermahnenden Blick zuwerfe, damit er das Thema nicht erneut aufrollt. »Hoffen wir, dass der unnötige Spannungsbogen um Nikas Identität seine Wirkung nicht verfehlt«, sagt er stattdessen und ich ertappe mich dabei, wie wenig es mir gefällt, wie ihr Name aus seinem Mund klingt. Ich schlucke den Anflug von Eifersucht herunter.

»Wie läuft es mit ihr?«, frage ich, weil die Promo der Tour nach wie vor nicht in meinen Aufgabenbereich fällt – was mir ganz recht ist, weil es dadurch deutlich leichter ist, nicht in alte Verhaltensmuster zu fallen. Dass die Gefahr besteht, habe ich in der Sekunde gemerkt, als ich letzte Woche bei Nika auf dem Sofa saß und es sich viel zu leicht angefühlt hat, in ihrer Nähe zu sein. Jedenfalls für ein paar Minuten. Als meine Finger versehentlich ihre berührt haben, war es schlagartig so verdammt schwer. Genau wie früher, in den Momenten, in denen Nika mir nah war und ich wollte, dass sie noch näher kommt.

Vielleicht hätte ich ihr damals einfach sagen sollen, was ich für sie empfand, als es noch nicht zu spät dafür war. Stattdessen habe ich die völlig falsche Richtung eingeschlagen und die Sache gegen die Wand gefahren. Seit meiner Rückkehr habe ich mich immer wieder bei dem Gedanken erwischt, wie anders die vergangenen Jahre hätten laufen können, wenn ich den Mut gehabt hätte.

»Geschäftlich oder privat?«, fragt Ezra und trifft mich damit eiskalt.

»Was ist mit Chelsea?«, erinnere ich ihn daran, dass in London eine Frau auf ihn wartet.

»Die bevorzugt inzwischen einen Mediziner«, erwidert er mit einem Grinsen. »Aber um deine eigentliche Frage zu beantworten: Meine Kommunikation mit deiner Nika beschränkt sich auf Videocalls und E-Mails.«

»Sie ist nicht meine Nika«, korrigiere ich ihn, obwohl ich genau weiß, dass Ezra mich lediglich aus der Reserve locken will. Das versucht er schon, seit Nika unangekündigt auf Bloem aufgetaucht ist. Dabei habe ich sie ihm nicht absichtlich verheimlicht, sie gehört einfach in einen völlig anderen Teil meines Lebens.

»Ich verstehe es nicht«, sagt er und lehnt sich in seinem Stuhl zurück.

Ich gebe dem Kellner ein Zeichen. »Was genau?«

»Wie du mit einer Frau befreundet sein kannst, die im Komplettpaket eine Zehn ist. Ich käme darauf nicht klar, weil ich nicht wüsste, ob ich sie vögeln oder mit ihr ein Bier trinken gehen will.«

»Falls es dir entgangen ist, wir sind nicht mehr befreundet.« Zu spät bemerke ich, wie ich damit indirekt bestätige, dass genau das mein Problem ist. Fuck!

»Verdammt, das fühle ich, Bro.«

Skeptisch sehe ich ihn an, unsicher, ob er mich gerade auf den Arm nimmt oder tatsächlich weiß, wie es ist, jemanden zu wollen, der tabu ist.

Als der Kellner zu uns an den Tisch tritt, verlange ich nach der Rechnung. Ezras Telefon klingelt und er atmet etwas zu tief durch, bevor er das Gespräch annimmt.

»Millie«, sagt er übertrieben freundlich.

Während er ihr zuhört, bezahle ich unser Essen und checke meine Mails auf dem Handy.

»Vergiss es, mach es nicht zu meinem Problem!«, sagt Ezra eine Spur zu laut. »Die Karte zieht bei mir nicht!«

Ich sehe zu ihm auf und entdecke in seinem Blick etwas, was mir nur allzu vertraut ist. War das schon immer da, wenn es um Millie ging, oder ist es neu?

»Frag den Trottel, den du datest, ob er eine Geburtstagsparty für dich schmeißt.«

Möglicherweise habe ich seinen Beschützerinstinkt mit Eifersucht verwechselt.

»Ich kann hier nicht weg, Leen braucht mich«, blafft er und legt auf. »Fuck!«, entfährt es ihm, als er das Handy wegsteckt. »Was?«, fragt er, weil ich mir sichtlich ein Grinsen verkneife. Er fühlt es so was von.

»Hast du mich gerade als Ausrede benutzt, um nicht zu Millie zu müssen?«

»Nein, ich habe ihr klargemacht, dass sie sich jemand anderen suchen muss, der nach ihrer Pfeife tanzt.«

»Du bist ihr Bruder.«

»Mein Vater war zwei Jahre mit ihrer Mutter verheiratet, das macht uns nicht zu Geschwistern.«

»Zum Glück, sonst wäre es auch etwas seltsam, nicht wahr?«, äußere ich vage meinen Verdacht.

»Können wir dann los?« Es ist offensichtlich, dass er das Thema so schnell wie möglich beenden will.

»Ich kann dich später zum Flughafen fahren«, biete ich an, was er komplett ignoriert. Stattdessen steht er auf.

»Vielleicht nehmen wir besser den Hinterausgang«, sage ich, als ich die Menschenansammlung vor dem Lokal entdecke. Woher wissen die überhaupt, dass ich hier bin?

»Nein, der Plan ist, wir nehmen den Vorderausgang und zeigen ihnen, wie charmant du sein kannst.«

»Warte, du hast denen gesagt, wo sie mich finden?«

»Dein Instagram-Account hat das.«

Gerade würde ich ihm gern meine weniger charmante Seite präsentieren. Nachdem ich keine Notwendigkeit im Pflegen meiner Social-Media-Persönlichkeit gesehen habe, hat Ezra die Sache selbst übernommen, da wir ohnehin die meiste Zeit zusammenhängen.

»Dann hoffe ich für dich, dein grandioser Plan geht nicht nach hinten los.«

»Lass einfach die Fäuste in den Hosentaschen und lächle freundlich«, weist er mich an, was in mir den Impuls auslöst, das Gegenteil zu tun.

Als sich die Tür vor uns öffnet und die mit Pianoklängen untermalte Geräuschkulisse abrupt hektisch und laut wird, stecke ich tatsächlich die Hände in die Hosentaschen, senke den Kopf und schiebe mich an den Presseleuten vorbei. Und dann passiert, was ich völlig unterschätzt habe: Der Ezra-Bennet-Effekt setzt auch außerhalb von England ein. Denn schlagartig steht er im Fokus und ich werde zur Nebensächlichkeit. Weil Ezras Vater Sir Charles Edgar Bennet ist, der neben einem Energiekonzern auch Verbindungen in den Buckingham Palace pflegt und einen bekannten englischen Fußballklub finanziert.

»Wie geht es Ihnen seit dem Verlust Ihres Vaters?«, richtet einer der Journalisten das Wort an mich.

Ich sehe zu Ezra, der freundlich lächelt und sich einen Moment Zeit nimmt, um Fragen zu beantworten.

»Den Umständen entsprechend«, versuche ich mich an einer höflichen Aussage.

»Geht die Polizei nach wie vor davon aus, dass Ihr Vater gestoßen wurde?«

»Die Ermittlungen sind noch nicht abgeschlossen«, antworte ich sachlich.

»Stimmt es, dass die Polizei Ihren Bruder Bastiaan aufgrund seines Verschwindens als Tatverdächtigen betrachtet?«, setzt er nach.

»Wie ich bereits erwähnte, die Ermittlungen sind noch nicht abgeschlossen«, wiederhole ich nun etwas deutlicher.

»Wissen Sie, wo sich Ihr Bruder derzeit aufhält?«

»Entzieht er sich einer Verhaftung?«

»Ist es wahr, dass es zwischen Bastiaan und ihrem Vater Unstimmigkeit in Bezug auf die Unternehmensnachfolge gab?«

Mein Kopf schnellt in die Richtung, aus der die Frage kam. »Wie kommen Sie darauf?«

»Eine anonyme Quelle hat uns die Information zugespielt.«

»Dann irrt sich Ihre Quelle.«

»Wollte Bastiaan ihn loswerden?«

»Das ist Bullshit!«, entfährt es mir und ich mache einen Schritt auf den Reporter zu.

»Okay, wir müssen weiter«, sagt Ezra plötzlich, packt mich am Ellenbogen und zieht mich mit sich.

»Lass mich los!«, zische ich ihn an, während ich über meine Schulter zur Presse sehe.

»Das lief doch ganz gut«, erwidert er, als wir auf den Wagen zugehen.

Ich hole den Autoschlüssel. »Was sollte der Quatsch?«

»Spätestens in einer Stunde ist das Internet voll damit, dass wir gemeinsam was Großes starten.«

»Du hast ihnen jetzt schon davon erzählt?«

»Natürlich, die Marionetten da drüben werden für uns den roten Teppich ausrollen.«

»Du hast das schon geplant, als wir hierhergefahren sind, oder?« Gerade würde ich ihm nur zu gerne sein selbstgefälliges Grinsen aus dem Gesicht schlagen, gäbe es dafür nicht zu viele Zuschauer. Stattdessen steige ich auf der Fahrerseite ein.

»Ja, das gleicht die Kürzungen im Werbebudget aus, damit wir uns deine Freundin leisten können. Gratiswerbung in der Lokalpresse spart uns ein paar Tausend ein«, antwortet er, sobald er ebenfalls im Wagen sitzt.

»Ich weiß nicht, ob ich dich für die Aktion aus dem Auto werfen oder dir in den Magen boxen will.«

»Hätte ich es dir vorher gesagt, hättest du keinen Schritt vor die Tür gemacht.«

Da kann ich ihm nicht widersprechen. »Dennoch wäre es mir lieber, du würdest solche Aktionen künftig mit mir absprechen, statt mich ins offene Messer laufen zu lassen.«

»Ist notiert«, erwidert er knapp, bevor er sein Handy herausnimmt und damit unsere Unterhaltung beendet.

Auf dem Rückweg nach Bloem holen wir Demy aus der Destillerie ab. Sie wirkt heute deutlich niedergeschlagener als in den vergangenen Tagen. Vermutlich, weil sie allmählich realisiert, wie unwahrscheinlich es ist, dass sie ihr unbeschwertes Leben zurückbekommt. Eins, in dem die Person, die sie am meisten liebt, nicht zu einer Erinnerung wird. Ich wünschte, ich könnte ihr dieses Gefühl der Hilflosigkeit abnehmen, aber das kann ich nicht.

»Was haltet ihr davon, wenn wir einen Filmabend machen?«, frage ich, um Demy etwas aufzumuntern. Um ehrlich zu sein, habe ich mir nicht wirklich Zeit genommen, um sie mit meiner Schwester zu verbringen. Entweder war ich beschäftigt oder ich habe vorgegeben es zu sein.

»Wenn ich den Film auswählen darf«, antwortet sie.

»Von mir aus.«

»Was ist mit dir, Ezra?«, fragt Demy ihn hoffnungsvoll.

»Sorry, bin raus, ich habe gerade für zehn Uhr einen Flug nach London gebucht.«

»Du fliegst also doch rüber«, sage ich wenig überrascht. Ich habe nur darauf gewartet, dass er einknickt. Millie ist eben Millie.

»Nenn mich einen Idioten, weil ich der Göre nichts abschlagen kann, aber es ist verdammt noch mal so.« Er lässt sich tiefer in den Sitz sinken.

»Wann kommst du zurück?«, frage ich ihn, inständig hoffend, dass er mich jetzt nicht komplett hängen lässt.

»In ein paar Tagen. Aber ich bin jederzeit telefonisch erreichbar und koordiniere meinen Teil der Arbeit von London aus.«

»Gut, ich fahr dich später zum Flughafen.«

»Lass, ich ruf mir ein Taxi.«

»Nein, ich fahr dich«, beharre ich.

»Es ist okay, Leen kann dich zum Flughafen fahren, wir holen den Filmabend nach. Ich bin ohnehin viel zu müde dazu«, sagt Demy und gähnt auffällig.

# GREEN TEMPTATION

*Dry Gin, Cucumber,
Lime, Mint, Tonic Water*

........................

## NIKA

**Pastelstraat, De Pijp, Amsterdam**

»Hey.«

Erschrocken sehe ich von meinem Handy auf und entdecke Leen, der auf den Treppenstufen zu meiner Wohnung sitzt. »Verdammt, Leen, kannst du mich vielleicht nicht jedes Mal erschrecken?« Die Erinnerung daran, was beim letzten Mal geschehen ist, als ich ihn so vorgefunden habe, lässt mich erschaudern.

»Sorry«, antwortet er und lässt den Kopf hängen.

Ganz automatisch suche ich ihn nach Blessuren ab. Als ich auf den ersten Blick keine entdecken kann, atme ich erleichtert auf. Dennoch sitzt Leen nicht grundlos vor meiner Tür.

»Verrätst du mir, was du hier machst?«

»Ezra hat mich gebeten, dir das hier zu geben.« Er hält einen A4-Umschlag hoch.

Ich stelle den Pizzakarton auf dem kleinen Schuhregal ab, nehme den Umschlag entgegen und werfe einen Blick hinein. Darin befindet sich eine Mappe. Neugierig schlage ich sie auf und starre auf die Überschrift. *Social-Media-Plan Miss Cocktailery.* »Wow, Ezra Bennet hat wirklich Vertrauen in meine Fähigkeiten.«

Er hat nicht nur eine detaillierte Auflistung erstellt, wann ich in den nächsten Wochen was und wie zu posten habe, nein, er hat sogar entsprechende Texte dafür formuliert. Für den Livestream am Donnerstag gibt es einen minutiös geplanten Ablauf, inklusive eines Gesprächsleitfadens sowie einer Liste an Dingen, die ich unbedingt erwähnen muss. Die hat er doppelt unterstrichen. Kein Spielraum für künstlerische Freiheit. Der Typ ist ein Kontrollfreak. Denn der letzte Satz kündigt an, dass er dabei sein wird, um mich zu überwachen.

Okay, das steht da nicht wortwörtlich, er hat es deutlich charmanter ausgedrückt.

»Und dafür kommst du extra vorbei? Das hätte er mir auch per Mail schicken können«, sage ich patzig, obwohl Leen nichts für Ezras bevormundende Art kann. Er ist lediglich der Überbringer.

Leen sieht mich an. »Bloem ist gerade kein Ort, an dem ich sein will.«

»Die Treppe vor meiner Wohnung ist es auch nicht.« Jedes meiner Worte klingt, als wolle ich ihn nicht hierhaben. Dabei ist es ist eher so, dass ich mir selbst nicht über den Weg traue, weil sein Anblick den Sex mit ihm ein weiteres Mal lebendig werden lässt. Ich spüre seine Lippen auf meinen. Hände, die meinen Körper erkunden. Rieche den Duft seines Parfüms, der mich einhüllt und sich mit dem Geruch von Sex mischt. Höre die Art, wie er meinen Namen stöhnt.

Einen Moment lang sehe ich Leen an, sehe die Zerrissenheit in seinen Augen. Er will nicht hier sein, er weiß nur nicht, wo er sonst hinsoll.

»Wie gesagt, ich wollte dir nur das hier vorbeibringen.« Er zeigt auf den Umschlag, steht auf und wendet sich zum Gehen.

»Hast du Hunger?«, frage ich hastig und deute auf den Pizzakarton.

Er wirkt überrascht. Ich schließe die Tür auf und nicke in Richtung Flur. Leen legt den Kopf leicht schief, wägt seine Optionen ab. Vielleicht auch, was genau mein Entgegenkommen zu bedeuten hat. Damit würden wir eindeutig die rein geschäftliche Ebene gegen eine andere eintauschen. Die, die uns beiden nur allzu vertraut ist. Dann lächelt er mich völlig unverhofft an.

»Ich könnte einen Drink aus deiner Hausbar vertragen«, gibt er zu, geht entschlossen voran und geradewegs in die Küche.

»Nur zu, bedien dich.«

»Ist das die Cocktailkarte für *die Preview-Party*?«, fragt er und nimmt den Zettel vom Tisch, auf den ich vorhin einige Notizen geschrieben habe. Neben den alkoholfreien Varianten wird es auch eine Auswahl mit dem altbewährten Brouwen Gin geben.

»Ja, das sind so ganz grob meine Ideen. Ich habe überlegt, ob wir für die Promotiontour für jede Bar eine individuelle Karte erstellen, sie dafür insgesamt aber deutlich kleiner halten. Das wäre in der Umsetzung für das Personal deutlich einfacher. Zusätzlich würde es für Abwechslung sorgen, sollten Gäste an mehreren Abenden kommen.«

»Mmh, klingt gut«, sagt er, nachdem er die Liste überflogen hat.

Ich nehme zwei Gläser aus dem Schrank und stelle sie neben die angefangene Flasche Brouwen Gin auf den Tisch. Anschließend hole ich Eiswürfel, Tonic, Gurke, Limette und Minze aus dem Kühlschrank.

»Green Gin Tonic, nehme ich an?«, sagt Leen, als er die Zutaten inspiziert.

»Der Name ist noch nicht ganz ausgereift. Aber wenn du schon mal hier bist, können wir testen, ob meine Idee etwas taugt.«

Leen schraubt die Flasche auf. »Wie viel davon?«, will er wissen, nachdem ich Eiswürfel in die Gläser gegeben habe. Irgendwie finde ich es süß, dass er sich aktiv beteiligt und mich nicht einfach machen lässt, um mir dann seine Meinung mitzuteilen.

»Vier Zentiliter.«

»Okay, ich befürchte, das waren ein paar mehr«, sagt er und lächelt mich entschuldigend an.

Damit der Gin nicht so dominant ist, gebe ich etwas Zuckerrohrsirup hinzu, bevor ich das Ganze mit Tonic auffülle. Leen steckt je einen Stängel Minze in das Glas, während ich die Gurke in hauchdünne Scheiben schneide.

»Dann los«, sage ich und führe das Glas an meine Lippen. Leen hingegen sieht mich abwartend an.

»Ich schau erst mal, wie der Drink bei dir so ankommt«, erklärt er grinsend. Es gefällt mir viel zu sehr, dass er in meiner Gegenwart so entspannt ist. Wenn es nur immer so wäre.

»Ein bisschen viel Gin, aber ansonsten ganz gut«, sage ich, gebe aber noch etwas mehr Limette hinzu, weil die Säure im Verhältnis zur Süße nicht ausgewogen ist.

Leen nimmt einen Schluck und verzieht das Gesicht. »Ich kann dem Zeug nichts abgewinnen, egal mit was man es zusammenkippt.«

»Das solltest du besser nicht öffentlich erwähnen.«

»Glaubst du, das Ganze wird ein Erfolg?«

»Ein moderneres Image wird auf jeden Fall nicht schaden.«

Er nimmt einen weiteren Schluck aus dem Glas und verzieht erneut das Gesicht. »Ich bin mir nicht sicher, ob es für alkoholfreien Gin tatsächlich einen Markt gibt.«

»Natürlich gibt es den. Auf meinem Blog habe ich eine eigene Rubrik dazu. Außerdem, ist es nicht etwas zu spät, um an deiner Idee zu zweifeln?«

»Um ehrlich zu sein, mache ich das alles nur Demy zuliebe. Der Tod unseres Vaters hat ihr ganz schön zugesetzt. Ich dachte, die Art von Ablenkung würde ihr guttun. Der alkoholfreie Gin ist ihr Baby, weil sie selbst keinen Alkohol trinkt.«

»Das Ganze ist die Idee deiner Schwester?«, frage ich überrascht.

»Ja, Demy hat im früheren Atelier unserer Mutter eine eigene Destille aufgestellt und mit Botanicals herumexperimentiert, um eine alkoholfreie Variante zu kreieren. Allerdings ist sie bei unserem Vater damit auf taube Ohren gestoßen. Ich dachte, wenn wir das jetzt gemeinsam umsetzen, gibt es ihr das Gefühl, dass es durchaus auch etwas Positives hat, dass er nicht mehr unter uns weilt.«

Mein Herz zieht sich schmerzlich zusammen, weil ich ihm unterstellt habe, mich erst an seine Schwester weiterzureichen, nur um mich letzte Woche dann komplett aus der Entwicklung zu streichen. Dabei hätte ich es wissen müssen. Leen hat sich nie für die Herstellung von Gin, geschweige denn für das Unternehmen seiner Familie interessiert. Aber Demy hätte ich eine derartige Idee auch nicht zugetraut, weil ... ja, warum eigentlich nicht? Ist sie es, die mich nicht dabeihaben will? Denkbar wäre es. Demy und ich sind zwar immer gut miteinander ausgekommen, aber so richtig harmoniert haben wir nie. Vielleicht hat sie einen Rückzieher gemacht, als sie erfahren hat, wer sich hinter Miss Cocktailery verbirgt.

»Ich weiß nur nicht, ob es das Risiko wert ist. Wenn die Sache baden geht, wäre es ein finanzielles Desaster«, sagt er nachdenklich, nimmt einen letzten Schluck aus dem Glas und schiebt es dann von sich.

»Es schadet nie, mit der Zeit zu gehen. Wenn du mich fragst, ist es der perfekte Zeitpunkt für einen Umschwung. In einer der bekanntesten Destillerien findet gerade ein Generationswechsel statt. Aller Augen werden auf euch gerichtet sein. Jeder wird wissen wollen, was ihr aus dem Unternehmen macht.«

»Aller Augen werden auf uns gerichtet sein, wenn öffentlich wird, dass der Tod meines Vaters Mord war. Der Niedergang der Brouwen-Dynastie ist die bessere Schlagzeile im Vergleich zu alkoholfreiem Gin«, sagt er resigniert.

Es dauert ein paar Augenblicke, bis die Information bei mir ankommt. »Was meinst du mit ›es war Mord‹?«, frage ich perplex.

Leen sucht meinen Blick. »Die Polizei hat eine Obduktion veranlasst und mir vor ein paar Tagen mitgeteilt, dass er keines natürlichen Todes gestorben ist, sondern jemand nachgeholfen hat, als er im Krankenhaus lag, nachdem der Treppensturz ihn nicht ins Jenseits befördert hat. Ezra weiß nichts von den Obduktionsergebnissen, aber es dürfte nur eine Frage der Zeit sein, bis die Infos zur Presse durchsickern und die ganze Welt darüber Bescheid weiß.«

Ich trinke mein Glas in einem Zug aus. Das muss ich tatsächlich erst einmal sacken lassen. Mord. Das fühlt sich surreal an. »Und hat die Polizei schon einen Verdächtigen?« Deswegen ist er hier, weil er jemanden zum Reden braucht. Warum ausgerechnet ich die Person bin, der er sich anvertraut, ruft so viele Fragen in mir hervor. Will er mich deswegen nicht in seinem Leben haben, weil es gerade über ihm einstürzt?

»Es gibt ein Video, das zeigt, wie jemand in das Krankenzimmer unseres Vaters schleicht.«

Ich fülle mein Glas erneut und nehme einen großen Schluck. Leen hat seinen Vater gehasst, aber auch so sehr, dass …

Niemals, doch ich würde es gerne aus seinem Mund hören. »Darf ich dich etwas fragen, ohne dass du direkt zur Tür rausstürmst?«

»Du willst wissen, ob ich es war.«

Ich zögere einen Moment. »Ja.«

»Am Abend des Treppensturzes war ich im *Sole Mio*.«

»Was?«

»Ich saß an einem der Tische und habe dir bei der Arbeit zugesehen.«

»Verwechselst du da nicht gerade die Tage?«, frage ich, erinnere mich aber daran, dass Leen bei unserer ersten Begegnung sehr genau wusste, wo er mich findet.

»Nein.«

»Und warum warst du dort?«

»Ich war übers Wochenende in Amsterdam, aber nicht, um meinen Alten loszuwerden, sondern um den Kopf freizubekommen. Das mache ich hin und wieder, wenn Ezra mir mit seinen Partys auf die Nerven geht oder ich …« Mitten im Satz bricht er ab und sieht mich an. »Vor ein paar Monaten habe ich dich zufällig in der Bar entdeckt, seitdem war ich hin und wieder im *Sole Mio*, wenn ich in der Stadt war. Ich wollte dich einfach sehen.«

Ich weiß im ersten Moment gar nicht, was ich dazu sagen soll.

»Das klingt, als wäre ich ein Stalker«, fügt er hinzu und grinst.

»Nein, es klingt nach jemandem, der seine beste Freundin vermisst.«

»Ja, ich denke, das trifft zu.«

»Und warum bist du nicht zu mir gekommen und hast Hallo gesagt?«

»Weil Dich-sehen-Wollen nicht mit Dich-in-meinem-Leben-haben-Wollen einherging.«

»Und jetzt?«

»… denke ich, es liegt nicht allein in meiner Hand, das zu entscheiden. Wir stehen hier gemeinsam in deiner Küche, also sag du es mir.«

»Ist der Mord an deinem Vater der Grund, warum du mich nun doch aus der Entwicklung des Gins raushältst?«

»Je weniger du mit meiner Familie zu tun hast, desto weniger wirst du in alles hineingezogen. Aber wenn du komplett aussteigen willst, ich –«

»Natürlich nicht«, unterbreche ich ihn. Darüber habe ich in den vergangenen Minuten nicht einmal nachgedacht.

»Ich könnte es verstehen, Nika«, sagt er sanft und macht eine Denkpause. »Wenn die Sache an die Öffentlichkeit gelangt, und das wird sie, wird es richtig übel. Dann steckst du mittendrin.«

»Das ist mir egal«, erwidere ich etwas zu schnell und ernte dafür einen strengen Blick.

»Denk wenigstens über die Möglichkeit nach. Du hast ein schönes Leben hier. So friedlich und still. Und ich schwöre dir, es wird niemals wieder so sein, wenn du dich auf all das einlässt.«

Für einen Moment habe ich das Gefühl, dass dieses *all das* sich auf weit mehr beläuft als unsere Zusammenarbeit und deren Auswirkungen. Zwischen den Worten spüre ich ein *Uns*. Ja, vielleicht spielt mir mein Unterbewusstsein einen Streich, aber dieses Uns fühlt sich übermächtig an. Als könnte ich mich ihm nicht entziehen. Es zwingt mich dazu, einen Schritt auf Leen zuzumachen. Ich stelle mein Glas auf dem Tisch ab. Noch ein bisschen näher. Er fixiert mich mit seinem Blick. Irritiert. Dann schluckt er sichtlich.

»Ich hatte nie Angst davor, mit dir gemeinsam ins Chaos zu stürzen, sondern immer nur davor, dass du alleine springst und darin ertrinkst, Leen.« Ich schließe die Lücke zwischen uns bis auf wenige Zentimeter. »Ich habe mich damals so hilflos gefühlt, weil du mich aus allem ausgeschlossen hast«, füge ich hinzu.

»Ich war zu dem Zeitpunkt nicht ich selbst. Ich kam mit dem Geschehenen nicht klar und mit mir selbst noch viel weniger. Ohne mich warst du besser dran«, antwortet er.

»Nein, Leen, ohne dich war ich schlechter dran.«

Sein Blick heftet sich auf meine Lippen. »Warum?«, flüstert er.

»Weil du mir das Gefühl gegeben hast, nicht genug zu sein, um den Weg zu mir zurückzufinden«, antworte ich ehrlich. Genau so hat es sich angefühlt, wenn er sich einen weiteren Schritt von mir entfernt hat.

»Es ging immer um ein Zu-viel, nie um ein Nicht-genug.«

»Wie meinst du das?«

»Dass ich noch immer Angst davor habe, dir zu viel zu sein, sobald ich aus dem Takt gerate«, erwidert er zögerlich, dann lächelt er entschuldigend.

Wie kommt er überhaupt darauf? »Du wärst mir niemals zu viel.« Damals nicht und heute schon gleich gar nicht. Gerade erinnert sich jede Faser meines Seins an all das, was wir miteinander geteilt haben. Mein Herz vermisst Leen. Anders als früher. Nicht weniger schmerzhaft. Aber sehnsüchtiger. Auf eine völlig neue Art. Es will Leen. Alles von ihm. Und gerade fasst es den Entschluss, dem Flehen nachzugeben.

Zuerst lege ich die Hände an seine Seiten, dann schiebe ich meine Fingerspitzen unter den Baumwollstoff seines Shirts, bevor meine Lippen federleicht auf seine treffen.

# RHYTHM OF THE HEART

*Rosé Gin, Lemon, Raspberry,*
*Champagne, Glitter*

......................

## LEENARD

Ihre Finger auf meiner Haut lösen einen Kurzschluss in meinem Verstand aus, während in meinem Inneren der Konflikt *Nähe zulassen oder abwehren?* herrscht. War ich es oder hat sie die Entscheidung getroffen, diese Grenze ein weiteres Mal zu überschreiten? Im Grunde ist es völlig egal. Denn nun stehen wir hier voreinander. Meine Lippen auf Nikas, als hätten sie ein Anrecht darauf, so wie ihre Hände auf meinem Körper.

Kann sich etwas gleichzeitig richtig und falsch anfühlen? Nach zu viel und zu wenig? Klar und doch verschwommen? Aber vor allem nach dem völlig falschen Zeitpunkt?

Ich unterbreche unseren Kuss und sehe sie an. Verwirrt. Hoffnungslos. Gescheitert. Sie liest es an meinen Augen ab.

»Entschuldige«, sagt sie, weicht aber nicht zurück.

Und ich muss mich wirklich zusammenreißen, nicht das winzige Stück zu überbrücken, das uns voneinander trennt.

»Nika«, sage ich, ohne zu wissen, was darauf folgen soll.

Sie küsst mich erneut. »Es fühlt sich nicht falsch an, oder?«, flüstert sie an meinen Lippen.

Nicht länger als einen Wimpernschlag lang erliege ich der Versuchung, dann entziehe ich mich ihr.

Mein Blick fängt Nikas ein. »Nein, es fühlt sich aber auch nicht richtig an.«

Das warme Braun ihrer Augen und der verständnisvolle Ausdruck katapultierten mich ohne Vorwarnung an den Punkt zurück, an dem es leicht war, in ihrer Nähe zu sein. Und da ist er wieder, dieser winzige Funken, der Nika in meinem Leben haben will, in welchem seit meiner Rückkehr kein Tag vorhersehbar ist. Aber die Stimme der Angst ist nach wie vor um einiges lauter. Denn die brüllt mir noch immer *zu viel, zu viel, zu viel* entgegen. Und dann gerate ich tatsächlich aus dem Takt und weiche einen Schritt von Nika zurück. Dann noch einen, in Richtung Tür.

»Es ist in Ordnung, Leen.«

Nein, ist es nicht. Gerade ist es scheiße hart, sie zu lieben und es gleichzeitig nicht zu können. Absolut nichts ist okay. Weil es immer sie gewesen ist. Im Kindergarten wollte ich ausschließlich mit ihr spielen. In der Schule auf dem Platz neben ihr sitzen. Mit fünfzehn sie küssen. Für immer. Von der ersten Sekunde an habe ich Nika geliebt. Es hat nur eine Weile gedauert, bis ich verstanden habe, in wie vielen Facetten sich Liebe zeigt. Dass sie nicht exponentiell ansteigt, sondern Schwankungen unterliegt. Dass Unsicherheit alles ausbremst. Dann ist meine Welt auseinandergebrochen. Plötzlich hat sich eine Schlucht zu meinen Füßen aufgetan und Nika befand sich auf der anderen Seite. Ich habe es nicht zu ihr rüber geschafft. Weil Angst ein der Liebe ebenbürtiges Gefühl ist. Entweder du gewinnst oder du verlierst. Am Ende sogar noch mehr, als du für möglich gehalten hättest. Der Preis, den du zahlst, bist immer du selbst. Sowohl in die eine als auch in die andere Richtung. Ich habe nie aufgehört sie zu lieben.

Das sollte ich Nika sagen, aber man besiegt die Angst nicht automatisch, nur weil man ihre Ursache erkannt hat.

Das Klingeln meines Handys lässt mich aufatmen. »Ich muss

los, Demy wartet auf mich.« Gerade hasse ich mich selbst dafür, dass ich das als Chance sehe, aus der Situation zu fliehen.

»Okay«, antwortet sie. Versucht gar nicht erst mich vom Gehen abzuhalten. Ich wünschte, sie würde es tun. Stattdessen lächelt sie tapfer. So als hätte ich sie gerade nicht mit voller Wucht vor den Kopf gestoßen.

Fuck! Das hier ist mindestens so falsch, wie mich hinter meiner Angst zu verstecken. Weil ich gerade dabei bin Nika ein weiteres Mal aufzugeben.

Bevor ich ins Wohnzimmer trete, blicke ich über die Schulter zu ihr. Wir sehen einander an. »Gib mir ein bisschen Zeit, um mich an den neuen Rhythmus in meinem Leben zu gewöhnen. Dann setzen wir neu an, okay?«

Einen Moment scheint sie darüber nachzudenken, dann nickt sie und das Lächeln auf ihren Lippen wird hoffnungsvoll.

Ich erwidere es, bevor ich aus ihrem Blickfeld verschwinde. Sekunden später fällt die Tür hinter mir ins Schloss.

Auf der Treppe vibriert erneut das Handy in meiner Hosentasche. Ich hole es heraus, um Demy mitzuteilen, dass ich auf dem Weg bin, aber es ist Ezra.

»Hey«, sage ich, während ich die Stufen nach unten nehme.

»Wow, du gehst tatsächlich ran«, erwidert er gedehnt.

»Sorry, war viel los heute.«

»Hast du Nika den Plan gegeben?«

»Ja, ich war deswegen gerade bei ihr. Wir haben auch über die Cocktailkarte gesprochen. Wir haben uns für eine kleine Karte entschieden, damit die Barkeeper und Barkeeperinnen die bis zum Event auf alle Fälle draufhaben. Nika gestaltet sie für jede Bar individuell, um Abwechslung reinzubringen, für Leute, die an mehr als einem Abend teilnehmen«, bringe ich ihn auf Stand.

»Klingt gut.«

»Was ist mit der Livemusik?«, frage ich, weil er versprochen hat sich darum selbst zu kümmern.

»Steht, für jeden Abend ein anderer Act. Das wird mega.«

Ich trete aus dem Haus, halte nach möglichen Reportern Ausschau und entdecke auf der gegenüberliegenden Straßenseite zwei Leute, die welche sein könnten. Mit schnellen Schritten lasse ich die Pastelstraat hinter mir und schlage den Weg zum Parkhaus ein.

»Wann kommst du zurück?«

»Erst nach Millies Geburtstag. Die Kleine hat mehr Extrawünsche für ihren zwanzigsten, als ihr Budget zulässt.

»Du lässt sie hoffentlich nicht selbst blechen«, merke ich an. Anders als er verfügt seine Stiefschwester nämlich nicht über ein fettes Bankkonto.

»Ließe sie mich den Spaß bezahlen, müsste ich nicht jeden Penny zweimal umdrehen, um ihre Wünsche zu erfüllen«, antwortet er genervt.

»Können wir später weiterreden? Ich muss Demy aus der Destillerie abholen«, sage ich.

»Nein, ich stehe vor dem *Woody's* und drücke mich davor, dass Millie mir wegen der Sache gestern im *Phonox* auf die Nerven geht.«

»Sag bloß, du hast die Party gecrasht?«, frage ich neugierig. Im vergangenen Jahr hat er einen Typen vor die Tür befördert, der Ezras Ansicht nach zu offensichtlich an Millie interessiert war. Wie sich später herausstellte, hatte sie ihn schon eine Weile gedatet. Ich weiß nicht, was Ezra schlussendlich mehr gewurmt hat – dass Millie Dates hat oder dass es ausgerechnet ein Kerl aus einem seiner damaligen Kurse war, der ein noch größeres Arschloch als er selbst ist.

»So ähnlich.«

»Will ich wissen, was du angestellt hast?«

»Nope. Eine Standpauke reicht.«

Ein Lachen entweicht mir. Genau deswegen bin ich mit Ezra befreundet, er tut mir auf wundersame Weise gut, auch wenn er mich in den Wahnsinn treibt. Aber er bringt mich auch zum Lachen.

»Leen, ich muss Schluss machen, Millie hat mich entdeckt.

Wenn du nichts mehr von mir hörst, hat sie mir den Hals umgedreht.«

»Dann hast du es aller Wahrscheinlichkeit nach verdient.«

»Du bist mein bester Freund, deine Loyalität sollte mir und nicht Mildred McAllister gelten«, sagt er gespielt empört.

»Dann sei netter zu ihr, Bennet«, sage ich ernst.

»Wenn ich das bin, wird sie zum Prob-«

Ein lautes Klatschen unterbricht ihn, gefolgt von einem »Fuck!«, dann bricht die Verbindung ab. Ich schätze, die kleine Millie hat ihrem großen Bruder gerade eine Ohrfeige verpasst. Jetzt will ich definitiv wissen, was er sich diesmal geleistet hat.

Als ich dreißig Minuten später die Destillerie betrete, kann ich die neugierigen Blicke auf mir spüren. Ich bin der, mit dem man hier am wenigsten rechnet. In all den Jahren war ich, wenn es hochkommt, fünfmal in der Produktionsstätte. Viel verändert hat sich hier allerdings nicht.

Ich lasse den Anlieferungsbereich für die Rohstoffe hinter mir und betrete das Herzstück der Destillerie. Sofort schlägt mir der Geruch von Wacholder und Zitrus entgegen. Mein Blick fällt auf die beiden Kupferkessel. Vor acht Jahren hat mein Vater die Produktion in dieses Gewerbegebiet verlegt. Zwischen Lagerhallen, Autowerkstätten und Garagen. Damit hat Brouwen Gin auch noch sein letztes bisschen Charme verloren. Ich konnte vielleicht nicht viel mit dem Thema anfangen, aber ich mochte das Treiben, das dadurch auf Bloem entstand. Plötzlich sehe ich meinen Vater neben mir, wie er voller Stolz über die Besonderheit des Brouwen Gins spricht. Das große Geheimnis ist, dass er nicht in einer, sondern in zwei Brennblasen parallel auf unterschiedliche Arten destilliert wird und sich das Ganze in einem gemeinsamen Behälter sammelt. So oder so ähnlich hat er es mir damals erklärt.

»Entschuldigung, wo finde ich Donald MacIntyre?«, frage ich einen Mitarbeiter, der gerade an mir vorbeigeht.

»In der Probierküche.«

»Und wo finde ich die?«

»Einmal quer durch die Halle, dann links halten. Ist nicht zu verfehlen.« Damit setzt er seinen Weg fort.

»Danke«, sage ich laut, damit er es noch hört.

Der Kerl hat recht, es ist nicht zu übersehen. Ich entdecke MacIntyre und meine Schwester hinter einer riesigen Glasscheibe. Links davon befindet sich eine Tür.

»Hey, wie kommt ihr voran?«, frage ich als ich zu ihnen stoße.

»Ja, also, die junge Dame kann sich nur schwer entscheiden«, sagt Donald und deutet auf die drei Flaschen vor sich.

»Es liegt nicht daran, dass ich mich nicht für eine Note entscheiden kann, sondern daran, dass jeder irgendetwas fehlt.«

»Und was?«

»Wenn ich das wüsste, würde Donald nicht so ratlos gucken.«

»Komm her, Leen. Probier und sag, was du davon hältst.«

»Ich glaube, ich bin nicht der Richtige für den Job, meine Geschmacksnerven springen eher auf Bourbon an.«

»Ach was, du bist ein Brouwer, ihr werdet mit Gin in den Adern geboren.«

Wenn er sich da mal nicht täuscht. Dennoch gehe ich auf den Tisch zu und stelle mich neben meine Schwester.

Donald füllt aus jeder Flasche etwas in verschiedene Gläser, die starke Ähnlichkeit mit den Grappagläsern unseres Lieblingsgriechen in London haben, und reicht mir eins davon. »Hier, sag mir, was du riechst.«

»Wacholder.«

»Was noch?«, will Demy wissen.

»Keine Ahnung. Was Blumiges?«, wage ich einen Schuss ins Blaue, weil die Flüssigkeit eine leichte rosa Färbung aufweist.

»Nein. Koste mal, vielleicht schmeckst du es raus.«

Ich nippe an dem Glas. Und habe nicht die leiseste Ahnung. »Fruchtig, sauer.«

»Cranberrys«, löst meine Schwester auf. »Und hier?« Sie reicht mir ein weiteres Glas.

Ich sehe zu MacIntyre, der stolz lächelt. Vielleicht ist der Kerl doch nicht so ein engstirniger alter Mann.

»Orange«, antworte ich spontan, weil die Note viel zu dominant heraussticht.

»Richtig.«

Nach dem letzten Glas greife ich selbst. Zuerst rieche ich dran. »Deutlich sanfter als seine beiden Vorgänger. Sagt mir schon mal mehr zu.« Ich nippe daran und verziehe das Gesicht. »Verdammt, ist das bitter«, entfährt es mir, was beide zum Lachen bringt.

»Donald, deine Frau ist am Telefon«, stört jemand das Tasting.

»Entschuldigt mich kurz.«

»Wir müssen ohnehin los. Jeffrey wird bockig, wenn wir zu spät zum Abendessen kommen«, sagt Demy.

»Okay, dann sehen wir uns morgen gegen vier?«

»Geht klar.«

MacIntyre ist schon halb zur Tür raus. »Leen, komm gerne öfter mal vorbei.«

»Bin viel beschäftigt«, erwidere ich, damit er sich keine Hoffnungen machen kann. Ich wende mich an meine Schwester. »Können wir?«

Demy nimmt ihre Handtasche vom Tisch. »Ja, bin so weit.«

Beim Verlassen der Destillerie werde ich nachdenklich, ob wir uns nicht vielleicht doch mit allem übernommen haben. Denn bisher haben wir noch kein fertiges Produkt, geschweige denn einen Namen dafür.

»Ich habe übrigens den perfekten Namen für den Gin gefunden«, sagt meine Schwester plötzlich, als hätte sie meine Gedanken gelesen.

»Wirklich?«, frage ich ungläubig, weil uns der Punkt in den vergangenen Wochen Kopfzerbrechen bereitet hat. Irgendwie ließ sich bisher nichts finden, was es noch nicht gibt und gleichzeitig gut klingt.

»Ginie.«

»Ginie?« Okay, ich hätte mit etwas Kreativerem gerechnet.

»Ja, ein Wortspiel aus Gin und *niet*.«

»Okay, ich befürchte, die Idee dahinter musst du mir erklären.«

»Streng genommen darf sich alkoholfreier Gin nicht Gin nennen, weil es eben keiner ist, deswegen nennen wir es Nicht-Gin und machen ein Wortspiel daraus. Wir ersetzen das erste i durch ein Ausrufezeichen, um ein Statement zu setzen, dass der Name nicht im Ganzen steht. Ich finde das ziemlich cool. Was meinst du dazu?«

Ich denke darüber nach und muss sagen, dass der Gedanke gar nicht so übel ist. »Ginie, hat was. Ich werde mit Ezra besprechen, wie markttauglich er den Namen einschätzt. Wenn er an Bord ist, dann habe ich nichts dagegen. Immerhin ist es dein Gin und du sollst glücklich mit dem Ergebnis sein.«

»Mir gefällt der Name«, sagt sie und grinst.

»Glaubst du, ihr schafft es, bis nächste Woche eine Richtung für den Geschmack zu finden?«

»Hättest du mir Miss Cocktailery nicht weggenommen, wären wir sicher schon ein Stück weiter.«

»Ich habe sie dir nicht weggenommen. Es war ihr Wunsch, anonym zu bleiben. Würde Nika hier herumspringen, würden sich alle fragen warum.«

»Du bist übervorsichtig.«

Ja, vielleicht.

»Nika könnte dafür auch nach Bloem kommen.«

»Nein«, antworte ich viel zu forsch.

»Was ist eigentlich damals zwischen euch vorgefallen? Ich meine, ihr standet euch mal so nah und jetzt braucht man nur ihren Namen erwähnen und du machst dicht.«

»Das zwischen mir und Nika ist kompliziert«, antworte ich, als wir den Parkplatz erreichen.

»*Es ist kompliziert* ist ein Synonym für Verliebtsein«, erwidert sie und grinst mich an, bevor sie in den Wagen steigt.

Wenn es nur das wäre …

# RAY OF HOPE

*Brouwen Gin, Tonic, Fowers*

..................................

## LEENARD
**Pastelstraat, De Pijp, Amsterdam**

Was ich bei Ezras Abwesenheit nicht bedacht habe, ist, dass Nika damit zu meiner Aufgabe wird. Er hat zwar versprochen, so viel wie möglich von London aus zu regeln, aber sicherzustellen, dass mit der Ankündigung nichts schiefgeht, hat er mir übertragen. Jetzt stehe ich bei ihr vor der Tür und zögere zu klingeln.

Aber das muss ich auch nicht, denn sie kommt gerade.

Mit großen Augen sieht sie mich an. »Oh, hey.«

»Hi.«

»Was machst du hier?«, fragt sie und drückt mir ein Paket in die Hand, bevor sie die Tür aufschließt.

»Ezra ist noch in London, ich übernehme für ihn.«

Sie wirft mir einen misstrauischen Blick zu und macht einen Schritt in den Flur. »Und was genau übernimmst du für ihn?«

»Ich soll dafür sorgen, dass heute nichts schiefgeht.«

»Heute? Was ist denn heute?«, fragt sie überrascht, tritt aber beiseite, um mich in die Wohnung zu lassen.

»Nika, sag nicht, du hast den Livestream vergessen?« Ein winziger Anflug von Panik erfasst mich. Ezra dreht durch, wenn nicht alles reibungslos abläuft.

»Vielleicht hätte dein Freund tägliche Kontrollanrufe auf seinen eigenen Plan schreiben sollen, um sicherzustellen, dass ich nichts vermassele«, erwidert sie amüsiert.

»Beruhigt es dich, dass sowohl Demy als auch ich einen Social-Media-Plan von Ezra bekommen haben?«

»Wow, er ist ein noch schlimmerer Kontrollfreak, als ich angenommen habe. Aber ja, es beruhigt mich, dass er nicht nur an mir zweifelt.« Sie lacht leise.

In meinem Innersten zieht sich etwas zusammen. Nicht schmerzhaft. Es ist eher so, dass ich ihr ein erneutes Lachen entlocken will. Mindestens so sehr, wie ich sie küssen will. Ganz automatisch wandern meine Gedanken zum Anfang der Woche zurück, als wir in ihrer Küche standen und sie den Abstand zwischen uns aufgelöst hat. Sie, nicht ich.

Nika zieht ihre Schuhe aus und hängt die Jacke an die Garderobe, dann nimmt sie das Paket wieder an sich.

»Kann ich dir etwas zu trinken anbieten?«

»Gern«, sage ich und folge ihr in die Küche, wo ein Haufen Equipment auf dem Tisch liegt. »Was ist das alles?«

»Mein improvisiertes Fotostudio«, erklärt sie.

»Macht dir das Spaß?«

»Was?«

»Dieses Fotozeugs fürs Internet.«

»Was denkst du denn, warum ich das mache?«

Einen Moment überlege ich. »Weil es gut bezahlt ist?« Ich glaube nicht wirklich, dass das der Grund ist. Ich versuche lediglich ein Gespräch aufzubauen, das einen Bezug zu ihrer Arbeit hat, um nicht völlig unbeholfen in ihrer Küche herumzustehen.

»Du bist der Erste, der mich für meine Arbeit bezahlt«, offenbart sie.

»Wie jetzt, heißt das, du machst das für andere umsonst?«, frage ich überrascht. Nicht, weil sie mir im Gegensatz zu anderen das Geld aus der Tasche zieht, sondern weil ich einfach davon ausgegangen bin, dass es in der Branche so üblich ist.

»Nein, das heißt, dass ich eigentlich keine Kooperationen annehme und den ganzen Zauber aus eigener Tasche finanziere, weil ich keine Werbeplattform sein will.«

»Dann hatten wir also Glück, dass du dringend Geld brauchst, um dieses Haus zu retten«, merke ich an, auch wenn mir noch immer nicht ganz klar ist, warum ihr das so verdammt wichtig ist.

»Ja, das Schicksal wollte es wohl so, dass unsere Geschichte noch nicht beendet ist.« Plötzlich sieht sie mich erschrocken an, so als hätte sie das nicht sagen wollen.

»Anscheinend«, antworte ich und ringe mich zu einem Lächeln durch. »Was wird das?«, lenke ich das Thema wieder um und deute auf die Zutaten, die auf dem Tisch liegen.

»Die Vorbereitung für den Livestream. Ich dachte, ich mixe ein paar meiner Cocktails, während ich über eure Idee quatsche, und präsentiere obendrein meine neuste Kreation.«

»Du hast deine eigenen Cocktails?«, rutscht es mir überrascht heraus. Um ehrlich zu sein, habe ich mich nicht mit Nikas Blog befasst, das hat Ezra übernommen. Aber ich erinnere mich an die Liste, auf der Namen und Zutaten standen. Einige waren durchgestrichen, andere eingekreist.

»Du hast echt keine Ahnung von dem, was ich tue, oder?«

»Nein, ich glaube, ich habe angenommen, du gibst ihnen einfach nur seltsame Namen wie Green Gin Tonic, weil du zusätzlich ein Stück Gurke ins Glas schmeißt«, antworte ich ehrlich.

Nika sieht mich aus zusammengekniffenen Augen an.

»Ich bin der Kerl für die Finanzen, Ezra der fürs Kreative, schon vergessen?«, verteidige ich mich.

»Gut, dann machen wir jetzt zusammen einen Ray of Hope, damit du was über meine Arbeit lernst.« Nika holt zwei Weißweingläser aus dem Schrank und stellt sie vor mir auf der Arbeitsfläche ab. »Als Erstes Eis.«

Sie öffnet den Gefrierschrank und reicht mir eine Silikonform.

»Blüten?«, frage ich, als ich einen der mit Blüten gespickten Würfel aus der Form drücke und ihn in ein Glas gleiten lasse.

»Es ist Frühling, alles blüht, die Gefühle spielen verrückt. Für mich geht diese Jahreszeit mit der Hoffnung auf mehr einher, weil wir die dunkle Phase hinter uns lassen und die Sonne vor uns liegt.«

»Der Frühling und ich kommen genau aus den von dir genannten Gründen nicht besonders gut miteinander aus.«

Ein mitleidiger Ausdruck erscheint auf ihrem Gesicht, weil sie sehr genau weiß, was ich meine, ohne es auszusprechen. Meine Mutter hat den Frühling geliebt. Er gehörte zu den guten Phasen. Sehr lange habe ich den Frühling herbeigesehnt, bis meine Mutter beschlossen hat, dass ihr Leben mit dem Frühling endet. Seitdem würde ich ihn gerne überspringen.

»Ich mag den Herbst«, sage ich, weil ich gerne etwas Positives hinterherschieben möchte, damit die Stimmung zwischen uns nicht kippt. Aber es stimmt, ich mag die Melancholie, die den Herbst umgibt. Die Farben, die er mit sich bringt. Den Geruch von Regen, der auf Laub fällt. Der Herbst ist gedankenschwer, ohne dass er einen erdrückt. Es ist okay, langsamer voranzukommen oder für eine Weile den Stillstand zu genießen. Der Herbst hat keine Erwartungen. Er zwingt einen nicht, das Haus zu verlassen. Für ihn ist es völlig okay, wenn man ihn durch das Fenster betrachtet.

»Ich weiß«, sagt Nika leise und mit einer Sanftheit, dass es sich anfühlt, als würden sich diese zwei Worte wie Balsam um meine Seele legen. Ich sehe sie an, mustere ihr Seitenprofil. Jeder Millimeter ihres Gesichts ist mir vertraut. Ich müsste sie nicht einmal ansehen, um es beschreiben zu können.

Die winzige Narbe an ihrer Stirn verdankt sie mir. Ich hatte versprochen, das Fahrrad nicht loszulassen, als sie das erste Mal ohne Stützräder fuhr. Ich erinnere mich noch genau, wie sie mit mir geschimpft hat, während ich ein Pflaster auf die Stelle geklebt habe. Links auf dem Jochbein sitzt ein winziges Muttermal. Dunkle dichte Wimpern. Tiefbraune Augen, die immer mein Zuhause waren. Eine leicht schiefe Nase, nachdem ein Fußball sie mitten ins Gesicht getroffen hat. Auf dem Weg ins Krankenhaus hat sie geweint, während ich mein Lieblingsshirt geopfert habe, damit ihr Blut nicht die Rückbank vom Wagen meiner Mutter einsaut. Nika hat sich beschwert, dass ich stinke, weil ich noch immer die verschwitzten Trainingsklamotten trug. Volle Lippen. Lippen, die mir schon immer das Gefühl von Sicherheit vermittelt haben, sobald sie sich zu einem Lächeln verzieht. Und Lippen, von denen ich jetzt weiß, wie sie sich auf meinen anfühlen.

»Du starrst mich an«, sagt Nika.

»Ich weiß«, antworte ich, weil ich mir nicht einmal die Mühe gemacht habe, es zu verbergen.

Sie dreht mir ihr Gesicht nun ganz zu. »Und warum?«

*Weil du für mich nach wie vor das hübscheste Mädchen bist und es aller Wahrscheinlichkeit nach auch für immer sein wirst.*

»Was kommt noch rein?« Eine Antwort bleibe ich ihr schuldig, weil ich die Dinge heute nicht unnötig kompliziert machen will, wenn so viel vom Erfolg des Livestreams abhängt. Ezras Nachricht vorhin lautete: *VERKACK ES NICHT!!!* Wenn jemand drei Ausrufezeichen hinter Großbuchstaben setzt, schreit er dich an.

»Gin«, sagt sie und geht auf einen der Schränke zu. Als sie die Tür zu ihrer gut ausgestatteten Hausbar öffnet, kommen Gin-Sorten aus der ganzen Welt zum Vorschein. Sie nimmt eine der Flaschen heraus, die mir durchaus vertraut ist. »Brouwen, der passende Einstieg für die Bekanntmachung«, erklärt sie und gibt einen Schluck ins Glas. »Und Tonic.« Dann greift sie an mir vorbei nach dem Tonicwater und gießt den Cocktail damit auf. »Fertig.«

»Das ist alles?«, frage ich ungläubig.

»Manchmal ist weniger mehr.« Sie reicht mir das Glas.

Kopfschüttelnd lehne ich ab. »Ich bin mit dem Auto da.«

Nikas Lippen teilen sich, ganz automatisch heftet sich mein Blick darauf, als sie das Glas an den Mund führt. »Ich habe ein Sofa«, sagt sie grinsend, tritt näher an mich heran und hält mir den Drink ein weiteres Mal entgegen. Für den Bruchteil einer Sekunde frage ich mich, worauf es hinauslaufen würde, würde ich mich diesmal darauf einlassen.

»Ich nehme ein Wasser, wenn es okay ist?«

»Klar«, sagt sie und weicht augenblicklich einen Schritt zurück.

»Danke«, sage ich, als sie es vor mir abstellt.

»Ich gehe mich umziehen, dann können wir loslegen.«

»Wir?«

»Ja, eigentlich wollte Ezra den Chat im Auge behalten, aber da der in London ist und du schon mal hier bist, übernimmst du den Job.«

»Und was genau muss ich tun?«

»Die Leute rauswerfen, die sich nicht benehmen, und Fragen beantworten.«

Erleichtert atme ich auf. »Klingt machbar, wenn du mir erklärst, wie genau das funktioniert.«

»Das ist auch mein erster Livestream, es wird also spannend.«

»Du hast das noch nie zuvor gemacht?«

»Nein, hat mich nicht gereizt und auch jetzt könnte ich darauf verzichten, aber dein Freund hat mir einen detaillierten Content-Plan für den Zeitraum unserer Zusammenarbeit geschickt. Mit dem Hinweis, dass der zwingend einzuhalten ist.« Sie rollt mit den Augen.

»Ich habe ein Zwölf-Schritte-Programm von ihm erhalten, um mein Image aufzupolieren. Dank ihm besitze ich jetzt einen Social-Media-Account, auf dem ich Werbung für meine nette Persönlichkeit mache.«

Nika lacht leise und für ein paar endlose Sekunden bleibt die Welt um mich herum stehen, weil dieses Geräusch sich nach Ankommen anfühlt. »Und funktioniert es?«, will sie wissen.

»Nein«, antworte ich ehrlich. Ein paar freundliche Bilder machen mich nicht zu einem anderen Menschen, sie schaffen lediglich eine Illusion für andere.

Nika sieht auf ihre Uhr. »Ich muss mich jetzt wirklich umziehen, mach es dir bequem.«

Ich sehe ihr nach, wie sie zuerst ins Wohnzimmer und schließlich in den Flur verschwindet.

»Gijsbert, wo genau bin ich hier hineingeraten?«, frage ich den munter in seinem Glas herumschwimmenden Fisch.

Eine Antwort bleibt er mir schuldig.

Ich setze mich auf das Sofa und sehe mich im Wohnzimmer um. Mit jedem Mal, dass ich in Nikas Wohnung bin, wirkt sie mir vertrauter und irgendwie bin ich gerne hier. Im Gegensatz zu Bloem kommen hier die Wände nicht näher.

Mein Blick fällt auf den kleinen Bücherstapel unter dem Couchtisch. Ich ziehe die Ausgabe von *Sturmhöhe* heraus und schlage sie auf.

*Woraus unsere Seelen auch gemacht sind, deine und meine gleichen sich.*

Es ist meine Handschrift, die mir entgegenspringt. Das Buch war mein letztes Geschenk an sie. Am Tag meiner Abreise nach London bin ich ein letztes Mal durch ihr Fenster geklettert. Sie war nicht da, also habe ich das Buch auf ihrem Bett abgelegt und bin gegangen, damit ich meinen Flieger erwischte.

*Ich habe ihm mein Herz geschenkt, er nahm es, hat es zu Tode gequält und hat es mir dann wieder vor die Füße geworfen*, steht in geschwungener Schrift unter meinen Worten. Nika hat sie geschrieben und es liest sich wie ein *Fick dich, Leen*. Ich klappe das Buch wieder zu und lege es zurück an seinen Platz.

»Okay, was sagst du?«

Ich drehe mich zu Nika um, die etwas unsicher im Türrahmen steht.

»Was hast du da an?«, rutscht es mir heraus.

»Mein Outfit für den Livestream.«

»Du siehst aus wie eine Discokugel«, sage ich und verkneife mir ein Lachen.

Nika sieht an sich herab. »Dieser silberne Paillettenanzug ist too much, oder?«, fragt sie grinsend und setzt eine passende Maske dazu auf.

»Nur ein winziges bisschen«, antworte ich, als unsere Blicke sich treffen.

»Okay, ich ziehe was anderes an.« Kurz darauf verschwindet sie ein weiteres Mal.

Ich stehe vom Sofa auf, um mein Wasserglas aus der Küche zu holen, lehne mich gegen den Türrahmen und warte erneut darauf, dass Nika zurückkommt.

»Was ist hiermit?«

Ich sehe von meinem Handy auf und verschlucke mich an dem Wasser, das sich gerade einen Weg meine Kehle hinabbahnt.

»Die Catwoman-Nummer war Selmas Idee«, erklärt sie den schwarzen Einteiler, der kaum Spielraum für Fantasien lässt, weil er sich wie eine zweite Haut an ihren Körper schmiegt. »Was sagst du, Leen?«

Darauf werde ich nicht antworten. Gerade gehen mir die unterschiedlichsten Gedanken durch den Kopf. Einige davon drehen sich darum, dass sie den Overall unmöglich bei der Preview-Party tragen kann, weil das keine Kostümveranstaltung ist. Aber mindestens genauso viele wollen ihr das Teil ausziehen, bevor es jemand anderes tut.

Nika sieht mich abwartend an, während ich hoffe, dass sie mir nicht vom Gesicht ablesen kann, was ich nur zu gern mit ihr anstellen würde.

»Als du meintest, du möchtest anonym bleiben, habe ich nicht damit gerechnet, dass du dich für den Livestream tatsächlich maskierst, sondern dass man dich auf Social Media bis zur Preview-Party nur vom Hals abwärts sieht. Oder zumindest so etwas in der Art«, erkläre ich.

Nika kommt mit einem resignierten Seufzen auf mich zu. Ich trete beiseite, um den Zugang zur Küche nicht länger zu blockieren. Mein Blick folgt ihr. Sie greift nach dem Cocktailglas und trinkt den Rest aus.

»Du hast recht, die Nummer ist albern.« Sie nimmt die Katzenmaske ab und wirft sie beiseite.

»Das habe ich nicht gesagt, aber vielleicht solltest du etwas mehr du selbst sein«, versuche ich es mit einem anderen Ansatz.

»Du meinst Jeans, Sweatshirt, unfrisiert und mit Augenringen für die richtige Dosis Authentizität im Leben von Miss Cocktailery, die unter akutem Schlafmangel leidet, weil sie Angst hat, dieses Event zu vergeigen und demnächst obdachlos zu sein?«, erwidert sie mit einem halbherzigen Grinsen.

»Erklärst du mir, warum du nicht einfach zu dir selbst stehst und stattdessen versuchst eine Figur zu verkörpern, die dir augenscheinlich nicht entspricht?« Ich deute auf ihre Aufmachung und versuche mich gleichzeitig an einem beschwichtigenden Lächeln.

»Als ich mit Miss Cocktailery angefangen habe, wollte ich mein Gesicht verstecken, weil ich davor Angst hatte, wie es ist, der Bekanntheit ausgesetzt zu sein. Dem Guten wie dem Schlechten, was sie mit sich bringt. Deswegen habe ich nie über Kooperationen nachgedacht, oft wären sie mit dem Schritt in die Öffentlichkeit einhergegangen. Dann kam die Sache mit der Zwangsversteigerung und eure Anfrage. Ich fand euer Konzept interessant und die Bezahlung war verlockend. Selma und ich haben dann ein bisschen rumgesponnen und ich hatte die Idee, ich könnte vielleicht einfach meine wahre Identität hinter einer fiktiven Figur verstecken. Selma meinte, die Masken-Nummer, wäre super, um die Spannung aufrechtzuerhalten. Die Leute würden das Rätsel um mich lieben. Das bringe Klicks ohne Ende und ich könne dann immer noch entscheiden, meine Maske auf der Preview-Party fallen zu lassen. In der Theorie klang das problemlos umsetzbar, bis du mit deinem Sicherheitskonzept um die Ecke gekommen bist.«

Nika macht eine Pause und sucht meinen Blick. »Vielleicht habe ich das Ganze doch nicht richtig durchdacht. Wenn ich mich nicht zeige, könnte das auch eine Menge Leute enttäuschen, die extra meinetwegen kommen. Theoretisch könnte sich jeder unter der Maske verstecken. Es müsste nicht einmal die echte Miss Cocktailery sein. Selma könnte den Job –«

»Worauf willst du hinaus, Nika?«, unterbreche ich sie, weil ich mir nicht ganz sicher bin, ob sie mir gleich mitteilen wird, alles abzublasen. Denn für die Kneipentour im Anschluss hat sie um ein paar weitere Tage Bedenkzeit gebeten. Was Ezra ziemlich nervös macht, denn er hat darauf abgezielt, Nika würde allein durch ihre Anwesenheit Leute in die Bars locken.

»Dass sich meine Community mehr erhofft als eine Discokugel oder die Catwoman-Kopie. Die Sache könnte demnach nach hinten losgehen.«

»Und was hast du jetzt vor?«

»Zuerst ziehe ich mir etwas anderes an und dann entscheide ich, ob ich ins kalte Wasser springe oder es noch etwas hinauszögere«, sagt sie, bevor sie mich ein drittes Mal allein in der Küche zurücklässt.

Diesmal folge ich ihr allerdings. Vor ihrem Schlafzimmer, in dem ich neulich schon versehentlich gelandet bin, als ich mit Wolters telefoniert habe, mache ich halt.

Nika geht auf den offenen Kleiderschrank zu, während ich vor der Türschwelle verharre.

»Wenn du einen Rückzieher machen willst, ist das okay.«

Nika fährt erschrocken zu mir herum. »Das habe ich nicht vor, ich hadere lediglich mit der Umsetzung.«

»Verstehe«, sage ich und gehe auf sie zu, als sie krampfhaft versucht an den Reißverschluss des Overalls zu kommen. »Soll ich?«

Sie nickt und dreht mir den Rücken zu. Ich trete näher an sie heran, schiebe die langen dunklen Haare über ihre linke Schulter. Dabei streichen meine Fingerspitzen über ihre Haut und mir wird schlagartig bewusst, dass das hier nicht meine beste Idee ist. Nicht nachdem ich wenige Minuten zuvor gedanklich genau dieses Szenario durchgespielt habe. Ich ziehe die Hand zurück.

»Leen?« Nika dreht den Kopf etwas zur Seite.

»Hab's gleich«, sage ich, greife nach dem Häkchen und öffne den Reißverschluss. Mein Blick folgt dem Streifen Haut, der dadurch freigelegt wird. »Das war's.« Es kostet mich einiges an Selbstbeherrschung, Abstand zwischen uns zu bringen und das Schlafzimmer zu verlassen.

»Gewöhnt man sich daran?«, fragt sie, bevor ich durch die Tür treten kann.

»Woran?«, hake ich nach und drehe mich zu ihr um.

»An das eigene Gesicht in der Öffentlichkeit und die Menschen, die einen ansprechen?«

»Ich glaube, das hängt ganz stark von der Zielgruppe ab, die sich für dich interessiert.« In meinem Fall ist es die weniger angenehme, bei Nika dürfte es sich allerdings um eine ihr wohlgesonnene handeln.

»Was würdest du tun, wärst du an meiner Stelle?«

»Wenn es ums Business geht, würde ich allen, die deine Identität enthüllen wollen, zuvorkommen. Wenn es um dein Privatleben geht, ist es der größte Fehler, den du machen kannst, weil du in naher Zukunft keins mehr haben wirst.«

»Das ist nicht sehr hilfreich.«

»Es ist eine Entscheidung, die du ganz für dich alleine treffen musst. Egal wie sie ausfällt, alle werden sie akzeptieren müssen«, versuche ich ihr deutlich zu machen, dass sie niemandem etwas schuldet. Nicht diesem Haus und schon gar nicht mir.

Als Nika sich aus dem Overall schält, wende ich den Blick ab und gehe zurück ins Wohnzimmer. Ich wähle Ezras Nummer, um ihn auf den aktuellen Stand zu bringen und ihm mitzuteilen, dass es möglicherweise zu Änderungen kommt, sollte Nika vorzeitig auf ihre Anonymität verzichten.

# RISING STAR

*Rosé Gin, Lychee, Passion Fruit,*
*Lemon, Rose, Club Soda*

## NIKA

Unschlüssig sehe ich den Spiegel. Zu sagen, ich sei nervös, wäre die Untertreibung des Jahrhunderts. Und dafür leisten sich gerade zwei Gründe ein Armdrücken: die Tatsache, dass ich gleich den ersten Livestream meiner Social-Media-Karriere starten werde, und der Umstand, dass Leen dabei anwesend sein wird und mich seine Nähe nervös macht. Weil sich seine Fingerspitzen so verdammt richtig auf meiner Haut anfühlen, obwohl sie es nicht sollten. Ich habe einen Versuch gewagt, er hat ihn nicht zugelassen. Hätte Ezra ihn nicht als Aufpasser geschickt, wäre Leen auch nicht hier.

Die Smartwatch an meinem Handgelenk vibriert und sagt, dass ich nur noch fünf Minuten bis zum Livestream habe. Hektisch suche ich nach der Maske, weil sie irgendwie doch mein Rettungsanker bei einsetzendem Lampenfieber ist. Ich überlege, wo ich sie hingelegt habe, werde aber auf die Schnelle nicht fündig.

Als ich das Wohnzimmer betrete, telefoniert Leen. »Was heißt abgesagt?« Er bemerkt meine Anwesenheit und wendet sich mir zu. »Ezra, ich muss Schluss machen, Nika will jetzt den Livestream starten.« Mit bedächtigen Schritten kommt er auf mich zu.

»Wie sehe ich aus?«, frage ich, weil ich mir unsicher bin, ob ich mit dem kurzen schwarzen Trägerkleid, das im Schein des Deckenstrahlers wie mit winzigen Diamanten besetzt funkelt, nicht ebenfalls danebengegriffen habe. Ich habe es extra für die Silvesterparty im *Sole Mio* gekauft und seitdem nicht wieder getragen.

Leen lässt seinen Blick über mich wandern. Unter seiner intensiven Musterung breitet sich ein Kribbeln in meinem Inneren aus und als ich bemerke, wie er schluckt, zieht sich mein Unterleib zusammen.

»Hübsch«, sagt er ein wenig gequält.

»Du findest also nicht, dass es zu viel ist und Jeans und Shirt ausreichen, weil ich in meiner unaufgeräumten Küche stehe, statt in einer trendigen Bar?«

»Ich finde, du passt perfekt in deine Küche«, erwidert er und lächelt.

»Okay, dann los.«

»Was muss ich tun?«

»Du startest mit meinem Handy den Livestream und kümmerst dich um die Kommentare und Fragen«, sage ich und befestige mein Smartphone auf dem Stativ. Vorhin habe ich bereits getestet, ob der Bildausschnitt passt und minimal unterhalb der Tischplatte endet, damit man sowohl mich als auch die Zubereitung der Cocktails sieht.

»Und wenn ich eine Frage nicht beantworten kann, weil sie dich persönlich betrifft?«

»Dann ignorierst du sie, weil ich ohnehin nichts Persönliches beantworte.«

»Okay«, sagt er und schaut auf das Display.

»Hier startest du den Stream.«

»Bekomme ich hin.«

Ich nehme die Eiswürfelform, den Gin und das Tonicwater von der Arbeitsfläche, um sie zu den anderen Zutaten zu stellen. Dann trete ich hinter den Küchentisch, der mir bis zur Hüfte reicht. »Bin ich ganz drauf?«

Leen zeigt zur Bestätigung einen Daumen hoch.

»Okay, Augen zu und durch«, sage ich, hole tief Luft. Als ich mir eine lose Strähne hinters Ohr schiebe, bemerke ich, was fehlt.

»Ich brauche die Maske«, entfährt es mir.

Leen macht zwei Schritte nach rechts, bückt sich und hebt sie vom Küchenboden auf. »Hab sie«, sagt er und kommt auf mich zu. »Nervös?«

»Sieht man mir das an?« Ich wende mich ihm zu, als er neben mich tritt.

»Nur ein bisschen.« Bei seinem Lächeln werden für eine Nanosekunde meine Knie weich.

»Du bist schon wieder nicht hilfreich, Leen.«

»Ich weiß«, sagt er, weitet das Gummiband mit den Händen, um sie dann anzuheben, damit er mir die Maske aufsetzen kann. Dazu verringert er den Abstand zwischen uns auf ein Minimum, bei dem meine Brüste seinen Oberkörper streifen. Er hält in der Bewegung inne.

Ein weiteres Mal vibriert meine Smartwatch. Ich werfe einen Blick darauf, um den Alarm auszuschalten, und erstarre, als eine Nachricht von Selma angezeigt wird.

**Ihr seid live.**

Ich sehe wieder zu Leen, der mich mit seinen dunklen Augen fixiert, während seine Fingerspitzen federleicht meine Schläfen berühren.

»Sag nicht, du hast den Livestream bereits gestartet«, flüstere ich.

Seine Brauen ziehen sich zusammen, als wüsste er nicht, wovon ich rede, dann werden seine Augen groß. »Fuck!«

Ein erneutes Vibrieren.

**Ihr seid so cute.** 😍

Leen sieht mich an und ich ihn. »Und jetzt?«, flüstert er.

»Das kalte Wasser, schätze ich«, erwidere ich mit einem Anflug von Panik in der Stimme.

»Wir brechen ab«, sagt er etwas zu energisch.

Ich greife nach seiner Hand, als er sich in Bewegung setzt, um den Livestream zu stoppen. Weil ich plötzlich das Gefühl habe, jemand hätte meine Realität verschoben und Leen ist das Einzige, was im Augenblick echt ist. Wie viele haben schon eingeschaltet? Wie viele haben einen Screenshot gemacht? Gibt es bereits Kommentare? Ich bin wie erstarrt, dabei sollte ich dringend etwas unternehmen, um die Situation zu retten.

»Tja, würde sagen, wir haben uns gerade selbst gecrasht«, sagt Leen nun lauter, schiebt sich leicht vor mich und sieht zum Handy. Dann winkt er in die Kamera. »Hey, ich bin Leenard Brouwer, einige kennen mich vielleicht. Für alle anderen: Meine Familie produziert Gin in der fünften Generation. Ihr fragt euch jetzt, was macht der Typ bei Miss Cocktailery im Livestream? Ja, das war so nicht geplant und ich habe absolut keine Ahnung, wie ich unauffällig aus der Situation rauskomme. Mein Job war der hinter der Kamera.« Leen fährt sich unsicher durch die blonden Haare. »Also, was machen wir jetzt? Erzähl ich euch gleich was über das Projekt, an dem Miss Cocktailery und ich gemeinsam arbeiten, oder soll ich euch zuerst meine unvergleichlichen Skills im Cocktailmixen zeigen?«

Leen sieht zu mir und ich verkneife mir ein Lachen. Ich habe mit allem gerechnet, aber sicher nicht damit, dass er versucht, den Entertainer zu mimen. Was er besser macht, als ich ihm zugetraut hätte. Und ich weiß genau, warum er das macht – damit ich mich entspanne.

Die Uhr vibriert und zeigt eine Nachricht von Selma an. Es sind drei Flammen-Emojis. Ich nehme sie ab und lege sie unauffällig auf den Tisch.

Als Glas klirrt, sehe ich zu Leen.

»Was machst du da?«, frage ich ihn und schiebe ihn etwas beiseite.

»Diesen Ray of Love, den du mir vorhin gezeigt hast.«

»Ray of Hope«, verbessere ich ihn.

»Okay, also diesen Blumeneiswürfel hätten wir im Glas, dann nehmt ihr den Gin. Es ist natürlich kein Zufall, dass auf der Flasche Brouwen steht. Dazu aber später mehr. Erst mal geben wir einen anständigen Schluck dazu.«

»Das ist viel zu viel, Leen«, sage ich erschrocken.

»Dann das Ganze mit diesem rosa Tonicwater auffüllen.«

»Die rosa Färbung verdankt das Tonic der Zugabe von Hibiskus«, werfe ich erklärend ein.

»Fertig«, sagt er und hält mir das Glas entgegen.

Skeptisch betrachte ich seinen Versuch des Ray of Hope, während ich ihm das Glas abnehme.

Er beugt sich zu mir rüber. »Tue wenigstens so, als ob es dir schmeckt, sonst steh ich wie ein Loser da«, flüstert er mir ins Ohr.

»Okay«, erwidere ich und probiere. Er ist viel zu stark, dennoch versuche ich, nicht das Gesicht zu verziehen. »Lecker, aber jetzt lassen wir mal den Profi ran und du verschwindest hinter die Kamera und beantwortest die Fragen im Chat.« Damit schiebe ich ihn aus dem Bild.

Und dann ist es gar nicht so schwer, einfach ich selbst zu sein. Die nächsten dreißig Minuten rede ich über meine Arbeit und sage etwas zu den Plänen der Brouwers, Ginie auf den Markt zu bringen. Ich erwähne die bevorstehende Kneipentour und ein paar Infos zu den teilnehmenden Bars. Zwischendurch mixe ich einige der Cocktails, die auf meinem Account zu sehen sind. Frage, ob jemand tatsächlich schon mal einen ausprobiert hat und wie er geschmeckt hat. Dabei sehe ich immer wieder zu Leen, der seine Unterlippe zwischen die Zähne gezogen hat, konzentriert auf das Display sieht und fleißig tippt.

»Also, ihr Lieben, wir freuen uns auf euch. Den Link zu den Tickets findet ihr in meiner Bio und schreibt mir mal in die Kommentare, wie euch der Livestream gefallen hat und ob ich das öfter machen soll.« Zum Abschied winke ich in die Kamera.

»Okay, das war's, wir sind offline.«

»Und wie war ich?«, frage ich und lasse mich erschöpft auf den Küchenstuhl sinken.

»Super. Sie mögen dich, außer Enzo74, der ist ein Arsch und mag keinen alkoholfreien Gin«, antwortet er und grinst breit.

»Danke.« Sein spontaner Einsatz hat meine Anspannung verpuffen lassen und dafür gesorgt, dass die Sache nicht in einem Desaster endet.

»Wofür? Dass ich es verkackt habe und jetzt tausend Menschen dein Gesicht kennen?«

»Haben wirklich so viele zugesehen?«, frage ich erstaunt.

»Ja, Ezra hat von London aus zugesehen und blitzschnell dafür gesorgt, dass die Info, dass du dich öffentlich zeigst, über die anderen Influencer viral geht«, antwortet er geknickt.

»Das fühlt sich gerade alles ein bisschen surreal an.«

»Ich befürchte, wir haben den Stein gerade mächtig ins Rollen gebracht«, sagt Leen, dann klingelt es an der Tür. »Erwartest du jemanden?«

»Irgendjemand muss die hier alle trinken.« Ich deute auf die vollen Cocktailgläser.

»Verstehe, ich geh dann mal.«

»Oder du bleibst und feierst mit uns meinen ersten Livestream«, biete ich ihm an, während ich bereits auf dem Weg in den Flur bin.

»Ich will nicht stören«, sagt er vorsichtig.

»Tust du nicht«, versichere ich ihm und öffne die Tür, um die Hausgemeinschaft reinzulassen.

# STOLEN LIES

*Dry Gin, Cane Sugar, Lemon,*
*Egg White, Cucumber, Dill*

## LEENARD

Meine Lider fühlen sich schwer an, als das Klingeln eines Handys in meinen Ohren schrillt. Ich setze mich auf. Es dauert einen Augenblick, bis mir wieder einfällt, wo ich die Nacht verbracht habe. Mein Kopf bewegt sich in die Richtung, aus der Nikas Stimme kommt, die gerade das Telefonat annimmt. »Lore, hol mal Luft … Michael hat was … Das ist gut, oder? … Verstehe, es ist nicht okay, dass er das einfach so sagt.« Unsere Blicke treffen sich. »Entschuldige, ich wollte dich nicht wecken«, flüstert sie in meine Richtung. »Nein, nicht du, Lore.« Mein Blick folgt Nika in die Küche.

Ich stehe vom Sofa auf und reibe mir die Schläfen, als ein dumpfer Kopfschmerz einsetzt. Was nicht an den Cocktails liegt, sondern an dem unbequemen Teil, auf dem ich die Nacht verbracht habe. Getrunken habe ich kaum etwas, aber dennoch genug, um nicht mitten in der Nacht noch nach Bloem rauszufahren.

Mein Mund fühlt sich staubtrocken an, also gehe ich zu Nika in die Küche, um mir ein Glas Wasser zu holen.

»Ich kann doch nicht einfach mit zu seinen Eltern fahren, wir sind nicht mal offiziell zusammen«, hallt mir eine unbekannte Stimme entgegen.

»Vielleicht ist das seine Art, dir zu verdeutlichen, dass er es offiziell machen will«, antwortet Nika, die mir den Rücken zugedreht hat.

»Die Sache zwischen uns läuft wie lange? Zwei Wochen.«

»Ihr kennt euch seit fünf Jahren und mindestens so lange steht ihr aufeinander. Ist es da wirklich relevant, wie lange das mit euch schon geht, um etwas Festes zu sein?«

Weil ich Nika nicht beim Telefonieren stören will, nehme ich mir ein sauberes Glas aus dem Küchenschrank und fülle es mit Leitungswasser. Dann lehne ich mich gegen die Arbeitsfläche und sehe Nika dabei zu, wie sie sich ein Müsli macht. Das hier fühlt sich völlig normal an. Als hätten wir nicht Jahre voneinander getrennt verbracht. Auch der Abend gestern hat sich angefühlt, als wäre ich jemand, der hierhergehört. Der erwünscht und kein Störfaktor ist. Freya hat mich natürlich wiedererkannt. Und ich verstehe nun, warum Nika ihr hilft, dieses Haus zu behalten. Hier herrscht eine ganz besondere Art des Glücklichseins. Alles strahlt Wärme aus, Geborgenheit, und steht damit im völligen Kontrast zu Bloem.

Nika dreht sich zu mir um und lächelt mich an. So als fände sie es nicht seltsam, dass ich in ihrer Küche stehe und sie beobachte. Sie nimmt eine weitere Schüssel aus dem Schrank und füllt Müsli hinein, während Lore unbeirrt weiter am Telefon über die schlechten Angewohnheiten von Michael redet. Ich habe keine Ahnung, wer die beiden sind.

»Ich denke, die einzige Frage, die du dir stellen solltest, ist, warum du ihn liebst, und nicht, warum du es nicht tun solltest.« Nika kommt mit einer der Schüsseln auf mich zu und drückt sie mir in die Hand. Dann schiebt sie mich aus der Küche.

»Kann ich deine Dusche benutzen?«, frage ich leise.

»Ja, Zahnbürsten sind im Spiegelschrank«, antwortet sie.

»Mit wem redest du da?«, kommt die Frage durch den Lautsprecher. Nikas Antwort höre ich nicht mehr, weil sie die Küchentür vor meiner Nase schließt.

Nachdem ich das Müsli gegessen habe, widme ich mich endlich der Dusche. Das Badezimmer ist winzig, so wie alles in dieser Wohnung. Jedenfalls wenn man andere Dimensionen gewohnt ist. Trotzdem mag ich die Enge und das zusammengewürfelte Chaos, das hier auf kleinstem Raum herrscht. Vielleicht liegt es aber auch einfach nur daran, dass es Nikas Chaos ist und ihres mit meinem harmoniert. Weil ich es mag, dass sich ihre Bücherstapel unter dem Couchtisch befinden, während ich meine an Wänden staple, statt sie in Regale einzusortieren. Ich mag die Ruhe, die der Goldfisch ausstrahlt, wenn er seine Runden im Glas dreht. Dabei könnte ich ihm stundenlang zusehen. Die Gefühlsschwere in meinem Kopf erscheint dann so viel leichter. Und gestern mochte ich all die Menschen, die diesen Ort mit Leben erfüllt haben. Stimmen, die verschwammen. Lachen, das von den Wänden widerhallte. Gespräche, in denen niemand etwas von mir zu erwarten schien. Für wenige Stunden war ich Teil von Nikas buntem Leben, fernab von dem farblosen Dasein auf Bloem. Und ich wünschte, es wäre immer so, nicht nur für den Moment.

Sobald ich mich abgetrocknet habe, hänge ich das feuchte Handtuch wieder über die Duschwand und suche im Spiegelschrank nach einer Zahnbürste. Die Auswahl beläuft sich auf rosa mit Blumenmuster und lila mit Sternenmotiv. Und ich bin tatsächlich erleichtert, dass es keine Option auf ein neutrales für Männerbesuch gedachtes Modell gibt. Weil es irgendwie bedeutet, dass … ja, was denn eigentlich? Dass da niemand ist? Dass sie keinen Sex hat? Wie blauäugig der Gedanke ist, weiß ich selbst am besten. One-Night-Stands brauchen selten am Morgen eine saubere Zahnbürste, weil sie da längst weg sind. So wie ich in jener Nacht. Das bereue ich jetzt zutiefst.

In dem Augenblick, als ich aus dem Badezimmer trete, kommt Nika aus dem Wohnzimmer.

»Können wir los?«, fragt sie.

»Klar«, sage ich und erinnere mich vage daran, zugestimmt zu haben, mit ihr eine Tour durch die alte Destillerie auf Bloem zu machen. Ezra hat das für heute auf meine Content-Liste geschrieben. Nika hat angeboten mich zu begleiten, um Content für ihren eigenen Account zu produzieren. Jetzt, da die Bombe geplatzt ist, hat Nika vehement erklärt, es gebe keinen Grund mehr, sie nicht in alles einzubinden. Mir sind die Argumente ausgegangen und ich habe schließlich nachgegeben. Außerdem hätte ich sie gerne in meiner Nähe. Jetzt, da sie das Interesse der Öffentlichkeit geweckt haben dürfte, ist es nur eine Frage der Zeit, bis ihr Name zur Headline wird.

In meinen Hosentaschen taste ich nach meinem Handy.

»Suchst du das?«, fragt sie und reicht es mir.

»Danke«, sage ich, stecke das Handy weg und folge Nika durch den Flur, wo sie in ihre Sneaker schlüpft und einen Windbreaker vom Haken nimmt.

»Dann los.«

Auf dem Weg nach unten macht sich ein mulmiges Gefühl in mir breit, dessen Ursprung mir nicht ganz klar ist. Ob es daran liegt, dass ich den Tag gemeinsam mit Nika verbringen werde oder dass sich ein unkontrollierbarer Sturm in mir zusammenbraut, der alles in einem Desaster enden lassen könnte?

»Können wir einen Zwischenstopp in der *Little* –«

»Da ist sie!«, unterbricht eine dumpfe Stimme Nika in der Sekunde, als wir ins Freie treten. Alles geht so schnell, dass ich instinktiv nach Nikas Hand greife und sie zu mir heranziehe.

Uns starrt ein Dutzend Journalisten entgegen. Das ging schnell. Und noch viel schneller bricht um uns herum die Hölle los, als die Fragen nur so auf uns einprasseln.

»Miss Cocktailery, warum zeigen Sie sich ausgerechnet jetzt der Öffentlichkeit?«

»Nika, hier! Ein Foto bitte!«

»Lassen Sie uns durch«, sage ich und setze mich in Bewegung, während Nika sich keinen Millimeter von der Stelle rührt. »Hängt Ihre Entscheidung, in die Öffentlichkeit zu treten, mit Ihrer Beziehung zu Leenard zusammen?«

»Nika, was sagen Sie dazu, dass die Polizei im Todesfall von Piet Brouwer ermittelt?«

»Leenard, war es Mord?«

Die Frage lässt mich erstarren, weil es eher nach einer Feststellung klingt. Ich zwinge mich dazu, sie zu ignorieren und mich stattdessen auf Nika zu konzentrieren.

»Leen«, sagt sie und ich kann die Panik aus meinem Namen heraushören, genau wie die Bitte, irgendwas zu tun.

Ich verringere den Abstand zu ihr. »Sieh mich an«, sage ich, umfasse ihr Kinn und drehe ihr Gesicht in meine Richtung. Weg von der Boulevardpresse, die nur wenige Stunden gebraucht hat, um herauszufinden, wer sich hinter Miss Cocktailery verbirgt und wo sie wohnt. Für meinen Geschmack sind die Details zu schnell bekannt geworden. Vermutlich hat jemand nachgeholfen und der Presse einen Tipp gegeben. Ich habe geahnt, dass genau das passieren wird. Allerdings hatte ich gehofft, ich hätte etwas mehr Zeit, Nika darauf vorzubereiten. Immerhin ist es meine Schuld, dass ihre Anonymität sich in Luft aufgelöst hat. Ich habe diesen verdammten Livestream gestartet. Nicht absichtlich. Aber das macht die Sache nicht besser. Alles, was folgt, geht auf meine Kappe.

»Wie habt ihr euch kennengelernt?«

»Wie lange seid ihr schon ein Paar?«

Die Richtung, in die die Fragen gehen, gefällt mir nicht, doch nichts anderes habe ich erwartet, nachdem ich die Kommentare im Livestream gelesen habe. Denn die Frage, wie Nika und ich zueinander stehen, beherrschte den Chat. Beantwortet habe ich keine einzige davon, was die Spekulationen wahrscheinlich noch weiter angeheizt hat. Denn Fakt ist, wir sind eindeutig mit zu viel Nähe in den Livestream gestartet.

»Kein Kommentar«, sage ich, ohne meinen Blick von Nika abzuwenden. Damit mache ich es nur noch schlimmer. Aber ich habe Angst, was das hier mit uns macht. Bis vor wenigen Minuten hat es funktioniert, irgendwie jedenfalls. Und in dieser Sekunde werde ich mir vollends bewusst, dass ich Nika kein weiteres Mal aus meinen Leben verbannen kann, um sie vor meinem Chaos zu bewahren. Sie wird mit mir hineinstürzen. Weil die Angst, ihr zu viel sein, soeben der Angst gewichen ist, sie für immer zu verlieren.

»Atmen, Nika, du musst atmen«, sage ich sanft und streiche mit den Daumen über ihre Wangen.

Sie nickt und atmet tatsächlich einmal tief durch.

»Wir verschwinden jetzt, okay?«

Ein weiteres Mal nickt sie. Dann greife ich wieder nach ihrer Hand und zwänge mich zwischen den Reportern hindurch.

Den Audi habe ich nur wenige Meter vorm Hauseingang geparkt – was nicht die cleverste Idee gewesen sein dürfte, denn so ein Luxuswagen sticht in der Gegend sofort ins Auge. Ich öffne die Beifahrertür und Nika steigt, ohne zu zögern, ein.

»Fuck!«, stoße ich aus, sobald ich auf dem Fahrersitz Platz genommen habe. Dann starte ich den Motor. »Das ist meine Schuld«, sage ich und parke aus, um schnellstmöglich von hier zu verschwinden. »Ich wusste, dass das passieren wird«, rede ich einfach weiter, weil ich nicht weiß wohin mit all den Gedanken, die mir durch den Kopf schießen. »Ich hätte nicht zulassen dürfen, dass du den Job annimmst.« Tief in mir drin wusste ich, dass es ein Fehler ist, dem weitere folgen werden. »Ich hätte nicht bleiben sollen.« Ich biege auf die Mesdagstraat. Bevor ich weiterrede, atme ich einmal tief durch. »Genau deswegen wollte ich dich nicht wieder in meinem Leben haben.« Aus dem Augenwinkel sehe ich, dass ihr Blick auf mir ruht. »Es tut mir leid, Nika.«

»Bist du jetzt fertig, dir für alles die Schuld zu geben?«, fragt sie und lächelt mich viel zu offen an.

»Nein, eigentlich nicht«, gestehe ich. Ich befinde mich erst am Anfang der Liste aus Gründen, warum sie mich anschreien sollte, statt mir das Gefühl zu geben, dass es okay ist. Dass wir okay sind und dass die Katastrophe, die geradewegs auf uns zurollt, deutlich kleiner ausfallen wird, als ich sie mir ausmale.

»Ich habe damit gerechnet, nachdem Selma mich mit Screenshots und Links zum gestrigen Livestream versorgt hat. Ich war lediglich schockiert, wie offensiv die Presse auf uns zugekommen ist. Ist das immer so?«

»Meistens ja«, antworte ich und sehe wieder auf den Verkehr vor uns. »Die Sache beruhigt sich, wenn in deinem Leben nichts Spannendes passiert.«

»Dann sollte ich mich wohl besser von dir fernhalten«, erwidert sie scherzhaft. Ihre Worte sorgen dennoch dafür, dass ein Ruck durch meinen Körper geht.

»In meinem Leben ist gerade zu viel los«, gebe ich zurück, ohne wirklich auf das von ihr Gesagte einzugehen. Denn genau das sollte sie tun: sich von mir fernhalten, wenn sie nicht gemeinsam mit mir untergehen will. Das steht allerdings im völligen Gegensatz zu dem, was ich mir von ihr wünsche – dass sie meine Hand ergreift, so wie ich zuvor ihre, und gemeinsam mit mir ins Ungewisse springt.

»Wenn ich dich frage, wie es dir damit geht, bekomme ich eine Antwort?« Ihr Ton ist vorsichtig und ich hasse es, weil ich den Grund dafür kenne.

Früher hätte sie die von mir nicht bekommen, heute denke ich immerhin darüber nach. Zu lange, denn Nika wendet den Blick ab und sieht aus dem Fenster.

Zwanzig Minuten später erreichen wir Bloem und zu meiner Überraschung wartet dort keine weitere Schar an Presseleuten. Das Tor schwingt auf. Es ist, als würde sich jedes Mal ein Schalter umlegen, sobald dieser Ort und ich miteinander verschmelzen. Ich kann nicht einmal richtig beschreiben, was es ist, das mich aus dem Gleichgewicht bringt. Warum alles, was mich umgibt, sich plötzlich grau und schwer anfühlt. Aber ich ertrage nicht, dass Nika sich so anfühlen könnte, sobald wir aus dem Auto steigen. Verdammt, ich will, dass sich ihre Nähe so anfühlt wie in ihrem winzigen Apartment. Vertraut. Warm. Sanft. Leicht.

»Ich hasse diesen Ort«, sage ich leise und stelle den Motor ab. Das war nicht immer so. Es gab durchaus eine Zeit, in der Bloem weniger düster auf dem Berg thronte. Eine, in der der Garten bunt statt trostlos war. Eine, in der Leben innerhalb der Mauern herrschte statt ohrenbetäubender Stille. Eine, in der mein Herz sich vollständig statt gebrochen anfühlte. Vieles hat sich mit dem Tod meiner Mutter verändert. Aber ich glaube, ich selbst habe mich am meisten verändert.

»Ich habe ihn auch deutlich freundlicher in Erinnerung«, sagt Nika, als kenne sie meine Gedanken.

Für die nächsten Sekunden legt sich Stille über uns. Stille, die sich in Unbehagen wandelt und schließlich dazu führt, dass ich nur zu gern den Motor wieder starten will, um uns von hier fortzubringen. Zurück in die Pastelstraat, die allerdings keinen sicheren Hafen mehr darstellt, solange die Presse dort auf uns lauert.

»Wir haben einen Job zu erledigen. Wenn wir nicht abliefern, brummt uns Ezra Strafarbeit auf«, versucht Nika die Situation aufzulockern.

»Bringen wir es hinter uns«, sage ich, ziehe mein Handy vom Ladekabel und steige aus dem Wagen.

Ich war Jahre nicht in der Destillerie. Sie ist im Grunde auch nicht mehr als ein Relikt der Zeit, in der das Unternehmen in den Kinderschuhen steckte. Laut MacIntyre wäre sie allerdings mit wenig Aufwand wieder in Betrieb zu nehmen, sollten wir es in Betracht ziehen, die Produktion von Demys Gin nicht dauerhaft über die Brouwen Destillerie laufen zu lassen. Ezra meint, Bloem hätte den nötigen nostalgischen Charme für die Preview-Party. Sterile Industriehallen mit grellem Licht sind weniger Social-Media-tauglich für die Content Creator, die auf der Gästeliste stehen. Die Entscheidung steht noch aus. Mir wäre es lieber, Bloem nicht zu einem zentralen Schauplatz zu machen. Aber ich verstehe durchaus den Gedanken dahinter.

Während Nika neben mir hergeht, erinnere ich mich an die unzähligen Stunden, die sie früher hier verbracht hat. Wie wir auf der Wiese hinter dem Haupthaus lagen und stundenlang Wolkenbilder analysiert haben. Wie Nika mit mir Biologie gepaukt hat, damit ich nicht durchfalle. Wie wir Fußball gespielt haben. Sie war immer so viel besser als ich. Trotzdem war ich dank meines Namens Kapitän des Teams. Ich erinnere mich daran, wie leicht es war, mit Nika befreundet zu sein, und wie schwer, sie zu lieben.

Aus dem Augenwinkel sehe ich zu ihr. Heute ist es genau andersrum.

»Ich hoffe, hier drinnen hat in den letzten Jahren jemand Staub gewischt«, sage ich, als ich die Tür zur Destillerie öffne.

Nika schau sich um. »Es wirkt viel kleiner.«

»Du bist einfach nur größer geworden.«

»Ihr solltet die Destillerie wiederbeleben und Führungen und Tastings anbieten. Das würde super in euer Konzept passen.«

»Das Letzte, was ich auf Bloem sehen will, sind Tourigruppen«, antworte ich.

»Menschen mögen es aber, hinter die Kulissen zu schauen und zu wissen, wie Dinge entstehen«, erklärt Nika, holt ihr Handy raus und macht ein Foto, dann richtet sie die Kamera auf mich. »Also, Herr Brouwer, wie läuft das so mit der Gin-Herstellung?«

»Nimmst du das gerade auf?«, frage ich sie und mache einen Schritt auf sie zu.

»Vielleicht.« Das Lächeln auf ihren Lippen sorgt dafür, dass mein Herz zwei Schläge überspringt und anschließend viel zu schnell weiterpocht. »Du solltest lieber etwas sagen, sonst wird es ein Stummfilm.«

»Was willst du denn wissen?«

»Erzähl uns alles, was du über Gin weißt.«

»Dann wird es ein Kurzfilm«, erwidere ich und lache kurz auf.

»Was ist Gin und wo kommt er her?«

»Ich glaube nicht, dass ich das einer Ginfluencerin erklären muss«, merke ich an.

»Du sollst es nicht mir erklären, sondern Menschen, die keine Ahnung haben.«

Ich atme einmal tief durch und hole mein Handy aus der Hosentasche.

»Was wird das?«

»Gin ist eine meist farblose Spirituose mit Wacholder und Hauptbestandteil vieler Cocktails wie –«

»Liest du das gerade ab?«, unterbricht sie mich und lacht.

»Du kennst mich, ich bin nicht gut darin, Dinge zu erklären«, antworte ich schulterzuckend.

»Okay, dann hör mal gut zu und lerne: Gin hat seinen Ursprung im 17. Jahrhundert. Ihm geht der niederländische Genever voraus. Als Wilhelm III. von Oranien den englischen Thron bestieg, nahm er den Genever mit. Daraus wurde später der heutige Gin. Genau wie beim Genever ist die wichtigste Zutat Wacholder. Und das hier«, Nika geht auf den antiken Kupferkessel zu, »ist eine echte Bennet-Destillieranlage. Schon witzig, dass dein bester Freund ebenfalls ein Bennet ist. Demnach solltest du Gin eigentlich mögen«, erklärt sie mit einem Schmunzeln.

»Ich bin beeindruckt, Miss Cocktailery«, necke ich und gehe auf sie zu.

»Wie lange gibt es die Brouwen Destillerie bereits?«

»Seit 1823.«

»Was ist neben Wacholder noch drin?«

Vor ihr bleibe ich stehen und nehme ihr das Handy aus der Hand. »Der Geschichtsexkurs ist beendet«, sage ich und drücke auf die Stopptaste.«

»Du weißt es nicht«, entfährt es ihr amüsiert.

»Wir wissen beide, wie wenig ich mich früher für all das hier interessiert habe. Daran hat sich nichts geändert.«

Mein Handy vibriert. Ezra. Ich gebe Nika ihr Smartphone zurück. »Kommst du kurz alleine klar?«

Sie nickt.

»Ezra«, nehme ich das Gespräch an und gehe nach draußen.

»Wir sind auf der Überholspur.« Ich kann sein selbstgefälliges Grinsen durch das Telefon hören.

»Sind wir das?«

»Das Internet ist voll von euch.«

»Die Sache ist mächtig nach hinten losgegangen. Nika wollte nicht erkannt werden und heute Morgen wartet eine Horde Reporter vor ihrer Haustür. Das ist scheiße, Ezra.«

»Die Frage, die alle beschäftigt, ist nicht Nikas Gesicht, sondern warum du morgens nach dem Livestream ihre Wohnung verlässt.«

»Wir haben gefeiert und ich habe auf ihrem Sofa gepennt«, erkläre ich, bevor er falsche Schlüsse zieht.

»Schade, die Ihr-habt-was-miteinander-Nummer wäre die bessere PR.«

»Du solltest dich auf die PR für den alkoholfreien Gin fokussieren und nicht auf mein Privatleben.«

»Ich finde, wir sollten beides verbinden. Wo ist Nika gerade?«

»In der Destillerie, sie hilft mir deinen Content-Plan abzuarbeiten.«

»Und wo bist du?«

»Ich stehe vor dem Gebäude und telefoniere mit dir, warum?«

»Das Netzt shippt euch bereits, der Gin-Prinz und die Cocktail-Prinzessin.«

»Bullshit!«, entfährt es mir.

»Bro, absolut jeder hat diese Vibes zwischen euch gespürt.«

Ich beginne vor dem Gebäude auf und ab zu gehen. »Worauf willst du hinaus, Ezra?«

»Spielt ein bisschen mit den Medien, zeigt euch zusammen, lasst sie glauben, ihr hättet eine Romanze am Laufen.«

Der hat sie doch nicht alle. »Ich werde nichts mit Nika faken, um die Leute zu unterhalten.« Allein dass er mir das vorschlägt, lässt meinen Puls in die Höhe schießen. Und zwar auf zwei völlig verschiedene Arten gleichzeitig. Angepisst, weil Ezra mich besser kennen sollte. Und frustriert, weil ich für einen winzigen Augenblick über seine Idee nachgedacht habe. Es wäre nämlich so verdammt einfach, in ihrer Nähe zu sein, wenn ich eine Ausrede dafür hätte.

»Eine Lovestory würde aber deinem Image guttun«, merkt Ezra an.

Ja, vielleicht. Aber es wäre dennoch nicht echt. Und die Gefahr, dass gespielte Gefühle auf echte Gefühle treffen, viel zu hoch. Ein Risiko, das ich keinesfalls eingehen werde, jetzt, da Nika und ich eine Basis gefunden haben.

»Ich scheiß auf mein Image«, entgegne ich schroff.

»Es war nur eine Idee, fahr wieder runter«, rudert er zurück.

»Verdammt«, ertönt Nikas Stimme, als sie zur Tür herausgestolpert kommt. Sie ist pitschnass.

»Ezra, ich ruf dich zurück«, sage ich und lege auf. »Will ich wissen, was passiert ist?«

Wasser tropft aus ihren Haaren. Sie nimmt ihr Shirt vorne zusammen und wringt es aus.

»Ich wollte mir in dem Waschbecken den Staub von den Händen waschen. Das Wasser kam mir nur so aus dem Hahn entgegengespritzt. Das sollte sich mal ein Klempner ansehen«, erklärt sie genervt.

Als sie zu mir aufsieht, unterdrücke ich ein Grinsen, weil ich mir die Szene bildlich vorstelle. »Wehe, du lachst.«

Und dann bricht es einfach so aus mir heraus. Laut und aufrichtig.

Nika verpasst mir einen leichten Schubs. »Das ist nicht lustig!«

»Doch ein bisschen schon«, feixe ich.

Bevor ich reagieren kann, schließt sie die Lücke zwischen uns und schlingt ihre Arme fest um mich. »Immer noch lustig?«, fragt sie herausfordernd.

Das Hemd klebt feucht an meiner Haut. Lustig ist das keinesfalls. Weil Nikas Brüste sich gegen meinen Brustkorb drücken und sie mir so nah ist, dass kein Blatt zwischen uns passt. Das scheint auch ihr gerade bewusst zu werden, denn in ihren dunklen Augen zeichnet sich Überraschung ab.

»Sorry«, flüstert sie.

Erst jetzt bemerke ich, dass ich die Arme ebenfalls um sie gelegt habe und sie in diesem Augenblick davon abhalte, zurückzuweichen. Für eine kleine Ewigkeit verliere ich mich in dem Gefühl von ihr in meinen Armen und lasse den Gedanken zu, den ich mir bisher selbst verwehrt habe: *Ich will dich küssen. So lange, bis es sich nur noch richtig anfühlt.*

*Und dann?*, flüstert die Stimme in meinem Kopf. *Was passiert danach? Bietest du die von Ezra geforderte Show?*, verhöhnt sie mich.

Abrupt lasse ich von ihr ab und trete einen Schritt zurück. »Du brauchst trockene Kleidung. Wenn du dich erkältest, platzt unser Showact«, sage ich kühl.

Nikas Gesichtszüge werden starr. Das war nicht, was sie hören wollte. Es war auch nicht das, was ich sagen wollte.

Schweigend folgt sie mir ins Haupthaus und die Treppe hinauf. Sie sagt auch nichts, als ich die Tür zu meinem Zimmer öffne. Aus dem Kleiderschrank hole ich eines meiner Shirts heraus und reiche es ihr. Nachdem klar war, mein Aufenthalt würde sich auf mehr als ein paar Tage belaufen, habe ich den Klamottenbestand durch Onlineshopping aufgefüllt. Nikas Blick ruht auf mir. Und ich gebe zu, es macht mich verrückt, nicht zu wissen, ob ich gerade eine Grenze übertrete oder zu viel in die Art hineininterpretiere, wie sie mich ansieht.

»Oder wäre dir etwas von Demy lieber?«

Sie schüttelt den Kopf, klemmt das Shirt zwischen ihre Knie und zieht in der nächsten Sekunde ihr Top aus. Im ersten Moment bin ich so perplex, dass ich viel zu spät den Blick abwende.

Hastig knöpfe ich mein eigenes nasses Hemd auf und tausche es gegen ein frisches. Die ganze Zeit kann ich Nikas Blick auf mir spüren und es macht mich anders nervös, jetzt in ihrer Nähe zu sein. Seit gestern Abend hat sich unsere Dynamik ein weiteres Mal verschoben und ich habe das Gefühl, dass das nicht nur mir auffällt.

Das leise Klopfen an der Tür lässt mich zusammenzucken. Auf mein »Ja?« öffnet sie sich und Jeffrey sieht neugierig zwischen mir und Nika hin und her. Schnell schließe ich die letzten Knöpfe des Hemdes.

»Entschuldigen Sie, Herr Brouwer, aber die Kommissarin hat noch ein paar Fragen bezüglich Ihres Alibis und wartet im Salon.«

»Fuck!«, entfährt es mir. »Sagen Sie ihr, ich bin in fünf Minuten da.«

»Natürlich.«

»Alles okay?«, will Nika wissen, sobald Jeffrey die Tür hinter sich geschlossen hat. »Du bist ganz blass.«

»Eine Kommissarin namens Elena Diamantis sucht so verbissen den Schuldigen innerhalb unserer Familie, dass ich vermutlich der Nächste auf ihrer Liste der potenziellen Täter bin.«

»Die Elena Diamantis, die mit uns zur Schule gegangen ist?«

»Du erinnerst dich an sie?«, frage ich überrascht.

»Natürlich, sie hat jeden angeschwärzt, der gegen die Schulordnung verstoßen hat.«

»Ach, sie war das?« Jetzt erinnere ich mich tatsächlich wieder an sie. Ich hatte angenommen, der Name der Schulpetze lautete Lena, das war dann wohl nur die Abkürzung für Elena.

»Wegen ihr musste ich zwei Tage Müll auf dem Schulgelände einsammeln, weil ich ein Kaugummi an die Hauswand geklebt hatte.«

»Das hast du mir nie erzählt.«

»Ist lange her«, erwidert sie und lächelt sanft.

Natürlich weiß ich davon nichts, weil das nach uns war und wir nicht mehr alles miteinander geteilt haben. Es hätte zwischen uns nie so laufen sollen. Wir hatten ein anderes Ende verdient als das, das ich heraufbeschworen habe.

Nika macht einen Schritt auf mich zu und ich weiche nicht zurück, als sie den Abstand weiter verringert. Sie legt die Hände an meine Wangen. »Leen, aus irgendeinem Grund stehen wir jetzt hier, obwohl wir beide dachten, dass wir fertig miteinander sind. Also lass uns kleine Schritte machen und herausfinden, wohin sie uns führen, und nicht ständig darauf zurückblicken, warum es nicht funktioniert hat, okay?«

»Okay«, erwidere ich, ohne wirklich zu wissen, auf was genau ich mich da einlasse. Aber es fühlt sich weniger beängstigend an als zuvor.

»Und jetzt geh, Elena wartet.« Mit diesen Worten lässt sie ihre Hände sinken und tritt von mir zurück.

»Gib mir zehn Minuten. Und warte hier auf mich, okay?«

»Ich laufe nicht weg«, erwidert sie und setzt sich aufs Bett.

Mit einem mulmigen Gefühl lasse ich sie in meinem Zimmer zurück. Die Polizei könnte zu keinem unpassenderen Zeitpunkt auftauchen. Hinterher werde ich Nika einige Fragen beantworten müssen.

Ich haste die Treppe nach unten und verlangsame meinen Schritt erst, als der Salon in Sichtweite kommt. Für einen Moment denke ich darüber nach, Wolters anzurufen. Aber nichts macht verdächtiger, als einen Anwalt vorzuschicken. Also atme ich einmal tief durch und begebe mich in den Raum, in dem die Hyänen bereits auf mich warten.

»Ich sollte euch eins der Gästezimmer anbieten, so oft, wie ihr hier auftaucht«, begrüße ich Elena und ihren Kollegen.

Sie schenkt mir einen halbherzigen Händedruck und ein Stirnrunzeln. »Hallo, Leenard.«

»Also, was kann ich heute für euch tun?«

»Zuerst: Wir haben Bastiaan zur Fahndung ausgeschrieben. Sollte er sich bei dir melden, informiere uns bitte sofort.«

Ich lache. »Mit Sicherheit nicht.«

»Wenn du die Ermittlungen behinderst, werden wir dich strafrechtlich belangen.«

»Nur zu. Blut ist dicker als euer Blubberwasser.«

»Leenard, es dürfte auch in deinem Interesse sein, dass wir den Fall schnell aufklären.«

»Macht es meinen Vater wieder lebendig, wenn ihr einen Schuldigen habt?«, erwidere ich stumpf.

»Damit wären wir direkt beim Grund unseres Besuches. Hast du ein Alibi für die Tatzeit?«

»Ernsthaft?«

»Ja, ernsthaft.« Elenas Kollege holt wieder einmal ein Tablet aus der abgewetzten Lederumhängetasche. »Deine Bankauszüge –«

»Ihr habt in meinen Finanzen herumgeschnüffelt? Dürft ihr das überhaupt, ohne mich darüber zu informieren?«, unterbreche ich sie.

»Du bist Teil der laufenden Ermittlung«, antwortet sie, als würde das alles rechtfertigen.

Ich taste nach meinem Handy, um notfalls Wolters anzurufen, sollte das hier gleich übel werden.

»Dein Vater hat im Januar die monatlichen Zahlungen an dich eingestellt.«

»Weil ich zu alt für Taschengeld bin«, erwidere ich trocken.

Sie blättert in einem Notizblock, als wären wir hier in einem mittelmäßigen Krimi. Als sie gefunden hat, wonach sie sucht, sieht sie zu mir auf. »Du hast ausgesagt, du hättest zuletzt um Weihnachten herum mit deinem Vater Kontakt gehabt.«

»Ja«, bestätige ich.

»Du hast auch angegeben, dass ihr nicht das beste Verhältnis zueinander hattet.«

»Worauf willst du hinaus?« Denn sie verfolgt ganz offensichtlich ein Ziel.

»Willst du wissen, was ich glaube?«

»Nein, aber ich nehme an, du wirst mir die Theorie trotzdem unterbreiten.«

»Ich glaube, ihr habt Weihnachten gestritten, infolgedessen hat er dir den Geldhahn zugedreht.« Sie blickt ihren Kollegen an, der mir daraufhin das Tablet unter die Nase hält. »Die Aufnahme zeigt dich, wie du Samstagnachmittag den Flughafen in Amsterdam verlässt und am Montagmorgen wieder –«

»Stopp«, unterbreche ich sie erneut. »Bevor du dich in dem Unsinn verrennst. Mein Vater und ich waren uns in dem Punkt, wie meine Zukunft aussehen soll, noch nie einig. Das Studium in London ist ein Kompromiss, der im Sommer ausläuft. Er wollte, dass ich meinen Master in Amsterdam mache und parallel in die Destillerie einsteige. Andernfalls würde er mir die finanzielle Unterstützung vollständig streichen. Ja, wir haben Weihnachten gestritten und ich habe ihm gesagt, er soll sich seine Kohle in den Arsch schieben. Ich habe kein Interesse am Familienbusiness und noch viel weniger an dem Geld meiner Familie. Falls du also glaubst, ich hätte meinen Vater der Kohle wegen erst eine Treppe heruntergestoßen und anschließend ins Jenseits befördert, bist du auf dem Holzweg.«

»Wirklich? Der Presse lässt sich entnehmen, du seist ins Familiengeschäft eingestiegen.«

»Nein, ich habe ein Start-up gegründet, das auf alkoholfreien Gin setzt. Ist besser für die Leber«, stelle ich richtig.

»Warum warst du dann an dem Wochenende in Amsterdam?« Als ich nicht antworte, fügt sie hinzu: »Um dich als Täter auszuschließen, müssen wir dein Alibi für die Tatzeiten überprüfen.«

Ich verschränke die Arme vor der Brust.

»Also, wo warst du in der Nacht von Sonntag auf Montag zwischen zweiundzwanzig Uhr abends und fünf Uhr morgens, als dein Vater die Treppe hinuntergestoßen wurde?«

»In einer Bar namens *Sole Mio*«, sage ich nach kurzem Zögern.

»Und vermutlich warst du allein und niemand kann dein Alibi bestätigen.« Der spöttische Ton von Elenas Kollege lässt mich die Hände zu Fäusten ballen. Ich bin nicht verpflichtet, den beiden ohne einen Anwalt Rede und Antwort zu stehen.

»Leenard, gibt es jemanden, der dein Alibi bestätigen kann?«, wiederholt Elena deutlich höflicher.

Nein.

Sekunden vergehen. Ich öffne den Mund, schließe ihn wieder.

»*Mich.*«

Zeitgleich drehen wir die Köpfe in Richtung offener Tür. Nika kommt auf uns zu und mein Adrenalinspiegel steigt mit jedem Schritt, den sie sich uns nähert, weiter an. »Elena, schön, dich wiederzusehen, auch wenn die Umstände erfreulicher sein könnten«, sagt sie und lächelt unbeirrt. So, als hätte sie ihr nicht vor wenigen Sekunden ins Gesicht gelogen.

»Nika de Jong«, sagt sie sichtlich überrascht. Neugierig sieht sie zwischen Nika und mir hin und her.

Ich zwinge mich dazu, meinen Gesichtsausdruck neutral zu halten, obwohl ich am liebsten fragen würde, was das werden soll.

»Ihr wart also an dem Abend gemeinsam in der Bar?«

»Ja.«

»Wann seid ihr gegangen?«

Nikas Blick huscht zu mir. »Meine Schicht im *Sole Mio* ging von sechs bis zwei. Wir haben noch einen Absacker getrunken und sind dann nach Hause.«

»Du arbeitest dort?«

»Ja.«

Skeptisch hebt Elena eine Augenbraue. »Ihr wart also doch nicht zusammen dort?«

»Wenn du damit meinst, ob wir den ganzen Abend gemeinsam an einem Tisch gesessen und Cocktails getrunken haben – nein, das haben wir nicht«, antwortet Nika spitz.

»Wann kam Leenard in die Bar?«

Hat sie lange genug gelauscht, um den Tatzeitraum abzudecken? Wenn nicht, geht ihre Aktion jeden Augenblick nach hinten los.

»Kurz nach acht. Die Band hatte gerade angefangen zu spielen.«

»Wart ihr verabredet?« Elena blättert ein weiteres Mal in ihrem Notizblock. Die Frage ist nicht zufällig gewählt. Ich wette, sie haben meine Anrufliste gecheckt und wissen sehr genau, dass Nikas Telefonnummer darin nicht auftaucht.

»Nein, er stand an dem Abend plötzlich vor mir. Du kannst dir sicher vorstellen, wie überrascht wir beide waren, uns nach all den Jahren wiederzusehen.«

Gerade beeindruckt mich Nika mit ihrer Cleverness, denn es scheint, als würde sie direkt jedes potenzielle Loch in der Story stopfen, damit ihre Lüge wasserdicht wird. Elena dürfte nicht entgangen sein, dass unsere Freundschaft in die Brüche gegangen ist und wir uns im letzten Schuljahr absolut nichts mehr zu sagen hatten. Die ganze Schule hat das vermutlich mitbekommen.

Nika tritt näher an mich heran und schlingt einen Arm um meine Taille. Ich unterstreiche ihre Darbietung von der wiederbelebten Freundschaft, indem ich einen Arm um ihre Schultern lege.

»Ja, was für eine göttliche Fügung.« Elenas Augen werden schmal, sie ist noch nicht von Nikas Geschichte überzeugt. »Du hast um zwei Feierabend gemacht, ihr habt einen Absacker getrunken und seid dann nach Hause gegangen. Wie spät war es da genau?«

»So gegen halb drei.«

»Eure Wege haben sich also gegen halb drei am Montag getrennt?«, hakt sie nach. Ich ahne, worauf sie hinauswill. Wenn Nika das bestätigt, hätte ich genügend Zeit gehabt, nach Bloem zu fahren und dennoch pünktlich im Flieger zurück nach London zu sitzen, weil die Straßen um die Uhrzeit nahezu leer sind.

Unauffällig drücke ich Nikas Schulter, damit sie mich ansieht. Wenn ich ihr eine Antwort vorgebe, wird Elena noch misstrauischer. Für einen winzigen Augenblick sehen Nika und ich einander an. Früher konnten wir wortlos miteinander kommunizieren, bis ich damit aufgehört habe, weil es ihr zu viel verraten hätte. Jetzt hoffe ich, dass wir es nicht verlernt haben. Denn wenn wir auffliegen, könnte Elena Nika wegen einer Falschaussage belangen.

Nika richtet ihren Blick wieder auf die beiden Polizisten. »Nein, wir sind danach zu mir. Wir hatten eine Menge nachzuholen und haben die ganze Nacht gequatscht.«

»Wann ist Leen gegangen?«

»Ich bin mir nicht sicher, aber das dürfte so gegen halb sieben gewesen sein.«

»War das dann alles?«, mische ich mich nun doch in die Unterhaltung ein.

»Nein, wo warst du an dem Morgen, als dein Vater verstorben ist?«

»Beim Familienanwalt.«

»Wie praktisch, dass er der anwaltlichen Schweigepflicht unterliegt.«

Mittlerweile bin ich einen spöttischen Kommentar davon entfernt, die Beherrschung zu verlieren. »Dann frag den Taxifahrer, der mich vom Büro abgeholt und direkt zum Krankenhaus gefahren hat.«

»Welches Taxiunternehmen?«

»Jansen.«

»Wir werden das überprüfen«, sagt Elena, klappt ihren Notizblock zu und verstaut ihn in ihrer Jackentasche.

»Ihr beiden hört von uns«, meldet sich ihr Kollege zu Wort und es klingt wie eine Drohung.

»Wir begleiten euch noch raus«, sagt Nika. Als ich gerade einschieben will, dass Jeffrey das übernimmt, wirft sie mir einen bedeutungsschwangeren Blick zu. Also ziehen wir die Sache bis zum Schluss durch.

»Nach euch«, lasse ich ihnen den Vortritt.

Schweigend gehe ich neben Nika her und atme für den Moment auf, als Elena und ihr Kollege durch die Tür ins Freie treten. »Ach, Leenard, eine Frage habe ich noch. Wo war deine Schwester noch mal zu der Zeit?« Die Art, wie sie es sagt, jagt mir eine Gänsehaut über den Körper. Auf einmal klingt es, als wäre meine Befragung reine Ablenkung gewesen.

»Auf Wiedersehen«, sage ich höflich und lasse ihre Frage unbeantwortet.

Sekunden vergehen, bis die beiden die wenigen Schritte zu ihrem Wagen zurücklegen und einsteigen.

»Du weißt hoffentlich, dass du mir gerade ein falsches Alibi gegeben hast, oder?«, frage ich Nika, während wir dem Wagen hinterherschauen, der die Auffahrt verlässt.

»Ja«, antwortet sie und geht zurück ins Haus.

»Nika, du hast eine Falschaussage gemacht«, erkläre ich, weil ich mir nicht sicher bin, ob sie sich dessen tatsächlich bewusst ist.

»In erster Linie habe ich dir den Arsch gerettet.« Noch immer wirkt sie seelenruhig.

Ich bin langsam angepisst, dass sie sich meinetwegen in Schwierigkeiten bringt. »Ich habe dich nicht darum gebeten.«

»Nein, weil du nie jemanden um Hilfe bittest.«

»Nika, du hast die Polizei angelogen!«

»Glaubst du, das weiß ich nicht?«, blafft sie mich an.

»Warum?« Ich fühle mich mindestens so verzweifelt, wie ich klinge.

»Weil es offensichtlich niemanden gibt, der dein Alibi für den Abend bestätigen kann. Deswegen, Leen!«

»Nika?«, ertönt Demys Stimme vom oberen Rand der Treppe.

»Hey«, erwidert diese.

Das Handy in meiner Hosentasche vibriert. Als ich es herausnehme, ploppt eine Terminerinnerung auf: *Freitag, 15:00 Uhr, Wolters. Wichtig!*

»Verdammt!«

Nika sieht mich fragend an. »Ich muss jetzt zu einem Termin mit unserem Anwalt.«

»Okay, ich nehme den Bus zurück.«

»Mir wäre es lieber, du würdest hierbleiben«, sage ich nun deutlich sanfter. »Was hältst du davon, Demy in der Zeit mit Ginie zu helfen? Es gibt da noch ein Problem mit der Basisnote. Vielleicht findet ihr gemeinsam eine Lösung«, schlage ich vor, weil Nika mich ansieht, als wolle ich sie hier unnötig festhalten. Und damit liegt sie goldrichtig. Ich habe nicht vor sie zurück in ihre Wohnung zu lassen, solange dort möglicherweise die Presse auf sie wartet.

»Oh ja, das wäre großartig«, ruft Demy begeistert, eilt die Stufen herunter und lässt Nika damit gar keine andere Wahl, als zuzustimmen.

# ALL IN

*Rosé Gin, White Crème de Cacao,*
*Ruby Port, Chocolate, Cinnamon*

## LEENARD

**Büro Advocaat Wolters, Grachtengordel, Amsterdam**

Es dauert eine halbe Ewigkeit, bis ich mich durch den Freitagnachmittagsverkehr gekämpft habe, und noch mal eine, einen Parkplatz zu finden. Als ich das Büro betrete, bin ich bereits zu spät.

»Entschuldige, ich musste mich kurzfristig um eine andere Angelegenheit kümmern.«

Das iPhone in meiner Hand vibriert. Ezra. Ich ignoriere seinen Anruf und setze mich dem Anwalt gegenüber.

»Kann ich dir etwas anbieten?«

»Nein danke, verrat mir einfach, weshalb ich hier bin. Warum willst du die Testamentseröffnung so dringend verschieben?«, komme ich direkt zum Punkt.

Wolters steht vom Schreibtisch auf und geht auf das Regal voller Ordner hinter ihm zu.

»Als Anwalt unterliege ich der Geheimhaltungspflicht.« Allein diese Aussage reicht, um meinen Puls ansteigen zu lassen. Im nächsten Moment nimmt er eine Attrappe, die aus sechs Ordnerrücken besteht, aus einem der Regalfächer und gibt den Blick auf einen Safe frei. Er tippt einen sechsstelligen Code in den Nummernblock und die kleine Metalltür springt mit einem leisen Klicken auf. Er nimmt einen Umschlag heraus. »Hier drin befindet sich unter anderem eine Kopie des Testaments deines Vaters«, erklärt er und legt das Kuvert auf den Schreibtisch.

Ich nehme die Papiere aus dem Umschlag. Die Handschrift meines Vaters springt mir entgegen. Flüchtig lese ich den Text, nur um ihn dann ein weiteres Mal zu lesen. Mit jedem Wort schnürt sich meine Kehle etwas mehr zu. Ich zwinge mich ruhig weiterzuatmen. Dann sehe ich Wolters an. »Das ist ein schlechter Scherz, oder?«, frage ich und versuche das Zittern meiner Finger unter Kontrolle zu bekommen, als ich einen Blick auf die weiteren Dokumente aus dem Umschlag werfe. Es sind DNA-Testergebnisse, die besagen, dass nur zwei von uns die Brouwer-Gene in sich tragen. Wäre ich der Bastard der Familie, es hätte mich nicht überrascht. Aber es ist nicht mein Name, der auf dem Dokument steht. Und es ist auch nicht mein Name, der im Testament fehlt.

Baas hat einen anderen Vater. Ich bin mir unschlüssig, ob ich ihn dazu beglückwünschen oder bestürzt sein soll. Beneiden tue ich ihn allemal. In naher Zukunft werde ich dieses verdammte Imperium erben. Ein letzter Geniestreich von Piet Brouwer. Einer, mit dem er mir unmissverständlich klarmacht, wo mein Platz in dieser Gesellschaft ist, solange ich diesen Namen trage. Nicht in England und schon gar nicht auf eigenen Beinen.

Ich hätte wissen müssen, dass die Sache einen Haken hat. Wie naiv war ich bitte zu glauben, dieser einzelne Sieg wäre alle vorangegangenen Niederlagen wert? Ich habe nicht gewonnen, er hat es mich lediglich glauben lassen. Weil er es ist, der die Strippen meines Lebens zieht. Deswegen steht im Testament schwarz auf weiß, dass ich nie frei sein werde. Auserkoren, die Dynastie in die nächste Ära zu führen. Ich, der es am allerwenigsten gewollt hat. Das Kleingedruckte verbietet es mir, Baas das Unternehmen zu übertragen. Ob er das überhaupt wollen würde, steht auf einem anderen Blatt. Demy erhält neben ihrem Pflichtteil die Ländereien und Bloem.

Keiner von uns hat je daran gezweifelt, dass Baas derjenige ist, der das Imperium erbt. Sein ganzes Leben bestand daraus, ihn auf diese Position vorzubereiten. Und jetzt bin ich es, den mein Vater für die Unternehmensnachfolge vorgesehen hat. Nichts reizt mich weniger, als an der Spitze der Brouwen Destillerie zu stehen. Wir hatten einen Deal und dieser Ausgang war kein Teil davon. Denn der lautete: Ich verzichte auf mein Erbe und er finanziert im Gegenzug mein Studium in London. Weihnachten hat er die Vereinbarung gekippt, indem er erzwingen wollte, dass ich für das Masterstudium nach Amsterdam wechsele und mich währenddessen in der Destillerie einbringe, sonst streiche er mir die finanziellen Mittel. Wenn ich mich schon hintergangen fühle, wie musste es dann erst für Baas sein, als er hiervon erfahren hat?

»Bastiaan kam an dem Abend, bevor dein Vater gefunden wurde, zu mir und hat mich gebeten, diesen Umschlag für ihn aufzubewahren. Er meinte, er müsse für ein paar Tage weg.«

»Und warum erzählst du mir das ausgerechnet jetzt?«

»Weil Bastiaan mich darum gebeten hat.«

»Du hast Kontakt zu meinem Bruder und sagst kein Wort?«, presse ich hervor.

»Das war seine Entscheidung, nicht meine«, verteidigt er sich. Das macht es in meinen Augen nicht besser.

»Und wo ist er?«, will ich wissen.

»Dein Bruder ist der Hauptverdächtige in einem Mordfall. Es ist besser, nicht zu wissen, wo er sich momentan aufhält.«

»Wir wissen beide, dass Baas den Alten nicht umgebracht hat, obwohl ich es bei der Scheiße, die hier drinsteht, durchaus nachvollziehen könnte.«

»Wie ich bereits sagte, es ist egal, was wir zu wissen glauben. Es zählt nur, was wir beweisen können.«

»Vielleicht sollte er seinen Arsch herbewegen und die Sache aufklären, statt Verstecken zu spielen.« Keine Ahnung, warum ich so angepisst bin. Vielleicht, weil ich all das von Wolters anstatt von Baas erfahre. Vielleicht, weil es sich so anfühlt, als wäre ich

Baas kein persönliches Gespräch wert. Als wäre ich plötzlich nicht mehr sein Bruder, nur weil ein Testergebnis uns zu Halbgeschwistern macht.

»Bastiaan wollte nach Hause kommen, aber –«

»Wirklich? Warum ist er dann nicht hier, sondern schickt dich vor?«

»Ich habe ihm von einer Rückkehr abgeraten. Die Indizien sprechen gegen ihn. Sein plötzliches Verschwinden, das Video aus dem Krankenhaus. Der Butler hat ausgesagt, es sei in der Vergangenheit vermehrt zu lautstarken Auseinandersetzungen zwischen deinem Bruder und Piet gekommen. Für Bastiaan wäre es kein Problem, an Insulin zu kommen. Die Apothekerin im Ort hat bestätigt, dass er regelmäßig Rezepte für Demy einlöst.« Mit dem Zeigefinger tippt er auf die Unterlagen. »Wenn der Inhalt öffentlich wird, untermauert es den Tatverdacht zusätzlich.«

»Verstehe, wir behalten also die unschönen Familiengeheimnisse für uns«, erwidere ich patzig, obwohl ich nicht vorhatte, irgendwas davon an die große Glocke zu hängen. Weder dass ich ein verficktes Imperium erben werde, noch dass mein Bruder ein Tatmotiv für den Mord hat.

»Leenard, so wie es aktuell aussieht, würde man ihn des Mordes anklagen.«

»Was schlägst du vor?«

»Ich habe bereits jemanden beauftragt, der dafür sorgt, den Verdacht von Bastiaan zu lenken.«

»Was genau heißt das?«

»Jemand bei der Polizei schuldet mir noch einen Gefallen.«

»Im Klartext: Du hast jemanden bestochen, damit er Beweise fingiert, um alles einer unschuldigen Person unterzuschieben?«

»Ich nehme deinen Bruder von der Liste der Verdächtigen, das dürfte auch in deinem Sinne sein.«

»Sag mir nicht, was gut für mich ist!«

»Dein Vater war mein Freund. Als dieser ist es meine Pflicht, deiner Familie zu helfen und sein Andenken zu wahren.«

Hört er sich eigentlich selbst zu? So werden also die Dinge geregelt, wenn man nur in der richtigen Position dafür ist. Das Erschreckende daran ist, dass ich es sowohl Wolters als auch meinem Vater zutraue, unbequeme Dinge unbemerkt aus der Welt zu schaffen.

»Du willst jemandem einen Mord unterschieben, nur damit die Weste der Brouwers weiß bleibt! Das ist doch Irrsinn.«

»Leenard, du scheinst dir der Situation, in der deine Familie steckt, nicht bewusst zu sein.«

»Doch, das bin ich mir sehr wohl. Das alles hier ist ein Haufen Scheiße. Wenn ich nicht mitspiele und das Testament verlesen wird, ist mein Bruder am Arsch.«

Sein Schweigen reicht mir als Antwort. Ich stehe auf. »Versuch die Verschiebung der Testamentseröffnung zu erwirken und sag meinem Bruder, er soll mich verdammt noch mal anrufen!« Stinksauer verlasse ich das Büro.

............

Seit zwanzig Minuten warte ich darauf, dass Nika nach Hause kommt. Sie hat nicht wie vereinbart auf mich gewartet. Demy hat mich mit einem kurzen »Sie ist vor einer Stunde gegangen. Es gab einen Notfall« abgefertigt, weil Rosie schon wieder abgehauen ist und sie sie vor Einbruch der Dunkelheit finden wollte. Ich gebe es ungern zu, aber es macht mich nervös, nicht zu wissen, warum Nika sich nicht an unsere Absprache gehalten hat. Es ist dieser Funken Unsicherheit in Bezug auf uns, der mich in den Wahnsinn treibt. Das eine weiß ich, das andere fühle ich. Beides bekomme ich nicht in Einklang.

Also habe ich Rob darum gebeten, bei ihr vorbeizufahren und nachzusehen, ob die Reporter inzwischen abgezogen sind, während ich bereits auf dem Weg zu ihr im Wagen saß. Da es mir zu heiß war, erneut den Audi vor ihrer Tür zu parken, habe ich ihn in einem nahe gelegenen Parkhaus abgestellt und den Rest der Strecke zu Fuß zurückgelegt. Reporter habe ich bei meiner Ankunft tatsächlich keine angetroffen. Nika ist nur halb so interessant, wenn kein Brouwer in ihrer Nähe ist.

»Ich sollte dir einen Schlüssel geben, damit es nicht zur Gewohnheit wird, dass du auf meiner Treppe sitzt«, ertönt Nikas Stimme und ich sehe von meinem Handy auf. Ezra hat mir eine Liste an Dingen geschickt, die während seiner Abwesenheit noch zu erledigen sind.

»Hatten wir nicht vereinbart, dass du auf mich wartest, statt in den Bus zu steigen? Demy hat irgendwas von einem Notfall erzählt.« Bei den Überlegungen, wie dieser Notfall aussehen könnte und ob er in Zusammenhang mit dem falschen Alibi steht, haben sich meine Gedanken überschlagen. Möglicherweise hat Nika inzwischen eingesehen, in welche Schwierigkeiten sie sich damit gebracht hat und dass ich es nicht wert bin – obwohl wir uns gerade erst darauf geeinigt hatten, dem Ganzen, was auch immer es ist, eine Chance zu geben.

»Iza brauchte jemanden, der auf Amilia aufpasst. Joris hat sich beim Fußball das Kreuzband gerissen«, erklärt Nika und ich verspüre pure Erleichterung. Ich hätte sie nach meinem Gespräch mit Wolters anrufen und nicht voraussetzen sollen, dass sie auf mich wartet. Stattdessen bin ich ziellos durch das Grachtenviertel gelaufen, um meine Gedanken zu sortieren, bevor ich zurück nach Bloem fuhr.

»Wie geht es Joris?«, will ich wissen.

»Er jammert, aber er wird es überleben.«

»Ich fühle mit ihm.«

»Natürlich tust du das. Ich erinnere mich noch sehr gut an dein Gejammer und dass du keine Gelegenheit ausgelassen hast, dich von mir bedienen zu lassen.«

Ich folge Nika in die Wohnung. »Du musstest mich bedienen, weil du zuvor beim Torlattenschießen verloren hast. Ich habe lediglich deine Wettschuld eingefordert.«

»Wirklich? Ich dachte, das wären die drei Wochen Schuhputzdienst nach deiner Genesung gewesen.«

»Ich habe keine Ahnung, wovon du redest«, sage ich und lache leise, weil ich Nika tatsächlich nach jedem Training meine Stollenschuhe habe putzen lassen.

»Ich hab dich gewinnen lassen«, antwortet sie völlig trocken.

»Klar«, erwidere ich gedehnt. Als sie über ihre Schulter zu mir sieht und eine ihrer dunklen Augenbrauen hochzieht, füge ich hinzu: »Komm, das meinst du nicht ernst.«

Sie zuckt mit den Schultern. »Du hast dreimal hintereinander verloren, ich wollte dir ein Erfolgserlebnis verschaffen.«

»Wow, das ist Balsam für meine Seele.«

Keine Ahnung warum, aber zum ersten Mal seit Langem fühlt sich eine Unterhaltung federleicht an. Danach habe ich in den vergangenen Jahren in oberflächlichen Beziehungen immer wieder gesucht. Jetzt sehe ich Nika an und weiß, dass die Suche nie ein Ende gefunden hätte. *Wir* sind diese Leichtigkeit. Sie und ich, nicht ich und jemand anderes. London war nicht mehr als die Flucht vor mir selbst.

»Ich ziehe mich schnell um, Amilia hat ihren Schokopudding auf meine Klamotten geschmiert, dann würde ich gern etwas essen gehen. Um die Ecke ist ein kleiner Italiener. Du darfst mich gern begleiten.«

Auf dem Weg ins Schlafzimmer zieht Nika ihr Shirt aus und wirft es auf den Wäschestapel neben dem Kleiderschrank. Statt zu gehen, lehne ich mich gegen den Türrahmen und beobachte sie. »Nach dem, was heute Morgen geschehen ist, halte ich das für keine gute Idee.«

Erschrocken dreht sie sich zu mir um. Offenbar hat sie nicht angenommen, ich würde ihr folgen, um unsere Unterhaltung fortzuführen. »Draußen sind keine Reporter mehr.«

»Was, glaubst du, wird geschehen, wenn wir beide gemütlich beim Italiener sitzen?«

»Jetzt, da Miss Cocktailery aus dem Sack ist, könnte es ein Geschäftsessen sein«, erwidert sie mit einem frechen Grinsen.

»Das ist nicht, was sie annhmen werden.«

»Seit wann interessiert es dich, was andere denken?«

»Wenn es dich betrifft … schon immer«, antworte ich ehrlich.

»Leen, ich bin durchaus dazu in der Lage, über den Spekulationen der Boulevardpresse zu stehen.«

»Ich würde ungern Öl ins Feuer kippen und schlage daher vor, wir nutzen einen Lieferdienst.«

»Und ich sage, lass sie glauben, was sie wollen. Wenn wir uns verstecken, lassen wir mindestens genauso viel Raum für Spekulationen.«

Ich seufze. Im Grunde ist es völlig irrelevant, was wir tun. Es lässt sich aus allem eine Story spinnen. Wichtig ist nur, dass sie sich gewinnbringend verkauft. Ich werde es nicht aufhalten können.

Nika knöpft ihre Jeans auf und schiebt den Stoff über ihre Oberschenkel, als befände ich mich gar nicht im Raum. »Okay, dann heute eben der Lieferdienst. In der obersten Schublade der Kommode, auf der Gijsbert steht, befindet sich ein Flyer des Italieners. Ich nehme die Siebzehn«, sagt sie schließlich, weil sie genau weiß, für heute werde ich nicht nachgeben.

Statt zu gehen und etwas zu essen zu bestellen, lasse ich meinen Blick langsam über sie gleiten. Erinnere mich daran, wie Nikas Haut sich unter meinen Fingern angefühlt hat und wie ihre Küsse schmecken. Es langsam angehen zu lassen scheint mir gerade nicht der richtige Weg zu sein. Es ist egal, wie klein die Schritte sind, wenn man in die falsche Richtung läuft. Denn genau das tue ich. Ich bin so kurz davor, denselben Fehler wie damals zu begehen, indem ich ihr nicht sage, wer sie für mich ist, und mir einrede, das zwischen uns wäre mir für den Moment genug. Ist es nicht. War es nie. Ich kann nicht derjenige sein, der erneut dabei zusieht, wie sie jemand anderen küsst, weil er seine Chance verpasst hat. Weil ich es sein will, den sie ansieht, den sie küsst, den sie liebt.

Die Veränderung, die ich brauche, um bei mir selbst anzukommen, ist, meine Gefühle nicht länger zu verstecken. Nicht nur die für Nika, sondern ganz allgemein. Vielleicht ist gar nichts verkehrt daran, mal zu viel und mal zu wenig zu fühlen. Vielleicht muss man sich auch nicht immer im Gleichgewicht befinden, um ausbalanciert zu sein. Und vielleicht ist es okay, gemeinsam schwer und dennoch leicht zu sein. Vielleicht braucht es eine *Schwerleichtigkeit*, um glücklich zu sein.

Denn gerade ist es schwer, Nika anzusehen und nicht die Distanz zwischen uns überbrücken zu können, aber leicht, ihr Lächeln zu erwidern, bevor sie sich ein sauberes Shirt überstreift.

»Ich warte im Wohnzimmer auf dich«, sage ich, damit sie sich in Ruhe umziehen kann.

Die nächsten Minuten sind unendlich still, während mein innerer Monolog zur Höchstform aufläuft. Manchmal wäre es hilfreich, es ließe sich die gedankliche Stopptaste drücken. Um mich zu beschäftigen, zähle ich die Kreise, die Gijsbert in seinem Glas schwimmt.

»Ich sollte dir ein Aquarium schenken«, sagt Nika plötzlich hinter mir.

»Ich bin etwas neidisch auf den kleinen Kerl.« Wie herrlich einfach seine Existenz zu sein scheint.

Nika tritt neben mich. »Warum?« Sie nimmt die Dose mit den Flocken und öffnet sie, dann hält sie sie mir hin. Ich greife hinein und streue etwas Futter in das Glas.

»Er macht nichts anderes, als seine Runden zu drehen.«

»Stell ich mir ziemlich langweilig vor.«

»Und ich befreiend, sich über nichts Gedanken machen zu müssen oder Entscheidungen zu treffen, von denen man weiß, dass sie falsch, aber notwendig sind.« Wie groß können die Sorgen eines Goldfisches sein? Zu wenig essen, verschmutztes Wasser, täglich dieselbe Aussicht. Okay, es ist nicht fair, die möglichen Sorgen eines Fisches im Vergleich zu meinen kleinreden zu wollen. Für ihn dürften sie sich in etwa so schwer anfühlen wie meine für mich.

»Möchtest du darüber reden, warum du tatsächlich auf meiner Treppe gesessen hast?«, fragt Nika vorsichtig. »Denn augenscheinlich machst du das immer dann, wenn etwas Unvorhersehbares deinen Weg kreuzt.«

Es sollte nicht so sein, dass sie bei jeder persönlichen Frage leiser wird. Aber es wird immer so sein, wenn ich ihr das Gefühl gebe, es wäre nicht okay, sie mir zu stellen. Ich muss den Schritt wagen, mich ihr zu öffnen. Also gehe ich zu meinem Rucksack, ziehe den Umschlag mit den Kopien, die Wolters mir ausgehändigt hat, hervor und reiche ihn Nika.

»Was ist das?«, fragt sie und wirft einen flüchtigen Blick hinein.

Ich seufze. »Die neusten Enthüllungen einer ganzen Reihe von Lügen um die Brouwers.« Ich schätze, es ist nur die Spitze des Eisbergs. Gräbt man tief genug, lassen sich mit Sicherheit weitere Wahrheiten finden. Nur will man die wirklich alle kennen? Ich für meinen Teil könnte darauf verzichten, weitere Familiengeheimnisse in Umschlägen zu erhalten.

Die nächsten Augenblicke verlaufen in Slow Motion. Nika nimmt die Papiere aus dem Umschlag, fängt an zu lesen und schaut immer wieder kurz zu mir auf, bevor sie weiterliest.

»Was bedeutet das?«, fragt sie schlussendlich.

»Es bedeutet, dass Bastiaan ein Motiv hatte. Wolters hat den Umschlag von ihm.«

»Und glaubst du es?«

»Was? Das, was in den Papieren steht, oder dass mein Bruder ein Mörder ist?«

»Beides.«

»Ich weiß nur, dass es völlig egal ist, was ich glaube. Wenn das an die Öffentlichkeit gelangt, werden es alle anderen glauben.«

»Ich werde niemandem etwas erzählen.«

Es stört mich, dass sie das überhaupt erwähnen muss, so als würde sie denken, ich misstraue ihr.

»Es ging nie darum, dass ich dir nicht vertraue, Nika. Es ging immer darum, dass meine Antworten auf deine Fragen unsere Beziehung verändert hätten.«

»Vielleicht irre ich mich, aber genau das ist geschehen, als du aufgehört hast mit mir über Dinge zu reden, die dich beschäftigen.«

»Weil es sich dabei um Gedanken gehandelt hat, die ich nicht zulassen wollte. Wenn man sie nicht ausspricht, fühlen sie sich weniger real an.« Ich nehme ihr die Unterlagen aus der Hand und lege sie auf den Couchtisch, dann mache ich einen Schritt auf sie zu.

»Was für Gedanken?«, fragt sie, aber ich glaube, sie ahnt, wovon ich rede, denn ihr Blick heftet sich an meine Lippen.

Noch einen Schritt näher.

»Gedanken, die nichts mit unserer Freundschaft zu tun hatten. Du warst immer meine Welt, bis ich selbst nicht mehr in sie hineingepasst habe«, erkläre ich. Möglicherweise ergibt das keinen Sinn, aber so habe ich mich in der Zeit gefühlt, in der meine Mutter starb und Nika mehr für mich wurde. Auf der einen Seite stand die Trauer und auf der anderen Seite Liebe. Und ich bewegte mich dazwischen. In der einen Sekunde vermisste ich meine Mutter, in der nächsten Nika. Ich hasste meine Mutter dafür, dass sie nicht mehr da war, und ich hasste Nika, *weil* sie da war. Weil ich ihre Nähe nicht ertrug, weil es nicht die Nähe war, nach der ich mich sehnte. Weil sie einem anderen zustand. Aber am meisten hasste ich mich dafür, auf der Halloweenparty erst den Feigling und anschließend den verletzten Trottel habe raushängen lassen.

»Ich bin mir nicht sicher, ob ich genau weiß, wohin das hier führt«, sagt sie sichtlich verwirrt, als ich eine Hand an ihre Wange lege.

»Hast du dich jemals gefragt, was aus uns geworden wäre, hätte ich dich beim Flaschendrehen geküsst statt Finn?«

Sie schüttelt den Kopf. Um ehrlich zu sein, habe ich auch keine andere Antwort erwartet. Denn hätte ich auch nur einen Hauch Interesse ihrerseits wahrgenommen, hätte ich es vielleicht gewagt. Hätte das Risiko in Kauf genommen, dass wir damit alles zerstören, sollte es nicht funktionieren. Die Ironie an der Sache ist, es ist dennoch genau so gekommen.

»Ich schon. Ständig. Und es hat mich wahnsinnig gemacht, dabei zuzusehen, wie er mit dir zusammen ist.« Vielleicht meinte es das Schicksal gut mit uns und ich habe Nika nicht zufällig in der Bar entdeckt. Es hatte uns eine weitere Chance eröffnet.

»Warum?«, flüstert sie.

»Weil es immer du gewesen bist«, gebe ich ihr die Antwort, die schon viel früher über meine Lippen hätte kommen sollen.

»Und wie ist es jetzt?«, will sie wissen.

Fünf Jahre sind eine lange Zeit, in der sich Gefühle verändern können, haben sie aber nicht.

»Jetzt will ich noch viel weniger der Kerl sein, der dabei zusieht, wie jemand all die Dinge von dir bekommt, von denen ich nachts träume. Ich will, dass sie meine Realität sind. Ich würde gerne herausfinden, wohin es führt, dieser Sehnsucht nachgeben zu dürfen«, erwidere ich ehrlich.

»Du hast gesagt, es fühlt sich falsch an, als ich dich geküsst habe«, sagt sie, noch immer verwirrt. Damit hat sie nach allem, was passiert ist, wohl am wenigsten gerechnet.

»Nein, ich sagte, es fühlt sich nicht falsch, aber auch nicht richtig an«, korrigiere ich sie.

»Wo ist der Unterschied?«

Die Lücke zwischen uns schließt sich scheinbar von selbst. Nika legt ihre Hände an meine Seiten, während ich ihr Gesicht mit meinen umfasse und meine Lippen sich ihren nähern. »Du und ich, das fühlt sich nicht falsch an, aber die Art, wie die Nähe in dem Moment zwischen uns entstanden ist, war nicht richtig. Ich hatte noch nicht den Takt gefunden, der es mir möglich macht, mich mit dir im selben Rhythmus zu bewegen.« Federleicht streiche ich mit meinen Lippen über ihre. »Ich will dich küssen, Nika, das will ich wirklich. Aber ich werde es nur tun, wenn es für uns beide dieselbe Bedeutung hat.«

Nika zieht mich lächelnd näher zu sich heran. »Mit vierzehn, da gab es einen Moment, in dem ich mich gefragt habe, wie es wäre, dich zu küssen. Ich wünschte, du hättest mich damals auf dieser Party geküsst. Weil ich, seit du es das erste Mal getan hast, an nichts anderes mehr denken kann, als es immer wieder zu tun.«

Meine Lippen finden ihre. In dieser Sekunde fühlt sich absolut nichts daran falsch an, Nika zu küssen. Auch dann nicht, als sie wenig später ihre Hände unter mein Shirt schiebt und ihre kühlen Finger über meine erhitzte Haut streichen. Für die nächsten Augenblicke überlasse ich Nika die Kontrolle über das, was zwischen uns passiert, und lasse mich einfach in diesen Moment fallen.

»Fühlt sich das jetzt für dich richtig an?«, haucht sie gegen meine Lippen.

Ich nicke.

Sie schiebt den Stoff meines Shirts nach oben. »Und das?«

»Ja«, antworte ich und hebe die Arme an, damit sie mir das T-Shirt ausziehen kann. Mein Herz pulsiert heftig in meiner Brust, als sie mich wieder küsst und in Richtung Sofa drängt. Sobald ich das Polster an meinen Waden spüre und Nika mich an den Schultern nach unten drückt, setze ich mich hin. Abwartend sehe ich zu ihr auf.

»Lass uns zusammen herausfinden, wie sich die Realität anfühlt, in der wir mehr sind«, sagt sie, greift nach dem Saum ihres Tops und zieht es aus.

In derselben Sekunde ziehe ich sie auf meinen Schoß und verschließe ihre Lippen wieder mit meinen. Dagegen habe ich nichts einzuwenden. Gerade beherrscht nur ein einziger Gedanke meinen Verstand: dass ich Nika mit jeder Faser meines Körpers spüren will. Kein Quickie auf einer verdammten Waschmaschine. Ich will Zeit. Viel davon. Das zwischen uns soll der Anfang von allem sein.

Sie verteilt eine zarte Spur Küsse entlang meines Kiefers und fährt anschließend mit der Zungenspitze über meinen Hals. Ich lasse den Kopf in den Nacken sinken, als ihre Lippen auf mein Schlüsselbein treffen. Kurz darauf schließen sie sich um meine Brustwarze und saugen leicht daran. Mir entweicht ein kehliges Stöhnen. Meine Finger wandern ihre Oberschenkel hinauf an ihre Hüfte. Mein Vorhaben, ihr die Kontrolle zu überlassen, scheitert in der Sekunde, als sie auf meinem Schoß nach vorne rutscht und ihre Mitte auf meine Erektion trifft. Und als wäre das nicht schon die süßeste Folter für meine Selbstbeherrschung, lässt sie das Becken kreisen und erzeugt damit eine Reibung, die sehr schnell in Verlangen umschlägt, das sich nur stillen lässt, indem sie nackt auf mir sitzt.

Ich schiebe eine Hand in ihren Nacken und presse meine Lippen weniger sanft als zuvor auf ihre. Mit der Zunge taste ich nach ihrer und fordere Nika heraus, mir mehr als ein paar unschuldige Küsse zu geben. Sie stöhnt in meinen Mund. Gleichzeitig bohren sich ihre Fingernägel in meine Oberarme und ich bin mir sicher, sie werden Spuren hinterlassen. Der Gedanke, von Nika gezeichnet zu sein, lässt mich noch härter werden. In einer fließenden Bewegung befördere ich sie auf das Sofa und schiebe mich über sie.

»Das hier fühlt sich so viel besser an als in meiner Fantasie, aber es ist nicht genug, Nika«, sage ich und küsse flüchtig ihre Lippen, bevor ich meine an ihrem Hals platziere und für den Bruchteil einer Sekunde an der zarten Haut sauge. Mit dem Mund erkunde ich ihr Brustbein, während meine Finger an ihren Seiten nach oben streichen. In dem Moment, als ich auf Stoff treffe, halte ich inne. »Ich will jeden Zentimeter deiner Haut auf meiner spüren und dafür hast du zu viel an. Ich würde das gerne ändern.« Dann warte ich ab.

Frech grinst sie mich an. »Fragst du mich gerade, ob du mich ausziehen darfst?«

»Ja, genau das tue ich.« Ich rücke von ihr ab, als sie Anstalten macht, sich aufzusetzen.

Sie fasst hinter sich und öffnet ihren BH, ohne mich dabei aus den Augen zu lassen. Ich greife nach den Trägern und schiebe sie von Nikas Schultern. Als der Stoff von ihren Brüsten rutscht, setzt mein Herz ein, zwei Schläge lang aus, um anschließend das Blut in einen ganz bestimmen Körperteil zu pumpen, als der realisiert, dass das hier wirklich passiert. Nika und ich. Nicht weil ich meine Gefühle nicht im Griff habe, sondern weil sie genau dort sind, wo sie hingehören. Bei ihr.

Küsse, die sich wie Atmen anfühlen. Küsse, die etwas zusammensetzen. Küsse, die nie zu viel, aber auch niemals genug sein werden.

Nika lässt sich wieder auf das Sofa sinken, ohne von mir abzulassen. Mein Körper ruht schwer auf ihrem. Haut auf Haut. Herz an Herz. Lippen, die einander gefangen halten. Finger, die sich miteinander verknoten. Eingehüllt von dem Verlangen, alles zu wollen.

Mit dem Knie schiebe ich ihre Beine etwas auseinander, unterbreche unseren Kuss, um ihren Körper mit meinem Mund zu erkunden. Federleicht lasse ich meine Zunge um ihre Brustwarze kreisen, die sich unter der Berührung aufrichtet. So viel warme, weiche Haut. Meine Finger tasten nach dem Knopf ihrer Jeans, während meine Lippen ihren Bauchnabel finden. Als Nika sich unter mir versteift, halte ich sofort inne und sehe zu ihr auf. »Zu viel?«

Sie schüttelt den Kopf.

»Aber?« Es gibt eins, das steht ihr ins Gesicht geschrieben.

»Wenn wir miteinander schlafen, will ich, dass du danach bei mir bleibst und nicht davonrennst. Es gibt kein Zurück. Weil das hier kein verdammter Fehler sein kann, wenn es sich so richtig anfühlt, dich zu küssen und von dir berührt zu werden«, sagt sie eine Spur zu zögerlich. Und ich verstehe, dass sie Angst hat, weil ich die tief in mir auch empfinde. Angst, dass das zwischen uns schiefgeht. Angst, dass Nika sich am Ende gegen mich entscheidet, weil ich ihr zu viel bin mit all dem Mist, der mich umgibt. Aber all das ist nichts im Gegensatz zu der Frage, was wäre, wenn wir es nicht versuchen würden. Ja, vielleicht bricht alles zusammen und der Fall wird tief und schmerzhaft. Und vielleicht erholen wir uns beide nie wieder davon. Aber in einem bin ich mir sicher: Sie und ich sind jede Narbe auf meiner Seele wert.

»Wir *sind* richtig, Nika. Alles hieran ist richtig. Wir werden Fehler machen. Wir werden Angst haben. Wir werden schwer zusammen sein, aber auch so verflucht leicht. Weil man sich immer erst im freien Fall befindet, bevor man fliegt. Verstehst du? Das ist es, was ich will. Fliegen. Fallen. Noch höher fliegen. Und ich will es nur mit dir«, sage ich und sehe sie an. Verliere mich in ihren dunklen Augen, die glänzen, als hätte ich ihr meine Liebe auf dem Silbertablett serviert. Vielleicht habe ich das auch getan, ganz ohne die drei Worte auszusprechen.

»Lass uns zusammen fliegen und fallen, bis uns schwindlig vor Glück wird«, flüstert sie und hebt auffordernd das Becken an.

Bedeutet das, sie liebt mich auch? Ich bin mir nicht sicher, aber es bedeutet definitiv: *Lass uns alles auf eine Karte setzen.*

Der Knopf ihrer Jeans springt auf und ich schiebe den Stoff über ihre Oberschenkel. Mein Blick heftet sich auf ihre Mitte. Das hier ist zwar nicht unser erstes Mal, doch es fühlt sich so an, da es aus etwas völlig anderem entsteht. An dem Abend, als mein Vater starb, bin ich bei ihr gelandet, weil ich etwas anderes fühlen wollte als dieses Nichts. Ich musste mit etwas Lebendigem gegensteuern, um nicht aus dem Gleichgewicht zu geraten. Aber ich bin nicht mit dem Ziel, es in Nika zu finden, zu ihr gegangen.

Doch jetzt will ich *uns* finden und festhalten.

Meine Finger haken sich in ihren Slip, doch mein Blick wandert zu Nikas Gesicht. Ich sehe ihr in die Augen, während ich sie vollständig ausziehe. Dann platziere ich einen Kuss auf ihrem linken Oberschenkel und stehe vom Sofa auf. Nika beobachtet mich dabei, wie ich mich meiner Klamotten entledige und anschließend aus der vorderen Tasche meines Rucksacks eine Handvoll Kondome heraushole und auf dem Couchtisch ablege. Skeptisch sieht sie mich an, was ich mit einem frechen Zwinkern quittiere.

# LAST COURSE

*Black Gin, Rosé Gin, Wildberry, Champagne*

## LEENARD

**Bloem Kasteel, Bloemdaalen**

Ich wusste, dieser Tag würde kommen. Trotzdem bin ich nicht bereit, als ich in den Spiegel schaue. Den Anzug, in dem ich stecke, hat Demy ausgesucht.

Vergangene Woche war es so leicht, die Beerdigung unseres Vaters auszublenden. Nika hat mich für eine Weile den Mist um mich herum vergessen lassen. Wir haben uns auf die bevorstehende Preview-Party konzentriert und sehr viel auf uns. Seit wir uns darauf eingelassen haben, herauszufinden, wohin das mit uns führt, habe ich kaum einen Gedanken an das bevorstehende Begräbnis verschwendet. Jetzt fällt es mir auf die Füße, denn meine Gefühlsebene ist gefährlich gekippt.

»Gut siehst du aus«, höre ich Demy hinter mir sagen.

Ich wende mich ihr zu. »Ich sehe aus wie ein Heuchler.«

»Hör auf, immer so streng zu dir selbst zu sein.«

Aus ihrem Mund klingt es so einfach. Aber das ist es nicht. Wenn man eine verdammt lange Zeit versucht hat jemand anderes zu sein, um in eine Form zu passen, fühlt man sich zwangsläufig wie ein Lügner, sobald man diese Rolle aufgibt. Weil man große Teile davon verinnerlicht hat.

»Was genau erwartet man heute von mir?«

»Wie meinst du das?« Der Ausdruck auf ihrem Gesicht ist eine Mischung aus verwirrt und besorgt.

»Was ich dabei fühlen soll, wenn ich hinter seinem Sarg herlaufe, bevor sie ihn in ein Loch abseilen und mit einem Haufen Erde zuschütten.« Ich weiß es wirklich nicht.

Demy zuckt bei meinen Worten leicht zusammen, überspielt es aber mit einem verständnisvollen Lächeln. »Niemand wird dir vorschreiben, wie du dich heute fühlen musst. Es ist in Ordnung, wenn du anders empfindest, Leen.« Anders als sie, meint sie wohl, denn ihre Augen sind aufgequollen und gerötet. So, als hätte sie gerade erst geweint.

Ja, vielleicht ist es okay. Aber was, wenn man mir die Erleichterung an der Nasenspitze ablesen kann? Wird morgen in den Zeitungen stehen, wie herzlos Leenard Brouwer ist, weil er nicht um seinen Vater trauert?

Das Klingeln meines Handys bewahrt mich vor einer Antwort. Ich hätte ohnehin keine. »Wird sie uns begleiten?«, fragt Demy, als sie einen Blick auf das Display erhascht, auf dem Nikas Name aufleuchtet.

»Nein«, entfährt es mir streng, woraufhin Demys Miene erstarrt. »Sorry, ich will sie einfach nicht dabeihaben«, schiebe ich hinterher, was es nicht besser macht.

»Warum nicht?«, hakt sie nach.

»Weil Nika nicht zu diesem Teil meines Lebens gehört.«

»Zu welchem gehört sie dann?« Ihr Ton ist eine Spur zu neugierig. Nika ist Vergangenheit, zumindest soweit meine Schwester weiß. Ich habe weder ihr noch Ezra erzählt, wie die Dinge zwischen uns aktuell stehen – was zum einen daran liegt, dass ich uns gerne noch eine Weile für mich allein haben will, und zum anderen, dass ich grundsätzlich nicht darüber spreche, mit wem ich ins Bett steige. Doch gerade sieht Demy mich an, als wüsste sie, dass Nika meine Zukunft ist.

»In erster Linie arbeiten wir zusammen.« Es ist nicht so, dass ich sie heute nicht in meiner Nähe haben will. Das will ich sehr wohl, weil es mit ihr um ein Vielfaches leichter wäre, diesen Tag durchzustehen. Aber da muss ich alleine durch, um Raum für Neues zu schaffen. Damit unser Fundament endlich nicht mehr auf sandigem Untergrund steht, der jeden Augenblick nachzugeben droht. Und dann ist da noch die Frage, was genau ein derartiger öffentlicher Auftritt nach sich ziehen würde. Wir sind noch im Entstehungsprozess und ich habe Angst, was es mit uns macht, wenn wir noch mehr in den Fokus der Presse rücken. Was, wenn es uns beiden zu viel wird?

»Und in zweiter Linie bist du mit ihr zusammen. Was spricht also dagegen, Nika offiziell in unsere Familie einzubinden?« Alles. Der bloße Gedanke, Nika könnte zu einem Teil der Lügen, Geheimnisse und Machenschaften der Brouwers werden …

»Das ist meine Privatsache«, sage ich schroff, streite es aber nicht ab.

»Du kannst sie nicht ewig verstecken, Leen.«

»Ich werde Nika nicht zu einer öffentlichen Zielscheibe machen.« Denn das ist es, was ich aktuell bin. Egal, wo ich hingehe, die Presse ist nur zwei Schritte entfernt und wirft mit Fragen und Anschuldigungen um sich. Mir ist durchaus bewusst, dass ich Nika nicht für immer von allem abschirmen oder mich in der Dunkelheit in ihre Wohnung schleichen kann, um im Morgengrauen zu verschwinden.

»Sieht sie das genauso?«

»Sag du es mir! Du verkriechst dich hier auf Bloem, um nicht ins Kreuzfeuer zu geraten, während ich an vorderster Front stehe«, platzt es aus mir heraus.

»Das ist nicht fair«, flüstert sie.

Ja, ist es nicht. Aber gerade weiß ich nicht, wohin mit der Anspannung, und Demys Drängen macht mich nervös. Inzwischen frage ich mich, ob ich Nika verletzt habe, als ich ihr Angebot, mich heute zu begleiten, ausgeschlagen habe.

Meiner Schwester habe ich jedenfalls gerade eine verbale Ohrfeige verpasst. Dabei kann ich nachvollziehen, dass sie sich an den Ort zurückzieht, der ihr Sicherheit gibt. Nichts anderes tue ich. Meine Zuflucht ist Nika. Sobald sich die Tür ihrer winzigen Wohnung hinter uns schließt und Nika mich aus samtweichen braunen Augen ansieht, scheint alles um mich herum zum Erliegen zu kommen. Wenn sie mich küsst, hält das Gedankenchaos inne. Nichts zerrt an mir. Der luftleere Raum, in dem wir schweben, erdet und beflügelt mich gleichzeitig. Also ja, Demy hat recht, meine Worte sind ihr gegenüber unfair.

Mit zwei Schritten überbrücke ich die Distanz zwischen uns und lege meine Hände an ihre Wangen. »Es tut mir leid. Ich arbeite noch daran, mehr Feingefühl an den Tag zu legen, anstatt direkt in den Angriffsmodus zu schalten«, sage ich und küsse meine Schwester auf die Stirn, bevor ich sie in die Arme nehme.

»Ich bin nicht dein Feind, Leen. Ich bin deine Schwester und ich liebe dich und will, dass du glücklich bist. Nika tut dir gut. Das hat sie schon immer. Ich will einfach nicht, dass du denselben Fehler noch mal machst, indem du sie ausschließt.«

»Das habe ich nicht vor. Aber das hier muss ich ohne sie durchziehen, um mit dem Teil meines Lebens abzuschließen.« Das ist eine Sache zwischen mir und meinem Vater.

Ich gebe Demy frei. »Wir sollten los.« Einen Moment lang zögere ich, doch dann gehe ich auf die Tür zu, wo ich meiner Schwester den Vortritt lasse.

Ein letztes Mal schweift mein Blick durch das Zimmer, das in den vergangenen Wochen mein Zuhause wider Willen war und in dem ich wohl niemals ankommen werde. Denn eins hat sich bisher nicht geändert: Bloem löst in mir noch immer Unbehagen aus. Das Monster, das einst hier lebte, ist zwar tot, die Dämonen der Vergangenheit sitzen jedoch noch immer in dem alten Gemäuer. Und sobald die Nacht hereinbricht, kommen die Schatten mich holen. Legen sich um meine Kehle und drücken zu.

»Leen?«

Entschlossen schließe die Tür hinter mir. »Lass uns gehen.«

Rob steht in einem dunklen Anzug und mit ernstem Gesicht neben dem schwarzen Rolls-Royce. Und ich gebe zu, dass mich sein dem Anlass entsprechendes Outfit aufseufzen lässt. Ich könnte jetzt durchaus etwas Farbe und ein Paisleymuster vertragen. Genauso wenig hätte ich gegen den alten Benz einzuwenden, aber Demy hat auf den Rolls-Royce bestanden, weil er das Herzstück der Oldtimersammlung unseres Vaters ist. Als würde es für ihn noch eine Rolle spielen, mit welchem Auto wir beim Friedhof vorfahren.

Mit jedem Schritt, den wir uns dem Wagen nähern, will ich weiter weg. Als Rob die hintere Tür öffnet, würde ich ihm nur zu gern entgegenbrüllen, dass er sie wieder schließen soll.

»Alles okay, Kinder?«, fragt er und sieht ausgerechnet mich mit besorgter Miene an. *Kinder*, das sagt er nicht zum ersten Mal zu uns. Ich habe ihn nie gefragt, ob er selbst welche hat, aber ich schätze nicht. Er wäre ein Vater, der mit Stolz über seine Kinder spricht.

Demy steigt als Erste ein, doch ich mache keine Anstalten neben ihr Platz zu nehmen. Stattdessen sehe ich Rob an. In den vergangenen Wochen war sein Gesicht eins der wenigen, die zu sehen ich mich gefreut habe.

Er legt eine Hand auf meine Schulter. »Du bringst den Alten jetzt unter die Erde und dann blickst du nur noch in eine Richtung. Und zwar nach vorn. Denn wenn du dich immer wieder umdrehst, wirst du stolpern, bis du schließlich stehen bleibst, aus Angst, einen Schritt weiterzugehen.« Ein Lächeln erscheint auf seinen Lippen und ich erwidere es ganz automatisch. Alles, was Rob sagt, stimmt. Genau das habe ich seit dem Tod meiner Mutter getan. Ich habe immer wieder über meine Schulter gesehen, um nachzuschauen, ob ich schon genügend Abstand zwischen mein altes und mein neues Leben gebracht habe. Bin mehr als einmal gestolpert und schließlich stehen geblieben. Das, was mir auf den Fersen war, hat mich eingeholt und zu Fall gebracht. Ich habe um mich geschlagen, zu viel getrunken und den emotionalen Schmerz gegen physischen eingetauscht. Es ist so viel leichter, den Schmerz einzufangen, wenn man ihn im Spiegel sieht.

Erst straffe ich die Schultern, dann steige ich in den Wagen. Die Tür fällt mit einem dumpfen Geräusch ins Schloss, als Rob sie hinter mir schließt. Es ist der Startschuss für die Höllenfahrt. Ich atme einmal tief durch und bereue es sofort. Die Mischung aus Leder und Zigarrenrauch bahnt sich ihren Weg in meinen Körper und legt sich wie Ketten um meine Lungen. Eine Welle an Erinnerungen wird freigesetzt.

Mein Vater, wie er mich in sein Arbeitszimmer zitiert, an einer Zigarre zieht und mich als Taugenichts bezeichnet. Wie wir genau in diesem Wagen sitzen und er mir einen Vortrag darüber hält, wie ich zu sein habe, während wir auf dem Weg zu einer Schulveranstaltung sind, auf der Baas als Jahrgangsbester glänzt. Bilder, wie er meine Mutter anschreit, weil sie für mich Partei ergreift. Szenen, in denen sie es nicht mehr tut, weil er sie gebrochen hat. Blicke, mit denen er mich bestraft, bis sie der völligen Gleichgültigkeit weichen. Worte, die sich in meinen Verstand fressen, als wir meine Mutter beerdigt haben. *Sieh genau hin, das ist deine Schuld.*

Ich sehe aus dem Fenster, als sich der Wagen in Bewegung setzt. Am Ende der Auffahrt biegt Rob auf die Hauptstraße. In den folgenden Minuten sagt niemand von uns ein Wort. Demy greift nach meiner Hand, sobald der Friedhof in Sichtweite kommt. Das Gefühl in meiner Brust verwandelt sich in Wut, als ich den Medienaufmarsch neben dem Eingang entdecke. Nicht mal an einem Tag wie diesem lassen sie uns in Ruhe. Überraschen tut es mich nicht, damals bei meiner Mutter war es genauso. *Die Brouwers weinen nicht, wir halten uns gerade, senken nicht den Blick und zeigen keine Schwäche*, lautete die Instruktion unseres Vaters, bevor wir aus dem Auto stiegen. Das war das einzige Mal, dass ich genau das getan habe, was er verlangte. Ich weinte nicht um meine Mutter, ging mit erhobenem Haupt an den Journalisten vorbei und blickte in ihre Gesichter.

Rob sieht kurz über seine Schulter. »Vielleicht nehmen wir lieber den Eingang auf der Südseite«, schlägt er vor.

»Nein, wir steigen hier aus«, sage ich und sehe Demy an, die mich tapfer anlächelt. »Sobald wir diesen Wagen verlassen, werden sie sich auf uns stürzen. Bleib an meiner Seite, beantworte keine Fragen und bleib auf keinen Fall stehen«, sage ich sanft und sie nickt. »Okay, dann los.«

In der nächsten Sekunde öffnet Rob die hintere Tür und die Stille wird von Stimmengewirr erfüllt. Ich steige aus und halte Demy die Hand entgegen, um ihr behilflich zu sein, aber vor allem, um sie festzuhalten. Ich ziehe sie eng an mich, ignoriere die Worte, die auf uns einhageln, und zwinge mich dazu, mich nicht vor dem Blitzlichtgewitter zu ducken, sondern ihm entgegenzublicken. In einem hatte mein Vater recht: Zeigt man Schwäche, liefert man den perfekten Angriffspunkt.

Mit schnellen Schritten gehen wir auf den Eingang zu und direkt in die winzige Kapelle, die sich in der Mitte des kleinen Friedhofs von Bloemdaalen befindet. Ich verkneife mir ein Grinsen, als ich leere Bankreihen vorfinde. Es sind nicht mehr als zehn Leute gekommen. Wolters kommt auf uns zu. Er drückt Demy kurz und sagt ein paar tröstende Worte. Ich strecke ihm die Hand entgegen, als er Anstalten macht, mich ebenfalls in den Arm nehmen zu wollen.

Mein Blick fällt auf den weißen Sarg und schließlich auf das Portrait meines Vaters auf der Staffelei direkt daneben. Das Blumenmeer lässt vermuten, er wäre ein liebenswerter Kerl gewesen, der diese Art von Huldigung verdient. Wie heuchlerisch das ist, verraten die Menschen, die von ihm Abschied nehmen. Jeffrey, MacIntyre und drei weitere Angestellte. Die Smits, die nur hier sein dürften, weil es ein gutes Licht auf sie wirft, der Konkurrenz mit Respekt gegenüberzutreten. In Wahrheit reden unsere Familien seit dem Tod meiner Mutter nicht mehr miteinander. Die anderen Gesichter sind mir unbekannt.

Schritte hallen hinter uns durch den Raum. Für einen winzigen

Moment hoffe ich, es ist Baas, doch als ich mich umdrehe, ist es ausgerechnet Elena Diamantis. Die Kommissarin dürfte ebenfalls nicht der Anteilnahme wegen hier sein, sondern weil sie glaubt, der Täter verstecke sich unter uns und könnte sich offenbaren. Sie nickt mir zu und nimmt in der hintersten Reihe Platz.

»Wir sollten uns setzen«, sagt Wolters und führt Demy bereits den Gang entlang. Ich zögere ein, zwei Sekunden, bis ich ihnen folge. Die nächsten dreißig Minuten blende ich aus. Ich will die Lobeshymne, die der Pastor auf meinen Vater singt, nicht hören. Ich will nicht für seine Seele beten. Ich will es einfach nur hinter mich bringen, anschließend zu Nika fahren und mich lebendig fühlen. Denn gerade könnte ich es sein, der in der überteuerten Kiste liegt.

Es knistert leise, als Demy eine Packung Taschentücher aus ihrer Handtasche nimmt. Sie weint. Und ich hasse mich dafür, dass mein erster Impuls ist, ihr zu sagen, sie solle sich zusammenreißen. Stattdessen umschließen meine Finger ihre und drücken sie sanft. Ich lasse sie auch dann nicht los, als vier fremde Männer den Sarg an uns vorbeitragen und wir ihnen folgen, bis wir die Stelle erreichen, an der bereits eine Grube ausgehoben wurde. Direkt neben meiner Mutter. Ich starre ihren Namen auf dem Grabstein an. Nach ihrer Beerdigung war ich kein einziges Mal hier. Und jetzt weiß ich genau warum. Es fühlt sich plötzlich viel zu real an. Meine Kehle schnürt sich zu. Ich zwinge mich auf das Loch im Boden links daneben zu sehen, bevor mich das Gefühl verschluckt, das versucht sich in den Vordergrund zu schieben.

Mit einem Gebet sinkt der Sarg in die Tiefe. Zentimeter um Zentimeter. Und jeder fühlt sich nach einem Stück Freiheit an.

Demy ist die Erste, die vortritt. Sie greift in das Schälchen mit Rosenblättern. Federleicht schweben sie ins Grab, gefolgt von einer Handvoll Erde, die mit einem gedämpften Laut auf Holz trifft. Während meine Schwester sich mit rührenden Worten verabschiedet, erweckt etwas in der Ferne meine Aufmerksamkeit. Nur am Rande höre ich ihr noch zu, weil die dunkle Gestalt in meine

Richtung sieht. Baas. Auch wenn uns gut hundert Meter trennen, weiß ich, dass er es ist. Wie ein verdammter Fels steht er zwischen zwei alten Eichen und strahlt selbst auf diese Distanz etwas Erhabenes aus.

Er richtet seinen schwarzen Mantel, dreht mir den Rücken zu und geht davon. Ich mache bereits einen Schritt vorwärts, um ihm nachzulaufen, halte aber sofort inne, weil ich ihn damit verraten würde. Stattdessen trete ich neben meine Schwester, ignoriere die Blütenblätter und greife in die Schale mit Erde.

*Fahr zur Hölle*, denke ich in der Sekunde, als sie aus meinen Fingern gleitet. Dann drehe ich mich um, gehe zu Wolters und teile ihm mit, dass er sich um Demy kümmern soll, weil ich dringend etwas erledigen muss.

»Kann das nicht warten?«, flüstert er.

»Nein.« Ich ziehe das Handy aus meiner Tasche und wähle die Nummer meines Bruders. Einmal, zweimal, dreimal.

»Herr Brouwer?« Erschrocken fahre ich herum und sehe den Jungen vor mir an. Er dürfte nicht älter als zwölf sein. Mein erster Gedanke ist: *Wen hast du verloren, dass du hier bist?*

»Kann ich dir irgendwie helfen?«

»Ein Mann hat mir zwanzig Euro gegeben, wenn ich Ihnen das hier bringe.« Er hält mir einen Umschlag entgegen. Hastig sehe ich mich nach Baas um, kann ihn aber nirgends entdecken.

»Ich gebe dir weitere zwanzig, wenn du mir verrätst, in welche Richtung der Mann verschwunden ist«, sage ich und nehme den Umschlag an mich.

»Keine Ahnung. Er war plötzlich weg«, erwidert der Junge schulterzuckend und geht davon.

Seufzend öffne ich den Umschlag und nehme die Karte heraus. *Der größte Feind des Wissens ist nicht Unwissenheit, sondern die Illusion, wissend zu sein*, steht in der Handschrift meines Bruders darauf. Was will er mir damit sagen? In dem Kuvert befindet sich noch eine Speicherkarte, die ich beinahe übersehen hätte. Was ist mir entgangen? Hat mich jemand getäuscht? Die Fragen in meinem Kopf überschlagen sich, während mein Puls unkontrolliert in die Höhe schießt.

Mit schnellen Schritten setze ich meinen Weg über den Friedhof fort und renne geradewegs in die Traube aus Reportern hinein. Ich bin so in Gedanken, dass ich den Fehler mache stehen zu bleiben. Verwaschen höre ich, wie auf mich eingeredet wird, bis eine Frage aus der Masse hervorsticht.

»Stimmt es, dass Sie das Unternehmen erben und Bastiaan leer ausgeht?«

Ich sehe in die Richtung, aus der die Frage kam, und blicke geradewegs in das Gesicht des Reporters, der immer etwas besser als alle anderen informiert ist.

»Wie kommen Sie darauf?«, frage ich ihn, weil das Testament noch unter Verschluss ist. Wolters hat tatsächlich eine Verschiebung erwirkt. Der neue Termin ist erst für Ende der Woche angesetzt.

Der Reporter wirkt sichtlich zufrieden, mir eine Antwort entlockt zu haben. »Also ist es wahr?«

Fuck!

# HIDDEN LOVE

*Red Gin, Pomegranate, Lime,*
*Grenadine, Thyme*

## NIKA
### Hiding Bar, Oude Centrum, Amsterdam

Leenard hat unseren Termin platzen lassen. Die letzten Tage waren ein emotionales Auf und Ab. Ich dachte, wir befänden uns auf einem guten Weg. Dass wir nicht dieselben Fehler machen. Und doch ist genau das eingetreten. Leen schließt mich seit Tagen aus seinem Leben aus. Und ja, das macht mich wütend. Weil es sich anfühlt, als würde er mir nicht genügend vertrauen. Vielleicht auch, als wären seine Gefühle nicht so stark wie meine. Denn ich habe mich auf die Gefühle, die Leen in mir auslöst, eingelassen. Hätte er das auch getan, hätte er nicht so viel emotionale Distanz zwischen uns geschaffen und sich obendrein rargemacht.

Statt dem vorgesehenen gemeinsamen Content, um das Event zu promoten, habe ich mich nun alleine mit Ezras Marketingplan herumgeschlagen, Videos gedreht, Umfragen erstellt und die Welt am Entstehungsprozess des Ginie teilhaben lassen. Gestern habe ich Demy und MacIntyre in der Destillerie einen Besuch abgestattet und beide zu ihrer Arbeit interviewt. Anschließend habe ich kleine Sneak Peeks zu der bevorstehenden Enthüllung geteilt. Seit zwei Tagen stelle ich die Bars für die Tour vor und schule das

Personal. Alles Dinge, die ich mit Leen an meiner Seite hätte tun sollen.

Es ist das eine, dass Leen meine Anrufe nicht entgegennimmt und nur sporadisch auf Nachrichten antwortet, aber etwas völlig anderes, wenn sein Verhalten beruflich zum Problem wird. Auch wenn ich durchaus verstehen kann, dass die Beerdigung seines Vaters und die neusten Enthüllungen rund um das Testament ihn aus der Bahn geworfen haben. Das macht ausgerechnet seinen Bruder zum Hauptverdächtigen im Mordfall seines Vaters. Ein geplatztes Erbe stellt ein deutliches Motiv dar. Es mag unfair klingen, aber Piet Brouwer klaut uns die Show. Die Presse überschlägt sich seit Tagen mit Mutmaßungen über den Täter, denn die Polizei hat inzwischen bekannt gegeben, dass es sich bei dem Treppensturz nicht um einen Unfall handelt und der Tod im Krankenhaus bewusst herbeigeführt wurde. Somit ist das Ganze nun offiziell ein Mordfall. Das hätten auch die Ergebnisse der Kriminaltechnik und eine anschließende Obduktion ergeben.

Trotzdem, das hier ist mir wichtig und ich habe angenommen, Leen ebenfalls. Aber es ist Leen. Leen, der aus dem Gleichgewicht gerät, wenn er die Kontrolle über seine Gefühlswelt verliert. Und gerade sorgt sein Verhalten dafür, dass die Preview-Party, die in wenigen Tagen stattfindet, möglicherweise baden geht.

»Okay, wir sind startklar«, sagt Gregor, der Barchef des Hiding.

Ein letztes Mal sehe ich in die Richtung, aus der ich vor wenigen Minuten gekommen bin, als ich das Lokal betreten habe. Das sanfte Licht verleiht dem Ganzen ein gemütliches Flair. Und bis auf das Personal ist sie leer. Leise läuft Musik im Hintergrund.

»Ähm ... gut, fangen wir an, würde ich sagen.«

»Was ist mit Leenard, kommt er noch?«, will eine der Barkeeperinnen wissen.

»Ihm ist etwas dazwischengekommen, aber wir bekommen das Briefing auch ohne ihn hin«, antworte ich.

Mein Blick wandert über die acht Menschen, die mich über den Bartresen hinweg abwartend anschauen.

»Sorry, ich stand im Stau. Die morgendliche Rushhour in dieser Stadt ist brutal«, ertönt auf einmal Ezras Stimme hinter mir.

Als ich mich umdrehe, kommt er gerade mit einem breiten Grinsen auf uns zu und nimmt seine Sonnenbrille ab. »Habt ihr schon angefangen?«

»Ist das Ezra Bennet?«, flüstert die Mitarbeiterin, die zuvor nach Leen gefragt hat.

»Jup, und live um einiges schärfer als im Netz«, antwortet die Brünette neben ihr.

»Was machst du hier?«, frage ich, obwohl es offensichtlich ist.

»Ich übernehme für Leen, der muss sich um einige private Dinge kümmern«, erklärt er. Es klingt nach einer Ausrede, um sich nicht mit mir auseinandersetzen zu müssen. Aber vermutlich wird Leen nach der Testamentseröffnung wirklich einen Haufen Kram regeln müssen, der nichts mit dem Event zu tun hat. Der Zeitpunkt könnte nicht schlechter sein.

»Tue einfach so, als wäre ich nicht da«, sagt Ezra und holt sein Handy heraus. »Ich mache ein paar Fotos, die wir dann hochladen können. Wer von euch hat Bock, mir nachher noch ein paar Fragen zur Location zu beantworten?« Abwartend schaut er in die Runde. Drei Arme werden in die Luft gestreckt.

»Also, ich würde dann gerne anfangen. Ich habe hier für jeden einmal die Cocktailkarte«, sage ich und teile sie an das Barpersonal aus. »Wir haben versucht sie möglichst einfach zu halten. Der Abend wird unter dem Motto Frühlingserwachen stehen. Dekoration und Getränke sind darauf abgestimmt. Die Livemusik auch.«

»Wir müssen aber keine Blümchenkleider anziehen, oder?«, fragt die Brünette.

»Nein, ihr bekommt passende Eventshirts.«

»Cool«, antwortet ein Barkeeper, der sich vorhin als Tom vorgestellt hat.

»Ich würde jetzt einmal jeden Cocktail mit euch durchgehen und vorführen, dann seid ihr dran. Wenn ihr Fragen habt, immer raus damit.«

Ein Handy klingelt. Einer nach den anderen sehen wir uns an.

»Oh, sorry, das ist meins«, sagt Ezra und nimmt das Gespräch an. »Was gibt's, Leen?«

Die Erwähnung seines Namens bringt mich für einen Moment aus dem Konzept. Ich sehe Ezra nach, der sich wenige Meter entfernt, um in Ruhe zu telefonieren. Dann räuspert sich jemand und ich konzentriere mich wieder auf mein Vorhaben, das Personal für den Tourauftakt zu schulen. Dennoch wandert mein Blick ständig zu Ezra, der wild mit den Armen gestikuliert. Er sieht in meine Richtung und hebt kurz die Hand.

Zwei Stunden später sind wir mit den Vorbereitungen durch und ich hoffe inständig, dass an dem Abend nichts in die Hose geht.

»Was sagt dein Gefühl, bekommen sie das hin?«, will Ezra wissen, als sich die Gruppe auflöst, um sich auf den bevorstehenden Gästebetrieb vorzubereiten.

»Ich denke schon, aber wir sollten damit rechnen, dass es vielleicht nicht so reibungslos laufen wird, wie du es durchgeplant hast«, erwidere ich und grinse ihn an, weil er das Gesicht verzieht.

Ezra ist wirklich ein fürchterlicher Perfektionist. Nach jedem meiner Posts bekomme ich von ihm eine Analyse, was ich anders hätte machen können, um effektiver zu sein. Wirklich, er vermittelt mir ständig das Gefühl, mein Erfolg wäre Glück und kein Können.

»In diesem Bereich stellen wir eine Blumenfotowand mit Brouwen-Logo drauf. Gegenüber von der Theke die Pyramide bestehend aus Ginflaschen-Attrappen. Da drüben richten wir die Meet-and-Greet-Area ein. Die Band braucht noch eine Bühne. Bekommt ihr das so kurzfristig organisiert? Sonst kümmere ich mich darum?«, fragt Ezra den Chef des Hiding bei einer letzten Begehung.

»Die ist bestellt und wird am Morgen des Events aufgebaut.«

»Super. Fällt dir noch was ein, Nika?«

»Mmh?«, frage ich, weil ich nur mit einem Ohr zugehört habe.

Im Wesentlichen besteht meine Aufgabe darin, anwesend zu sein und freundlich zu lächeln. Irgendwie hatte ich gehofft, meine Zusage für die Promotiontour beinhalte es, hinter der Bar zu stehen, nicht die Abende davor zu verbringen. Aber ich verstehe durchaus, dass Ezra und Leen wollen, dass ich näher an den Menschen dran bin, die das Geld in die Kassen spülen.

»Nein«, antworte ich knapp.

»Dann sind wir so weit durch, würde ich sagen. Wenn dir noch was einfällt, ruf an«, sagt Ezra an Gregor gewandt und streckt ihm die Hand entgegen. Anschließend sieht er zu mir. »Wir haben noch fünfzig Minuten bis zum nächsten Termin, wo bekomme ich hier einen anständigen Kaffee?« Ein Lächeln erscheint auf seinen Lippen. Ezra ist die Sorte Mensch, die attraktiver ist, als gut für sie ist. Dabei ist er nicht einmal übertrieben schön. Es ist eher das Gesamtpaket.

»Um die Ecke ist ein Café, da kannst du einen Kaffee trinken. Wir treffen uns dann im Tales & Spirits.«

»Nichts da, du kommst mit.«

»Momentan versuche ich die Öffentlichkeit weitestgehend zu meiden«, erkläre ich. Auch wenn mir niemand mehr vor der Tür auflauert, bin ich vorsichtig. So richtig gewöhnt habe ich mich an meine neue Bekanntheit noch nicht. Genauso wenig wie daran, dass viele Leen und mich seit dem missglückten Livestream für ein Paar halten. Vor wenigen Tagen hat mich sogar jemand darauf angesprochen, als ich bei Freya am Marktstand vorbeigeschaut habe. Wir haben uns allerdings auch nicht die Mühe gemacht, eine Beziehung öffentlich zu dementieren. Wir haben auch nicht darüber gesprochen, wie wir damit umgehen wollen, was sich zwischen uns entwickelt hat. Stattdessen haben wir anfangs noch mehr Öl ins Feuer gegossen, indem wir gemeinsame Videos hochgeladen haben, um Ginie und die Tour zu promoten. Allerdings dürfte die Antwort auf die Frage, ob wir ein Paar sind, mittlerweile ganz klar Nein lauten.

Ezra legt einen Arm um meine Schultern. »Wir beiden gehen

jetzt einen Kaffee trinken. Wenn uns jemand entdeckt, winken wir freundlich mit dem Mittelfinger«, sagt er scherzhaft. Er weiß genau, dass ich das nicht tun würde. Leen schon. Nein, er *hat* es getan, als er mich nach einem Termin mit seiner Schwester und Donald, dem Chef-Destillateur, zu Hause abgesetzt hat und ihm ein Reporter beinahe vors Auto gesprungen ist. Natürlich hat es der Schnappschuss auf die Titelseite geschafft. In den vergangenen Wochen schien nichts annähernd so Spannendes in dieser Stadt zu passieren wie das Leben der Brouwers mit ihren Geheimnissen und Eskapaden. Das i-Tüpfelchen ist der Mord am Familienoberhaupt. Und ich gebe zu, es überrascht mich nicht, dass selbst der Tod von Piet Brouwer nicht skandalfrei daherkommt. Ja, ich bin verbittert. Weil es sich anfühlt, als wäre er schuld daran, dass ich Leen ein weiteres Mal verliere.

»Dich scheint der Rummel um deine Person nicht zu stören«, merke ich an, ohne genau zu wissen, worauf ich eigentlich hinauswill. Ich habe Ezra C. Bennet gegoogelt. Das Internet ist voll von dem Kerl. Anders als Leen scheint er Everybody's Darling zu sein.

»Der Trick ist, den Medien immer einen Schritt voraus zu sein. Du musst die Story selbst bringen, bevor sie es tun können. Wenn du also in Jogginghosen den Müll rausbringst oder nach einer Party kotzend über der Kloschüssel hängst, lass die Welt daran teilhaben. Damit nimmst du der Boulevardpresse ihre Grundlage. Sie berichten ungern über Dinge, die ohnehin bereits jeder weiß. Und würde Leen nicht aus allem in seinem Leben ein Geheimnis machen, wäre er weniger interessant. Aktuell macht er immer wieder den Fehler, den Journalisten mit seinem Verhalten in die Hände zu spielen. Du bist also gerade nur so interessant, wie Leen es ist. Weil er dich zu seinem größten Geheimnis macht. Die Enthüllung deiner Identität wäre nicht mehr als zwei Schlagzeilen wert gewesen. Eure zuckersüßen Kindheitserinnerungen eine weitere. Leen hat sich mit seinen unüberlegten Aktionen gegenüber der Presse selbst in die Enge getrieben. Die Medien provozieren ihn und er lässt zu, dass es ihnen gelingt. Tja, und du bist ein braves

Mädchen, von dem sich jeder fragt, was es mit dem bösen Jungen treibt. Nicht mehr und nicht weniger.«

Wow, irgendwie klingt das, als wäre ich im Grunde völlig bedeutungslos. Aber ich schätze, Ezra hat recht. Niemand würde sich für Nika de Jong interessieren, die ihre Brötchen damit verdient, in einer Bar Cocktails zu mixen, und nebenbei einen Social-Media-Account betreibt. Ich bin weder die Tochter aus reichem Hause noch skandalträchtig. Bevor Leen wieder in mein Leben geplatzt ist, war ich der Inbegriff einer Durchschnittsbürgerin. Leen hingegen macht allein der Nachname Brouwer zu etwas Besonderem.

»Wie geht es ihm?«, frage ich Ezra, während wir auf einen weißen Porsche zugehen.

»Solltest du ihn das nicht lieber selbst fragen?«

»Es ist etwas schwierig mit Leen«, gebe ich zu.

»Und du denkst, mit mir redet er?« Er öffnet mir die Beifahrertür.

»Du bist sein bester Freund«, sage ich, bevor ich einsteige.

Ezra umrundet den Wagen und nimmt hinterm Steuer Platz. »Du warst mal seine beste Freundin. Hat er sich da den Mist, der in seinem Kopf abgeht, von der Seele geredet?«, fragt er und startet den Motor. Ich bin mir ziemlich sicher, dass Leen Ezra nichts von uns erzählt hat. Denn wäre es so, würde er sich mir gegenüber sicher anders äußern. Den Gedanken, dass ich tatsächlich nicht mehr als ein Geheimnis bin, schlucke ich herunter.

»Ich weiß nicht, ob sich meine Beziehung zu Leen mit der zwischen euch vergleichen lässt.«

Kurz sieht er fragend in meine Richtung, bevor er den Porsche ausparkt.

»Ich kenne hauptsächlich den Vergangenheits-Leen, während du mit dem Gegenwarts-Leen befreundet bist. Ich habe das Gefühl, sie sind nicht ein und dieselbe Person«, führe ich meinen Gedanken aus, von dem ich hoffe, Ezra versteht ihn.

»Keine Ahnung, was damals zwischen euch beiden schiefgelaufen ist. Als unsere Wege sich gekreuzt haben, war Leen gebrochen. Ich kenne ihn nur als den Kerl, der mit sich selbst hadert, weil er einen Teil von sich verloren hat. Und wenn du mich fragst, bist du das Puzzleteil, das ihm fehlt, um sein Chaos in den Griff zu bekommen.«

»Nein, das war ich damals nicht und bin es heute noch viel weniger. Nur Leen selbst kann seine Gefühlswelt ins Gleichgewicht bringen. Dabei kann ihm niemand helfen.«

»Ich glaube, du irrst dich.«

»Und du verfährst dich gerade«, erwidere ich.

»Liegt vielleicht daran, dass ich nicht weiß, wo genau sich das Café befindet, von dem du gesprochen hast?«

»Bieg die Nächste links ab«, weise ich ihn an.

Nur wenige Minuten später stellt Ezra den Wagen im Halteverbot ab.

»Also ich würde das nicht machen, sie sind hier schnell im Abschleppen.«

»Wir nehmen einen Fensterplatz, dann haben wir das Auto im Blick. In dieser Stadt Parkplätze zu finden ist ein Albtraum.«

Tara entdeckt mich, noch bevor wir die *Little Sweet Bakery* betreten, und winkt mir durch die Scheibe zu.

»Hallo, Liebes«, sagt sie und nimmt Ezra neugierig in Augenschein, der höflich lächelt und zielstrebig auf einen der freien Tische zugeht.

»Kannst du uns einen Kaffee und eine heiße Schokolade bringen?«

»Kommt sofort.«

»Danke«, sage ich und gehe zu Ezra.

»Nett hier, erinnert mich an das *Woody's* in London, wo ich mit Leen immer abhänge.«

Mein Herz zieht sich zusammen, weil es einmal mehr realisiert, dass Leen ein Leben außerhalb der Niederlande hat, in dem ich keine Rolle spiele. Ezra hingegen schon.

»Es ist mein Lieblingscafé. Ich mag, wie ruhig es hier ist, ohne dass es still ist. Ein bisschen so, als würde die Welt sich hier langsamer bewegen.«

»Jetzt klingst du wie Leen.«

Es ist unmöglich, wie Leen zu klingen. Seine Worte umgibt stets eine Schwere, obwohl sie von der Leichtigkeit seiner Stimme getragen werden.

Tara stellt unsere Getränke vor uns ab. »Kann ich euch noch etwas Gutes tun?«

Ich sehe zu Ezra, der fragend zurückschaut. Es dauert einen Moment, bis die Information bei mir ankommt, dass er Tara nicht verstanden hat. Also übersetze ich für ihn.

Er schüttelt den Kopf. »Ich werde diese Sprache niemals verstehen, dabei klingt sie so gefällig. Ihr Niederländer seid freundliche Menschen, anders als die Briten.«

»Du bist selbst einer.«

»Nein, ich bin in Gambia aufgewachsen. Mein Vater hat mich nach London verfrachtet, nachdem meine Mutter die Scheidung eingereicht hatte und ihm das Sorgerecht zugesprochen wurde«, erklärt er.

»Das tut mir leid.«

»Was genau? Dass ich ins verregnete London ziehen musste oder dass meine Eltern geschieden sind?«

»Beides.«

»Was ist mit deiner Familie, lebt sie hier in Amsterdam?«

»Nein, meine Mutter und meine Schwester sind vor ein paar Jahren nach Los Angeles gezogen.«

»Und du wolltest nicht mit ihnen in die Staaten?«

»Nein, ich bin hier zu Hause«, sage ich und erspare uns beiden die Details darüber, wie ich in Los Angeles gescheitert bin.

Ezras Handy vibriert auf dem Tisch. »Entschuldige«, sagt er und nimmt den Anruf entgegen. »Fuck!«, entfährt es ihm. »Und jetzt?« Er trinkt einen Schluck des Kaffees, während er zuhört. »Wo sollen wir bitte so kurzfristig eine andere Location auftreiben? Warte kurz.« Er sieht mich an. »Die Bar, in der du arbeitest, meinst du, die kann spontan das Preview-Event stemmen? In der Destillerie auf Bloem gab es einen Wasserrohrbruch«, sagt er an mich gewandt. Damit ist klar, er telefoniert mit Leen.

Mein erster Impuls ist zu antworten, warum er mich das nicht selbst fragt, aber das würde die Situation auch nicht besser machen.

»Ich rufe Michael an und frage nach, ob das *Sole Mio* einspringen kann.« Eigentlich passt die in die Jahre gekommene Bar im Rotlichtviertel nicht in das durchdesignte Konzept der beiden. Das *Sole Mio* ist weder angesagt noch modern. Es ist eine Bar mit Charakter. Als es um die finale Planung der Locations ging, habe ich es vorgeschlagen, weil ein bisschen Publicity keinesfalls schaden würde. Leen hat mit der Begründung, die Bar sei zu klein für ihr Vorhaben, abgelehnt. Ich hingegen glaube, es lag eher daran, dass die Bar in meinen privaten Bereich fällt und er wollte, dass das auch so bleibt. Dass er das *Sole Mio* nun doch in Betracht zieht, lässt darauf schließen, dass er erfolglos alle möglichen Alternativen abgefragt hat, die auf der Back-up-Liste stehen.

Ich hole mein Handy aus der Handtasche und rufe Michael an.

»Nika telefoniert bereits. Ich melde mich, sobald ich etwas weiß.«

Zum Glück geht Michael ran, denn für gewöhnlich braucht es mehr als einen Versuch, um ihn zu erreichen. Die nächsten Minuten verbringe ich damit, ihm die Situation zu erklären, während Ezra ungeduldig mit den Fingerspitzen auf dem Tisch herumklopft und mich wahnsinnig macht.

»Lass das«, flüstere ich.

Abwehrend hebt er die Hände. »Sorry.«

»Danke, Michael. Ich kläre das mit den Jungs und ruf dich zurück«, sage ich und lege auf.

»Und?«

»Die gute Nachricht: Das *Sole Mio* springt ein. Die schlechte: Die Hälfte des Personals ist krank und er weiß nicht, ob er so schnell an Aushilfen kommt.«

»Es werden sich in dieser Stadt sicher Leute auftreiben lassen, die ein paar Drinks zusammenkippen.«

Ich werfe ihm einen vernichtenden Blick zu.

»So habe ich das nicht gemeint.«

»Gut, sonst müsstest du dir nämlich jemand anderen suchen, der das Aushängeschild für euch spielt.«

»Okay, ich kümmere mich um Personal.«

»Viel Glück«, sage ich, weil ich weiß, wie schwer es derzeit ist.

»Ich rufe Leen an«, sagt Ezra.

»Warte, es gibt ein weiteres kleines Problem.«

»Noch eins?«

»Ja, wir müssen bis spätestens zwei Uhr im *Sole Mio* vorbeikommen, um mit Michael alles zu besprechen, weil er übers Wochenende zu seinen Eltern fährt.«

Ezra wirft einen Blick auf seine Uhr. »Kann er das nicht verschieben?«

»Es ist der sechzigste Geburtstag seiner Mutter.«

»Verstehe.«

»Was soll ich ihm sagen?«

»Ich versuche den Termin im *Tales & Spirits* nach hinten zu schieben«, sagt er und nimmt sein Telefon zur Hand.

Wir haben Glück, also gebe ich Michael Bescheid, dass wir in dreißig Minuten da sind.

..............

Zu Fuß hätten wir es pünktlich geschafft, jetzt stecken wir im Verkehr fest und sind bereits eine Viertelstunde zu spät. Es dauert weitere zehn Minuten, bis wir das *Sole Mio* erreichen.

»Du hättest auch einfach auf mich hören können und wir wären die paar Meter gelaufen«, sage ich beim Betreten der Bar.

»Ich musste den Wagen ohnehin umparken, sonst hätte die Dame vom Ordnungsamt den Abschleppdienst gerufen.«

»Ich habe dich auf die Halteverbotszone hingewiesen.«

»Ich habe nicht gehalten, sondern geparkt.«

»Du bist echt unmöglich«, sage ich und muss lachen, weil es ihn einiges an Charme gekostet hat, dass die Politesse ein Auge zudrückt.

»Ah, da ist ja unser Star am Barhimmel«, sagt Michael und schließt mich in eine kurze Umarmung. Nachdem meine Existenz als Miss Cocktailery die Runde gemacht hat, habe ich ihn um Urlaub gebeten, bis sich die Situation beruhigt hat. Lore hatte mich am Nachmittag zuvor angerufen, um mich vorzuwarnen, dass sich vor dem *Sole Mio* eine Menschenmenge versammelt hat. Gleich nachdem sie mich zusammengestaucht hatte, warum ich dieses Detail aus meinem Leben für mich behalten habe.

»Hey, Michael, das ist Ezra Bennet, der Veranstalter.«

»Vielen Dank, dass das *Sole Mio* so spontan einspringt.«

»In diesem Viertel halten alle zusammen. Braucht jemand von unseren Leuten Hilfe, sind wir zur Stelle«, erklärt Michael. Ich bin in den vergangenen drei Jahren unzählige Male an meinen freien Abenden eingesprungen. Das ist seine Art, sich dafür zu bedanken.

»Ich sag's ungern, aber seit du weg bist, geht es hier drunter und drüber«, richtet er das Wort wieder an mich.

»In drei Wochen bin ich wieder da.«

»In drei Wochen hast du es nicht mehr nötig, hinter dieser alten Theke zu stehen«, erwidert er und deutet über seine Schulter in Richtung Bartresen.

»Schön, dass ihr es auch noch geschafft habt.«

Erschrocken fahre ich herum und starre Leen an, der an einem der Tische sitzt.

»Wir haben im Verkehr festgesteckt«, erklärt Ezra.

Leens Blick fixiert mich.

»Was wollt ihr trinken?«, fragt Michael.

Ich schlucke. »Danke, für mich nichts.«

»Ich einen winzigen Brandy, wenn du hast«, sagt Ezra.

»Nehmt schon mal Platz, ich besorge uns die Getränke.«

»Ich helfe dir«, sage ich im Versuch, das Aufeinandertreffen mit Leen hinauszuzögern.

»Nicht nötig.«

»Ich möchte aber«, rufe ich, während ich bereits zur Bar eile.

»Wie lief es im *Hiding*?«, höre ich Leen hinter mir fragen, dessen Blick sich in meinen Rücken brennt.

Michael schließt zu mir auf. »Und bist du aufgeregt?«

»Nein.« Für Ezra fülle ich Brandy in ein Glas. Dann sehe ich zu Leen, der mich noch immer anstarrt. Sein linker Mundwinkel zuckt, als würde er sich ein Lächeln verkneifen. Unsere Blicke halten einander fest, bis er sich Ezra zuwendet.

»Mist!«, entfährt es mir, als der Brandy über den Bartresen fließt.

Michael reicht mir grinsend einen Stapel Papierservietten. »Ist eine ziemlich große Sache mit den Brouwers. Danach kennt dich auch jeder, der nichts mit Social Media am Hut hat.« *Das dürfte nicht nur am Gin, sondern auch an den Schlagzeilen liegen.* Auch wenn Michael den letzten Teil nicht laut ausspricht, ist es das, was er denkt.

»Danke, jetzt bin ich doch nervös.« Mit dem Brandy gehe ich zum Tisch und setze mich neben Ezra. Leen verengt für den Bruchteil einer Sekunde die Augen.

»Okay, dann spielen wir den Abend einmal kurz durch«, eröffnet Ezra das spontane Meeting.

Meine Aufmerksamkeit gehört dem Kerl, der ihm gegenübersitzt und gedankenverloren die Tischplatte anstarrt. Zu gerne würde ich einen Blick in seinen Kopf werfen. Aber vermutlich würde ich dadurch auch nicht schlauer werden. Leen hat mal erklärt, dass seine Gedanken zusammenhangslos und grundsätzlich in der falschen Reihenfolge sind. Was genau das bedeutet? Ich habe keine Ahnung. In meinem Verstand reihen sich Gedanken aneinander, einer nach dem anderen.

»Was meinst du, Nika?«

»Mmh?« Wieder habe ich Ezra nur mit halbem Ohr zugehört.

»Dass die Cocktails für den Abend etwas rauer werden«, erklärt er.

»Rauer?«, hake ich nach, weil ich mir darunter nichts vorstellen kann.

»Alte Klassiker passen ins Flair«, wirft Michael ein.

»Klar, ich stelle eine passende Karte zusammen.«

»Dann sind wir uns alle einig und ziehen die Preview-Party gemeinsam durch?«, fragt Ezra abschließend.

»Nein«, sagt Leen. Das ist das Einzige, was er bisher zu dieser Unterhaltung beigetragen hat.

Ezra ist sichtlich angefressen. »Und warum nicht, wenn ich fragen darf?« Er hat eine Stunde damit verbracht, Michael alles bis ins kleinste Detail zu erklären, nur damit Leen schlussendlich sein Veto einlegt.

»Das Sicherheitskonzept lässt sich hier nicht umsetzen. Wir können die Bereiche nicht abgrenzen und gleichzeitig einen Fluchtweg gewährleisten. Die Bereiche nicht abzugrenzen würde bedeuten, Nika wäre nicht ausreichend vor den Gästen geschützt. Wir haben für den Abend knapp dreihundert Leute eingeladen, für eine Location, die dreimal so groß ist, wohlgemerkt. Selbst wenn wir ein Drittel ausladen, wäre der Laden überfüllt. Also nein, wir werden das Event ganz sicher nicht hier durchziehen und Nika ungeschützt der Masse aussetzen«, beendet er seine Rede und sieht kurz zu mir.

»Das ist okay, ich kann auf mich aufpassen. Bei vollem Betrieb haben wir auch schon mal über zweihundert Gäste. Das ist also nicht ungewöhnlich und stemmbar.«

»Nein«, beharrt er schroff und bringt mich mit seiner Engstirnigkeit auf die Palme.

»Ich habe die letzten drei Jahre in dieser Bar verbracht, nichts präsentiert Miss Cocktailery authentischer als das *Sole Mio*. Das hier ist mein Viertel. Meine Freunde gehen hier ein und aus. Wir könnten den Push gut gebrauchen, um neue Gäste zu gewinnen. Und deswegen sage ich, wir veranstalten den Abend hier!«

»Wir planen keine lustige Hausgemeinschaftsparty mit deinen Freunden, bei der du deine Cocktails verteilst, sondern –«

»Fick dich, Leen!«, platzt es aus mir heraus, bevor er seinen Gedanken zu Ende führen kann, und ich springe von meinem Stuhl auf.

»Fuck!«, höre ich ihn ausstoßen, als ich in den Sanitärbereich verschwinde. »Nika!«

Er ist mir gefolgt.

»Das ist die Damentoilette!«, sage ich, ohne mich zu ihm umzudrehen.

»Das gerade war unprofessionell.«

Ja, das war es, aber das ist mir herzlich egal. Ich bin sauer, aber vor allem enttäuscht. Weil es sich anfühlt, als wäre ich wirklich nicht mehr als der Showact, der obendrein mit ihm geschlafen hat, bis er genug von mir hatte.

»Entschuldige, das Unterhaltungsprogramm ist etwas außer Kontrolle, weil du dich wie ein Arschloch aufführst und mich seit Tagen ghostest.«

»Es tut mir leid. Ich habe gerade einiges um die Ohren«, sagt er völlig ruhig, während es in mir brodelt.

»So viel, dass du keinen meiner Anrufe entgegennehmen kannst?«, zische ich ihn an.

»Ich verstehe, warum du das Event hier stattfinden lassen möchtest. Wirklich, Nika, das tue ich. Es ist keine Entscheidung gegen dich, sondern für deine Sicherheit«, sagt er und ignoriert meine Frage.

»Gott, was glaubst du denn, was passiert, Leen?«

»Was, wenn jemand übergriffig wird? Der Platz gibt keinen gesonderten Meet-and-Greet-Bereich her.«

»Glaub mir, ich weiß, wie man mit übergriffigen Menschen umgeht, die einen Drink zu viel hatten.«

»Es liegt aber in meiner Verantwortung, sicherzustellen, dass es nicht dazu kommt«, antwortet er schroff.

»Und findest du nicht, es sollte meine Entscheidung sein, welches Risiko ich in Kauf nehme?«, erwidere ich nicht weniger barsch. Ich komme mir vor wie ein Kind, das von einem Erwachsenen für sein Verhalten gerügt wird.

Leen macht einen Schritt auf mich zu. »Können wir bitte nicht darüber streiten, was deinem Schutz dient?«

Verflucht, wir haben die meiste Zeit unseres Lebens zusammen verbracht und stehen gerade wie zwei Fremde voreinander. Wie genau konnte das innerhalb weniger Tage passieren?

»Worüber können wir denn dann streiten? Über die Tatsache, dass dir unsere Freundschaft damals nichts wert war und ich dir heute noch viel weniger bedeute? Du hast mir einen Versuch versprochen und mich eine Woche später ohne ein Wort aus deinem Leben gestrichen«, rede ich mich in Rage. Als Leen einen weiteren Schritt auf mich zumacht, verstumme ich, dabei würden mir noch ein paar weitere Dinge einfallen.

»Bitte, Nika«, sagt er besänftigend und sorgt so dafür, dass ich erst recht explodiere und zum Schlag unter die Gürtellinie aushole.

»Weißt du was, ich bitte einfach deinen neuen besten Freund, an dem Abend auf mich aufzupassen, damit wäre meine Sicherheit gewährleistet. Oder besteht bei Ezra auch die Gefahr, er könnte mir zu nah kommen, und du drehst durch?«

Meine Worte erzielen genau den Effekt, den ich erwartet habe. Leens Miene verfinstert sich. Ich wende den Blick von ihm ab und gehe auf den Ausgang zu. Allerdings komme ich nicht weit, denn in der nächsten Sekunde zieht er mich am Handgelenk zurück. Das alles geht so schnell, dass ich mich nicht einmal wehre, als er mich mit dem Rücken gegen die geschlossene Tür drückt.

Wir atmen beide viel zu hektisch, während sich unsere Blicke treffen und unsere Körper sich aufeinander zubewegen.

»Mach das nicht, Nika«, flüstert er.

»Was?«, frage ich ebenso leise.

Leen verringert den Abstand zwischen uns, was meinen Puls automatisch in die Höhe schießen lässt. Seine Nähe löst einen ganzen Schwall an Gefühlen aus, die sich nicht kontrollieren lassen.

»Provozier mich nicht, um mir eine Reaktion zu entlocken, sonst ...« Er neigt den Kopf zur Seite, ohne mich dabei aus den Augen zu lassen. Den Satz lässt er unbeendet.

Ein Kribbeln breitet sich in meinem Körper aus. Die Atmosphäre im Raum ist von frustriert-impulsiv zu knisternd-sehnsüchtig umgeschwenkt. Plötzlich bin ich mir seiner Nähe allzu bewusst. Genau wie er, denn sein Blick heftet sich in diesem Augenblick auf meine Lippen.

»Sonst was?«, reize ich ihn bewusst.

Als seine Lippen meinen Kiefer streifen, habe ich schlagartig verlernt, wie Atmen funktioniert. Federleicht wandert sein Mund zu meinem Ohr.

»Treibst du mich in die Enge.«

»Dann hör auf, mich vor allem beschützen zu wollen«, erwidere ich und ziehe scharf die Luft ein, als sein warmer Atem meinen Hals streift. Er atmet tief durch, bevor er zu einer Antwort ansetzt. Eine, die nie seinen Mund verlässt, weil er mich in dieser Sekunde küsst. Und absolut nichts hat sich je so richtig angefühlt.

Verlangen durchströmt mich, während er meine Lippen mit seiner Zunge teilt und nach meiner tastet. Seine Hände schieben sich unter mein Top, wandern höher zu meinen Brüsten. Einen Moment lasse ich zu, auf so intime Art von ihm berührt zu werden. Weil ich diese Nähe zwischen uns vermisse. Die Leidenschaft, mit der er mich küsst. Den Glanz in seinem Blick, wenn er mich auszieht. Sein Stöhnen, wenn wir einander ganz fühlen. Dennoch schiebe ich ihn von mir, weil ich ein paar Antworten von ihm will.

»Was wird das hier, Leen?«, frage ich. »Du kannst nicht am Morgen der Beerdigung deines Vaters durch die Tür meiner Wohnung gehen und mich glauben lassen, zwischen uns sei alles gut, und anschließend nicht zu mir zurückkommen.«

Seine Stirn sinkt gegen meine. »Ich weiß, das hatte ich auch nicht vor.«

»Dann verstehe ich es noch viel weniger.«

»Der Tag hat irgendwas mit mir gemacht.«

»Was ist an dem Tag geschehen, Leen?«

Er seufzt. »Baas war da und hat mir eine Speicherkarte zukommen lassen, zusammen mit einer Notiz, dass ich niemandem trauen kann.«

»Dein Bruder ist zurück?«

Leen schüttelt leicht den Kopf. »Nein, er ist abgehauen, sobald ich ihn entdeckt habe.«

»Was ist auf der Speicherkarte?«

»Firmenunterlagen. Seitdem versuche ich dahinterzukommen, warum mein Bruder will, dass ich sie habe. Aber ich verstehe es nicht und das macht mich wahnsinnig.« Er zieht die Hände unter meinem Shirt hervor und tritt einen Schritt zurück. »Nika, ich bin gerade nicht die beste Version von mir.«

»Und du glaubst, mit dieser Version von dir komme ich nicht klar?«, mutmaße ich.

»Weißt du, wie es ist, wenn man sich selbst zu viel ist? Wenn das, was man fühlt oder eben nicht fühlt, zu viel Raum einnimmt? Wenn Dinge, die richtig sind, einem plötzlich falsch erscheinen? Wenn, das, was man glaubt zu wissen, sich in Luft auflöst, je länger man darüber nachdenkt?«

Nein, das weiß ich nicht.

Ein zaghaftes Lächeln erscheint auf seinen Lippen. Damit hat er früher schon seine Unsicherheit überspielt. »Du und ich, wir sind die einzige Sache, die ich richtig machen will. Allerdings habe ich keine Ahnung, wie ich das anstellen soll, wenn mir ständig alles um die Ohren fliegt. Der Grat, auf dem ich balanciere, befindet sich zwischen dem Drang, dich aus dem Wahnsinn rauszuhalten, und dem Dilemma, es nicht zu können, wenn ich mit dir zusammen bin. Und ich habe Angst davor, was das mit uns macht.«

Ich atme einmal tief durch, um meine Gedanken zu sortieren. Das Ganze wird nämlich nur funktionieren, wenn beide ehrlich zueinander sind und über die Themen reden, die uns beschäftigen.

»Und ich habe Angst, wir könnten auch dieses Mal scheitern. Weil ich will, dass du mit mir über Dinge redest, und du es nicht kannst. Irgendwie hatte ich gehofft, wir hätten beide etwas dazugelernt. Ich, dass ich nicht auf Antworten dränge, und du, dass du sie mir von allein gibst. Aber es funktioniert nicht, oder?«

»Manche Antworten sind einfach nicht für dich bestimmt, Nika. Was nicht bedeutet, dass du mir nicht wichtig genug wärst. Glaub mir, das Gegenteil ist der Fall. Es ist eher dieses Gefühl, meine Antworten könnten das, was wir gerade neu aufbauen, zum Einsturz bringen.« Er sucht meinen Blick, dann nickt er vorsichtig.

Ich trete näher an ihn heran, platziere meine Hände auf seiner Brust, während er seine an meine Taille legt. »Egal was du mir erzählst, es wäre mir nicht zu viel. Du musst mich nicht von dem fernhalten, was um dich herum passiert. Als ich mich auf dich eingelassen habe, wusste ich, was das bedeutet. Ich habe dich schon einmal verloren und ich werde nicht zulassen, dass es ein weiteres Mal geschieht.« Meine Hände wandern höher, legen sich um Leens Nacken. »Was auch immer sich hinter all den Türen verbirgt, die sich uns öffnen, wir bekommen das hin, solange wir gemeinsam hindurchgehen. Es ist mir egal, was die Presse über dich, deine Familie oder uns schreibt, weil nichts etwas daran ändert, dass du zu meinem Leben gehörst.«

»Und ich würde das hier gerne einfach noch eine Weile für mich behalten«, sagt er, zieht mich noch enger an sich und küsst flüchtig meine Lippen. »Nicht, weil ich nicht will, dass du Teil meines Lebens bist, sondern weil ich noch nicht bereit dafür bin, dich mit der Welt da draußen zu teilen. Weil sie uns erklären werden, warum wir angeblich zusammen sind oder es nicht sein sollten. Sie werden unsere Beziehung zerpflücken, falsch darstellen und öffentlich diskutieren.«

Erneut küsst er mich, diesmal länger, und entlockt mir ein Seufzen, als er sich viel zu schnell wieder löst. »Und ich habe tatsächlich ein bisschen Angst, du könntest einen Rückzieher machen, wenn du erkennst, dass sie recht haben und ich nicht gerade ein Traumprinz bin.« Ein frecher Zug umspielt seine Lippen.

»Dann solltest du mich dringend vom Gegenteil überzeugen«, erwidere ich und verschließe seinen Mund mit meinem. Es dauert nicht länger als ein paar Herzschläge, bis sich all meine Sinne auf Leen fokussieren und ich vergesse, wo wir uns befinden. Getrieben von dem Verlangen nach mehr als ein paar unschuldigen Küssen beginne ich sein Hemd aufzuknöpfen.

»Ist das die Art, mit der ich dich vom Gegenteil überzeugen soll?«, raunt er mir zu.

»Es ist eine davon, ja«, erwidere ich neckisch.

»Fuck! Das hier ist eine Damentoilette«, entfährt es ihm, dennoch landen seine Hände unter meinem Po, heben mich an und platzieren mich auf seinen Hüften. In der nächsten Sekunde sitze ich auf dem Waschtisch. Leen steht zwischen meinen Schenkeln, schiebt sie weiter auseinander und drängt sich gegen meine Mitte. »Wir haben höchstens fünf Minuten, bevor Ezra nach uns sucht, um sicherzustellen, dass wir uns nicht gegenseitig an die Gurgel gehen«, erklärt er und öffnet seinen Gürtel.

Er grinst mich an, als ich den Rock höherziehe. »Dann sollten wir uns wohl besser beeilen.«

Mit einer einzigen Bewegung schiebt er seine Jeans samt Boxershorts nach unten. Sein Blick fällt auf den Automaten links von uns, in dem sich Hygieneartikel wie Tampons, Pflaster und Kondome befinden. Ich strecke die Hand danach aus und drücke auf den Knopf, dann taste ich nach der kleinen Schachtel. Verwundert sieht Leen mich an. »Das Teil ist kaputt, Michael füllt es trotzdem regelmäßig auf.«

»Sympathischer Kerl«, erwidert Leen, nimmt mir die Schachtel aus der Hand, holt das Folienpäckchen heraus und reißt es auf. Dann liegen seine Lippen wieder auf meinen. Zärtlicher, als ich erwartet habe, und doch fordern sie nach mehr. Kurz darauf spüre ich seine Hand zwischen meinen Beinen, einen Moment später seine Finger in mir. Mein Stöhnen wird von unserem Kuss verschluckt. Leen treibt mein Verlangen höher, bis ich es keine Sekunde länger aushalte. Er zieht sich aus mir zurück, schiebt meine Schenkel noch weiter auseinander.

»Ich schwöre, heute Nacht nehme ich mir mehr Zeit hierfür, aber jetzt werde ich uns beide einfach nur um den Verstand bringen«, warnt er mich vor. Seine Hände umfassen meine Kniekehlen, ziehen mich ein winziges Stück nach vorne, während seine Härte in mich gleitet. Er findet einen Rhythmus, der mich tatsächlich innerhalb weniger Stöße nach Erlösung sehnen lässt und gleichzeitig den Wunsch in mir weckt, er möge nie wieder damit aufhören. Ich will wirklich protestieren, als er eine Hand zwischen uns schiebt, um die Sache zu beschleunigen. Meine Stirn sinkt gegen seine Schulter, als der Höhepunkt über mich hinwegfegt und in sanften Wellen abebbt.

Er schlingt die Atme um meinen Körper. »Fuck, das fühlt sich einfach viel zu gut an«, presst er hervor, dann werden seine Stöße unkontrollierter, bis er mit meinem Namen auf den Lippen in mir kommt. Für ein paar endlose Sekunden halten wir einander fest.

»Wir müssen zurück«, flüstert Leen und küsst mich auf die Wange, bevor er mich freigibt. Er entledigt sich des Kondoms, verknotet es und befördert es in den Mülleimer unter dem Automaten.

In dieser Sekunde steigt die Erinnerung von jenem Abend in mir hoch, als er sich von mir abgewandt hat, nachdem er bekommen hatte, was er wollte. Ich senke den Blick und kann hören, wie Leen den Reißverschluss seiner Jeans hochzieht. Das Geräusch löst ein mulmiges Gefühl in mir aus und ich ziehe mir eilig den Rock über die Oberschenkel.

# PASTEL-FEELINGS

*Blue Gin, Rhubarb, Guava,*
*Coconut, Passionfruit, Pineapple*

## LEENARD

Ich lege meine Hände an ihre Taille und hebe sie vom Waschtisch. Für einen winzigen Augenblick versteift sie sich unter meiner Berührung, was sofort alle Alarmglocken in mir schrillen lässt.

»Alles okay mit uns?«, frage ich und sie sieht zu mir auf. Sie nickt, aber in ihrem Blick liegt etwas, das sie Lügen straft. Und dann glaube ich zu wissen, was ihr gerade Kopfzerbrechen bereitet.

»Dachtest du etwa, ich drehe mich einfach um und verschwinde?«

»Vielleicht für einen winzigen Augenblick, ja.«

Wow, das fühlt sich an wie eine Ohrfeige. Leider nach einer, die ich durchaus verdient habe. Mit einem Ruck ziehe ich sie zu mir heran. »Ohne dich gehe ich nirgendshin, verstanden? Können wir uns deshalb darauf einigen, dass ich es bin, der an dem Abend der Preview nicht von deiner Seite weicht, und du es zulässt?«

»Okay. Können wir uns dann auch darauf einigen, dass du aufhörst mich vor allem beschützen zu wollen?«

Mein erster Impuls ist es, Nein zu sagen, stattdessen nicke ich. Ich wünschte, es gäbe diesen Schalter, den man umlegen kann, um einfach von vorne zu beginnen. Alle Gefühle, die sich zu einem wirren Haufen verknotet haben, wären nicht mehr da. Sie ließen sich neu entdecken und miteinander verknüpfen. Stattdessen ignoriere ich die defekten Gefühle, wohl wissend, dass sie der Grund sind, warum ich mir selbst oft zu viel bin. Aber vielleicht muss ich auch gar nicht zum Ursprung zurück, um irgendwas zu beheben, sondern lediglich lernen damit umzugehen und sie als Teil von mir akzeptieren. Wenn Nika das kann, warum schaffe ich es dann nicht?

Vermutlich, weil ich es nie wirklich versucht habe. Weil es leichter ist, Dinge zu leugnen, als sich ihnen zu stellen. Jedenfalls bis sie einen einholen.

»Gut, können wir dann jetzt die Damentoilette verlassen oder ist noch irgendwas unklar?«, fragt sie mit neckendem Unterton.

»Geschäftlich haben wir alles geklärt. Privat hätte ich da noch ein paar Dinge auf meiner Liste, die wir dringend abarbeiten sollten«, sage ich und küsse sie ein letztes Mal, bevor ich die Tür öffne.

Als wir den Gastraum betreten, mustert Ezra mich abschätzig. Michael beäugt uns nicht weniger misstrauisch.

»Und?«, fragt Ezra.

»Wir machen es«, sage ich knapp.

Ein wissendes Grinsen erscheint auf seinem Gesicht und ich würde es nur zu gerne wegwischen. Ich war eifersüchtig auf ihn, als er mit Nika zur Tür reinkam und sie so ungezwungen zusammen wirkten, was ihm keinesfalls entgangen ist. Ezra interessiert sich nur im Rahmen der Tour für Nika. Das weiß ich, trotzdem habe ich mich von ihm provozieren lassen. Ezra, der Mistkerl, hat mich aufs Kreuz gelegt, denn er wusste genau, ich würde nicht einknicken, solange wir gemeinsam am Tisch sitzen. Nur deswegen hat er Nika etwas zu offensichtlich nachgeschaut. Sein Plan hat funktioniert.

»Dann haben wir einen Deal«, sagt er und streckt Michael die Hand entgegen. Mir ist nach wie vor nicht wohl bei der Sache. Mir wäre eine weniger zentral gelegene und weniger leicht zugängliche Location lieber, um ungebetene Gäste fernzuhalten.

Kurz darauf verlassen wir zusammen die Bar.

»Okay, ich muss los«, sage ich.

»Du kommst nicht mit ins *Tales & Spirits*?«

»Nein, ich muss Demy bei MacIntyre abholen.«

Ezra nickt. »Dann fahr ich mit Nika zu dem Termin. Wir sehen uns dann bei dir zu Hause«, sagt er.

Ich sehe Nika an. *Zuhause.* Im Gegensatz zu Bloem hat sie sich von der ersten Sekunde an danach angefühlt. »Ich ruf dich nachher an. Ich würde gerne noch die finale Kalkulation für die Cocktails durchgehen. Schaffst du es bis dahin, eine Karte für das *Sole Mio* zusammenzustellen?«

»Klar, ich treib ein paar Klassiker auf und verpasse ihnen meinen Touch.«

»Danke.«

Dann setzt betretenes Schweigen ein. Es könnte nicht unangenehmer sein. Vor wenigen Minuten hatten wir Sex auf einer Bartoilette und jetzt wissen wir nicht, wie wir uns voneinander verabschieden sollen. Weil ich sie um dieses Geheimnis um uns gebeten habe.

»Können wir, Nika?«, fragt Ezra, der sich unbemerkt wenige Meter entfernt hat.

»Wir sind spät dran«, sagt sie mit einem deutlichen Zögern in der Stimme.

»Lasst euch von mir nicht aufhalten.«

Sie macht einen winzigen Schritt auf mich zu, gleichzeitig mache ich einen zurück. In ihrem Gesicht lässt sich Enttäuschung ablesen. Sie hat mehr erwartet. Verdammt! Kurz sehe ich mich um, dann trete ich näher an sie heran. »Ich scheiß auf die Kalkulation. Wenn ich nachher bei dir vor der Tür stehe, dann weil ich mit dir zusammen sein will«, sage ich so leise, dass nur sie meine Worte versteht.

Ein Lächeln erscheint auf ihren Lippen. »Erst die Arbeit, dann das Vergnügen. Du wirst dich also gedulden müssen, wenn du heute Abend bei mir auftauchst.«

Ich sehe ihr nach, während sie Ezra zu dem weißen Porsche Cabrio folgt. Während er ihr beim Einsteigen behilflich ist, eile ich ihnen hinterher.

»Planänderung! Ezra, du holst Demy ab und ich fahre mit Nika zu dem Termin«, sage ich entschlossen, öffne die Beifahrertür und warte darauf, dass Nika aussteigt. Fragend sieht sie mich an, mein Sinneswandel muss sie mindestens so sehr überraschen wie mich. »Ich habe gerade beschlossen, ab sofort das Notwendige mit dem Unverzichtbaren zu verknüpfen.«

.............

Mit schweren Lidern taste ich nach Nika, um ihren warmen Körper an meinem zu spüren, doch ich greife ins Leere. Sofort bin ich hellwach. Die andere Seite des Bettes ist leer. Für einen Wimpernschlag macht sich ein mulmiges Gefühl in meiner Magengegend breit, das bei der Erinnerung an die letzte Woche verfliegt.

Die Personalschulung im *Hot or Not* hat sich bis tief in die Nacht gezogen. Trotzdem habe ich Nika vor ihrer Wohnung abgesetzt, bin ins Parkhaus gefahren und ihr erst eine halbe Stunde später in die Wohnung gefolgt. Die Paranoia, dass hinter jeder Ecke ein Journalist lauert, lässt sich nicht abschütteln.

Seit unserem Gespräch im *Sole Mio* haben wir eine völlig andere Ebene erreicht. Eine, die sich freier, ungezwungener, aber vor allem weniger vorsichtig im Umgang miteinander anfühlt. Wir liegen uns in den Haaren, wenn es um die Arbeit geht, und hinterher verschwitzt in den Armen. Reden über Dinge, die uns beschäftigen, und schweigen, wenn wir sie mit uns allein ausmachen müssen. Nika bringt mich zum Lachen und treibt mich in den Wahnsinn. Es ist perfekt, genau so, wie es ist. Es gibt also keinen Grund, in Bezug auf uns auch nur einen Funken Unsicherheit zu verspüren.

Ich rolle mich nach rechts und setze mich auf. Aus dem Flur höre ich Nikas Stimme. Vermutlich telefoniert sie wieder mit einer ihrer Freundinnen. Auf dem Hocker neben der Kommode entdecke ich meine Klamotten, von denen ich mir sicher bin, sie gestern im Wohnzimmer ausgezogen zu haben. Nur mit den Boxershorts bekleidet verlasse ich das Schlafzimmer und mache mich auf die Suche nach Nika. Diese winzige Wohnung löst in mir eine innere Ruhe aus. Selbst in London war ich nicht so entspannt. Vielleicht muss man sich mit dem Chaos bewegen, anstatt davor wegzulaufen. Vielleicht muss man sich auch hin und wieder darin verlieren. Vielleicht ist das das Geheimnis, um ihm zu entkommen. Eben genau das nicht länger zu versuchen.

Im Wohnzimmer ist Nika nicht. Ich öffne die Tür zu Küche und blicke in acht Gesichter.

Nicht nur Nika sieht mich mit großen Augen an, sondern nahezu die komplette Hausgemeinschaft.

»Hey«, presse ich hervor, weil die Situation nicht nur seltsam, sondern auch unangenehm ist. Wir haben nämlich nicht geklärt, wie wir das zwischen uns handhaben werden. Wir haben uns nur darauf geeinigt, uns in der Öffentlichkeit bedeckt zu halten. Wie es allerdings im engeren Freundeskreis aussieht, war bisher kein Thema. Bei mir ergab sich die Frage auch nicht, weil ich nur Ezra habe und er es seit dem Meeting im *Sole Mio* weiß. Demy dürfte ebenfalls nicht entgangen sein, dass ich meine Nächte außerhalb von Bloem verbringe und nicht nur das Frühstück ausfallen lasse. Wie Nika dazu steht, werde ich wohl in wenigen Sekunden erfahren.

»Das kam jetzt nicht völlig unerwartet«, sagt Selma und grinst mich an.

»Doch, irgendwie schon«, sagt Akito und kratzt sich verlegen am Hinterkopf.

»Mein Typ wäre Leen vor zwanzig Jahren auch gewesen«, lässt uns Freya wissen.

Pablo öffnet den Mund, wird aber von Nika davon abgehalten,

seine Meinung kundzutun, indem sie abwehrend die Hände in die Luft reißt.

»Das reicht. Wenn ihr uns ganz kurz entschuldigt.« In der nächsten Sekunde schiebt sie mich aus dem Blickfeld ihrer Freunde. Die Unsicherheit wird mit jedem Schritt größer.

»Entschuldige, du hättest mich vorwarnen sollen«, sage ich und gehe zurück ins Schlafzimmer, um mich vollständig anzuziehen.

»Ich hatte gehofft, sie wären weg, bevor du aufwachst.«

Sie sagt es zwar nicht, aber es ist die Antwort auf die Frage, die ich mir zuvor gestellt habe.

»Okay, ich verschwinde einfach«, gebe ich ihr zu verstehen, dass die Botschaft angekommen ist.

»Du verschwindest?«, entfährt es ihr überrascht.

»Ist es nicht das, was du willst?«

»Was? Nein! Natürlich nicht.«

»Sondern?«, frage ich verwirrt.

»Na ja, ich hätte mir gewünscht, du hättest ein bisschen mehr angehabt, wenn meine Freunde von uns erfahren.« Sie kommt auf mich zu und legt ihre Arme um meinen Nacken. »Auch wenn du sehr hübsch anzusehen bist.« Ihre Lippen finden meine.

»Also ist es okay für dich, dass sie es wissen?«

»Natürlich, ich habe nicht vor dich zu verstecken. Das wäre ohnehin unmöglich. In diesem Haus haben die Wände Augen und Ohren«, erwidert sie mit einem Grinsen.

»Dann haben sie die Vorstellung letzte Nacht hoffentlich genossen«, sage ich und ziehe Nika näher zu mir heran. »Ich definitiv und ich hoffe, euer Kaffeekränzchen ist bald vorbei, damit wir die Dinge wiederholen können, bei denen du meinen Namen gestöhnt hast.«

»Ja, also, es gibt da noch etwas, über das ich gestern mit dir reden wollte. Wir sind uns da aber irgendwie dazwischengekommen.«

»Kann das warten? Dann gehe ich duschen und du wirst in der Zwischenzeit die Leute in deiner Küche los.«

»Genau darüber wollte ich mit dir reden«, äußert sie kleinlaut.

Zur Antwort hebe ich fragend eine Augenbraue.

»Es gibt da ein klitzekleines Problem mit der Personalbeschaffung für die Preview-Party im *Sole Mio*.«

»Okay. Wollte Ezra sich nicht darum kümmern?«

»Er meinte, er hätte die Aufgabe auf dich übertragen.«

»Nein … warte.« Ich nehme mein Handy vom Nachtschrank und sehe auf die To-do-Liste, die er mir vor ein paar Tagen zur Erinnerung geschickt hat. »Fuck!« Da steht tatsächlich: *Wichtig!!! Personalagentur kontaktieren/Sole Mio.* Warum steht es als letzter Punkt auf seiner verdammten Liste?! Darüber steht *Smoking vom Schneider abholen.* Als wäre es wichtiger, gut angezogen zu sein, als Leute für die Party zu beschaffen.

»Ich kümmere mich darum«, sage ich und wähle die Telefonnummer der Agentur.

»Lass es, habe ich gestern schon versucht, als ich im *Sole Mio* war und das Personal für den Abend nur aus Lore, Michael und Justus bestand.«

»Sag nicht, der bunte Haufen in deiner Küche ist deine Lösung für das Problem?«

So, wie sie mich gerade ansieht, habe ich ins Schwarze getroffen.

»Vergiss es, Nika. Wir können die Preview-Party nicht – sorry – mit lauter Amateuren machen. An dem Abend kommen die Presse, Sponsoren und Kooperationspartner.«

»Ich zitiere Ezra: ›Kann ja nicht so schwer sein, jemanden zu finden, der ein paar Drinks zusammenkippt.‹« Sie imitiert tatsächlich Ezras Tonfall und bringt mich damit zum Lachen.

»Sag mir, dass auch nur einer da draußen Barkeeping-Erfahrung hat.«

»Vertrau mir, ich bekomme die Truppe bis zum Event fit. Die Karte ist einfach und wir machen keine Tischbedienung. Die Getränke gibt's nur an der Bar, das reduziert die Chance, dass jemand ein Tablett fallen lässt.«

»Du hast echt Glück, dass ich nach letzter Nacht noch im Modus absoluter Entspannung bin, sonst würde ich dir jetzt sagen, dass du völlig übergeschnappt bist und ich noch viel mehr, weil ich deine Idee abnicke«, sage ich und schüttle den Kopf.

»Du wirst es nicht bereuen.« Mit einem flüchtigen Kuss verlässt sie das Schlafzimmer. Ich sehe ihr nach und dann lächle ich. Zum ersten Mal seit langer Zeit bin ich glücklich.

# ALL YOU NEED ...

*G!Nie: Juniper, Rose, Elderberry,*
*Lavender, Cucumber, Rosemary*

## NIKA

*Pastelstraat, De Pijp, Amsterdam*

»Wie sehe ich aus?«, frage ich Selma.

»Hübsch.«

»Normal hübsch oder eher übertrieben hübsch?«

»Hübsch halt.«

Ich verdrehe die Augen. »Du bist nicht besonders hilfreich.«

»Und du bist nervös«, stellt sie fest.

»Natürlich bin ich das. Der Erfolg von Ginie hängt maßgeblich davon ab, wie ich heute Abend performe.«

»Du wirst das großartig machen. Sei einfach du selbst«, sagt sie und trägt Rouge auf meine Wangen auf.

»Gerade habe ich das Gefühl, nicht zu wissen, wie ich selbst sein funktioniert. Weil ich ständig darüber nachdenke, was man von mir erwartet«, gebe ich zu.

»Ich schätze, es läuft auf Small Talk, Fotos und Autogramme hinaus.« Sie tritt von mir zurück und bewundert ihr Werk. Ich war viel zu nervös, um einen geraden Lidstrich hinzubekommen, weswegen Selma das übernommen hat.

»Mir wäre es lieber, ich würde mit euch hinter der Bar Cocktails mixen. Darin habe ich Erfahrung. Damit, in der Öffentlichkeit zu stehen, nicht. Das ist wie ein Sprung ins kalte Wasser, ohne zu wissen, ob man einen Herzinfarkt erleidet.« Ein paar Fotos in der Boulevardpresse sind eine andere Hausnummer, als den Mittelpunkt einer Veranstaltung zu bilden.

»Leenard Brouwer wird dir liebend gern das Händchen halten«, sagt sie und grinst. Nachdem wir bei meinen Freunden aufgeflogen sind, haben wir darüber gesprochen, wie wir weitermachen, haben aber schlussendlich beschlossen, das zwischen uns noch eine Weile aus der Öffentlichkeit rauszuhalten. Die Welt wird sich noch früh genug auf uns stürzen. Wichtig ist gerade nur der Erfolg von Ginie, auch wenn es mir unglaublich schwerfällt, außerhalb unseres schützenden Kokons auf Distanz zu ihm zu gehen.

Es ist, als hätte sich das verdrängte Vermissen der letzten Jahre zu einer hochkonzentrierten Essenz zusammengebraut, die nun ihre Wirkung entfaltet. Ich muss Leen nur ansehen und meine Brust zieht sich zusammen. Und wenn er mich dann endlich küsst, ist es, als wäre ich genau da, wo ich hingehöre. Inzwischen bin ich mir sicher, dass da schon immer mehr war. Wir sind in unserer Geschichte nur im falschen Kapitel gelandet und mit Umwegen auf den Pfad zu unserem Happy End gelangt. Dass es auf uns wartet, daran habe ich keinen Zweifel.

»Ich brauche niemanden, der meine Hand hält«, antworte ich etwas zu schnippisch.

»Steht doch einfach endlich dazu, dass ihr beide mehr als Kooperationspartner seid. Es weiß eh schon die halbe Welt.« Ginge es nach Selma, hätten wir eine riesige Kampagne zum Liebesouting gemacht.

»Ich finde es erstaunlich, wie viele Menschen glauben, uns zu kennen, ohne uns jemals begegnet zu sein.«

Absolut niemand weiß, wie es zwischen uns ist. Dass es in manchen Augenblicken federleicht und im nächsten betonschwer ist. Denn zu behaupten, wir schwebten auf einer rosaroten Wolke, wäre gelogen. Leen ist manchmal noch immer unglaublich still, verlässt ohne ein Wort das Haus und dann ist sie da, die Angst, er könnte nicht zu mir zurückkommen. Bisher ist das nicht eingetreten. Dennoch fällt es mir schwer, ihm den Raum zu geben, den er augenscheinlich braucht, wenn er sich selbst zu viel ist. Ich glaube, dieses *zu viel* entsteht, wenn in seinem Kopf mehrere Dinge gleichzeitig nach seiner Aufmerksamkeit verlangen, was wiederum dafür sorgt, dass er seine Gefühle falsch zuordnet. Das würde jedenfalls zu seiner Erklärung passen, dass sie lose in seinem Inneren umherschweben und nicht mit einem festen Punkt verknüpft sind.

»Es warten eben alle sehnsüchtig auf das Happy End.«

Es ist mir ziemlich egal, worauf alle warten. Mir wäre es lieber, Privatsphäre wäre ein Begriff, den man ernst nimmt. Warum ist es für manche Menschen so unglaublich wichtig, über das Leben anderer Bescheid zu wissen? Ist ihr eigenes so unspektakulär?

»Nika?«

»Mmh?« Ich sehe zu Selma, die am Fenster steht und zur Straße sieht.

»Dein Taxi ist da.«

»Wir können dich mitnehmen«, biete ich zum wiederholten Male an.

»Nein, den Auftritt mit der Limousine überlasse ich euch beiden. Pablo wartet bei Tara auf mich, sie wollte unbedingt Unmengen Cupcakes für das Event backen. Ich konnte sie nicht davon abhalten. Ihr werdet die Häppchen also um Minikuchen erweitern müssen.«

Gerade befinden sich Selma und Pablo in einer ihrer harmonischen Phasen. Macht es mich zu einer schlechten Freundin, wenn ich mir für sie wünsche, sie würde jemanden finden, der ihr gutstatt wehtut, obwohl ich weiß, dass sie den Kerl liebt? Ezra würde zum Beispiel zu Selma passen. Sie sind ähnliche Kontrollfreaks, verfügen über denselben trockenen Humor, können beide Unpünktlichkeit nicht ausstehen und lieben Musik aus den Achzigern. Sie wären perfekt füreinander.

»Ich liebe ihre Cupcakes. Den Ablauf, die Drinks und alles andere hast du drauf, oder?« Die anderen sind schon vor Ort. Es war wirklich ein hartes Stück Arbeit, meine Freunde die letzten Tage auf diesen Abend vorzubereiten. Ich befand mich abwechselnd zwischen Verzweiflung, Resignation und Zuversicht. Leen hat sich meinen Frust jedes Mal geduldig angehört, mich in den Arm genommen und mir gesagt, wie toll ich sei. Ob er das auch noch sagt, wenn die Preview-Party in einem Desaster endet? Die Option besteht durchaus und dafür könnte nicht nur der chaotische Haufen, der sich meine Freunde nennt, verantwortlich sein, sondern auch ich selbst. Ich war noch nie in meinem Leben so aufgeregt wie in diesem Augenblick.

»Hallo, ich kann alle deine Drinks im Schlaf«, erwidert sie gespielt empört.

»Okay, lass uns noch schnell ein Selfie machen.« Ich bin immer wieder überrascht, wie leicht mir das inzwischen über die Lippen kommt. Vor ein paar Wochen war es für mich undenkbar, mein Gesicht in die Kamera zu halten. Inzwischen habe ich sogar Spaß daran. Nur mit dem In-die-Kamera-Sprechen tue ich mich noch etwas schwer. Aber ich denke, auch das wird sich mit etwas Routine einspielen. Genau wie der Umstand, dass ich meine Follower mehr teilhaben lasse. Nicht an meinem Privatleben, aber an den Entstehungsprozessen meiner Cocktails. Denn die Resonanz auf meine Zusammenarbeit mit der Brouwen Destillerie und den Bars hat eindeutig gezeigt, dass Interesse daran besteht, einen Blick hinter die Kulissen zu werfen.

Es klingelt an der Tür.

»Okay, dann geh ich jetzt mal«, sage ich und atme tief durch.

»Du bekommst das hin. Wenn nicht, soll Leenard einen Feueralarm auslösen und die Party crashen.«

»Was?«, entfährt es mir.

»Das wäre so süß«, schwärmt sie mit einem verträumten Lächeln.

Ich nehme den Blazer von der Sofalehne und ziehe ihn über.

»Niemand wird einen Feueralarm auslösen.« Dann schiebe ich Selma zur Wohnungstür hinaus.

Mein Herzschlag beschleunigt sich mit jeder Treppenstufe, die nach unten führt, und setzt schließlich aus, sobald ich Leen neben der Limousine stehen sehe.

Selma pfeift durch die Zähne. »Wow, also wenn du ihn doch nicht willst, ziehe ich es in Betracht. Ich wusste gar nicht, dass ein Smoking so sexy sein kann.«

Leen lässt das Handy sinken, als er uns entdeckt. Für die nächsten Sekunden ist die Zeit eingefroren. Wir sehen einander an. Dann wird mein Herz schwer, weil ich diesen Moment vor fünf Jahren gebraucht hätte. Genau so habe ich ihn mir vorgestellt: ein Abendkleid, eine Limousine und … Leen. Für mich hat es nie eine andere Option gegeben, als mit ihm zum Abschlussball zu gehen. Nur deswegen habe ich Finn an dem Abend versetzt, nachdem Leen bei mir aufgetaucht war und mir die Frage gestellt hatte, ob es sich falsch anfühlt. Ja, das hat es in der Sekunde, als er durch mein Fenster verschwand und ich wusste, dass es das letzte Mal gewesen war. Und jetzt weiß ich warum.

Es wäre der Augenblick gewesen, in dem ich mir eingestanden hätte, ihn zu lieben. In allen seinen Facetten. Den schweren Gedanken und leichten Herzschlägen. Ich hätte erkannt, was die Verbindung zwischen uns unter der Oberfläche ist. Wie tief sie in Wirklichkeit geht. Dass es Leen ist, dem mein Herz von der ersten Sekunde an gehörte und wegen dem ich mich nie verliebt habe.

Stattdessen habe ich zugelassen, dass wir alles zerrissen, was uns verband. Weil es so viel einfacher war, als zu kämpfen. Nur wie schwer es sein würde loszulassen, hat uns niemand gesagt. Uns wiederzufinden war ebenso schwer, doch es hat sich gelohnt. Denn gerade sehe ich ihn an und weiß, dass ich mit ihm die Liebe gefunden habe. Und ich denke, es ist völlig okay, dass wir diesen Umweg genommen haben. Möglicherweise hat es ihn sogar gebraucht, damit wir in dieser Sekunde voreinander stehen und wissen, was es bedeutet, einander zu vermissen.

Ein zaghaftes Lächeln erscheint auf seinen Lippen. Er hat all das längst verstanden, das stand ihm damals so deutlich ins Gesicht geschrieben. Ich konnte es nur nicht lesen. Dafür verstehe ich in diesem Augenblick umso deutlicher, was er meinte, als er sagte, es fühle sich nicht falsch an, aber auch nicht richtig.

Ich erwidere sein Lächeln.

Wir würden es nie schaffen, einander loszulassen. Die einzige Frage, die noch offen ist: Werden wir uns diesmal festhalten können? Wir werden es in jedem Fall versuchen.

»Okay, ich hau ab, bis gleich«, lässt Selma den Moment zwischen Leen und mir platzen.

»Ja, bis gleich«, sage ich und gehe auf Leen zu, der für mich die hintere Tür der Limousine öffnet.

Ein sanftes »Hey« verlässt meinen Mund, das er mit einem noch viel weicheren »Hi« zurückgibt.

Leen hält meinen Blick gefangen, als ich in den Wagen einsteige. Ich beobachte ihn dabei, wie er auf den Platz neben mir rutscht.

»Du siehst wunderschön aus«, sagt er, dabei hatte ich das Kleid schon bei unserem Livestream an, weil ich schlichtweg vergessen habe, mir passend zum Anlass etwas Neues zu kaufen.

»Danke, du auch«, erwidere ich, was ihn schmunzeln lässt, weil man einem Mann wohl eher nicht sagt, dass er wunderschön aussieht. Aber es stimmt.

»Bereit?«, fragt er.

»Nein«, gestehe ich. »Du?«

»Nein.«

Stille legt sich über uns. Und ich befürchte, sie wird sich weiter ausbreiten, bis sie uns unter sich erdrückt. Weil das hier eher ein schwerer Moment ist. Nicht nur für ihn, auch für mich. Ich will ihn nicht enttäuschen, für ihn hängt viel von dem Abend ab.

Leen holt sein Handy aus der Hosentasche, tippt darauf herum. Plötzlich hallt Night Changes von One Direction aus den Boxen. Verwundert sehe ich ihn an.

»Die mochtest du doch früher«, erklärt er.

»Da war ich dreizehn«, sage ich und verkneife mir ein Grinsen, während mein Fuß automatisch im Takt wippt.

»Sorry, ich dachte … na ja … wenn du am Abend vor einem Referat nervös warst, dann hast du die Band auf voller Lautstärke gehört.« Er wirkt tatsächlich etwas verlegen.

Mit großen Augen sehe ich ihn an. Daran erinnert er sich? Natürlich tut er das. Weil ich mich ebenso an jedes Detail erinnere. Mein Herz schlägt gerade noch ein bisschen mehr für ihn als ohnehin schon.

»Das war eine blöde Idee, ich –«

»Warte, gib mal her«, halte ich ihn davon ab, die Musik auszuschalten. Ich suche meinen Lieblingssong Kiss You aus der Playlist heraus.

Leen lacht, als ich ab der zweiten Strophe den Song laut mitsinge. Für die nächsten zwanzig Minuten verliert sich die Anspannung und weicht Erinnerungen. Auf einmal fühlt es sich an, als hätte es die Phase, in der wir getrennt existierten, nie gegeben. Doch der Schatten ist noch da, er wird gerade nur etwas kleiner. Und mit ihm weicht die Angst zu scheitern.

Wir sehen einander an. Leen legt einen Arm hinter mir auf der Rückenlehne ab, während ich näher an ihn heranrutsche. Mein Kopf sinkt an seine Schulter und wir lauschen den Klängen der Musik. Ich habe ganz vergessen, wie gerne ich die Band früher mochte. Diese kleine Zeitreise bringt mich zum Lächeln. Leen konnte nie viel mit Musik anfangen, hat sich aber auch nie über meinen Musikgeschmack beschwert.

»Es tut mir leid, Nika … alles.« Er drückt mich enger an sich.

»Mir auch«, antworte ich, weil ich genau weiß, was er meint. Wir haben einander wehgetan, dabei hätte es damals nicht mehr als ein paar Worte gebraucht.

Seine Lippen berühren federleicht meine Stirn. »Ich schätze, ich vermisse dich ein bisschen mehr, als ich sollte«, flüstert er. Die Worte hat er mir früher immer geschickt, wenn er im Trainingslager war, zu denen mich meine Mutter nie mitfahren ließ, weil ich das einzige Mädchen in der Mannschaft war. Ich dachte immer, es wäre eine Art Code dafür, dass Leen Heimweh hat. Zum ersten Mal verstehe ich die tatsächliche Bedeutung dahinter. Heimweh nach mir. Ja, Leen würde nicht aufgeben. Ich weiß es einfach.

Ich drehe das Gesicht, damit ich ihn ansehen kann. Der Ausdruck in seinen Augen ist so sanft. Zum ersten Mal, seit sich unsere Leben ein weiteres Mal gekreuzt haben, wirkt das Braun klar und warm. Mein Herz macht einen Hüpfer, weil es den Leen entdeckt, von dem es dachte, es würde ihn nie zurückbekommen. Der letzte Schatten ist aus seinem Gesicht verschwunden.

»Und ich glaube, ich liebe dich gerade ein bisschen zu sehr«, rutscht es mir eher unfreiwillig heraus.

Leens Miene wird starr. Das hätte ich nicht sagen sollen. Aber die Worte fühlen sich nicht an, als hätten sie zum falschen Zeitpunkt den Weg zu ihm gefunden. Ich öffne den Mund, um ihm mitzuteilen, dass er darauf nicht antworten muss. Dass es okay ist, wenn er nicht so empfindet. Aber wäre es das wirklich? Nein, es wäre nicht genug.

Er legt den Zeigefinger auf meine Lippen.

»Mach das nicht, nimm die Worte nicht zurück. Sie klingen so schön aus deinem Mund.« Nicht länger als für einen Wimpernschlag küsst er mich. »Ich will noch immer nicht, dass du ein Teil der Welt wirst, in der ich selbst nicht sein will, weil sie mit ihren ganzen Geheimnissen verdammt abgefuckt ist. Denn ich befürchte, wir haben erst die Spitze allen Übels freigelegt. Es wäre egoistisch, zuzulassen, dass du mich liebst, obwohl wir nur einen Steinwurf davon entfernt sind, dass alles um uns herum einstürzt. Dabei wollte ich nie etwas anderes, als von dem Mädchen geliebt zu werden, das meine Welt besser macht, sobald es mich anlächelt. Ich will kein Egoist sein, Nika.«

»Sollte die Welt ein weiteres Mal um dich herum zusammenstürzen, dann werde ich deine Hand halten. Sei egoistisch. Lass mich dich lieben. Schließ mich nicht aus, nur weil du glaubst, du wärst mir zu viel oder wüsstest, was das Beste für mich ist. Denn das warst immer du. Und zwar seit der Sekunde, als du mir das Stück Schokolade in die Hand gedrückt hast und sagtest, du magst es nicht, wenn ich traurig bin.«

Leen erwidert nichts, sieht mich einfach nur an.

Die Scheibe zum Fahrer senkt sich. »So, Kinder, wir sind da«, sagt Rob, bevor er sich uns zuwendet.

Leen streicht mir eine lose Haarsträhne hinters Ohr, dann steigt er aus der Limousine. Ich ergreife seine Hand, als er sie mir entgegenstreckt. In der Sekunde, in der mein Fuß den roten Teppich berührt, setzt das Blitzlichtgewitter ein. Leens Finger schließen sich fester um meine, als er bemerkt, dass ich zögere.

Mit sanftem Blick beugt er sich zu mir herunter. »Ich lass dich nicht los, außer du willst nicht, dass jeder hier weiß, dass ich dich liebe und an deine Seite gehöre.«

Für ein paar endlose Sekunden sehe ich ihn blinzelnd an. Das kann er mir doch nicht einfach so sagen, während unzählige Kameras auf uns gerichtet sind. Und doch hätte er keinen besseren Augenblick wählen können, weil es plötzlich leicht ist. Ich ziehe ihn näher zu mir heran, küsse ihn und es ist mir völlig egal, wie viele Menschen uns dabei zusehen. Irgendwie hatte ich erwartet Leen würde zurückweichen, tut er aber nicht. Stattdessen kann ich spüren, wie er an meinen Lippen lächelt.

»Entweder steigst du aus dem Wagen oder du rutschst rüber und wir crashen die Party. Die Schlagzeile des Abends haben wir ihnen bereits geliefert«, sagt er leise.

Ich straffe die Schultern. »Wir ziehen es gemeinsam durch.«

Leen hilft mir aus der Limousine. Er hat nicht gelogen, denn seine Finger schieben sich zwischen meine, bevor wir über den Teppich schreiten. Gemeinsam, nicht jeder für sich. Sein Lächeln verwandelt sich in ein freches Schmunzeln.

»Also sind Sie doch ein Paar!«, ruft uns jemand zu.

Leen bleibt stehen, wendet sich den Reportern zu. »Wir freuen uns auf einen fantastischen Abend. Gemeinsam mit Miss Cocktailery haben wir uns auf neue Wege begeben und sind uns sicher,

Ginie wird Sie alle begeistern. Es erwartet uns eine einzigartige Cocktailkarte, die die Handschrift der erfolgreichsten Ginfluencerin trägt, sowie großartige Livemusik. Also kommen Sie rein, gönnen Sie sich einen freien Abend und genießen Sie die Drinks.«

Ich verkneife mir ein Lachen, weil er die eigentliche Frage komplett umgeht und die Presse stattdessen zur Party einlädt. Die weiteren Fragen, die auf uns niederregnen, als wären wir in ein Gewitter geraten, ignorieren wir und gehen auf den Eingang des *Sole Mio* zu.

»Das seid ihr ja endlich«, sagt Ezra, der neben Demy steht und sichtlich nervös wirkt.

»Echt jetzt?«, entfährt es ihm, mit Blick auf unsere Hände, die einander noch immer festhalten.

»Du wolltest doch genau diese Art von Publicity«, erwidert Leen trocken, während ich Ezra ansehe und mich frage, ob er es tatsächlich in Betracht gezogen hat, uns als Lovestory zu verkaufen.

»Vor Wochen, um die Promo anzukurbeln. Aber nicht jetzt. Das stielt uns die Aufmerksamkeit, weil sich jetzt jeder gottverdammte Journalist darauf einschießt, ein beschissenes Kussfoto von euch zu ergattern«, motzt er beleidigt.

»Schon erledigt«, klärt Leen ihn auf.

Ezra sieht zu Demy. »Kannst du mir vielleicht recht geben, dass sie damit bis nach der Party hätten warten können, weil sich jetzt niemand mehr für Ginie interessiert?«

»Ich weiß nicht, ich finde das viel zu süß, um mich darüber aufzuregen.«

Ezras Nasenflügel blähen sich auf. »Gut, warum plane ich dann alles bis Detail, wenn ich am Ende sabotiert werde?«

»Du reagierst über, Ez«, sagt Demy und legt in einer vertrauten Geste eine Hand an seinen Oberarm.

»Wollen wir im Eingang stehen bleiben oder gehen wir rein?«, fragt Leen.

Ezra sieht mich an. »Sorry, ich wollte dich nicht anschnauzen.

Es ist nur, ich habe Leen von Anfang an gesagt, er soll den Kram zwischen euch regeln, und er macht es ausgerechnet jetzt. Der Kerl muss echt an seinem Timing arbeiten.« Dann schleicht sich ein Lächeln auf seine Lippen. »Aber ich gebe zu, Demy hat recht, das ist irgendwie süß, auch wenn ich fast schon nicht mehr damit gerechnet habe, dass er das mit dir auf die Reihe bekommt.«

»Manche Happy Ends brauchen einfach ein bisschen länger als andere«, sage ich, was Ezra mit einem Grinsen quittiert.

Als wir das *Sole Mio* betreten, fühlt es sich wie heimkommen an. Diese Bar war die letzten Jahre mein Leben und die Menschen, die ich hinter der Bar entdecke, meine Familie. Selma winkt und reckt anschließend einen Daumen in die Höhe, als Leen, einen Arm um meine Schultern legt und einen schnellen Kuss auf meiner Schläfe platziert.

Michael kommt mit gehetzter Miene auf mich zu. »Hey, gut, dass ihr endlich da seid. Da hinten steht eine Horde Social-Media-Sternchen, die mir seit dreißig Minuten auf die Nerven gehen, wann der Stargast hier endlich auftaucht.«

Leen sieht auf seine Uhr. »Wir sind sogar fünf Minuten zu früh«, merkt er an.

»Dann lassen wir sie nicht länger warten, immerhin sind sie nicht nur zum Spaß hier, sondern auch zum Arbeiten«, sagt Ezra hinter uns und schiebt uns in Richtung der Bar.

Die nächsten zwanzig Minuten verbringe ich damit, Hände zu schütteln, Fragen zu beantworten und Fotos von mir machen zu lassen. Leen steht keine zwei Schritte von mir entfernt. Immer wieder suche ich seinen Blick und lächle ihn an, während er viel zu ernst wirkt.

»Also ich liebe deinen Spring Kiss. Wirklich. Diese leichte Rhabarber-Note abgerundet mit Vanille. Einfach genial.«

»Danke, freut mich, wenn er dir schmeckt«, sage ich zu der Brünetten, deren Namen ich schon wieder vergessen habe. Ich bin nicht sonderlich gut darin, mir Gesichter und die passenden Namen zu merken.

»Hast du für heute Abend irgendwas Überraschendes geplant?«, will die Blondine, auf deren Shirt der Aufdruck *Glamour Is My Religion* in großen Buchstaben wie eine Discokugel funkelt. Kurz denke ich daran zurück, wie ich in meinem Paillettenoutfit vor Leen stand und er sich sichtlich ein Lachen verkneifen musste. Wieder sehe ich zu ihm. Er unterhält sich mit Joris, der sich auf seine Krücken aufstützt, weil sein Kreuzbandriss noch nicht vollständig ausgeheilt ist. Leen lacht, blickt zu mir und lächelt zum ersten Mal, seit wir das Lokal betreten haben.

»Und, hast du?«

Ich richte meine Aufmerksamkeit wieder auf die kleine Gruppe vor mir, aus der jemand ununterbrochen seine Handykamera auf mich gerichtet hält.

»Nein, heute bin ich nur hier, um mit euch allen einen schönen Abend zu verbringen. Meine Hauptarbeit besteht darin, die Brouwers im Bereich Social-Media-Marketing zu unterstützen und der Expertise zum Geschmack sowie eigens auf den Ginie abgestimmte Cocktails zu kreieren. Die bekommt ihr übrigens an der Bar«, antworte ich hölzern. Ezra hat mir tatsächlich einen Fragen-Antworten-Katalog vorgelegt. Darin befanden sich Dinge, die ich sagen darf und welche ich für mich behalten soll. Unter anderem, dass MacIntyre und Demy den Großteil der Arbeit übernommen haben. Weil das Mixen von Gin-Cocktails doch sehr weit von der Ginproduktion entfernt ist. Ich habe, nachdem ich als Miss Cocktailery aufgeflogen bin, in den vergangenen Tagen in der Destillerie danebengestanden, Content erstellt, die Zwischenergebnisse verköstigt und meine Meinung dazu abgegeben.

»Schade, wir hatten gehofft, du würdest uns ein paar Drinks mixen.«

Ich sehe zur Bar, hinter der Selma, Iza, Freya, die WG und sogar die Müllers stehen. Glas klirrt und Selma ruft laut: »Nix passiert«, während Lore den Kopf schüttelt. Gerade wäre ich wirklich lieber hinter der Theke, als nur zuzuschauen, wie meine Freunde ihr Bestes geben.

»Alles okay?«, höre ich Leen hinter mir sagen und drehe mich zu ihm um.

»Ja«, antworte ich knapp.

»Entschuldigt, aber ich entführe kurz Miss Cocktailery, damit wir den Abend offiziell eröffnen können«, sagt er, greift nach meiner Hand und führt mich durch die Menge. In der vergangenen Viertelstunde hat sich das *Sole Mio* gefüllt. »Du siehst nicht glücklich aus«, merkt Leen an, als wir die Bühne erreichen, auf der die Band später spielen wird.

»Ich fühle mich einfach hinter der Bar wohler als davor«, gebe ich zu.

Leen nickt. »Hältst du noch eine Stunde durch? Dann haben wir das Programm hinter uns und können nach Hause fahren.«

Nach Hause. Ich frage mich, ob Leen meine Wohnung tatsächlich als das ansieht. Denn wir haben bisher nicht darüber gesprochen, was sein wird, wenn die Kneipentour vorbei ist. Ob er zurück nach London geht, um sein Studium zu beenden, oder ob er bleibt. Ich verstehe, was er damit meint, nicht egoistisch sein zu wollen. Denn ich würde ihn nicht bitten London zu verlassen, wenn er seine Zukunft dort sieht, obwohl ich nichts mehr will, als ihn in meiner Nähe zu wissen.

»Einen wunderschönen guten Abend«, hallt Ezras Stimme durch das Lokal. »Wir freuen uns sehr, dass Sie unserer Einladung so zahlreich gefolgt sind, um mit uns den Ginie zu feiern.«

Neben ihm steht eine zwei Meter große Nachbildung des Flaschendesigns, versteckt unter einem goldenen Tuch. »Wir haben ein straffes Programm vorbereitet, also fangen wir besser an. Die Brouwers werde ich Ihnen sicher nicht mehr vorstellen müssen, aber ich hole sie dennoch kurz auf die Bühne, damit sie uns etwas über ihre Idee hinter einem alkoholfreien Gin und dessen Entstehung erzählen.«

»Na dann los«, sagt Leen und klettert zu Ezra auf die Bühne.

Ich sehe mich nach Demy um, die ebenfalls dort oben stehen sollte.

»Hi«, hallt seine Stimme über das Mikro durch den Raum. Mit umherschweifendem Blick hält er nach seiner Schwester Ausschau. Ich gebe ihm ein Zeichen, dass ich sie suchen gehe, und schlängle mich in der nächsten Sekunde durch die Menge.

»Okay, Leen, erzähl uns doch mal etwas zur Geschichte von Brouwen Gin«, macht Ezra unbeirrt im Programm weiter.

Während Leen klingt, als hätte er die Antwort auswendig gelernt – was er hat, ich war dabei –, kämpfe ich mich zu den Toiletten durch.

»Demy?«, rufe ich in den Raum mit den sechs Kabinen hinein. »Bist du hier drin?«

Die letzte Tür öffnet sich. »Hey, alles okay? Ezra und Leen warten da drinnen auf dich«, sage ich und sehe auf sie hinab. Sie sitzt auf dem Boden, Schweißperlen auf der Stirn. »Hast du heute schon was gegessen?«

Sie schüttelt den Kopf.

»Verdammt, Demy, du weißt doch, dass du mit deinem Diabetes regelmäßig essen musst.« Ich krame den Schokoriegel aus meiner Handtasche, den ich für den Fall eingepackt habe, meine Nerven beruhigen zu müssen.

Ich reiße die Folie auf, lege die Hälfte des Riegels frei und halte ihn Demy entgegen. »Hier, iss.«

Widerwillig greift sie danach und beißt hinein. »Ich pack das nicht«, sagt sie kauend.

»Was genau?«

»Ich kann nicht da rausgehen und eine Party feiern, während unsere Familie den Bach runtergeht.«

Ich setze mich neben sie. »Dann tust du es eben nicht. Von mir aus können wir hier sitzen und warten, bis alles vorbei ist«, schlage ich vor, weil ich mich ganz ähnlich fühle und nichts gegen etwas Ruhe einzuwenden habe.

»Mein Vater ist tot und Bastiaan ist verschwunden. Ich habe niemanden mehr.«

»Du hast Leen«, sage ich.

Sie sieht mich aus trüben braunen Augen an. »Nein, der haut nach London ab, sobald das hier vorbei ist.«

»Wie kommst du darauf?« frage ich.

»Ich habe gehört, wie er mit Ezra darüber gesprochen hat, dass er zurückwill.«

Meine Brust zieht sich schmerzhaft zusammen, obwohl ich es geahnt habe. Leen wird nicht bleiben.

»Du hast mich«, sage ich. Ihre Augen werden groß und sie wirkt überrascht. »Also nur, wenn du mich als Freundin willst«, füge ich hinzu. Im gleichen Moment frage ich mich, ob sie überhaupt Freunde hat. In der Schule war Demy dieses Mädchen, das alle beneideten. Bildschön, reich und beliebt. Sie brauchte nur mit dem Finger zu schnippen und die Stedelijk lag ihr zu Füßen. Sie schmiss Halloweenpartys, zu der einfach jeder eingeladen werden wollte. Meine Schwester hat Demy gehasst, weil sie über ihr stand. Und ich hatte mich zu wenig mit ihr beschäftigt, um zu wissen, wer sie tatsächlich ist.

»Weißt du, manchmal habe ich mich gefragt, was an Leen so besonders ist, dass ihn alle mögen, obwohl er sich unmöglich benimmt. Und noch viel weniger habe ich verstanden, warum ihn überhaupt nicht interessiert, dass jeder mit ihm befreundet sein wollte«, sagt sie nachdenklich, dann lächelt sie mich an. »Du hast ihm immer gereicht. Darum habe ich Leen beneidet.« Demy seufzt, bevor vor sie dem Ganzen ein »… um dich.« hinzufügt.

»Um mich?«, frage ich überrascht. Ich hatte nie das Gefühl, Demy würde sich für mich interessieren.

»Um diesen einen Menschen, der genug ist, um alles um einen herum ein bisschen bedeutungslos zu finden.«

Jetzt klingt sie tatsächlich wie ihr Bruder, denn die Aussage könnte eindeutig von ihm stammen. Aber ja, für Leen war früher alles ein bisschen bedeutungslos. Alles außer mir.

»Demy, Nika!«, dringt seine Stimme panisch aus dem Vorraum zu uns herüber.

»Wir sind hier!«

»Das ist die Damentoilette«, entfährt es jemandem empört.

»Verzeihung, bin gleich wieder weg«, höre ich ihn sich entschuldigen. »Alles okay bei euch?«

»Ja, ich hatte nur etwas Lampenfieber. Neben dir und Ezra komme ich etwas blass rüber«, sagt Demy, steht vom Boden auf und lächelt ihren Bruder an.

Leen mustert sie skeptisch. »Bist du okay?«

»Ja, alles bestens«, versichert sie.

Er sieht erst mich an und dann seiner Schwester hinterher, als sie davongeht.

»Kommt ihr? Sonst verpassen wir die Party des Jahres«, ruft sie uns über die Schulter zu, als hätte sie nicht gerade noch auf dem Boden gesessen und den Kopf hängen lassen.

»Wirklich alles in Ordnung mit ihr?«, fragt Leen mich leise, weil er es ihr genauso wenig abnimmt wie ich.

»Ich glaube, sie vermisst dich, weil du nur bei mir abhängst. Vielleicht solltest du heute Abend mit nach Bloem fahren.«

Er seufzt, dann nickt er. »Okay, dann verbringen wir die Nacht auf Bloem.« *Wir*, als gäbe es gar keine andere Option. Um seine Worte zu unterstreichen, greift er nach meiner Hand.

Als wir den Barbereich betreten, ist es laut, die Band hat bereits angefangen zu spielen und es herrscht eine ausgelassene Stimmung.

Wir gehen zum Tresen. »Was kann ich euch bringen?«, fragt Lore.

»Wie läuft es?«, frage ich sie im selben Atemzug.

»Besser als erwartet, die Pastelstraat schlägt sich tapfer.«

»Wenn ich helfen soll –«

Sie lässt mich gar nicht erst aussprechen. »Nein, du genießt einfach nur den Abend.«

»Gut, dann nehme ich einen All You Need Is Ginie.«

»Den nehme ich auch«, sagt Demy.

»Mach drei«, steigt Leen ebenfalls in die Runde alkoholfreier Cocktails ein.

»Freya, machst du drei Ginies?«, ruft Lore über die Theke hinweg. »Das ist der einzige Cocktail, den sie tatsächlich draufhat. Aber die Leute lieben sie«, merkt Lore an.

Ja, es ist auch unmöglich, Freya nicht ins Herz zu schließen, vor allem, wenn sie so gut drauf ist wie heute. Das fehlende Geld für die offene Hypothek habe ich ihr noch am selben Tag gegeben, an dem es auf meinem Konto gelandet ist. Um die Sanierung der Hausfassade kümmern wir uns, sobald ich die zweite Hälfte aus der Kooperation erhalten habe. Leen hat vorgeschlagen, es mir vorher auszuzahlen. Aber mir ist es lieber, wir trennen diesen Teil von unserem Privatleben.

»Okay, ich dachte schon, ihr habt euch abgesetzt. In zehn Minuten eröffnen wir das Buffet, anschließend starten wir den offiziellen Meet-and-Greet-Teil mit Nika. Zuerst die Content-Creator, solange du noch frisch aussiehst, dann kommen die Sieger des Gewinnspiels und ein paar Leute von der Presse werden im Anschluss ihre Bühne mit dir bekommen. Dann verteilen wir die Give-aways und hoffen, dass sich die Ersten verabschieden und der Abend gediegen ausklingt.«

»Verdammt, Ezra, atme mal durch und entspann dich«, sagt Leen und lacht.

»Würde ich, wenn sich nur ein Mal jemand an den Plan halten würde. Wo warst du?«, fragt er an Demy gewandt.

Sie grinst ihn an. »Auf dem Klo.«

»Ich gebe es auf, hier macht ohnehin jeder, was er will.«

»Weißt du, Ezra, manchmal ist Planlossein die bessere Strategie. Genieß den Abend. Du hast einen geilen Job gemacht und jetzt lass den Leuten ihren Spaß.« Leen klopft ihm auf die Schulter.

Ezra greift nach einem der Gläser, die Lore in dieser Sekunde vor uns auf dem Tresen abstellt. »Wir haben das ziemlich gut hinbekommen, oder?«, sagt er und nimmt einen großen Schluck.

»Ja, wir sind ein verdammt gutes Team.«

Ich lasse meinen Blick durch die Bar schweifen, fange die bunten Lichter ein. Das Dekorationsteam hat sich selbst übertroffen.

Indem sie sich auf ein Minimum beschränkt haben, haben sie es geschafft, dem *Sole Mio* nichts von seinem rustikalen Charme zu nehmen. Große silberne Flaschenkühler, in denen sich Ginflaschen befinden, stehen auf den Tischen. An der Wand hinter der Bühne wurde eine große Blumenwand in Orange- und Gelbtönen angebracht. Einige der Tische mussten dem Buffet weichen, wodurch viele der Gäste stehen müssen. Aber das scheint niemanden zu stören. Denn die Menschen lachen und unterhalten sich, während sie Cocktails trinken. Sie haben eine schöne Zeit. Das liebe ich so an meinem Job. In der Bar trifft man alte Freunde und gewinnt neue dazu. Die Welt entschleunigt sich und für eine kurze Weile steigt man aus dem Alltag aus.

Von hinten schlingen sich zwei Arme um mich und ziehen mich an eine feste Brust, die sich gleichmäßig hebt und senkt. »Wenn du so lächelst, bist du am schönsten«, flüstert Leen mir ins Ohr, bevor er seinen Kopf auf meiner Schulter ablegt.

Ich hole mein Handy aus der Handtasche, öffne die Selfie-Kamera und mache ein Foto von uns. Leen küsst mich auf die Wange, genau in der Sekunde, als ich ein weiteres Mal auf den Auslöser drücke.

»Ich bin mir nicht sicher, ob diese Art von Fotos auf Ezras Content-Plan steht«, scherzt Leen.

»Nein, das ist nur für uns. Ich würde diesen Moment gerne festhalten, damit wir uns erinnern, wie leicht es sein kann, wenn es das gerade mal nicht ist«, antworte ich ehrlich.

»Du verbringst zu viel Zeit mit mir und meinen wirren Gedanken, du klingst nämlich schon so wie ich«, zieht er mich auf und küsst erneut meine Wange. »Ich liebe dich, Nika. Das habe ich immer. Auf so viele verschiedene Arten und jede war richtig. Du bist meine *Schwerleichtigkeit*.«

Um Leen ansehen zu können, drehe ich mich in seinen Armen zu ihm um. Was auch immer Schwerleichtigkeit bedeutet, es klingt verdammt schön. Ich schiebe die Hände in seinen Nacken und ziehe ihn zu mir heran, bis meine Lippen beinahe auf seine treffen.

»Mir fällt nichts ansatzweise so Schönes ein, um zu beschreiben, was du für mich bist. Aber du bist mein Genug und niemals ein Zuviel. Ich liebe dich.«

Bevor ich ihn küssen kann, kommt er mir zuvor. Von der Theke ertönt Applaus und ich kann Selma jubeln hören. Wobei es eher ein »Na endlich, das Happy End«-Gebrüll ist. Nie war ich glücklicher darüber, das Kapitel Leenard Brouwer ein weiteres Mal aufgeschlagen zu haben, damit unsere Geschichte das Ende bekommt, das sie verdient.

............

»Was für ein Abend«, seufzt Selma und legt ihre Füße auf Pablos Schoß.

Ezra bedenkt die Runde mit einem anerkennenden Blick. »Also bis auf ein paar winzige Aussetzer habt ihr das wirklich gerockt.«

»Ich will nie wieder hinter einer Bar arbeiten müssen, meine Füße bringen mich um«, mault Hannah, lächelt aber zufrieden.

Ich muss lächeln. »Danke, Leute, wirklich. Danke, dass ihr das für mich gemacht habt.«

Leen legt einen Arm um meine Schultern und küsst meine Schläfe. »Du warst großartig heute Abend.«

Freya und Michael kommen mit zwei Tabletts um die Ecke. »So, jetzt ist es Zeit, dass wir auf diesen glorreichen Abend anstoßen«, sagt Freya und verteilt an jeden ein Glas. Peter riecht am Inhalt.

»Keine Sorge, der hat anständig Schmackes«, erklärt sie.

»Ich habe hier ein Tablett garantiert ohne diese besagte Schmackes«, erklärt Michael und lacht.

»Ich bin raus. Ich schlafe gleich im Stehen ein«, sagt Demy.

»Wir auch«, sagen Leen und ich gleichzeitig, um sie nach Bloem zu begleiten, wie wir es vorhin abgemacht haben.

»Nein, bleibt ruhig noch und feiert, ich bringe Demy nach Hause. Ich wollte ohnehin noch ein paar Dinge überarbeiten, damit die nächsten Tage reibungsloser laufen«, sagt Ezra und steht auf.

»Sicher?«, fragt Leen.

»Ja, sicher.« Ezra legt eine Hand auf Leens Schulter.

»Also dann, Leute, ihr habt einen guten Job gemacht. Die Frei-
tickets für die Tour gehen klar.« Er sieht zu Demy, die neben ihn
tritt. »Auf bald«, sagt er in die Runde und hebt zum Abschied die
Hand.

Leen und ich sehen den beiden nach. Ezra öffnet die Tür, legt
eine Hand auf Demys unteren Rücken und schiebt sie sanft aus
dem Lokal.

»Glaubst du, zwischen den beiden –«

»Niemals«, unterbricht Leen meinen Gedanken.

»Was macht dich da so sicher?«

Er zuckt mit den Schultern. »Sie ist meine Schwester. Den
Kodex bricht er nicht.«.

*Wenn du dich da mal nicht irrst.* Aber diesen Gedanken behalte
ich für mich.

# EVIL PROVIDENCE

*Black Gin, Pear, Bergamot, Lime,*
*Pandan Extract, Champagne, Orchid*

## LEENARD
**Sole Mio, Rosse Buurt, Amsterdam**

Es ist kurz vor fünf, als wir das *Sole Mio* verlassen und mit den anderen den Weg in die Pastelstraat einschlagen. Nach wenigen Metern bleibe ich stehen. Der kürzeste Weg wäre der zu Nikas Wohnung, aber in der vergangenen halben Stunde hat mich ein Gefühl der Unruhe erfasst. Ich bin mir nicht sicher, ob es pure Reizüberflutung ist oder ob es eine andere Ursache hat.

»Alles okay?«, fragt Nika.

»Ich weiß es nicht«, antworte ich ehrlich.

Sie legt den Kopf schräg. »Was beschäftigt dich gerade, Leenard Brouwer?«

»Wäre es okay, wenn wir uns ein Taxi rufen und nach Bloem fahren?«

»Jetzt noch?«, fragt sie überrascht.

»Keine Ahnung, es ist nur so ein Gefühl, dass ich dort sein sollte. Ich habe keine Ahnung, woher es kommt, aber mir wäre wohler, würde ich ihm nachgeben.«

»Natürlich«, sagt Nika ohne weiter nachzufragen.

Ich hole mein Handy aus der Hosentasche und rufe Rob an, der noch nicht sehr weit gekommen sein dürfte, weil er nur wenige Minuten vor uns die Bar verlassen hat, um die Limousine beim Verleih abzustellen und seinen Benz abzuholen. Er geht beim zweiten Klingeln dran. Kurz erkläre ich ihm die Situation.

»Klar, ich dreh um. Fünf Minuten.« Damit legt er auf.

»Er kommt gleich.«

»Gut.«

»Schlagt ihr da Wurzeln?«, ruft Selma zu uns herüber.

»Unsere Pläne haben sich gerade geändert«, antwortet Nika.

»Aber wir sehen uns morgen Mittag«, erinnert uns Freya daran, dass sie alle zum Essen eingeladen hat.

Ich lächle ihr zu. »Das werden wir uns keinesfalls entgehen lassen.«

»Okay, tut nichts, was wir nicht auch tun würden«, merkt Selma an und die Gruppe setzt sich lachend in Bewegung.

Ich atme tief durch, nur befreiend fühlt es sich nicht an. Ist mir heute Abend irgendwas entgangen?

Nika schlingt die Arme um meine Mitte und ich erwidere ihre Umarmung, indem ich sie eng an meine Brust ziehe. Mein Kinn ruht auf ihrem Scheitel, während ich die Straße entlangblicke. Die Laternen leuchten nur vereinzelt und es ist still. Zu still.

Mit jeder Minute, die vergeht, steigt meine Nervosität weiter an. Als die Limousine um die Ecke biegt, gebe ich Nika frei und gehe schnellen Schrittes darauf zu. Nika mustert mich, als sie neben mir Platz nimmt. Vermutlich macht ihr mein Verhalten gerade Angst. Ihre Hand legt sie auf meine und ich verschränke meine Finger mit ihren.

»Ich habe Angst«, flüstere ich, als wir wenig später Amsterdam verlassen.

»Wovor?«, fragt sie vorsichtig.

»Ich weiß es nicht, aber diese Unruhe, die ich verspüre, hat einen Auslöser.«

»Egal woher sie kommt, wir lassen sie nicht gewinnen«, sagt sie sanft.

Ich bin mir nicht sicher. Diese Angst ist anders. Viel roher. Ich bekomme sie in ihrer Substanz nicht zu fassen, weil ich sie in dieser Form noch nie erlebt habe. Es ist, als hätte ich eine Vorahnung, dass etwas passieren wird, ohne dass sich das Bild vor meinen Augen scharf stellt.

»Rob, kannst du etwas schneller fahren?«, frage ich.

»Wollt wohl eilig ins Bett, ihr zwei«, gibt er scherzhaft zurück, beschleunigt aber den Wagen.

Als Bloem auf dem Hügel vor uns auftaucht, verspüre ich Erleichterung. Ich weiß nicht, was ich erwartet habe, aber vermutlich, dass es weniger erhaben dort im Sonnenaufgang thront. Weil sich etwas verändert hat.

Und dann ist das Gefühl nur Sekunden später zurück, noch heftiger als zuvor, und schnürt mir die Luft ab. Ich nehme mein Handy zur Hand und wähle Ezras Nummer, damit er nach Demy sieht. Er nimmt nicht ab. Ich rufe ein zweites Mal an. Nichts. Dann versuche ich es bei Demy. Nichts.

Ich sehe zu Nika, die mich leicht panisch anblickt, als würde sie endlich spüren, was ich die ganze Zeit schon in mir trage.

Die Limousine hält neben dem schweren Eisentor. Ich reiße die Tür auf, steige aus und gebe mit zittrigen Fingern den Code in das Tastenfeld ein. In Zeitlupe gleitet es auf und gibt den Schotterweg vor mir frei. Und dann renne ich los.

»Leen!«, höre ich Nika hinter mir rufen, aber ich sehe mich nicht nach ihr um, weil ich in dieser Sekunde den Grund für meine Angst vor Augen habe. Flammen ragen in die Luft.

Wie erstarrt bleibe ich stehen. »Fuck!«, stoße ich schwer atmend aus. Der Ostflügel brennt lichterloh. Demy.

Ich setze mich wieder in Bewegung.

»Jeffrey, wo sind Ezra und Demy?«, rufe ich ihm zu, als ich ihn in einem Morgenmantel bekleidet vor dem Haupthaus entdecke.

»Die Feuerwehr ist schon auf dem Weg.«

»Sind die beiden noch im Haus?«, frage ich erneut.

»Ich weiß es nicht.«

Ezras Zimmer befindet sich auf meiner Etage, aber mein Gefühl sagt mir, da ist er nicht. »Scheiße!«

Ich mache einen Schritt nach vorn. Jeffrey packt mich an den Schultern. »Sie können da nicht rein«, sagt er ängstlich.

Sein Ernst? »Meine Schwester und Ezra sind da drin!«

»Herr Brouwer, wir müssen auf die Feuerwehr warten.«

Mit einem kräftigen Ruck reiße ich mich von ihm los.

»Verdammt, Leen, bleib stehen!«, ruft Nika.

Diesmal sehe ich mich zu ihr um. Sie bleibt wie versteinert stehen, Angst im Gesicht, weil sie genau weiß, dass ich nicht auf sie hören werde.

»Es tut mir leid. Ich kann nicht anders. Ich liebe dich«, sage ich laut genug damit sie mich hört, bevor ich mich wieder in Bewegung setze.

Nikas Stimme, die meinen Namen schreit, trifft mich bis ins Mark, dennoch laufe ich weiter. Je näher ich dem Seitenflügel komme, desto mehr Hitze schlägt mir entgegen, während es mir eiskalt den Rücken herunterläuft.

Dann sehe ich die Umrisse einer Person, die aus dem Gebäude kommt. Es ist Ezra, mit Demy in den Armen.

Sofort fällt ein Teil der Anspannung von mir ab.

Ezra sinkt auf die Knie und bricht auf Demy zusammen. In dieser Sekunde bleibt mein Herz stehen und mein Verstand schaltet auf Autopilot. Meine Beine geben nach, ich falle. Kieselsteine bohren sich in meine Handflächen, als ich die letzten Zentimeter auf allen vieren überbrücke.

»Demy«, sage ich immer wieder, während ich an ihr rüttle, damit sie wieder zu Bewusstsein kommt. Gleichzeitig sehe ich zu Ezra, rolle ihn von meiner Schwester. Leblos landet er auf dem Rücken. »Ezra!«, schreie ich ihn an, aber er reagiert nicht.

Ich taste nach seinem Puls. Nichts. Als Nächstes überprüfe ich, ob er atmet. *Nichts.*

»Vergiss es, du wirst mich jetzt nicht hängen lassen«, sage ich, platziere die Handballen übereinander mittig auf seiner Brust und drücke sie mit aller Kraft nach unten. Einmal. Zweimal. Dreimal. Sekunden werden zu Minuten. Minuten zu einer verdammten Ewigkeit.

# JUNIPER

*Wacholder ist Hauptbestandteil
eines jeden Gins.*

..............

## DEMETER

**Sint Lucas Andreas Ziekenhuis, Amsterdam**

Ich brauche mehrere Versuche, um die Augen zu öffnen. Das grelle Licht zwingt mich dazu, sie sofort wieder zu schließen. Mein Hals fühlt sich wund an.

»Hey, Tausendschön«, höre ich die Stimme meines Bruders. Aber es ist nicht Leens. Es ist die von Baas.

Ich zwinge meine Lider erneut auseinander, um sicherzugehen, dass ich mir seine Anwesenheit nicht nur einbilde. Nein, er sitzt tatsächlich auf einem Stuhl neben meinem Bett. In dem Moment kehrt die Erinnerung daran zurück, wie ich hier gelandet bin.

»Das Feuer ... Ezra ...«, presse ich mit kratziger Stimme hervor und muss husten, wodurch der Rest von dem, was ich sagen wollte, unausgesprochen bleibt.

Baas steht auf, nimmt ein Glas vom Nachtschrank und reicht es mir. »Du musst dich ausruhen«, sagt er ebenso sanft wie fordernd.

Wochenlang höre ich nichts von ihm und jetzt taucht er einfach so hier auf. So war das nicht abgemacht. Er hat versprochen anzurufen, damit ich weiß, dass es ihm gut geht. Er hat gesagt, es kommt alles wieder in Ordnung. Nichts ist in Ordnung.

»Du hast mich im Stich gelassen«, zische ich ihn an und huste erneut. Es hat ein Feuer gebraucht, damit er den Weg zu mir zurückfindet. Enttäuschung und Wut machen sich in mir breit.

»Ich weiß.«

Zwei Worte. Kein *es tut mir leid*. Würde ich ihn nach dem Grund fragen, bekäme ich keine Reaktion. Ich sehe in seinen tiefbraunen Augen, dass er nicht hier ist, um meine Fragen zu beantworten.

Und wenn er statt Leen hier ist, bedeutet das …

Die Tür wird aufgerissen und Kommissarin Diamantis kommt herein. »Bastiaan Brouwer, Sie sind vorläufig festgenommen wegen dringenden Tatverdachts, Piet Brouwer getötet zu haben.«

Baas wehrt sich nicht einmal, als ihm Handschellen angelegt werden.

»Alles, was Sie sagen, kann und wird vor Gericht gegen Sie verwendet werden. Sie haben das Recht zu schweigen. Sie haben das Recht auf einen Anwalt. Sollten Sie sich keinen Anwalt leisten –«

»Leen, ruf Wolters an«, sagt Baas seelenruhig zu unserem Bruder, der gerade mit einem Kaffeebecher in der Hand durch die offene Tür kommt und lediglich perplex zur Seite tritt, während Baas von zwei Beamten abgeführt wird.

*-ENDE- Band 1*

...............

# DANKSAGUNG

Eigentlich sollte hier jetzt eine ausschweifende Rede stehen, aber es ist fünf Uhr morgens und meine Lektorin muss ins Bett, nachdem ich mal wieder die Deadline bis zur letzten Sekunde ausgereizt habe. Also mache ich es kurz:

Danke, Larissa, die nächste Ration Koffein geht auf mich.

Die Stimme aus dem Off:
*Du musst die Wilmschen wenigstens erwähnen, sonst schmollt sie.*

Danke, Nadine, dass wir noch immer gemeinsam die Nächte durchmachen, um unsere Deadlines nicht vollends zu verreißen, über Romance-Regeln diskutieren, an die ich mich dann doch nicht halte, und uns gegenseitig Motivationspäckchen schicken, die für fünf Kilo mehr auf der Waage sorgen.

Okay, die Minute haben wir jetzt auch noch:

Danke, Carlsen, dass ihr mit *G!Nie* meine bisher verrückteste Idee unter die Lesenden bringt.

Danke, Pia, dass du immer versuchst, all meine Wünsche umzusetzen.

Danke an Mr Corell, der sich in der Deadline-Woche mit dem Teenager eine Reise nach Dubai gegönnt hat, um mir den Rücken freizuhalten. Die anschließende Männergrippe hast du ein bisschen verdient.

# COCKTAILKARTE

## SPRING KISS

4 cl Gin (mit Vanillenote) z.B. Tanqueray Blackcurrant
100 ml Rhabarbersaft
100 ml Tonic (mild)
Brauner Rohrzucker
Rhabarber
Limette
Apfel
Minze

*Zubereitung:* Den Rand des Glases mit einer Limettenspalte abreiben, anschließend vorsichtig in den Rohrzucker tunken. Der braune Rohrzucker sollte nun am Rand des Glases haften. Eiswürfel in ein Glas geben, mit Gin, Rhabarbersaft und Tonic auffüllen. Rhabarber mit dem Sparschäler längs in Streifen und den Apfel in hauchdünne Spalten schneiden. Anschließend den Rhabarber fächerartig in kleine Schlaufen legen und gemeinsam mit den Apfelspalten aufspießen und als Garnitur verwenden. Stängel Minze ins Glas.

## BEAUTIFUL DISASTER

6 cl London dry Gin z.B. KoEdel's Gin im Kastanienfass gereift
4 cl Zitronensaft, frisch gepresst
4 cl Zuckersirup
1 Eiweiß (optional)

*Zubereitung:* Gin, Eiweiß, Zitronensaft und Zuckersirup in einen mit Eiswürfeln halb voll gefüllten Shaker geben. 30 Sekunden lang shaken. Anschließend in ein mit Eiswürfeln gefülltes Tumbler-Glas abseihen und mit einer Zitronenzeste garnieren

## NEONKICK

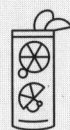
4 cl Black Gin z.B. Quarantini Black Gin
150 ml Blutorangensaft, frisch gepresst
20 ml Limettensaft, frisch gepresst

*Zubereitung:* Eiswürfel ins Glas geben, anschließend Blutorangen- und Limettensaft nacheinander hinzugeben. Zum Schluss mit Gin auffüllen und einer Blutorangenscheibe garnieren.

## NIGHTMARE

4 cl Blue Gin z.B. Empress Indigo Gin
2 cl Bergamotte-Likör
2 cl Maraschino-Likör
Blaubeer-Lavendel-Sirup
Zum Auffüllen Sekt oder Sodawasser

*Zubereitung:* Gin, Bergamotte und Maraschino-Likör sowie einen kleinen Schuss Blaubeer-Lavendel-Sirup in einem Rührglas auf Eis kalt rühren. Anschließend durch ein Sieb in ein Servierglas abseihen. Mit Mineralwasser oder Sekt auffüllen.

## GREEN TEMPTATION

4 cl Dry Gin z.B. The Illusionist Dry Gin
100 ml Tonic (mediterran)
Gurke
Limette
Minze

*Zubereitung:* Dry Gin in ein Glas mit Eiswürfeln geben und mit Tonic auffüllen. Gurke mit dem Sparschäler in Streifen und Limette in Scheiben schneiden. Gemeinsam mit etwas Minze ins Glas geben.

## BLOODY MARY

½ Apfel (klein)
1½ Stangen Staudensellerie (mit Grün)
40 g Kirschtomaten
2 cl Gin z.B Hendrick`s Gin
¼ Tl fein geriebene Zitronenschale
½ El Agavendicksaft
roter Tabasco

*Zubereitung:* Apfel, Tomaten und 1 Stange Sellerie in einem Standmixer fein pürieren, dann durch ein Sieb in einen Shaker passieren.
Gemüsesaft, Gin, Zitronenschale, Spritzer Zitronensaft und Agavendicksaft im Shaker mit 1 Handvoll Eis ca. 1 Min. shaken und durch ein sauberes Sieb in mit Eiswürfeln gefüllte Longdrinkgläser gießen. Mit dem restlichen Sellerie und wahlweise einigen Spritzern Tabasco servieren.

## RAY OF HOPE

5 cl Pink Gin z.B. Malfy Gin rosa
150 ml Tonic (Hibiskus)
Großer Eiswürfel mit essbaren Blüten bespickt

*Zubereitung:* Alles in ein Weinglas geben, umrühren und genießen.

## GLITTER MAKES THINGS BETTER
### SELMA EDITION

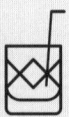

4 cl Glitzer Gin z. B. Simsala Gin von Flaschenpost Gin mit zusätzlichem Farbwechseleffekt
150 ml Tonic (Wildberry)

*Zubereitung:* Glitzer-Gin in Tumbler-Glas mit Eiswürfeln geben und mit Tonic auffüllen.

## ALL YOU NEED IS G!NIE

Demys alkoholfreien Gin selber machen.

*Dafür brauchst du:*
einen Topf mit Deckel, eine feuerfeste Unterlage wie einen Stein oder einen Dampfgarer aus Bambus, eine Schüssel, Eiswürfel.
Die feuerfeste Unterlage in den Topf legen, darauf dann die Schüssel stellen. Anschließend den Topf mit Wasser füllen und die Botanicals dazugeben.

Für einen halben Liter alkoholfreien Gin braucht man ungefähr:

I Liter Wasser
20 g Wacholderbeeren
6 grüne Kardamomkapseln (geöffnet)
I TL rosa Pfefferbeeren
I TL ganze Koriandersamen
I Zitrone (Schale)
I Orange (Schale)
I Vanilleschote
5 Rosenblätter
4 Lavendelblüten

*Zubereitung:* Jetzt kommt der Deckel verkehrt herum auf den Topf und die Eiswürfel obendrauf. Bring die Wasser-Botanical-Mischung langsam zum Kochen. Das Wasser verdampft, kondensiert am kalten Deckel und tropft in die Schale. Gegebenenfalls immer wieder Eiswürfel nachlegen, um den Deckel kalt zu halten. Ist das Wasser fast vollständig verdampft, alkoholfreien Gin in eine Flasche abfüllen und abkühlen lassen.

Ideal für Cocktails oder klassisch als Gin Tonic.

Innerhalb von vier Monaten verbrauchen.

# CONTENT NOTE

Dieses Buch enthält Elemente, die triggern können. Diese sind:

A.) Tod, Verlust und Trauer
B.) Suizid
C.) Alkoholismus

# DIE FORBIDDEN LOVE ROMANCE MIT EINER GEHÖRIGEN PORTION SPICE

Kate Corell
**THE LIES WE HIDE
(BROUWEN DYNASTY 1)**
ISBN 978-3-551-58559-2
Klappenbroschur
Auch als E-Book erhältlich

Kate Corell
**THE SECRETS WE LIVE
(BROUWEN DYNASTY 2)**
ISBN 978-3-551-58560-8
Klappenbroschur
Auch als E-Book erhältlich

Kate Corell
**THE RIVALS WE KISS
(BROUWEN DYNASTY 3)**
ISBN 978-3-551-58561-5
Klappenbroschur
Auch als E-Book erhältlich

**DER DYNASTY-ERBE LEENARD BROUWEN** hat der niederländischen Gin-Manufaktur seiner wohlhabenden Familie schon vor Jahren den Rücken gekehrt. Doch als sein älterer Bruder auf mysteriöse Weise verschwindet, liegt es plötzlich allein an ihm, das prestigeträchtige, aber finanziell angeschlagene Unternehmen vor dem Ruin zu bewahren …

**DYNASTIE-TOCHTER DEMETER BROUWER IST NUR KNAPP EINER TRAGÖDIE ENTKOMMEN.** Während ihre Brüder das Gin-Geschäft modernisieren, packt sie auf den Feldern mit an. Und trifft dort auf den unverschämt gutaussehenden Riek Clifford. Der Bankierssohn stellt sich als rechtmäßiger Erbe ihres Familienanwesens heraus …

**DYNASTIE-OBER-HAUPT BASTIAAN BROUWER** steht vor einem Ernteausfall. Die Rettung scheint zum Greifen nah, doch die benötigten Rohstoffe liegen in den Händen der Smits, einer Familie, die den Brouwers alles andere als wohlgesonnen ist. Inmitten dieser Zerreißprobe kehrt Merel Smit, die Tochter des Konkurrenten, von ihrem Auslandssemester zurück …

# NUR EIN SPIEL ODER ECHTE GEFÜHLE?

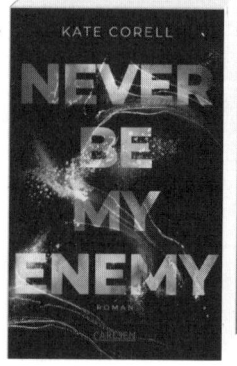

Kate Corell
**NEVER BE MY DATE
(NEVER BE 1)**
978-3-551-58502-8
Softcover
Auch als E-Book erhältlich

Kate Corell
**NEVER BE MY ENEMY
(NEVER BE 2)**
ISBN 978-3-551-58521-9
Softcover
Auch als E-Book erhältlich

Kate Corell
**NEVER BE MY LOVE
(NEVER BE 3)**
ISBN 978-3-551-58540-0
Softcover
Auch als E-Book erhältlich

**ALS DER VERSCHUL-
DETE CAMERON** auf
einer High-Society-Gala
seinen Doppelgänger trifft,
kann er es kaum fassen.
Jasper Anderson, Sohn des
größten Immobilien-Moguls
des Landes, ist ihm wie
aus dem Gesicht geschnit-
ten – und macht ihm ein
unwiderstehliches Angebot.
Rollentausch für ein Se-
mester im Gegenzug für ein
schuldenfreies Leben.

**FÜNFUNDZWANZIG-
TAUSEND DOLLAR!** Die
Regeln des College-Spiels
»Secret Enemy« sind zwar
hart, aber für Waterbury-
Studentin Abbie Westing
die einzige Chance, schnell
an Geld zu gelangen. Kurz
entschlossen meldet sie
sich an, bereit für das Spiel
aus ihrer Komfortzone
auszubrechen: Bye-bye
langweilige Abbie, hello
Action-Abbie!

**AUSGERECHNET BEI
DER PRÄSENTATION**
der neuen Modekollektion
ihrer Familie stiehlt Dion
Carmichael eine Limousine,
mit der sie kurzerhand einen Unfall baut. Chauffeur
Liam vertuscht den Vorfall
und findet sich wenig
später als persönlicher
Babysitter des It-Girls wieder. Ein skandalöses Video
zwingt die beiden schließlich dazu, gemeinsam im
abgelegenen Waterbury
College unterzutauchen.